# Die Nördlinger Krimi-Trilogie

Günter Schäfer

## Tod auf dem Daniel

Das Geheimnis um den Tod des Nördlinger Türmers

## Endstation Alte Bastei

Ein Jugendlicher, erschossen mitten in der Nördlinger Altstadt, und ein toter Obdachloser in einer Schrebergartenanlage. Wer steckt hinter den beiden Morden?

## Der Henker von Nördlingen

Der grausame Mord an zwei Nördlinger Frauen versetzt die Stadt in Angst und Schrecken

Der Inhalt dieses Buches ist in allen Teilen urheberrechtlich geschützt. Jede Verwertung außerhalb des Urheberrechtgesetzes ist ohne ausdrückliche Genehmigung des Autors unzulässig und strafbar. Dies gilt sowohl für Vervielfältigungen, Übersetzungen, Verfilmungen, sowie für die Speicherung und Verarbeitung in elektronischen Systemen.

**Alle Rechte vorbehalten.**

© 2015

ISBN: 9783738650181

Herstellung und Verlag:
BoD - Books on Demand, Norderstedt

# Tod auf dem Daniel

# Anmerkungen des Autors

## Woher meine Informationen stammen
Das Meiste an Begriffen und Erklärungen stammt aus dem Internet, in dem man beispielsweise in der ergiebigen Wissensbörse Wikipedia und den dort unzählig weiterführenden Seiten über Voodoo recherchiert. Meist gleichen sich die Erklärungen, teilweise gehen sie aber auch auseinander. Unumstritten ist, dass es sich beim eigentlichen Begriff *Voodoo* um eine Religion handelt die bis heute ebenso gelebt wird, wie beispielsweise das Christentum oder der Islam, der Hinduismus oder der Buddhismus, um hier nur einige der vielen Glaubensrichtungen und Weltanschauungen unserer Zeit zu nennen. Sie alle hier aufzulisten erscheint mir unmöglich, dies würde wohl den Rahmen des Buches sprengen und steht außerdem in keiner Beziehung zu seinem Thema.

## Weitere Anmerkungen?
Die gibt es auch. Hiermit möchte ich darauf hinweisen, dass alle in diesem Buch dargestellten Personen und Handlungen rein fiktiv und ausschließlich meiner Fantasie entsprungen sind. Eine eventuelle Übereinstimmung oder Ähnlichkeit mit lebenden oder toten Personen sowie tatsächlichen Ereignissen wäre in jeder Hinsicht rein zufällig und nicht beabsichtigt.

# 1. KAPITEL

Nachdenklich stand Michael Akebe am Fenster seiner Praxis und sah hinaus auf die nächtlichen Straßen Nördlingens.

Er ließ die Vergangenheit vor seinem geistigen Auge Revue passieren. Seit einigen Jahren schon hatte der inzwischen 36jährige Sohn eines afrikanischen Arztes und einer deutschen Reiseleiterin nun seine Arztpraxis für Naturheilkunde und Allgemeinmedizin im Zentrum der Stadt.

Für die Familie war es nicht gerade einfach gewesen, hier in Deutschland Fuß zu fassen. Das Vertrauen der Menschen zu gewinnen hatte sich als langwierige Prozedur herausgestellt.

Gerade für Michael, der einen afrikanischen Vater hatte. Aber auch seine Mutter Christine war in ihrem Bekanntenkreis häufig auf Unverständnis gestoßen als heraus kam, dass sie mit einem Afrikaner nach Nördlingen zurückkehrte.

Abedi Akebe und Michaels Mutter hatten sich damals auf einer ihrer Studienreisen nach Togo kennen gelernt. Sein Vater hatte in Deutschland das Medizinstudium mit Auszeichnung absolviert, bevor er nach Afrika zurückging, um dort in einem Krankenhaus in Lomé, der Hauptstadt Togos, sein erworbenes Wissen anzuwenden.

Auf ihrer damaligen Reise hatte Michaels Mutter einen kleinen Unfall, bei dem sie sich am rechten Fuß verletzte. Nicht besonders schlimm, jedoch etwas schmerzhaft.

Um eine ambulante Versorgung im Krankenhaus war sie nicht herum gekommen.

Michael erinnert sich daran, dass sie manchmal lächelnd zu seinem Vater sagte: „Natürlich war es notwendig, dass ich damals ins Krankenhaus ging. Sonst hätten wir beide uns womöglich niemals kennen gelernt."

Christine ahnte schon bei dieser ersten Begegnung, dass sich in ihrem Leben etwas entscheidend verändern würde.

Sie brach ihre Studienreise kurzfristig ab, und mietete sich für die verbleibenden Tage in einem kleinen Hotel in der Nähe des Krankenhauses ein. Sie wollte auf alle Fälle jede Möglichkeit nutzen, um diesen Menschen näher kennen zu lernen.

Immer wieder suchte sie eine Gelegenheit, um Abedi zufällig oder auch geplant über den Weg zu laufen. So ließ sie sich dann auch ihre kleine Verletzung von ihm öfter nachbehandeln als es eigentlich notwendig gewesen wäre.

Und irgendwann verstand auch er, dass ihre Besuche im Krankenhaus eigentlich mehr ihm als ihrem inzwischen fast verheilten Knöchel galten.

Dass auch er von Christines Art, ihrem Auftreten und ihrer Ausstrahlung mehr und mehr gefangen genommen wurde, konnte er nicht allzu lange verheimlichen.

So kam es schließlich, dass die Beiden die letzten Tage von Christines Aufenthalt in Afrika mehr und mehr gemeinsam verbrachten. Kurz vor ihrer Rückreise in die Heimat gestand Abedi ihr, dass er sich ein Leben ohne sie nicht mehr vorstellen könne.

Nachdem Michaels Mutter dann nach Deutschland zurückgekehrt war, gab es einen regen Briefwechsel und jede Menge Telefonate zwischen ihnen. Auch gegenseitige Besuche hatten sie geplant, diese erwiesen sich von Seiten der Angehörigen allerdings eher als schwierig.

Schwarz und Weiß sind nun einmal schon seit jeher ein nicht enden wollender Gegensatz in unserer Gesellschaft. Diesen jedoch haben Christine und Abedi durch die Beständigkeit ihrer Liebe eindrucksvoll widerlegt.

Sie wollten sich durch nichts auf dieser Welt mehr auseinander bringen lassen.

Als die Beiden sich letztendlich sicher waren den restlichen Weg ihres Lebens gemeinsam gehen zu wollen, war eigentlich eine traditionelle Hochzeitsfeier in Afrika vorgesehen.

Christines Eltern allerdings, beide damals schon in fortgeschrittenem Alter, überzeugten sie davon, sich lieber in ihrer Heimatstadt das Jawort zugeben.

Obwohl sie den zukünftigen Ehemann ihrer Tochter als liebevollen und aufrichtigen Menschen kennen gelernt hatten, gab es irgendwo in ihrem Innersten noch diese veralteten Ansichten.

Und da sowohl Abedi als auch Christine wussten, dass man Menschen in diesem Alter nicht mehr umdrehen kann gelang es den Beiden schließlich, auch seine Familie zu überzeugen.

Einerseits fand es Christine schade, denn sie hatte viel gehört und gelesen über die farbenprächtigen Zeremonien auf dem afrikanischen Kontinent.

Nach der Hochzeit kehrte Christine mit Michaels Vater zurück in dessen Heimat. Er wollte unbedingt noch für einige Jahre dort arbeiten, um die in Deutschland erworbenen medizinischen Kenntnisse weiter zu vermitteln.

Er war bereits am Aufbau von zwei Krankenhäusern beteiligt, und man schätzte sein Fachwissen sowie sein soziales Engagement über alles.

Nicht dass es in Afrika keine guten Ärzte gab, allerdings waren die Europäer in der medizinischen Entwicklung, und vor allem in der Ausstattung der Kliniken mit medizinischem Gerät ein ganzes Stück voraus.

Diesen Vorsprung wollte Abedi Akebe soweit es ihm möglich war, in seine Heimat mitnehmen. Und wo könnte er dies besser umsetzen als in einem Krankenhaus? Er wurde ein angesehener Arzt, auch wenn er anfangs mit Vorurteilen zu kämpfen hatte.

Abedi, der aus einem kleinen Dorf im Landesinneren von Togo stammte, hatte es mit sehr viel Fleiß, aber auch dem Glück des Tüchtigen zu einem Stipendium der medizinischen Hochschule in Hannover geschafft.

Diese Früchte seiner mühsamen Arbeit konnte er nun ernten. Mit jedem Patienten der als geheilt entlassen werden konnte, sah er sich in seiner Arbeit bestätigt.

Um ab und zu etwas Ruhe und Erholung zu finden, fuhren er und Christine zu den Verwandten in sein Heimatdorf. Dieses lag nahe der Grenze zu Ghana, und die Einwohner bewahren sich bis heute viele ihrer Traditionen.

So gibt es verschiedene Rituale für den Menschen bei dessen Geburt, bei seiner Volljährigkeit, bei Eheschließungen und auch beim Tod.

Auch Michael, der ein Jahr nach Christines und Abedis Rückkehr nach Afrika zur Welt kam, wuchs hier zum Großteil auf. Lebten er und seine Eltern zwar hauptsächlich in der Stadt, waren sie jedoch an vielen Wochenenden oder während der Urlaubstage hier draußen, wo das Leben teilweise noch sehr ursprünglich ablief.

Am liebsten ging Michael mit seinem Großvater durch den Busch. Hier gab es soviel Faszinierendes und Geheimnisvolles zu entdecken, und Michael konnte zusammen mit Gleichaltrigen wertvolle Erfahrungen über die Natur und ihre Wunder sammeln.

Wenn sein Großvater sich jedoch mit anderen Männern in den Busch begab, durfte Michael ihn nicht begleiten.

Auf sein Nachfragen erfuhr er immer nur den gleichen Grund, dass sich sein Großvater mit Medizinmännern auf den Weg machte, um Pflanzen und andere Zutaten zu sammeln.

Diese wurden gebraucht, um die alten, seit Urzeiten überlieferten Rituale afrikanischer Heilkunst durchzuführen.

*Eines Tages wird der Zeitpunkt da sein, an dem ich dich in die Geheimnisse des Heilens einweihen werde,* sagte er zu Michael. *Da dein Vater sich mehr der ärztlichen Kunst der Neuzeit verschrieben hat wirst du es sein, der die alten Traditionen fortführen soll. Ich glaube, dass du dafür vorbestimmt bist.*

Die meisten Bewohner der kleinen Dörfer in Afrika hielten nicht viel von der modernen Medizin. Sie ließen sich lieber von den erfahrenen Alten helfen. Sie waren Naturmenschen, lebten in, mit und von der Natur.

Was die Natur schwächt, kann durch sie auch wieder gestärkt werden. Und der alte Akebe war sich seiner Aufgabe bewusst, diese Traditionen weiterzugeben.

In seinen Augen war sein Enkel der Richtige, nur den Zeitpunkt dafür sah er noch nicht als gekommen.

Um das Ganze in seiner Wichtigkeit und Tragweite zu begreifen, war er in den Augen des alten Akebe noch einige Jahre zu jung.

Aber der Moment würde kommen, an dem er ihn in seine Bestimmungen einweihen konnte. Und wenn er die notwendige Reife besitzt, wird er all das erfahren, was man über die Götter der Natur wissen muss, um sich ihrer Kraft und Geheimnisse zum Wohle der Menschen zu bedienen.

Die Götter der Natur stehen für viele der afrikanischen Einwohner im Mittelpunkt ihres Lebens.

**Voodoo!**

Diese uralte Religion ist auch heute noch für viele Menschen verschiedener Kulturen der Mittelpunkt ihres Glaubens. Er wird von den Ältesten der Familien an ihre Nachkommen vererbt.

Michaels Großvater gar war ein echter Priester des Voodoo!

Er war ein Eingeweihter der alten Traditionen. Er besaß das medizinische Wissen und kannte die uralten Gesetze, Tänze und Lieder durch die er es verstand, Mensch und Natur in Einklang zu bringen.

Wenn Michael manchmal etwas vorlaut oder zu unbedacht war und damit die Missachtung anderer auf sich zog, wies ihn der alte Akebe oft zurecht.

*Deine Worte sind zerbrechlich wie Glas. Wenn dieses erst einmal zerbrochen ist, kann man es nicht wieder richtig zusammen fügen. Denke also mehr als nur einmal nach, bevor du sprichst.*

Michaels Vater hielt als praktischer Arzt nicht sehr viel von diesen uralten Weisheiten. Durch seinen jahrelangen Aufenthalt in Europa hatte er gelernt anders zu denken.

Für ihn musste alles einen logischen Sinn ergeben. Rationales und modernes Denken war mehr und mehr in den Vordergrund seines nicht nur beruflichen Alltags getreten.

Da er zwar des Öfteren die Heilkunst seines Vaters erleben konnte, zweifelte er nicht an deren Kraft und Wirkung.

Allerdings erschien es ihm oft zu langwierig, zu langatmig und zu umständlich, bis diese Wirkung zum Tragen kam.

Die überlieferten Rituale waren einem stets genauen Ablauf unterworfen. Mit den Opfergaben und Tänzen, spirituellen Gesängen und Gebeten wurde es sehr genau genommen.

In der modernen Medizin dagegen gilt es meist auf schnellem und direktem Wege zu handeln. Nicht nur um die schnellere Genesung, sondern auch einen entsprechenden Profit zu erreichen. Denn die moderne Medizin ist eben auch teuer. Sowohl die Erforschung, als auch die Bereitstellung und Ausübung durch entsprechendes Fachpersonal verschlingt nach wie vor Unsummen.

Michael selbst hingegen war seit jeher fasziniert vom Wirken seines Großvaters.

Immer wieder staunte er nur darüber, wie man mit den einfachsten Dingen aus der Natur die verschiedensten Krankheiten heilen konnte, indem man deren Ursachen beseitigte.

Schon damals entschloss er sich dazu, auch einmal Medizin zu studieren. Allerdings wollte er nicht nur die modernen Methoden verwenden, sondern sie vielmehr mit den alten, aus der Natur wirkenden Möglichkeiten kombinieren.

Er hatte bereits in jungen Jahren erkannt, dass es vorteilhafter sein könnte, die uralten und schier unerschöpflichen Erfahrungen mit modernem Wissen zu vereinen.

Sein Großvater empfand dies zumindest vom Ansatz her als einen guten Gedanken. Denn genau wie in der modernen Schulmedizin, so gibt es auch bei allen traditionellen Heilungsmethoden immer wieder unheilbare Krankheiten, und somit stellen sich auch unlösbare Probleme dar.

Ein durch die Natur zum Sterben verurteiltes Wesen, egal ob Mensch, Tier oder Pflanze, kann man seinem Schicksal nicht entreißen. Man kann diesen Weg natürlich verlängern, kann ihn lindern oder auch verkürzen, aber man vermag ihn nicht zu verhindern.

Und nachdem alles auf dieser Welt in einer magischen Beziehung zueinander steht, entstehen Krankheiten immer durch ein Ungleichgewicht der Gemeinschaft.

Kann die Ursache dieser Störung nicht beseitigt werden, können kein Arzt, kein Heiler, keine Medizin und kein Ritual auf dieser Welt den Untergang abwenden.

An diese Sätze erinnerte sich Michael Akebe, als er in Gedanken versunken am Fenster stand.

Er spürte die kälter werdende Nachtluft. Er war zwar nun schon viele Jahre in Deutschland, sein körperliches Temperaturempfinden hatte sich diesem Klima allerdings noch immer nicht vollständig anpassen können.

Es waren eben die Gene seiner afrikanischen Vorfahren, die sich hier in den Vordergrund drängten. Manchmal vermisste er sie schon, die wärmende Sonne Afrikas.

Selbst im Sommer, wenn es in Deutschland heiß und trocken war, gab es keinen Vergleich mit dem Klima in seiner Heimat.

Die Ausgewogenheit der Natur war es, die er hier vermisste, auch wenn es der Mensch inzwischen selbst in Afrika schaffte, diese Ausgewogenheit aus dem Gleichgewicht zu bringen.

Wälder werden gerodet, und dadurch ureigenste Existenzen vernichtet. Es gab in seinen Augen keinen nachvollziehbaren und vernünftigen Grund für diesen Raubbau an der Natur, außer dem des finanziellen Profits.

Immer mehr, immer weiter, immer höher, immer tiefer.
Die Natur beginnt schon seit einiger Zeit, sich dagegen zu wehren. Noch werden diese Zeichen der Gegenwehr als bloße Naturkatastrophen abgetan.

Einerseits ja zu recht. Aber ein Teil der Menschheit scheint noch immer nicht verstanden zu haben, dass es sich hierbei um eine Warnung der natürlichen Kräfte handelt.

Werden diese Warnungen nicht ernst genommen und dieses Aufbäumen weiterhin permanent unterdrückt, wird sich die Natur eines Tages Stück für Stück aufgeben.

Sie wird sich selbst und somit auch all das was in ihr existiert vernichten, um dadurch einen Neubeginn zu erzwingen.

Michael fröstelte es bei diesen Gedanken.

Ja, der Mensch scheint immer mehr seine Skrupel und sein Gewissen zu verdrängen. Die Verantwortung der Natur und somit irgendwie auch sich selbst gegenüber scheint immer weniger zu gelten.

Ursprünglich wollte er ja wie schon sein Vater sein ärztliches Wissen in der Heimat seiner Vorfahren anwenden. Doch er verwarf diesen Gedanken nach Afrika zu gehen, denn auch hier in Deutschland, in der Stadt in der seine Mutter geboren war, sah er ja im Grunde genommen seine Heimat.

Und nach dem Tode seines Vaters wollte Christine nicht wieder zurück. Zuviel würde sie dort an ihre glückliche Zeit erinnern, zu viele der schmerzlichen Gedanken würden sie dort gefangen nehmen.

Also entschloss er sich dazu hier zu bleiben.

# 2. KAPITEL

Michael Akebes Vater starb vor nunmehr 14 Jahren bei einem Verkehrsunfall, dessen Verlauf aber niemals richtig aufgeklärt werden konnte.

Michael steckte zu dieser Zeit mitten in seinem Medizinstudium. Die Nachricht vom Tode seines Vaters hätte ihn damals beinahe aus der Bahn geworfen.

Lange hatten er und seine Mutter versucht die zweifelhaften Umstände aufzudecken, sie stießen dabei jedoch immer wieder auf die unterschiedlichsten Widerstände und Ungereimtheiten.

Als Christine Akebe ihre zuletzt verzweifelten Versuche, sich gegen die Anwälte, Gesetze und Widersprüche durchzusetzen schließlich aufgab, sich mit einer finanziellen Abfindung der Versicherungen zufrieden stellen ließ, schien langsam wieder Ruhe im Hause Akebe einzukehren.

Das Leben ihres Mannes war mit keiner Summe auf dieser Welt zu bezahlen.

Allerdings wollte Christine ihrem Sohn eine sichere Zukunft bieten, und dazu war nun einmal auch eine solide finanzielle Grundlage notwendig.

Michael sollte sein Medizinstudium in aller Ruhe beenden können, dafür hatte sie sich stets mit aller Kraft eingesetzt.

Glücklicherweise, so mag mancher denken, hatte Michael nicht die Hautfarbe seines Vaters geerbt, was sich einerseits in der heutigen Gesellschaft als hilfreich erwies, allerdings konnte er seine Herkunft auf Grund seines Namens auch nicht verleugnen.

Er musste trotz der so oft angepriesenen Toleranz gegenüber Ausländern mehrere Male erleben, dass es in gewissen Kreisen nicht weit her war mit dieser Tugend.

Mehrmals wurde er mit absolut zweideutigen Bemerkungen konfrontiert.

Ob er denn von seinen Vorfahren im Dschungel auch einen Regentanz gelernt hätte, oder er nicht vielleicht einmal in traditioneller Bemalung als afrikanischer Medizinmann auftreten würde?

Michael tat diese Anspielungen auf seine Herkunft meist nur mit einem milden Lächeln ab.

Als er sich jedoch einmal nach der Mittagspause zu seiner nächsten Vorlesung begab, eskalierte beinahe eine dieser Situationen.

Im damals anstehenden Thema des Professors ging es um die Kombination alternativer Heilmethoden mit der klassischen Schulmedizin. Ein Thema, an dem Michael natürlich sehr viel Interesse zeigte.

Er hatte sich auch schon im Vorfeld dieser Vorlesung mit dem Professor darüber unterhalten und dieser erkannte, dass in diesem jungen Mann einiges an Potenzial steckte.

Die persönlichen Erfahrungen auf Grund seiner Herkunft und des Wirkens seines Großvaters sollte auch den anderen Studenten zuteilwerden.

Als Michael schließlich nach vorn gebeten wurde um etwas über die Behandlungsweisen der afrikanischen Ureinwohner zu berichten, kam es im Vorlesungssaal zu einer unschönen Szene.

Zwei von Michaels unliebsamen Studienkollegen steckten kurz ihre Köpfe zusammen und als er auf seinem Weg zum Rednerpult an ihnen vorbei gehen wollte, stellten sie sich ihm in den Weg.

Einer der Beiden drückte ihm einen Gegenstand in den Arm mit der Bemerkung, dass man zu jeder Behandlungsmethode auch das entsprechend passende medizinische Besteck benötigen würde.

Im ersten Moment war Michael etwas perplex über das, was ihm da zugesteckt wurde.

Ein kurzer Blick darauf zeigte ihm, dass es sich hierbei um eine recht billige Kopie einer Voodoopuppe handelte, die man in so manchen Souvenirläden für wenig Geld erwerben konnte.

Der Blick in die Gesichter ihm gegenüber zeigte ihm nur das zunächst hämische Grinsen zweier junger Männer die da glaubten, einen gelungenen Scherz gelandet zu haben.

Michael dachte nur wenige Augenblicke nach bevor er sich dazu entschloss, die Flucht nach vorn zu ergreifen. Er entsann sich noch genau der Worte, die er dem oberschlauen Burschen mit auf den Weg gab.

*Medizinisches Besteck ist kein Spielzeug für dumme Jungs. Wenn man das Falsche wählt oder nicht sorgfältig damit umgeht, könnte man sich leicht daran verletzen.*

Nachdem er diese Worte mit einem seltsamen Unterton gesprochen hatte, sah er die vor ihm stehenden Männer an.

Seine Augen verengten sich dabei zu zwei schmalen Schlitzen, und sein Blick schien bis in die hintersten Zellen ihres Gehirns zu dringen. Dann streckte Michael demjenigen die Puppe entgegen, der sie ihm kurz zuvor zugesteckt hatte.

Er hielt sie ihm direkt vors Gesicht und drückte ihr dabei mit zwei Fingern den Hals zu.

*Pass auf, dass sie dir nicht weh tut* zischte er ihm dabei leise entgegen, griff mit der anderen Hand nach dem Kragen seines Pullovers und schob ihm die Puppe von oben hinein.

Ob der junge Mann nur auf Grund von Michaels Reaktion so überrascht wurde, dass er einen plötzlich heftigen Hustenanfall erlitt, wusste anschließend keiner von den Anwesenden im Saal mehr zu sagen.

Fast eine Minute lang kämpfte er mit hochrotem Gesicht gegen seinen Hustenreiz an, den Michael schlussendlich stoppte, indem er ihm die eine Hand auf die Brust und die Andere auf den Rücken legte.

Er erzeugte mit sanft kreisenden Bewegungen einen leichten Gegendruck auf dem Oberkörper der dazu führte, dass sich sein Kollege augenblicklich beruhigte.

Dessen erstaunten Blick quittierte er nur mit einem wissenden Lächeln.

*Die Kunst des Heilens besteht nicht nur in der richtigen Wahl der medizinischen Mittel, man sollte auch verstehen sie richtig anzuwenden,* sprach er mit leiser Stimme zu den Beiden, bevor er seinen Weg durch die Sitzreihen fortsetzte.

Michael war während seiner Studienzeit schon mehrmals der Versuchung nahe gewesen, den Mädchennamen seiner Mutter anzunehmen.

Seine Familienehre und die Erinnerung an seinen Vater hatten ihn schließlich davon abgehalten. Er wollte den Namen seines Vaters und dessen Ahnen mit Stolz tragen.

So nahm er sich trotz aller widrigen Umstände vor, sein Leben so zu gestalten wie er allein es für richtig hielt.

Und im Gegensatz zu seiner Mutter schwor er sich damals schon die mysteriösen Umstände aufzuklären, die den Tod seines Vaters noch immer umgaben.

Immer wieder studierte er die Unterlagen, Protokolle und Skizzen, die er nach dem offiziellen, behördlichen Abschluss der *Sache* als Kopien ausgehändigt bekam. Für ihn war es noch lange nicht klar, dass es sich hierbei um einen tragischen Unfall gehandelt hatte.

Im Laufe der Jahre recherchierte er mehrmals auf eigene Faust, versuchte immer wieder Unfallzeugen aufzutreiben, um so neues Licht in die Angelegenheit zu bringen.

Doch warf man ihm stets den bildlich gesprochenen Knüppel zwischen die Beine.

Die Aussagen die er zu hören bekam, lauteten immer gleich: Es sei alles zu schnell gegangen, man hätte auch keine genaue Erinnerung mehr, alles sei schon so oft gesagt worden und man wolle nichts mehr damit zu tun haben.

Letztendlich gelte die deutsche Rechtssprechung nun auch einmal für einen hier lebenden Afrikaner.

Jedoch gab sich Michael damit nicht wirklich zufrieden. Er suchte weiter nach Augenzeugen, und hatte irgendwann auch Erfolg.

Kürzlich, es war an einem späten Nachmittag, kam ein älterer Herr in seine Praxis.

Michael kannte ihn schon lange als einen seiner Patienten. Er bemerkte beim Durchlesen dessen Akte, dass der Mann zwar an einer Herzschwäche litt, sich jedoch seit seiner Pensionierung und der dadurch geänderten Lebensweise keine allzu gravierenden Verschlechterungen bei ihm eingestellt hatten.

So konnte er nur selten bei den Behandlungsterminen ein rein körperliches Leiden feststellen. Meist wurden von ihm psychosomatische Ursachen diagnostiziert, hin und wieder auch einmal leichte Beschwerden an der Wirbelsäule oder an den Bandscheiben.

Diese wurden sicherlich durch seine früher überwiegend sitzende Tätigkeit hervorgerufen, denn als Fahrer eines bekannten Politikers aus der Region verbrachte er die meiste Zeit im Dienstwagen, um seinen Chef von einem Termin zum nächsten zu befördern.

Als man damals jedoch die Herzschwäche entdeckte, reichte Gerd Stetter frühzeitig seine Pensionierung ein.

Er klagte diesmal über leichten Schwindel und Übelkeit, aber auch jetzt konnte Michael nach eingehender Untersuchung keine eindeutige Diagnose stellen, und doch merkte er dem Mann an, dass etwas nicht in Ordnung war.

Er hatte ein seltsames Gefühl dabei, als er seinen Patienten während der Untersuchung berührte.

Es schien fast so, als würden seine Hände auf dem Körper des Mannes Angstgefühle bei ihm hervorrufen. Michael konnte sich diese Reaktion zu diesem Zeitpunkt noch nicht erklären.

Er bat seinen Patienten anschließend sich wieder anzukleiden, und an seinem Schreibtisch Platz zu nehmen.

„Ich kann leider keine körperlichen Merkmale finden die mir irgendeinen Hinweis auf Ihr Unwohlsein geben würden, Herr Stetter.

Könnten Sie mir den Verlauf der letzten Zeit bitte etwas genauer schildern?

So kann ich mir eher ein Bild von Ihrer Gesamtsituation machen. Erzählen Sie mir bitte auch falls irgendwelche Probleme Sie belasten, denn seelischer Stress kann sich früher oder später ebenfalls körperlich bemerkbar machen.

Möglicherweise finden wir ja so eine Ursache für Ihre immer wiederkehrenden Beschwerden."

Als sich der Arzt in seinem Sessel hinter dem Schreibtisch niederließ und für einen Moment in das besorgte Gesicht seines Patienten blickte, vernahm er dessen fast hörbares Schlucken.

Seine bis dahin schon etwas fahle Gesichtsfarbe schien nochmals an Intensität zu verlieren.

„Also gut", begann Gerd Stetter langsam und mit zittriger Stimme.

„Anscheinend ist nun die Zeit gekommen um endlich reinen Tisch zu machen."

Michael Akebe wurde hellhörig, als der Mann zu erzählen begann.

„Damals, im Sommer 1994, fuhr ich meinen ehemaligen Arbeitgeber, den Staatssekretär Albert Urban, zur Eröffnung einer Kunstausstellung in den Räumen der Nördlinger Stadtsparkasse.

Es war wie immer bei solchen Veranstaltungen. Es wurde viel geredet, gegessen und auch getrunken.

Ich bemerkte, dass sich mein Chef im Laufe der Veranstaltung sehr intensiv mit einer ihm wohl näher bekannten Dame unterhielt.

Dies führte am Ende dazu, dass ich kurzfristig für den Rest des besagten Abends frei bekommen sollte.

Herr Urban wollte den Dienstwagen selbst nach Hause fahren und unterwegs seine Bekannte absetzen, da diese anscheinend etwas zuviel Alkohol getrunken hatte.

Nun gut, lange Rede, kurzer Sinn.

Ich nahm das Angebot meines Chefs an, hielt mich noch eine Weile am Buffet auf um mich zu stärken, und machte mich anschließend zu Fuß auf den Heimweg.

Da am bevorstehenden Wochenende keine dienstlichen Termine anstanden, konnte ich mich auf zwei ruhige Tage zu Hause freuen.

Dass mein Chef auch schon einige Gläser getrunken hatte blieb mir zwar nicht verborgen, ihn darauf anzusprechen unterließ ich allerdings.

Er verbat sich diese Hinweise stets mit der Begründung, dass er selbst am Besten einschätzen könne ob er noch fahrtüchtig war oder nicht."

Michael Akebe hörte den Erzählungen seines Patienten aufmerksam zu, obwohl seine innere Anspannung in den letzten Minuten immer mehr zugenommen hatte.

Er dachte sich anfangs, dass sich sein Gegenüber wohl nur seinen Kummer von der Seele reden wollte.

Er war zwar kein Psychotherapeut, und das Budget der Krankenkassen sprach auch immer seltener dafür, doch sah er auch gerade das Zuhören bei seinen Patienten als eine seiner ärztlichen Aufgaben.

Oftmals konnte man auf Grund solcher Gespräche besser auf ein Krankheitsbild schließen.

An diesem Spätnachmittag jedoch hatte er das untrügliche Gefühl, dass endlich Licht in eine Angelegenheit kommen sollte, die auch ihn persönlich betraf.

Dass nun endlich das was scheinbar seit Jahren im Verborgenen gehalten wurde, ans Tageslicht kam. Und so ermunterte er also den Mann mit ruhigen Worten dazu, weiter zu erzählen.

„Nun denn", fuhr Gerd Stetter mit seinen Ausführungen fort.

„Ich verabschiedete mich also von meinem Chef und seiner Bekannten, und machte mich dann zu Fuß auf den Heimweg.

Ich wollte die Gelegenheit nutzen, wieder einmal ohne jeglichen

Alltagsstress durch die Nördlinger Altstadt zu gehen. Wenn man wie ich damals die meiste Zeit des Tages im Auto verbringt, geht man gerne zwischendurch ein paar Schritte zu Fuß.

Ich rief vorher nur kurz zu Hause an und gab Bescheid, dass ich nach einem kleinen Spaziergang früher als geplant daheim sein würde.

So ging ich dann etwa eine Stunde durch die bereits leeren Gassen und genoss die Ruhe des Abends.

Als ich schließlich stadtauswärts in Richtung des Reimlinger Tores kam, fuhr der Dienstwagen meines Chefs an mir vorbei.

Ich weiß noch, dass ich kurz die Hand zum Gruß hob und Herr Urban und seine Begleiterin lachend zurückwinkten.

Als sich der Wagen dann nach dem Stadttor der Ampelanlage näherte dachte ich mir: Das ist typisch für ihn, wie immer zu schnell.

Der fährt ohne abzubremsen, als ob ihm die Straße alleine gehören würde, obwohl die Ampel schon auf Höhe des davor liegenden Parkplatzes gelbes Licht zeigte.

Es musste ihm in diesem Moment doch bewusst gewesen sein, dass er es nicht mehr ohne Risiko über die Kreuzung schaffen würde.

Die Lichtanlage stand längst auf Rot, als er so unvorsichtig in die Kreuzung einfuhr.

Dann gab es plötzlich diesen Knall. Jeder aufmerksame Beobachter hätte darauf gewartet, dass so etwas passieren muss.

Ein stadteinwärts fahrendes Auto konnte nicht mehr rechtzeitig ausweichen und erwischte zwar etwas abgebremst, aber dennoch frontal die Beifahrerseite von Herrn Urbans Limousine.

Der Fahrer des Wagens war sich anscheinend über die Situation völlig im Klaren, denn er reagierte sofort.

Ich konnte erkennen, dass er sich irgendwie seitlich drehte und auch ziemlich schnell und, wie es im ersten Moment schien ohne größere Verletzungen seinen Wagen verließ.

Als er sich sogleich zum Fahrzeug meines Chefs begab, passierte das eigentlich Unvorhergesehene.

Zwei weitere Fahrzeuge näherten sich der Unfallstelle. Der erste Wagen bremste direkt an der Ampel ab.

Der Fahrer des zweiten Autos erkannte die Situation vor sich anscheinend viel zu spät, war meiner Meinung nach auch noch etwas zu schnell.

Er konnte trotz einer Vollbremsung nicht mehr verhindern, dass sich sein Wagen in das Heck des plötzlich vor ihm zum stehenden gekommenen Autos bohrte, und dieses wie in einer Kettenreaktion auf die anderen vor ihm aufschob.

Die hässlichen Geräusche von splitterndem Glas und kreischendem Blech habe ich noch heute in den Ohren.

Schlimmer jedoch war der Schrei des Mannes der aus dem ersten Fahrzeug ausgestiegen war um anscheinend erste Hilfe zu leisten.

Er wurde durch den nachfolgenden Zusammenstoß der hinteren Autos regelrecht zwischen seinem eigenen Wagen und dem meines Chefs eingeklemmt. Es war ein furchtbarer Anblick.

Wenn ich im Nachhinein überlegte, dauerte das ganze Geschehen nicht viel mehr als etwa ein bis zwei Minuten."

Michael Akebe starrte ins Leere. Er ahnte schon länger, dass ihm Gerd Stetter vom Unfallabend seines Vaters erzählte.

Er hatte es immer geahnt, dass damals nicht alles mit rechten Dingen zugegangen sein musste. Würde Stetter derjenige sein, der nun endlich Licht in die ganze Geschichte brachte?

Michael hatte die Finger ineinander verschlungen, rieb sich immer wieder nervös seine Hände.

Würde er heute endlich all das in Erfahrung bringen können, wonach er seit Jahren gesucht hatte?

Ein untrügliches Gefühl in ihm sagte, dass die Zeit gekommen schien, die Schuldigen am Tode seines Vaters nun zur Rechenschaft zu ziehen.

Ungeduldig drängte er seinen Patienten dazu weiter zu erzählen, sich so seinen Kummer von der Seele zu reden.

Nicht ohne den Gedanken daran, dass dies schließlich auch in seinem eigenen Interesse war.

Michael Akebe bemerkte, dass dem Mann vor ihm das Sprechen sichtlich schwer fiel.

Er blickte kurz auf die gegenüber hängende Wanduhr. Die Sprechstunde war schon vorüber.

Der Arzt sah Gerd Stetters leeren Blick, stand kurz entschlossen auf und öffnete die Türe des angrenzenden Wartezimmers.

Da sich dort niemanden mehr aufhielt, verabschiedete er noch wie jeden Abend seine Sprechstundenhilfe mit einigen Hinweisen für den nächsten Tag und einem freundlichen Dankeschön in den Feierabend.

Um Gerd Stetters Unterlagen wollte er sich selbst kümmern.

Er schloss darauf die Türe wieder hinter sich, nahm eine Flasche Mineralwasser aus dem Kühlschrank, schenkte zwei Gläser ein, und stellte eines davon vor Gerd Stetter auf dem Schreibtisch ab.

Dankend wie ein Verdurstender griff dieser nach dem Glas und nahm einen tiefen Schluck daraus, bevor er schließlich mit seiner Erzählung fort fuhr.

„Ich stand wie erstarrt am Fußweg, wollte zuerst loslaufen um zu helfen.

Überall sah ich Scherben und Blechteile auf der Straße liegen, hörte Hilfeschreie und war doch gleichzeitig unfähig, mich zu bewegen.

Inzwischen hatten weitere Fahrzeuge angehalten. Ich sah Menschen laufen, hektisch an den Unfallfahrzeugen hantieren.

Man versuchte, die Verletzten zu befreien. Jemand rief nach einem Notarzt.

Mein Chef stieg etwas unbeholfen, aber anscheinend nur leicht verletzt aus seinem demolierten Wagen.

Seine Begleiterin, die zu ihrem Glück auf dem Rücksitz Platz genommen hatte, konnte von den anwesenden Helfern durch beruhigendes Zusprechen davon abgehalten werden, in Panik zu verfallen.

In meinem Kopf schwirrten die Gedanken. Mein Chef hatte in seiner Unachtsamkeit, wohl auch im Zusammenhang mit seiner Begleiterin und wahrscheinlich unter Alkoholeinfluss diesen Unfall verursacht.

Wie durch einen Nebel vernahm ich die heulenden Sirenen der herannahenden Rettungsfahrzeuge.

Glücklicherweise liegt ja das Krankenhaus nicht weit von der Unfallstelle entfernt.

Ein Polizeiauto kam mit Blaulicht und Martinshorn durch das Stadttor.

Ich befand mich auf dem Gehweg zwischen Tor und Stadtmauer, sodass ich für die Polizisten Gott sei Dank nicht sichtbar war. Sicherlich hätte man mich unmittelbar als Zeugen gesucht.

Oder sollte ich vielleicht von mir aus dorthin? Mich in das Geschehen mit einmischen?

Mich den Fragen der nun eingetroffenen Polizeibeamten stellen?

Sollte ich mich mit meinen wahrheitsgemäßen Beobachtungen möglicher Weise selbst in Schwierigkeiten bringen?

Mein Arbeitsplatz, meine Familie, mein anstehender Ruhestand kamen mir plötzlich in den Sinn. Sollte ich dies alles riskieren?

Ich wusste zu diesem Zeitpunkt noch nicht, dass der Fahrer des ersten Wagens durch den Aufprall so schwer verletzt worden war, dass er noch an der Unfallstelle verstarb.

Auch dass es sich um ihren Vater handelte, erfuhr ich erst am nächsten Tag, denn ich war angesichts meiner eigenen Situation und meiner Selbstzweifel an diesem Abend zu feige, um mich der Wahrheit zu stellen."

Michaels Blick haftete an den Lippen der nun scheinbar seelisch gebrochenen Gestalt, die ihm gegenüber saß.

Ja, seelisch gebrochen, so kam ihm der Mann vor, der ihm seit nun fast einer Stunde in seinem Sprechzimmer gegenüber saß und sich ihm offenbarte. Es schien ihm, als sei Gerd Stetter in dieser Zeit noch um weitere Jahre gealtert.

Anfangs stieg Wut in ihm auf als er hörte, dass sich dieser Mensch seiner Verantwortung entzogen und somit das Leid anderer Menschen in Kauf genommen hatte.

Inzwischen jedoch wollte er nur noch die ganze Wahrheit erfahren. Er zwang sich also dazu, seine aufkommenden Rachegedanken zu verdrängen.

Er wollte den Mann nicht verunsichern und sich somit selbst die Möglichkeit nehmen, auch noch den Rest des damaligen Geschehens in Erfahrung zu bringen.

Etwas angespannt lehnte er sich in seinem Sessel zurück und blickte ermutigend auf Gerd Stetter.

„Sprechen Sie ruhig weiter. Es tut gut, wenn man seinen Kummer loswerden kann. Ihr Körper und Ihre Seele werden es Ihnen danken."

Mit traurigem und schuldbewusstem Blick sah ihn Gerd Stetter an. So, als wüsste er genau, was seine Schilderungen nach sich ziehen würden.

Aber er wusste auch, dass er dies alles nicht länger für sich behalten konnte und durfte. Die letzten Jahre waren kein Leben mehr für ihn gewesen.

Auch nicht für seine Frau und seinen Sohn. Er wurde seit jenem Tag immer verschlossener, mürrischer und seinem eigenen Empfinden nach zur Belastung für sich und andere.

Es war Zeit, die Wahrheit ans Licht zu bringen. Und so sprach er also weiter:

„Aus Angst, mich den Fragen der Polizei stellen und meinen Chef ans Messer liefern zu müssen, ging ich so schnell ich konnte die Stufen zur Stadtmauer hinauf.

Somit hatte ich die Möglichkeit den Unfallort zu umgehen, und musste mich nicht auf unangenehme Fragen einlassen.

Aber sie können mir glauben, es fiel mir in diesem Moment alles andere als leicht, mich so einfach aus meiner Verantwortung zu stehlen.

Doch angesichts meiner persönlichen, aber auch familiären Situation sah ich keinen anderen Ausweg.

Es tut mir unendlich leid, dass sie und ihre Mutter durch mich so lange Zeit im Ungewissen blieben, was die tatsächlichen Umstände zum Tode ihres Vaters angehen.

Ich wünschte mir, dass ich damals mehr Rückrat und Selbstachtung aufgebracht hätte, um den wahren Schuldigen seiner gerechten Strafe zuzuführen."

Michael Akebe schwieg einige Sekunden, nachdem der alte Mann seinen Redefluss beendet hatte.

Er sah ihn schweigend, aber mit durchdringendem Blick an.

Der Arzt besaß eine sehr gute Menschenkenntnis und konnte daher am Gesichtsausdruck des Mannes feststellen, dass dieser noch nicht alles gesagt hatte was ihn belastete.

Der ehemalige Chauffeur konnte dem Blick seines Hausarztes nicht lange standhalten und senkte seinen Kopf zu Boden.

Er schien die Forderungen aus Akebes Augen fast körperlich zu spüren.

Als sich die beiden Männer wieder in die Augen sahen, war eine traurige Entschlossenheit in Gerd Stetters Blick zu erkennen.

„Aber dies ist noch nicht die ganze Wahrheit", begann er weiter zu sprechen.

Michael Akebe nickte zustimmend.

Er hatte doch geahnt, dass da noch mehr war, als der Mann bisher preisgegeben hatte.

Aufmunternd nickte er ihm zu, ganz so als wollte er ihm damit sagen: *Gut so, nur die ganze Wahrheit bringt dir deinen Frieden zurück.*

„Ich selbst habe mich auch mitschuldig gemacht. Nicht nur allein, dass sich durch mein feiges Davonlaufen an diesem Abend ein Schuldiger seiner Verantwortung gegenüber dem Gesetz entziehen konnte.

Ich habe aus der heutigen Sicht keinerlei logische Erklärung für mein damaliges Handeln.

Weiß Gott warum ich mich darauf eingelassen habe, mit meinem Wissen auch noch eigene Vorteile aus dieser Situation herauszuschlagen.

Als ich meinen Chef während seines Krankenhausaufenthaltes besuchte gab ich ihm dabei deutlich zu verstehen, dass ich den ganzen Unfall aus nächster Nähe beobachten konnte.

Oder wohl eher beobachten musste. Denn ich wünschte mir in den letzten Jahren so manches Mal, ich wäre an diesem besagten Abend ohne Umwege nach Hause gegangen.

So hätte ich meiner Familie und mir eine ganze Menge Kummer erspart.

Ich sagte ihm auch, dass ich mit meiner Frau und meinem Sohn darüber gesprochen hätte warum ich jetzt zu ihm kam und diese mich letztendlich sogar noch dazu ermuntert hätten, diesen Schritt zu gehen.

Vielleicht kann durch mein, wenn jetzt auch viel zu spätes Geständnis Ihnen gegenüber, Herr Akebe, nun doch noch ein Stück Gerechtigkeit zurückgegeben werden."

*Gerechtigkeit,* dachte sich der Arzt in diesem Augenblick, *wie kann dieser Mann sich erdreisten von Gerechtigkeit zu sprechen, wenn er und seine Familie über all die Jahre darüber geschwiegen haben, wer der Schuldige am Tode meines Vaters ist?*

Für einen Moment ergriff unmäßiger Zorn Besitz von Michael Akebe.

Er ballte die Fäuste so stark, dass dabei die Knöchel hervortraten. Er wollte am liebsten aufstehen, den Mann am Kragen packen und ihn zum nur ein paar Straßen entfernten Polizeirevier bringen, um ihn dort zur Wiederholung seiner Aussage zu bewegen.

Doch schnell verwarf er diesen Gedanken wieder. Zunächst wollte er noch den Rest der Geschichte hören, die ihm Gerd Stetter zu beichten hatte. Langsam entspannte sich der Arzt wieder und hörte weiter zu.

„Ich schilderte Herrn Urban meine persönliche Situation, dass unser Haus noch nicht vollständig abbezahlt war.

Auch, dass meine bevorstehende Pensionierung dies für uns nicht einfacher machte. Ich wusste nicht, ob das Geld auch weiterhin reichen würde um aus den verbleibenden Schulden herauszukommen.

Von unserem Sohn, der als Türmer auf dem Daniel arbeitet, waren damals auch keine großen finanziellen Zuwendungen zu erwarten. Herr Urban schien sofort zu ahnen auf was ich hinaus wollte.

Er gestand mir angesichts seiner Lage ohne große Umschweife seine finanzielle Hilfe zu, natürlich nur unter der Voraussetzung, dass ich das von mir Gesehene an jenem Abend dadurch vergessen würde.

Normalerweise hatte ich eine empörende Ablehnung und meine sofortige Entlassung erwartet, insgeheim jedoch auf seine Reaktion gehofft.

Ich wusste ja durch meine täglichen Gespräche mit den damaligen Kollegen, wie sehr die Politiker alle an ihrem Posten kleben.

Manche sogar um jeden Preis.

Und anscheinend die Folgen des Unfalls in der Öffentlichkeit vor Augen, reagierte mein Chef genauso.

Das Bekanntwerden seines Vergehens hätte wohl mehr als nur Unannehmlichkeiten für ihn gebracht.

Bitte verstehen Sie mich, Herr Doktor.

Ich habe in diesem Moment nur noch diese eine Möglichkeit gesehen, den Lebensabend von meiner Frau und mir einigermaßen ruhig und sorgenfrei begehen zu können.

Mich meinem Hobby, alten afrikanischen Kulturen, zu widmen. Wieder einmal in dieses Land reisen zu können, ohne sich Sorgen darüber zu machen, wovon wir dies Alles bezahlen sollten.

Sie selbst wissen am Besten wie faszinierend dieser Kontinent ist.

Aber trotz allem hätte es doch niemals geschehen dürfen, dass ich mich auf diesen Weg begebe.

Mein Lebensweg war bis zu diesem Abend immer frei von Schuld, zumindest was meinen Charakter angeht. Niemals hätte ich mir vorstellen können, eines Tages zum Erpresser zu werden.

Ich gäbe weiß Gott was dafür her, wenn ich diese Sache ungeschehen machen könnte."

Wieder hielt Gerd Stetter für einige Augenblicke mit seinen Erzählungen inne.

Äußerst nervös, ja sogar schon fast ängstlich schwankte er auf seinem Stuhl vor und zurück, knetete dabei immer wieder seine Hände und sah schuldbewusst zu Boden.

Seine Stimme wurde immer leiser, fast unhörbar. Der Arzt musste sich regelrecht anstrengen, damit er den Mann verstand.

„So, nun wissen Sie, warum ich heute zu Ihnen in die Praxis gekommen bin. Ich hatte mir schon lange vorgenommen, Ihnen die ganze Wahrheit zu erzählen.

Immer wieder, wenn ich in den letzten Jahren allein oder mit meiner Frau bei Ihnen war, ging es mir hinterher meist schlechter als vor meinem Besuch."

Er versuchte seinen letzten Satz etwas komisch klingen zu lassen, bemerkte aber dann im selben Augenblick, dass ihm dies angesichts seiner Situation wohl ziemlich misslungen war.

Als er das Gesicht von Michael Akebe betrachtete, konnte er im ersten Moment keinerlei Regung darin erkennen.

Der Arzt erhob sich plötzlich und Gerd Stetter dachte schon, dass dieser ihm nun wohl mächtig auf die Füße treten, oder sich gar auf ihn stürzen würde.

Aber Nichts davon geschah.

Michael Akebe trat hinter seinem Schreibtisch hervor und kam mit ruhigen Schritten auf den Mann zu.

Er ergriff dessen rechte Hand und nahm diese in seine eigenen Hände. Dabei sah er dem ehemaligen Chauffeur lange in die Augen ohne auch nur ein einziges Wort zu sagen.

Dem war in diesem Augenblick alles andere als wohl in seiner Haut. Er wusste den Gesichtsausdruck seines Arztes nicht zu deuten. Er erkannte darin weder Wut, noch Traurigkeit.

„Soll ich mit Ihnen zur Polizei gehen? Ich bin gerne bereit dort meine Aussage zu Protokoll zu geben, damit Albert Urban zur Rechenschaft gezogen werden kann.

Ich bin auch dazu bereit, die wohl auf mich wartende Strafe anzunehmen.

Bitte sagen Sie mir doch, was ich nun tun soll. Wie kann ich das Geschehene wieder gut machen?"

In Michael Akebes Augen kehrte ein Ausdruck der Zufriedenheit ein.

*Er* war sich schon länger darüber im Klaren, was er nun tun wollte. Nein! Tun musste!

„Um eines möchte ich Sie bitten, obwohl ich es sowieso verlangen müsste.

Ich möchte, dass Sie das mir eben Erzählte in allen Einzelheiten niederschreiben.

Ich werde mit meiner Mutter besprechen ob, und wenn ja, was wir nun unternehmen werden.

Ich kann Ihnen noch nicht sagen, was dabei herauskommen wird. Dies hängt auch von der Entscheidung meiner Mutter ab.

Sie brauchen sich aber keine Sorgen zu machen", sagte er dann in einem für seinen Patienten überraschend ruhigem Ton.

„Ich bin Ihnen trotz der langen Jahre dankbar dafür, dass Sie den Weg zu mir gefunden haben, um meine bestehenden Zweifel am damaligen Ablauf der Geschichte zu bestätigen.

Ich habe auch nicht vor, Sie rechtlich zur Rechenschaft zu ziehen."

Wobei er das *rechtlich* etwas merkwürdig betonte, was Gerd Stetter in seiner momentanen psychischen Verfassung allerdings in diesem Moment nicht weiter auffiel.

Der alte Mann glaubte im ersten Moment nicht, was er da von Michaels Akebes Lippen zu hören bekam.

Sollte ihm dieser tatsächlich sein schändliches Tun, oder besser gesagt sein Nicht - Tun vergeben?

Sollte nun wirklich die lange Zeit der Schuldgefühle und Selbstzweifel vorüber sein?

„Natürlich werde ich Ihnen meine Aussage auch schriftlich geben", sagte er zu seinem Arzt, der inzwischen Papier und Stift bereitgelegt hatte.

Gerd Stetter schrieb nun im Beisein des Arztes sein Geständnis nieder.

Nachdem fast eine weitere Stunde vergangen war hatte er letztendlich mit etwas zittriger Hand, doch relativ leserlich all das vorher zwischen ihnen Gesprochene zu Papier gebracht.

Etwas erschöpft ließ er den Stift aus seiner Hand fallen und lehnte sich in seinem Stuhl zurück, dann erhob er sich und trat seinem Arzt gegenüber.

„Ich bin froh, diesen Schritt gegangen zu sein", sprach er mit anscheinend unendlich erleichtertem Gewissen zu Michael Akebe, während dieser ihm die Hand reichte.

„Sie können sich gar nicht vorstellen, wie sehr ich all die Jahre unter dieser Situation gelitten habe.

Mit dieser Schuld, Sie und Ihre Mutter im Ungewissen darüber zu lassen, was damals wirklich geschah."

„Es wird alles gut werden", erwiderte der Arzt, ließ Stetters Hand los und blickte ihm tief in die Augen.

„Es wird jetzt alles seinen gerechten Weg gehen, alles!"

Michael Akebe nahm die Papiere und legte sie zufrieden in eine Schublade seines Schreibtisches.

Er hatte, jedenfalls zu diesem Zeitpunkt in keiner Weise vor, seine Mutter über den Besuch und das Geständnis Gerd Stetters zu unterrichten.

In den letzten Worten seines Hausarztes glaubte dieser eine Entschlossenheit zu spüren, die ihm einen kalten Schauer über den Rücken jagte.

Gegenwärtig wusste er dies jedoch noch nicht genauer zu deuten. Er brachte die nun scheinbaren Vergeltungsgedanken in Zusammenhang mit seinem ehemaligen Arbeitgeber und dessen Begleiterin.

Michael Akebe brachte seinen Patienten dann zur Praxistüre, ließ ihn hinaus und schloss diese wortlos.

Als er die sich entfernenden Schritte vernahm, lehnte er sich erschöpft an die geschlossene Türe.

Nach einigen Augenblicken vernahm er nur noch Stille. Er trat ans nächstliegende Fenster, öffnete es, und atmete tief die kühle Abendluft ein.

Er sah hinauf zu den langsam erkennbaren Sternen, und für ein paar Minuten schien sein Blick ins Unendliche zu wandern und versuchte wieder, sich an seine Jugendzeit in Afrika zu erinnern.

An die Zeit, als er sich mit seinen Eltern oft in dem kleinen Dorf in Togo aufhielt, in dem sein Großvater lebte.

Es war schon ein komisches Gefühl gewesen damals. Gerade für ihn, einen Jungen mit heller Hautfarbe unter all den dunkelhäutigen Altersgenossen.

Er war zwar als Weißer geboren, wurde aber durch den Status seines Vaters von allen als einer der ihren akzeptiert.

Sowohl sein Großvater als auch sein Vater hatten viel Gutes getan für die Dorfbewohner und die ganze Umgebung.

Die ärztliche Kunst seines Vaters war anerkannt und geschätzt, selbst unter den Alten. Obwohl viele von ihnen immer wieder auch Rat bei den Medizinmännern in der Gegend suchten, war Abedi Akebe auf Grund seines Wissens und seiner Heilkunst ein angesehener Mann.

Nur wenn es darum ging das uralte Wissen anzuwenden, blockte er immer ab.

Michael wusste ja, dass sein Vater nicht allzu viel davon hielt. Er wollte immer im Bereich der medizinischen Versorgung sein erlerntes Wissen verbreiten.

Er hatte damit auch immer wieder gerade bei den jüngeren Patienten überraschende Heilerfolge erzielt und wurde dafür auch von den Alten geehrt. So fühlte er sich in seiner Arbeit bestens bestätigt.

Auch Michael war beeindruckt vom Wissen seines Vaters.

Was ihn aber noch viel mehr beeindruckte, waren die alten Rituale seines Großvaters.

Manchmal bekam er eine Gänsehaut, wenn er ihn hin und wieder heimlich dabei belauschte, wie er sich auf eine Behandlung vorbereitete.

Ja, er musste es heimlich tun, denn der alte Akebe verbat sich jegliche Störung beim Zubereiten dieser uralten Medizin.

Viele Jugendliche im Dorf taten dies als Spinnerei ab. Michael jedoch glaubte den Erzählungen seines Großvaters.

Denn diesem ging sein Glaube über alles.

Er wusste aus seinen vielen Erzählungen, dass dieser so manchmal geheimnisvolle Glaube Voodoo die Religion der Alten war.

Man erzählte sich von phantastischen Heilungen kranker Menschen die man schon aufgegeben hatte, die aber dann doch wieder genesen unter ihnen weilten.

Allerdings gab es auch noch andere Geschichten, die Michael faszinierten.

Wie in jedem Glauben gibt es auch im Voodoo so manche Schattenseiten.

Die Alten und Ratsuchenden, die früher einen Houngan, einen weißen Priester des Voodoo aufgesucht haben, lebten immer in der Hoffnung an die Genesung.

Sie glaubten an die Kräfte der Natur, und sie wussten von der Macht der Eingeweihten, diese Kräfte zu nutzen zum Wohle der Menschen.

Doch wie alle anderen Wesen in der Natur auch, ist ein Heiler des Voodoo nicht allmächtig.

Es gibt und gab schon immer Dinge, die durch die Natur vorbestimmt sind.

Und so versuchte ein Houngan oder eine Mambo, die weibliche Voodoo-Priesterin, auch manchmal vergeblich, Unabwendbares abzuhalten.

Was in der Natur zum Sterben vorgesehen ist, das wird auch sterben. Wer dies nicht einsehen will, wird nie im Einklang mit dem Ganzen sein.

Einen geliebten Menschen zu verlieren ist und war von jeher schon immer eine schmerzliche Angelegenheit, und der Traum vom ewigen Leben ist eben nur ein Traum.

*Und das ist auch gut so*, dachte Michael Akebe, als er vom Fenster zurücktrat, da es ihn langsam anfing zu frösteln.

*Sonst hätten Ärzte keine Daseinsberechtigung, und ich hätte nie die Möglichkeit gehabt das zu erlernen was ich gelernt habe. Ich hätte nie den Schwachen und Kranken die Hoffnung auf eine Zukunft geben können.*

*Irgendwo ist es doch der Sinn im Leben eines Arztes, Gutes zu tun.*

Den letzten Satz stellte er sich mehr als Frage denn als Feststellung, denn er war sich seit dem Geständnis seines Patienten darüber im Klaren, dass er dem uralten Wissen der Voodoopriester nun seine eigentliche Bestimmung absprechen und es missbrauchen würde.

Er wollte und konnte das ungeheure Vorgehen der am Tode seines Vaters Beteiligten nicht so einfach hinnehmen und vergeben.

Er dachte wieder zurück an das Leid, das an diesem unsäglichen

Abend über ihn und seine Familie gebracht wurde.

Er dachte auch an seine Mutter und die Verwandten in Afrika, die am Tode seines Vaters fast verzweifelt waren.

Die lächerlichen Beschuldigungen, sein Vater wäre unachtsam in die Kreuzung hinein gefahren, hatte er noch nie gut geheißen.

Aber einem angesehenen Politiker hatte man schon damals mehr geglaubt als einem *schwarzen, afrikanischen Medizinmann.*

Diese für ihn beleidigende Bezeichnung wurde in diesem Zusammenhang des Öfteren gebraucht, und schon damals hatte er sich geschworen, dass er diese *Menschen* irgendwann eines Besseren belehren würde.

Weder sein Vater noch seine Mutter wussten, dass Michael einmal unwissentlich seinem Großvater gefolgt war.

Aber auch für ihn galt das, was für viele andere Jugendliche in diesem Alter gilt: *Verbotenes macht neugierig.*

Und so konnte er miterleben wie sich sein Großvater mit drei anderen Alten traf und sie über verschiedene Dinge redeten, die in Michael sowohl Unglauben, als auch Schauder und Entsetzen verursachten, ihn jedoch gleichzeitig faszinierten.

Da war die Rede von einem Bokor.

Michael konnte im Laufe des Gesprächs mitbekommen, dass es sich dabei um einen Schwarzen Priester des Voodoo handelte.

Um einen Heiler, der von den Eingeweihten ausgestoßenen wurde, da er sich der schwarzen Magie verschworen hatte.

Es wurden Beispiele dieser schwarzen Magie erzählt. Dies ging über die negative Verwendung von Fetischen, über geheime Rituale um anderen Schaden zuzufügen.

Auch über Praktiken des Totenkults wurde gesprochen, dass man sogar versucht hatte, Tote durch uralte, verbotene Opferzeremonien wieder zum Leben zu erwecken.

Am meisten jedoch faszinierten Michael die Erzählungen über die Voodoo-Puppen-Rituale.

Normalerweise wurden diese nur zu Heilungszwecken aus der Ferne eingesetzt, denn sie sind aus der Not der Sklaven heraus entstanden, denen einst die freie Ausübung ihrer Religion untersagt wurde.

In die angefertigten Puppen wurde mit Nadeln hinein gestochen, um Krankheit und Schaden von der betroffenen Person abzuwenden.

Allerdings nutzten die Priester der schwarzen Magie dieses Ritual dazu, um die Puppen an bestimmten Stellen mit ihren Nadeln zu durchbohren und dem Betroffenen so körperlichen Schaden zuzufügen, oder ihn im schlimmsten Falle sogar zu töten.

Als Michael zurückgekehrt war und sich schlafen gelegt hatte, fand er in dieser Nacht keine Ruhe mehr.

Er wusste, dass er das was er eben gehört hatte, gar nicht hätte erfahren dürfen.

Sein Großvater hatte ihm stets von den guten Seiten des Voodoo berichtet, ihm die heilenden Möglichkeiten der uralten Überlieferungen geschildert und auch gezeigt.

Ihn teilhaben lassen an der religiösen Einstellung der Gläubigen und ihm stets erklärt wie wichtig es ist, sich mit der Natur im Einklang zu befinden.

Michael hatte ihm versprochen, sich niemals gegen die Grundsätze der Natur zu stellen, und auch später einmal die Weisheiten seines Großvaters in all seiner Erinnerung mit zu leben.

Er wollte das Alte mit dem Neuen verbinden, die Kräfte der Natur mit den Errungenschaften der modernen Medizin zum Wohle der Menschen.

Doch jetzt, Jahre später, war mit einem Schlag plötzlich alles anders.

Das Schicksal hatte erbarmungslos in der Familie Akebe zugeschlagen und dabei seine bösen Narben hinterlassen.

Michael hatte lange ausgeharrt, lange geschwiegen. Zu lange schon, wie er glaubte. Eines jedoch hatte er dabei niemals verloren: Den Glauben an die Gerechtigkeit der Natur.

*Die Natur,* dachte sich Michael, *wenn sie geschlagen wird, dann rächt sie sich irgendwann.*

Auch er fühlte sich seit damals in seiner Familie geschlagen, und auch er wollte jetzt nur noch dieses Eine:

Gerechtigkeit und Rache!

Michael Akebe glaubte zu wissen, was er seinem Vater schuldig war. Alles soll mit dem Ganzen im Einklang sein, nichts Böses darf ungeahnt bleiben.

Die Natur löscht irgendwann das aus, was ihr Schaden zufügt.

Seiner Familie wurde Schaden zugefügt und er würde jetzt dafür sorgen, dass die Ursachen dafür beseitigt würden und er würde es so tun, dass die ganze Stadt es miterleben konnte.

Hier in Nördlingen gab es seiner Meinung nach keinen besseren Ort dafür als den Turm der St. Georgskirche, den Daniel.

Er stand im Mittelpunkt dieser historischen Stadt und war in den Augen des Arztes somit ein würdiger Platz, um alles wieder in seine natürliche Ordnung zu bringen.

# 3. KAPITEL

Michael Akebe öffnete das Fenster seiner Arztpraxis, durch welches er freien Blick auf den Kirchturm hatte.

Seine inzwischen wieder hellwachen Augen richteten sich hinauf zur Spitze des Daniel, dem Turm der Nördlinger St. Georgskirche. Er sah die erleuchteten Fenster unter der Turmspitze und erkannte einen beweglichen Schatten.

Michael sah auf seine Armbanduhr. Es war kurz vor 22:00 Uhr, und somit würde es nicht mehr lange dauern, bis sich dieser Schatten in Gestalt des Türmers nach draußen bewegen und so wie jeden Abend seiner Aufgabe nachkommen würde.

Nur dieses Mal würde es anders sein. An diesem Abend sollte sich den Touristen und Einwohnern ein schauriges Erlebnis bieten, welches ihnen noch lange im Gedächtnis bleiben würde. Michael sah den Mann nach draußen treten.

Erst vor einigen Tagen war er selbst auf den Daniel gestiegen, um sich auf diesen Moment vorzubereiten.

Er hatte den Türmer Markus Stetter darum gebeten, ihm doch verschiedene Einzelheiten über seine Arbeit hier oben zu erklären.

Michael zeigte sich sehr interessiert an den Erzählungen. Er durfte auch in die Stube des Türmers hinein.

Diese war nicht sonderlich groß, jedoch für die Verhältnisse zweckmäßig und schon relativ modern ausgestattet.

Im hinteren Teil des Raumes war unterhalb der Decke ein großer Flachbildschirmfernseher mit einer Wandhalterung angebracht, und die Türmerstube verfügte auch über einen Internetanschluss.

Michael sah ein Netbook auf dem kleinen Tisch stehen.

An der rechten Seite befand sich ein alter Kachelofen, der an kalten Tagen eine wohlige Wärme verbreitete.

Oberhalb dieses Ofens an der Wand hingen in einem Halbkreis Bilder von den Turmwächtern vergangener Generationen.

Seit der Fertigstellung des Daniel im Jahre 1492 waren diese Männer hier oben in ihrer Eigenschaft als Türmer tätig, und wachten so über die Stadt.

In der heutigen Zeit beschränken sich die Tätigkeiten von Markus Stetter jedoch in erster Linie auf den Tourismus.

Aus aller Herren Länder kommen die Menschen nach Nördlingen und besuchen dabei auch das Wahrzeichen der Stadt.

Neben den Erklärungen und den Geschichten für die Touristen sorgt Markus auch für Ordnung in gewissen Bereichen des Daniel.

Unterstützung hat er dabei durch einige Kameras, die innerhalb des gesamten Turmes verteilt sind. Die beiden Überwachungsmonitore hatte Michael Akebe bereits vor dem Betreten der Türmerstube hinter dem Tresen von Markus Stetter entdeckt.

Als er dann an diesem vorbei durch die Türe trat, fuhr er dem Mann wie zufällig über seine Kleidung und steckte sich unbemerkt einige darauf befindliche Haare in eine kleine Tüte in seiner Tasche.

Als der Türmer das helle Läuten der kleinen Glocke am Ende der Treppe vernahm ging er kurz nach draußen, um den auf dem Turm angekommenen Besuchern die Eintrittskarten und eventuell einige Souvenirs zu verkaufen.

Diesen Moment nutzte Michael Akebe, um vom Tisch ein Trinkglas an sich zu nehmen.

Er steckte es ebenfalls rasch in eine der mitgebrachten Plastiktüten, und ließ diese dann kurzerhand in der Tasche seiner Jacke verschwinden.

Damit war alles erledigt, was er sich vorgenommen hatte.

Michael verließ das Zimmer wieder, bedankte sich bei Markus Stetter für dessen interessante Ausführungen, und stieg anschließend die letzten Stufen der Treppe hinauf.

Als er dann hinaus auf die Brüstung des Daniel trat, vernahm er ein seltsames Kribbeln in sich. Er beugte sich über die halbhohe Mauer und sah in die Tiefe.

Wer immer auch den Arzt in diesem Moment beobachtet hätte, dem wäre sicherlich das seltsame Lächeln auf dessen Lippen aufgefallen.

Der Nachthimmel war sternenklar, und so konnte man selbst aus einiger Entfernung wie auch vom Fuße des Daniel erkennen, als der Türmer auf die Brüstung trat.

Michael Akebe spürte, wie sich feine Schweißtröpfchen auf seiner Stirn bildeten und ging nun zu einem Tresor, der sich in der Ecke seiner Praxis befand.

Er drehte das Zahlenschloss bis sich die kleine Stahltüre öffnen ließ, und holte aus dem untersten Fach eine schwarze Figur hervor.

Der Arzt betrachtete die Puppe, die er nach langem Entschluss und mit äußerster Sorgfalt an einem der letzten Abende angefertigt hatte. Sie war unscheinbar, geformt aus Wachs.

Jedoch bei genauerem Betrachten würde jeder richtige Nördlinger erkennen, dass es sich bei den Stoffresten, in welche die Figur gehüllt war, um eine verblüffende Ähnlichkeit mit der historischen Bekleidung des Nördlinger Turmwächters handelte.

Seit Michael Akebe vor etwas mehr als einer Woche erfahren hatte, dass die wahren Umstände die zum Tod seines Vaters geführt hatten, vorsätzlich und aus Eigennutz vertuscht wurden hatte er sich dazu entschlossen, alle daran Beteiligten ihrer gerechten Strafe zuzuführen.

Sie hatten den Kummer und das Leid von anderen zu ihrem eigenen Vorteil in Kauf genommen, und dafür würden sie nun ihrerseits Kummer und Leid erfahren müssen.

Denn Michael war tief in seiner vor Trauer vernarbten Seele davon überzeugt, dass nur durch seine Vergeltung das natürliche Gleichgewicht in den Familien wieder hergestellt werden konnte.

Um sein Vorhaben durchzuführen, wollte der Arzt einen bestimmten Voodoo-Zauber anwenden.

Mit Hilfe eines Wedo-Ouanga wollte er die Schuldigen bestrafen, um so seine selbst erlittenen Qualen loszuwerden.

Dieses ganz spezielle Ritual wird angewandt um einem anderen Lebewesen körperlichen Schaden zuzufügen. Neben diesem Ritual gibt es weitere, die sowohl zu negativen aber auch positiven Ergebnissen führen können.

Noch einmal fiel Michael Akebes prüfender Blick auf die Puppe.

Die einzelnen Haare, die er bei seinem Besuch auf dem Daniel unauffällig von der Kleidung des Türmers gestreift hatte, waren am Kopf angebracht.

Mit den Getränkeresten des Trinkglases aus der Stube des Turmwächters hatte er den Stoff der Puppe benetzt.

Er betrachtete die beiden Nadeln die nur mit ihrer Spitze in Brust und Kopf gestochen waren, und stellte dann die Figur auf den inneren Sims des Fensters.

Auf diesen hatte Michael Akebe mit einem Pulver, welches er aus dem Nachlass seines Großvaters hervorgeholt hatte, ein seltsames Gebilde geformt.

Dieses sah aus wie ein schmiedeeisernes Gitter. Diese Form, ein so genanntes Vèvè, war das Emblem eines Loa, einer Gottheit aus dem Voodoo.

Diese Embleme stellen oft die Eigenschaften der Loas graphisch dar.

Die Loa-Petro bezeichnen die negativen Gottheiten des Voodoo. Im Gegensatz dazu kennt man die Rada-Loa, welche für die positiven Seiten des Lebens stehen.

Der wichtigste der Loas ist wohl Papa Legba, der im Christentum am ehesten mit Petrus zu vergleichen ist.

Erzulie, eine Göttin der Schönheit, vergleichbar mit der griechischen Göttin Aphrodite, oder Ogoun, der oberste Krieger unter den Loas.

Oft haben Loas verschiedene Aspekte, die sich in Auftreten und Funktion unterscheiden.

Ein erwähnenswerter Aspekt von Ougun ist Ougun Deux Manières. Er wird sowohl im Petro-, als auch im Rada-Voodoo verehrt.

Eine Parallele zu anderen Religionen ist die Ähnlichkeit mit dem römischen Kriegsgott Mars.

Je nach Absicht des Anrufers eines Loa kann sowohl die positive als auch die negative Eigenschaft erbeten werden.

Dass Michael Akebe mit seinem Vorhaben sowohl in rechtlicher als auch in moralischer Hinsicht keineswegs positiv handelte, war ihm durchaus bewusst. Gerechtigkeit wollte er auch nur im Sinne seiner eigenen Vorstellung.

Und Ougun wollte er dabei um dessen Hilfe bitten.

Als Opfergaben für das Ritual hatte der Arzt verschiedene Dinge bereitgelegt, welche nach einem genau vorgeschriebenen Zeremoniell vorbereitet wurden.

*So G'sell So*, waren die Worte des historischen Rufes hoch oben vom Turm vernehmen.

Der kühle Nachtwind trug die Worte wie ein Startsignal an Michael Akebes Ohren. Seine Augen hatten einen seltsamen Glanz angenommen.

Tiefschwarz erschienen die Pupillen in der gelblich verfärbten Iris.

Als er nach der Puppe griff, sprach er mit monotoner Stimmlage uralte Worte in der Sprache seiner Vorfahren. Dabei stellte er die Puppe in die Mitte des Vèvè.

Nachdem die Worte des Türmers aus der Ferne verklungen waren hob er die Figur auf den äußeren Fenstersims, hielt sie noch kurz in seiner Hand, bevor er ihr die beiden Nadeln mit einem tiefen Seufzer durch den Wachskörper jagte, dann ließ er sie vom Sims aus dem zweiten Stockwerk nach unten auf das Pflaster fallen.

# 4. KAPITEL

Der Daniel. Turm der Nördlinger St. Georgskirche. Mit seinen 89,9 Metern Höhe ragt er stolz in den Himmel der Stadt, die jährlich von Touristen aus aller Herren Länder besucht wird.

350 Stufen sind hinauf zu steigen, um am Westportal der spätgotischen Hallenkirche bis unter die Spitze des Turmes zu gelangen.

Im Jahre 1454 wurde für ihn der Grundstein gelegt, und es dauerte 38 weitere Jahre bis zu seiner Fertigstellung.

Bei entsprechender Wetterlage erhält man von der Brüstung einen überwältigenden Ausblick über die gesamte Stadt mit ihrem historischen Altstadtkern, sowie über das fast gesamte Donau-Ries.

Dieses war vor mehr als 14 Millionen Jahren entstanden, nachdem ein Asteroid mit ca. 100.000 km/h in die Erde einschlug, und dabei einen Krater von 25 km Durchmesser und 1000 m Tiefe hinterließ.

Seinen Namen erhielt der Turm aus dem Volksmund wohl nach einem Bibelvers (Daniel 2,48): "Und der König erhöhte Daniel und ... machte ihn zum Fürsten über das ganze Land".

In der Turmstube wohnt seit jeher der Türmer, der über die Stadt zu wachen hatte. Traditionsgemäß ruft er auch heute noch sein *So G'sell So* halbstündlich zwischen 22:00 Uhr und Mitternacht.

Durch diesen Ruf sollte der Geschichte nach die Verbindung zu den Wächtern an den Stadttoren aufrechterhalten werden, um deren Wachsamkeit wechselseitig zu kontrollieren.

Diesen Beruf des Türmers gibt es so nur noch zweimal in Europa, nämlich in Münster auf St. Lamberti und in der Marienkirche im polnischen Krakau.

Wie an so manchem Abend, so hielten sich auch heute Touristen und Einheimische am Fuße des Daniel auf, um diesem historischen Ruf zu lauschen.

Die Augenpaare der Menschen waren in Richtung Turmspitze gereckt, als die Stimme des Mannes von hoch oben erklang.

Blitzlichter aus einigen Kameras erhellten mehrmals die Dunkelheit, um die Erinnerung an diesen Abend festzuhalten. Auch die eine oder andere Videokamera richtete sich nach oben, unwissentlich zu diesem Zeitpunkt, dass damit in wenigen Augenblicken eine Tragödie aufgezeichnet werden sollte.

Eine Touristengruppe mit ihrem Stadtführer machte sich bereits auf ihren Platz zu verlassen, als plötzlich ein Raunen durch die Reihen der Anwesenden ging. Stimmen wurden lauter, Menschen in verschiedenen Sprachen redeten durcheinander, Fingerspitzen zeigten nach oben.

Aber erst als sich aus dem Munde einer Japanerin ein Entsetzensschrei löste, starrten alle Augen wie gebannt in Richtung Turmspitze.

Sie sahen den Türmer wankend auf der Brüstung stehen, gehalten wie von einer unsichtbaren Hand.

Er ruderte noch kurz mit den Armen, schien verzweifelt nach einer Möglichkeit zu suchen sich irgendwo festzuhalten, um jedoch Augenblicke später mit einem Mark erschütternden Schrei in die Tiefe zu fallen.

Wenige Sekunden später vernahmen die vor Schreck erstarrten Menschen nur noch das Geräusch des auf dem Kopfsteinpflaster aufprallenden Körpers.

## 5. KAPITEL

Markus Stetter legte seine Unterlagen zur Seite. Er hatte wie jeden Tag die Eintragungen über die Eintrittsgelder und die verkauften Souvenirs vorgenommen.

Dies geschah noch immer in Handarbeit, die Daten wurden erst später elektronisch erfasst und archiviert. Nachdem er auch noch den Bestand der vorhandenen Andenken kontrolliert hatte, blickte er auf die Uhr.

Es war kurz vor 22:00 Uhr, und gleich würde er wie jeden Abend zum ersten Mal hinaustreten an die Brüstung, um seinen Wächterruf über die Stadt ertönen zu lassen.

Er war schon seit einigen Jahren als Türmer hier oben auf dem Nördlinger Daniel, und er liebte diesen Job. Das Treppensteigen machte ihm nichts aus, und wann immer irgendwelche Dinge den Turm hinauf transportiert werden mussten geschah dies durch einen elektrisch betriebenen Aufzug.

Dass dies nicht immer so war können die Besucher des Turmes während ihres Aufstiegs in Erfahrung bringen.

An der dritten Ebene etwa 35 Meter über dem Boden, ist auch heute noch ein altes hölzernes Laufrad zu sehen, über welches einst der erste Aufzug im Turm betrieben wurde.

Dieses Rad mussten mehrere Personen, meist waren dies Häftlinge, durch ihre Körperkraft in Bewegung halten.

Markus Stetter war hier oben mehr oder weniger sein eigener Herr. Er kümmerte sich darum, dass die ankommenden Besucher stets ihren Wissensdurst und ihre Neugier gestillt bekamen.

Er sorgte auch für Ordnung und Sauberkeit auf der siebten Ebene des Turmes, die direkt unterhalb seines kleinen Wohnbereiches lag. Daneben zählte auch die Betreuung einer kleinen Wetterstation zu seinen Aufgaben.

Als er in die Dunkelheit hinaus trat, ging sein Blick hinauf zum Firmament.

Er spürte die frische Nachtluft und genoss für einen Augenblick wieder den fast sternenklaren Himmel.

Er liebte diese Ruhe hier oben, zog die abendliche Einsamkeit dem hektischen Alltagstreiben vor. Kurz und gut: er war mit sich und seiner Situation mehr als zufrieden.

Als er sich an die Nordseite des Turmes begab, sah er kurz über die Brüstung nach unten. Wie fast an jedem Abend erkannte er auch heute wieder einige Touristen auf dem Vorplatz der Kirche.

Sie alle warteten sicherlich darauf, dass er endlich sein *So G'sell So* in den Nachthimmel rief. Er war noch immer erstaunt darüber, dass dieses Zeremoniell Menschen aus aller Welt anlockte. Aber er war ja auch einer der Wenigen seines Standes.

Türmer zu sein, dazu gehört eben mehr als nur Interesse an der historischen Vergangenheit eines Bauwerkes wie dem Daniel.

Als Markus Stetter sich von der Brüstung zurückzog, verspürte er ein seltsames und unangenehmes Kribbeln in den Beinen. Eine beklemmende Enge ergriff Besitz von seinem Köper. *Zu lange nach unten gesehen* dachte er kurz bei sich.

Dann sog er einige Male tief die kühle Nachtluft in seine Lungen, legte beide Hände seitlich an den Mund und setzte zu seinem allabendlichen Ruf an.

*So G'sell So* tönte es wieder hinaus in Richtung der historischen Altstadt.

Als sich der Türmer dann zu seinem nächsten Standplatz begeben wollte hatte er plötzlich das Gefühl, festgehalten zu werden.

Seine Beine schienen sich keinen Zentimeter bewegen zu wollen. Wie gelähmt stand er auf der Stelle.

Wirre Gedanken schwirrten durch seinen Kopf. Schwächeanfall? Höhenkoller? Was war plötzlich mit ihm los?

Eine panische Unruhe ergriff Besitz von ihm. Er fühlte sich auf einmal eingeengt hier oben, mehr als 60 Meter über dem Boden.

Er musste weg, dachte sogar einen kurzen Augenblick daran, um Hilfe zu rufen. Angst machte sich in ihm breit.

Nicht mehr in der Lage einen klaren Gedanken zu fassen, kletterte er wie von Sinnen auf die Brüstung. Er richtete sich auf, stand kerzengerade da, als er einen stechenden Schmerz in der Brust fühlte.

Markus Stetter griff sich an den Oberkörper, versuchte dabei das Gleichgewicht nicht zu verlieren.

Er schwankte zur Seite, suchte verzweifelt nach einer Möglichkeit sich festzuhalten.

Doch da war nichts, das er greifen konnte.

Nachdem er sich urplötzlich seiner Situation bewusst wurde, fiel sein Blick in die Tiefe. Er ruderte mit den Armen, versuchte das Unvermeidliche irgendwie noch zu verhindern.

Als er fühlte, dass seine Beine den Kontakt verloren, löste sich ein angsterfüllter Schrei von seinen Lippen und er stürzte in die Tiefe.

Eine gnädige Ohnmacht riss ihn in ein schwarzes Loch und so spürte er nichts mehr davon, als sein Körper auf dem Kopfsteinpflaster aufschlug.

Innerhalb nur weniger Augenblicke füllte sich der Platz vor der St. Georgskirche immer mehr mit neugierigen Zuschauern.

Der Führer einer Touristengruppe war es, der am schnellsten reagierte. Er griff aufgeregt zu seinem Handy und drückte mit zitternden Fingern eine der für den Notfall gespeicherten Kurzwahltasten.

Sekunden später meldete sich am anderen Ende ein Beamter der Nördlinger Polizei.

# 6. KAPITEL

Manfred Kramer, Hauptwachtmeister in der Nördlinger Polizeiinspektion, hatte erst vor einigen Minuten seinen Dienst zur Nachtschicht angetreten.

Er war gerade dabei die Unterlagen des vergangenen Tages durchzusehen um sich ein Bild der Geschehnisse zu machen, als er das Läuten des Diensttelefons vernahm. Er und sein Kollege griffen fast gleichzeitig nach dem Hörer.

„Polizeiinspektion Nördlingen, Kramer", meldete er sich kurz und knapp.

Nach einigen Sekunden des Zuhörens forderte er den Anrufer ungläubig auf, seine Worte noch einmal zu wiederholen.

Gleichzeitig schaltete er den Lautsprecher des Apparates ein, und gab seinem Kollegen ein Zeichen mit zu hören.

„Schnell... an der Kirche... es ist jemand vom Turm gestürzt... der Türmer... machen sie doch schnell. Bitte beeilen sie sich...", vernahmen die beiden Polizisten die vor Aufregung stotternde Stimme aus dem Lautsprecher.

Manfred Kramer versuchte den Anrufer etwas zu beruhigen. Im ersten Moment dachte er an einen Scherz, vielleicht ein Jugendlicher oder ein Betrunkener.

Als er aber im Hintergrund aufgeregtes Geschrei und hektische Stimmen vernahm, sah er seinen Kollegen fragend an.

Dieser war zum Fenster des Büros gegangen und hatte es auch schon geöffnet.

Da das Polizeigebäude nur wenige Straßen von der St. Georgskirche entfernt lag, konnte man durch das offene Fenster das ferne Stimmengewirr vernehmen.

Kramer wies den Mann am Telefon an sich von der Unfallstelle fern zu halten und Nichts zu berühren oder zu verändern. Als er den Hörer auflegte, hatte sein Kollege bereits die Mütze in der Hand und griff nach dem Schlüssel eines Dienstwagens.

Im Laufschritt verließen die beiden Beamten ihr Büro und spurteten durch den Gang hindurch in Richtung des Ausgangs zum Innenhof.

Nur wenige Sekunden später, als der Motor des Polizeiwagens aufheulte, das Blaulicht gespenstisch den Nachthimmel erleuchtete und der Lärm des Martinshorns die nächtliche Stille durchdrang, öffnete sich bereits das Hoftor zur Innenstadt.

# 7. KAPITEL

Michael Akebe beobachtete mit verzerrtem Gesicht am geöffneten Fenster seiner Arztpraxis wie die Gestalt auf die Brüstung des Daniel kletterte, und dort für einen kurzen Augenblick wankend verharrte.

Als er die Puppe nach unten fallen ließ, wahrnahm, dass im gleichen Augenblick der wankende Körper des Türmers schreiend in die Tiefe stürzte, vernahm er fast gleichzeitig den Entsetzensschrei einer Frauenstimme.

Dieser kam direkt aus der Richtung der Kirche.

Kurze Zeit später öffnete sich nur wenige Straßen weiter das automatische Tor zum Hof der Nördlinger Polizeiinspektion, und ein Streifenwagen verließ mit Blaulicht und dem ohrenbetäubenden Signal des Martinhorns das Gelände.

Der verzerrte Blick des Arztes entspannte sich langsam wieder. *Der erste Schritt ist getan, die Gerechtigkeit nimmt ihren Lauf*, dachte er bei sich.

*Die uralten Gesetze des Voodoo werden den Teil der menschlichen Natur wieder ins Gleichgewicht bringen, den der Tod meines Vaters ungleich werden ließ.*

Er schloss das Fenster, griff nach seiner schwarzen Tasche und machte sich auf den Weg nach unten. Er wollte als Arzt wenigstens am Ort des Geschehens sein um seine Hilfe anzubieten.

Auch wenn er in diesem Augenblick wusste, dass für den Türmer jede Hilfe zu spät kommen würde.

Einen Sturz aus über 60 Metern Höhe zu überleben würde einem Wunder gleich kommen.

Als er das Haus verlassen hatte ging er unter dem Fenster vorbei, aus welchem er kurz zuvor die Puppe fallen gelassen hatte. Nach ihr suchend fand er nur ein deformiertes Etwas aus Wachs auf dem Gehweg vor.

*Vermutlich wird er ebenfalls so aussehen*, dachte Michael Akebe bei sich.

Er bückte sich nach dem Teil und steckte es kurzerhand in seine Jackentasche.

Im gleichen Augenblick als er sich erhob, konnte er aus Richtung des Reimlinger Tores bereits das Signal des heran fahrenden Notarztfahrzeuges vernehmen.

Als dieser dann gefolgt von einem Rettungswagen an ihm vorbei brauste, begab auch er sich auf dem schnellsten Weg zur Kirche.

Die verzweifelten Blicke seiner Mutter, die ihn vom Fenster ihrer Wohnung aus beobachtet hatte, nahm er nicht wahr.

Zu sehr war er mit den Geschehnissen der letzten Minuten beschäftigt gewesen.

Als er sich kurze Zeit später den Weg durch die sich bereits angesammelte Menschenmenge bahnte musste er auch an den Polizeibeamten vorbei, die inzwischen Verstärkung erhalten hatten und um den Ort des Geschehens auch schon eine Absperrung errichteten.

Nachdem sie den Arzt erblickten, gewährten sie ihm ohne Widerspruch Durchlass.

„Vorsicht, Doktor Akebe", sprach ihn einer der Beamten an.

„Der Anblick der Sie erwartet ist nicht gerade angenehm.

Der Mann, bzw. das was dort am Boden liegt, sieht nicht sehr erfreulich aus."

*Kann ich mir vorstellen,* dachte der Arzt bei sich. *Aber die Natur in ihrer Ganzheit kann nicht nur strahlend schön, sondern auch grausam und unbarmherzig sein.*

Als er den abgedeckten Leichnam erreichte ging er kurz in die Knie, zog die Decke etwas zur Seite, und betrachtete für einen Augenblick den zerschmetterten Körper des Türmers.

„Nein", sagte er zu dem Polizisten der ihn begleitet hatte, um ihn vor den neugierigen Blicken der Menschenmenge zu schützen.

„Dieser Anblick ist nun wahrlich kein Augenschmaus."

Er blickte über die Schulter nach oben in das Gesicht des Beamten und bemerkte dessen fahle Gesichtsfarbe.

Dem Mann bereitete der Anblick des blutigen, deformierten menschlichen Körpers sichtliches Unbehagen.

Michael Akebe öffnete seine schwarze Tasche, griff nach einem Tablettenröhrchen, öffnete dieses, und gab dem Beamten eine der weißen Pillen.

„Nehmen Sie. Danach wird es ihnen bald etwas besser gehen.

Keine Bange, es ist kein Beruhigungsmittel. Nur etwas zur Unterstützung Ihres Kreislaufs."

Der Polizist nahm das Medikament dankend entgegen und begab sich zum Rettungswagen, um es dort mit einem Schluck Wasser zu sich zu nehmen.

Michael Akebe zog die Decke wieder über den Leichnam, erhob sich langsam, und lenkte seine Schritte in Richtung eines der Polizeifahrzeuge.

Er wollte sich zunächst um die japanische Touristin kümmern, die durch das Geschehen anscheinend einen schweren Schock erlitten hatte.

Er sah sie auf dem Rücksitz liegend in eine Decke gehüllt. Eine Polizeibeamtin kümmerte sich um die Frau, indem sie beruhigend auf sie einzureden versuchte.

Als der Arzt an das Fahrzeug herantrat, konnte er unweigerlich den Schockzustand der Passantin feststellen.

Da inzwischen auch ein weiterer Rettungswagen eingetroffen war, half Michael gemeinsam mit der Polizistin der Frau aus dem Wagen und begleitete sie zu einem der Sanitäter, der sie sogleich in seine Obhut nahm.

Anschließend besprach er mit dem Notarzt die Sachlage. Sie begaben sich gemeinsam zu der Stelle, an welcher der Tote lag.

„Wie konnte er nur von da oben herunter fallen?", fragte der Notarzt mit einem Blick nach oben mehr zu sich selbst gesprochen, als die Frage an seinen Kollegen zu richten.

„Von ganz allein kann kein Mensch über die Brüstung stürzen. Da muss doch jemand nachgeholfen haben."

*Mit dieser Vermutung könntest du gar nicht so Unrecht haben,* murmelte Michael Akebe etwas lauter zu sich selbst, als er eigentlich wollte.

„Wie meinen Sie das denn, Herr Kollege?" drehte der Notarzt fragend den Kopf in die Richtung des Kollegen.

„Wie? Ach, nichts Besonderes" gab dieser schnell, jedoch ein wenig erschrocken über seine etwas unbedacht laute Äußerung zurück.

„Vielleicht war er es ja auch selbst, der nachgeholfen hat. Wer weiß schon was in einem Menschen vorgeht, der ständig alleine dort oben lebt?"

Der Notarzt schaute ihn jetzt fragend an. „Sie vermuten also einen Suizid?"

„Nun, wenn ich dem Gerede verschiedener Passanten hier Glauben schenken kann, dann scheint dies momentan die einzige Erklärung dafür zu sein.

Denn angeblich sei der Tote einfach auf der Brüstung erschienen, um dort nach einigem Zögern in die Tiefe zu stürzen."

„Das kann ich mir beim besten Willen nicht vorstellen", schüttelte der Notarzt ungläubig seinen Kopf.

„Ich kannte Markus Stetter und seine Familie ganz gut. Sein Vater und ich teilen ein Hobby. Afrika.

Ich traf mich früher fast regelmäßig mit ihm. Leider wurden diese Treffen in den letzten Jahren immer seltener.

Der alte Stetter ist seit seiner Pensionierung nicht mehr der, der er einmal war. Scheint sich wohl aufs Altenteil abgeschoben zu fühlen.

Wenn *er* hier liegen würde, so könnte ich Ihre Vermutung womöglich noch teilen.

Aber dass Markus psychische Probleme gehabt hätte?

Nein, dann wüsste ich sicherlich davon. Da muss irgendetwas Anderes im Spiel gewesen sein.

Warten wir ab bis der Staatsanwalt vor Ort ist und die Ermittlungen aufgenommen werden. Einen Selbstmord kann ich mir absolut nicht vorstellen.

Ich bin gespannt darauf, was die Obduktion ergeben wird."

„In diesem Punkt könnte ich Ihnen zustimmen, Herr Kollege", sagte Michael Akebe.

„Gerd Stetter ist einer meiner Patienten. Ihm scheint es wirklich in den letzten Jahren nicht besonders gut zu gehen.

Ich kann ihnen zwar keine Auskunft über seine Besuche in meiner Praxis geben, aber auf Grund ihrer persönlichen Bekanntschaft doch diese Vermutung von meiner Seite her bestätigen."

„Ja, ich weiß, dass die alten Stetters schon lange Ihre Patienten sind", bestätigte der Notarzt.

„Gerd Stetter hat mir früher das eine oder andere Mal gestanden, dass er sich gerne mit Ihnen über Ihre Heimat unterhalten würde, irgendwie aber nie die richtige Gelegenheit dafür gefunden hätte.

Nur seltsam, dass er bei den wenigen Treffen in den letzten Jahren nichts mehr davon erwähnt hat.

Ihm schien sein Hobby sehr am Herzen zu liegen. Sein Interesse an Afrika schien mir doch recht intensiv zu sein.

Ich kann mir kaum vorstellen was passiert sein könnte, dass dies so in den Hintergrund getreten ist."

*Ich kenne in der Zwischenzeit den Grund dafür* dachte sich Michael, während sich sein Kollege aus der Hocke erhob.

Er drehte seinen Kopf zur Seite, hielt nach einem Polizisten Ausschau, und rief diesen zu sich heran.

„Wissen Sie darüber Bescheid, ob denn schon jemand die Eltern von Markus Stetter verständigt hat?

Wir sollten auf jeden Fall jemanden vorbei schicken der in der Lage ist, den Beiden diese Nachricht schonend beizubringen.

Sofern dies in einem Fall wie diesem hier überhaupt möglich ist."

Dann wandte er seinen Blick wieder Michael Akebe zu.

„Todesnachrichten zu übermitteln ist die eine Sache, aber dies hier …?

Bitte sorgen Sie dafür, dass man sich umgehend darum kümmert", bat er schließlich den sichtlich betroffenen Polizisten.

Während der Notarzt mit dem Polizeibeamten sprach, dachte Michael Akebe kurz über die Worte seines Kollegen nach, versuchte sich an den einen oder anderen Besuch der Stetters in seiner Sprechstunde zu erinnern.

Stimmt. Ihm fiel nun ein, dass ihm Gerd Stetter einmal während eines EKG ziemlich viele Fragen über seine Herkunft gestellt hatte.

Michael ging anfangs nicht näher darauf ein, da er im Laufe der Jahre in diesen Dingen sehr sensibel und vorsichtig geworden war.

Manche Menschen wurden ganz unbedacht und unbewusst in ihren Äußerungen über Ausländer verletzend. Manche auch provozierend.

Einen Patienten bat er in der Vergangenheit deshalb sogar nicht mehr in seine Sprechstunde zu kommen, sollte er seine Vorurteile nicht für sich behalten.

Michael erinnerte sich nun wieder etwas genauer an besagten Tag.

Stetters Frau war sogar ein wenig peinlich berührt von den vielen persönlichen Fragen ihres Mannes.

*Nun lass doch Gerd. Doktor Akebe ist unser Arzt, und nicht dein persönlicher Reiseleiter.*

So, oder so ähnlich reagierte sie damals auf die vielen Fragen ihres Mannes.

Nachdem Michael aber festgestellt hatte, dass das Interesse Stetters sich wirklich nur auf die Kultur seiner Heimat bezog, hatte er ihm auch gerne die eine oder andere Auskunft oder literarische Empfehlung gegeben.

Was aber auch stimmte war die Tatsache, dass dieses Interesse in den letzten Jahren fast vollkommen verschwunden schien.

Michael schob dies auf die Reaktionen von Frau Stetter, der ja die persönliche Fragerei ihres Mannes immer peinlich war.

Erst seit besagtem Abend, an dem Stetter ihm vom Unfall seines Vaters gebeichtet hatte, wusste er es besser.

Es war wohl Gerd Stetters Gewissen das ihn davon abhielt, den Hausarzt mit seinen persönlichen Fragen zu löchern.

Er hatte sicherlich gemerkt, dass Michael seither nicht mehr so frei und offen über dieses Thema sprechen mochte.

# 8. KAPITEL

Antonia und Gerd Stetter waren gerade dabei ins Bett zu gehen, als sie die Türglocke hörten. Sie konnten sich im ersten Moment nicht vorstellen, wer um diese Zeit noch zu ihnen kommen sollte.

Als Gerd Stetter die Haustüre öffnete und die beiden Polizeibeamten erkannte wusste er zunächst nicht, wie er die Situation deuten sollte. Er bat die beiden Männer ins Haus und führte sie in das Wohnzimmer.

Antonia Stetter kam im gleichen Augenblick hinzu. Als sie in die Gesichter der beiden Männer blickte ahnte sie sofort, dass etwas Schreckliches geschehen sein musste.

Ihr kam der Lärm der vergangenen Stunden in den Sinn. Sie erinnerte sich urplötzlich an das Geheul der Sirenen, das selbst durch die geschlossenen Fenster nicht zu überhören war.

Sie dachte dabei auch gleich an einen Unfall, und hatte in diesem Moment Mitleid mit den Betroffenen und Angehörigen.

Als sie nun jedoch die beiden Polizisten im Wohnzimmer sah ahnte sie bereits, dass dieses Geschehen am Abend unmittelbar sie selbst betreffen würde.

Sie fühlte eine furchtbare Unruhe in sich hochsteigen und begab sich zu einem der Wohnzimmersessel, um sich langsam darin nieder zu lassen.

Gerd Stetter stand indes regungslos an die Zimmertüre gelehnt, und beobachtete mit bangem Blick die beiden Männer.

Man konnte ihnen ansehen, dass es wohl zu den schlimmsten Aufgaben gehörte, eine Todesnachricht zu übermitteln.

„Es tut uns leid, dass wir Ihnen diese Nachricht überbringen müssen", sagte einer der Beiden zu Gerd Stetter gewandt.

„Es handelt sich um ihren Sohn Markus."

Antonia Stetter fühlte in diesem Augenblick eine Eiseskälte den Rücken hinauf steigen. Sie schlug beide Hände ins Gesicht, und fragte mit leiser, zitternder Stimme:

„Was ist mit Markus? Hatte er einen Unfall?

Er ist doch um diese Zeit oben auf dem Daniel. Um Himmels Willen, so sagen Sie uns doch was passiert ist."

„Den genauen Hergang des Geschehens kennt leider niemand. Als wir verständigt wurden und am Daniel eintrafen, lag ihr Sohn bereits tot auf dem Platz vor dem Turm.

Laut Zeugenaussagen sei er auf die Brüstung gestiegen und dann nach einigem Zögern in die Tiefe gestürzt. Völlig unverständlich, wie es dazu kommen konnte.

Die Kollegen aus Augsburg sind bereits verständigt und auf dem Weg hierher.

Wir müssen sie nun bitten, uns zu begleiten."

Mit kalkweißem Gesicht hatte Antonia Stetter die Worte des Beamten vernommen.

Ungläubig starrte sie zur Zimmertüre, sah Hilfe suchend in das Gesicht ihres Mannes.

Dieser jedoch schien zu keiner Reaktion fähig zu sein. Sein Blick schien durch die Anwesenden hindurch zu gehen.

Es sah aus als würde er sich nicht in der Gegenwart befinden, sondern irgendwo in weiter Ferne. Weitab von dem, was man ihm und seiner Frau hier gerade schilderte.

„Herr Stetter?"

Einer der beiden Polizeibeamten fasste den Mann vorsichtig an seinem linken Arm.

„Sollen wir ihnen einen Arzt rufen?"

Gerd Stetter drehte langsam seinen Kopf.

Der Beamte sah in die ausdruckslosen Augen des Mannes.

Als er dann auch noch das hemmungslose Schluchzen von Antonia Stetter vernahm griff er zu seinem Diensthandy, um einen Krankenwagen zu rufen.

Gerd Stetter langte ihm in diesem Augenblick jedoch in den Arm.

Diese Geste machte dem Polizisten deutlich, dass der Mann jetzt keinen weiteren Menschen sehen wollte.

„Lassen Sie nur, es ist schon in Ordnung. Bitte geben Sie uns ein paar Minuten Zeit zum Anziehen.

Sie können gerne hier im Wohnzimmer warten", sprach er mit tonloser Stimme.

Nach diesen Worten schlurfte er mit schweren Schritten und gesenktem Kopf hinüber zu seiner Frau. Er stellte sich hinter den Sessel, legte ihr seine Hände auf die Schultern, und redete leise auf sie ein.

„Warum denn nur ausgerechnet Markus?

Ob dies wohl die Strafe dafür ist, dass wir uns schuldig gemacht haben? Dass es einmal soweit kommt.

Hätte ich nur im Geringsten geahnt was mein Handeln für Folgen haben würde, ich wäre niemals soweit gegangen."

Antonia Stetter hob den Kopf, starrte ihren Mann mit großen Augen an, und vergrub dann ihr weinendes Gesicht wieder in ihren Händen.

Die beiden Beamten wirkten etwas ratlos, nachdem sie den kurzen Dialog zwischen dem Ehepaar vernommen hatten.

Sie konnten dem Gehörten jedoch keinerlei Bedeutung zuweisen, und schoben die Aussagen auf die momentan sehr wohl zu verstehende seelische Belastung.

Sie sahen mit an wie Gerd Stetter seiner Frau aus dem Sessel half und sie dann stützend in ein Zimmer nach Nebenan führte.

Eine Viertelstunde später begab sich das Ehepaar in Begleitung der beiden Polizeibeamten auf den Weg zur St. Georgskirche.

# 9. KAPITEL

Staatsanwalt Frank Berger sah auf seine Armbanduhr als das Telefon summte. Irgendwie hatte er sich mit seinen 48 Jahren noch immer nicht an diesen Ton gewöhnt.

Auf seine Anweisung hin wurde die neue Telefonanlage so programmiert, dass keiner der penetranten Klingeltöne oder nervenden Musikstückchen ihn aus seinen Gedanken riss, wenn er spätabends noch in seinem Büro saß.

Wenn schon permanent erneuert werden musste, so wollte er doch wenigstens auch die angenehmen Seiten der Technik nutzen.

Er blickte auf das Display des Apparates und war sich, als er die Nummer erkannte darüber im Klaren, dass es heute wohl wieder einmal später werden würde, bis er nach Hause kam.

„Staatsanwaltschaft Augsburg, Berger am Apparat", meldete er sich mit dienstlichem Ton.

„Kriminalkommissariat Augsburg, Markowitsch am Apparat", vernahm er die Stimme am anderen Ende der Leitung.

Nach einigen Sekunden Stille hörte er den Mann erneut sagen: „Hier spricht Kommissar Markowitsch. Staatsanwalt Berger?"

„Markowitsch, Markowitsch", murmelte Berger laut in den Hörer.

„Ist das nicht dieser Kommissar der uns immer wieder die verrücktesten Todesfälle unter die Nase hält?"

„Da gehen Sie recht in der Annahme, verehrter Herr Staatsanwalt. Hier spricht tatsächlich der Dienststellenleiter des Augsburger Kriminalkommissariats.

Und dass ich mich immer mit den verrücktesten Todesfällen herumzuschlagen habe, das liegt nun wirklich nicht in meinem eigenen Ermessen.

Ich hätte es manchmal auch gerne etwas ruhiger."

„Wollen Sie mir wieder mal einen meiner wohlverdienten Feierabende vermiesen, Markowitsch?

Ich war heute bereits zweimal auf der Autobahn, um irgendwelche verrückten Schnösel mausetot in ihren viel zu schnellen, zertrümmerten Blechkarossen zu sehen.

Die werden es niemals lernen, dass sie mit diesen Raketen unter ihrem Hintern viel schneller tot sind, als sie Piep sagen können.

Nur einmal kurz nicht aufgepasst, an die Leitplanke, Überschlag und das war's dann meistens. Schlimm genug für die Angehörigen, aber noch schlimmer für diejenigen, die da unschuldig mit hineingezogen werden.

Mein lieber Markowitsch, verschonen Sie mich bitte heute noch mit irgendwelchen Leichen."

„Kann ich Ihnen leider nicht ersparen, Herr Staatsanwalt. Sie müssen wohl oder übel heute noch mal raus.

Aber keine Angst, es geht nicht auf die Autobahn. Allerdings dürfen Sie ein Stückchen mit mir fahren.

Wenn Sie möchten, dann nehme ich Sie in meinem neuen Dienstwagen mit.

Wenn Sie es jedoch für notwendig erachten sollten, dann fliegen wir auch mit dem Hubschrauber.

Aber Sie müssen heute noch mal raus."

Berger vernahm den komischen Unterton in Markowitsch' Stimme.

Irgendetwas in ihm kam zu der Überzeugung, dass es sich hier nicht um einen der leider schon als üblich zu bezeichnenden Verkehrsunfälle handelte, bei denen mindestens einer der Raser ums Leben kam.

Was aber wollte der Kommissar mit seinen Andeutungen sagen?

„Kein Verkehrsunfall?", fragte er seinen unsichtbaren Gegenüber.

„Und warum rufen Sie dann nicht den Kollegen Freiberg an? Sie wissen doch, dass ich mich am Liebsten auf der Straße aufhalte."

Frank Bergers sarkastisch seufzender Unterton war nicht zu überhören.

„Ihr Kollege Dr. Freiberg ist leider nicht zu erreichen.

Und nachdem wir beide doch schon hin und wieder einmal so nett zusammengearbeitet haben dachte ich mir, rufst du halt einfach den Herrn Berger an.

Der wird sich bestimmt darüber freuen."

„Und wie ich mich darüber freue, Markowitsch. Lieb von ihnen, dass Sie dabei an mich gedacht haben", maulte Berger in die Sprechmuschel.

„Nur komisch, dass es dabei immer kurz vor Feierabend ist. Sprechen Sie sich eigentlich mit dem Kollegen Freiberg ab?"

„Ich würde sagen, wir verlegen diese kleine Diskussion auf später. Man erwartet uns umgehend in Nördlingen.

Die Kollegen vor Ort sind ziemlich nervös, denn die Geschichte ist leider öffentlicher als es allen Verantwortlichen lieb wäre."

„Von welcher Geschichte sprechen Sie, Markowitsch? Nun rücken Sie schon raus mit der Sprache, und reden Sie nicht immer um den heißen Brei herum.

Warum um alles in der Welt sollte ich mit Ihnen nach Nördlingen fahren?"

„Warum?" wiederholte Markowitsch mit einem Wort die Frage des Staatsanwaltes.

„Weil dort einer vom Turm gefallen ist."

Für einige Sekunden herrschte Totenstille zwischen den beiden Gesprächspartnern.

„Man fliegt nicht so einfach von einem Turm, Markowitsch.

Wollen Sie mich auf den Arm nehmen?", fragte Berger mit nun schon etwas genervtem Unterton in den Hörer.

„Würde ich mir bei Ihrer Figur nie antun, Herr Staatsanwalt.

Nein, ich meine dies in allem Ernst.

Die Kollegen von der Polizeiinspektion in Nördlingen haben vor einigen Minuten hier angerufen um mir mitzuteilen, dass der Türmer des Nördlinger Daniel im wahrsten Sinne des Wortes zerschmettert am Boden liegt.

Passanten haben beobachtet, dass er kurz nach seinem Wächterruf plötzlich auf der Brüstung stand und abstürzte."

Frank Berger musste unwillkürlich schlucken. Was ihm der Kommissar da am Telefon mitteilte, hörte sich nach allem Anderen als nach einem gewöhnlicher Unfall an.

„Also gut, Markowitsch", entgegnete er.

„Wenn das so ist scheint es aber wirklich besser zu sein, dass wir uns auf dem schnellsten Weg dorthin begeben.

Blaulicht oder Hubschrauber?"

Nachdem Kommissar Markowitsch gerne einmal mit dem Helikopter zum Einsatz fliegen würde war er fast so weit zu sagen: *Hub-*

*schrauber.*

Aber angesichts seiner Leidenschaft zum Autofahren und der Tatsache, dass er erst vor einigen Tagen einen neuen Dienstwagen erhalten hatte, sprach er kurz entschlossen:

„Wir nehmen das Blaulicht. Ich muss mein neues Schmuckstück sowieso noch richtig einfahren.

Wir sehen uns in ein paar Minuten vor Ihrer Türe, in etwa einer halben Stunde sind wir dann vor Ort."

„Übertreten Sie mir nicht alle Regeln der StVo, Markowitsch. Nicht dass uns die Kollegen nachher noch dienstlich auf der B2 besuchen müssen."

„Keine Sorge, Herr Staatsanwalt", entgegnete der Kommissar mit einem Lachen.

„Ich bin ein sehr sicherer Fahrer. Bei mir sind Sie in besten Händen."

„Ihr Wort in Gottes Ohr. Ich erwarte Sie also in ein paar Minuten bei mir vor dem Büro."

Frank Berger legte den Hörer zurück auf das Telefon. Nachdenklich trat er ans Fenster und starrte auf das nächtliche Augsburg.

Er kannte den Nördlinger Kirchturm, der als einer der wenigen in Europa noch mit einem Türmer besetzt war.

Es war erst einige Wochen her, dass er mit seiner Frau die 350 Stufen hinaufstieg, um kurz oberhalb der siebten Turmebene in über 60 Metern Höhe die Aussicht über Nördlingen und das Donau-Ries zu genießen.

Er erinnerte sich noch genau daran, wie er im unteren Bereich des Turmes auf der steinernen Wendeltreppe fast einen Drehwurm bekommen hatte, es sich dann aber schnell abgewöhnte, beim Hinaufgehen immer nur auf die Stufen zu achten.

Er hielt zwischendurch kurz an, richtete den Blick nach oben oder auch zur Seite, um so diesem komischen Schwindelgefühl zu entgehen.

Auf dem Weg nach unten mussten er und seine Frau des Öfteren stehen bleiben, da sie sich zwangsläufig mit den entgegenkommenden Besuchern des Turmes zu einigen hatten, ob diese zuerst nach oben, oder er und seine Frau zuerst nach unten weitergehen sollten.

Nachdem Berger, wie er selbst von sich zu sagen pflegte, in den letzten Jahren zwischen Hüftgelenk und Brustkorb etwas fülliger geworden war, wäre ein aneinander vorbei gehen wohl zum Scheitern verurteilt gewesen.

Jedoch war man sich einig, dass man für den Auf- und Abstieg des Daniel auf jeden Fall durch die bei entsprechendem Wetter überwältigende Aussicht entschädigt wurde.

Der Staatsanwalt verließ mit diesen Gedanken sein Büro und stand noch keine zwei Minuten auf der Straße, als er auch schon den mit Blaulicht heranfahrenden Dienstwagen von Kommissar Markowitsch erblickte.

Mit quietschenden Reifen hielt eine silbergraue Sportlimousine neben Frank Berger am Straßenrand.

„Wen um alles in der Welt mussten Sie denn in ihrem Haus bestechen um an dieses Teil zu kommen?", fragte er den spitzbübisch grinsenden Beamten beim Einsteigen.

„Was heißt hier Bestechung", gab Markowitsch entrüstet zurück.

„Ich muss niemanden bestechen. So etwas gibt es nur in Kriminalromanen oder bei den Möchte-gerne-Kollegen im Fernsehen.

Meine Wenigkeit dagegen argumentiert mit Tatsachen."

Mit diesen Worten legte er den ersten Gang ein, und gab seinem Wagen die Sporen.

Berger wurde unerwartet in den Beifahrersitz gepresst, noch ehe er sich seinen Sicherheitsgurt richtig angelegt hatte.

„Mit welchen Tatsachen konnten Sie denn aufwarten, damit man Ihnen so einen Schlitten als Dienstwagen genehmigt hat?"

„Wir waren damals hinter einem Autoknacker her", seufzte Markowitsch in leidiger Erinnerung, denn dieses Ereignis stellte einen der wenigen dunklen Flecke in seiner Karriere dar.

„Und dieser Gauner hat mich dann in meiner alten Rostlaube doch tatsächlich wie einen unerfahrenen Anfänger aussehen lassen und nach allen Regeln der Kunst abgehängt."

„Und das allein war der Grund dafür, dass Sie den hier genehmigt bekommen haben?", fragte Berger ungläubig.

„Nein, dies alleine gewiss nicht."

Der Kommissar lächelte jetzt wieder.

„Es war wohl eher der Umstand, dass es sich bei dem gestohlenen Fahrzeug um den Privatwagen meines Chefs handelte.

Der hängt nun mal sehr an seinem Oldtimer."

Die Situation sichtlich genießend jagte Markowitsch sein Fahrzeug mit etwas überhöhter Geschwindigkeit aber dennoch sicher durch die Straßen Augsburgs.

Nach nur wenigen Minuten befanden sie sich auch schon auf der Bundesstraße 2 und fuhren ziemlich rasant in Richtung Nördlingen.

Kurz darauf, auf der vor noch nicht allzu langer Zeit fertig gestellten Umgehung von Meitingen, drosselte Markowitsch die Geschwindigkeit seines Wagens und hob seine rechte Hand zu einem Fingerzeig.

„Wenn es diese Straße damals schon gegeben hätte", sprach er etwas zerknirscht zu Frank Berger, „dann wäre mir dieser Schuft wohl nicht so leicht entkommen.

An der zweiten Ampel in Meitingen hat er mich abgehängt. Ich musste eine Vollbremsung hinlegen, sonst hätte ich einen Fußgänger erwischt.

Dabei ist mir der Motor abgewürgt. Als ich die Kiste endlich wieder zum Laufen gebracht hatte und ihm durch die Seitenstraßen hinterher bin, hatte ich ihn leider aus den Augen verloren."

Trotz der wieder erhöhenden Geschwindigkeit nahm der Kommissar eine Hand vom Lenkrad, und streichelte sanft über die Armaturen.

„Mit dir wäre es sicherlich ein Kinderspiel gewesen den Kameraden zu stellen", sprach er mit seinem Fahrzeug wie zu sich selbst.

„Aber die Kollegen der Streife waren Gott sei Dank auf Zack und hatten die Gegend weiträumig abgeriegelt. War ein ziemlicher Aufwand, dieser Einsatz.

Aber was tut man nicht alles für seinen Chef. Hat sich letztendlich ja auch für mich gelohnt."

Sein Beifahrer schüttelte einige Male den Kopf, als sein Blick auf die digitale Geschwindigkeitsanzeige des futuristischen Armaturenbrettes fiel.

Frank Berger kam sich beinahe so vor, als säße er im Cockpit eines Flugzeuges. Das Einzige das ihn ein Wenig beruhigte war die Tatsache, dass die vierspurige Bundesstraße um diese Zeit fast schon wie ausgestorben schien.

Der Kommissar drosselte die Geschwindigkeit des Wagens erst, als sich die Straße bei Donauwörth wieder auf zwei Fahrspuren verengte.

„Wird langsam Zeit, dass man sich an die weiteren Ausbauarbeiten macht", bemerkte Markowitsch dem Staatsanwalt gegenüber.

Als sie dann schließlich durch das Harburger Tunnel ins Ries hinein fuhren und nur wenige Minuten später das Ortsschild von Nördlingen passierten, sah der Staatsanwalt auf die Uhr. Er glaubte seinen Augen nicht zu trauen.

„Um auf Ihre Anmerkung von vorhin zurück zu kommen: Bei Ihrer Fahrweise benötigen Sie einen weiteren vierspurigen Ausbau der B2 überhaupt nicht, mein lieber Herr Kommissar."

Berger schüttelte unmerklich den Kopf.

„Wenn wir jetzt nicht im Dienst wären, Markowitsch, würde ich Sie glatt von der Straße weg festnehmen lassen. Sind Sie sich darüber im Klaren?"

„Natürlich, Herr Staatsanwalt", gab dieser süffisant lächelnd zurück.

„Aber Sie müssen mich schon verstehen. Wenn man in diesem Wagen sitzt merkt man es überhaupt nicht wenn man zu schnell fährt.

Falls Sie möchten, dürfen Sie ihn später auch gerne zurück fahren."

„Sicher", antwortete Berger säuerlich.

„Weil wir es dann ja auch so verdammt eilig haben werden, nicht wahr?"

Von der alten Augsburger Straße in Richtung Reimlinger Tor fahrend überlegte er einen Moment und fragte den Kommissar schließlich:

„Hatten wir nicht an dieser Ampelkreuzung da vorne schon einmal das Vergnügen miteinander?

Sie waren doch damals dabei, Markowitsch, als dieser ehemalige Staatssekretär in diesen Unfall mit Todesfolge verwickelt war.

Oder irre ich mich?"

„Nein, Herr Berger, da irren Sie nicht. Das war einer unserer ersten gemeinsamen Abende, wenn ich dies so salopp formulieren darf.

Aber sicherlich keiner der angenehmsten. Hat ja damals einen mächtigen Wirbel verursacht, diese ganze Geschichte.

Ich war mir ja nie so hundertprozentig sicher, ob da wirklich alles so abgelaufen ist wie es letztendlich dargestellt wurde. Irgendwie hat man da bestimmt von ganz oben mitgespielt.
Auf jeden Fall war zum Schluss der ganzen Angelegenheit der Maulkorb angesagt. Das konnte niemand so recht verstehen.
Aber es ist ja auch schon eine ganze Weile her."

Als die Beiden mit ihrem Wagen die inzwischen weiträumige Absperrung um die St. Georgskirche erreicht hatten, kam auch schon ein Beamter auf sie zu. Markowitsch griff mit der rechten Hand in die Innentasche seiner Jacke, zog seinen Dienstausweis hervor und streckte ihn mit einem kurzen Gruß an den Kollegen aus dem Fenster.

Nachdem dieser einen kurzen überraschten Blick darauf geworfen hatte ließ er das Fahrzeug sofort durch. Die wenigen Meter bis an den hell erleuchteten Kirchenplatz waren schnell zurückgelegt.

Nachdem Kommissar Markowitsch und der Staatsanwalt ausgestiegen waren, wurden sie auch schon von den mittlerweile eingetroffenen Reportern empfangen.

Kameras und Mikrofone wurden ihnen unter die Nase gehalten.

Dadurch bemerkten sie zunächst nicht die komischen Blicke der anwesenden Polizeibeamten in Richtung des abgestellten Zivilfahrzeuges.

Erst als Markowitsch eine neidische Bemerkung aufschnappte, blickte er mit säuerlichem Grinsen zu Frank Berger.

Der schien diese Bemerkung ebenfalls mitbekommen zu haben, denn er winkte nur beschwichtigend in Richtung des Kommissars ab. Dann rief er einen der Polizisten nahe an sich heran und flüsterte ihm ins Ohr:

„Halten Sie uns bitte diese Aasgeier vom Hals, damit wir hier in Ruhe unsere Arbeit machen können.

Die werden ihre gierigen Mäuler schon noch früh genug gefüttert bekommen."

„Den Aasgeier haben wir jetzt aber alle deutlich gehört, Herr Staatsanwalt", tönte eine ihm bekannte Stimme höhnisch aus dem Pulk der versammelten Reporter.

„Sparen Sie sich Ihre Beleidigungen der freien Presse gegenüber, und erklären Sie uns lieber was hier vorgefallen ist.

Bedeutet die Verstärkung die Sie mitgebracht haben etwa, dass es sich hier vielleicht gar nicht um einen Unfall handelt?"

Frank Berger kannte diese Stimme, und er entdeckte kurz darauf auch das passende Gesicht dazu.

Er war lange genug als Staatsanwalt tätig, um gewisse Leute aus dieser Branche einordnen zu können.

Er wusste genau, dass ein Teil dieser Damen und Herren zum einen sowieso nur die Ermittlungen behinderten, zum anderen mussten er und Markowitsch sich selbst erst einmal über den Stand der Dinge informieren.

Eine Stellungnahme vor den Presseheinis kam für ihn zu diesem Zeitpunkt in keiner Weise in Frage.

Sollten diese ruhig ihre sensationshungrigen Vermutungen an die Öffentlichkeit bringen. Aber nicht mit seiner Unterstützung.

Es würde schon noch früh genug eine öffentliche Pressekonferenz geben.

Als er und Markowitsch sich schließlich der Stelle näherten an der man den Leichnam des Türmers mit einer Plane abgedeckt hatte, begann es Markowitsch zu frösteln.

Gespenstisch stellte sich ihm die ganze Szene dar.

Der Kommissar blickte nach oben zur Turmspitze. Seltsam unheimlich und bedrohend ragte der Daniel in den fast schwarzen Nachthimmel.

Das grelle Licht der aufgestellten Flutlichtstrahler verlieh dem historischen Bauwerk eine seltsame, fast mystische Aura.

Dazu der erleuchtete Kirchenplatz, der davor liegende Tote, Polizei- und Notarztfahrzeuge mit Blaulicht, einzelne Passanten die noch als Zeugen zurückgehalten wurden, und der bereits wartende Leichenwagen, der den Toten wohl anschließend in das gerichtsmedizinische Institut bringen würde.

Als Markowitsch sich suchend umsah, kam sofort unaufgefordert einer der anwesenden Polizeibeamten auf ihn zu.

„Der Tote liegt hier drüben, Herr Kommissar", sprach er mit einer Handbewegung in Richtung der Stelle, an der man den abgedeckten Körper liegen sehen konnte.

„So richtig mitbekommen hat zunächst eigentlich keiner etwas. Erst als man den Mann auf der Brüstung stehen sah, aber da war es dann wohl auch schon zu spät.

Da sich bekanntermaßen außer dem Türmer um diese Zeit keiner dort oben aufhält wäre auch niemand in der Lage gewesen, ihn am Springen zu hindern."

„Woher wissen Sie denn, dass er gesprungen ist?", fragte Markowitsch den Beamten.

„Nun ja", kam wie aus der Pistole geschossen dessen pflichtbewusste Antwort.

„Wir haben den Zugang zum Daniel natürlich umgehend gesperrt und waren selbstverständlich in der Zwischenzeit auch oben um uns persönlich davon zu überzeugen, dass hier niemand nachgeholfen hat.

Wir haben mit drei Kollegen den gesamten Turm abgesucht um sicher zu gehen, ob sich dort außer dem Toten möglicherweise noch weitere Personen aufgehalten haben.

Aber sowohl in der Türmerstube als auch sonst im Turm konnten wir absolut keinerlei Hinweise darauf entdecken.

Die Kollegen der Spurensicherung werden das natürlich noch genau überprüfen."

„Danke, Herr Kollege. Wer ist der verantwortliche Arzt hier?"

„Es gibt den Notarzt und einen weiteren Arzt, der den Toten anscheinend auch persönlich gekannt hat."

Markowitsch hob etwas überrascht die Augenbrauen.

„Ach ja? Dann stellen Sie mich den Herren doch mal vor. Mit den Beiden würde ich gerne sprechen."

„Selbstverständlich", gab der Polizeibeamte ihm umgehend zur Antwort, und begleitete den Kommissar in Richtung der Absperrung.

„Sie finden die Herren drüben am Rettungswagen.

Dort wird noch eine der Passantinnen versorgt, die wohl direkt mit angesehen hat wie der Mann von der Brüstung stürzte."

„Also doch nicht gesprungen", bemerkte Markowitsch.

„Was meinen Sie damit?", kam die Frage des Beamten zurück.

„Na, Sie sagten mir doch vorhin, dass den Mann niemand am Springen hindern konnte, und eine Zeugin hat Ihnen nun angeblich berichtet, dass er von oben gestürzt sei.

Das, mein lieber Kollege sind zwei verschiedene Dinge.

Ein Sprung geschieht wohl eher aus eigenem Antrieb. Ein Sturz dagegen deutet auf einen Unfall hin, tragisch oder durch Fremdeinwirkung.

Dies herauszufinden wird in den nächsten Tagen unsere Aufgabe sein."

Etwas zerknirscht nahm der Polizeibeamte die Ausführungen des Kommissars zur Kenntnis.

*Wortklauberei* dachte er bei sich.

Doch nach einigem Nachdenken musste er zugeben, dass es durchaus Sinn machte, was ihm der Kommissar aus Augsburg darlegte.

# 10. KAPITEL

Michael Akebe hatte gemeinsam mit seinem Kollegen in der Zwischenzeit Kreislauf stabilisierende Maßnahmen bei der japanischen Touristin durchgeführt.

Diese stand noch immer unter Schock, konnte allerdings nicht dazu bewegt werden, mit ins Krankenhaus zu fahren.

Man hatte bereits die Leitung ihrer Reisegruppe verständigt und wartete nun darauf, dass sich ein Verantwortlicher einfand, mit dem das weitere Vorgehen besprochen werden konnte.

Es wäre unverantwortlich gewesen die Frau in diesem Zustand sich selbst zu überlassen.

Außerdem musste noch geklärt werden, ob ihre persönliche Anwesenheit für die weiteren polizeilichen Ermittlungen notwendig war.

Nachdem Staatsanwalt Frank Berger sich inzwischen mit einem der anwesenden Polizeibeamten auf den Weg in Richtung Türmerstube machte, begann der Kommissar mit seinen Ermittlungen.

Er bat die beiden Ärzte aus dem Rettungsfahrzeug heraus, um ihnen einige Routinefragen zu stellen.

In erster Linie interessierte es ihn, ob die Frau in der Zwischenzeit noch weitere Angaben gemacht hätte.

„Sie erwarten jetzt aber nicht, dass sich ein durchschnittlich verdienender Notarzt oder ein Allgemeinmediziner problemlos mit einer japanischen Touristin unterhalten können.

Noch dazu, wenn sie weder einen deutschen, noch einen englischen Satz verständlich hervorbringt."

„Nein, verdammt, natürlich nicht", gab Markowitsch zurück.

Er rief sofort nach einem Nördlinger Kollegen um ihn zu fragen, bis wann denn endlich jemand von der Reiseleitung eintreffen würde.

„Schon auf dem Weg, Herr Kommissar. Es müsste jeden Moment jemand hier sein", kam die Antwort.

Wenige Augenblicke später trat bereits eine junge Dame in Begleitung einer weiteren Japanerin heran. Wild gestikulierend verlangte diese den Zutritt zum Rettungswagen, um sich um ihre Schwester, wie sich sogleich herausstellte, zu kümmern.

Der Kommissar bat die Reiseleiterin darum, ihn bei einer kurzen Befragung der Touristin zu unterstützen.

„Könnten Sie bitte für mich erfragen, was genau die Dame beobachtet hat? Jedes Detail ist wichtig für unsere Ermittlungen."

Er wandte sich an Michael Akebe.

„Was meinen Sie, Doktor. Ist die Frau wohl in der Lage, uns einige Fragen zu beantworten?"

Michael sah zunächst den Kommissar an, blickte dann auf die Reiseleiterin.

„Sie scheint noch immer sehr aufgeregt und verwirrt zu sein. Ihre Kreislaufwerte sind aber stabil.

Wenn sie ihre Fragen ein wenig behutsam stellen, dürfte meiner Meinung nach nichts dagegen einzuwenden sein."

„Danke, Doktor ...", sagte Markowitsch grübelnd zu dem gegenüberstehenden Arzt.

„Akebe. Michael Akebe", kam die Antwort von diesem.

„Akebe? Doktor Akebe?"

Die Stirn des Kommissars legte sich in Falten. Er schien einen Moment lang fieberhaft zu überlegen.

„Mir scheint, als hätte ich diesen Namen irgendwo in meinem Gedächtnis gespeichert.

Hatten wir schon einmal das Vergnügen miteinander, Doc?"

„Nicht dass ich wüsste", antwortete Michael.

„Mir ist jedenfalls nicht bewusst, dass ich schon einmal straffällig geworden wäre im Zusammenhang mit einem Todesfall."

Markowitsch grübelte vor sich hin. Wie mit einer Erleuchtung gesegnet traf sein Blick auf Staatsanwalt Berger.

„Todesfall", sagte er plötzlich.

„Sprachen wir nicht vorhin von diesem Verkehrsunfall? Einer der Beteiligten war doch ein Doktor Akebe, wenn mich mein altes Gedächtnis nicht im Stich lässt."

Frank Berger wusste im ersten Moment nicht, worauf der Kommissar hinaus wollte.

„Ja, das war mein Vater", antwortete Michael Akebe nun sichtlich gequält.

Es erschien ihm schon als eine etwas paradoxe Situation sich jetzt mit einem Polizisten zu unterhalten, der damals im Todesfall seines

Vaters ermittelt hatte.

Und nun stand er hier und wurde ebenfalls von diesem Beamten befragt.

Allerdings ahnte Markowitsch zu diesem Zeitpunkt noch nicht, dass der Tod des Nördlinger Türmers in direktem Zusammenhang mit der damaligen Geschichte stand.

„Ihr Vater", grummelte Markowitsch vor sich hin.

„Ich erinnere mich wieder. Eine sehr undurchsichtige Geschichte damals, nicht wahr?"

„Ja", gab Michael zurück.

„Sein Leben wurde sinnlos von Menschen ausgelöscht. Genauso sinnlos, wie der Mensch in der Natur Leben auslöscht, indem er einfach Bäume fällt ohne vorher darüber nachzudenken.

Das Gleichgewicht des Ganzen wird dadurch zerstört. Genauso wie damals auch unsere Familie zerstört wurde."

„Ja, es passieren schlimme Dinge auf der Welt", antwortete der Kommissar vom plötzlichen Redefluss des Arztes sichtlich betroffen, hatte sich aber gleich darauf wieder in seiner Gewalt.

„Aber jedes Gleichgewicht kann wieder hergestellt werden, wenn man die Ursache der Störung beseitigt."

„Ach", sagte Michael Akebe etwas überrascht.

„Sie kennen die Weisheiten der afrikanischen Kultur?

Oder war dies nur ein Spruch, den sie irgendwo gelesen haben?"

„Kein Spruch", gab Markowitsch zurück.

„Reges Interesse an der Kultur ihrer Vorfahren, Doktor Akebe.

Afrika ist ein Land das Faszination hervorruft, wenn man sich nur ein wenig näher mit ihm beschäftigt.

Sowohl im Guten als auch im Bösen.

Aber dies ist nur ein rein privates Interesse. Im Moment bin ich dienstlich hier."

Mit diesem Satz drehte sich der Kommissar um und wandte sich wieder der Reiseleiterin zu, die sich gestikulierend mit ihrer japanischen Begleiterin unterhielt.

Anscheinend war diese überhaupt nicht damit einverstanden, dass man ihre Schwester hier festhielt.

Nachdem sie dann in fließendem japanisch die Fragen des Kommissars übersetzt und ihm dadurch klar gemacht hatte, dass es weitere Augenzeugen gab und möglicherweise sogar Videoaufnahmen des Geschehens existierten, gab er auch sein Einverständnis dazu, dass man die Dame entlassen könnte.

Vorausgesetzt, aus ärztlicher Sicht würde nichts dagegen sprechen.

In diesem Moment näherte sich ein Streifenwagen der Absperrung.

Als die Türen des Fahrzeugs geöffnet wurden, ging ein leises Raunen durch die noch anwesenden Passanten.

Einige Einheimische hatten in den beiden Personen, die sich nun langsam in Begleitung zweier Polizeibeamter näherten, die Eltern des Toten erkannt.

Man brachte Beide zu der Stelle, an welcher der abgedeckte Leichnam des Türmers lag.

Ursprünglich wollte man aus Rücksicht auf den Zustand des Ehepaares zu diesem Zeitpunkt auf eine Identifizierung von ihrer Seite her verzichten.

Schließlich hatte der anwesende Notarzt die Identität Markus Stetters bereits glaubhaft bestätigt. Allerdings ließen sich die beiden alten Leute nicht davon abhalten, ihren Sohn zu sehen.

Gerd Stetter hielt seine Frau eng umschlungen, als einer der Beamten das Tuch zur Seite nahm, um so den Blick auf den Oberkörper des Toten freizugeben.

Antonia Stetter wurde sogleich wieder aschfahl im Gesicht. Die durch den Aufprall verrenkten und zum Teil gebrochenen Gliedmaßen boten einen grausigen Anblick.

Sie begann am ganzen Körper zu zittern, als sie auf das blutverschmierte Gesicht des Toten blickte.

Sie schien darin den furchtbaren Schrecken zu erkennen, der ihrem Sohn beim Sturz offenbar widerfahren war.

Sekunden lang starrte sie auf den leblosen Körper, dann sackte sie urplötzlich in sich zusammen.

Gerd Stetter war nicht in der Lage, den kraftlosen Körper seiner Frau darin zu hindern, auf den Boden zu sinken.

Sofort eilte ein weiterer der Polizeibeamten hinzu, und kniete sich neben der Frau zu Boden. Er rief nach einem Sanitäter.

Dieser eilte sofort mit einer fahrbaren Trage herbei, und gemeinsam hoben sie den kraftlosen Körper von Frau Stetter darauf.

Man brachte sie zum Sanitätswagen, wo sie sogleich vom inzwischen hinzugekommenen Notarzt versorgt und auf dessen Anweisung ins Nördlinger Stiftungskrankenhaus gebracht wurde.

Markowitsch hatte die Szene aus einiger Entfernung mit angesehen.

Er dachte noch wie grausam und unbarmherzig das Leben einem doch mitspielen konnte, als er eine Berührung an seiner Schulter verspürte.

Er drehte sich um, und sah sich Staatsanwalt Berger gegenüber stehen.

„Na, Auf- und Abstieg gelungen?", versuchte er zu scherzen, was ihm angesichts der voran gegangenen Situation sichtlich schwer fiel.

„Alles Bestens", gab Berger etwas außer Atem zur Antwort.

„Schlimm, mit welchen Situationen man im Leben so fertig werden muss", sprach er mit einem Blick in Richtung des Ehepaares.

„Es gibt, im ersten Moment jedenfalls, keinen ersichtlichen Grund dafür, dass der Mann hier unten tot auf dem Pflaster liegt. Natürlich bleibt die Untersuchung der Spurensicherung abzuwarten.

Aber allem Augenschein nach liegt keine Fremdeinwirkung vor.

Keine Kampfspuren die darauf hindeuten würden, dass es Streit gegeben hätte, auch die Sicherungsgitter an der Brüstung sind unbeschädigt.

Er muss diesen Weg, warum auch immer, selbst gewählt haben."

„Oder er wurde durch irgendetwas dazu getrieben diesen Weg zu gehen", murmelte Markowitsch, und sah dabei in Richtung Michael Akebes.

Er fragte sich mit einem komischen Gefühl in der Magengegend, warum sich der Arzt noch immer hier am Turm aufhielt.

Im Normalfall hätten der Notarzt und die Sanitäter genügt, denn die Erstversorgung der Passantin war längst abgeschlossen.

Dem Doktor diese Frage aber direkt zu stellen, darin sah der Kommissar keinen Sinn. Er begab sich noch einmal an die Stelle des abgedeckten Leichnams, um nach Rücksprache mit dem Staatsanwalt den Toten zum Abtransport in das gerichtsmedizinische Institut freizugeben.

Als er sich auf den Weg dorthin machte bekam er aus den Augenwinkeln noch mit, dass zwei andere Polizeikollegen der Nördlinger Inspektion ihre Befragungen der restlichen Passantengruppe, die das grausige Schauspiel ebenfalls mit beobachtet hatten, beendeten.

Mit dem Hinweis, man würde sie bei Bedarf zu einem weiteren Termin vorladen, wurden diese dann entlassen.

Markowitsch wies einen der Nördlinger Kollegen an, den Zugang zum Daniel erst dann wieder freizugeben, wenn die Kollegen von der Spurensicherung ihre Arbeit abgeschlossen hatten.

„Das wird wahrscheinlich noch eine Zeit lang dauern", meinte dieser.

„In der Dunkelheit können die Kollegen ihre Arbeit sicherlich nicht so schnell abschließen wie bei Tageslicht."

„Machen Sie sich darüber mal keine Gedanken", gab Markowitsch genervt zurück.

„Die Herren von der SpuSi sind noch ganz andere Arbeitsbedingungen gewohnt.

Und wenn es auch bis morgen oder übermorgen dauern sollte, dann bleibt dieser Turm eben bis dahin zu.

Es geht mir niemand dort hinauf, solange der Leiter der Spurensicherung die Untersuchungen nicht für abgeschlossen erklärt hat.

Dies ist eine dienstliche Anweisung. Haben wir uns da verstanden, Herr Kollege?"

„Selbstverständlich", erwiderte der Beamte pflichtbewusst, indem er mit der rechten Hand kurz an seine Dienstmütze tippte.

Dabei ging sein Blick mit einer Kopfbewegung an Markowitsch vorbei.

„Ich hoffe nur, dass unser Stadtoberhaupt dies auch so sieht."

Der Kommissar drehte sich zur Seite und sah einen Mann mit schnellen Schritten auf sich zukommen.

„Man sagte mir, dass ich sie hier finde. Kommissar Markowitsch?"

Er streckte seine Hand aus.

„Martin Steger. Ich bin der Oberbürgermeister.

Man hat mir vor einigen Minuten telefonisch mitgeteilt, was hier passiert ist. Schreckliche Geschichte, das Ganze.

Gar nicht auszudenken, welche Folgen eine längere Schließung des Daniel für unseren Tourismus haben könnte.

Das wollen sie doch nicht wirklich so anordnen, oder?

Wir haben jedes Jahr unzählige Besucher aus aller Welt hier in Nördlingen.

Schließlich ist ja der Daniel eine der Hauptsehenswürdigkeiten nicht nur unserer Stadt, sondern der ganzen Region.

Gibt es denn schon irgendeinen Hinweis darauf, wie Markus Stetter zu Tode gekommen ist?"

*Hauptsache deine Stadtkasse klingelt weiter. Dies scheint euch Politikern das Wichtigste zu sein* dachte sich Markowitsch in diesem Moment.

„Ja", beantwortete er die Frage des Oberbürgermeisters dann auch sichtlich genervt.

„Die Todesursache ist ein Absturz von der Brüstung Ihrer Hauptsehenswürdigkeit.

Nur ob dieser Sturz freiwillig, unglücklich, oder unter Fremdeinwirkung stattgefunden hat, diese Kleinigkeit gilt es noch zu klären."

Etwas perplex über die Reaktion des Kommissars steckte Martin Steger nun beide Hände in seine Hosentaschen und sah Markowitsch etwas herablassend an.

„Sie wollen mir damit doch nicht etwa sagen, dass es sich hier um einen Mord handeln könnte, Herr Kommissar.

Wir befinden uns in einer Kleinstadt in Nordschwaben und nicht in Chicago.

Es kann sich doch sicherlich nur um einen Unglücksfall handeln. Sie werden sehen, dass …"

„Wir werden sehen, was unsere Ermittlungen ergeben", unterbrach Markowitsch den Redefluss seines Gesprächspartners.

„Sie können sicher sein, dass wir alles in unserer Macht stehende unternehmen werden, um diese *schreckliche Geschichte*, wie Sie es nennen, aufzuklären. Bis dahin aber lassen sie uns bitte unsere Arbeit so verrichten wie wir es für angemessen halten."

Der Kommissar deutete nun mit einer Hand in Richtung des Daniel.

„Und wenn dazu eine längere Sperrung des Turmes notwendig sein sollte, dann wird dies auch so geschehen."

Die Deutlichkeit in seinen Worten ließen bei Martin Steger keinen Zweifel aufkommen, dass dieser Mann es genau so meinte, wie er es eben gesagt hatte.

„Nun gut, Herr Kommissar. Dann möchte ich sie hiermit aber ganz offiziell darum bitten, diese Angelegenheit absolut vorrangig zu behandeln und mich persönlich auf dem Laufenden zu halten."

„Natürlich, Herr Steger, natürlich. Ich werde mein Möglichstes versuchen um ihrer Bitte nachzukommen.

Versprechen kann und will ich ihnen jedoch nichts."

Mit diesen Worten drehte sich Markowitsch dann auch um und ließ den Nördlinger Bürgermeister stehen.

Dieser blieb allerdings nicht lange allein, da sich ihm sofort einige der anwesenden Reporter näherten.

Sie hielten ihm ihre Mikrofone und elektronischen Aufzeichnungsgeräte direkt unter seine Nase, was den Mann auch sogleich dazu veranlasste, entsprechend der Situation eine äußerst wichtige Körperhaltung einzunehmen.

Kopfschüttelnd blickte der Kommissar auf die Reporterschar und hoffte insgeheim, dass Martin Steger ihm mit seinen Aussagen keine unvorhersehbaren Steine in den Weg rollen würde.

Er sah sich suchend um und erblickte dann auch endlich im dunklen Eingang der Kirche den Staatsanwalt, der wohl wissend den Fragen des Bürgermeisters aus dem Weg gegangen war.

„Sie kennen diesen Herrn anscheinend etwas näher?", fragte er den grinsenden Frank Berger ein wenig ironisch, als er ihm gegenüber stand

„Oder weshalb spielen sie hier Verstecken?"

Dabei gab er dem Staatsanwalt per Handzeichen zu verstehen, dass dieser ihm folgen sollte.

Einige Schritte bevor Berger den Kommissar eingeholt hatte, blieb er plötzlich leise fluchend stehen.

Markowitsch grinste zunächst, als er Berger seinen rechten Fuß heben und dabei seinen Schuh betrachten sah.

„Aber hallo, Herr Staatsanwalt. Hat Ihnen da etwa ein Vierbeiner seinen Gruß hinterlassen?"

„Das würde Ihrer Schadensfreude mächtigen Auftrieb verleihen, was?

Nein, Markowitsch, kein Hundedreck. Sieht mir wohl eher nach den Überresten einer Wachsfigur aus.

Da hat sicherlich ein Kirchenbesucher sein Souvenir verloren. Ich möchte gerne mal wissen, wer mit so gefährlichen Dingern sein Geld verdient.

Irgendetwas habe ich mir da in den Schuh getreten."

Frank Berger machte ärgerlich und leise fluchend mit seinem rechten Fuß eine ausholende Bewegung, und kickte das am Boden liegende Teil in Richtung des Kommissars.

Dieser betrachtete sich im Schein der gleißenden Flutlichtstrahler das seltsame Teil. Markowitsch überlegte. So sah keine Heiligenfigur aus.

Mit einem Engel oder einer anderen Kirchenfigur hatte es keine Ähnlichkeit.

Er bückte sich, und hob das vor ihm liegende schwarze Wachsgebilde auf.

„Sie haben es kaputt gemacht" feixte er, indem er auf den Staatsanwalt zuging.

Doch dann blieb er stehen, und betrachtete sich die Stirn runzelnd das komische Etwas in seiner Hand.

Er blickte zu Frank Berger, der soeben seinen Schuh ausgezogen hatte und daran herum fummelte. Er zog etwas aus der Sohle heraus und warf es achtlos zu Boden.

„Halt", rief Markowitsch ihm zu.

„Beweismittel kann man doch nicht einfach so mir nichts dir nichts wegwerfen."

Er trat einige Schritte auf Berger zu, nahm ein Taschentuch aus seiner Jackentasche und hob das soeben zu Boden Geworfene auf.

„Beweismittel?", fragte der Staatsanwalt.

„Hören sie doch auf Markowitsch. Was sollte dieser blöde Nagel mit dem toten Türmer zu tun haben?

Mal abgesehen davon, dass er die teuren Schuhe des ermittelnden Staatsanwaltes ruiniert hat."

„Wenn dies aber nun gar kein blöder Nagel ist?" murmelte Markowitsch, indem er den spitzen Gegenstand ins Scheinwerferlicht nach oben hielt.

Sein Blick huschte dabei suchend über den Platz vor der Kirche, und blieb schließlich an der Person Michael Akebes hängen.

Markowitsch kam es vor, als würde dieser unmerklich kurz zusammen zucken.

„Irgendetwas kommt mir hier spanisch vor, um nicht besser zu sagen, *afrikanisch*.

Ich weiß nur noch nicht wie ich dies Alles zusammen kriegen soll.

Von mir aus kann der Tote ins Institut gebracht werden, Berger.

Wenn Sie hier auch soweit fertig sind würde ich gerne in ein paar Minuten zurück ins Büro fahren. Ich möchte nur noch kurz mit *Doktor Akebe* sprechen."

Frank Berger fiel auf, dass der Kommissar eine seltsame Betonung gebrauchte, als er den Namen des Arztes aussprach.

Und auch die plötzliche Aufbruchsstimmung war eigentlich gar nicht seine Art und Weise. Sonst war er immer ziemlich pingelig, was die Untersuchungen am Tatort anging.

Wenn man das Vergnügen hatte mit ihm einen Fall zu untersuchen, dann uferte so ein erster Ermittlungsabend meist bis in die Morgenstunden aus.

Markowitsch nahm es schon seit jeher immer sehr genau, wenn es um das Sammeln von Informationen ging.

Aber gut, er wird schon seine Gründe haben. Und ihm sollte es nur recht sein, wenn sie zurück fahren konnten.

Diese Geschichte hier würde seiner Meinung nach sowieso noch längere Zeit in Anspruch nehmen, und den einen oder anderen Tag hier in Nördlingen unumgänglich machen.

Er ließ also den beiden Fahrern des Bestattungsinstitutes Bescheid geben, dass sie den Leichnam Markus Stetters abtransportieren könnten.

Man sah den Männern an, dass sie nicht gerade erfreut darüber waren, noch eine längere Fahrt vor sich zu haben.

Aber sie waren sich bei ihrer Arbeit ja darüber im Klaren, dass sich der Tod nicht auf einen bestimmten Zeitpunkt bestellen lässt.

Allerdings gibt es darüber unterschiedliche Meinungen.

## 11. KAPITEL

Michael Akebe erschrak als er beim Griff in sein Jackett bemerkte, dass die Überreste der Puppe fehlten, die er beim Verlassen seiner Praxis anscheinend etwas zu sorglos eingesteckt hatte.

Er ging einige Schritte über den Platz vor der St. Georgskirche, und blickte dabei suchen über das Kopfsteinpflaster. Durch die aufgestellten Strahler war genügend Licht vorhanden, um die Wachsfigur schnell ausfindig machen zu können.

Er musste nur den Weg ablaufen, den er in den letzten Minuten gegangen war, denn nachdem er den Rettungswagen verlassen hatte um sich mit dem Kriminalbeamten zu unterhalten, hatte er die Figur noch in seiner Jackentasche gespürt.

Als Michael intuitiv seinen Kopf drehte, sah er den Kommissar zusammen mit dem Staatsanwalt in unmittelbarer Nähe des Toten stehen.

Über was genau sich die Beiden unterhielten, konnte er aus der Entfernung nicht verstehen. Es wurde ihm allerdings unmittelbar darauf klar, als nämlich Markowitsch etwas gegen das Licht hob und dessen Blick sich mit seinem traf.

Michael glaubte in diesem kurzen Moment ein seltsames Leuchten in den Augen des Kommissars zu entdecken.

*Das war unvorsichtig* sagte der Arzt in Gedanken zu sich selbst. Er spürte förmlich wie ihn die Blicke des Kriminalbeamten zu durchdringen versuchten.

Michael Akebe versuchte sich auf die Situation zu konzentrieren. Er spürte aber sofort, dass er in Markowitsch auf jemanden getroffen war, der ihm in seinem Vorhaben Probleme bereiten könnte.

Er entschloss sich dazu die Konfrontation zu suchen, als er dem Staatsanwalt und dem Kommissar entgegen ging.

„Wir haben hier etwas Interessantes gefunden", sprach Markowitsch ihn an, als Doktor Akebe vor ihm stand.

„Dies müsste doch eigentlich in Ihren Kulturkreis passen, Doktor. Ihre Meinung dazu würde mich brennend interessieren."

Der Kommissar hielt Michael die gefundenen Gegenstände hin, nicht ohne dabei auf dessen Reaktion zu achten.

Die Augen des Arztes verengten sich jedoch nur kurz, als er danach greifen wollte.

„Bitte seien Sie vorsichtig damit", sprach Markowitsch dienstbeflissen.

„Sie wissen schon, wegen der Fingerabdrücke."

„Eine Wachsfigur", entgegnete Akebe nur.

„Etwas deformiert, aber anscheinend sind Sie ja darauf getreten", sprach er dann etwas spöttisch zu Frank Berger, der dem Dialog der beiden nicht wirklich folgen konnte.

„Und ich habe mir dabei meinen Schuh ruiniert", schimpfte er leise.

„Seien Sie froh dass es nur der Schuh war der nun ein Loch hat", gab ihm Markowitsch zu verstehen.

„Kann mir mal jemand von Ihnen erklären, was es mit diesem seltsamen Ding auf sich hat?

Ich habe nicht die geringste Ahnung, worüber Sie hier gerade sprechen, Markowitsch. Ich dachte Sie wollten zurück ins Büro?"

Staatsanwalt Berger schien langsam etwas ungehalten zu werden, da der Kommissar anscheinend etwas vermutete, von dem er im Moment überhaupt keine Ahnung hatte.

„Dieses seltsame Ding hier", sagte Markowitsch mit erklärender Stimme während er den spitzen Gegenstand prüfend ins Licht hielt, „gehört doch vermutlich zu jenem Ding hier."

Dabei nahm er Akebe die Überreste der schwarzen Wachsfigur aus der Hand.

„Dem Loch nach zu urteilen steckte diese Nadel, so sieht es mir im Moment jedenfalls aus, hier in dieser Figur.

Fehlt Ihnen ein kleiner Teil der kulturellen Allgemeinbildung, Herr Staatsanwalt, oder können Sie sich wirklich nicht denken worauf ich hinaus will?"

Berger starrte den Kommissar nur an. Er wusste im Moment wirklich nicht, worauf dieser anspielte.

„Ganz einfach, schwarze Magie", versuchte Michael Akebe dem Staatsanwalt zu erklären.

„Wie bitte? Ich verstehe immer nur Bahnhof. Könnten sich die

Herren bitte etwas klarer und genauer ausdrücken?

Markowitsch. Sie sprechen wie so oft in Rätseln zu mir. Und da Sie mich kennen wissen Sie auch genau, dass ich das überhaupt nicht mag.

Fakten sind für mich entscheidend. Fakten, und nichts anderes als Fakten.

Also rücken Sie endlich raus mit der Sprache.

Klären Sie mich auf, oder vergessen Sie das Ganze und lassen Sie uns zurück fahren."

Berger sah ungeduldig auf die Uhr.

„Der Doktor hat recht", gab Markowitsch zurück.

„Schwarze Magie in einer seiner ursprünglichsten Formen. Voodoo!

Sagen Sie nur, Berger, Sie hätten noch nie von dieser uralten Religion gehört."

„Wofür halten Sie mich, Herr Kommissar", gab Frank Berger entrüstet zurück.

„Natürlich ist Voodoo mir ein Begriff. Allerdings nur im Zusammenhang mit Zauberei, Zombies und irgendwelchen billigen Horrorfilmen aus dem Kino.

Könnten Sie mir erklären, was in aller Welt dies mit Religion zu tun haben soll?"

Der Kommissar richtete seinen Blick auf Michael Akebe.

„Wollen Sie es ihm erklären, oder soll ich?"

Der Arzt zuckte nur mit den Schultern, begann dann aber zu sprechen:

„Voodoo stellt in seinem Ursprung eine Mischung verschiedenster afroamerikanischer Religionen dar, und setzt sich aus afrikanischen, islamischen, katholischen und auch indianischen Elementen zusammen, die aus der Sklavenzeit stammen.

Diese Religion existiert auch heute noch in verschiedenen Kontinenten und ist sogar von den Katholiken anerkannt.

Ursprünglich bedeutet der Begriff Voodoo eigentlich Gott, Gottheit oder auch übernatürliche Macht.

Voodoo bezeichnet aber auch die Liebe und Einheit, in der alles auf dieser Welt miteinander verbunden ist, also ein Ganzes in sich bildet.

Aber wie in anderen Religionen gibt es auch bei Voodoo magische Elemente.

Und hier wie auch woanders eben die Guten und die Bösen.

Die Priester des Voodoo sind auch Heiler im Sinne der weißen Magie. Sie nutzen die Kräfte der Natur und die damit verbundene Wirkung, um sie dem Wohle der Menschen bereit zu stellen.

Gepaart sind diese Naturkräfte mit uralten Ritualen, Gesängen und Tänzen der Völker.

Manche jedoch nutzen diese Kräfte auch, um anderen Menschen zu schaden.

Die schwarzmagischen Elemente des Voodoo vermögen Unheil und Krankheit zu bringen.

So jedenfalls steht es in alten Schriften und Überlieferungen.

Was davon zutrifft und was nicht, was glaubhaft oder nur Fantasie ist, vermag nur ein jeder für sich selbst zu entscheiden."

Gebannt hatten Kommissar Markowitsch und Staatsanwalt Berger den kurzen Ausführungen von Michael Akebe zugehört.

Für den Kriminalbeamten war nicht allzu viel Neues an dem, was der Arzt soeben erzählt hatte.

Dass sich dessen Stimme und Mimik in den letzten Minuten etwas verändert hatte, fiel jedoch nur dem Kommissar auf.

Akebe bemerkte den unwissentlichen Gesichtsausdruck des Staatsanwaltes. Er war schon im Begriff zu weiteren Erklärungen auszuholen, als ihm Markowitsch ins Wort fiel.

„Sie vergaßen aber eines zu erwähnen, Doktor Akebe.

Nämlich die Tatsache, dass diese dunkle Seite des Voodoo auch im Stande sein kann zu töten.

Jedenfalls was die allgemeinen Überlieferungen angeht. Oder irre ich mich in diesem Punkt, und es handelt sich dabei tatsächlich nur um einen Irrglauben?"

Noch einmal betrachtete er das seltsame Gebilde in seiner Hand, steckte es kurzerhand aber sorgfältig in seine Jackentasche.

„Nun, wie gesagt", gab Akebe etwas überrascht von der Aussage des Kommissars zurück, „was man letztendlich davon glauben mag oder nicht, bleibt jedem selbst überlassen.

Aber ich kann mir nicht vorstellen, aus welchem Grund ein Priester des Voodoo daran interessiert sein könnte, den Nördlinger

Turmwächter sterben zu lassen.
Was ergäbe das für einen Sinn?"
„Weiß ich nicht. Bis jetzt jedenfalls noch nicht.
Vielleicht bilde ich mir das Ganze auch nur ein. Möglicherweise war der Mann einfach psychisch überlastet und hat sich wirklich selbst von da oben hinunter befördert.
Ich bin momentan etwas verwirrt. Und da ich in diesem Zustand keinen klaren Gedanken Zustande bringe, werden wir für heute Nacht Schluss machen.
Vielen Dank, Doktor Akebe. Ich möchte Sie bitten, sich für eventuelle spätere Fragen zur Verfügung zu halten."
Markowitsch reichte dem Doktor seine Hand, und auch Frank Berger verabschiedete sich von ihm. Froh darüber, dass er diesen Ort für heute verlassen konnte.
Irgendwie sah er sich zum jetzigen Zeitpunkt noch überhaupt nicht im Bilde, wo und wie er mit seinen Ermittlungen ansetzen sollte.
Insgeheim hoffte er, dass vielleicht der Kommissar eine verwertbare Spur finden würde.
Es wäre ihm einerseits am liebsten gewesen wenn sich die ganze Geschichte als tragischer Selbstmord herausstellen würde, so hätte er die Sache wohl am schnellsten wieder vom Hals.
Aber tief in seinem Innersten mochte er selbst nicht so recht daran glauben. Andererseits sah er diesen Fall auch als Herausforderung an.
Als er mit Markowitsch den Platz vor der Kirche verließ, wurden die beiden von einem der inzwischen nur noch wenigen anwesenden Reporter aufgehalten.
„Haben Sie mittlerweile irgendwelche näheren Erkenntnisse, Herr Staatsanwalt? Sie und der Kommissar hatten doch eben noch eine etwas längere Unterhaltung mit einem der Ärzte.
Um was ging es denn da genau? Möglicherweise etwas, das die Öffentlichkeit interessieren könnte?"
Neugierig hielt er Frank Berger sein Aufzeichnungsgerät unter die Nase.
Da dieser gerade in Gedanken war, zeigte er sich ein wenig überrascht der Fragestellung gegenüber.

Markowitsch bemerkte dies, trat auf den Reporter zu, und schob ihn sanft etwas zur Seite.

„Wir haben zum jetzigen Zeitpunkt noch keinerlei Anhaltspunkte dafür, welche tatsächlichen Umstände zum Tode des Türmers geführt haben könnten.

Sowohl ein tragischer Unfall, als auch ein Selbstverschulden von Seiten des Mannes sind nicht ganz auszuschließen.

Ein Fremdverschulden im Zusammenhang mit einer dritten Person scheint nach unseren bisherigen Kenntnissen allerdings nicht in Frage zu kommen."

„Mord am Türmer des Nördlinger Daniel. Das wäre doch mal eine Schlagzeile hier auf dem Lande."

Die Augen des Reporters begannen sensationshungrig zu leuchten. Die des Kommissars hingegen verengten sich urplötzlich zu zwei schmalen Schlitzen.

„Wenn Sie diese Schlagzeile auch nur andeutungsweise bringen, und sei es nur mit einem Fragezeichen am Ende versehen, dann werde ich höchstpersönlich dafür Sorge tragen, dass Sie in Zukunft nur noch die Bleistifte Ihres Chefs spitzen dürfen."

„Schon gut, schon gut", gab der Mann nun etwas kleinlaut zurück.

„Das war ja auch nur so ein Wunschgedanke. Wann kommt man als Reporter in der Provinz schon mal an so eine Geschichte ran.

Wie ich aber Ihrer Aussage entnehmen kann meinen Sie also, dass es sich hier eventuell auch um einen Selbstmord handeln könnte?", lautete nun die Gegenfrage des Reporters.

„*Ich* meine gar nichts", gab Markowitsch unwirsch zurück.

„Dies sind lediglich die momentanen Fakten, und ganz allein diese zählen für uns.

Ist doch sicherlich auch in ihrem Sinne, Herr Staatsanwalt?", gab er mit einem kurzen Seitenblick auf Frank Berger zurück.

„Alles Weitere wird sich im Laufe unserer Ermittlungen ergeben.

Die neuesten Erkenntnisse können Sie selbstverständlich jederzeit über unsere Presseabteilung erfahren.

Und nun entschuldigen Sie uns bitte, wir haben noch zu tun."

Mit diesen Worten ließ Markowitsch den Reporter stehen und zog den leicht verdutzt dreinschauenden Berger am Arm weiter.

„Alle Achtung, Markowitsch", flüsterte der Staatsanwalt in dessen

Richtung.

„War ja richtig professionell, Ihr Statement. Ich denke, dass ich das selbst auch nicht viel besser hinbekommen hätte."

„Danke für die Blumen, Berger. Man lernt ja immer was dazu wenn man lange genug mit Ihnen zusammen arbeitet."

Frank Berger verstand den kleinen verbalen Seitenhieb des Kommissars genau, nahm diesen aber gelassen hin.

„Nur gut, dass Sie nichts von der Geschichte mit diesem Voodookram erwähnt haben.

Und ich möchte davon auch nicht eine einzige Zeile in der Zeitung lesen.

Ich hoffe, dass ich mich Ihnen gegenüber damit deutlich genug ausgedrückt habe?"

Markowitsch wusste, wann er auf die Bremse zu treten hatte und lenkte ein.

„Selbstverständlich, Herr Kollege. Es wird in dieser Hinsicht keinerlei Aussagen von meiner Seite geben, solange ich dafür noch keine Beweise habe."

„Beweise", sprach Frank Berger ironisch.

„Beweise wofür, Markowitsch? Für dieses Märchen von Voodoo und Hexerei?

Sie lesen mir zu viele Schundromane. Bleiben Sie realistisch. Ich bin es gewohnt, von Ihrer Seite gewissenhafte Ermittlungsergebnisse zu erhalten."

Er ging auf den Dienstwagen des Kommissars zu, während dieser per Infrarotbedienung die Türen öffnete und wollte auch schon auf dem Beifahrersitz Platz nehmen, als ihm etwas einfiel.

Mit dem Ellbogen auf die offenen Beifahrertür gelehnt schaute er ins Fahrzeuginnere und lächelte den inzwischen hinter dem Steuer sitzenden Kriminalbeamten an.

„Wenigstens einen angenehmen Abschluss sollte dieser Abend für mich haben, meinen Sie nicht, Markowitsch?

Ihr Angebot von vorhin steht doch noch? Oder wollen Sie einen Rückzieher machen?"

Der Kommissar blickte auf die ihm entgegen gestreckte offene Hand des jetzt grinsenden Frank Berger.

Er verzog mit leicht zusammengekniffenen Lippen seine Mundwinkel und stieg aus dem Wagen, nachdem er den bereits steckenden Schlüssel wieder abgezogen hatte.

Er reichte diesen dem Staatsanwalt über das Dach hinweg entgegen.

„Sie denken bitte an die StVo Herr Berger? Erstens sind wir nicht mehr im Einsatz, und Zweitens habe ich gute Kontakte zu den Kollegen der Verkehrsabteilung."

„Sie wollen mir doch jetzt nicht etwa den Spaß verderben, Markowitsch, oder?"

Frank Berger begab sich pfeifend und den Schlüssel schwenkend auf die Fahrerseite, stieg ein und wartete darauf, dass sich sein Beifahrer den Sicherheitsgurt anlegte.

Er startete den Motor des Dienstwagens, und lenkte das Fahrzeug zunächst gemächlich stadtauswärts.

# 12. KAPITEL

Michael Akebe sah dem Auto der beiden Augsburger Beamten solange hinterher, bis es außer Sichtweite war, dann hielt er kurz Rücksprache mit einem der Polizisten ob seine Anwesenheit noch notwendig wäre.

Nachdem dieser die Frage verneinte, machte er sich schließlich auf den Weg zurück in seine Praxis.

Dort angekommen hängte er sein Jackett an die Garderobe, griff in eine der Seitentaschen, und zog den Inhalt hervor.

Er biss sich dabei selbstkritisch auf die Unterlippe, sich darüber ärgernd, dass er vorhin so unachtsam gehandelt hatte.

Als er sich im Laufe des Abends den Leichnam von Markus Stetter ein weiteres Mal angesehen hatte, wurde er von einer spontanen Eingebung geleitet.

Er entnahm seiner Arzttasche einen kleinen Glaszylinder, kniete neben dem Toten nieder, und füllte das Röhrchen mit einigen Tropfen von dessen langsam auf dem Kopfsteinpflaster eintrocknenden Blut.

Jeder Beobachter hätte bei dieser Szene sicherlich an eine notwendige Untersuchung gedacht, der Arzt jedoch hatte ganz andere Gründe für sein Verhalten im Sinn.

Er wusste zwar in diesem Augenblick noch nicht ganz genau wofür er dieses Blut verwenden würde, ließ sich aber auf Grund seiner plötzlichen Eingebung auch nicht davon abhalten, es in seine Jackentasche zu stecken.

Dass ihm dabei der Puppenkörper zu Boden fiel, hatte er angesichts der hektischen Gesamtsituation nicht bemerkt. Aber es war nun einmal geschehen.

Problematisch für sein weiteres Vorhaben sah er nur die Tatsache, dass ausgerechnet der Kommissar die Puppe in die Hände bekommen hatte.

Nicht unbedingt weil er der ermittelnde Polizeibeamte war, sondern weil er anscheinend für Michael Akebe gefährliche Schlussfolgerungen zog.

Der Arzt wusste nicht, in wie fern sich dieser Kommissar mit den Hintergründen, Ritualen und Gebräuchen des Voodoo auskannte.

Zumindest besaß er scheinbar gute theoretische Kenntnisse. Aber er war gewarnt.

Er würde schon herausfinden wie tief dieser Markowitsch mit seiner Religion vertraut war, sollte er für seine Pläne gefährlich werden.

Die weiteren Schritte hatte sich Michael Akebe sehr genau überlegt.

Er musste die Ursache für das Ungleichgewicht in seiner Familie beseitigen, damit die Harmonie des Ganzen wiederhergestellt wurde.

Diese Ursache sah er im Vertuschen der Tatsachen, was eine gerechte Bestrafung des Schuldigen am Tode seines Vaters verhindert hatte.

Somit würde er dafür Sorge tragen, dass den Schuldigen Gleiches widerfahren würde, um dadurch die Balance zwischen den Dingen wieder zu erreichen.

Dass er Gerd Stetter seinen Vater nicht mehr nehmen konnte war für ihn kein Grund, seine Pläne zu verwerfen.

So hatte er eben dem Vater seinen Sohn genommen, um durch dessen Tod das Leid in diese Familie zu bringen.

Man hatte die Familie Akebe fühlen lassen, dass Gerechtigkeit nach dem Ermessen menschlicher Macht stattfindet.

Nun würde Michael Akebe den Betroffenen zeigen was es bedeutet Macht zu besitzen, und diese zum Nachteil Anderer auszuüben.

Er war sich zwar der Tatsache bewusst, dass er damit die eigentlichen Grundsätze seines Glaubens verletzen, und so auch die Lehren seines Großvaters missachten würde.

Aber diese Umstände wollte Michael in seiner Situation nicht sehen. Er war nur vereinnahmt vom Gedanken an Gerechtigkeit im Sinne seiner eigenen Vorstellungen.

Der persönliche Schmerz über den Verlust seines Vaters, und das dadurch anfänglich tägliche Leid seiner Mutter hatte schon vor Jahren tief in ihm den Grundstein für seinen jetzigen Entschluss gelegt.

Dagegen vermochten auch leise Warnungen in ihm nichts auszurichten.

Für ihn war nun der Zeitpunkt *seiner* Gerechtigkeit gekommen.

# 13. KAPITEL

Markowitsch starrte nachdenklich durch die Windschutzscheibe seines Wagens. In seinen Gedanken ließ er die vergangenen Stunden nochmals vor seinem geistigen Auge vorüberziehen.

Als der Anruf der Nördlinger Kollegen ihn darüber unterrichtete, dass der Türmer des Daniel zu Tode gestürzt war, hatte er zunächst an einen tragischen Unfall bzw. einen Selbstmord gedacht.

Was sonst könnte einen solchen Sturz ausgelöst haben. Kein Mensch, der sich in normaler physischer und psychischer Verfassung befand würde sich in über 60 Metern Höhe der Gefahr aussetzen sein Leben zu riskieren.

Angesichts der Tatsache, dass sich der Arbeitsalltag dieses Mannes überwiegend auf dem Turm abspielte, dass er diesen wohl in all seinen Einzelheiten kannte, konnte sich der Kommissar nicht vorstellen, was diese Tragödie ausgelöst haben sollte.

Es musste einen anderen Grund dafür geben.

Am nächsten Morgen beauftragte er sofort seinen Mitarbeiter, sich für ihn sämtliche Einzelheiten aus dem Leben des Toten zu beschaffen.

In der Zwischenzeit befasste sich Markowitsch selbst damit, Licht in die für ihn seltsame Begegnung mit diesem Doktor Akebe zu bringen.

Er hatte sich ja gestern Abend schon fast mit dem Gedanken eines Suizidfalles angefreundet, als er durch den Staatsanwalt diese Wachsfigur in die Hände bekam.

Nachdem er sich sowohl diese, als auch den Gegenstand, welchen sich Frank Berger in den Schuh getreten hatte genauer betrachtete, überkam ihn ein seltsames Gefühl.

Er dachte unweigerlich an seinen ersten Urlaub auf Haiti, als er in den vielen Touristenzentren der Insel immer wieder mit diesen Figuren konfrontiert wurde.

Voodoopuppen waren für viele der Reisenden nicht mehr als ein Souvenir. Er jedoch war von Anfang an fasziniert davon.

So hatte er sich nach und nach Lektüre über alle möglichen Themen rund um diesen Mythos Voodoo besorgt.

Er las sich in den darauf folgenden Jahren ein ganz ordentliches Wissen über diese Form des religiösen Glaubens an.

Aus Interessenskreisen die sich ebenfalls mit diesem Thema beschäftigten erfuhr er weitere Einzelheiten darüber, dass Voodoo eigentlich in seiner Ursprungsform niemals etwas Negatives darstellte. Voodoo, auch mit Vodou oder Vodún bezeichnet, ist bis in die heutige Zeit eine anerkannte Religion.

Selbst Papst Johannes Paul II. wurde bei einer seiner Afrikareisen als ein mächtiger „Hexenheiler" anerkannt, denn im Grunde werde hier auch derselbe Gott angebetet wie bei den Christen.

Das Wort Vodún stammt aus den westafrikanischen Sprachen und scheint alles zu bezeichnen, was in der Natur vorkommt.

Elemente, Pflanzen, Tiere und Menschen.

Es wird auch übersetzt als *Gott* oder *göttliche Macht*.

Etwas das Heilig ist, das man nicht berühren könne, etwas das charismatisch, magisch ist.

Unerklärliche Vorkommnisse werden oft auf magische Einflüsse zurückgeführt. Diese Einflüsse sind abhängig von den jeweiligen Verhältnissen.

Dies gilt für den sozialen und wirtschaftlichen Bereich genauso, wie für die vorherrschende Moral.

Je nach Region und Abstammung wird Vodún unterschiedlich gelebt. Oft steht ein Fest mit rhythmischen Trommelklängen, Gesang und Tanz im Mittelpunkt.

Dabei versetzen sich die Tänzer in tiefe Trance, um sich so als Medium für die Gottheiten des Vodún zur Verfügung zu stellen.

Oftmals ist auch die Rede von Voodoopuppen, in die Nadeln hinein oder hindurch gestochen werden. Eigentlich sind diese Rituale, die so genannten Ouangas, dazu vorgesehen, um spezielle Probleme zu lösen.

Also beispielsweise um Krankheiten zu heilen oder negativen Einfluss zu vertreiben. Aber wie überall im Leben gibt es bei Licht auch Schattenseiten.

So werden diese Rituale auch immer wieder dazu benutzt sich einen persönlichen Vorteil zu verschaffen, indem man anderen Lebewesen einen Schaden zufügt der in Extremfällen auch den Tod derer in Kauf nimmt.

# 14. KAPITEL

Ein Läuten riss Kommissar Markowitsch aus seinen Gedanken heraus. Er griff nach dem Telefonhörer und meldete sich.

„Ich habe die von Ihnen gewünschten Informationen über den Toten aus Nördlingen zusammengestellt.

Wünschen Sie diese per Mail, oder soll ich Sie Ihnen persönlich vorbeibringen?", vernahm er die Stimme des mit der Recherche beauftragten Kollegen.

„Wenn es Ihnen nicht zu viele Umstände macht, hätte ich lieber ein Stück Papier in den Händen", brummte Markowitsch in den Hörer.

„Selbstverständlich, Herr Kommissar", entgegnete sein Mitarbeiter.

„Ich bin in ein paar Minuten in ihrem Büro."

Markowitsch stand auf, ging zur Kaffeemaschine die auf einem kleinen Beistelltisch in der Ecke seines Büros stand, und schenkte sich eine Tasse des frisch aufgebrühten Kaffees ein.

Milch und Zucker benötigte er nicht, er liebte das Getränk in seiner ursprünglichen Form.

Heiß, schwarz und stark.

Nachdem er wieder hinter seinem Schreibtisch Platz genommen hatte, betrat sein Kollege nach einem kurzen Klopfzeichen unaufgefordert das Büro.

Peter Neumann, von vielen Kollegen nur Pit genannt, blieb breitbeinig vor dem Schreibtisch von Markowitsch stehen.

Er stellte eine imposante Erscheinung dar. Knapp 1,90 m groß, breitschultrig und mit einem durchtrainierten Körper, mit dem er bei so manchem seiner Kollegen etwas Neid aufkommen ließ.

Das Einzige das nicht ganz zu seinen Proportionen passte, war sein etwas zu kurz geratener Hals, was ihm im Kreise seiner Kollegen den Spitznamen *Pitbull* einbrachte.

Aber es war nicht nur sein Aussehen, sondern vor allem seine Art und Weise wie er sich in seine Aufgaben zu verbeißen vermochte.

Hatte er sich einmal einer Sache angenommen entwickelte er den

Ehrgeiz, diese auch so schnell und präzise wie möglich zu erledigen.

Als EDV-Fachmann des Augsburger Polizeikommissariats war er eine absolute Koryphäe auf seinem Gebiet.

Mehrfach schon hatte er den Kollegen gegenüber geäußert, dass er eines Tages selbst auf einem Chefsessel sitzen und nicht immer nur im Hintergrund arbeiten wollte.

„Die Kollegen aus Nördlingen hatten bereits das Wichtigste über den Mann zusammengetragen, den Rest habe ich mir aus den Zentralregistern gezogen.

Keine Vorstrafen, kein größeres Vergehen. Sein Name taucht auch in keinem Zusammenhang mit irgendwelchen Straftaten auf.

Soweit ich das beurteilen kann, war Markus Stetter ein vom Gesetz her gesehen unbeschriebenes Blatt."

Kommissar Markowitsch sah Pit Neumann mit zusammengekniffenen Augen an, seufzte kurz, nahm sich einen Bleistift zur Hand auf dem er dann sogleich herum zu kauen begann und lehnte sich damit in seinem Sessel zurück.

Er schlug die Beine übereinander und fragte:

„Wie sieht es mit der Krankengeschichte des Toten aus, Neumann? Keinerlei Anhaltspunkte auf psychische Störungen?

Gibt es denn da nicht irgendeine Kleinigkeit die darauf hindeuten könnte, dass sich der Mann selbst ins Jenseits befördert haben könnte?"

„Nein, Chef, tut mir leid" gab Neumann zurück, der nun unaufgefordert auf dem Stuhl vor dem Schreibtisch von Markowitsch Platz nahm.

„Ich sagte doch schon, dass auch in den Zentralregistern keinerlei Hinweise auftauchen, die auf irgendeine schnelle Lösung schließen lassen.

Ich habe das komplette Programm gecheckt. Und Sie wissen doch genau: Wenn es irgendwo etwas zu finden gibt, dann finde ich es.

Es gibt keinerlei Hinweise in dieser Richtung. Absolut nichts!"

Der Blick des Kommissars glitt an dem ihm gegenüber sitzenden Mann hinab.

*Keinerlei Anhaltspunkte* grummelte er vor sich hin. Wenn es irgendwo einen gespeicherten Hinweis für einen Fall gab war Neumann derjenige, der diesen auch fand.

Dieser Tatsache war sich Markowitsch sicher. Als Peter Neumann damals seiner Abteilung zugewiesen wurde, hatte er dessen Talent sofort erkannt.

Er ließ daraufhin das EDV-System des Kommissariats entsprechend modernisieren, um so die Fähigkeiten des neuen Kollegen optimal nutzen zu können.

„Pflegen Sie mir das Ding anständig", gab er Neumann als Ansporn mit auf den Weg.

„Und füttern sie es mit Informationen, auf dass es wachse und gedeihe wie ein Kind, das seinem Vater später einmal zur Seite stehen kann."

Neumann war ein absoluter Computerfreak. Unverheiratet und kinderlos.

Bis zu diesem Tag.

Unzählige Stunden verbrachte er vor dem neuen System, um es auch stets auf dem aktuellsten Stand zu halten.

Im engsten Kollegenkreis witzelte man schon darüber, ob er eines Tages einen Adoptionsantrag für seinen Computer stellen würde.

Peter Neumann ließen diese Witzeleien jedoch relativ unberührt. Er wusste was er kann, und dieses Wissen war seine Stärke.

Früher oder später würden sie alle zu ihm kommen. Seine Rechercheergebnisse waren gefragt.

„Das heißt also", sinnierte Markowitsch, „dass wir vor einem Rätsel stehen."

„Scheint im Moment jedenfalls so", erwiderte Neumann.

„Allerdings habe ich mir in diesem Zusammenhang auch gleich einmal die Zeugenliste sowie die Protokolle der Kollegen aus Nördlingen durchgesehen, und mein Baby mit den Einzelheiten gefüttert.

Der Name Stetter taucht in Zusammenhang mit einem längst abgeschlossenen Fall auf.

Allerdings nicht Markus, sondern Gerd Stetter. Und was mich ein wenig stutzig macht ist die Tatsache, dass noch ein weiterer Name in diesem Zusammenhang erwähnt wird."

„Akebe?", fiel ihm der Kommissar fragend ins Wort.

Pit Neumann zog seine Augenbrauen nach oben.

„Sie versetzen mich immer wieder in Erstaunen, Herr Kommissar. Ja, es handelt sich hier tatsächlich um einen gewissen Abedi Akebe.

Hat dieser etwas mit dem aktuellen Fall zu tun?"

„Weiß ich noch nicht", entgegnete Markowitsch, der sich nun aus seinem Sessel erhob, um den Schreibtisch herum zum Fenster seines Büros ging, und einige Augenblicke auf die Straße hinunter starrte.

„Das sind eigentlich zwei verschiedene Paar Stiefel. Und doch habe ich dabei das komische Gefühl, als müsste ich die alten Akten noch einmal heraus kramen."

„Ein freundliches Wort von Ihnen mir gegenüber würde schon genügen", grinste Peter Neumann.

„Mein schnuckeliger PC wird Ihnen gerne innerhalb weniger Minuten alle Fakten zusammenstellen, Sie an den Drucker senden, und Sie haben alles umgehend auf Ihrem Schreibtisch."

„War ich jemals unfreundlich zu Ihnen, Neumann?", fragte Markowitsch mit erhabenem Ton ohne sich umzudrehen.

„Seit wir zusammenarbeiten sind Sie doch schon einige Male die Karrieretreppe rauf gestolpert.

Bis Sie allerdings an meinem Platz angelangt sind, müssen Sie sich schon noch einige Tage gedulden. Auch wenn ich Sie mir gut als Nachfolger vorstellen kann.

Also machen Sie sich nun *bitte* auf die Socken und bringen Sie mir das Material auf den Tisch, bevor ich Sie ins Archiv in den Keller versetzen und vor einer Schreibmaschine versauern lasse."

Die letzten Sätze sprach der Kommissar mit einem lachenden Unterton in der Stimme, wobei er sich zu Neumann umdrehte und mit dem Finger auf seine Bürotüre zeigte.

„Raus!"

„Schon gut, schon gut", gab sich Peter Neumann seufzend geschlagen.

„Bei einer solch freundlichen Bitte kann selbst ich nicht nein sagen."

Er erhob sich von seinem Platz, grüßte mit der Hand an der Stirn, und verließ das Büro seines Vorgesetzten.

# 15. KAPITEL

Michael Akebe begab sich auf den Dachboden des Hauses, in dem er seine Praxis hatte. Hier oben war sein Reich, gefüllt mit Andenken, Erinnerungen und Traditionellem aus seiner afrikanischen Heimat.

Holzfiguren, die sein Großvater für ihn geschnitzt hatte, standen hinter der Glasscheibe eines Regals. Fotos und Bilder aus seinem Heimatdorf hingen an den Wänden, und ein handgeknüpfter Teppich lag auf dem Boden davor.

Im hinteren Teil des Raumes stand eine Truhe. Sie war bedeckt mit der Nationalflagge Togos.

Der Arzt stand einige Minuten schweigend davor, bevor er das gelb-grün gestreifte Tuch mit dem rot-weißen Stern entfernte.

Nachdem er dieses sorgfältig zu einem kleinen Quadrat zusammengelegt hatte, öffnete er langsam und bedächtig den reich verzierten Deckel der Truhe. Während er deren Inhalt betrachtete, sah er sich im Geiste seinem verstorbenen Vater gegenüber.

*„All diese Dinge habe Ich von Deinem Großvater erhalten, als wir nach Deutschland gingen. Manches davon sind Familienstücke, die seit vielen Jahren von den Vätern an die Söhne weitergegeben werden.*

*Andere sind sehr persönliche Dinge von ihm. Wenn Du sie eines Tages in Deinen Händen hast, dann halte sie in Ehren und gedenke der Traditionen Deiner afrikanischen Vorfahren."*

Michael Akebe nahm nach und nach verschiedene Dinge aus der Truhe heraus und stellte diese vorsichtig zur Seite.

Es handelte sich hierbei um sehr persönliche Gegenstände seines Großvaters. Da waren Fetische verschiedenster Art, welche der alte Akebe während seiner Heilungszeremonien einsetzte.

Jeder von ihnen hatte eine ganz besondere Bedeutung. Talismane, verschieden geknüpfte Ketten mit bunten Perlen und auch die eine oder andere Figur befanden sich darunter.

Je nach Herstellung wurden diese für die unterschiedlichsten Rituale eingesetzt.

Weiße Ouangas dienen beispielsweise dem Schutz oder der Heilung, grüne dem Glück oder rote der Liebe.

Ein besonderes Ouanga war das *Pot te tête*.

Es soll den Ausübenden schützen und vermeiden, dass er selbst von seinem Schadenszauber getroffen wird.

Eine solche Situation könnte eintreten, wenn er nicht hundertprozentig davon überzeugt ist richtig zu handeln.

Michaels Großvater hatte für seinen Sohn Abedi eine ganz spezielle, für ihn einmalige Puppe angefertigt. Aus schneeweißem Elfenbein war sie geschnitzt und er hatte sie mit einem heiligen Ritual geweiht, um seinen Nachkommen eine Möglichkeit zu geben sich zu schützen.

Michael kam bisher nie auf den Gedanken, dieses einmal nutzen zu müssen, war auch jetzt von der Richtigkeit seines Handelns überzeugt.

Er nahm noch verschiedene andere Dinge aus der Truhe heraus, verließ die dunkle Ecke des Dachbodens und begab sich zu einem kleinen Tisch inmitten des Raumes.

Er stellte zwei kleine Tongefäße darauf, in die er einige Tropfen Öl aus unterschiedlichen Fläschchen träufelte. Anschließend entzündete er die unter die Gefäße gestellten Kerzen.

Ein schwerer, die Sinne benebelnder Duft breitete sich langsam auf dem Dachboden aus.

Michael setzte sich auf dem Teppich nieder. Er legte den in einen schlichten Umhang gewickelten Gegenstand vor sich auf den Boden und packte ihn aus.

Es kam eine kleine Trommel zum Vorschein, die der Arzt vorsichtig wie ein rohes Ei neben sich abstellte.

Den Umhang, der vor vielen Jahren ein farbenprächtiges Kleidungsstück seines Großvaters war, legte er sich andächtig um seine Schultern.

Auch wenn der Stoff schon etwas verschlissen wirkte, für Michael Akebe stellte dieser etwas ganz Besonderes dar.

Sein Großvater trug ihn stets, wenn er sich mit anderen Männern in den afrikanischen Busch begab, um die für seine Heilungsrituale benötigten Zutaten zu sammeln.

Auch während der Heilungszeremonien in seiner Hütte hatte er ihn immer umgelegt, und er schlug dabei die Djembe-Trommel die nun neben Michael stand, in einem ganz besonderen Rhythmus.

Michael Akebe erfuhr, dass er sich dadurch in eine tiefe Trance versetzte, um so die Kraft und den Rat der Naturgötter in sich aufzunehmen.

Dies gab er anschließend durch seine Hände, durch Worte und monotone Gesänge, durch Kräuter und uralte Mixturen an die Kranken weiter.

Michael konnte sich oftmals davon überzeugen, dass, aus welchem Grunde auch immer, diese Zeremonien ihre heilende Wirkung hatten.

Natürlich gab es auch Menschen die durch das Geschehen nicht von ihrer Krankheit erlöst werden konnten. Es war schließlich kein allmächtiger Zauber.

In diesen Fällen setzte sein Großvater auf die schulmedizinischen Erfahrungen seines Sohnes Abedi.

Dieser schüttelte oftmals den Kopf darüber wenn er eine Krankheit diagnostizierte, die sichtlich mit den Heilmitteln der Natur nicht zu überwinden war.

Michael allerdings war von den für ihn magischen Kräften durchaus überzeugt, wenngleich er wusste, dass sie nicht in allen Fällen wirken konnten.

Doch dafür hatte er sich schließlich vorgenommen, eines Tages die Natur mit der Wissenschaft zu verbinden.

Als Michael Akebe den Stoff des Umhangs auf seinen Schultern fühlte, begann sich sein Blick zu verschleiern.

Er versuchte sich an den Rhythmus der Hände seines Großvaters zu erinnern, stellte die Trommel zwischen seine zum Schneidersitz verschlungenen Beine und begann schließlich damit, diese langsam mit seinen Händen zu schlagen.

Nach wenigen Minuten hatte er diesen bestimmten Rhythmus gefunden und begab sich durch den Klang der Trommel und den berauschenden Duft des magischen Kräuteröls auf eine geistige Reise zwischen die Welten.

Farbenschleier durchdrangen seine Sinne, und bald sah sich der Arzt wie durch einen Nebel dem Geist seines Großvaters gegenüber.

Er begann in der Sprache seiner Ahnen mit ihm zu sprechen, versuchte die Kraft dessen Geistes in sich aufzunehmen.

Nur dadurch würde es ihm möglich sein sich den Göttern zu öffnen, und so ihre Macht in sich wirken zu lassen.

Doch es schien auch nach längerem Versuchen nicht so einfach zu gelingen, wie Michael Akebe sich dies vorgestellt hatte.

Immer wieder verschwand das Bild des Alten vor ihm, auch wenn er noch so beschwörend versuchte es festzuhalten.

Er war sehr traditionsbewusst und wollte sich in geistigem Verbund mit seinem Großvater auf sein Vorhaben einstimmen.

Er musste versuchen, das Gleichgewicht der Natur wieder in Einklang zu bringen, hatte doch von ihm gelernt wie wichtig es war, dass alles Eins sein musste.

Das Gleichgewicht der Akebes wurde zerstört, und er, Michael Akebe, würde nun Alles wieder richtig stellen.

Dass dies jedoch nur mit dem Vorsatz des Guten und mit einem reinen Herzen möglich war hatte er im seelischen Schmerz über den Verlust seines Vaters vergessen.

Michaels Stirn war mittlerweile vom Schweiß bedeckt. Die vorangegangenen Ereignisse des Tages und die jetzt doch erhebliche mentale Anstrengung schienen ihn nun beinahe zu überfordern.

Seine Hände wurden langsam ruhiger, bis die leisen Trommelschläge schließlich irgendwann ganz verstummten.

Sein Blick klärte sich mehr und mehr, Geist und Körper verließen den Zustand der Trance.

Der Arzt war verwirrt und enttäuscht darüber, dass es ihm nicht gelungen war, das von ihm so ersehnte magische Bündnis mit den Göttern einzugehen.

Doch trotz dieser negativen Erfahrung wollte er nicht von seinem Vorhaben lassen. Er war so überzeugt von der Richtigkeit seines Handelns dass er sich dazu entschloss, seine Pläne auf jeden Fall in die Tat umzusetzen. Koste es was es wolle.

Selbst wenn er dazu mit der Tradition seiner Vorfahren brechen musste.

Michael atmete schwer, ließ sich langsam zur Seite fallen, und ruhte sich einige Minuten auf dem Teppich aus, bis die größte Anspannung etwas abgeklungen war und er sich langsam erhob.

Er fühlte sich erschöpft, als er sich zu dem Tisch begab, um die Öllampen zu löschen.

Nachdem er anschließend die entnommenen Gegenstände sowie den Umhang mitsamt der Trommel wieder in der Truhe verstaut hatte öffnete er ein Dachfenster, um sich in der frischen Nachtluft wieder einen klaren Kopf zu verschaffen.

Diesen würde er heute auch noch benötigen, wenn er das weitere Geschehen detailliert vorbereiten wollte.

Er war sich im Klaren darüber, dass es eine lange Nacht für ihn werden würde, auch wenn er am nächsten Tag wieder seiner Arbeit als Arzt nachgehen musste.

Aber er hatte sich vorgenommen das zu tun, was er für notwendig erachtete.

Selbst wenn er dabei die heiligen Kräfte des Voodoo missbrauchen musste, so war es in seinen Augen doch gerechtfertigt und für ihn der einzig richtige Weg.

Dass dieser schwer und steinig werden würde, dessen war sich Michael Akebe bewusst, doch er wollte denen, die seine Familie in tiefe Trauer gestürzt haben, das Gleiche widerfahren lassen.

Die Mühlen der Justiz hatten sich damals unaufhaltsam gedreht, und alle Ungereimtheiten im Zusammenhang mit dem Tod seines Vaters zermalmt.

Alle Erklärungen die er und seine Mutter damals abgegeben hatten, wurden beinahe ohne jede Beachtung von den Behörden vom Tisch gefegt.

Die Beteuerungen und Aussagen aller Zeugen, die seinen Vater als ehrbaren, achtsamen Menschen dargestellt hatten, wurden bedenkenlos von den Anwälten der Gegenseite widerlegt.

Nie zuvor hatte sich Michael mit seiner Mutter so erniedrigt gefühlt.

Der Tatsache, dass sein Vater von verschiedenen Krankenbesuchen kam, dass er einen wohl langen Arbeitstag hinter sich hatte, wurde der Tatbestand der Unachtsamkeit im Straßenverkehr zu Grunde gelegt.

Da er alleine im Wagen saß, die Gegenseite jedoch mit einer im Fahrzeug sitzenden Augenzeugin aufwarten konnte, standen die Chancen mehr als schlecht, etwas anderes zu beweisen.

Jetzt allerdings, nach dem Geständnis von Gerd Stetter, sah die ganze Sache anders aus.

Michael war lange am überlegen, ob er mit den neuen Tatsachen einfach eine Wiederaufnahme des damaligen Verfahrens anstreben sollte.

Doch was würde ihm dies letztendlich einbringen?

Sicher, der betroffene Politiker würde sich einem Skandal in der Öffentlichkeit stellen müssen. Er würde dann möglicherweise mit einer Geldstrafe, im äußersten Falle wohl mit einer Bewährungsstrafe davonkommen.

Das Gleiche drohte auch seiner Begleiterin, die wohl wegen ihrer Falschaussage verurteilt werden würde.

Doch wollte er sich und vor allem seiner Mutter dies antun, sich noch einmal diesen schrecklichen Tag in Erinnerung zu rufen?

Sich noch einmal über wahrscheinlich mehrere Tage oder gar Wochen hinweg den bohrenden Fragen der Beamten und Anwälte stellen?

Hatten er, der afrikanischer Abstammung war, und seine Mutter überhaupt eine Chance gegen die sich unaufhaltsam drehenden Mühlen der Justiz, die in diesem Fall möglicherweise gar von unsichtbaren Fäden geführt wurden?

Und selbst wenn, was dann?

Keine noch so hohe Summe an finanzieller Entschädigung, keine Verurteilung der wahren Schuldigen würden ihm seinen Vater und seiner Mutter den Mann wiederbringen.

Nein! Sein Entschluss stand fest.

Er hatte für sich selbst das Urteil über die Schuldigen längst gefällt.

Und dieses Urteil lautete: *Tod!*

Michael Akebe schloss das Dachfenster, löschte das Licht, und begab sich hinunter in seine Praxis.

Er verschloss die Türe hinter sich, ließ die Rollläden an den Fenstern herab und begab sich zu dem Tresor in der Ecke seines Sprechzimmers.

Nachdem er diesen geöffnet hatte, entnahm er einer sich darin befindlichen Kassette einige Schriftstücke.

Er holte sich eine Flasche Mineralwasser, bevor er die vergilbten Papiere auf seinem Schreibtisch ausbreitete, ließ sich danach in seinem Sessel nieder und studierte zum wiederholten Male die alten

Schriften und Zeichnungen, die er aus seiner Heimat mitgebracht hatte.

Er war sich der Wirkung des dort Beschriebenen genau bewusst, hatte er sie doch an diesem Abend erstmals erfolgreich in die Tat umgesetzt.

Kein Mensch hier in Nördlingen würde je im Traum darauf kommen, dass es sich beim Tod des Türmers um ein schwarzmagisches Ritual handelte.

Würde dieser Kommissar Markowitsch irgendjemandem davon erzählen, dass sich der Mann auf Grund eines uralten Voodoorituals in den Tod gestürzt hatte, man würde ihn wohl für verrückt erklären.

Die Menschen der so genannten zivilisierten Welt hatten nicht die geringste Ahnung von der magischen Wirkung des Voodoo.

Gut, es gibt Bücher und Filme über dieses Thema. Meistens handelte es sich um banale Horrorgeschichten, die sich die Autoren und Filmemacher aus den Fingern saugten.

Aber die Realität dieser alten Religion sah anders aus. Sie wird heute noch gelebt und praktiziert. Sowohl im Guten als auch im Bösen.

Die Kräfte des Glaubens in Einheit mit den Mächtigen der Natur sind weit größer und stärker als sich der Mensch vorstellen kann.

Und er, Michael Akebe, Nachkomme eines Priesters des Voodoo, wird diese Menschen nun lehren was es bedeutet, wenn man diese Mächte herausfordert.

Nichts und niemand würde ihn daran hindern, auch nicht dieser Kommissar.

Michael spürte in seinem Innersten zwar, dass er vor diesem Mann auf der Hut sein musste, dass dieser möglicherweise seine Pläne durchschauen könnte.

Er vertraute zwar auf sein Wissen um die alten Traditionen, nahm sich allerdings vor, trotz allem umsichtig zu sein.

Dieser Markowitsch wusste womöglich mehr als er selbst ahnte, und Michael würde ihn nicht aus den Augen verlieren.

Aber nun war es an der Zeit, dass er sich mit den wahren Schuldigen beschäftigte, die die Verantwortung für die Situation in seiner Familie trugen.

# 16. KAPITEL

Peter Neumann hatte das komische Gefühl, als könnte er heute seinem Baby Informationen entlocken, die eine ganz besondere Brisanz aufwiesen.

Irgendetwas war an diesem Fall anders als sonst. Es war nur ein Gefühl, er konnte es in diesem Moment auch noch nicht näher deuten.

Aber es kribbelte in seinen Fingern und dies war stets ein untrügliches Zeichen dafür, dass eine Menge Arbeit auf ihn wartete.

Als er die alten Archivdateien des polizeilichen Zentralcomputers durchsuchen ließ, dachte er an die vielen Stunden die er damit verbracht hatte, um dieses Informationsnetz anzulegen.

Fast ein Dutzend Mitarbeiter aus der EDV-Abteilung waren über mehr als ein Jahr hinweg damit beschäftigt, alles erdenkliche Papiermaterial elektronisch zu archivieren.

Es wurde kopiert, getippt und gescannt bis die Drähte der Anlage glühten, aber das Ergebnis konnte sich wirklich sehen lassen.

Die Qualität des Computerarchivs hatte sich schnell herumgesprochen und man stellte nicht selten den Antrag, sich Informationen daraus beschaffen zu dürfen.

So mancher Fall konnte mit Hilfe dieser gründlichen Recherchemöglichkeit schneller als geplant zu den Akten gelegt werden.

Fast jeder Polizeibeamte im Regierungsbezirk Schwaben wusste mittlerweile, dass der *Pitbull* besonderen Wert auf alle möglichen Informationen und Details legte, sollten sie auch noch so unscheinbar sein.

Selbst Informationen von Notizzetteln oder Schmierblättchen wurden von ihm archiviert. Peter Neumann war keine Aussage zuviel.

Mit einem ausgeklügelten System für die Verschlagwortung aller Eingaben hatte er stets Zugriff auf jegliche Art von Information, sei sie auch noch so unscheinbar gewesen.

Dieser Tatsache der außergewöhnlich Vorbereitung und der Pflege seiner Daten hatte er es jetzt zu verdanken, dass er innerhalb von nur knapp zwei Stunden einige sehr interessante Dinge für Markowitsch bereitstellen konnte.

Innerlich jubilierte Peter Neumann und war mal wieder ein ganz klein wenig stolz auf sich und seine Arbeit.

Nachdem er sich alle seines Erachtens notwendigen Daten ausgedruckt hatte, sicherte er sein System und machte sich wieder auf den Weg ins Büro des Kommissars.

Dieser wartete schon ungeduldig darauf, dass sich Pit Neumann endlich wieder bei ihm melden würde.

Nach der vierten Tasse Kaffee und einer halben Rolle Schokoladenkekse war er schon kurz davor zum Telefon zu greifen, als sich die Bürotüre öffnete.

„Na endlich, Neumann. Ich dachte schon, Ihr Liebling sei vielleicht kaputt gegangen.

Oder haben Sie sich in der Zwischenzeit noch schnell eines Ihrer Ballerspiele rein gezogen?"

Der Kommissar wusste, dass sich Peter Neumann immer wieder einmal zwischendurch, an einem allerdings separaten System, bei einem kleinen Spielchen ablenkte.

Die ständige hochkonzentrierte Datenpflege erforderte ab und zu einmal das Abschalten der Gehirnzellen, wie dieser es immer nannte, und bei ihm ging das eben am Besten, wenn er sich gegen virtuelle Bösewichte austoben konnte.

Da Markowitsch sich seine tägliche Arbeit nicht mehr ohne die wertvolle Hilfe des EDV-Spezialisten vorstellen konnte, tolerierte er diese Entspannungshilfe ohne zu Murren.

Allerdings ließ er es sich nicht nehmen, zwischendurch seine kleinen Anmerkungen dazu zu machen.

Neumann wusste jedoch, wie er diese zu verstehen hatte.

„Sie wissen doch selbst Herr Kommissar, wie böse unsere Welt ist", gab Neumann grinsend zurück, nachdem er die Türe hinter sich geschlossen hatte.

„Man muss eben sehen wo man bleibt. Und bis jetzt habe ich immer noch jede Schlacht gewonnen."

„Ich weiß", antwortete der Kommissar mit einer wegwerfenden Handbewegung.

„Und wenn der böse Gegner halt doch einmal besser ist, schalten

Sie das System eben einfach ab, nicht wahr?"

Markowitsch spielte auf eine Situation an, als er Peter Neumann das erste Mal bei seinem Spiel gegen die Cyberwelt erwischt hatte.

Damals fühlte Neumann sich regelrecht dabei ertappt, dass er sich während seiner Arbeitszeit mit Computerspielen beschäftigte, und der Gegner auf dem Bildschirm hatte ihn in diesem Augenblick der Ablenkung unweigerlich ins virtuelle Jenseits befördert.

Im ersten Moment reagierte Markowitsch ziemlich sauer auf die Situation in der er seinen jungen Kollegen vorgefunden hatte.

Als dieser allerdings seinem Chef begreiflich machen konnte wie wichtig ihm dieser Konzentrationsausgleich war, genehmigte der Kommissar diese kleinen Auszeiten offiziell.

„Na, dann lassen Sie mich Ihre Ergebnisse doch mal sehen", sprach er.

Der junge Beamte reichte seinem Vorgesetzten nun die mitgebrachten Unterlagen, da dieser ihm schon ziemlich ungeduldig die Hand entgegenstreckte.

Markowitsch legte die Papiere auf seinen Schreibtisch, und bat den Kollegen Platz zu nehmen.

„Kaffee?" fragte er ihn, als er sich mit seiner Tasse in der Hand in Richtung Kaffeemaschine bewegte.

„Gerne, danke schön. Mit Milch bitte und zwei Stück Zucker drin", kam die prompte Antwort.

„Aber sicher doch", brummte der Kommissar scheinbar missmutig zurück.

„Umrühren und trinken können Sie dann aber alleine, oder?"

Er stellte die beiden Kaffeetassen auf dem Schreibtisch ab, ging zu seinem Ledersessel zurück und ließ sich schwer hineinfallen.

Nachdem er zunächst einige Schlucke des heißen Gebräus zu sich genommen hatte, griff er zielsicher nach den Unterlagen.

„Dann wollen wir doch mal sehen, was Sie da für mich ans Tageslicht geholt haben", sprach er mehr zu sich selbst als zu seinem Gegenüber.

Markowitsch blätterte die Unterlagen zunächst einmal ziemlich rasch bis zum Ende durch, um sie dann wieder von Anfang an, diesmal allerdings etwas genauer zu studieren.

Peter Neumann nippte immer wieder an seiner Kaffeetasse, beobachtete dabei aber über den Rand hinweg das Minenspiel des Kommissars.

Dessen Stirn legte sich ständig in Falten.

Ab und zu zog er die Augenbrauen hoch, und blätterte zwei, drei Seiten zurück, um scheinbar irgendwelche Angaben miteinander zu vergleichen.

„Respekt, Respekt, Neumann. Vorzügliche Arbeit", sprach Markowitsch anerkennend zu seinem Mitarbeiter.

Er blickte aus dem Manuskript auf, legte es zur Seite und griff nach seinem Kaffee.

„Hervorragende Unterlagen. Sie haben anscheinend an alles gedacht was in diesem Zusammenhang wichtig erscheint.

Ich finde es äußerst interessant, wie man im Pensionsalter zu einer solchen Summe Geld kommen kann. Der alte Stetter hat ja ein mächtig hohes Sümmchen auf seinem Konto zusammen getragen.

Woher stammt dieses Geld, Neumann? Warum steht davon nichts in Ihrem Bericht?"

„Das ist leider der Knackpunkt innerhalb meiner Recherchen. An die Daten der Bank komme übers Wochenende leider nicht einmal ich mit meinem System heran.

Sorry, Herr Kommissar, tut mir leid Ihnen das sagen zu müssen. Diese Angaben kann ich Ihnen erst am Montag liefern."

Süffisant lächelnd lehnte sich Markowitsch in seinem Sessel zurück und schlug die Beine übereinander.

„Dann scheint es also wohl doch nicht ganz unfehlbar zu sein, Ihr kleines Spielzeug?", stellte er die Frage in den Raum.

Fast ärgerlich registrierte Peter Neumann diesen kleinen verbalen Seitenhieb seines Vorgesetzten. Und somit war seine Antwort auch entsprechend gereizt.

„Dies hat nun absolut nichts mit der Qualität meiner Arbeit zu tun. Es handelt sich hierbei lediglich um das Thema Datenschutz.

Ich kann selbst als Mitarbeiter der Kriminalpolizei nicht einfach so ohne weiteres in die Datenbank eines Geldinstitutes einbrechen.

Jedenfalls nicht offiziell", gab er etwas leiser und mit säuerlicher Mine zurück.

„Na, na, mein lieber Herr Neumann. Nicht gleich auf den Schlips getreten fühlen.

Wenn ich schon einmal die seltene Möglichkeit habe, Sie und ihr Wunderkind zu kritisieren, dann gönnen Sie mir doch dieses kleine Erfolgserlebnis."

Er sah Peter Neumann grinsend an, wurde aber gleich darauf wieder etwas ernster.

„Im Ernst, Herr Kollege. Meine Bemerkung bedeutet keinerlei Kritik an Ihrer Arbeit. Im Gegenteil.

Mit diesen Details haben wir schon mal einen ziemlich großen Schritt in die richtige Richtung getan.

Jedenfalls so gut ich das im ersten Moment beurteilen kann.

Ich möchte, dass Sie mir am Montag als Allererstes herausfinden, woher dieses Geld stammt.

Wenn es das ist was ich vermute, dann wird jemand eine ganze Menge Ärger am Hals haben."

„Alles schön und gut", gab Neumann zurück.

„Aber was hat Ihrer Meinung nach diese Geschichte mit dem aktuellen Fall zu tun?

Gerd Stetter ist doch nicht derjenige, der vom Turm gefallen, gesprungen, gestoßen oder was weiß ich auch immer ist.

Es handelt sich bei dem Toten um seinen Sohn, und der war ja laut meiner Nachforschungen damals noch relativ jung und nicht an diesem Unfall beteiligt."

„Ich weiß bisher selbst noch nicht genau wie die ganzen Dinge zusammenhängen, aber ich werde es herausfinden. Verlassen sie sich darauf Neumann.

Besorgen Sie mir nur so schnell als möglich die notwendigen Informationen, dann sehen wir weiter."

Peter Neumann erkannte am Tonfall des Kommissars, dass er das Gespräch an diesem Punkt als beendet betrachtete.

Er wusste mittlerweile auch genau, wann er seinen Chef alleine lassen musste, also erhob er sich von seinem Platz und ging zurück in sein Büro.

Markowitsch indes saß noch eine ganze Weile an seinem Schreibtisch und grübelte über das Erlebte nach, ohne jedoch zu einem weiteren Ergebnis zu kommen.

Somit packte er seine Sachen zusammen, und machte sich auf den Heimweg.

# 17. KAPITEL

Doktor Michael Akebe stand am Fenster seines Dachbodens, und starrte hinauf in die Wolken.

Er war sich in den letzten beiden Tagen darüber klar geworden, dass er nicht nur den wirklich Schuldigen am Tode seines Vaters würde bestrafen müssen.

Nein, auch Gerd Stetter und seine Frau, die jahrelang darüber geschwiegen hatten obwohl sie die Wahrheit kannten, würden dafür büßen.

Auch sie würden diese seelischen Schmerzen erleben müssen, die durch ihr Nichthandeln in der Familie Akebe in Kauf genommen wurden.

Der Tod des jungen Stetter war der Anfang, die weiteren Vorbereitungen waren bereits getroffen, und heute Abend würden sie alles Leid der Welt erfahren.

Während der Arzt diesen Entschluss fasste, kam Gerd Stetter mit seiner Frau von einem Spaziergang zurück.

Man konnte den beiden ansehen, dass sie der Tod ihres Sohnes und vor allem die Umstände die dazu geführt hatten, sehr mitgenommen hatten.

Der Leichnam von Markus befand sich noch immer in der Gerichtsmedizin und es war momentan noch nicht abzusehen, bis wann sie ihn beerdigen konnten.

Es war immer schon der schlimmste Gedanke für Antonia Stetter, ihren Sohn eines Tages zu Grabe tragen zu müssen.

Was kann es Schlimmeres geben, als dass Eltern ihre Kinder verlieren, und dann auch noch unter solch mysteriösen Umständen?

Ihr Mann hatte recht damit als er sagte, dass man wohl besser auf dem rechten Weg geblieben wäre.

Die Entscheidung von Gerd Stetter, nach all den Jahren nun endgültig reinen Tisch zu machen, vor allem in Bezug auf sich selbst und seinen ehemaligen Arbeitgeber, konnte ihnen ihren Sohn nicht zurück bringen.

Aber auch Antonia Stetter war mit ihren Gedanken inzwischen

soweit zu glauben, dass das begangene Unrecht von Seiten ihres Mannes in unmittelbarem Zusammenhang mit dem Tod von Markus stehen musste.

Sie und ihr Sohn hatten den Vater noch darin bestärkt, sein Wissen zu ihrer aller Vorteil auszunutzen.

Aber kein Unrecht im Leben blieb anscheinend ohne Sühne.

Dies hatte die Familie nun auch schmerzlich erfahren müssen.

Angesichts dieser Tatsache hatte Antonia Stetter in den letzten Tagen all ihren Lebensmut verloren.

Sie konnte sich nicht über einen längeren Zeitraum in ihrer Wohnung aufhalten, ohne sich unendliche Vorwürfe zu machen, fühlte sich müde und ausgelaugt.

Dies kam wohl auch von den Beruhigungsmitteln, die ihr der Arzt im Krankenhaus vorsorglich verschrieben hatte.

Seinen Rat, sich zur weiteren Betreuung bei ihrem Hausarzt zu melden, hatte Antonia aber verworfen.

Seitdem Gerd Stetter ihr seinen Besuch in Doktor Akebes Sprechstunde gebeichtet hatte um sich von seinem drückenden Gewissen zu befreien, baute sich in ihr ein seltsames Misstrauen gegenüber dem Arzt auf.

Sie war sich dabei nicht ganz sicher, ob sie dessen Reaktion auf das ganze Geschehen einfach so hinnehmen konnte.

Ihr Mann schien seit diesem Nachmittag um Welten erleichtert zu sein, dass er sich seine Last von damals endlich von der Seele geredet hatte.

Sie jedoch grübelte ständig darüber nach, ob ein Mensch diese Erkenntnisse einfach so großherzig beiseite legen kann, wie Michael Akebe dies anscheinend getan hatte.

Sie ahnte dabei in diesem Moment noch nicht, in welch grausamer Weise sie mit ihren Vorahnungen Recht behalten sollte.

Antonia Stetter befand sich mit ihrem Mann an diesem Sonntagabend nur noch wenige Meter von ihrem Haus entfernt, als sie urplötzlich stehen blieb.

Sie schrie kurz auf, und fasste sich mit schmerzverzerrtem Gesicht an ihr linkes Bein.

Gerd Stetter versuchte sofort, seine Frau zu stützen.

Diese schien jedoch von einer Sekunde auf die nächste alle Kraft aus ihrem Bein verloren zu haben und ihr Mann konnte es nicht verhindern, dass sie unter ihm zur Seite hin wegknickte.

Er versuchte noch sie zu halten, hatte jedoch angesichts der unerwarteten Seitwärtsbewegung des Körpers keine Chance, diesen abzufangen.

Der ehemalige Chauffeur konnte nur tatenlos zusehen, wie seine Frau über den Gehweg hinunter auf die Straße stürzte.

Was er im gleichen Augenblick noch mitbekam, war plötzliche Helligkeit und lautes Hupen eines heran fahrenden Wagens.

Im gleißenden Licht der Scheinwerfer erkannte Gerd Stetter das vor Schreck verzerrte Gesicht seiner Frau und den stummen Schrei von ihren Lippen, der im Kreischen der Bremsen und dem unmittelbar darauf folgenden Aufprall unterging.

Antonia Stetters Körper konnte der Wucht dieses Aufpralls nicht den geringsten Widerstand entgegen bringen.

Ihr Mann stand vor Entsetzen wie gelähmt am Straßenrand, unfähig, sich auch nur einen einzigen Zentimeter zu bewegen.

Wie lange er dort stand, konnte er im Nachhinein nicht mehr sagen.

Nur gedämpft wie durch einen Nebelschleier vernahm er aufgeregte Stimmen und irgendwann das Heulen der Autosirenen, bevor ihn die erlösende Schwärze der Ohnmacht erfasste.

# 18. KAPITEL

Michael Akebes Stirn war schweißbedeckt. Die Ouanga-Rituale zehrten jedes Mal enorm an seiner psychischen und physischen Substanz.

Er betrachtete die Wachspuppe in seiner linken Hand, als aus der Ferne das Signal des Martinshorns an seine Ohren drang, war sich in diesem Augenblick jedoch noch nicht klar darüber, in welche Richtung sich das Geräusch bewegte.

Der Arzt legte die Figur zur Seite, nicht ohne ihr vorher die Nadel aus dem Bein gezogen zu haben.

Als er diese vorhin langsam immer tiefer in das Wachs hinein gedrückt hatte konnte er fast körperlich spüren, wie Stetters Frau durch den Schmerz gequält wurde.

Er würde sie leiden lassen, um sie schließlich dann dieser Welt zu entreißen.

Dass es dazu schon zu spät war ahnte er in diesem Moment noch nicht.

Erst am darauf folgenden Tag sollte er aus der Zeitung erfahren, dass sein Vorhaben schneller in die Tat umgesetzt worden war als er eigentlich geplant hatte.

Am Montagmorgen sollte ihn sein erster Weg zum Briefkasten führen um sich die Zeitung zu holen.

Als Michael sich in seine Küche begab um zuerst den Kaffee aufzusetzen, da sah er seine Mutter am Tisch sitzen.

Die Zeitung bereits vor sich liegend sah sie ihn mit fragenden Blicken an.

Michael erkannte eine stumme Anklage in ihren Augen, sagte jedoch nur den üblichen Gruß wie jeden Morgen und versuchte bewusst, den Blicken seiner Mutter auszuweichen.

Diese deutete mit ihrem Finger auf einen Artikel im Lokalteil der Rieser Nachrichten, stand auf und verließ dann wortlos die Küche.

Michael setzte sich an den Tisch und nahm die Zeitung zur Hand.

Er entdeckte sofort den Bericht.

Beim Durchlesen des Artikels konnte er sich sehr genau vorstellen wie das ganze *Unfallgeschehen* abgelaufen war.

Zunächst fühlte er so etwas wie Enttäuschung darüber, dass sein Plan nicht ganz genau so zustande kommen würde, wie er sich dies zu Beginn vorgestellt hatte.

Er wollte einerseits Gerd Stetters Frau mit körperlichen Schmerzen quälen, um so den Leidensdruck auf ihn zu erhöhen.

Dass dieser allerdings gestern Abend direkt miterleben musste wie seine geliebte Ehefrau vor seinen Augen von einem Auto erfasst und getötet wurde, gab Michael Akebe das Gefühl der Genugtuung zurück.

Nun würde auch Stetter allein sein mit seinem Schmerz.

*Aber nicht allzu lange* sprach Akebe leise zu sich selbst. *Du wirst sie schon sehr bald wieder sehen, versprochen.*

Das Einzige das seiner Meinung nach sein Vorhaben noch durchkreuzen könnte, war das Verhalten des Kommissars aus Augsburg.

Seine Äußerungen in Bezug auf die Umstände der Todesursache des Türmers machten dem Arzt ernsthafte Sorgen.

Er wusste die Kenntnisse des Kriminalbeamten noch nicht genau einzuschätzen.

Michael Akebe war sich bewusst darüber, dass er in seinen nächsten Schritten sehr vorsichtig sein musste, damit er die Aufmerksamkeit von diesem Markowitsch nicht zu sehr auf sich lenkte.

Die anklagenden Blicke seiner Mutter hatte er indes schon wieder vergessen.

Mit diesen Gedanken erhob sich der Arzt von seinem Frühstückstisch und begab sich in seine Praxis, um seiner eigentlichen Tätigkeit als Mediziner nachzugehen.

Einerseits hatte er vor Jahren den hippokratischen Eid geschworen, auf der anderen Seite fühlte er sich den Traditionen seiner Vorfahren verpflichtet.

Dass sich Beides miteinander verbinden ließ, im Grunde genommen sogar Eins war, hatte er tief in seinem Inneren angesichts der Ereignisse längst aus den Augen verloren.

# 19. KAPITEL

Gerd Stetter erwachte aus einem tiefen Schlaf. Er fühlte sich wie zurückgekehrt aus einem Dämmerzustand.

Als er sich umsah erkannte er, dass er sich wohl im Krankenhaus befand.

Links neben ihm standen zwei weitere Betten, von denen eines jedoch nicht belegt war, im zweiten konnte er einen etwa dreißigjährigen Mann erkennen der gerade nach der Zimmerglocke griff.

Gerd Stetter versuchte sich zu entsinnen, wie er hierher gekommen war.

Schlagartig holten ihn die Erinnerungen des vergangenen Tages ein.

Er sah sich neben seiner Frau gehen, als diese wie aus heiterem Himmel den Halt unter den Füßen zu verlieren schien.

Er war ja sofort zur Stelle um sie zu stützen, konnte sie jedoch nicht festhalten.

Wie in einem grausamen Film liefen die Geschehnisse des letzten Abends noch einmal vor seinen Augen ab.

Als wäre es in diesem Moment erst geschehen hörte er das Hupen des Wagens, dessen kreischende Bremsen.

Er sah das zu Tode erschrockene Gesicht seiner Antonia im gleißenden Scheinwerferlicht vor sich und … nichts mehr.

Gerd Stetter schloss die Augen, fühlte Tränen der Trauer und Wut über sich selbst in sich hochsteigen.

Er begann heftig zu atmen, drohte ohnmächtig zu werden, glaubte ersticken zu müssen in seinem Schmerz.

Wieder sah er seine Frau vor sich auf der Straße liegen, wie sie ihm Hilfe suchend die Arme entgegenstreckte.

„Antonia …", flüsterte er mit Tränenerstickter Stimme. Als er glaubte ihre Hand zu spüren, griff er nach dieser und schlug die Augen auf.

Er sah jedoch nur eine Krankenschwester an seinem Bett stehen, welche ihm beruhigend ihre Hand auf die Schulter gelegt hatte.

„Versuchen Sie ruhig zu atmen, Herr Stetter. Der Arzt ist schon unterwegs.

Ihr Zimmernachbar hat uns Bescheid gegeben, dass Sie wach geworden sind."

Sie reichte ihm ein Glas mit Wasser und eine kleine Kapsel.

„Bitte nehmen Sie das, es wird Sie etwas beruhigen."

Als Gerd Stetter nach dem Glas griff um das Medikament zu schlucken, öffnete sich die Zimmertüre.

Ein groß gewachsener Mann im weißen Kittel betrat das Krankenzimmer und kam auf sein Bett zu, reichte Gerd Stetter die Hand und stellte sich als der Dienst habende Oberarzt vor.

„Sie haben gestern Abend einen schweren Schock erlitten, Herr Stetter.

Wir werden Sie heute zunächst einmal gründlich durchchecken um sicher zu gehen, dass aus körperlicher Sicht mit Ihnen alles in Ordnung ist.

Die gestern Abend noch durchgeführten Blutuntersuchungen haben soweit keine bedenklichen Werte ergeben.

Wir sollten uns jedoch Gewissheit verschaffen. Deshalb möchte ich Sie heute noch gerne hier behalten.

Wenn sie mit jemandem sprechen möchten, schicke ich Ihnen gerne eine psychologische Betreuung oder einen Geistlichen vorbei."

Gerd Stetter sah den vor sich stehenden Arzt mit ausdrucksloser Mine an.

Noch immer fühlte er die Tränen an seinen Wangen herab laufen, schämte sich seiner Gefühle jedoch nicht.

Er nickte dem Mann nur entgegen. Sollte er seine Untersuchungen doch machen. Egal, was dabei herauskommen würde.

Am liebsten wäre es ihm, er könnte sterben.

Was hatte denn sein Leben nun noch für einen Sinn?

Innerhalb weniger Tage erst den Sohn, und nun auch noch die geliebte Frau verloren.

Grausam hatte ihn das Schicksal geschlagen. Gestraft dafür, dass er vor Jahren feige, selbstsüchtig und eigennützig gehandelt hatte, anstatt der Wahrheit ins Gesicht zu sehen.

„Machen Sie ihre Untersuchungen, und dann würde ich gerne sobald als möglich nach Hause gehen", sprach er den Arzt an.

„Ich habe nämlich noch ein paar wichtige Dinge zu erledigen, die keinen Aufschub mehr dulden."

Gerd Stetter war sich plötzlich klar darüber, dass es mit seinem Eingeständnis Michael Akebe gegenüber für ihn noch lange nicht getan war.

Sobald er aus dem Krankenhaus entlassen war würde er Urban anrufen, um auch ihm gegenüber reinen Tisch zu machen.

Es war ihm nun egal, ob die Öffentlichkeit einen Skandal mehr oder weniger hatte.

Ganz gleich, ob man ihn für sein Tun nachträglich verurteilen und vielleicht sogar hinter Gitter bringen würde.

Für ihn hatte in den letzten Tagen das Leben seinen Sinn verloren.

Er wollte nun nur noch seinem Schöpfer gegenüber ein reines Gewissen schaffen, denn er hatte das untrügliche Gefühl, dass er seine Frau und seinen Sohn bald schon wiedersehen würde.

Und wenn es für dieses Leben auch schon zu spät war, so wollte er ihnen wenigstens danach mit erhobenem Haupt entgegen treten können.

Er fühlte plötzlich, dass trotz allen Unheils wieder etwas Leben und Kraft in seinen ausgemergelten Körper zurückkehrte.

Entschlossen schlug er die Bettdecke zur Seite, ging in Richtung Waschraum, und sah die etwas erstaunte Krankenschwester an.

„Ich bin in einer Viertelstunde bereit für Ihre Untersuchungen."

## 20. KAPITEL

Nachdem Kommissar Markowitsch am Montag gegen 08:30 Uhr das Bürogebäude des Augsburger Polizeipräsidiums betreten hatte, wurde er bereits von Staatsanwalt Frank Berger erwartet.
Dieser kam ihm mit einer Ausgabe der Augsburger Allgemeinen Zeitung in der Hand wedelnd entgegen.
„Die Geschehnisse in Nördlingen halten mich momentan ganz schön auf Trab, Markowitsch.
Man hat mir schon wieder einmal mein Wochenende gründlich verdorben.
Wenn das noch lange so weitergeht wird diese Stadt für mich wohl irgendwann zu einem Alptraum werden."
Der Kommissar sah Frank Berger mit hochgezogenen Augenbrauen fragend an.
Während er die Türe zu seinem Büro aufschloss und ihn hinein bat, fragte er verwundert:
„Ihnen lässt wohl die ganze Geschichte mit dem Türmer keine Ruhe, oder?"
„Sie sind anscheinend noch nicht auf dem neuesten Stand der Erkenntnisse, mein lieber Herr Kommissar. Noch keine Zeitung gelesen heute?"
„Nein. Wollte ich eigentlich jetzt bei einer guten Tasse Kaffee tun. Sie auch einen?"
Markowitsch sah Frank Berger fragend an, als er einen Kaffeefilter in die Maschine steckte und das Pulver dazu gab.
„Danke, gerne", gab der Staatsanwalt seufzend zurück.
„Ich werde sie inzwischen über die aktuelle Sachlage informieren. Vorlesen war schon in der Schule eines meiner Lieblingsfächer."
Frank Berger nahm auf dem Stuhl vor dem Schreibtisch des Kommissars Platz, schlug die Zeitung auf, und las ihm den Artikel über den tödlichen Unfall vom vergangenen Wochenende vor.
Als dabei der Name Antonia Stetter fiel, drehte sich Markowitsch abrupt um, starrte seinen Gesprächspartner erstaunt an und wollte zu

einer Äußerung ansetzen.

„Sie war die Mutter des Türmers", sprach der Staatsanwalt weiter, und schnitt damit dem Kommissar das Wort ab, bevor dieser einen Kommentar dazu abgeben konnte.

„Ich war wie gesagt vor Ort, sehe aber, falls Sie darauf anspielen wollen, absolut keinen Zusammenhang mit dieser Geschichte.

Nach Aussage des Notarztes muss es sich wohl um einen Schwächeanfall bei der Frau gehandelt haben. Genauere Angaben konnte er noch nicht machen.

Ihr Mann, der den Unfall nicht verhindern konnte, stand zu diesem Zeitpunkt unter einem schweren Schock.

Er befindet sich zurzeit im Krankenhaus, seine Vernehmung steht noch aus.

Die Kollegen der Polizeiinspektion Nördlingen werden dies so bald als möglich nachholen, und uns anschließend die Informationen zukommen lassen."

„Urteilen Sie nicht zu voreilig. Zusammenhänge ergeben sich meist erst im Laufe der Ermittlungen", meinte Markowitsch.

„Und nach dem zu urteilen was in der letzten Zeit in Nördlingen alles passiert ist, habe ich das komische Gefühl, als würde unsere Arbeit jetzt erst richtig beginnen.

Wir haben noch Anhaltspunkte in eine andere Richtung. Ob es hier allerdings Parallelen gibt weiß ich noch nicht.

Das wird sich erst in den nächsten Tagen zeigen. Aber wenn ja, dann steht uns eine größere Geschichte ins Haus."

„Aber bitte nicht noch mehr Tote", warf Frank Berger mit verdrehten Augen und einer abwehrenden Handbewegung ein.

„Die letzten Tage reichen mir für die nächste Zeit."

„Wenn es nach mir ginge", gab der Kommissar zur Antwort, „würde sich der ganze Fall nur als eine tragische Verkettung von unglücklichen Umständen herausstellen und sich dann in Wohlgefallen auflösen.

Mein kriminalistisches Gespür sagt mir jedoch leider etwas anderes."

Die Kaffeemaschine gab ein gurgelndes Geräusch von sich. Dies war für Markowitsch das Zeichen, die beiden Tassen auf dem Schreibtisch einzugießen.

Er stellte die Kanne zurück auf die Warmhalteplatte und setzte sich dem Staatsanwalt gegenüber in seinen Sessel.

„Was meinten Sie eben damit, als Sie von weiteren Anhaltspunkten sprachen?", stellte Berger die nächste Frage.

„Ich hoffe, dass wir darüber in den nächsten Minuten Auskunft erhalten werden", antwortete der Kommissar, und griff zum Telefon.

Als er den Hörer abnahm, klopfte es an der Bürotüre. Ohne eine Aufforderung abzuwarten, trat Peter Neumann in das Zimmer.

„Einen schönen guten Morgen, Herr Markowitsch", trällerte er dem Kommissar entgegen.

Als er Frank Berger erblickte, fügte er hinzu: „Oh, schon Besuch zu so früher Stunde?

Auch ihnen einen wunderschönen guten Morgen, Herr Staatsanwalt."

Die beiden Männer am Schreibtisch sahen sich sprachlos an. Markowitsch verzog etwas säuerlich sein Gesicht und meinte dann zu Frank Berger gewandt:

„So viel gute Laune an einem Montagmorgen kann doch kein Mensch ertragen. Oder sind Sie anderer Meinung?"

„Mir scheint, als hätten Sie hier im Präsidium ein recht heiteres Arbeitsklima, mein lieber Kommissar.

Wie stellt man das an, seine Mitarbeiter dermaßen zu motivieren? Würde meinen Kolleginnen und Kollegen sicherlich auch bekommen."

„Kann ich mir nicht erklären", brummelte Markowitsch vor sich hin.

„Von mir hat er das jedenfalls nicht".

Er deutete Peter Neumann an sich einen Stuhl zu nehmen und sich zu ihnen zu setzen.

„Es gibt frischen Kaffee. Bitte bedienen Sie sich."

„Danke, aber ich hatte gerade eben erst ein ausgezeichnetes Frühstück", gab Neumann zur Antwort.

Er erntete einen fragenden Gesichtsausdruck und sprach deshalb sogleich weiter:

„Nun gucken sie nicht so, Herr Kommissar. Das war in meinen Augen aber auch verdient.

Schließlich habe ich für Sie schon in den letzten eineinhalb Stunden eine ganze Menge an höchst interessanten Informationen zusammen getragen."

Er zog sich einen der Besucherstühle heran, setzte sich nieder und legte dabei eine Mappe mit mehreren Schriftstücken auf den Schreibtisch.

Diese schob er dem Kommissar entgegen.

Mit der Hand auf der Mappe erklärte er:

„Hier drin befinden sich die gewünschten Auskünfte über die Kontobewegungen von Gerd Stetter. Es ist schon erstaunlich, was da in den letzten Jahren so abgelaufen ist.

Besonders interessant dürfte für uns sein, von woher diese Summen überwiesen wurden.

Soweit ich das beurteilen kann, stochern wir da aber wohl in ein kleines Wespennest hinein."

„Schlussfolgerungen dieser Art überlassen Sie besser mir", antwortete Markowitsch mit einer maßregelnden Stimme, wobei er die Mappe unter der Hand seines Mitarbeiters hervorzog.

„Noch obliegt mir die Leitung dieses Falles."

Als er dabei den wohl über seine Reaktion erschrockenen Gesichtsausdruck von Pit Neumann bemerkte, besänftigte sich aber seine barsche Tonlage wieder etwas. Beschwichtigend hob er seine Hand.

„Nun sehen Sie mich nicht so verärgert an, Neumann. Wenn Sie bei Ihren Recherchen tatsächlich auf ein Wespennest gestoßen sein sollten, dann werden wir dies gemeinsam ausräuchern."

Er grinste seinen Kollegen über den Schreibtisch hinweg an. Dessen Miene hatte sich sogleich auch wieder etwas aufgehellt.

Staatsanwalt Frank Berger hatte den Wortwechsel zwischen den beiden Beamten mit Interesse verfolgt, wurde daraus aber nicht schlau.

Er nahm einen Schluck aus seiner Kaffeetasse und räusperte sich unüberhörbar.

„Sie fragen sich bestimmt wovon wir eben gesprochen haben, richtig, Herr Staatsanwalt?

Und sicher würden Sie auch gerne wissen, welche Informationen sich in dieser Mappe befinden. Genau das möchte ich auch.

Nun denn, Neumann", sagte er zu seinem Mitarbeiter gewandt,

„sie sollten uns beide nicht dumm sterben lassen."

Er deutete dabei mit dem Finger abwechselnd auf sich und Frank Berger.

Erstaunt sah Peter Neumann seinen Vorgesetzten an. Er sollte Markowitsch und den Staatsanwalt über den Stand der Dinge aufklären?

Das war eigentlich gar nicht die Art seines Chefs. Normalerweise zog er es vor, seine Ermittlungsergebnisse selbst zu präsentieren.

„Was ist los, Neumann?", fragte der Kommissar über den Schreibtisch hinweg.

„Hat es Ihnen etwa die Sprache verschlagen? Wäre ich ja gar nicht von Ihnen gewohnt."

„Nnein", stotterte der junge Beamte. „Ich bin nur ...".

„Was denn? Überrascht? Sie haben die Recherchen durchgeführt, also liegt es auch an Ihnen, uns über das Ergebnis aufzuklären.

Nun legen Sie schon los. Ich habe keine Lust zuerst Akten zu studieren, um Ihnen dann das zu sagen was Sie sowieso schon wissen.

Wenn es wirklich so brisant ist wie Sie sagen, sollten wir uns jeden unnötigen Zeitverlust sparen."

„Natürlich, Herr Kommissar", gab Peter Neumann ein wenig überrascht zurück.

Er erhob sich von seinem Platz, ging einige Schritte in den Raum zurück, und begann nun mit seinen Erklärungen.

„Es geht um die Gelder, die sich im Laufe der Zeit auf Gerd Stetters Konto angesammelt haben. Meine Nachforschungen ergaben, dass diese allesamt aus einer sehr interessanten Quelle stammen."

Peter Neumann legte eine künstlerische Pause ein, um diesen Satz wirken zu lassen. Er genoss es nun sichtlich, das Vertrauen von Markowitsch erhalten zu haben.

„Nun machen Sie es nicht gar so spannend, Herr Neumann", mischte sich jetzt der Staatsanwalt ein.

„Um welche Gelder geht es in Ihrer Geschichte? Würden Sie mich bitte aufklären?"

Neumann blickte unsicher zu seinem Vorgesetzten. Als dieser ihm zunickte sprach er weiter.

„Natürlich, Herr Staatsanwalt, Entschuldigung.

Ganz kurz gesagt habe ich im Auftrag meines Chefs umfangreiche

Recherchen durchgeführt und alle Informationen gesammelt, die mit dem Namen Stetter in Nördlingen zu tun haben.

Dabei bin ich auf einige höchst interessante Details gestoßen.

Es gab bereits vor mehreren Jahren dort einen Fall, in dem der Name Stetter auftaucht."

„Ich weiß", gab Frank Berger zurück.

„Ich habe mich auch etwas schlau gemacht. Der Unfall mit Todesfolge.

Aber dieser Gerd Stetter hatte doch nur indirekt mit der Sache zu tun."

„Richtig, Herr Berger. Aber der Name Albert Urban ist Ihnen dann doch sicher noch geläufig?"

„Natürlich. Schließlich war der Staatssekretär ja damals einer der Hauptbeteiligten.

Ich verstehe die Zusammenhänge aber immer noch nicht."

„Nun", fuhr Peter Neumann mit seinen Ausführungen fort, „meine Nachforschungen lassen im Grunde genommen jetzt darauf schließen, dass Gerd Stetter wohl doch etwas tiefer in diese ganze Angelegenheit verstrickt ist, als es bisher für uns den Anschein hatte.

Auf sein Konto sind über einige Monate hinweg hohe Beträge eingezahlt worden.

Und jetzt halten Sie sich fest meine Herren: Diese Einzahlungen wurden allesamt von Albert Urban getätigt.

Ich vermute daher, dass Gerd Stetter etwas über seinen ehemaligen Arbeitgeber wusste und dieses Wissen dann zu Geld machte.

Liege ich mit meiner Vermutung richtig, dann handelt es sich dabei um § 253 StGB, nämlich Erpressung.

Dadurch bekäme die Geschichte nun wieder eine ganz andere Sichtweise. Albert Urban hätte ein Motiv, sich an Gerd Stetter zu rächen."

„Soweit alles richtig, was Sie uns da sagen, Herr Neumann", gab Frank Berger nach kurzer Überlegungspause zurück.

„Albert Urban war meines Wissens aber weder an den mysteriösen Umständen die zum Tode des jungen Berger geführt haben, noch an dem Unfall von Antonia Stetter beteiligt.

Worauf zum Teufel wollen Sie also hinaus?"

„Weiß ich noch nicht genau", antwortete Neumann etwas unschlüssig.

„Es gibt noch mehrere Ungereimtheiten. Kommissar Markowitsch erwähnte im Zusammenhang mit der Sache des toten Turmwächters Markus Stetter auch den Namen Akebe.

Dieser taucht ebenfalls in meinen Nachforschungen auf. Er war das Unfallopfer im Zusammenhang mit Albert Urban."

„Stimmt", antwortete der Staatsanwalt.

„Aber dieser Akebe den wir in Nördlingen angetroffen haben, ist der Sohn des Toten. Er hat mit dem ganzen Geschehen von damals doch nichts zu tun."

„Das wiederum", mischte sich nun der Kommissar in den Dialog der beiden ein, „wird sich erst noch herausstellen.

Denken Sie doch nur einmal an Ihren ruinierten Schuh", sagte er zu Frank Berger.

„Ach kommen Sie, Markowitsch. Hören Sie mir doch endlich mit Ihrem kindischen Voodoomärchen auf.

Wenn ich vor Gericht mit solch vagen Äußerungen argumentieren müsste, würde ich mich unweigerlich vor dem Richter und den Geschworenen lächerlich machen.

Außerdem habe ich keine Lust darauf, in der Öffentlichkeit als Spinner dazustehen."

„Wir werden sehen", erwiderte der Kommissar.

„Sie müssen mir jedoch zugestehen, dass es zwischen Himmel und Erde Dinge gibt, die sich auf natürliche Weise nicht erklären lassen.

Es existieren überall auf der Welt genügend Ereignisse, die dies bestätigen."

„Wir sind aber nicht irgendwo auf dieser Welt, *Herr Markowitsch*, sondern im Regierungsbezirk Nordschwaben.

Und deshalb ich sage Ihnen hiermit nochmals: Vergessen Sie dieses amateurhafte Geschwätz über Voodoo und Zauberei.

Sie sind Hauptkommissar der Kripo und kein Geisterjäger. Also bleiben Sie bitte realistisch und besorgen Sie mir Fakten.

Ich kann vor Gericht nur mit Tatsachen und handfesten Beweisen gegen irgendwelche Personen vorgehen, und nicht mit vagen Vermutungen oder irgendwelchen Hirngespinsten."

Der Kommissar seufzte hörbar, nahm die Unterlagenmappe, und

ließ sie klatschend auf den Schreibtisch fallen.

„Also gut, *Herr Staatsanwalt*", gab er ebenso betont zurück wie Frank Berger kurz zuvor.

„Sehen wir den Tatsachen ins Auge."

Zu seinem Mitarbeiter gewandt sagte er:

„Neumann, Sie bereiten alles Notwendige vor. Wir werden Albert Urban und Gerd Stetter in den nächsten Tagen zu einer Vernehmung vorladen.

Nachdem sich hier anscheinend neue Gesichtspunkte aufgetan haben, werden wir die Sache mit dem Unfall von damals noch einmal aufrollen.

Ich bin doch mal gespannt, was uns die beiden Herren zu erzählen haben."

Frank Berger erhob sich von seinem Platz, reichte Markowitsch und Peter Neumann die Hand und sagte:

„Na also, geht doch. Dann werde ich mich jetzt mal wieder auf die Socken machen, um meinen Papierkram über den Unfall von Stetters Frau fertig zu machen.

Also dann meine Herren, Sie halten mich bitte auf dem Laufenden."

An der Türe drehte sich der Staatsanwalt noch einmal um.

„Und sollte es entgegen meiner Annahme tatsächlich Parallelen zwischen den beiden Fällen geben, möchte ich der Erste sein der davon erfährt."

Mit diesen Worten verabschiedete sich Frank Berger von den beiden Beamten und verließ das Büro.

Peter Neumann wartete einige Sekunden um sicher zu sein, dass der Staatsanwalt nicht nochmals zurückkam.

Er setzte sich wieder auf seinen Stuhl und sprach seinen Chef etwas verwundert an.

„Voodoo? Zauberei?

Hab ich da etwa irgendetwas verpasst, oder nicht alle Informationen von Ihnen erhalten?

Warum in aller Welt nannte Sie der Staatsanwalt denn einen Geisterjäger?"

Der Kommissar kam aus seinem Sessel hoch, ging zum Fenster seines Büros und steckte beide Hände in seine Hosentaschen.

Nachdenklich auf die Straße hinunter, überlegte sich dabei, wie er Peter Neumann seine Ahnungen im Bezug auf Michael Akebe erklären konnte, ohne dass dieser ihn sofort im gleichen Licht sah wie der Staatsanwalt.

Er sprach in ruhigem und bedächtigem Ton über das, was er und Frank Berger in Nördlingen an der St. Georgskirche an besagtem Abend erlebt hatten.

Nachdem er schließlich seine Ausführungen beendet hatte, sah er den jungen Kollegen an.

„Und, Neumann, was halten Sie von der Geschichte?

Denken Sie auch, ich fantasiere mir da nur irgendetwas zusammen, das fern jeder Realität ist?"

„Na ja", gab Peter Neumann zurück.

„Sagen wir es mal so: Dieser Akebe stammt aus Afrika, und Afrika ist eines der Ursprungsländer des Voodoo.

Der schwarzmagische Teil dieser Religion stammt meines Wissens in erster Linie aus Haiti.

Allerdings kann ich mir gut vorstellen, dass dieser Kult auch an jedem anderen Ort auf dieser Welt seine Wurzeln schlagen könnte.

Im Grunde genommen ist Voodoo ja religiösen Ursprungs, und Religionen gibt es überall auf unserer Erde.

Diese haben in ihrer Vergangenheit auch nicht nur positive Auswirkungen hinterlassen.

Denken Sie doch nur einmal an die Hexenverbrennungen oder an die Foltergeschichten aus dem Mittelalter.

Da gibt es die tollsten Horrorszenarien in den Geschichtsbüchern.

Warum also sollte es nicht möglich sein, dass ein Afrikaner in Deutschland versucht, mit der Macht seines Glaubens ein gewisses Ziel zu erreichen?

Wie Sie selbst vorhin schon sagten, so gibt es manch unerklärliche Dinge zwischen Himmel und Erde.

Es geschehen manchmal, nennen wir sie ruhig Wunder, die sich trotz aller Bemühungen von Wissenschaft und Technik nicht logisch erklären lassen.

Worauf ich mir allerdings keinen Reim machen kann: Warum hätte dieser Doktor Akebe ausgerechnet Markus Stetter töten sollen?

Tatsache ist doch, dass er nach dem jetzigen Erkenntnisstand unserer Ermittlungen in keinerlei Beziehung zu ihm steht."

Erstaunt sah Kommissar Markowitsch Peter Neumann an. Im ersten Moment wusste er nicht, wie er nun diese Reaktion seines Kollegen deuten sollte.

War es von seiner Seite her nur ironisch gemeint, um die vorherige Situation zwischen ihm und dem Staatsanwalt zu besänftigen, oder hatte er in Neumann wirklich jemanden gefunden, der seiner Skepsis Gehör schenkte?

„Neumann, Neumann", sagte er mit runzelnder Stirn.

„Sollte ich mich in Ihnen getäuscht haben, was ihre Lebenseinstellung angeht?

Sie sind doch Spezialist für kriminaltechnische Computergeschichten. Wie in aller Welt kommen Sie zu dieser Einstellung?

Oder wollen Sie mir nur etwas Salbe auf die Wunden streichen, die Kollege Berger in mir aufgerissen hat?"

„Keineswegs, Herr Kommissar. Wie Sie sicherlich aus meiner Personalakte wissen, war mein Vater Theologe.

Er hat sich unter anderem auch mit den Ritualen und Gebräuchen anderer Religionen beschäftigt, und war durch seine Ergebnisse recht angesehen in seinen Kreisen.

Da kamen manchmal Sachen zu Tage sage ich Ihnen. Sie hätten sich mal den einen oder anderen Vortrag von ihm anhören sollen.

Sie wären verwundert gewesen, wenn er Sie in ihrer Annahme bestätigt hätte.

Der Voodookult hatte für ihn etwas Magisches an sich, wenn ich es einmal so ausdrücken darf.

Er war fasziniert von deren Auswirkungen und er vermutete auch, dass diese nicht immer nur dazu benutzt wurden, um Gutes zu tun.

Eine Zeit lang war er sowohl in Afrika als auch auf Haiti, und hat dort so manches unerklärliches Geschehen zu erforschen versucht.

Dies ging von Wunderheilungen über plötzlich auf mysteriöse Weise entstandene Krankheiten sogar bis hin zum Totenkult.

Er war zuletzt dabei über seine Erfahrungen ein Buch zu schreiben, konnte es jedoch nicht mehr richtig verfassen.

Sein Herz hatte die weiten Reisen nicht mehr mitgemacht. Es war zum Schluss wohl doch alles ein wenig zu viel für ihn."

„Also, Neumann. So wie ich das sehe, werden wir beide ab heute noch etwas enger zusammenarbeiten als bisher, und ab jetzt eine Akte für Todesfälle unter mysteriösen Umständen anlegen."

Markowitsch sah das erstaunte Gesicht von Peter Neumann, und kam dessen Fragen zuvor.

„Ich möchte, dass Albert Urban und Gerd Stetter in den nächsten Tagen hier im Präsidium erscheinen.

Wir werden den beiden Herren ein wenig auf den Zahn fühlen.

Sie kümmern sich aber darum, dass zuerst der Unfalltod von Stetters Frau abgeschlossen werden kann. Wir brauchen dazu noch seine Aussage.

Dieser Mann scheint vom Schicksal mächtig geschlagen zu sein.

Ich möchte, dass diese Angelegenheit mit ein wenig Fingerspitzengefühl erledigt wird. Haben Sie mich verstanden, Neumann?

Geben Sie dies bitte auch an die Kollegen in Nördlingen durch. Nicht dass uns Gerd Stetter zum Schluss noch durchdreht."

Peter Neumann erkannte nun einmal mehr am Tonfall seines Vorgesetzten, dass wohl jede weitere Ausführung im Moment sinnlos wäre.

Also begab er sich ohne weiteren großen Kommentar zurück in sein Büro, um dann auch ohne Zeit zu verlieren mit den Kollegen der Polizeiinspektion Nördlingen zu telefonieren.

## 21. KAPITEL

Es war am Dienstag gegen 10:30 Uhr, als Gerd Stetter im Stationszimmer der inneren Abteilung des Nördlinger Stiftungskrankenhauses seine Papiere abholte.

Nachdem die Untersuchungen vom Vortag keine besorgniserregenden Ergebnisse erkennen ließen, bat er den Chefarzt auf eigenen Wunsch um seine Entlassung.

Dieser hatte ihn zwar darauf hingewiesen, dass es besser wäre noch ein oder zwei Tage zur Beobachtung hier zu bleiben, stimmte auf Grund der Situation Stetters aber zu.

„Ich muss mich jetzt leider nicht nur um die Beerdigung meines Sohnes, sondern auch noch um die meiner Frau kümmern", hatte er seine Entscheidung dem Arzt gegenüber begründet.

„Wenn Sie in irgendeiner Weise Hilfe benötigen, Herr Stetter, lassen Sie es uns wissen."

„Nein, vielen Dank", entgegnete dieser.

„Ich habe am gestrigen Abend noch Besuch vom stellvertretenden Nördlinger Bürgermeister erhalten, wobei mir der Beistand der Stadt zugesichert wurde.

Schließlich hat Markus seine letzten Jahre auf dem Daniel verbracht und war ein angesehener Mitarbeiter.

Außerdem kenne ich da noch jemand Anderen, der mich sicherlich gerne in diesen Angelegenheiten unterstützen wird."

Der Mediziner und die anwesende Stationsleitung sahen die unendliche Traurigkeit in den Augen des scheinbar gebrochenen Mannes, als dieser noch hinzufügte:

„Wohl dem, der diese Welt vor seiner Familie verlassen kann."

Als Gerd Stetter einige Minuten später durch die große Glastüre ins Freie trat, wartete bereits das für ihn bestellte Taxi. Er ließ sich von dem Fahrer vor seinem Haus absetzen.

Nachdem er die Türe hinter sich geschlossen und das Wohnzimmer betreten hatte nahm er das Telefon zur Hand, bevor er sich im Sessel nieder ließ.

Er überlegte einen Moment ob es wirklich richtig war was er sich jetzt vorgenommen hatte, aber angesichts seiner Situation entschloss er sich dazu, die Sache nun bis zum bitteren Ende durchzustehen.

Er blätterte das digitale Telefonbuch des Apparates durch, bis er die Nummer von Albert Urban auf dem Display erkannte. Dann drückte er die grüne Anruftaste.

## 22. KAPITEL

Albert Urban, Staatssekretär a. D., saß kreidebleich in seinem Wohnzimmer. Der Anruf seines ehemaligen Chauffeurs hatte ihn wie aus heiterem Himmel getroffen.

Zwar konnte er durch die Tagespresse die Geschehnisse aus dem Donau-Ries verfolgen, doch nicht die in seinen Augen tragischen Todesfälle in der Familie Stetter gaben ihm Anlass zur Sorge.

Vorsorglich hatte er es schon vermieden, irgendwelche Beileidsbezeugungen an das Ehepaar Stetter von sich zu geben. Angesichts der Vergangenheit wäre dies wohl fehl am Platze gewesen.

Die ganzen Erinnerungen an das damalige Geschehen in Nördlingen waren plötzlich wieder da. Sie waren es, die ihm nun mehr als nur Kopfzerbrechen bereiteten.

Dieser unsägliche Abend, an dem er nur mit sehr viel Glück einer körperlichen und beruflichen Katastrophe entgangen war, holte ihn nun anscheinend doch noch ein.

Er hatte Gerd Stetter damals eine Menge Geld bezahlt um seine Karriere nicht zu gefährden.

Für ihn hätte es unweigerlich das Aus seiner politischen Laufbahn bedeutet, wenn man ihn schuldig am Tode des Arztes gesprochen hätte. Von den Folgen für sein Privatleben einmal ganz abgesehen.

Es hatte ihn über Monate hinweg nicht nur diese horrende Summe an Stetter gekostet, er musste auch all seine Beziehungen nach oben spielen lassen, um einigermaßen ungeschoren aus dieser Sache herauszukommen.

Nur dadurch war es ihm letztendlich doch noch gelungen, bis zu seiner Pensionierung als relativ unbescholtener Politiker zu gelten.

Gerd Stetter gegenüber hatte er sich abgesichert, indem er zwischen ihm und sich selbst eine Art schriftliche Schweigepflicht vereinbart hatte.

Dieser Vertrag sollte ihm die Sicherheit gewährleisten, dass sein ehemaliger Chauffeur nicht irgendeines Tages daherkam, um nochmals Geld von ihm zu erpressen.

Stetter hatte diesem Vertrag damals sofort zugestimmt was Urban das Gefühl vermittelte, dass diese unsägliche Geschichte nun auch ein für alle Mal ausgestanden sein sollte.

Sie hatte sein Privatleben doch ziemlich heftig durcheinander gewirbelt.

Seine Frau war es bereits gewohnt, dass sich immer wieder einmal irgendwelche Affären ihres Mannes in ihr Privatleben drängten.

Allerdings hatte sie auch schnell gelernt damit umzugehen. Die Annehmlichkeiten des Prominentenstatus waren ihr wohl wichtiger als so manches öffentliche Getuschel hinter vorgehaltener Hand.

Albert Urban machte sich im Bezug auf die Loyalität seiner Frau nur wenige Sorgen. Dass ihn allerdings der Anruf von Gerd Stetter nun auf den Boden der Tatsachen zurückholte, dies erschien ihm als ein grausamer Schlag des Schicksals.

Warum konnte sich dieser Mensch nicht einfach mit den Tatsachen abfinden?

Weshalb musste ihn anscheinend sein Gewissen dazu treiben, die ganze Geschichte letztendlich nun doch noch auffliegen zu lassen?

Er konnte sich noch genau daran erinnern, wie seine Anwälte damals die Angehörigen des Verstorbenen systematisch mürbe gemacht hatten.

Zum Ende gaben sich diese mit einer großzügigen Schmerzensgeldzahlung zufrieden, welche Urbans Anwälte mit der Gegenseite und seiner Versicherung ausgehandelt hatten.

Für ihn war diese unsägliche Angelegenheit somit erledigt.

Strafrechtlich würde man ihn auf Grund der Verjährungsfrist wohl nicht mehr belangen können.

Würden allerdings die wahren Umstände des Unfalls an die Öffentlichkeit kommen, hätte er nicht nur privaten Ärger am Hals.

Die finanziellen Rückforderungen der Versicherungen würden ein gewaltiges Loch in seine Vermögensverhältnisse reißen.

Nicht zu guter Letzt, da ihm wohl seine ansehnliche Pension wenn auch nicht gestrichen, dann aber wohl erheblich gekürzt werden würde.

Sein Ansehen in der Öffentlichkeit wäre wohl auch dahin, von den Privilegien eines ehemaligen Staatssekretärs ganz zu schweigen.

Er könnte sich wahrscheinlich nirgends mehr sehen lassen.

Kurz und gut: Er wäre am Ende.

Und nun wollte sich Gerd Stetter mit ihm auf dem Daniel treffen.

Ausgerechnet dort oben an dem Platz, von dem sein Sohn in den Tod gestürzt war.

*Welche Ironie* dachte sich Albert Urban.

*Womöglich will er an mein Gewissen appellieren um mir nochmals Geld aus der Tasche zu ziehen.*

*Aber das werde ich zu verhindern wissen.*

Nervös erhob er sich aus seinem Sessel, ging quer durch das geräumige Wohnzimmer zu der in der dunklen Schrankwand eingebauten Bar und entnahm dieser eine Flasche Cognac.

Als er den Verschluss der Flasche öffnete, konnte er im eingebauten Spiegel der Bar sein Gesicht sehen.

Mit zitternden Händen goss er sich einen der edlen Cognacschwenker halbvoll und leerte diesen dann in einem einzigen Zug.

Wie flüssige Lava rann das Getränk durch seine Kehle.

Albert Urban verzog fast schmerzhaft sein Gesicht, denn das Brennen in seinem Hals nahm ihm für einen Moment die Luft zum Atmen.

Leise stöhnte er dabei auf, und griff sich an seinen Hals.

Er hatte das Gefühl, als würde sich eine unsichtbare Hand um seine Kehle legen und diese langsam zudrücken.

Nachdem er sich schließlich wieder etwas gefangen hatte begann er fieberhaft sich seinen Kopf darüber zu zerbrechen, wie er Gerd Stetter von seinem Vorhaben abbringen könnte, die tatsächlichen Umstände von damals an die Öffentlichkeit zu tragen.

Dass es für seine Überlegungen längst zu spät war, davon hatte der ehemalige Politiker zu diesem Zeitpunkt noch keine Ahnung.

# 23. KAPITEL

Gerd Stetter legte das Telefon beiseite und schloss die Augen. Als er spürte, dass eine zufriedene Ermüdung von seinem Körper Besitz ergriff, ließ er sich erschöpft in seinem Sessel einfach nach hinten sinken und fiel in einen tiefen, traumlosen Schlaf.

Er wusste nicht wie lange er so dagesessen hatte, als ihn plötzlich das Geräusch der Türglocke aus seinem Schlaf holte.

Ein Blick aus dem Fenster machte ihm bewusst, dass es sich doch um einige Stunden gehandelt haben musste, denn draußen wurde es bereits dunkel.

Er erhob sich etwas mühsam und für einen Moment orientierungslos aus seinem Sessel. Die Glocke ging erneut, und Stetter machte sich auf den Weg zur Türe um nachzusehen, wer zu ihm wollte.

Als er auf den Türöffner gedrückt hatte trat jemand ein, den er zu diesem Zeitpunkt nicht im Geringsten erwartet hätte.

Michael Akebe stand im Flur!

Mit keinem Gedanken hätte Gerd Stetter damit gerechnet, dass sein Hausarzt ihm einen Besuch abstatten könnte. Er überlegte einige Sekunden bevor er den Mann herein bat.

Akebe ging auf Stetter zu und reichte ihm die Hand.

„Darf ich Ihnen mein Beileid für das aussprechen, was Sie in den letzten Tagen erleben mussten, Herr Stetter?", sagte der Arzt mit einer Stimme, die in dessen Ohren ein wenig seltsam klang.

Allerdings konnte er dem Ganzen keine genauere Bedeutung zumessen.

Nachdem er den Arzt ins Wohnzimmer geführt hatte bat er ihm ein Glas Wein an, was der Arzt jedoch dankend ablehnte.

„Ich möchte Ihnen keine großen Umstände machen, sondern Ihnen nur angesichts dessen, was in den letzten Tagen über Sie hereingebrochen ist, meine Gesprächsbereitschaft entgegen bringen.

Wenn Sie in irgendeiner Hinsicht einen Rat benötigen bin ich gerne jederzeit für Sie erreichbar."

Michael Akebe sah Gerd Stetter in die Augen, um darin irgendeine

Reaktion auf sein Angebot zu erkennen.

Er machte ihm dieses Angebot nicht aus reiner Nächstenliebe. Vielmehr war er daran interessiert zu erfahren, welche Schritte Stetter nun geplant hatte.

Diese wollte er so gut als möglich in die Richtung seiner eigenen Interessen lenken.

Gerd Stetter hatte sich wieder in seinem Sessel nieder gelassen und beide Hände in den Schoß gelegt. Dann begann er ganz unbefangen zu sprechen.

„Ich danke Ihnen für das Angebot, Doktor Akebe. Es ist sehr großzügig, trotz dessen was ich Ihnen und ihrer Familie in der Vergangenheit angetan habe.

Aber ich denke, dass ich im Bezug auf die Beisetzungen meines Sohnes und meiner Gattin genügend Unterstützung durch die Stadt Nördlingen erhalten werde.

Und was meine eigene Situation anbelangt, bin ich mir sehr genau im Klaren darüber, was noch zu tun ist.

Ich werde heute noch ein weiteres Schriftstück aufsetzen welches meine Beobachtungen von damals erklärt, und werde auch mein Geständnis Ihnen gegenüber mit einbeziehen.

Somit hoffe ich, wird wenigsten der Gerechtigkeit Genüge getan.

Und ich werde auch meinen ehemaligen Chef persönlich über mein Vorhaben unterrichten.

Ich habe ihn bereits telefonisch verständigt, und mit ihm für Freitagnachmittag um sechzehn Uhr ein Treffen auf dem Daniel vereinbart, denn ich möchte ihm an dem Ort, an dem mein Sohn gestorben ist davon in Kenntnis setzen.

Diesen Platz habe ich deshalb gewählt, weil ich glaube, dass an ihm mein Unrecht von damals wiedergutgemacht werden kann.

Ich habe immer noch keine Erklärung für mich gefunden, warum dies alles so geschah.

Aus heiterem Himmel wurde mir das Liebste in meinem Leben genommen. Die Verantwortung dafür sehe ich alleine bei mir.

Der Allmächtige lässt anscheinend keine Schuld im Leben ungesühnt."

*Wie Recht du doch hast, Stetter,* dachte Michael Akebe bei sich.

*Keine Schuld bleibt ohne Sühne. Dies würde die Natur aus ihrem Gleichge-*

*wicht bringen.*
*Irgendwann muss jeder für das gerade stehen was er angerichtet hat.*
„Ich denke es ist ein guter Weg, sich mit Ihrem ehemaligen Arbeitgeber auseinanderzusetzen. Er wird einsehen müssen, dass es letztendlich keinen Weg vorbei an der Gerechtigkeit geben kann.
Auch wenn Sie dabei im gleichen Zuge Ihre eigene Schuld eingestehen müssen.
Aber wenn es mir irgendwie möglich sein sollte werde ich Sie gerne in ihrem Vorhaben unterstützen und meinen Teil dazu beitragen, dass Sie ihren inneren Frieden wieder finden."
*Und das werde ich mit Sicherheit tun,* dachte er sich im gleichen Moment.
„Ich danke Ihnen vielmals, Doktor", sprach Gerd Stetter, während er sich von seinem Platz erhob.
„Aber ich möchte Sie jetzt doch bitten zu gehen. Ich habe wie gesagt noch einige Dinge zu erledigen und möchte gerne alleine sein."
„Natürlich, Herr Stetter, das kann ich verstehen. Entschuldigen Sie bitte nochmals die Störung. Und lassen Sie es mich bitte wissen, falls ich irgendetwas für Sie tun kann."
Gerd Stetter begleitete seinen Besucher noch bis zur Haustüre.
Als der Arzt dann in seinem Wagen Richtung Innenstadt fuhr, sah er ihm noch für einen kurzen Moment mit gemischten Gefühlen hinterher.
In seinem Inneren glaubte er plötzlich, dass er diesen Mann gerade eben zum letzten Mal gesehen hatte.
Als Michael Akebe in seine Praxis zurückgekehrt war, erledigte er noch kurz den notwendigen Papierkram.
Er konnte sich jedoch nur schlecht auf die tägliche Routine konzentrieren, war in seinen Gedanken bereits ganz woanders.
Das Vorhaben von Gerd Stetter, sich mit seinem ehemaligen Arbeitgeber zu treffen war genau das, was ihm gelegen kam.
Wenn sich die beiden Männer auch noch wie geplant auf dem Daniel begegnen wollten, umso besser.
Damit war die perfekte Ausgangssituation für ihn geschaffen.
Er hatte die beiden Hauptschuldigen die für das Leid in seiner Familie verantwortlich waren genau dort, wo er sie auch letztendlich haben wollte.

Mitten in Nördlingen!

Er hatte sich auch schon einen genauen Plan zurechtgelegt, wie er sich in dieses Treffen einmischen würde.

Der Arzt ging zu seinem Tresor und entnahm diesem das kleine Glasröhrchen mit den vertrockneten Blutresten seines ersten Opfers, Markus Stetter.

Er hielt es gegen das Licht der Deckenlampe und verzog sein Gesicht zu einem hämischen Lächeln.

*Dies wird mir dabei helfen, die Familie Stetter wieder zu vereinen,* sprach er in Gedanken zu sich selbst.

Dann steckte er den kleinen Behälter in seine Tasche, löschte das Licht in seiner Praxis, und begab sich auf den Dachboden in sein magisches Reich.

Michael Akebe verschloss die Türe sorgfältig hinter sich, verdunkelte die Dachfenster, und begab sich zu der Truhe, in welcher sich der Nachlass seiner Vorfahren befand.

Nachdem er sich den alten Umhang seines Großvaters um die Schultern gelegt hatte, entnahm er die weiteren Utensilien, die er für sein geplantes Ritual benötigte.

Das kleine Tongefäß mit einer Kerze, einen Stoffbeutel mit verschiedenen getrockneten Kräutern sowie ein kleines Fläschchen mit Öl und zuletzt das Kästchen mit den Nadeln.

Er platzierte die Gegenstände auf dem alten Tisch, entzündete die Kerze und stellte diese unter das Tongefäß.

Aus dem Fläschchen träufelte er etwas der bernsteinfarbenen Flüssigkeit in die darauf liegende Schale.

Während sich das Öl darin langsam erwärmte, bereitete der Arzt die Kräuter vor. Diese mussten in einer genau festgelegten Reihenfolge angewandt werden, um die entsprechende Wirkung zu erzielen.

In zwei Vierergruppen hatte Michael die acht bereitgelegten Sorten aufgeteilt.

Mit seinen Handflächen prüfte er die Temperatur der Ölschale, streute dann die ersten vier Kräutersorten im Abstand jeweils einiger Sekunden in die heiße Flüssigkeit.

Ein zunächst beißender Geruch drang dem Arzt in die Nase.

Er wusste jedoch aus den alten Aufzeichnungen seines Großvaters, dass sich dieser nach wenigen Augenblicken verändern würde.

Als Michael anschließend die restlichen vier Kräuter hinzu gab, verbreitete sich auf dem Dachboden ein seltsam süßlicher Duft.

Betörend, fast betäubend wirkte er auf ihn, versuchte sich in seine Sinne einzuschleichen.

Michael ahnte um die Wirkung dieser jetzt fast fertig gestellten Essenz.

Er erinnerte sich an die Niederschriften seiner Vorfahren, die sein Großvater an seinen Vater, und dieser an ihn selbst weitergegeben hatten.

Diese beschrieben genau die Auswirkungen und die dadurch zu erlangende Macht über Andere. Allerdings warnten sie auch davor, diese zu missbrauchen.

Ein wissendes, siegessicheres Lächeln umspielte die Mundwinkel des Arztes. Er löschte die Kerze nach ein paar Minuten, als von der Flüssigkeit in der Schale nur noch ein kleiner konzentrierter Rest übrig war.

Mit einem Griff in seine Tasche holte er den kleinen Behälter mit den eingetrockneten Blutresten hervor.

Er öffnete das Röhrchen, entnahm dem vor ihm liegenden Kästchen eine der darin befindlichen schwarzen Nadeln, und mischte mit ihrer Hilfe den makaberen Inhalt unter die Kräuteressenz.

Michael sah gespannt auf die kleine Tonschale. Zufrieden stellte er fest, dass die bernsteinfarbene Flüssigkeit eine purpurrote Farbe annahm.

Seine Bemühungen wurden also belohnt. Es schien alles tatsächlich so zu sein, wie es in den Schriften seiner Ahnen vorzufinden war.

Seiner Brieftasche entnahm er nun ein Foto des toten Markus Stetter welches er aus dem Internet geladen hatte.

Michael legte das Bild auf den Tisch, nahm die Nadel, deren Spitze mit der Essenz benetzt war zur Hand, und stach diese nacheinander durch die beiden Augen des auf dem Foto abgebildeten Mannes.

Durch den Kontakt mit der Flüssigkeit nahmen diese nun ebenfalls die purpurrote Farbe an. Auf Michael Akebes Gesicht machte sich wieder dieses geheimnisvolle Lächeln breit.

*Die Zeit ist bald gekommen. Durch dich werde ich deinem Vater den Weg zu dir bereiten.*

Anschließend säuberte er alle Gegenstände sorgfältig, verstaute sie in der Kiste seines Großvaters und verschloss diese wieder.

Das Bild von Markus Stetter steckte er in einen Umschlag.

*An die Hinterbliebenen von Markus Stetter* schrieb er darauf.

*Nun ist Alles bereit* sprach er leise vor sich hin.

Mit sich und seinen Vorbereitungen zufrieden verließ der Arzt den Dachboden.

Ein weiteres Mal würde ihn sein Weg nun auf den Daniel führen. Dieses Mal, um Gerd Stetters letzten Gang vorzubereiten.

Als er auf der Treppe nach unten vorbei an der Wohnung seiner Mutter kam, vernahm er ein leises Schluchzen hinter der Türe.

Michael zögerte kurz, wollte anklopfen, etwas sagen, doch dann drehte er sich um und ging die Stufen hinunter.

## 24. KAPITEL

Markowitsch betrat am Mittwochmorgen sein Büro und setzte sich seinen obligatorischen Kaffee auf. Anschließend griff er zum Telefonhörer und tippte die Kurzwahlnummer seines Kollegen ein.

Als dieser am anderen Ende den Hörer abgenommen hatte, vernahm der Kommissar auch schon dessen Stimme.

„Einen schönen guten Morgen, Herr Kommissar. Was kann ich für Sie tun?"

„Ob dieser Morgen schön und gut wird Neumann, hängt erstens davon ab ob die Kollegen aus Nördlingen endlich Gerd Stetters Vernehmungsprotokoll geschickt haben, und zweitens, wie schnell Sie mir dieses auf den Schreibtisch legen", antwortete Markowitsch und legte kurzerhand den Hörer auf.

Nur zwei Minuten später betrat Peter Neumann nach einem kurzen Anklopfen das Büro seines Vorgesetzten.

„Mit erstens kann ich Ihnen leider nicht dienen, Chef", sagte er, „womit zweitens ebenfalls hinfällig wäre.

Der Leichnam von Markus Stetter wurde gestern Abend auf Antrag seines Vaters zur Bestattung freigegeben.

Gerd Stetter hat die Kollegen in Nördlingen heute Morgen darum gebeten, zunächst die Beerdigung am Donnerstag durchführen zu dürfen.

Er hat für den Freitagabend eine umfangreiche Aussage angekündigt. Und nun, Herr Kommissar, halten Sie sich fest."

Markowitsch sah Peter Neumann ungeduldig an. Er konnte es auf den Tod nicht ausstehen, wenn man ihn allzu sehr auf die Folter spannte.

„Na los, Neumann. Was denn noch? Raus mit der Sprache."

„Gerd Stetter will auch Informationen im Zusammenhang mit dem ehemaligen Staatssekretär Albert Urban zu Protokoll geben.

Staatsanwalt Berger hat dies angesichts Stetters persönlicher Lage für OK befunden. Sein schriftliches Einverständnis liegt mir per Fax bereits vor."

„Ach ja?", brummelte Markowitsch überrascht.

„Also wenn Stetter schon so geheimnisvolle Ankündigungen macht, dann will ich ihn für seine Aussagen aber hier bei uns haben. Eines aber sollte er nicht wissen: Urban wird auch dabei sein. Sie tragen mir Sorge dafür Neumann, dass der Herr Staatssekretär a. D. im Vernehmungszimmer nebenan zur Verfügung steht. Haben Sie mich verstanden?"

„Selbstverständlich, Herr Kommissar. Ich habe die Vorladung bereits verfasst und werde sie Albert Urban heute noch persönlich vorbei bringen.

Dies wird aber so geschehen, dass er keinerlei Verdacht schöpfen dürfte aus welchem Grund wir ihn hier haben wollen."

„Sehr gut, Neumann", antwortete Markowitsch zufrieden, aber mit nachdenklicher Miene.

„Ich sehe, dass ich mich auf Sie verlassen kann. Langsam kommen wir voran in dieser Sache."

Peter Neumann sah den Kommissar neugierig an, der tief zurückgelehnt in seinem Sessel saß und auf seinem Bleistift herum kaute.

Irgendetwas ging ihm im Kopf herum. Sein Blick war auf das große Fenster seines Büros gerichtet, schien weit weg zu sein.

„Darf ich fragen, über was Sie so angestrengt nachdenken, Herr Markowitsch?"

Der Kommissar drehte seinen Kopf langsam in die Richtung seines Mitarbeiters.

„Dürfen Sie, Neumann, dürfen Sie."

Er legte den Bleistift zur Seite und erhob sich von seinem Platz, ging einmal quer durch sein Büro, und blieb schließlich an der gegenüberliegenden Ecke stehen.

Anschließend drehte er sich um und lehnte sich an die Wand. Beide Hände in seine Hosentaschen gesteckt sah er Pit Neumann an.

„Mir geht die Sache mit diesem Doktor Akebe nicht aus dem Kopf. Ich habe so ein komisches Gefühl, dass wir diese Geschichte nicht ganz außer Acht lassen sollten.

Der Obduktionsbericht von den Kollegen aus der Pathologie gibt uns keine näheren Hinweise auf irgendeine Fremdeinwirkung.

Irgendwie werde ich aber genau deshalb dieses komische Gefühl nicht los, dass hier jemand anderes seine Finger mit im Spiel hatte.

Es handelt sich hierbei wie gesagt lediglich um ein Gefühl, doch dieses täuscht mich normalerweise nur selten.

Der Herr Staatsanwalt hält nicht viel von Voodoozauber und dem was dazu gehört, aber meine Menschenkenntnis sagt mir etwas anderes.

Es geschehen zu viele unerklärliche Dinge auf dieser Welt, als dass ich so etwas einfach übergehen könnte."

Mit einem zweifelnden Gesichtsausdruck suchte der Kommissar den Blick aus Peter Neumanns Augen.

„Halten Sie mich für verrückt, Neumann, oder denken Sie etwa auch wie der Herr Staatsanwalt, dass ich zu viele Schundromane gelesen hätte?

Ich weiß nicht allzu viel über das Thema Voodoo. Ein Bisschen etwas aus dem Urlaub, einiges aus verschiedenen Büchern und natürlich die wohl meist übertriebenen Geschichten der billigen Horrorfilmchen im Kino oder aus dem Fernsehen.

Das stellt nicht gerade die erforderliche Basis dafür, um dieses Thema näher mit unserem Fall in Verbindung zu bringen.

Außerdem kenne ich diesen Akebe bisher viel zu wenig als dass ich mir ein Urteil über ihn erlauben möchte. Auch wenn mir mein Bauch sagt, dass er nicht ganz koscher ist."

Peter Neumann sah Markowitsch an. Selten hatte er seinen Vorgesetzten in einer hilflosen Situation erlebt. Hier jedoch schien der Kommissar an eine unsichtbare Schranke zu stoßen, die er noch nicht zu überwinden wusste.

„Wenn man zu wenig über jemanden weiß, sollte man sich über ihn erkundigen. Ich habe mein System bereits mit dem Namen Akebe gefüttert, allerdings nicht mehr Details gefunden, als wir ohnehin schon haben.

Jedoch weiß ich, dass die Mutter von Michael Akebe ebenfalls in Nördlingen wohnt.

Und wer könnte uns mehr über ihn erzählen als die Frau, die ihn geboren hat?

Wir sollten uns einmal mit Christine Akebe unterhalten, Chef."

Markowitsch sah Peter Neumann ausdruckslos an. Dieser Gedanke seines jungen Kollegen war nicht von schlechten Eltern. Eines jedoch gab ihm zu denken.

„Glauben Sie wirklich Neumann, vorausgesetzt meine Vermutungen würden sich tatsächlich bestätigen, dass eine Mutter ihren eigenen Sohn ans Messer liefern würde?"

„Das käme auf einen Versuch an", meinte Peter Neumann.

„Wer nicht fragt, der bleibt dumm. Sagte schon mein Lehrer in der Grundschule immer zu mir."

Der Kommissar sah in das grinsende Gesicht seines EDV-Spezialisten.

*Wo er Recht hat, da hat er Recht* dachte er und entschied sich dafür, Peter Neumanns Vorschlag zu folgen.

„Also gut, Sie Philosoph. Ihr Wort in Gottes Gehör.

Dann werden wir eben jetzt dieser Frau Akebe einen Besuch abstatten. Weniger als Nichts kann bei diesem Gespräch auch nicht herauskommen.

Außer vielleicht der Tatsache, dass wir uns bis auf die Knochen blamieren werden, und dass ich Ihnen in diesem Fall dann das Gehalt kürzen lasse.

Darüber sind Sie sich doch wohl im Klaren?"

Markowitsch nahm den Blick seines Mitarbeiters wahr und konnte sich dabei ein leichtes Grinsen nicht verkneifen.

„Nur immer locker bleiben, Neumann. War ja nicht ernst gemeint. Nur ein kleiner Scherz am Rande."

Als sich gleich darauf die Gesichtszüge Peter Neumanns wieder aufhellten, ging der Kommissar auf ihn zu, fasste ihm an die Schulter, drückte ihm mit seiner Rechten die Hand und sprach mit väterlicher Stimme:

„Keine Bange mein Junge, ich weiß genau was Sie und Ihre Arbeit mir wert sind. Wir fahren in einer halben Stunde."

## 25. KAPITEL

Christine Akebe saß in ihrem Wohnzimmer und blätterte gedankenverloren in einem der Fotoalben, die sich vor ihr auf dem großen Glastisch türmten.

Die aufgeschlagenen Seiten zeigten Aufnahmen aus ihrer Studienzeit in Togo. Herrliche Landschaftsaufnahmen, Menschen in ihrer zum Teil noch ursprünglichen Umgebung.

Auf anderen Bildern waren Gebäude aus der Hauptstadt Lomé zu erkennen. Eines davon war das Krankenhaus, in dem sie Abedi, ihren verstorbenen Mann kennen gelernt hatte.

Sie erinnerte sich noch genau an den Ablauf ihrer ersten Begegnung. An die Verletzung ihres Fußes und auch an jede behutsame Berührung, die ihr der damalige Chefarzt der Klinik scheinbar liebevoll zukommen ließ.

Tränen machten sich in Christines Augen breit, bildeten ein kleines Rinnsal und kullerten ihr über die Wangen.

Sie machte keine Anstalten sie weg zu wischen, ließ ihrer Trauer, die nie richtig geendet hatte, freien Lauf.

Sie legte das Album zur Seite, nahm ein weiteres von dem vor ihr liegenden Stapel und schlug die ersten Seiten auf. Diese Bilder zeigten sie und Abedi inmitten seiner Familie.

Man konnte genau sehen, dass es sich dabei um die Vorbereitungen zu ihrer beider Hochzeit handelte.

Auch wenn sie und Abedi sich offiziell in Deutschland das Jawort gegeben hatten, wollte seine Familie nicht darauf verzichten, ihrem Sohn und seiner zukünftigen Ehefrau ein würdiges Hochzeitsfest nach traditioneller Art zu bereiten.

Christine blätterte eine Seite weiter und sah auf der nächsten Aufnahme, dass sie und Abedis Mutter dabei waren, gemeinsam das Hochzeitsmahl zusammen zu stellen.

Auf den folgenden Seiten erkannte man prächtige Aufnahmen der Hochzeitszeremonie. Tänzer aus der ganzen Gegend waren zum Fest erschienen, um der Feier einen würdigen Rahmen zu geben.

Man erkannte große Lagerfeuer, um die sich Menschen im Freudentaumel bewegten.

Christine seufzte tief. Ihr Blick ging in weite Ferne, sie versuchte sich in ihrer Erinnerung in die glücklichste Zeit ihres Lebens zurück zu versetzen, aber irgendwie gelang dies nicht so wie sie es sich wünschte.

Zu sehr hatten ihr die Ereignisse der vergangenen Tage das Schicksal ihrer Familie zurück gebracht.

Es war der Moment, als sie in der Praxis ihres Sohnes wie fast jeden Abend etwas Ordnung machte.

Beim Aufräumen verschiedener Unterlagen hatte sie eine der Schubladen seines Schreibtisches geöffnet und dabei dieses unglücksselige Schriftstück gefunden.

Zunächst hatte sie dem Ganzen keine größere Bedeutung zugewiesen.

Es kam immer wieder vor, dass sie beim Aufräumen die eine oder andere handschriftliche Notiz fand, welche Michael erst einige Tage nach der Behandlung den Patientenakten zuordnete.

Als ihr kurzer Blick auf das Schriftstück allerdings den Namen Akebe wahrnahm, da wurde sie hellhörig.

Entgegen ihrer Gewohnheiten, sich nicht in die Arbeit ihres Sohnes einzumischen, verspürte sie diesmal einen unwiderstehlichen Drang, dieses Schreiben zu lesen.

Bereits nach den ersten Zeilen musste sie sich setzen da sie merkte, dass ihre Beine nachzugeben drohten.

Während sie mit äußerster Aufmerksamkeit den Inhalt des Geständnisses las, stieg zunächst kalte Wut in ihr hoch.

Am Ende des Schreibens angelangt, sah sie sich bestätigt in ihren Zweifeln an der Gerechtigkeit.

Es gab also tatsächlich einen Augenzeugen der das ganze Geschehen an jenem Abend verfolgt hatte.

Und es war ein Augenzeuge der sich gegenüber der Wahrheit aus seiner moralischen Verantwortung gestohlen und sich am Schicksal anderer Menschen auch noch persönlich bereichert hatte.

Christine fragte sich insgeheim warum Michael nicht längst mit diesen Unterlagen zur Polizei gegangen war. Zumindest mit ihr hätte er darüber sprechen müssen.

Ein Gefühl von endloser Traurigkeit ergriff Besitz von ihr.

Hatte Michael in seinem Innersten wirklich so viel Hass aufgebaut, dass er sich seiner eigenen Mutter nicht mehr anvertraute?

Was war nur los mit ihrem Jungen? Irgendetwas schien ihn aus der Bahn geworfen zu haben und sie wusste bis zu diesem Zeitpunkt nicht was.

Nun sah sie sich bestätigt in ihren Ahnungen, was den momentanen Zustand von Michael betraf.

Sie legte den Brief wieder zur Seite. Tief in sich verspürte sie wieder diesen tiefen Schmerz der Trauer, der sie so lange gefangen gehalten hatte, den sie im Grunde ihres Herzens nie richtig verloren hatte.

Sie hatte versucht ihn zu verstecken, zu verdrängen. Irgendwann war er dann mehr und mehr in den Hintergrund getreten, da sie sich in ihrer Verantwortung ihrem Sohn gegenüber sah.

Sie sah es auch als ihre mütterliche Aufgabe an, Michael einen möglichst unbeschwerten Lebensweg zu bereiten. Soweit ihr dies möglich war, hatte sie bisher alles dafür gegeben und getan.

Doch nun holte sie innerhalb weniger Tage anscheinend die Vergangenheit wieder ein.

Alles erschien vor ihrem geistigen Auge als wäre es erst gestern gewesen.

Der Abend an dem ihr die Nachricht vom Tode Abedis überbracht wurde, ebenso die unsägliche Zeit der Auseinandersetzungen mit den Behörden, den Rechtsanwälten dieses Politikers und der Versicherungen.

Die ganzen Prozeduren kamen wieder in ihr hoch.

Doch sie hatte es durchgehalten, irgendwie zu einem Ende gebracht, welches sie als einigermaßen akzeptabel im Sinne der Zukunft ihres Sohnes ansah, auch wenn dies nur aus finanzieller Hinsicht zutreffen konnte.

So hoch hätte kein Betrag auf dieser Welt ausfallen können, als dass er sie über den Verlust ihres Mannes und Michael über den seines Vaters hinwegtrösten könnte.

Michael befand sich damals mitten im Studium. Sein Vater war immer sehr stolz darauf, dass sein Sohn den gleichen Weg gewählt hatte den auch er als den seinen ansah.

Den Menschen zu helfen, das war ihre Bestimmung, auch wenn

die Ansichten von Vater und Sohn dahin auseinander gingen, dass Michael mehr auf die traditionellen Heilmethoden aus der Natur setzte.

Er wollte nie einer der Ärzte werden die nur schnell ein paar Pillen verschrieben, oder einer derer, die gleich zum Skalpell greifen, wenn es irgendwo einmal etwas heftiger zwickte.

Die Selbstheilungsmethoden des Körpers mit Hilfe der natürlichen Gegebenheiten waren es, die Michael den Menschen wieder näher bringen wollte.

Dank seiner Überzeugungskraft und seines Ehrgeizes hatte er es schließlich auch bis dorthin geschafft, wo er heute letztendlich stand.

Die Erfolge seiner Behandlungsmethoden gaben ihm Recht.

Er war ein angesehener Arzt der Naturheilkunde und Allgemeinmedizin geworden. Als Mutter war sie sehr stolz auf ihren Sohn und auf das, was er im Leben bisher erreicht hatte.

Bis zu jenem verhängnisvollen Tag, an dem sie diesen Brief in seinem Schreibtisch fand.

Christine Akebe schob das Fotoalbum zur Seite. Was war nur mit Michael geschehen?

Er schien sich in den letzten Tagen im Grunde seines Wesens sehr verändert zu haben. Seit dieser furchtbare Unfall mit dem Türmer geschah, war ihr Sohn nicht mehr der, den sie kannte.

Ihr fiel auf, dass er sehr in sich gekehrt schien, manchmal seine Umgebung gar nicht richtig wahrnahm.

An manchem Abend hielt er sich stundenlang auf dem Dachboden auf und schien sich mit der Vergangenheit zu befassen.

In einem ruhigen Moment wollte Christine ihren Sohn auf das Geständnis von Gerd Stetter ansprechen, dies hatte sie sich fest vorgenommen.

Sie war nur noch am Überlegen wie sie ihm am Besten beibringen konnte, warum sie an diesem Tag die Schublade seines Schreibtisches geöffnet und diesen Brief gelesen hatte.

Ob sie es als Intuition bezeichnen konnte? Vielleicht als einen Hinweis von Abedi?

Wollte er ihr möglicherweise einen Fingerzeig geben, dass Michael sich auf einem falschen Weg befand?

Sie wusste es nicht, wollte zunächst einen passenden Zeitpunkt für das Gespräch mit Michael abwarten.

Doch die Zeit schien ihr davonzulaufen und die scheinbare Veränderung seines Wesens bereitete ihr Sorgen.

Früher nahm er des Öfteren einmal einige Sachen aus der alten Kiste auf dem Dachboden, um sich die Erinnerung an seinen Vater oder Großvater zurückzuholen.

Sie fand dies nur natürlich und dachte sich auch weiter nichts dabei.

Doch als sie ihm neulich nach oben gefolgt war ohne dass er es mit bekam, zweifelte sie an dieser Selbstverständlichkeit.

Der Geruch, den sie durch die Türe wahrnehmen konnte war ihr fremd, trotz all ihrer Erinnerungen an Afrika.

Das was sich hier auf dem Dachboden abspielte hatte nichts mit dem zu tun, das sie von früher kannte.

Ein Gefühl der Unruhe beschlich Christine und sie überlegte schon, wieder in ihre Wohnung zurück zu gehen, doch die Stimme ihres Sohnes hielt sie davon ab, ihren Platz schon zu verlassen.

Da sie inzwischen ahnte, dass Michael auf dem Dachboden nicht nur in alten Erinnerungen kramte, legte sie ihr Ohr vorsichtig an die Türe.

Sie wollte sich davon überzeugen, ob sie sich vielleicht nicht doch geirrt hatte.

Jedoch die leisen Worte die sie durch die geschlossene Tür vernahm, bestätigten ihre schlimme Vorahnung.

Michael Akebe, ihr Sohn, der Enkel eines weißen Priesters des Voodoo, schien die Kräfte der Natur zu missbrauchen.

Christine stockte der Atem als sie seine Worte vernahm.

Es schien ihr das Herz zu zerreißen als sie feststellte, womit sich Michael befasste.

Wie oft hatte sein Großvater ihn dazu ermahnt, sich stets an die Gebote der Natur zu halten. Nun war er dabei, diese mit Füßen zu treten.

Er brach den Eid den er einst geschworen hatte. Es schien so, als riefe er die schwarzen Kräfte des Voodoo herbei um zu töten.

Sie verließ nun doch so schnell es ihr nur möglich war ihren Platz und begab sich zurück in ihre Wohnung.

Als sie die Türe hinter sich schloss hörte sie nur wenige Minauten später auch schon, wie Michael die Treppe herunter kam.

Mit Tränen der Verzweiflung in den Augen lehnte sie sich rücklings an die Wohnungstüre und begann hemmungslos zu schluchzen.

Christine Akebe erschrak, als sie wie aus einem kurzen Tagtraum erwachte.

Ja, sie fühlte sich in diesem Moment wie in einem Traum, einem bösen Traum, wünschte sich, dieser würde niemals wahr werden.

Doch tief in ihrem Innersten wusste sie, dass die vergangenen Tage schreckliche Realität waren.

Sie fühlte die Trockenheit in ihrem Mund, versuchte zu schlucken und hatte dabei das Gefühl, als würde ihr die Zunge am Gaumen kleben.

Mit zitternden Beinen erhob sie sich langsam. Sie musste sich dabei an ihrem Wohnzimmertisch aufstützen, um nicht das Gleichgewicht zu verlieren.

Mit kurzen Schritten ging sie an den Kühlschrank um etwas Wasser zu trinken.

Als sie die Flache herausnahm, den Verschluss öffnete und sie an den Mund setzte, vernahm sie das Läuten an der Wohnungstüre.

# 26. KAPITEL

Es war ein trüber, etwas nebliger Vormittag, als sich Markowitsch und Neumann auf den Weg machten, um Christine Akebe einige Fragen zu stellen. Möglicherweise konnte sie ja etwas mehr Licht in die Angelegenheit bringen.

Durch ihre Antworten erhoffte sich der Kommissar, dass er endlich die Rolle des Arztes in dieser dubiosen Angelegenheit besser zuordnen konnte.

Das seltsame Verhalten dieses Mannes mit seinen zweideutigen Aussagen am vergangenen Wochenende warf in ihm so manch zweifelhafte Frage auf, die er endlich beantwortet haben wollte.

Und wer konnte einen Menschen wohl besser beschreiben als seine eigene Mutter.

Schweigend saß Peter Neumann auf dem Beifahrersitz und starrte auf das Armaturenbrett.

Normalerweise würde er nun eine ganze Menge Fragen stellen, um dem Kommissar sämtliche Einzelheiten über die Funktionen seines neuen Dienstwagens zu entlocken.

Der Anblick des Bordcomputers ließ sein EDV-Herz höher schlagen. Doch je näher sich der Wagen der Riesmetropole näherte, desto flauer wurde das Gefühl in seiner Magengegend.

Peter Neumann wusste die Reaktion seines Körpers nicht zu deuten, war er doch selten jemand, der allzu stark auf Gefühle baute.

Als Fachmann für elektronische Datenverarbeitung war er es gewohnt, logisch zu denken.

Ein aufregendes Kribbeln verspürte er meist nur dann in sich wenn er kurz davor war, ein ersehntes Ergebnis auf seinem Bildschirm angezeigt zu bekommen.

Seit er jedoch von seinem Chef in diesen Fall aus Nördlingen eingebunden wurde hatte er so eine Ahnung, als wenn es auf dieser Welt doch noch viel mehr gab als nur Nullen und Einsen, mehr als nur die Enter- oder Returntaste, den Computer und das Internet.

Die bisher zwar noch unbestätigten, aber doch bestehenden Vermutungen des Kommissars ließen ihn die Welt inzwischen mit etwas anderen Augen betrachten.

Immer öfter kamen ihm Gedanken an seinen Vater in den Sinn. Er erinnerte sich wieder an dessen Erzählungen über seine Studien in Afrika.

Über die Sitten und Gebräuche des Landes und die Religion der dort lebenden Menschen.

Eine Welt des Glaubens, die bis in die heutige Zeit existiert.

## Voodoo!

Seit Markowitsch ihn mit seiner Vermutung konfrontiert hatte, schwirrte dieses Wort durch seine Gehirnwindungen.

Er hatte die vergangene Nacht fast ausschließlich vor seinem PC verbracht und im Internet recherchiert.

Unzähligen Seiten mit den unterschiedlichsten Ansichten zu diesem Thema waren dort zu finden.

Bei Erklärungen über Grundsätze und Gebräuche, Priester und Götter, über Wissen und Unwissenheit konnte man sicherlich Stunden, nein Tage und Nächte vor dem Bildschirm sitzen, und doch wäre man sich noch nicht über alle Bereiche im Klaren.

Auf vielen Seiten diskutierten die Menschen darüber, ob denn nun mehr Schein als Sein hinter den Kulissen dieser fast schon als Kult zu bezeichnenden Glaubensrichtung steckte.

Für die einen gab es keinerlei Zweifel an der Wirksamkeit der natürlichen Mächte, andere wiederum lachten nur darüber und sahen darin lediglich Aberglauben und Geschäftemacherei.

Mit den Ängsten und Sorgen der Menschheit ließ sich eben immer noch eine ganze Stange Geld verdienen.

Regelrecht als Dienstleistungen gegen bare Münze wurden dort Rituale und Zaubereien angepriesen.

Von Krankheit und Liebeskummer bis hin zum Geldsegen gab es Angebote von angeblichen Voodoopriestern und selbsternannten Schamanen.

Nun ja, man sollte den Menschen ihren Glauben lassen. Und sollte jemand dadurch glücklicher werden, auch gut.

Was Peter Neumann bei seinen Recherchen allerdings viel mehr interessierte als diese für ihn dubiosen Angebote waren jene Seiten, die sich mit der dunklen Materie des Voodoo beschäftigten.

Auch hierzu fanden sich unzählige Homepages in den unterschiedlichsten Bereichen.

Erklärungen darüber, dass der schwarze Zauber des Voodoo in erster Linie aus Haiti stammte, dass der in aller Welt bekannte Puppenzauber, die Ouanga-Rituale, hierbei nicht in ihrer ursprünglichen Bestimmung angewandt wurden.

Dass man dadurch nicht Krankheiten aus einem Körper vertreiben, sondern scheinbar das Gegenteil erreichen wollte.

Unglück heraufbeschwören, dadurch anderen Menschen Leid oder Schmerzen zufügen, Angst verbreiten und sogar töten.

Peter Neumann fand auf keiner der von ihm durchforschten Internetseiten auch nur irgendeinen einzigen schlüssigen Beweis dafür, der die Existenz dieser schwarzen Magie tatsächlich belegen konnte.

Allerdings entdeckte er auch keinerlei zweifelsfreie Aussage die darauf schließen ließ, dass es sie nicht gab.

„Aufwachen, Neumann", wurde er von der Stimme des Kommissars aus seinen Tagträumen gerissen.

„Wir fahren gleich in den Rieskrater. Genießen Sie die schöne Aussicht, die sich Ihnen hier bietet."

Durch den plötzlichen Klang von Markowitsch's Stimme zuckte Peter Neumann kurz zusammen.

Als er durch die Windschutzscheibe blickte stellte er fest, dass sie soeben durch das Tunnel unter der Harburg hindurch fuhren.

Als das Fahrzeug die beleuchtete Betonröhre wieder verlassen hatte, mussten die beiden Beamten die Augen zusammen kneifen, denn der Rand des Rieskraters schien wie eine Wetterscheide zu wirken.

Die noch vor wenigen Minuten leicht neblige und trübe Landschaft wich urplötzlich strahlendem Sonnenschein, was die beiden Männer dazu veranlasste, die Sonnenblenden herunter zu klappen.

„Wenn uns der Besuch bei Akebes Mutter genauso viel Licht in unsere Angelegenheit bringt wie die Fahrt ins Ries, wären wir anschließend schon ein ganzes Stück schlauer", sprach Markowitsch.

„Worüber haben Sie denn die letzten Minuten so angestrengt nachgedacht, Neumann?

Sie sehen mir etwas übernächtigt aus. Kleinen Ausgang genehmigt gestern Abend?"

„Von wegen Ausgang", gähnte Peter Neumann mit vorgehaltener Hand.

„Ich saß die meiste Zeit am Bildschirm und habe mir beinahe viereckige Augen geholt.

Diese Voodoogeschichte kann einen ganz schön gefangen nehmen. Aber je länger man nach Antworten sucht, umso verwirrter ist man hinterher.

Man stößt in der virtuellen Welt meist nur auf vage Vermutungen und dubiose Geschäftemacher.

Wenn Alles so einfach wäre wie es dort angepriesen wird, wäre ich schnell ein reicher und glücklich verheirateter Mann, und müsste mich nicht mit ungeklärten und geheimnisvollen Todesfällen beschäftigen."

„Wenn es diese ungeklärten Fälle nicht gäbe, Neumann, dann wären wir beide wohl schon bald arbeitslos.

Und da ich ja noch ein paar Jährchen habe, bis mir meine Pension für den wohlverdienten Ruhestand ausreicht, bin ich doch ganz froh über diesen Zustand.

Dass wir diesmal eine etwas härtere Nuss zu knacken haben, betrachte ich eher als Herausforderung.

Wir werden sehen ob wir nach unserem Besuch in Nördlingen etwas schlauer sind als vorher.

Nachdem Sie durch die Erfahrungen Ihres Vaters und Ihre ehrgeizigen Internetrecherchen anscheinend schon einiges über das Thema erfahren haben, werden Sie mir sicherlich mehr als nur behilflich sein können."

„Sie haben recht, Herr Kommissar. Die Sache hat in mir tatsächlich mehr als nur das standardmäßige Interesse meines Berufes geweckt.

Man wird schließlich in unserem Job nicht alle Tage mit solchen Dingen konfrontiert.

Aber trotz aller anscheinend harmlosen Aussagen über die Wirkung des Voodoozaubers sollten wir nicht unvorsichtig werden.

Gerade was die Geschichte mit dieser von Ihnen gefundenen Puppe anbelangt.

Ouanga-Rituale werden als das wirkungsvollste und am häufigsten verwendete Werkzeug des Voodoo beschrieben. Sowohl im positiven als auch im negativen Sinne.

So kann man anscheinend mit Hilfe von diesen Talismanen auch einen Schutz um sich herum aufbauen, um einem negativen oder Schaden bringenden Einfluss dieses Zaubers zu entgehen."

„Sie überraschen mich immer mehr, Neumann", gab Markowitsch erstaunt zurück.

„Ich habe mich zwar in den letzten Tagen auch ein wenig mehr mit diesem Thema beschäftigt, die Zeit für solch umfangreiche Nachforschungen hatte ich allerdings nicht.

Außerdem muss ich zugeben, dass ich in Sachen Computer und Internet nicht ganz so bewandt bin."

„Dafür haben Sie ja schließlich mich in ihrer Abteilung", lächelte Pit Neumann nicht ganz ohne Stolz zurück.

„Wenn jeder alles könnte, dann wären wir Fachleute überflüssig.

Man kann und man muss nicht alles wissen. Es ist aber von Vorteil wenn man jemanden kennt der es weiß, oder man weiß selbst wo man danach suchen muss."

„Kluger Spruch, Neumann, gefällt mir. Könnte glatt von mir sein", sprach Markowitsch, als sie gerade das Ortsschild von Nördlingen passierten.

Er trat kurz aber bestimmt auf die Bremse, was seinen Beifahrer dazu veranlasste, sich mit einem fragenden Gesichtsausdruck in Richtung seines Vorgesetzten zu drehen.

Als dieser den Blick seines Kollegen bemerkte hob er kurz den Kopf, und deutete mit dem Kinn nach vorn durch die Frontscheibe des Wagens.

„Sieht so aus, als wären hier unsere lieben Kollegen von der Verkehrsüberwachung am Werk", grinste er.

„Ist überhaupt kein Problem für mich, solange Sie am Steuer sitzen, Herr Kommissar", lachte Peter Neumann zurück, als er die beiden von Sträuchern verdeckten Radarstationen an den Böschungen zu beiden Seiten der Straße entdeckt hatte.

„Schließlich muss ja irgendeiner unser Gehalt bezahlen."

„Also gut", sprach Markowitsch einige Minuten später, als er den Wagen auf einem Parkplatz vor dem Haus der Akebes anhielt.

„Dann werden wir uns mal unser Gehalt verdienen gehen."

Er stieg aus, ging vor Peter Neumann her an die Haustüre und drückte mehrmals hintereinander auf den Klingelknopf.

Wenige Augenblicke darauf öffnete sich die Türe und die beiden Männer gingen die Treppe hinauf.

Christine Akebe stand mit bleichem Gesicht an der offenen Wohnungstüre. Die beiden Beamten zogen ihre Dienstausweise heraus und stellten sich vor.

„Markowitsch, Kripo Augsburg."

„Ich weiß", antwortete Christine.

„Es ist zwar schon einige Zeit her, dass Sie mit dem Tod meines Mannes zu tun hatten, aber dennoch erinnere ich mich genau an Sie."

Der Kommissar deutete auf seinen Begleiter.

„Dies ist mein Kollege Peter Neumann. Wir würden uns gerne ein paar Minuten mit Ihnen unterhalten. Dürfen wir hinein kommen?"

„Natürlich, Herr Markowitsch", sprach Christine Akebe.

„Ich habe mir schon gedacht, dass Sie irgendwann hier erscheinen werden. Bitte folgen Sie mir doch ins Wohnzimmer."

Peter Neumann sah seinen Chef fragend an, erhielt jedoch keine Reaktion von ihm.

Die beiden Männer gingen an Christine Akebe vorbei durch die Tür.

Sie schloss diese leise, nicht ohne vorher noch einen kurzen Blick ins Treppenhaus zu werfen.

Sie wollte sich vergewissern, dass Michael nichts von dem Besuch der beiden Polizeibeamten mitbekam.

Markowitsch betrat vor Peter Neumann das Wohnzimmer und versuchte unbemerkt, sich ein kurzes Bild von den Wohnverhältnissen zu verschaffen.

An der Wand oberhalb der Sitzgruppe hingen einige Bilder vom afrikanischen Kontinent. Ein vergrößerter Kartenausschnitt markierte anscheinend die Region aus der die Akebes stammten.

Einige Bilder zeigten verschiedene Plätze aus einem Dorf. Markowitsch vermutete, dass diese das Heimatdorf der Familie darstellten.

Auf einem der Bilder erkannte er mehrere Personen vor einer Hütte, die er nach ihrem Erscheinungsbild als typische Unterkunft der afrikanischen Ureinwohner deutete.

Mindestens drei Generationen, so vermutete Markowitsch, waren auf dem Foto zu erkennen.

Am meisten beeindruckte ihn die Gestalt der wohl ältesten Person.

Selbst auf einem Foto abgelichtet, glaubte der Kommissar die Ausstrahlung des Mannes zu spüren.

Fasziniert sah er auf das Gesicht des Greises, das ihn regelrecht in seinen Bann zog.

Er konnte seinen Blick kaum davon abwenden, so vereinnahmte ihn dessen Ausdruck.

Für einige Augenblicke schien Robert Markowitsch fast darin zu versinken.

*In diesem Menschen scheint die Weisheit und Güte des halben Universums vereint zu sein* dachte er in diesem Moment.

„Er war schon ein beeindruckender und ganz besonderer Mensch, mein Schwiegervater."

Markowitsch wurde von der Stimme Christine Akebes aus seinen Gedanken gerissen.

Als er sich kurzerhand nach ihr umdrehte stellte er fest, dass sie ihn scheinbar die ganze Zeit beobachtet hatte.

„Entschuldigen Sie meine geistige Abwesenheit, Frau Akebe", antwortete Markowitsch etwas verwirrt.

„Ich habe noch niemals zuvor einen solchen Gesichtsausdruck wahrgenommen.

Ich hätte diesem Mann sehr gerne einmal persönlich gegenüber gestanden."

„Es gibt keinen Grund dafür, sich bei mir zu entschuldigen", entgegnete Christine.

„Alle die ihn gekannt haben, hätten sicherlich Ihre Meinung geteilt.

Ich könnte mir niemanden vorstellen, der von seiner Ausstrahlung nicht genauso berührt gewesen wäre wie Sie.

Leider konnte er sein besonderes Wesen an keinen seiner Nachkommen weiter vererben."

Etwas fragend zog Markowitsch seine Augenbrauen in die Höhe, als er Christine anblickte.

Er wusste nicht wie er diese Bemerkung deuten sollte.

„Verstehen Sie mich nicht falsch", sagte Christine.

„Sowohl mein verstorbener Mann als auch mein Sohn Michael waren bzw. sind zwei ganz wunderbare Menschen.

Leider war es uns vom Schicksal aber nicht vergönnt unser Leben so zu gestalten, wie wir es uns im Grunde genommen immer vorgestellt hatten."

Der Kommissar blickte kurz hinüber zu Peter Neumann, der das Gespräch mit seiner ganzen Aufmerksamkeit verfolgte.

Er ging einige Schritte auf ihn zu, blieb neben ihm stehen und drehte sich dann zu Christine um.

„Ich hatte leider nicht die Gelegenheit ihren Mann zu Lebzeiten kennen gelernt zu haben, Frau Akebe."

„Sie hätten ihn sicherlich gemocht", gab diese zurück.

„Mein Mann war nicht nur ein sehr guter und angesehener Arzt, sondern auch ein liebevoller Mensch und Ehemann.

Aber anscheinend ist dies wohl der Lauf der Welt, dass einem das was man am meisten liebt, auch am ehesten wieder genommen wird."

Markowitsch bemerkte in diesem Augenblick, dass Christine Akebe verzweifelt versuchte, gegen ihre Tränen anzukämpfen.

Er wollte das Gespräch so schnell als möglich in eine andere Richtung lenken, um die aufkommenden Emotionen dieser Frau nicht noch mehr zum Vorschein zu bringen.

„Ihr Sohn Michael scheint aber das Erbe seines Vaters angemessen übernommen zu haben.

Unseren Erkenntnissen nach zu urteilen ist er ebenfalls ein sehr guter und angesehener Mediziner hier in Nördlingen.

Soweit wir in Erfahrung bringen konnten, ist seine Praxis gut besucht."

„Das ist wohl war", gab Christine Akebe zurück.

Sie hatte ein Taschentuch hervorgeholt, mit dem sie sich ihre feucht schimmernden Augen trocknete.

„Aber nun nehmen Sie doch bitte Platz, meine Herren. Vielleicht können wir dann auch zum eigentlichen Grund ihres Besuches kommen.

Ich gehe doch sicherlich recht in der Annahme, dass Sie mir nicht nur einen Kondolenzbesuch wegen meines verstorbenen Mannes abstatten wollen."

Markowitsch und Peter Neumann setzten sich am Wohnzimmertisch nieder. Christine Akebe stellte drei Gläser und eine Karaffe mit Wasser auf dem Tisch ab.

„Bitte bedienen Sie sich, und dann erzählen Sie mir, was Sie hierher führt.

Auch wenn ich es mir im Grunde genommen ja denken kann."

„Ach ja?"

Der Kommissar sah seinen Begleiter etwas erstaunt an, blickte dann in Christine Akebes leicht gerötete Augen.

„Sicherlich steht Ihr Besuch mit den Ereignissen der letzten Tage im Zusammenhang."

Christine griff zur Karaffe und schenkte sich etwas zu trinken ein.

Sie nahm ihr Glas in die Hand, ging einige Schritte bis zum Fenster hinüber, und starrte auf die Straße hinaus.

Plötzlich drehte sie sich um, lehnte sich an den Sims und sah abwechselnd auf die beiden Beamten.

„Sie fragen sich vielleicht warum ich Sie erwartet habe", sprach sie zu Markowitsch.

„Ich habe natürlich auch vom Tod der beiden Stetters erfahren. Wie sollte dies auch an einem hier in Nördlingen vorüber gehen, wenn Sohn und Mutter innerhalb weniger Tage ihr Leben verlieren.

Der junge Markus Stetter dazu noch auf eine solch grauenvolle Art und Weise.

Dieser Unfall ist seitdem das Tagesgespräch in unserer Stadt.

Zudem waren die alten Stetters Patienten meines Sohnes. Da spricht man zwangsläufig über dieses Geschehen."

„Dies erklärt mir aber immer noch nicht, weshalb Sie unseren Besuch erwartet haben, Frau Akebe", entgegnete Kommissar Markowitsch.

„Ob es sich beim Tode von Markus Stetter um einen Unfall handelt muss noch geklärt werden.

Genau dabei hoffen wir auf hilfreiche Informationen von Ihrer Seite.

Also, Frau Akebe: Warum haben Sie uns erwartet?"

„Nun ja, mein Sohn hat mir natürlich von Ihrer Begegnung am Daniel berichtet, Herr Kommissar.

In unserer Familie spricht man miteinander über die Geschehnisse seiner täglichen Arbeit.

Da sich Michael ja an diesem Abend als Markus Stetter zu Todes kam, in seiner Eigenschaft als Arzt ebenfalls am Daniel befand, erzählte er mir natürlich am nächsten Morgen auch von Ihrer Unterhaltung.

Außerdem wurde sein Name in der Zeitung erwähnt. Es ist also nicht weiter ungewöhnlich, dass Sie im Rahmen ihrer Ermittlungen auch bei uns erscheinen."

„Mag sein, dass sich der Grund unseres Besuches für Sie so darstellt" antwortete Markowitsch.

„Der eigentliche Anlass ist jedoch ein anderer."

Der Kommissar versuchte in Christine Akebes Gesicht irgendeine Reaktion auf seine Äußerung zu deuten, er konnte jedoch keinerlei Regung darin erkennen.

Unzählige Gedanken durchschwirrten seinen Kopf und er überlegte für einen Moment krampfhaft, wie er sie am Besten mit seinen einerseits immer noch zweifelhaften Vermutungen konfrontieren sollte.

Etwas unschlüssig und wohl eher untypisch für ihn, suchte Kommissar Markowitsch nun den Blick seines jungen Kollegen.

Peter Neumann blieb die Verunsicherung in Markowitsch's Gesicht nicht verborgen.

Kurzerhand erhob er sich deshalb von seinem Platz und ging einige Schritte durch den Raum.

Christines Blick folgte ihm.

Im gleichen Moment als er sich umdrehte und ihr ins Gesicht blickte, hatte sich Markowitsch dazu entschlossen, die Flucht nach vorne anzutreten.

„Wie gut kennen Sie Ihren Sohn, Frau Akebe?", fragte er direkt, was Christine dazu veranlasste, sich nach ihm umzudrehen.

„Ich weiß nicht wie ich Ihre Frage verstehen soll, Herr Markowitsch?", gab sie dann doch etwas überrascht zurück.

Sie fühlte sich in diesem Augenblick scheinbar unsicher, was auch den beiden Beamten nicht verborgen blieb.

„So, wie ich sie gestellt habe", antwortete der Kommissar und griff nun auch zu dem vor ihm stehenden Gefäß.

Er ließ das Wasser in eines der Gläser laufen und wiederholte dabei seinen Satz noch einmal.

„Wie gut glauben Sie Ihren Sohn zu kennen?"

„Nun, so gut wie eine Mutter ihre Kinder eben kennt.

Es gibt abgesehen von Dingen die seine ärztliche Schweigepflicht betreffen kaum etwas, über das wir nicht sprechen.

Und seit dem Tod seines Vaters sind wir eher noch enger zusammengerückt als wir es sowieso schon als Mutter und Sohn waren.

Ich verstehe nicht, worauf Sie mit Ihrer Frage hinaus wollen."

„Dann will ich es Ihnen gerne erklären, Frau Akebe, denn anscheinend hat Ihnen Ihr Sohn doch nicht alles von diesem besagten Abend erzählt, als wir uns am Daniel unterhalten haben."

Markowitsch griff sich mit seiner rechten Hand an den Hemdkragen, um seinen Schlips etwas zu lockern.

Er hatte das Gefühl sich zunächst etwas Luft verschaffen zu müssen, bevor er weiter sprechen konnte.

Peter Neumann erkannte, dass sein Chef nach einer kleinen Verschnaufpause zu suchen schien, also mischte er sich nun seinerseits in das Gespräch ein.

„Für mich wäre es einmal interessant zu erfahren, welcher Konfession Sie beide angehören", warf er seine Frage in den Raum.

Christine sah etwas ungläubig auf den jungen Beamten.

Die Frage die er ihr gestellt hatte, überraschte sie noch mehr als die des Kommissars zuvor.

Auch Markowitsch, der einerseits über das helfende Eingreifen Pit Neumanns froh war, guckte diesen fragend an.

Was bezweckte er damit?

„Beantworten Sie mir bitte einfach nur meine Frage", sprach Peter Neumann zu Christine.

„Welchen Glauben haben Sie und Ihr Sohn?"

„Wir sind beide römisch-katholisch", kam nun die Antwort aus ihrem Mund.

„Das wissen Sie doch sicher aus Ihren Unterlagen. Wozu in aller Welt fragen Sie mich danach?"

„Reine Routine", gab Neumann zurück.

„Ihr Mann war auch katholisch?

Ich frage nur deshalb, da es in Afrika ja auch noch andere Religionen gibt.

Ich weiß nur von meinem Vater, der auch Theologe war, dass auf dem afrikanischen Kontinent der Voodooglaube immer noch sehr verbreitet ist.

Mich würde interessieren, wie Sie darüber denken."

Christine spürte, dass das Gespräch nun in eine Richtung zu laufen schien, die sie nicht zu steuern wusste.

Sie verließ ihren Platz am Fenster und setzte sich dem Kommissar gegenüber an den Tisch.

„Was bezwecken Sie mit dieser Frage?

Sind Sie nur hierher gekommen, um mit mir über die afrikanische Kultur zu sprechen?"

Sie sah Markowitsch missmutig fragend an.

Diesem jedoch war es nur mehr als recht, dass sein junger Kollege mit dieser geschickten Frage das Gespräch genau in die Richtung zu lenken schien, in die auch er sich letztendlich begeben wollte.

Er war gespannt, wie sich diese Sache nun entwickeln würde und beschloss für sich, Peter Neumann erst einmal die weitere Gesprächsführung zu überlassen.

„Ich sehe die Sache genauso wie mein Kollege, Frau Akebe.

Es wäre sicherlich interessant für uns zu erfahren, wie Sie darüber denken.

Sie werden dann wahrscheinlich auch die Gründe verstehen, die uns hierher zu ihnen geführt haben.

Also unterstützen Sie uns bitte bei unserer Arbeit und beantworten Sie die Frage."

Christine ahnte nun auf was sie sich einlassen musste.

Sie kam jedoch nach einigem Zögern zu dem Entschluss, dass es wohl der einzige Weg war noch größeren Schaden abzuwenden, wenn das was sie über Michael erahnte, wirklich stimmen sollte.

Sie war sich noch immer nicht sicher, weshalb die beiden Kriminalbeamten sie letztendlich aufsuchten.

Um dies jedoch herauszufinden, war nun wohl Offenheit angesagt.

„Also gut", sagte sie zu Markowitsch.

„Ich werde versuchen Ihre Fragen soweit als möglich zu beantworten.

Ich selbst bin wie gesagt römisch-katholisch.

Sowohl mein Mann als auch mein Sohn Michael sind ebenfalls mit dieser Glaubensrichtung aufgewachsen."

Dann wandte sie sich Peter Neumann zu.

„Allerdings ist, wie Sie schon richtig vermuten, in der Familie meines Mannes die alte Religion der Afrikaner sehr präsent.

Der Glaube an die Ausgewogenheit der Natur, an die Kraft ihrer Geister und Götter.

Die meisten Menschen der heutigen so genannten Zivilisation denken doch überwiegend nur, dass Voodoo Zauberei, Scharlatanerie oder Aberglaube sei.

Vom wirklichen Ursprung, dem Entstehen und dem Hintergrund dieses Glaubens haben wohl die wenigsten Menschen genauere Kenntnisse.

Ich selbst habe mich während meiner Zeit in der Heimat meines Mannes und seiner Familie eine ganze Zeit lang intensiv damit auseinandergesetzt.

Ich habe dabei auch gelernt diesen Glauben zu achten, und die Einstellung der Menschen dazu nicht nur zu akzeptieren, sondern auch zu respektieren.

In den Gemeinschaften in denen auch heute noch der Voodooglaube herrscht, und das sind weiß Gott nicht wenige, gibt es genau wie in denen des christlichen Glaubens einen führenden Gott.

Alle anderen Loas, wie die Götter dort genannt werden, sind vielleicht vergleichbar mit den Heiligen der christlichen Kirche."

Christine Akebe machte eine kurze Pause in ihrer Erklärung, sah abwechselnd in die Gesichter der beiden Beamten, die ihr aufmerksam zuhörten.

„Es gibt für mich keinen Grund dafür Menschen zu verurteilen oder zu verachten, wenn sie den Glauben des Voodoo leben", schloss sie ihre Ausführungen.

Sie sah Peter Neumann dabei wie auf eine Antwort wartend an.

„Sie können sicher sein, dass weder Kommissar Markowitsch noch ich selbst irgendjemanden wegen seines Glaubens verurteilen würden.

Mehr als Ihre eigene Einstellung zum Voodoo jedoch würde uns die Ihres Sohnes interessieren.

Lebt er diesen Glauben denn auch heute noch, oder sieht er ihn eher nur als, sagen wir mal eine Art Kulturerbe oder Erinnerung an die Vorfahren seiner Familie an?"

Christine hatte insgeheim mit dieser Fragestellung gerechnet.

Was aber sollte sie dem Beamten zur Antwort geben?

Dass Michael sich in letzter Zeit wieder vermehrt mit diesen Dingen auseinandersetzte?

Dass er sich seit Tagen wieder und wieder auf den Dachboden ihres Hauses zurückzog?

Dass sie ihn heimlich dabei beobachtet hatte als er versuchte, die Götter zu beschwören, und er anscheinend Ouanga-Rituale ausübte um Unheil über andere zu bringen?

Sie hatte nicht die geringste Ahnung davon, wie Kommissar Markowitsch und sein Kollege darauf reagieren würden.

Wahrscheinlich hätten sie nur ein mitleidiges Lächeln dafür übrig.

Aber warum hätten sie dann so intensiv auf dieses Thema eingehen sollen?

Christine Akebe war unsicher in ihrem Entschluss, wusste nicht wirklich, was sie den beiden Beamten nun erzählen sollte.

Peter Neumann bemerkte ihr Zögern, und nahm ihr die Entscheidung darüber ab.

„Den eigentlichen Grund meiner Fragestellung kann ihnen Kommissar Markowitsch sicherlich besser erläutern, da ich diesen nur von seinen Erzählungen bzw. aus den Ermittlungsprotokollen kenne.

Ich kann Ihnen allerdings versichern, dass ich seine Ahnungen und Bedenken in jeder Hinsicht teile."

Christine sah den Kommissar fragend an.

Dieser richtete seinen Blick auf Peter Neumann als wollte er zu ihm sagen: *Nun haben Sie schon damit angefangen, warum machen sie dann nicht weiter?*

Peter Neumann schien den Blick seines Chefs richtig zu deuten.

Er spürte regelrecht dessen Unsicherheit darüber, wie er seine Vermutungen gegenüber Christine Akebe am Besten zum Ausdruck bringen sollte.

Möglicherweise hatte er ja Bedenken, als Spinner oder Phantast dazustehen, und dies wäre eine Situation, in die sich der Kommissar nur äußerst ungern begeben würde.

Soweit kannte Neumann seinen Vorgesetzten.

Er war sich jedoch nicht ganz schlüssig, ob er so einfach ohne ein klares Einverständnis von Markowitsch die Ermittlungen in seine Hand nehmen sollte.

Er erkannte am Gesichtsausdruck des Kommissars, wie es hinter dessen Stirn zu arbeiten schien.

Peter Neumann entschloss sich dazu, seinem Chef eine kleine Starthilfe zu geben.

„An besagtem Abend als Markus Stetter zu Tode kam, wurde vor der Kirche ein seltsamer Gegenstand gefunden.

Dieser hat letztendlich auch für uns den Ausschlag gegeben, Sie aufzusuchen."

„Ich verstehe nicht recht", entgegnete Christine.

„Könnten sie bitte etwas deutlicher werden?

Von welchem Gegenstand sprechen sie?

Ich kann mich nicht erinnern, irgendetwas in dieser Richtung in der Zeitung gelesen zu haben, und auch hat Michael mir gegenüber nichts davon erwähnt."

*Wie sollte ich auch etwas darüber wissen* dachte sie im Stillen, während sie sich wieder von ihrem Platz erhoben hatte und mit langsamen Schritten, aber doch sichtlich nervös im Wohnzimmer herumlief.

*Michael hat es entgegen seiner Gewohnheit ja nicht einmal für notwendig gehalten, mir überhaupt etwas Genaueres über diesen Abend zu erzählen.*

Die Andeutungen in dieser Richtung, die sie den beiden Beamten gegenüber vorhin gemacht hatte, waren genau genommen nur erfunden.

Sie wollte aber auch keineswegs den Eindruck erwecken, dass Michael ihr irgendetwas verschwieg.

„Mein Kollege spricht von diesem hier", meldete sich nun Kommissar Markowitsch mit einem Mal wie aus der Pistole geschossen.

Er war plötzlich aufgestanden, griff in die rechte Tasche seines Jacketts, zog daraus die in Stoff gewickelte Figur hervor, und legte sie sorgfältig wie einen kleinen Schatz auf dem Wohnzimmertisch ab.

„Würden Sie bitte einmal einen Blick hierauf werfen, Frau Akebe?

Ich möchte gerne Ihre Meinung dazu hören.

Wir haben dieses Gebilde am Fuße des Daniel in unmittelbarer Nähe des zu Tode gestürzten Türmers gefunden.

Es war nur ein glücklicher Zufall, dass wir darauf gestoßen sind. Ja, man könnte sogar sagen, dass der Staatsanwalt dieses Glück mit Füßen getreten hat."

Markowitsch konnte sich ein kleines Lächeln nicht verkneifen als er an die Reaktion von Frank Berger dachte, nachdem dieser sich seinen Schuh ruiniert hatte.

Aber seine Mine nahm schnell wieder ernstere Züge an, als sich Christine Akebe dem Tisch näherte.

Vorsichtig schlug der Kommissar die Enden des Stoffes auseinander und betrachtete dabei deren Gesicht.

Nur ein kurzes Zucken der Mundwinkel verriet ihm die jähe Überraschung von Christine, als diese die Überreste der Voodoopuppe erkannte.

Doch einem erfahrenen Hasen wie Markowitsch genügte dieses minimale Anzeichen bereits um zu erkennen, dass die Frau vor ihm wohl überraschter war als sie nun zugab.

„Was soll mir dieses verformte Etwas sagen?", richtete sie ihre Frage an den Kommissar.

„Nach was sieht es denn Ihrer Meinung nach aus?", stellte dieser sogleich seine Gegenfrage.

So langsam schien er nun Gefallen an diesem Frage- und Antwortspiel zu finden.

„Ich würde sagen nach einer Wachsfigur, was aber in der Nähe einer Kirche ja nichts weiter Ungewöhnliches darstellt", antwortete Christine.

„In der Nähe einer Kirche alleine wohl nicht", meinte Markowitsch.

„Wenn sich unmittelbar daneben allerdings ein Toter befindet, und diese Wachspuppe noch dazu mit solch einem Gegenstand gespickt ist dann fange ich langsam an, mir so meine Gedanken zu machen."

Während seines letzten Satzes griff der Kommissar abermals in seine Jackentasche und holte die Nadel hervor, die sich an besagtem Abend in den Schuh des Staatsanwaltes gebohrt hatte.

Eine winzige schwarze Feder zierte das hintere Ende dieser Nadel.

Markowitsch zeigte nun auf eine Stelle der Wachspuppe, an der sich ein kleines Loch befand und wollte gerade dazu ansetzen, die

Nadel dort hinein zu stechen, als Christine ihm in die Hand griff.

„Tun Sie das bitte nicht", sagte sie, und blickte den Kommissar dabei an.

Dieser zog mit wissentlichem Gesichtsausdruck seine Augenbrauen nach oben und deutete Christine damit an, dass er ihre Reaktion wohl erwartet hatte.

Erschrocken über ihr eigenes spontanes Handeln schlug sich Christine Akebe die Hand vor den Mund.

Es sah gerade so aus, als wollte sie sich selbst jedes weitere Wort verbieten.

„Sie brauchen keine Befürchtungen zu haben, Frau Akebe", sprach ihr Markowitsch beruhigend zu.

Der Mann, dem dies alles anscheinend gegolten hatte, ist tot. Er kann kein zweites Mal mehr sterben.

Aber ich sehe nun, dass es wohl keiner weiteren Erklärungen meinerseits Ihnen gegenüber bedarf, was diesen Gegenstand betrifft."

Dabei hielt er die Puppe in die Höhe.

Christine hatte die Hand vom Mund genommen und senkte nun den Kopf.

Nachdem sie sich etwas schwer auf ihren Stuhl zurückfallen ließ, schienen ihre Augen für einige Momente ins Unendliche zu blicken.

Ein kurzer Ruck ging durch ihren Körper, und sie schien sich wieder in der Gegenwart zu befinden.

„Was soll dies alles, Herr Kommissar?", fragte sie Robert Markowitsch.

„Was wollten Sie mir damit beweisen?

Dass Sie womöglich eine Voodoopuppe vor der Kirche gefunden haben?

Die könnte jeder dort hingelegt oder verloren haben.

Würden Sie mir bitte endlich erklären was Sie mit Ihren Andeutungen bezwecken?"

„Nun gut."

Der Kommissar atmete einmal tief durch und sah dann kurz hinüber zu Peter Neumann.

Als dieser ihm aufmunternd zunickte entschloss sich Markowitsch dazu, seine Karten auf den Tisch zu legen.

„Ich werde Ihnen nun erklären, wie sich die Dinge aus unserer

Sicht darstellen.

Es sind, im Moment jedenfalls noch, reine Hypothesen.

Sollte sich jedoch im Laufe unseres Gespräches herausstellen, dass auch nur der geringste Verdacht auf Realität besteht, dann könnte diese Situation eine ungeheuerliche Brisanz annehmen.

Aber dafür muss ich etwas weiter ausholen und Ihnen die gesamte Sachlage unserer Ermittlungen, sowie meine daraus entstandenen Vermutungen schildern."

Markowitsch sah erneut mit einigem Zweifeln zu seinem Kollegen hinüber, erntete jedoch wiederum nur dessen zustimmendes Nicken.

„Es wird womöglich etwas dauern bis Sie alle Zusammenhänge begreifen werden.

Ich hoffe jedoch, dass Sie, wenn ich mit meiner Erklärung am Ende bin, meine Vermutungen nachvollziehen können.

Also hören Sie mir bitte zu", sagte Markowitsch und begann sogleich, Christine Akebe seine Ahnungen zu unterbreiten.

## 27. KAPITEL

Der Donnerstagvormittag war für die Nördlinger Bürger schon ein besonderer Tag. Rund um den Friedhof herrschte eine seltsame Stimmung.

Die Parkplätze am Emmeramsberg, direkt neben dem Friedhof, waren ebenso wie die des sich in der Nähe befindlichen Parkhauses bis auf den letzten Platz belegt.

Auch die Presse hatte sich in breiter Front eingefunden, und sich mit mehreren Reportern rund um den Friedhof, sowie einem kleinen Kamerateam an den Stellplätzen neben dem Berger Tor positioniert.

Die Nördlinger Polizei trug gemeinsam mit der Freiwilligen Feuerwehr mit einigen Einsatzwagen Sorge dafür, dass ein Verkehrschaos weitestgehend ausblieb.

Nicht nur die halbe Stadt war auf den Beinen, nein, auch aus dem gesamten Landkreis hatten sich Neugierige und Schaulustige in der Riesmetropole eingefunden.

Solch ein, wenn auch trauriges, aber doch nicht alltägliches Ereignis, bekam man hier auf dem Lande schließlich nicht oft geboten.

Gerd Stetter hatte lange überlegt, ob er die Beerdigung seines Sohnes und seiner Frau lieber im kleinen Verwandtenkreis durchführen sollte.

Er entschloss sich nach reiflicher Überlegung jedoch dazu, die Öffentlichkeit nicht auszuschließen.

Man hatte ihm von Seiten der Presse sogar eine entsprechende Geldsumme geboten wenn er seine Zustimmung gab, die Anwesenheit der Reporter zu dulden.

Angesichts seiner finanziellen Lage hatte er dann letztendlich zugestimmt.

Nicht zuletzt auch deshalb weil er nicht wusste, wie es in Zukunft weitergehen sollte.

Zum einen war es noch völlig unklar ob die Versicherung seines Sohnes zahlen würde, denn im Falle eines Suizids würde er wohl selbst auf allen Kosten sitzen bleiben.

Dieser Punkt alleine war jedoch nicht der ausschlaggebende für

Gerd Stetter.

Je nachdem was sich in den nächsten Tagen ergeben würde, konnte es gut möglich sein, dass er sich auf Grund seines Vorhabens der Justiz stellen musste.

Wie dann alles weiterging stand zum jetzigen Zeitpunkt noch völlig offen.

Zum anderen sah er nach dem Tode seiner Frau für sich persönlich keinerlei lebenswerte Perspektiven mehr.

Ihm war in den letzten Tagen alles genommen worden wofür er bisher gelebt hatte, und er würde nun nach der Beisetzung alle Karten aufdecken, um ein für alle Mal der Vergangenheit Gerechtigkeit zukommen zu lassen.

Als der Trauerzug die evangelische Friedhofskirche verließ und Gerd Stetter sichtlich gebeugt mit schweren Schritten hinter den Särgen seiner Frau und seines Sohnes in Richtung des Familiengrabes herging, hatte man Mühe sich durch die versammelte Menschenmenge zu bewegen.

Viele der Anwesenden waren sicherlich nur aus reiner Neugierde hier.

Doch das störte Gerd Stetter in diesem Moment nicht.

Was er am Meisten fürchtete waren die nun anstehenden Trauerreden.

Sowohl der Oberbürgermeister, als auch Mitglieder der Nördlinger Kulturvereine, Vertreter der Kirche sowie Angehörige anderer Vereine würdigten ausführlich die besondere Tätigkeit seines Sohnes auf dem Daniel.

Gerd Stetter wusste nicht wie lange die ganzen Ansprachen gedauert hatten.

Es schien eine kleine Ewigkeit vergangen zu sein, ehe der letzte Redner seinen Platz verließ.

Er vernahm das Gesprochene oft nur wie durch eine Nebelwand, starrte die meiste Zeit nur auf die beiden aufgebahrten Särge.

Als sich diese zum Schluss in den Seilen der Sargträger langsam aber unaufhörlich in die Tiefe senkten fühlte sich Gerd Stetter, als würden seine Lebensgeister mit ins Grab gerissen.

Regungslos stand er danach einige Minuten vor der geöffneten Grube, nahm tief in seinem Innersten in aller Stille Abschied.

Dann blickte er für einige Momente nach oben in den Himmel, drehte sich um und ging langsam mit schweren Schritten durch die Menschenmenge in Richtung des Friedhofsausgangs.

Einige Reporter verfolgten ihn dabei mit ihren Kameras.

Als er das Tor durchschritten hatte, sah er sich auch schon den Vertretern von Presse, Rundfunk und Fernsehen gegenüber.

Man bat ihn zwar höflich und mit zurückhaltendem Respekt, aber doch bestimmend um eine kleine Stellungnahme zu seiner Situation in den vergangenen Tagen.

Bisher hatte Gerd Stetter es tunlichst vermieden, sich mit den Presseleuten auseinanderzusetzen. Aus Rücksicht seiner Trauer gegenüber hatte man ihn bisher auch kaum behelligt.

Nun jedoch wollte man der Öffentlichkeit seine Geschichte ausführlich präsentieren.

Verschiedene Angebote hierzu wurden ihm in den letzten Tagen schon zugetragen. Gerd Stetter hatte sie bis dato alle höflichst abgelehnt.

Er war der Meinung, dass die Menschen hier sowieso bald die ganze Tragweite dieser Geschichte erfahren würden.

Doch zuvor hatte er mit Albert Urban am morgigen Freitag noch etwas zu klären.

Dieser hatte es nicht einmal für notwendig empfunden, persönlich an der Beerdigung teilzunehmen.

Aber Gerd Stetter war sich sicher, dass auch seinen ehemaligen Arbeitgeber mit Sicherheit der Arm der Gerechtigkeit noch erreichen würde.

Auch wenn er sich selbst dafür dem Gesetz stellen musste.

## 28. KAPITEL

Albert Urban saß am Abend dieses Tages in seinem Wohnzimmer vor dem Fernseher. Der Augsburger Lokalsender berichtete ausführlich über die Trauerfeier in Nördlingen.

Schon während des Vormittags hatte er einige Male in den Nachrichtensendern die Berichte verfolgt.

Lange war er am Überlegen gewesen, ob er nach Nördlingen fahren und persönlich an der Beerdigung teilnehmen sollte.

Angesichts seiner Situation hatte er sich jedoch entschlossen, darauf zu verzichten.

Ein großes Trauergebinde mit entsprechender Inschrift auf der Schleife hatte er in Auftrag gegeben und am Grab niederlegen lassen.

Der ehemalige Staatssekretär stellte sein leeres Cognacglas auf dem Tisch vor sich ab.

Etwas benebelt erhob er sich aus seinem Sessel und ging zum Fernseher, um diesen nun auszuschalten, da er die Bilder nicht länger ertragen konnte.

Unruhig wie ein eingesperrter Tiger lief er in seinem Wohnzimmer auf und ab, bevor er erneut zur Flasche griff, um sich sein Glas zu füllen.

Als die bernsteinfarbene Flüssigkeit ins Glas schwappte nahm er sich jedoch vor, seinen in der letzten Zeit zugenommenen Alkoholkonsum langsam aber sicher wieder einzuschränken.

Schließlich befand er sich trotz seines politischen Ruhestandes noch immer bei verschiedenen Anlässen im Licht der Öffentlichkeit.

Auch den einen oder anderen Posten in der freien Wirtschaft konnte er noch sein eigen nennen.

Da könnte es rasch zu Problemen kommen, sollte einer seiner Neider feststellen, dass er in letzter Zeit öfter einmal zur Flasche griff.

Diese Schakale warteten doch nur darauf, um ihm seinen gut bezahlten Stuhl abzusägen.

Doch momentan brauchte er einfach ab und zu einen Schluck mehr, um sich zu beruhigen.

Urban fragte sich in seinem Innersten, was Gerd Stetter morgen von ihm wollte.

Sie hatten ein Treffen auf dem Daniel ausgemacht. Ausgerechnet an dem Ort, an dem sein Sohn letzte Woche das Leben verlor.

Albert Urban starrte auf das Glas in seiner Hand, und verfiel mit einem Male in Selbstmitleid.

*Verfluchte Sauferei* sprach er leise mit geschlossenen Augen zu sich selbst. *Warum musste ich ausgerechnet an diesem verdammten Abend damals den Wagen selbst nach Hause fahren?*

Als er die Augen öffnete, sah er sich selbst im Spiegel der kleinen Bar seines Wohnzimmerschrankes.

*Diesen ganzen verfluchten Ärger hättest du dir sparen können, Albert,* murmelte er vor sich hin.

Stetter würde keine weiteren Geldforderungen stellen, dies hatte er ihm bereits bei seinem letzten Telefonat mitgeteilt.

Aber war dieser alte, in den letzten Tagen vom Schicksal so geschlagene Mensch tatsächlich so mit den Nerven fertig, dass er sich selbst der Justiz ans Messer liefern wollte?

Für einen Mann wie Albert Urban war dies nicht nachzuvollziehen.

Würde ein einigermaßen vernünftiger Mensch sein Unrecht eingestehen nur um sein geplagtes Gewissen zu beruhigen?

Nein!

Der Staatssekretär a. D. glaubte sich plötzlich darüber sicher zu sein, dass Gerd Stetter mit seiner Androhung, alles der Öffentlichkeit zu erzählen, nur den Preis für sein weiteres Schweigen in die Höhe treiben wollte.

Aber das würde er zu verhindern wissen.

Urban schenkte sich einen weiteren Cognac ein.

Mittlerweile hatte er einen Zustand erreicht, der schon beinahe als Unzurechnungsfähigkeit zu deuten war, in dem er nur noch ans Überleben denken konnte.

Er würde sich nicht melken lassen wie eine Kuh.

Nicht von diesem Gerd Stetter.

In seinem vom Alkohol umnebelten Gehirn legte er sich einen bizarren Plan zurecht, wie er aus der ganzen Angelegenheit herauskommen wollte.

Gerd Stetter würde sich an dem Ort an dem sein Sohn gestorben war, selbst umbringen.

Angesichts der Umstände seines seelischen Zustandes würde es doch jeder verstehen wenn er sich selbst das Leben nahm, welches er wohl nicht mehr für lebenswert hielt.

Im Geiste sah er bereits die Schlagzeilen der Tageszeitungen vor sich:

### TODESSPRUNG VOM NÖRDLINGER DANIEL

**Verzweifelter Vater folgt seinem Sohn in den Tod**


Albert Urban sah sich im Spiegel seines Wohnzimmerschrankes an.

Sein Mund hatte sich zu einem hinterlistigen Lächeln verzogen.

# 29. KAPITEL

Kurz vor 13:00 Uhr am Freitag räumte Michael Akebe seinen Schreibtisch auf.

Nachdem der letzte seiner Patienten soeben die Praxis verlassen hatte, und seine Sprechstundenhilfe gegangen war, sah er keine Veranlassung mehr, sich noch länger hier aufzuhalten.

Er hatte schon den ganzen Vormittag über Mühe gehabt, sich auf die Behandlung seiner Patienten zu konzentrieren.

Mehrmals hatte ihn seine Mitarbeiterin auf kleine Ungereimtheiten in einigen Akten aufmerksam gemacht.

Michael tat dies mit einigen Bemerkungen auf das bevorstehende Wochenende ab und war schließlich froh, als er endlich die Praxistüre abschließen konnte.

Viel zu sehr beschäftigten ihn die Gedanken an die kommenden Stunden in denen er nun das zu Ende bringen wollte, worauf er sich zuletzt so intensiv vorbereitet hatte.

Er legte seinen weißen Arztkittel ab, trat ans Fenster und schaute hinaus auf die Straßen.

Sein Blick richtete sich hinüber zum Turm der St. Georgskirche.

Dort oben, sollte alles nach seinen Vorstellungen gehen, würde heute Nachmittag endlich Gerechtigkeit verübt werden.

Die beiden Menschen, welche in seinen Augen die größte Schuld am Leid seiner Familie trugen, würden sich der ihrer Verantwortung stellen müssen.

Da war Albert Urban, der ehemalige Politiker, der in seiner vorsätzlichen Unachtsamkeit den Tod an seinem Vater verschuldet hatte.

In Michaels Augen hatte dieser Mann das Recht auf seine Freiheit verloren.

Noch größer allerdings war sein Hass auf jenen Mann, der in den letzten Tagen ohnehin schon die ganze Härte des Schicksals erleben musste:

Gerd Stetter!

Dieser hatte durch sein Schweigen das Leben von Michael und

seiner Mutter erst richtig in Trauer gestürzt.

Wäre er nicht zu feige gewesen sich seiner Verantwortung zu stellen, so wäre die Schuld dieses Albert Urban auch nicht ungesühnt geblieben.

Stattdessen hatte er die Situation nach Michaels Meinung arrogant und eigennützig zu seinem eigenen Vorteil missbraucht.

Selbst dann noch, wenn er im Nachhinein Reue zeigte.

Für ihn war es klar, dass Gerd Stetter durch sein jahrelanges Stillhalten den größten Anteil am ganzen Geschehen hatte.

Er deckte über Jahre hinweg den Schuldigen und hatte sich durch sein erpresserisches Verhalten ein angenehmes Leben sichern wollen.

Die Gerechtigkeit der Natur jedoch schien seinem Gewissen solange keine Ruhe gelassen zu haben, bis er sich schließlich in seiner Schuld Michael gegenüber zu erkennen gab.

Doch für Reue war es in dessen Augen zu spät. Zu tief saß seit Jahren der Stachel der Trauer, der Wunsch nach Vergeltung.

Nun endlich sah er die Zeit gekommen, mit Hilfe der Götter alles wieder in Einklang zu bringen.

Michael trat an das Waschbecken seines Sprechzimmers und blickte kurz in den Spiegel der darüber angebracht war.

Kleine Schweißtropfen hatten sich auf seiner Stirn gebildet und er fühlte nun auch den Schweiß an seinen Händen.

Die Gedanken an die Vergangenheit und das was nun vor ihm lag hatten seine psychische Erregung unwissentlich gesteigert.

Er drehte den Wasserhahn auf, ließ das kalte Nass über seine Finger laufen, und schöpfte sich mit beiden Händen das Wasser ins Gesicht.

Anschließend griff er nach dem kleinen Handtuch und trocknete sich ab.

Für einen kurzen Augenblick überlegte er, ob dies alles was er nun zu tun gedachte, auch richtig war.

Doch die Gedanken an seinen verstorbenen Vater und all die da mit zusammenhängenden Ungerechtigkeiten bestärkten ihn in seinem Glauben.

So trat er dann an seinen Tresor, öffnete diesen und holte den kleinen Karton heraus, welchen er sorgfältig hinter einigen Medikamentenschachteln verborgen hatte.

Vorsichtig wie einen heiligen Schrein trug er diesen hinüber und stellte ihn auf seinem Schreibtisch ab.

Nachdem er den kleinen Stahlschrank wieder verschlossen hatte, zog er sich sein Jackett an und verließ die Praxis.

Seine Mittagspause konnte noch warten. Im Moment gab es Wichtigeres zu erledigen.

## 30. KAPITEL

Der Daniel war in den vergangenen Tagen seit diesem grausigen Todessturz regelrecht zu einem Pilgerhort mutiert.

Seit der Aufgang von den Behörden nach Abschluss der polizeilichen Ermittlungen endlich wieder für die Besucher freigegeben war, zog es eine Unzahl von Einheimischen und Touristen die 350 Stufen hinauf.

Die Stadtverwaltung hatte aus diesem Grunde auch die Öffnungszeiten verlängert. Kaum einer kam nur wegen der herrlichen Aussicht, die man von dort oben genießen konnte.

Nein, jeder von ihnen wollte unbedingt einmal aus nächster Nähe den Ort sehen, von dem Markus Stetter in den Tod gestürzt war.

Dies ging inzwischen sogar soweit, dass man an der Türe zum Aufgang in den Turm eine separate Aufsichtsperson positionieren musste, damit sich die Menschen auf dem Weg nach oben nicht mit den Entgegenkommenden in die Quere kamen.

Einerseits war dieser enorme Besucherandrang den Verantwortlichen natürlich recht, floss doch so eine ganze Menge an Eintrittsgeldern in die städtischen Kassen.

Andererseits musste man aufpassen, um nicht mit irgendwelchen zweideutigen Schlagzeilen in einen zweifelhaften Ruf zu gelangen.

Begriffe wie *Der Todesturm* oder *Der Turm des Schreckens* waren in den vergangenen Tagen in den lokalen, aber auch den überregionalen Zeitungen zu lesen.

Der unmittelbar darauf folgende zweite Todesfall in der Familie von Gerd Stetter, sowie das für eine Stadt wie Nördlingen spektakuläre Doppelbegräbnis der beiden Verstorbenen hatten dem Pensionär zu einem traurigen Kultstatus verholfen.

Seine stete Zurückhaltung, der Öffentlichkeit gegenüber keinerlei Einzelheiten über sein eigenes Schicksal oder das seiner Familienangehörigen preiszugeben, verstärkten diese Situation zudem noch.

Verschiedene große Zeitungen, sowie auch Fernseh- und Rundfunksender hatten ihm mehrmals beträchtliche Summen geboten, um ein Vermarktungsrecht an dieser Geschichte zu erlangen.

Gerd Stetter hatte diese Angebote jedoch zum Unverständnis aller immer wieder abgelehnt.

Er war bis zum Tage der Beisetzung nicht im Geringsten gewillt, den Tod seines Sohnes und seiner Frau gnadenlos ausschlachten zu lassen.

Michael Akebe war dies nur recht. Je weniger Aufsehen um die ganze Sache gemacht wurde, desto mehr konnte er sich in Ruhe mit der Ausführung seiner Pläne beschäftigen.

Als er an diesem Freitag am Aufgang des Daniel ankam, war der Andrang nicht zu übersehen.

Er musste mit einigen anderen Besuchern für mehrere Minuten warten, bis er schließlich mit dem nächsten Schwung hineingelassen wurde.

Auch der Aufstieg zur Türmerstube gestaltete sich als Geduldsspiel.

Immer wieder hielt der Menschenpulk an, um im Inneren des Turmes zu fotografieren.

Einmal, zwischen der fünften und der sechsten Ebene des Turmes, geriet Michael auf der engen, steilen Treppe fast ins Stolpern.

Wie die anderen Besucher auch, musste er sich hier an den Handläufen zu beiden Seiten festhalten.

Nachdem auch er dann endlich die siebte Ebene des Turmes erreicht hatte, glaubte er fast seinen Augen nicht trauen zu können.

Er hatte zwar aus der Zeitung erfahren, dass verschiedene Freunde, Bekannte und auch Touristen hier oben einige Andenken an den verstorbenen Markus Stetter niedergelegt hätten.

Der Anblick, der sich ihm allerdings jetzt bot, war in jeder Hinsicht unerwartet.

Inmitten des Raumes waren rings um den hier oben endenden Fahrstuhlschacht zahlreiche Blumengestecke, Bilder, Briefe, sowie Tücher und anderweitige Dinge niedergelegt worden.

Der Platz glich einer wahren Gedenkstätte für den ehemaligen Turmwächter.

Das einzige worauf man hier aus Sicherheitsgründen hatte verzichten müssen, waren Kerzen. Dafür wäre die Brandgefahr im Turm viel zu hoch gewesen.

Stattdessen wurde, zunächst vorübergehend, über ein am Boden verlegtes Verlängerungskabel ein Stromanschluss zur Verfügung gestellt.

Eine kleine Lichterkette umrahmte feierlich ein Portrait des Verstorbenen, welches ihn in der historischen Tracht des Türmers zeigte. Zahlreiche Besucher standen zum Teil ergriffen vor diesem Ort.

Der neue Turmwärter, der von der Stadt provisorisch bis zur Berufung von Markus Stetters Nachfolger eingesetzt worden war hatte indes sichtlich Mühe, hier oben die Übersicht zu behalten.

Mehr als fünfundzwanzig bis dreißig Personen auf einmal durften sich aus Sicherheitsgründen hier nicht aufhalten.

Die Grenze dahin sah er nahezu überschritten.

Mit einem kurzen Telefonanruf unterrichtete er sogleich das Personal am Aufgang des Turmes darüber und bat zugleich, die Zeitabstände für die Besucher etwas zu strecken.

Auch Michael Akebe stand nun vor dem Fahrstuhlschacht, ging in die Hocke, und legte mit andächtiger Geste seinen mitgebrachten Umschlag unterhalb des Portraits nieder.

Die Worte die er dabei leise vor sich hin sprach, waren für keinen der Anwesenden verständlich zu vernehmen.

Er erhob sich wieder und blickte sich noch einmal um.

Seine tief in ihm sitzende Vergeltungssucht und das Wissen darüber, die uralten Kräfte des Voodoo wirksam werden zu lassen, hatten ihn in den letzten Tagen das Gefühl für Recht und Gerechtigkeit vollkommen vergessen lassen.

Inzwischen handelte Michael Akebe nur noch aus eigenem Antrieb.

*Dies ist ein wahrhaft würdiger Ort für Gerd Stetter, um wieder Eins zu werden mit seiner Familie* dachte er zufrieden bei sich und sah auf seine Uhr.

Es war Zeit den Turm zu verlassen.

Es konnte nicht mehr allzu lange dauern bis Gerd Stetter und Albert Urban hier eintretten wurden.

Michael Akebe wollte rechtzeitig zu Hause sein, um das bevorstehende Ereignis in die von ihm vorgesehene Richtung zu lenken.

Mit schnellen Schritten ging er auf die Treppe zu und stieg den Daniel hinab.

# 31. KAPITEL

Mit bleichem Gesicht saß Christine Akebe Kommissar Markowitsch und Peter Neumann gegenüber.

Die Geschichte der beiden Kriminalbeamten schien sie sichtlich mitzunehmen.

Sie wusste zwar bereits aus dem Geständnis von Gerd Stetter, welches sie in Michaels Schreibtischschublade gefunden hatte, wie sich der Unfall ihres Mannes damals tatsächlich zugetragen hatte, wischte jedoch auf Grund ihrer Mutterrolle im ersten Moment die Vermutungen des Kommissars beiseite.

Ihr Sohn Michael als Racheengel?

Normalerweise würden einer Mutter solche Gedanken widerstreben, jedoch dachte sie auch an das mehrmals von ihr beobachtete Verhalten Michaels, welches sich während der letzten Tage immer mehr zum Negativen hin verändert hatte.

Ebenso an dieses für sie doch schockierende Zeremoniell, bei dem sie Michael am vergangenen Abend nur durch eine Türe getrennt auf dem Dachboden belauscht hatte.

Und je länger sie den Ausführungen der beiden Beamten zuhörte, desto mehr Zweifel stiegen in ihr auf.

Sollten sich ihrer aller Befürchtungen tatsächlich bewahrheiten?

War ihr Sohn wirklich dabei die dunklen und unseligen Schattenseiten des Voodoo zu aktivieren, um Menschen zu töten?

Die Zusammenhänge die ihr gerade von den beiden Augsburger Kriminalbeamten unterbreitet wurden, schienen die Festung ihres Glaubens bis ins Tiefste zu erschüttern.

Niemals hätte sie sich bis zum heutigen Tage ausmalen können, dass Michael das Erbe seiner Ahnen jemals zu solchem Missbrauch einsetzen würde.

Doch wenn an all dem was sie hier gerade mitgeteilt bekam auch nur ein kleiner Teil der Wahrheit entsprach war sie gezwungen, irgendetwas zu unternehmen.

Sie musste in jedem Fall dabei helfen noch mehr Unheil zu verhindern.

Aber konnte sie denn als Mutter gegen ihren eigenen Sohn handeln?

Durfte sie ihr eigen Fleisch und Blut verraten?

Christine war in ihren Gefühlen hin und her gerissen.

Mit ausdruckslosem Gesicht starrte sie vor sich hin, verzweifelt nach einem Ausweg aus dieser für sie unerträglichen Situation suchend.

Wie sollte dies alles nur enden?

Sowohl Kommissar Markowitsch als auch Peter Neumann merkten Christine Akebe an, dass sie sich zwischen zwei Welten befand.

Da waren auf der einen Seite die nicht von der Hand zu weisenden Tatsachen ihrer Ermittlungen sowie die sicherlich zweifelhaften aber anscheinend doch zutreffenden Vermutungen, andererseits gab es die bislang unerschütterliche Beziehung zwischen Mutter und Sohn.

Wie würde diese Frau nun reagieren?

„Sollten Sie unseren Verdacht auch nur im Geringsten für möglich halten, Frau Akebe, dann dürfen Sie nicht länger zögern, uns zu helfen."

Christines Akebes Blick traf sich mit dem des Kommissars, als dessen Stimme die momentane Stille unterbrach.

Er deutete mit der Hand abwechselnd auf Peter Neumann und sich selbst.

„Unsere Kenntnisse in Bezug auf die, nennen wir es einmal magischen Seiten des Voodoo, beziehen sich lediglich auf die Literatur und einige Aussagen eines Theologen.

Sie jedoch, da Sie nach ihrer eigenen Aussage mit dem Sohn eines afrikanischen Voodoopriesters verheiratet waren, dadurch wohl mehr Einblick in diese Materie haben als wir alle zusammen, Sie müssen uns dabei helfen weiteren Schaden zu verhindern."

Markowisch hatte seine beiden Hände wie zu einer Bitte aneinander gelegt, während er eindringlich auf Christine Akebe einsprach.

„Es gab in den letzten Tagen bereits zwei Todesopfer, wobei sich meine Vermutungen von vorhin lediglich auf den Tod von Markus Stetter beschränken.

Den Unfall seiner Mutter kann ich damit nicht in Zusammenhang bringen.

Gerd Stetter, der Vater des verstorbenen Türmers, will heute Abend uns gegenüber eine umfangreiche Aussage machen.

Auch Albert Urban werden wir in diesem Zusammenhang noch einmal vernehmen, denn seine Rolle in dieser Geschichte scheint doch eine andere zu sein als wir bisher angenommen haben.

Wir hoffen dadurch weitere Erkenntnisse zu erhalten, die uns in diesem Fall weiterhelfen."

Markowitsch legte eine kurze Pause ein bevor er seinem Kollegen kurz zunickte.

Nachdem sich die beiden Männer erhoben hatten, sah der Kommissar Christine noch einmal mit eindringlichem Blick an, und legte ihr seine Visitenkarte auf den Tisch.

„Ich bitte Sie hiermit noch einmal inständig darüber nachzudenken, Frau Akebe.

Halten Sie es für möglich, dass Ihr Sohn irgendetwas mit dem bis jetzt immer noch unerklärlichen Tod von Markus Stetter zu tun hat?"

Als Christine die letzten Worte aus dem Munde des Kommissars vernahm, glaubte sie für einen Moment den Boden unter ihren Füßen zu verlieren.

Fast teilnahmslos und mit von Tränen verschleiertem Blick nahm sie schließlich den Händedruck der beiden Beamten entgegen, als diese sich von ihr verabschiedeten.

Markowitsch deutete auf seine Visitenkarte.

„Wir werden uns wieder bei Ihnen melden sobald wir mehr wissen.

Falls Sie uns in der Zwischenzeit aber etwas mitteilen wollen, können Sie mich unter meiner Telefonnummer zu jeder Tages- und Nachtzeit erreichen."

# 32. KAPITEL

Gerd Stetter sah auf die Uhr und stellte fest, dass er sich langsam auf den Weg machen musste, um den mit Albert Urban vereinbarten Termin auf dem Daniel wahrzunehmen.

Komischerweise verspürte er keinerlei Abscheu davor sich an den Ort zu begeben, an dem sein Sohn vor wenigen Tagen ums Leben gekommen war.

Vielmehr sah er sich in seinem Vorhaben bestätigt, endlich diese unsägliche Geschichte, die ihn in den letzten Jahren fast an den seelischen Abgrund gebracht hatte, zu einem wenn auch nicht guten, dann aber vielleicht verträglichen Ende zu bringen.

Wie würde Albert Urban wohl darauf reagieren wenn er ihn wie schon zuletzt am Telefon, diesmal jedoch von Angesicht zu Angesicht über sein Vorhaben aufklärte, sich der Polizei zu stellen?

Gerd Stetter hatte sich bereits damit abgefunden sein ganzes Hab und Gut veräußern, und sein Dasein auf ein Existenzminimum beschränken zu müssen.

Das was dann letztendlich noch übrig blieb würde wohl einigermaßen dafür reichen, Albert Urban das erpresste Geld zurück zu zahlen.

Vorausgesetzt natürlich, dass er von einer Haftstrafe verschont bliebe.

Dies war für ihn auch der einzige Grund das finanzielle Angebot der Presse anzunehmen und seine Leidensgeschichte, wie es dort genannt wurde, zu verkaufen.

Für eine mögliche Haftverschonung rechnete er sich in seiner Situation relativ gute Chancen aus.

Oder würde man ihn in seinem Alter und nach den erlittenen Schicksalsschlägen doch ins Gefängnis schicken?

Aber auch diese Tatsache hätte er letztendlich akzeptiert, wenn dadurch nur sein Gewissen endlich Ruhe finden würde.

Mit schweren Schritten ging Gerd Stetter an seinen Garderobenschrank, zog sich eine leichte Windjacke über seine gebeugten Schultern, und steckte dann sein niedergeschriebenes Geständnis in die

Innentasche.

An der Wand neben der Eingangstüre hingen Bilder von seiner Frau und seinem Sohn.

Mit Tränen in den Augen betrachtete er diese und strich sanft mit seinen Händen darüber.

Gerade so als wollte er den beiden sagen, welch unendliches Leid das ganze Geschehen in ihm hervorrief.

Anschließend öffnete er die Haustüre und stieg mit langsamen Schritten die Treppe hinab.

Unten angekommen sah er sich noch einmal um.

Würde er sein Haus noch einmal betreten, oder war dieses Verlassen nun ein Abschied für immer?

Er lauschte in sich hinein, bekam jedoch keine Antwort.

## 33. KAPITEL

Der ehemalige Staatssekretär Albert Urban saß schon seit einer knappen Stunde im Cafe direkt gegenüber des Daniels.

Seine Nervosität hatte es ihm nicht länger gestattet, den Zeitpunkt des Treffens mit Gerd Stetter zu Hause abzuwarten.

So fuhr er schon gegen vierzehn Uhr nach Nördlingen, um sich mit Kaffee und einem Cognac auf andere Gedanken zu bringen.

Dies gelang ihm jedoch, wie er kurz nach seiner Ankunft schnell feststellen musste, nur schwerlich.

Zwar hatte er sich vorgenommen Gerd Stetter gegenüber notfalls bis zum Äußersten zu gehen, hatte sich auch schon genau ausgemalt wie dies ablaufen würde, fand aber trotz allem keine ruhige Minute.

Seine innere Sicherheit war wie weggeblasen.

Mit leicht zitternder Hand saß er an seinem Tisch, genehmigte sich bereits entgegen seines Vorhabens das dritte Glas, und sah mit starrem Blick hinüber zum Turmaufgang der St. Georgskirche.

Von seinem Fensterplatz aus hatte er eine gute Sicht auf die anstehende Menschenmenge.

Wann würde Gerd Stetter endlich hier eintreffen?

Sein Sohn schien nach seinem Tod hier in Nördlingen eine traurige Berühmtheit erlangt zu haben.

Wie sonst sollte man sich all die Menschen dort drüben erklären?

Oder war es nur die Sensationsgier?

Ihm konnte dies aber egal sein. Er war am Leben.

Ihm war es gelungen, trotz einiger kleiner Ausrutscher einigermaßen angesehen aus dem aktiven politischen Leben auszuscheiden.

Er genoss, wenn auch nicht immer moralisch einwandfrei, einen fast sorglosen Ruhestand.

*Aber wer ist schon moralisch einwandfrei?* ging es ihm dabei durch den Kopf.

*Jeder hat doch in seinem Leben irgendetwas vor den Anderen zu verbergen. Lass dich nicht verrückt machen, Albert.*

So versuchte er sich seine anhaltende Nervosität selbst zu vertreiben.

Kurz vor sechzehn Uhr, sah er Gerd Stetter vor dem Daniel eintreffen.

Sein Puls wurde schneller, sein Blutdruck schien mit einem mal bis ins Unermessliche zu steigen, und er fühlte dabei diesen sprichwörtlichen Herzschlag bis hinauf in den Hals.

Albert Urban machte die Kellnerin sogleich mit einer eindeutigen Handbewegung darauf aufmerksam, dass er seine Rechnung bezahlen wollte.

Nachdem er ihr den ausstehenden Geldbetrag einschließlich eines großzügigen Trinkgeldes ausgehändigt hatte, erhob er sich von seinem Platz und verließ umgehend das Cafe.

Beim Überqueren der schmalen Straße stellte er fest, dass Gerd Stetter soeben inmitten einer kleinen Besuchergruppe den Aufgang zum Turm betrat.

Vier weitere Personen warteten dahinter ebenfalls auf den Einlass.

Trotz einiger Protestbemerkungen drängte Urban sich durch die wartende Reihe, da er Gerd Stetter nicht aus den Augen verlieren wollte.

Den Blick des mit dem Kopf schüttelnden Mannes an der Eingangstüre ignorierte er einfach.

Dass er sich auf Grund seiner Lebensweise nicht gerade als besonders ausdauernd bezeichnen konnte, darüber wurde sich der Staatssekretär a. D. sehr schnell bewusst.

Bereits auf der ersten Ebene, die er nach einem Höhenunterschied von etwa zehn Metern am Ende der steinernen Wendeltreppe erreicht hatte, konnte er beinahe jeden Muskel in seinen Beinen spüren.

Er blieb für einen kurzen Moment stehen und sah an der hier angebrachten Tafel, dass er noch fast sechsmal so hoch steigen musste um sein Ziel zu erreichen.

Nachdem er am Ende einer der weiterführenden Holztreppen um die Ecke bog, konnte er Gerd Stetter erblicken.

Dieser bewegte sich inzwischen zwar ebenfalls etwas langsamer, aber doch stetigen Schrittes nach oben.

Auf Höhe der dritten Ebene, dort wo sich auch das alte hölzerne Laufrad des damals ersten Aufzuges befindet, konnte Albert Urban zu Gerd Stetter aufschließen.

Die Menschen mussten sich aneinander vorbei drängen, da einige von ihnen stehen geblieben waren um die Inschrift der angebrachten Tafel zu lesen.

Gerd Stetter schien mit einem Mal zu spüren, dass sich Albert Urban unmittelbar hinter ihm befand.

Er blickte über seine Schulter hinweg zurück, und sah ihm direkt in die Augen.

Urban machte keinerlei Anstalten dem Blick seines Gegenübers auszuweichen.

Wortlos nickte Gerd Stetter ihm zu, drehte seinen Kopf wieder nach vorn und ging der nächsten Treppe entgegen.

Lauter werdendes Stimmegewirr durchzog in diesem Augenblick das Innere des Turmes.

Ein in diesem Moment für Albert Urban noch undefinierbares Geräusch war zu vernehmen.

Woher dieses kam, konnten er und alle anderen Besucher gleich darauf feststellen.

Zwanzig Meter über ihnen setzte sich der im Glockenstuhl befindliche Antrieb in Bewegung und ließ den sechzehn Uhr Glockenschlag ertönen.

Für jemanden der so etwas noch nicht erlebt hatte, ein wahrhaft schönes aber auch lautes Ereignis.

Als auch die beiden Männer einige Minuten später die letzten Stufen überwunden hatten, fanden sie sich inmitten einer Gedenkstätte wieder.

Gerd Stetter war zwar nach dem Tod von Markus einmal hier oben gewesen, den Anblick den er allerdings jetzt geboten bekam, konnte er kaum fassen.

Auch Albert Urban war mehr als überrascht von dem, was er nun zu sehen bekam.

Er schätzte, dass sich mindestens dreißig Personen hier oben aufhielten.

Unter diesen Umständen sah er keinerlei Chance, in Ruhe mit Gerd Stetter zu reden.

Als diesen dann auch noch ein anwesender Mitarbeiter der lokalen Presse entdeckt hatte, wurde das bis dahin verhaltene Stimmengewirr zunehmend lauter.

Blitzlichter verschiedener Kameras erhellten den Raum.

Gerd Stetter vernahm mehrmals seinen Namen und erkannte einzelne Handbewegungen die ganz eindeutig in seine Richtung wiesen.

Er schloss die Augen und versuchte so, seine Gefühle der Öffentlichkeit möglichst nicht preiszugeben.

Mit langsamen Schritten ging er dem Ende des Aufzugsschachtes entgegen, der beinahe schon einem kleinen Altar glich.

Nachdem dieser Aufzug nur zeitweise und zu bestimmten Zwecken genutzt wurde hatte die Verwaltung es vorübergehend genehmigt, dass die Andenken an Markus Stetter für einige Zeit dort verbleiben konnten.

Schließlich versprach man sich dadurch trotz des traurigen Umstandes einen regen Zulauf an Besuchern, was die letzten beiden Tage auch in jeder Hinsicht bestätigt hatten.

Gerd Stetter betrachtete mit Tränen in den Augen die vielen Beweise der Anteilnahme am Tode seines Sohnes.

Vor dem großen Portrait auf dem Markus zu sehen war, blieb er für eine Weile mit stolzem Blick stehen.

Er wusste zwar, dass sein Sohn hier in Nördlingen durchaus beliebt war, zeigte sich jedoch überwältigt von diesem Ausmaß.

Sogar einen Brief an Markus Stetters Angehörige schien hier jemand niedergelegt zu haben.

*Für die Hinterbliebenen von Markus Stetter*
konnte er auf dem Kuvert lesen.

Zwischenzeitlich schien es sich unter den anwesenden Besuchern auch herumgesprochen zu haben, dass der Vater des Verstorbenen hier oben war.

Gerd Stetter indes ließ sich von niemandem in seinen Gedanken stören.

Mit gemischten Gefühlen betrachtete er dieses seltsame Kuvert, und Irgendetwas in seinem Inneren sagte ihm, dass er es öffnen sollte.

Er zögerte für einen Moment, wischte dann aber seine Zweifel beiseite und bückte sich nach dem Umschlag.

Die Augenpaare aller Anwesenden waren in diesem Augenblick genau auf ihn gerichtet.

Der Reporter hielt seine Kamera hoch, bereit dafür, möglicherweise eine exklusive Nahaufnahme für die nächste Ausgabe seiner

Zeitung zu erhalten.

Unwohlsein machte sich in Gerd Stetter breit.

Die plötzlich auftretenden Kopfschmerzen ließen ihn keinen klaren Gedanken fassen.

Schließlich riss er, wie von Geisterhand geführt, das Kuvert auf.

## 34. KAPITEL

Als Michael Akebe den Ausgang verlassen hatte fühlte er den aufkommenden Wind, wobei ihn ein seltsames Gefühl überkam.

Er drehte sich zur linken Seite in Richtung des Cafes und blickte auf die dem Daniel gegenüber liegenden Fenster.

Es schien beinahe so, als würde er die Anwesenheit Albert Urbans körperlich spüren, und seine Augen verengten sich zu schmalen Schlitzen.

*Die Stunde der Vergeltung rückt näher* rief eine innere Stimme durch seine Gedanken.

Er reckte seinen Kopf in die Höhe, und sein Blick glitt entlang des Turmes hinauf zur Spitze des Daniel.

Bereits am vergangenen Tag hatte der Wetterdienst für den heutigen Nachmittag eine Gewitterfront angekündigt.

Die ersten dunklen Wolken zogen bereits über die Stadt und zeichneten diesem beeindruckenden Bauwerk einen fast bizarren Hintergrund.

Michael deutete dieses Bild als ein zustimmendes Zeichen für sein Vorhaben, er machte sich mit schnellem Schritt auf den Weg zurück.

Sein Blick zur Uhr sagte ihm, dass er noch eine gute Stunde Zeit hatte um alle Vorbereitungen zu treffen.

Bereits auf dem Heimweg begann er damit, sich mental auf das was kommen wird vorzubereiten.

Die Menschen die ihm unterwegs begegneten, nahm er kaum war. Seine Gedanken konzentrierten sich bereits darauf, sich die Kräfte der Naturgeister zur Hilfe zu rufen.

Einige Minuten später betrat er sein Haus und begab sich ohne Umwege hinauf auf den Dachboden.

An der Wohnungstüre seiner Mutter verhielt er für einen kurzen Augenblick in seinem Schritt.

Für einen Moment war er der Versuchung nahe, seine Mutter in seine Pläne einzuweihen, doch gestand er sich ein, dass es dafür nun schon zu spät war.

Sie jetzt noch in seine Erkenntnisse der vergangenen Tage einzubeziehen, darin sah er keinen Sinn.

Wahrscheinlich würde sie für sein Handeln sowieso kein Verständnis aufbringen.

Er wandte sich von der Tür ab, stieg die restlichen Stufen hinauf, um kurz darauf den Dachboden zu betreten.

Seine Mutter war in den vergangenen Jahren zwar nur wenige Male hier oben, doch war sich Michael der besonderen Beziehung zwischen ihr und ihm bewusst.

Es gab Momente in ihrem Leben, da konnte sie förmlich in ihn hinein sehen und spüren, was in ihm vorging.

Michael dachte wieder an den Morgen, als sie ihn am Frühstückstisch auf den Zeitungsartikel über den tödlichen Unfall von Gerd Stetters Frau aufmerksam machte.

Ahnte sie etwa zu diesem Zeitpunkt schon was er wusste oder tat?

Der Arzt war sich nun nicht mehr ganz sicher darüber, denn Christine sprach seit dem Tod seines Vaters nur noch sehr selten über ihre Gefühle.

Aber Michael wollte in diesem Augenblick nicht weiter darüber nachdenken.

Sobald er Gerd Stetter und Albert Urban der in seinen Augen gerechten Strafe zugeführt hatte, würde er mit seiner Mutter über alles sprechen.

Gerd Stetter würde bei seiner Familie in der ewigen Ruhe der Natur seinen inneren Frieden wieder finden.

Urban wird als Schuldiger dastehen, und somit wird ihn die ganze Härte der menschlichen Gesetzsprechung treffen.

Wie Michael die gesellschaftliche Auffassung einschätzte, würde man die ganze Geschichte als letztendlich ausgleichende Gerechtigkeit darstellen, der sich irgendwann jeder stellen muss.

Dass er dabei der Arm dieser Gerechtigkeit war, dies würde niemand wissen, außer ihm selbst und seiner Mutter.

Er glaubte sich sicher zu sein, dass sie sein Handeln verstehen würde.

Schließlich war sie durch die Hochzeit mit seinem Vater auch ein Teil dessen Familie geworden.

Dadurch akzeptierte sie auch das Leben und den Glauben seiner

Vorfahren.

Sie wusste um die alten Traditionen und Rituale, kannte sich aus in der Welt der Naturgeister.

Sie hatte so manches Mal miterlebt wenn Michaels Großvater diese um Hilfe anrief, und sich zum Wohle der Mitmenschen ihrer Kräfte bediente.

Ob und wie viele Kenntnisse sie darüber besaß, dass man diese Macht auch anders einsetzen konnte, wusste Michael nicht.

Christine hatte sich niemals aktiv in diese Geschehnisse eingemischt, doch war Michael in seinem Innersten davon überzeugt, dass sie sein Tun verstehen würde.

Er begab sich in die Mitte des Raumes und öffnete eines der Dachfenster.

Während er vom Turm der St. Georgskirche her das Läuten der Glocken vernahm, wurden die Wolken am Himmel zunehmend dichter und schwärzer.

Gerd Stetter und Albert Urban befanden sich wahrscheinlich schon oben auf dem Turm.

Ein kurzer Blitz zuckte über die Dächer der Stadt, und das nachfolgende Donnergrollen war für den Arzt nun das Signal zu handeln.

*Die Petro-Loa werden euch behilflich sein auf eurem Weg.*

Mit diesen Worten öffnete Michael Akebe die alte Truhe.

Andächtig entnahm er ihr den Umhang seines Großvaters den er sich nun um die Schultern legte, ebenso auch die kleine Djembe-Trommel.

Diesmal aber besann er sich darauf, dass es von Vorteil wäre auch die weiße Puppe seines Großvaters zu seinem eigenen Schutz mitzunehmen, doch so sehr er auch in der Truhe danach suchte, er konnte sie nicht finden.

*Seltsam* dachte er bei sich, wollte aber angesichts der fortgeschrittenen Stunde keine weitere Zeit verlieren.

Da er sich der Richtigkeit seines Handelns sicher war, maß er der Tatsache, dass er diese Puppe momentan nicht finden konnte, keine weitere Bedeutung bei.

In seinen Augen war die Rechtmäßigkeit seines Handelns nicht anzuzweifeln.

Nachdem er zunächst in einem der Tongefäße verschiedene Kräuter entzündet hatte, setzte er sich auf dem Teppich nieder.

Kleine Rauchschwaden schwängerten die Luft des Dachbodens wieder mit diesem schweren, fremdartigen Geruch.

Michael atmete ihn tief ein, schloss die Augen, und begann das Instrument seiner Ahnen in einem langsamen und gleichmäßigen Rhythmus zu schlagen.

Dumpfe Klänge durchdrangen nur Augenblicke später den Raum.

Rasch gewannen seine Schläge an Intensität, und dadurch, dass er sich diesmal mental bereits intensiv darauf vorbereitet hatte, brauchte der Arzt nur wenige Minuten um den erwünschten Trancezustand zu erreichen.

Er rief Ogoun, den obersten Krieger der Loas an und bat diesen inständig darum, sich mit ihm vereinen und seine Kräfte nutzen zu dürfen.

Immer schneller, stärker und fordernder flogen seine Hände auf die mit Tierhaut bespannte Trommel nieder.

Michaels Augen weiteten sich in diesem Moment. Seine Pupillen waren verdreht, nur das Weiß seiner Augäpfel war zu sehen.

Bilder traten zunächst noch etwas verschwommen wie durch einen Nebelschleier vor sein geistiges Auge.

Der Arzt versuchte diesen Schleier zu durchdringen, erinnerte sich dabei an die Worte seines Großvaters.

*Ein Priester des Voodoo ist in der Lage, allein durch seine absolute Willensstärke und durch die Überzeugung von der Richtigkeit seines Handelns den Geist von seinem Körper zu trennen.*

Und Michael Akebe, der im Schmerz seiner Verblendung wahrhaftig an das Vermächtnis seines Großvaters glaubte, gelang es in dieser Überzeugung, den höchsten Zustand der Trance zu erreichen.

Er verspürte in diesem Moment die Leichtigkeit der unendlichen Weite des Universums.

Schon Augenblicke später fühlte er, wie sein Geist sich vom Körper löste, und sah sich dabei selbst von oben auf dem Boden sitzend.

Er betrachtete seinen Körper, konnte seine Hände erkennen, die unaufhörlich die Djembe-Trommel schlugen.

In diesem Zustand klärten sich schließlich auch die Nebelschleier vor seinen Augen, sodass er sich inmitten der Menschen auf dem Daniel wiederfinden konnte.

Er entdeckte Albert Urban, dessen Blick auf Gerd Stetter gerichtet war.

Dieser beugte sich vor dem Bild seines verstorbenen Sohnes nieder und nahm soeben den Umschlag, welchen Michael zuvor dort niedergelegt hatte in seine Hände.

*Öffne ihn, Gerd Stetter. Öffne ihn, und du wirst wieder Eins sein mit ihm und deinen Ahnen.*

Im Zustand höchster Erregung versuchte Michaels geistige Stimme immer wieder den alten Mann von der Notwendigkeit zu überzeugen, sich den Inhalt des Kuverts zu betrachten.

Doch dieser zögerte, schien sich nicht sicher zu sein ob das was er vorhatte auch richtig war.

Michael Akebe spürte die Verunsicherung Gerd Stetters und versuchte nun die Barriere dessen Persönlichkeit zu durchdringen, sich ganz und gar seines Willens zu bemächtigen.

Als er sich sicher war ihn in seinem Besitz zu haben, rief er laut: *Ja, tu es jetzt.*

Er führte die Hände des alten Mannes und diese rissen den Umschlag auf.

## 35. KAPITEL

Erst einige Minuten nachdem sich die beiden Beamten der Augsburger Kripo aus ihrer Wohnung verabschiedet hatten, konnte Christine Akebe wieder einen klaren Gedanken fassen.

Sie wusste nicht einmal mehr genau, ob sie den Kommissar und seinen Kollegen noch zur Tür gebracht hatte.

Wohl doch, denn als sie sich bewusst umsah, fand sie sich in der Diele ihrer Wohnung wieder.

Die Vermutungen die ihr der Kommissar vorhin mitgeteilt hatte, ließen nun ihre schlimmsten Befürchtungen wahr werden.

Nervös knetete sie ihre Hände.

War ihr Sohn wirklich in der Lage, sich einfach über die Grenzen der Natur hinwegzusetzen?

Würde er sein Wissen um die Macht des Voodoo tatsächlich dazu benutzen, Rache zu üben und zu töten?

Christines Verstand versuchte sich verzweifelt dagegen zu wehren.

Ruhelos lief sie mehrere Male in ihrer Wohnung auf und ab, immer in der Hoffnung, doch noch einen Ausweg aus ihrer Lage zu finden.

Sie war sich im Klaren darüber, dass sie sich mit ihrem Wissen um Michaels Treiben in den letzten Tagen in einer scheinbar hoffnungslosen Situation befand.

*Auf der einen Seite bereitet sich Michael allem Anschein nach darauf vor, nochmals einen Menschen zu töten, was ich verhindern muss, auf der anderen Seite ...*

Christine Akebe schlug sich mit ihrer Hand vor den Mund und hielt schlagartig in ihren Überlegungen inne.

Hatte sie eben tatsächlich in Gedanken *nochmals einen Menschen zu töten* gesagt?

Die vorhin von Kommissar Markowitsch geäußerten Vermutungen hatten den aus den letzten Tagen tief in ihr vorhandenen Keim der Verunsicherung zum Erblühen gebracht.

Michael, ein Mörder?

Durfte eine Mutter ihrem eigenen Sohn gegenüber einen so unge-

heueren Gedanken überhaupt zulassen?
Alles in ihr sträubte sich dagegen.
Aber war sie denn nicht längst der Meinung, dass alle Umstände darauf hindeuteten?
Glaubte sie nicht längst daran, dass Michael den Pfad der Gerechtigkeit verlassen hatte und bereit war, Menschenleben für seine Rache zu opfern?
Wie weit würde er letztendlich noch gehen? Würde er alle bestrafen wollen die sich ihm in den Weg stellten?
Möglicherweise sogar seine eigene Mutter?
Warum sonst hatte sie sich heimlich diese Puppe für das Pot de tête aus der alten Truhe am Dachboden geholt?
Sie wusste natürlich, dass diese existierte, und sie kannte auch die Bedeutung die ihr nachgesagt wurde.
Aber nahm sie diese wirklich zu ihrem persönlichen Schutz an sich, oder sah sie darin eher eine Möglichkeit, das in ihren Befürchtungen bevorstehende Geschehen noch zu verhindern?
Wenn Michael feststellt, dass diese ganz spezielle Puppe seines Großvaters nicht mehr da war, würde er vielleicht zur Einsicht kommen.
Denn er musste sich doch im Klaren darüber sein, dass das was er vorhatte nicht mit den Gesetzen der Natur vereinbar war.
Würde er den Zorn der Voodoogötter herausfordern?
Christine ging in die Hocke, griff sich an den Hals, ganz so, als würde sie keine Luft mehr bekommen.
Das Atmen fiel ihr schwer.
Sie blieb am Boden, versuchte ihre Gedanken zu ordnen.
Sie lauschte in sich hinein, in der Hoffung, dass da jemand zu ihr sagen würde:
*Wach auf aus deinem bösen Traum, Christine.*
Doch sie hörte nichts.
Da war niemand der ihr Hoffnung oder Zuversicht gab.
Sie wusste nicht ob sie sich nur wenige Augenblicke oder mehrere Minuten in dieser kauernden Stellung befunden hatte, als sie auf einmal leise Schritte im Treppenhaus vernahm.
Sie erschrak innerlich, erhob sich etwas mühsam vom Boden und sah durch den Türspion.

Als sie erkannte, dass Michael an ihrer Wohnung vorbei nach oben in Richtung des Dachbodens ging, steigerte sich ihre Erregung ins Unermessliche.

Sie fühlte ihr Herz pochen, spürte den Pulsschlag in ihren Adern. Was wollte er schon wieder dort oben?

Sie nahm sich vor, ihn nun nicht mehr aus den Augen zu lassen, wollte ihn endlich zur Rede stellen.

Vielleicht gelang es ihr ja doch irgendwie als Mutter, ihn von seinem Vorhaben abzuhalten, sollten sich die Befürchtungen letztendlich doch bewahrheiten.

Christine Akebe öffnete ihre Wohnungstüre vorsichtig einen kleinen Spalt, nachdem sie das leise Knarren des Fußbodens über sich vernommen hatte.

Nervös kaute sie auf ihrer Unterlippe, hin- und her gerissen in ihren Überlegungen, ob sie Michael auf den Dachboden folgen sollte.

Doch sie wartete ab.

Ihr Blick ging irgendwann zur Uhr.

Es war inzwischen sicherlich eine Viertelstunde vergangen, seit er nach oben gegangen war.

Als Christine es letztendlich nicht mehr länger aushielt, zur Türe ging und diese gerade öffnen wollte, vernahm sie wie schon in den letzten Tagen den dumpfen Klang der Djembe-Trommel.

Ein Schrecken durchfuhr ihre Glieder, doch sie zwang sich zur Ruhe.

Allein die Trommel musste keinerlei Unheil bedeuten.

Doch nachdem sie unmissverständlich hörte, dass die Intensität der Schläge zunahm, der Klang mehr und mehr an Aggressivität gewann, durchzog ein Kälteschauer Christines Körper.

Sie spürte die Gänsehaut auf ihrem Rücken, ihren Armen, in ihrem Nacken.

Sie musste sich die Ohren zuhalten, denn sie hatte das Gefühl, die Schläge würden ihr das Trommelfell platzen lassen.

Sie eilte zurück ins Wohnzimmer, schlug die Tür hinter sich ins Schloss, und lehnte sich von innen dagegen. Mit beiden Händen hielt sie sich nun wieder die Ohren zu.

Ihr Hilfe suchender Blick schwirrte durch das Zimmer, und blieb schließlich an der Visitenkarte von Kommissar Markowitsch hängen.

Sie überlegte nur einen kurzen Augenblick.

Mit wenigen Schritten ging sie zum Tisch, nahm die Karte und griff nach dem Telefon.

Christine tippte mit zitternden Fingern die Handynummer des Kriminalbeamten auf der Tastatur ein, vernahm das Freizeichen, und nur wenige Sekunden später meldete sich der Kommissar am anderen Ende der Leitung.

# 36. KAPITEL

Markowitsch verließ gerade gemeinsam mit Peter Neumann das Dienstgebäude um sich in den wohlverdienten Feierabend zu begeben.

„Haben Sie unseren Besuch bei Frau Akebe im Protokoll festgehalten, Neumann?

Sie wissen doch, dass Staatsanwalt Berger großen Wert auf lückenlose Unterlagen legt."

„Werde ich heute Abend zu Hause nachholen, Herr Kommissar.

Ich musste am Nachmittag noch einige dringende Besorgungen machen."

„Was konnte denn so dringend sein, das Sie von Ihrem heiß geliebten Computer ferngehalten hat?", fragte dieser mit einem Lächeln.

Als Markowitsch auf eine Antwort seines Kollegen wartete, vernahm er in seiner Jackentasche das Vibrieren und gleichzeitige Läuten seines Handys.

Mit einer Hand verabschiedete er seinen jungen Kollegen, die andere griff gleichzeitig nach seinem Mobiltelefon.

„Bis Morgen dann in aller Frische, Herr Kollege", rief er Peter Neumann hinterher, als dieser sich in Richtung seines Autos begab.

Er drückte den Knopf mit dem grünen Hörer.

„Markowitsch", meldete er sich kurz angebunden.

Nach nur wenigen Sekunden des Zuhörens wechselte sich seine Gesichtsfarbe, denn das, was er in diesem Moment durch das Telefon zu hören bekam, ließ die Alarmglocken in seinem Innersten läuten.

„Bitte bleiben Sie in ihrer Wohnung, Frau Akebe. Wir sind schon auf dem Weg."

Peter Neumann, der gerade in sein Auto einsteigen wollte, sah sich noch einmal kurz zu seinem Vorgesetzten um.

Dieser lauschte anscheinend seinem Gesprächspartner, sprach dann kurz einige Sätze und hob plötzlich die Hand.

Aufgeregt winkend forderte er ihn auf, zurück zu kommen.

Seufzend warf Peter Neumann die Türe seines Wagens ins Schloss und betätigte die Fernbedienung, worauf die Schließanlage die Türen wieder verriegelte.

„Ist etwas passiert, Herr Kommissar? Sie sind etwas blass um die Nase."

„Quatschen Sie nicht rum, Neumann. Aus unserem Feierabend wird nichts.

Wir müssen zurück nach Nördlingen.

Frau Akebe hat mich soeben verständigt, dass ihr Sohn anscheinend irgendetwas vorhat.

Ich konnte aus ihren Angaben aber nicht genau heraushören, was.

Auf jeden Fall schien sie mir sehr aufgeregt, um nicht zu sagen verzweifelt.

Los, wir nehmen meinen Wagen."

Mit diesen Worten zog der Kommissar Peter Neumann am Arm hinter sich her.

Nach wenigen Metern erreichten sie seine Limousine, und Markowitsch ließ noch während er sich hinter das Steuer setzte den Schlüssel ins Zündschloss gleiten.

„Anschnallen und festhalten", sagte er zu Pit Neumann, worauf dieser mit einem Knall die Beifahrertüre ins Schloss zog, was ihm aber sofort einen mürrischen Blick seines Vorgesetzten einbrachte.

„Der Wagen ist neu, Mann", lästerte Markowitsch in Anspielung auf den Namen seines jungen Kollegen.

Nachdem er die Scheibe der Fahrertüre nach unten gelassen hatte, befestigte er kurzerhand das magnetische Blaulicht auf dem Dach.

Sekunden später heulte der Motor des Fahrzeugs auf, und unter dem ohrenbetäubenden Signal des Martinshorns jagten sie mit zum Teil quietschenden Reifen durch die Straßen Augsburgs in Richtung Bundesstraße 2.

Markowitsch fühlte sich trotz der momentanen Situation sichtlich wohl in seinem neuen Wagen. Umsichtig aber bestimmt lenkte er das Fahrzeug aus der Stadt hinaus.

Peter Neumann war erstaunt über die sichere aber zugleich rasante Fahrweise seines Vorgesetzten.

Mit einem kurzen Druck auf einen Schalter am Lenkrad brachte dieser das Sirenengeheul zum Verstummen.

Markowitsch hatte beim Ordern des neuen Dienstfahrzeugs darauf bestanden, dass alle wichtigen Funktionen vom Lenkrad aus steuerbar waren.
So konnte er sich besser auf das Geschehen im Straßenverkehr konzentrieren.
Dank der vierspurig ausgebauten Strecke kamen sie innerhalb kürzester Zeit trotz Baustellenarbeiten an Donauwörth vorbei, und fuhren nach nur knapp einer halben Stunde durch das Tunnel unter der Harburg hindurch ins Ries hinein.
„Wäre es nicht immer mit einer brisanten Einsatzsituation verbunden, könnte man die Vorzüge dieses Wagens durchaus genießen", sprach er in die Stille hinein.
„Allerdings", gab Peter Neumann zurück.
„Und trotz dieser Brisanz muss ich Ihren Fahrstil bewundern, Herr Markowitsch."
„Bringt die Erfahrung in meinem Alter so mit sich, Neumann.
Wenn Sie erst mal einige Jährchen im Polizeidienst auf dem Buckel haben, werden Sie diese Ruhe automatisch bekommen.
Sollte dies nicht so sein, dann lassen Sie sich bis zu ihrer Pension wohl am besten einen Posten am Schreibtisch geben.
Hektik und Unüberlegtheit ist in unserem Job ebenso fehl am Platz, wie eine funktionierende Teamarbeit.
Suchen Sie sich später einen guten Partner aus, am besten so einen wie ich ihn habe."
Peter Neumann musste unwillkürlich schlucken.
Diese Aussage von Markowitsch war ein persönliches Kompliment an ihn.
Wer den Kommissar ein wenig genauer kannte der wusste zwar, dass dieser stets direkt, aber nur selten Komplimente dieser Art verteilte.
Er war eben noch ein Beamter des alten Schlages, bei dem Gefühlsduselei nicht gerade zum bevorzugten Repertoire gehorte.
Umso mehr wusste Pit Neumann das eben Gehörte zu schätzen.
Er blickte Markowitsch von der Seite her an, erkannte aber, dass sich dieser in Gedanken anscheinend schon wieder mit dem aktuellen Fall beschäftigte.
„Was könnte dieser Doktor Akebe vorhaben, dass selbst seine ei-

gene Mutter sich dazu veranlasst sieht, die Polizei zu rufen?

Haben Sie sich darüber schon ihre Gedanken gemacht, Neumann?"

„Ich bin mir da nicht ganz sicher, Herr Kommissar.

Aber Angesichts der Tatsache, dass Frau Akebe heute Mittag so seltsam auf unsere Andeutungen ihr gegenüber reagiert hatte könnte ich mir vorstellen, dass uns eine nicht gerade angenehme Situation erwartet.

Ob wir nicht besser die Kollegen in Nördlingen verständigen sollten?

Oder halten Sie es für angebracht, zunächst die Lage zu peilen?"

„Die Nördlinger lassen wir besser erst einmal aus dem Spiel.

Wenn sich diese Geschichte tatsächlich in die Richtung beweget die wir vermuten, sollten wir wohl eher einen Voodoopriester dazuholen."

Peter Neumann entging der zweideutige Unterton in Markowitsch's Stimme nicht, allerdings schien in ihr auch so etwas wie Resignation zu liegen.

Hilflosigkeit war eigentlich ein Begriff, den Neumann von seinem Vorgesetzten nicht kannte, der in den letzten Tagen allerdings öfter einmal ans Tageslicht kam.

Irgendwie fand er immer den einen oder anderen Anhaltspunkt, auf den er seine Ermittlungen weiter aufbauen konnte.

Im Gesicht des Kommissars war so etwas wie Ratlosigkeit abzulesen.

„Es ist doch so, Neumann", sprach er plötzlich weiter, als sie auf der fast kerzengeraden Straße durch Möttingen fuhren.

„Wie soll ein Mensch wie ich, der seine Arbeit stets auf Tatsachen und Fakten aufbaut, gegen unsichtbare Kräfte ankämpfen?

Es gibt keinerlei Beweise dafür, dass sich dieser Doktor Akebe in irgendeiner Form Markus Stetter körperlich genähert hätte.

Die Obduktion hat ergeben, dass der Mann ohne jegliche Fremdeinwirkung von seinem Turm gestürzt ist.

Keine Hinweise auf Drogen, die ihn möglicherweise dazu getrieben hätten.

Nichts, aber auch gar nichts, was wir in der Hand halten, und doch sagt mir mein Gefühl, dass dieser Arzt schuldig ist im Sinne der

Anklage.
Der bisher undefinierten Anklage wohlgemerkt.
Aber ich bin mir auch sicher, dass Kollege Berger von der Staatsanwaltschaft es so ausdrücken würde.
Diese verfluchte Ohnmacht die uns bisher fast ausschließlich zum passiven Handeln verdammt, macht mich wahnsinnig.
Ich kann doch nicht mit Vermutungen und Gefühlen vor Gericht auftreten."
Genervt durch diese Situation schlug Markowitsch mit der Hand gegen das Lenkrad.
„Selbst Berger will nichts von unserer Theorie wissen.
Für ihn zählt nur das, was logisch nachvollziehbar ist, und Voodoozauber gehört nicht dazu.
Er hat mir in dieser Hinsicht einen Maulkorb verpasst.
Verdammt Neumann, hoffentlich kommen wir nicht vom Regen in die Traufe.
Sollte dieser Doktor mit irgendwelchen übernatürlichen Kräften in Verbindung stehen und damit experimentieren, sehe ich schwarz."
Selten hat Peter Neumann seinen Chef so resigniert reden hören.
Anscheinend wusste er in der momentanen Situation wirklich keinen Ausweg mehr.
Blieb nur die Hoffnung, dass Christine Akebe ihnen in irgendeiner Weise entscheidende Hilfe bieten konnte.
Darauf setzte er in diesem Moment seine Hoffnungen.
Warum sonst sollte sie vorhin trotz aller Ablehnung bei Markowitsch angerufen haben?
Es musste also etwas Entscheidendes passiert sein.
Aber um dies herauszufinden waren sie schließlich hier.
„Warum sagen Sie nichts, Neumann?", fragte der Kommissar.
„Haben Ihnen meine Bedenken die Sprache verschlagen?"
„Nein, Herr Markowitsch. Wenn ich ehrlich sein soll, habe ich die gleichen Ansichten wie Sie.
Deshalb möchte ich Ihnen etwas gestehen."
„Jetzt werden Sie aber richtig geheimnisvoll.
Nun mal raus mit der Sprache. Was wollen Sie mir denn gestehen?"
Peter Neumann griff mit seiner rechten Hand in die Innentasche

seiner Jacke und zog gleich darauf etwas daraus hervor.

Als der Kommissar aus den Augenwinkeln heraus erblickte was sein Kollege in der Hand hielt, bremste er sogleich die Geschwindigkeit des Wagens herab, und lenkte ihn langsam an den Fahrbahnrand.

„Sind sie jetzt auch unter die Voodoopriester gegangen?", fragte er mit erstauntem Gesichtsausdruck.

„Das habe ich mir sicherheitshalber besorgt, Herr Markowitsch. Diese Figur gehört zu einem so genannten Pot te tête.

Sie stellt seinen Besitzer unter einen besonderen Schutz vor den negativen Auswirkungen des Voodoozaubers.

Ob es tatsächlich wirksam ist kann ich ihnen beim besten Willen nicht sagen.

Aber bei allem was in unserem Fall vor sich geht, kann es meiner Meinung nach auf keinen Fall schaden.

Glaube versetzt Berge, sagt man doch immer."

Für einige Sekunden blickte der Kommissar in die Augen seines Kollegen.

Hinter seiner Stirn schien es unaufhörlich zu arbeiten, doch er gab in diesem Moment keinerlei Kommentar dazu ab.

Nach einem kurzen Blick in den Außenspiegel steuerte er dann den Wagen wieder auf die rechte Spur und fuhr weiter in Richtung Nördlingen.

Wenige Minuten später näherte sich das Fahrzeug der Ampelanlage vor dem Reimlinger Tor.

Bereits auf Höhe des Ortsschildes hatte Markowitsch das Blaulicht vom Dach genommen, um nicht unnötig die Aufmerksamkeit der Öffentlichkeit auf sich zu ziehen.

Es würde noch früh genug dazu kommen.

Als sie schließlich den Wagen vor dem Haus der Akebes abstellten, sahen sie die Frau bereits mit bleichem Gesicht am Fenster stehen.

Selbst vom Auto aus war zu erkennen, dass sie sich in einer Art Ausnahmezustand zu befinden schien.

Als sie die beiden Beamten aus dem Fahrzeug steigen sah eilte sie sofort hinunter an die Haustüre, um diese zu öffnen.

„Bitte kommen Sie schnell. Ich befürchte, dass Michael dabei ist weiteres Unrecht zu begehen."

Im selben Augenblick als sie mit ihrem Satz geendet hatte wurde sie sich wie schon einmal darüber bewusst, was sie eben gesagt hatte.
*Weiteres Unrecht?* dachte sie erschrocken bei sich.
Ja, sie war inzwischen davon überzeugt, dass ihr Sohn Michael schuldig war am Tode des Markus Stetter.
Möglicherweise stand er sogar mit dem Unfalltod dessen Mutter in Verbindung, und war nun wieder dabei, Menschen nach dem Leben zu trachten.
Wie um alles in der Welt konnte sich Michael nur zu solchen Taten hinreißen lassen?
War es wirklich nur der Schmerz über den Verlust seines Vaters?
Oder war es vielmehr die Ungerechtigkeit der Menschen, dass sie sich nun in dieser Lage befanden?
Christine fand keine Antwort.
„Frau Akebe, warum haben Sie mich angerufen? Wo ist Ihr Sohn?"
Christine wurde von der Stimme des Kommissars aus ihren Gedanken gerissen, sah erschrocken in die beiden besorgten Gesichter vor sich.
„Bitte entschuldigen Sie", gab sie zur Antwort.
„Ich wusste mir leider nicht mehr anders zu helfen.
Sie hatten wohl recht mit ihren Vermutungen, denn so wie es aussieht, hat Michael tatsächlich mit dem Tod von Markus Stetter zu tun.
Bitte folgen Sie mir nach oben in meine Wohnung. Zwar droht uns die Zeit davonzulaufen, aber ich muss Ihnen zunächst einige Dinge erklären.
Ich hoffe nur, dass es nicht schon zu spät ist."
Mit eiligen Schritten ging sie die Stufen nach oben vor Markowitsch und Peter Neumann her.
Als sie sich im Treppenhaus vor der Wohnungstüre befanden, spürte Peter Neumann die Hand seines Chefs an der Schulter.
„Hören Sie das auch, Neumann?"
Der Kommissar richtete seinen Blick nach oben. Peter Neumann sah ihn fragend an.
„Ich meine diese Trommelgeräusche. Das ist doch kein normales Schlagzeug."

Er drehte sich in Richtung Christine, die ihn mit ängstlichen Augen ansah.

„Frau Akebe. Ist Ihr Sohn dort oben?
Können Sie mir erklären was hier vor sich geht?"

„Deshalb habe ich Sie angerufen.
Bitte kommen Sie herein und hören Sie mir ein paar Minuten zu.
Sie werden dann sicherlich die Zusammenhänge verstehen, und sich wohl auch in Ihren Vermutungen bestätigt sehen."

Neumann und der Kommissar sahen sich verwundert an, folgten Christine Akebe aber in deren Wohnung.

Bevor Markowitsch die Türe hinter sich schloss, blickte er noch einmal mit besorgtem Blick nach oben in das Treppenhaus.

*Was zum Teufel geht hier vor?* fragte er sich.

Nachdem sie das Wohnzimmer betreten hatten fing Christine ohne lange Verzögerung an, die beiden Beamten über ihre Erkenntnisse zu informieren.

Markowitsch und Neumann erfuhren, was sich in den letzten Tagen aus der Sicht Christine Akebes zugetragen hatte.

Mit erstauntem Blick nahmen sie zur Kenntnis, dass Michael Akebe im Besitz eines schriftlichen Geständnisses von Gerd Stetter war.

Der ihnen geschilderte Inhalt dieses Schreibens ließ den Kommissar sofort aufhorchen.

Nervös auf seiner Unterlippe kauend marschierte er im Wohnzimmer auf und ab.

„Wenn ich Sie richtig verstanden habe, Frau Akebe, dann deutet alles darauf hin, dass sich auch Albert Urban in Lebensgefahr befindet.

Ich kann nur hoffen, dass es für ihn und Gerd Stetter nicht schon zu spät ist.

Warum haben Sie so lange damit gewartet, uns über die Existenz dieses Geständnisses zu unterrichten?

Sie hätten verdammt noch mal sofort zu uns kommen müssen, denn mit Ihrem Zögern setzen Sie das Leben von zwei Menschen aufs Spiel.

Darüber sind Sie sich doch im Klaren?"

Mit gesenktem Kopf saß Christine Akebe in ihrem Sessel und

hielt sich die Hände vors Gesicht, um ihre Tränen zu verbergen.

Als der Kommissar auf sie zutrat, sah sie ihn mit leerem Blick an.

„Würden Sie so ganz einfach den eigenen Sohn an die Polizei ausliefern, Herr Markowitsch?

Mir ist leider erst in den letzten Stunden klar geworden, dass sich Michael auf einem verbotenen Weg befindet.

Aber bis dahin sah ich es als meine Mutterpflicht an, an die Unschuld meines Kindes zu glauben."

Dann senkte sie wieder ihren Kopf.

„Allerdings hat mir Michael diesen Glauben heute Nachmittag genommen.

Bitte versuchen Sie ihn von seinem Vorhaben abzubringen.

Es darf nicht noch mehr Unheil geschehen in unserer Familie."

Der Kommissar lauschte den dumpfen Trommelklängen die durch das Haus drangen.

Nach einem raschen Blick auf Peter Neumann trat er vor Christine Akebe hin und zog sie ruhig an beiden Schultern aus ihrem Sessel heraus.

„Erzählen Sie uns jetzt bitte noch einmal genau, was Sie in den letzten Tagen beobachtet haben, und was sich seit unserer Abreise heute Mittag zugetragen hat.

Vielleicht können wir so herausfinden, was Ihr Sohn nun vorhat."

Nachdem Christine den beiden Männern ihre Beobachtungen und Befürchtungen schließlich kurz und prägnant geschildert hatte, überkamen den Kommissar einige Zweifel.

„Ich habe es meinem Kollegen bereits auf dem Weg hierher erklärt, Frau Akebe.

Gegen einen körperlichen Angriff, egal mit welchen Mitteln dieser durchgeführt wird, könnte ich aktiv etwas unternehmen.

Aber wie soll ich gegen einen Menschen vorgehen, der dabei ist, mit der Kraft seiner Gedanken andere in den Tod zu treiben?

Das wäre wohl genau so, als würde ich versuchen, einen Hypnotiseur zu hypnotisieren."

„Keine schlechte Überlegung", mischte sich Peter Neumann in den Dialog zwischen Markowitsch und Christine Akebe ein.

„Man müsste versuchen, ihn mit seinen eigenen Mitteln zu schlagen."

„Mensch, Neumann. Was erzählen Sie denn da? Sehen Sie sich etwa in der Lage dazu?"

„Nein, ich nicht, Chef. Aber vielleicht kann uns Frau Akebe dabei behilflich sein?"

Als Christine diesen Satz vernahm, zuckte sie merklich zusammen.

Peter Neumann konnte sehen, wie sich ihre von den Tränen geröteten Augen erschrocken weiteten, und sie in diesem Augenblick jegliche Gesichtsfarbe verlor.

Was hatte dieser Mann da eben gesagt?

Verlangte er wirklich von ihr, dass sie sich noch mehr als ohnehin schon gegen ihr eigenes Fleisch und Blut stellte?

„Ich weiß, dass ich schier Unmögliches von Ihnen verlange, Frau Akebe, aber es scheint mir der einzige Ausweg aus dieser Situation zu sein.

Sie dürfen uns Ihre Hilfe nicht verweigern. Niemand kennt Doktor Akebe so gut wie Sie.

Ich bitte Sie:

Sie müssen uns helfen, noch Schlimmeres zu verhindern."

Eindringlich sprach Peter Neumann mit wie zu einem Gebet gefalteten Händen auf die Frau ein.

Auch Markowitsch, der diesen Vorschlag als den wohl einzig vernünftigen empfand, pflichtete ihm bei.

„Ich sehe es genauso wie mein Kollege. Es gibt in dieser Situation keinen anderen Weg.

Wir beide würden hier allein auf verlorenem Posten stehen.

Vor Gericht hätten wir angesichts der Sachlage wohl niemals eine reelle Chance, Doktor Akebe als Schuldigen zu überführen, denn dort zählen nur Tatsachen und Beweise.

Könnten Sie es vor Ihrem Gewissen verantworten, wenn noch weitere Menschen durch das Handeln Ihres Sohnes sterben?"

Es war Christine Akebe anzusehen, dass sie in ihrem Innersten den wohl größten Kampf ihres Lebens austrug.

Wie sollte sie sich entscheiden?

Den beiden Beamten kamen die folgenden Sekunden schier endlos vor, bis sich Christine schließlich von ihrem Platz erhob, eine der Türen am Wohnzimmerschrank öffnete, und etwas daraus hervor nahm.

Sie trat vor Markowitsch hin und reichte ihm diesen Gegenstand.
Als Peter Neumann diesen erblickte, sah er erstaunt auf Christine Akebe.
„Pot te tête?"
Christine Akebe blickte ihn überrascht an, als sie seine Worte vernahm.
„Ja. Woher wissen Sie das?"
Peter Neumann holte die Voodoopuppe aus seinem Sakko hervor, die er sich in einem einschlägigen Geschäft in Augsburg besorgt hatte, und zeigte sie der Frau.
„Weil ich anscheinend den gleichen Gedanken hatte, Frau Akebe."
Christine nahm die Figur aus Peter Neumanns Hand und betrachtete sie kurz.
„Damit würden Sie keinen Erfolg haben.
Diese Figur würde ihnen nichts nützen, da es sich nur um ein billiges Touristengeschenk handelt."
Peter Neumann schluckte, sah dabei auf den Kommissar.
Dieser zog kurz seine Augenbrauen in die Höhe, scherzte trotz der momentan angespannten Situation.
„Ich hoffe, dass Sie sich beim Kauf dieses Andenkens nicht übers Ohr hauen ließen, Neumann.
Schon gar nicht, wenn Sie dafür Steuergelder ausgegeben haben sollten."
Der junge Beamte schien sich ertappt zu fühlen, denn eine leichte Röte überzog augenblicklich sein Gesicht.
„Keine Sorge, Herr Kommissar. Sie müssen sich um die Staatskasse keine Gedanken machen. Hab ich aus meiner eigenen Tasche bezahlt."
„Nehmen Sie diese", unterbrach Christine Akebe den Dialog.
„Sie wurde von Michaels Großvater angefertigt nach den Gesetzen des Vodún.
Er hat sie uns zu unserem Schutz hinterlassen. Sie wird ihnen helfen, sich gegen den negativen Einfluss des Voodoozaubers zu wehren.
Ich habe sie in einem unbeobachteten Moment vom Dachboden aus seiner Truhe genommen.

Warum ich dies tat, kann ich selbst nicht sagen, aber es musste wohl so sein.

Mehr kann ich für Sie nicht tun."

Sie drehte sich um, ging zur Türe und bat die beiden Beamten hinaus.

„Bitte verstehen Sie mich, wenn ich nun allein sein möchte. Ich wünsche Ihnen alles Gute."

Markowitsch und Peter Neumann sahen sich überrascht an, kamen aber der Bitte Christine Akebes nach, und verließen die Wohnung.

Im Treppenhaus war noch immer der dumpfe Klang der Trommel zu hören.

„Wir gehen runter ins Auto", sprach der Kommissar zu Peter Neumann.

„Ich muss kurz meine Gedanken sortieren."

Nachdem die beiden in Markowitsch's Dienstwagen Platz genommen hatten, begann der Kommissar laut zu denken.

„Unterbrechen Sie mich, Neumann, falls ich etwas Falsches sagen sollte.

Wenn dieser Doktor Akebe gerade wieder dabei ist, seine verfluchten Zauberspielchen durchzuführen, kann es sich bei dem oder den davon Betroffenen doch nur um Gerd Stetter oder Albert Urban handeln.

Oder sogar um beide, habe ich recht?"

„Das sehe ich auch so, Herr Kommissar", gab ihm Pit Neumann zur Antwort.

„Um einen weiteren Toten zu verhindern hieße das also, wir müssten herausfinden, wo sich die zwei gerade aufhalten.

Wie ich Sie kenne, Neumann, haben Sie sicherlich die Telefonnummern der Herrschaften in Ihrem Telefon gespeichert."

„Mit dieser Annahme liegen Sie richtig, Chef", gab Neumann zurück.

Sekunden später hatte er die Namen der beiden Männer eingetippt.

„Beide Nummern da", sagte er kurz.

„Rufen Sie an. Ich möchte wissen, ob sich die beiden Herren zu Hause befinden."

Peter Neumann wählte zunächst die den Anschluss von Gerd

Stetter, hatte aber keinen Erfolg.

Resigniert schüttelte er seinen Kopf.

„Ich kann Stetter nicht erreichen, Herr Kommissar."

Er versuchte es anschließend mit der Nummer von Albert Urban.

Nach einer kurzen Wartepause wurde am anderen Ende der Leitung abgehoben, und Urbans Frau meldete sich.

Auf seine Frage nach dem Verbleib ihres Mannes wusste sie lediglich zu sagen, dass er sich am Nachmittag mit Gerd Stetter in Nördlingen verabredet hätte.

Peter Neumann bedankte sich für die Auskunft und beendete das Telefonat.

„Albert Urban trifft sich zur Zeit mit Gerd Stetter hier in Nördlingen", sagte Peter Neumann zu Markowitsch, der sofort zu überlegen begann.

„Versuchen wir uns an Akebes Stelle zu versetzen, Neumann.

Wo würden Sie einen Menschen zur Strecke bringen, der Schuld am Tod ihres Vaters hat, und der allem Anschein nach in der Öffentlichkeit gedemütigt wurde.

So sieht es jedenfalls aus, wenn ich das Geständnis von Gerd Stetter und die Aussagen von Frau Akebe richtig interpretiere."

„Na ja", meinte Peter Neumann.

„Ich würde wohl nach dem Grundsatz handeln:
*Wie du mir, so ich Dir.*

Einen Politiker zum Beispiel kann man am empfindlichsten treffen, wenn man ihn in der Öffentlichkeit bloßstellt.

Dazu könnte jedoch eine Veröffentlichung von Gerd Stetters Geständnis über die Presse ausreichen.

Das dürfte mit ziemlicher Sicherheit Urbans gesellschaftliches Aus bedeuten."

„Schon", meinte Markowitsch.

„Aber dadurch allein würde Akebe den Tod seines Vaters sicherlich nicht ausreichend gesühnt sehen.

Nein, er muss irgendetwas anderes im Schilde führen."

„Ihn auf offener Straße zu überfahren stellt aber auch keine Lösung dar."

„Mal angenommen, Neumann, Doktor Akebe hat tatsächlich mit seinen, nennen wir es mal übernatürlichen Fähigkeiten, den Tod von

Markus Stetter herbeigeführt.
Dies würde für mich bedeuten, dass er der Öffentlichkeit durch dieses makabre Szenario etwas beweisen will."
„Damit dürften Sie richtig liegen, Herr Kommissar.
Es könnte bedeuten, dass für jede Schuld, und dauert es auch noch so lange, irgendwann bezahlt werden muss."
„Ja", gab Markowitsch zurück.
„Und mit dem Ort an dem Markus Stetter gestorben ist, hat er jegliche Aufmerksamkeit auf sein Vorhaben gezogen."
Peter Neumann schlug sich plötzlich mit der rechten Hand an die Stirn.
„Natürlich, der Daniel", rief er.
Markowitsch sah Peter Neumann überrascht an.
„Sie glauben doch nicht etwa, dass Akebe die beiden auf dem Turm treffen will?
Es wäre viel zu auffällig, zwei Menschen dort oben ins Jenseits zu befördern."
„Das schon. Aber Akebe ist ja offensichtlich gar nicht dabei.
So wie es aussieht befindet er sich momentan auf dem Dachboden seines Hauses, und will anscheinend von dort aus versuchen, das Ganze mit Hilfe seiner Voodoopuppen oder was auch immer zu inszenieren.
Ein besseres Alibi als seine Abwesenheit könnte er doch gar nicht vorweisen."
„Neumann, Neumann", murmelte Markowitsch.
„Dass ich selbst nicht schon eher daran gedacht habe.
Sie marschieren auf schnellstem Wege auf den Daniel.
Im Eiltempo bitte.
Ich werde mich in der Zwischenzeit auf diesen Dachboden dort oben begeben."
Der Kommissar deutete mit dem Finger in Richtung Akebes Haus.
„Vielleicht können wir das Schlimmste ja noch verhindern."
„Warum gehen Sie nicht auf den Turm, Herr Kommissar, und überlassen mir diesen Doktor Akebe?", fragte Peter Neumann angesichts der Tatsache, dass er sozusagen im Laufschritt die 350 Stufen auf den Daniel hinauf sollte.

„Weil Sie die jüngeren Beine haben, Herr Neumann", antwortete Markowitsch grinsend.

„Meine Mutter sagte aber immer, dass man die alten Sachen zuerst aufbrauchen sollte", gab dieser mit gespielter Beleidigung zurück.

„Raus jetzt", antwortete Markowitsch, während er die Fahrertüre seiner Limousine öffnete.

„Jetzt ist keine Zeit für dumme Scherze."

# 37. KAPITEL

Gerd Stetter blickte mit weit aufgerissenen Augen auf den Inhalt des Kuverts in seiner Hand. Das Foto zeigte eine Aufnahme seines Sohnes.

Erschreckend daran waren jedoch die Augen die ihn anblickten.

Diese Augen.

Sie schienen Gerd Stetters Gehirn durchdringen zu wollen in der Absicht, seinen eigenen bereits geschwächten Willen nun völlig außer Kraft zu setzen.

Der Blick des alten Mannes wurde zunehmend starr, fast ausdruckslos.

Wie hypnotisiert drehte er sich um, stieg die letzten Stufen hinauf und begab sich hinaus auf die Aussichtsbrüstung des Turmes.

Stetters schütteres Haar wurde von den aufkommenden Windböen zerzaust, doch er schenkte der aufkommenden Gewitterstimmung keine Beachtung

Albert Urban bemerkte, dass sich Gerd Stetter hinaus begab.

Vielleicht fand sich ja dort draußen endlich eine Möglichkeit ihn von seinem Vorhaben abzuhalten, die Geschichte von damals an die Öffentlichkeit zu bringen.

Er wusste noch nicht genau wie er dies anstellen wollte, aber notfalls würde er beim Abstieg vom Turm einfach einen kleinen Unfall inszenieren, bei dem Gerd Stetter ins Stolpern geriet, und sich hoffentlich das Genick brach.

Albert Urban war in seiner Verzweiflung nun zu allem bereit.

Er folgte Stetter und trat hinter ihm ins Freie hinaus.

Da sich kein weiterer Besucher in diesem Augenblick in seiner unmittelbaren Nähe befand, begann Urban auf den alten Mann einzureden, der jedoch keinerlei Reaktion zeigte.

Er starrte nur unentwegt auf das Foto in seiner Hand.

Der ehemalige Politiker spürte langsam aber sicher den Zorn auf diesen Mann in sich hochsteigen.

Er fühlte sich ignoriert durch die scheinbar geistige Abwesenheit seines Gegenübers.

Mit keinem seiner zunächst beschwichtigenden, zuletzt gar drohenden Argumente konnte er Gerd Stetter dazu bewegen, ihm seine Aufmerksamkeit zu schenken.

Schließlich packte er den Mann an seiner Jacke als dieser sich mit einem Mal zu ihm umdrehte, und ihm das Foto seines verstorbenen Sohnes unter die Augen hielt.

„Das ist mein Sohn Markus.

Er wartet dort unten auf mich."

Gerd Stetter deutete mit einer Hand über die Brüstung des Turmes.

*Der Alte fantasiert doch*, dachte sich Albert Urban.

Anscheinend war er vom Tod seines Sohnes und seiner Frau so betroffen, dass er am helllichten Tage Gespenster sah.

„Sehen Sie doch nur, dort unten. Er wartet auf mich."

Wiederum deutete Stetter auf den Kirchenvorplatz hinunter.

Albert Urban wollte ihm nun um des Friedens Willen den Gefallen tun, beugte sich mit dem Oberkörper kurz über die Absperrung und sah in die Tiefe.

Abgesehen von dem momentan verständlichen Touristenrummel konnte er außer dem gewöhnlichen Alltagstreiben an einem ganz normalen Spätnachmittag aber nichts Ungewöhnliches erkennen.

Als er sich wieder aufrichtete, konnte er in diesem Augenblick gerade noch aus den Augenwinkeln heraus erkennen, dass sich Gerd Stetter daran machte, auf die Brüstung zu steigen.

Wollte sich dieser alte Narr in seiner Verzweiflung etwa dort hinunter stürzen?

*Dadurch würde ich meine Sorgen auf einen Schlag loswerden*, dachte Albert Urban bei sich.

Doch ein letzter Rest menschlichen Verstandes ließ ihn instinktiv nach Stetters Jacke greifen.

„Sind Sie verrückt geworden, Stetter?", rief er ihm zu, während er ihn zurückkriss.

„Was um alles in der Welt wollen Sie damit erreichen?"

„Lassen Sie mich. Ich muss zu meinem Sohn. Er wartet dort unten.

So lassen Sie mich doch endlich los."

Albert Urban blickte in zwei völlig verwirrte Augen eines scheinbar geistig weggetretenen Menschen.

Er versuchte noch um Hilfe zu rufen.

Irgendjemand musste ihn doch hören, ihm dabei helfen, Gerd Stetter von seinem unsinnigen Plan abzuhalten.

Doch es schien gerade so, als wollten die gewaltigen Kräfte der Natur dies verhindern.

Ein greller Blitz zuckte über den dunklen Himmel, und die verzweifelten Versuche des ehemaligen Staatssekretärs gingen im fast gleichzeitigen Donnergetöse ungehört unter.

Gerd Stetter entwickelte in seiner scheinbar ausweglosen Situation ungeahnte Kräfte.

Sein wirrer Blick traf Albert Urban.

Er riss sich los aus dessen Griff, stieß ihn ein Stück von sich weg, und kletterte wieder auf die Brüstung.

Urban taumelte und fiel fast auf die Knie.

Als sich nun doch auf Grund dieser scheinbaren Streitsituation die ersten aufmerksam gewordenen Besucher näherten, raffte sich der einstige Politiker hoch, sprang auf Gerd Stetter zu, um ihn erneut zurück zu halten, doch er bekam lediglich dessen Jackentasche zu fassen.

Durch das Körpergewicht Gerd Stetters riss die Tasche aus den Nähten, und alle inzwischen auf der Brüstung versammelten Besucher konnten sehen, wie der Mann innerhalb weniger Sekunden lautlos in die Tiefe fiel.

## 38. KAPITEL

Michael Akebe befand sich in einem Trancezustand, in dem er durch die Kraft seines vom Körper getrennten Geistes und den genauestens durchgeführten Vorbereitungen die vollkommene Kontrolle über Gerd Stetter übernommen hatte.

Ougun hatte ihn erhört, sich mit ihm verbunden, und hatte ihm die Kraft verliehen, die Macht des Voodoo für seine Pläne einzusetzen.

Unaufhörlich schlugen die Hände des Arztes auf die Djembe-Trommel ein.

Er führte Gerd Stetter hinaus auf die Brüstung des Daniel und gaukelte ihm die Stimme seines Sohnes vor.

Es dauerte nur wenige Augenblicke, bis der bereits seelisch gebrochene Mann sich von ihm vollkommen in die Irre führen ließ.

Auch Albert Urban reagierte genau so, wie er es vorausgeahnt hatte.

Nun konnte er wieder ins Gleichgewicht bringen, was seiner Meinung nach durch den Tod seines Vaters nicht mehr stimmte.

Er würde das Leben der beiden Hauptschuldigen ebenso zerstören, wie diese es mit dem Leben seines Vaters getan hatten.

Fast noch hätte Urban durch seine Gewissensbisse alles vereitelt, doch als er in seiner Verzweiflung nach Hilfe rufen wollte, spielte die Natur ihre Macht aus.

Albert Urbans Rufen ging unter im Krachen eines gewaltigen Blitzschlages.

Ougun zeigte seine Macht.

Der Arzt sah Gerd Stetter in die Tiefe fallen, Albert Urban hilflos daneben stehend.

Möglicherweise rechnete sich der ehemalige Staatssekretär bereits aus, dass er sich in einer für ihn wohl aussichtslosen Lage befand.

Unbedachte Zeugenaussagen würden wohl dazu führen, dass man ihm einen handfesten Streit mit Gerd Stetter anhängen, und ihn so des Mordes beschuldigen würde.

Michael Akebe kannte die Mühlen der Justiz nur zur Genüge.

Dass durch die Existenz von Stetters schriftlichem Geständnis eine juristische Lawine ins Rollen kommen würde, die für Urban vermutlich das Gefängnis, mit Sicherheit aber das gesellschaftliche Aus, und somit eine lebensunwerte Zukunft bedeutete, war ihm nun Vergeltung genug.

Ihn würde der Verlust seiner Privilegien und seines Ansehens in der Öffentlichkeit schlimmer treffen als der Tod.

Dessen war sich Michael Akebe in diesem Augenblick sicher.

Nun wollte er seinen Geist zurückführen in den Körper, der noch immer die Trommel schlagend auf dem Dachboden saß, und die Verbindung zu Ougun herstellte.

Der Ruf der Petra Loa hatte ihm diese Macht verliehen, nun wollte er sein Ritual beenden.

Doch irgendetwas hinderte ihn daran, seinen Geist wieder mit dem Körper zu vereinen.

Urplötzlich wurden Michaels Sinne von einem Gefühl erfasst, das er bisher so noch nicht kennen gelernt hatte:

Grenzenlose Panik in der Vorahnung auf eine unerwartete Situation.

Fast schon verzweifelt versuchte er die Nebelschleier zu durchdringen.

Als sich die Umgebung auf dem Dachboden langsam vor ihm klärte, das momentane Geschehen zu erkennen gab, erkannte Michael aus seinem astralen Zustand heraus die Gefahr.

Was er erblickte, ließ ihn erschaudern, und er öffnete seinen Mund zu einem stummen Schrei.

Sekunden später fühlte er nur noch Schwärze um sich.

## 39. KAPITEL

Peter Neumann brauchte im Laufschritt nur eine knappe Minute, bis er den Vorplatz der St. Georgskirche erreicht hatte, und der Gedanke an den Aufstieg auf den Daniel steigerte seine Laune nicht gerade.

Doch als er schon von weitem die Menschenansammlung vor dem Turm erblickte, sich seine Augen nach oben zu dessen Spitze richtete wusste er, dass ihm zumindest im Moment die 350 Stufen erspart blieben.

Denn das was sich dort oben abzuspielen schien, war offensichtlich nicht mehr zu verhindern.

Die beiden Männer, die auf der Brüstung scheinbar eine Auseinandersetzung hatten, hätte er nicht mehr rechtzeitig erreicht.

So blieb ihm in diesem Augenblick nichts anderes übrig, als das folgende Geschehen von unten her zu beobachten.

Um wen es sich genau bei den beiden handelte, konnte man aus dieser Entfernung auch wegen des aufkommenden Gewitters und der einsetzenden Dämmerung nicht erkennen.

Jedoch ahnte der Kriminalbeamte auf Grund der Sachlage, dass es sich dabei nur um Gerd Stetter und Albert Urban handeln konnte.

Es war für Peter Neumann und die umstehenden Passanten nicht auszumachen, wie der scheinbare Streit auf der nordöstlichen Seite des Turmes im Einzelnen ablief.

Einer der beiden Männer befand sich plötzlich auf der Absperrung, verschwand kurz darauf aber wieder kurzzeitig aus dem Blickfeld.

Die aufgeregt durcheinander sprechenden Menschen am Fuße des Daniel verstummten.

Alle Augen richteten sich nach oben, dorthin wo sich auf Grund der Wetterlage in einem merkwürdig gespenstischen Licht eine makabere Szene anbahnte.

Ein greller Blitz ließ die Menschenmenge zusammenschrecken, doch keiner wandte seinen Blick von der Turmspitze.

Der Körper des Mannes erschien in diesem Moment wieder auf

der Brüstung, wobei einige undeutliche und kaum vernehmbare Wortfetzen nach unten drangen.

Die Hand seines Kontrahenten griff nach ihm, doch es war aus der Sicht der Beobachter dabei nicht eindeutig auszumachen, ob er ihn nun festhalten und am Springen hindern, oder ihn einfach hinunter stoßen wollte.

Die umherstehenden Menschen hielten den Atem an, und es schien Peter Neumann in diesem Moment, als hätte irgendjemand die Zeit angehalten.

Einige Sekunden lang schien der Körper regungslos zu verharren, bevor er schließlich in die Tiefe fiel.

Kein Laut, kein Schrei kam in diesem Augenblick von den Lippen des Herabstürzenden.

Dessen Fall wurde nur kurz vom Aufprall auf das Ende des Kirchendaches abgebremst, bevor er letztendlich auf dem Kopfsteinpflaster vor dem Kirchenportal aufschlug.

Peter Neumann hatte bereits sein Handy aus der Tasche gezogen, die Nummer seines Chefs per Kurzwahl eingetippt, als er den zerschmetterten, leblosen Körper Gerd Stetters in seinem Blut nur wenige Meter von sich entfernt liegen sah.

Wie durch einen dichten Nebel vernahm er irgendwo im Hintergrund die Schreie und aufgeregten Rufe der umstehenden Menschen.

„Neumann? Was ist denn da los bei Ihnen? Mensch, so melden Sie sich doch."

Als Peter Neumann die Stimme des Kommissars durch das Telefon vernahm, kehrte sein Verstand langsam wieder in die Wirklichkeit zurück.

„Tot", sagte er nur. „Wir sind zu spät gekommen."

„Tot?", hörte er Markowitsch durch das Telefon schreien.

„Wer ist tot, Neumann?

Nun reden Sie schon. Was ist denn das für ein Geschrei?

Was ist da los bei Ihnen?"

„Gerd Stetter", antwortete Peter Neumann, der sich nun langsam wieder in den Griff bekam.

„Sie werden es nicht glauben, aber Gerd Stetter ist soeben vom Turm gestürzt, oder gestürzt worden.

Ich weiß es nicht. Verdammt, wir sind zu spät gekommen."

„Verflucht, Neumann. Ich kann hier im Moment noch nicht weg. Alarmieren sie die Nördlinger Kollegen. Ich komme, sobald ich diesen Doktor Akebe gefunden habe."

„Die Kollegen sind schon da", antwortete Peter Neumann, der in diesem Moment die Sirenen der herannahenden Polizeifahrzeuge hörte.

„Was ist mit Urban?", fragte Markowitsch. „Ist er auch bei Ihnen?"

„Gesehen habe ich ihn noch nicht. Aber ich vermute, dass er mit Gerd Stetter oben auf dem Daniel war."

„Falls dies der Fall ist, dann sehen Sie zu, dass er sich nicht aus dem Staub macht.

Ich werde jetzt diese verflixte Türe auf dem Dachboden eintreten und diesen Doktor Akebe zur Rede stellen.

Anschließend komme ich zu Ihnen. Sie versuchen inzwischen, die Lage dort in den Griff zu kriegen.

Nehmen Sie sich notfalls einige der Kollegen vor Ort dazu. Bis gleich, Neumann."

# 40. KAPITEL

Der Kommissar befand sich bereits auf dem Weg zum Dachboden von Akebes Haus, als er sein Telefon in die Tasche zurück steckte.

Als er an Christine Akebes Wohnung vorbeikam, stand diese vor ihre Tür.

Ausdruckslos sah sie Markowitsch an, der kurz stoppte, und vor ihr stehen blieb.

„Was wird mich da oben erwarten, Frau Akebe?"

„Ich weiß es nicht, Herr Kommissar", antwortete Christine.

„Aber wenn Sie nichts dagegen haben, werde ich Sie begleiten.

Vielleicht kann ich mit meinem Sohn sprechen und ihn davon abhalten, noch mehr Schaden anzurichten."

„Dazu ist es anscheinend schon zu spät.

Mein Kollege hat mir soeben mitgeteilt, dass Gerd Stetter seinem Sohn in den Tod gefolgt ist."

Christine Akebe blieb wie vom Blitz getroffen stehen.

„Wie um Gottes Willen ist das passiert?"

„Genau wie bei seinem Sohn", entgegnete Markowitsch.

„Er ist vom Daniel gestürzt, wobei noch nicht feststeht, ob er das freiwillig getan hat.

Mein Kollege ist dabei, dies zu klären."

Als der Kommissar zusammen mit der Frau die Tür des Dachbodens erreicht hatte, fasste er sie an der Schulter.

„Bitte gehen Sie etwas zur Seite", sprach er mit entschlossener Stimme.

Dabei griff er an sein Schulterhalfter und zog seine Dienstpistole hervor.

Markowitsch sah in das erschrockene Gesicht von Christine Akebe.

„Nur zur Sicherheit", sprach er leise.

„Ich hoffe nicht, dass ich sie benutzen muss, denn normalerweise bin ich kein Freund von Schießereien."

Markowitsch nahm drei Schritte Anlauf und warf seine fünfundachtzig Kilogramm Körpergewicht gegen das Holz.

Das alte Schloss leistete keinen großen Widerstand, und der Kommissar flog förmlich durch die aufspringende Tür in den Raum.

Er hatte dabei Mühe seinen Schwung abzufangen und nicht zu stürzen.

Fremdartiger Geruch stieg ihm in die Nase, es dauerte einige Sekunden, bis sich seine Augen an das Licht auf dem Dachboden gewöhnt hatten.

Robert Markowitsch traute seinen Augen kaum, als er auf die Szene vor sich blickte.

In der Mitte des Raumes saß Michael Akebe auf einem Teppich, die Beine überkreuzt, zwischen ihnen die Trommel.

Unaufhörlich schlugen seine Hände auf das Instrument ein und erzeugten dabei diesen Klang, der sich seit seiner Ankunft in seinen Ohren festgesetzt hatte.

Markowitsch war gerade im Begriff Michael Akebe zum Aufstehen aufzufordern, als er in dessen Gesicht blickte.

Die scheinbar verdrehten Augen weit geöffnet, schien er sich nicht in der Gegenwart zu befinden.

Er wirkte abwesend, geistig weggetreten.

Markowitsch drehte sich nach Christine Akebe um, sah die Frau mit vor den Mund gehaltenen Händen in der offenen Türe stehen.

„Ist alles in Ordnung mit Ihnen, Frau Akebe?", fragte er besorgt.

Christine starrte auf ihren Sohn, wobei sie ihre Hände sinken ließ.

„Er hat es also wirklich getan", sprach sie mit resignierter Stimme.

„Er hat was getan?", fragte der Kommissar.

„Ich verstehe nicht wovon Sie sprechen?"

Er ging auf Christine Akebe zu, fasste sie an beiden Schultern und wiederholte dabei noch einmal eindringlich seine eben gestellte Frage.

„Was hat Ihr Sohn getan, Frau Akebe?"

„Er hat sich mit Ihnen verbündet.

So wie Michael da auf dem Boden sitzt, in tiefe Trance versunken, nichts mehr von seiner Umwelt wahrnehmend, gehört sein Körper nicht mehr ihm selbst.

Die Götter des Voodoo haben ihn in Besitz genommen.

So saß sein Großvater immer da, wenn er eine seiner heiligen Zeremonien durchführte.

Er war dabei stets nur noch das Medium für seinen Glauben.

Doch ich fürchte, mein Sohn missbraucht diesen Glauben und hat die Petro-Loa angerufen.

Die Macht der Voodoogötter kann genauso zerstörerisch sein, wie sie auch zu helfen vermag."

Markowitsch versuchte das Gehörte zu begreifen.

Er hatte zwar keine Ahnung wie dies alles hier im Einzelnen zusammenhing, hielt aber auf Grund der Geschehnisse in den letzten Tagen nichts mehr für unmöglich.

Mehrmals versuchte er, Michael Akebe anzusprechen, der jedoch keinerlei Reaktion darauf zeigte.

„Wer oder was in Gottes Namen sind diese Petro-Loa?", rief er zu Christine.

„Es würde zu lange dauern Ihnen das zu erklären, Herr Kommissar", antwortete sie.

„Wie kann ich ihn aus diesem Zustand herausholen? Ich kann ihn doch nicht einfach erschießen."

„Das würde nichts nützen", antwortete Christine fast tonlos.

„Sie würden in diesem Zustand nur seinen Körper töten, nicht aber seinen Geist.

Und glauben sie mir, Herr Kommissar:

Sie würden bis ans Ende ihrer Tage, und vielleicht sogar darüber hinaus, keine Ruhe mehr finden."

Die Art und Weise wie Christine Akebe diese letzten Sätze gesprochen hatte, jagte Markowitsch einen Kälteschauer über den Rücken.

Er schüttelte sich kurz, so als wollte er diesen Zustand schnellstmöglich wieder loswerden.

„Dann muss ich Ihnen jetzt gestehen, dass ich mit meinem Latein am Ende bin, Frau Akebe.

Anscheinend habe ich es hier mit einer Welt zu tun, in der ich machtlos bin.

Deshalb möchte ich Sie inständig bitten:

Helfen Sie mir zu verhindern, dass noch ein weiteres Unglück geschieht.

Auch wenn Sie sich dadurch gegen ihren eigenen Sohn stellen müssen."

Wie Donnerschläge drangen die letzten Worte des Kommissars an Christines Ohren.

Verlangte er tatsächlich, dass sie sich gegen Michael entschied?

Sie schloss entsetzt ihre Augen.

Was würde Abedi dazu sagen?

Wie würde er an ihrer Stelle entscheiden?

„Frau Akebe, bitte!", versuchte Markowitsch noch einmal an Christine zu appellieren.

„Ich weiß, dass ich sehr viel von Ihnen verlange. Aber wollen Sie sich letztendlich mitschuldig machen am Tod eines Menschen?"

Der Kommissar blickte Christine Akebe bittend an, sah sie trotz ihrer geschlossenen Augen weinen.

Tränen liefen über ihre Wangen.

„Die Puppe", sagte sie nur mit leiser Stimme.

Markowitsch wusste im ersten Moment nicht, was er mit dieser Aussage anfangen sollte. Fragend blickte er sie an.

„Nehmen Sie die Puppe die ich ihnen gegeben habe.

Sie ist das einzige, das Michael, bei dem was er tut, vor einem so genannten Bumerangeffekt schützen kann.

Denn wer die Kräfte des Voodoo missbraucht muss immer damit rechnen, ihnen selbst zum Opfer zu fallen.

Zerstören Sie die Puppe."

Die letzten Worte konnte Markowitsch nur noch undeutlich im Schluchzen der Frau vernehmen, während sie sich umdrehte, und mit schnellen Schritten eilig den Dachboden verließ.

*Natürlich, die Puppe,* ging es Markowitsch durch den Kopf.

Er steckte seine Dienstwaffe zurück in das Halfter, griff in die Innentasche seiner Jacke und holte die weiße Figur hervor, die ihm Christine Akebe selbst überreicht hatte.

Für einige Augenblicke betrachtete er sie und sah dann auf den Ausgang des Dachbodens, durch den die Frau eben verschwunden war.

Wusste sie zu diesem Zeitpunkt vielleicht schon was kommen würde, fragte er sich in diesem Moment?

Doch dann schien sich die Situation auf dem Dachboden plötzlich zu verändern, und der Kommissar versuchte sich sofort wieder auf die veränderte Lage zu konzentrieren.

Er blickte auf Michael Akebe, dessen Hände nun immer langsamer auf die Trommel zwischen seinen Beinen schlugen.

Sein Atem schien schneller und flacher zu werden. Seine Augenlider flatterten.

Markowitsch wusste nicht was dies zu bedeuten hatte und so hielt er es für besser, den Rat von Christine Akebe zu befolgen.

Er nahm die Figur zwischen beide Hände, sah noch einmal auf Michael Akebe, und brach dann mit einem einzigen, heftigen Ruck den Kopf vom Rumpf.

Nur wenige Sekunden später reagierte der Körper Michael Akebes.

Kommissar Markowitsch sah das wie zu Tode erschrockene Gesicht des Mannes vor ihm.

Dessen Mund öffnete sich, so als wollte er rufen: *Neiiin!*

Doch es drang nur ein undefinierbares Gurgeln zwischen seinen Lippen hervor, und innerhalb weniger Sekunden kippte Michael Akebe leblos zur Seite.

Markowitsch starrte auf die zerbrochene Figur in seinen Händen.

Hatte er dadurch nun einen Menschen getötet?

Als er in die gebrochenen Augen des am Boden liegenden Mannes sah, ging er in die Hocke, und versuchte am Hals des Arztes einen Pulsschlag zu fühlen.

Robert Markowitsch sah sich in seiner Annahme bestätigt.

Michael Akebe war tot!

Der Augsburger Kommissar horchte einige Sekunden in sich hinein.

Er fühlte sich irgendwo erschöpft, gleichzeitig aber auch angespannt, keineswegs jedoch als Mörder.

Er glaubte eher daran, dass dadurch der Gerechtigkeit zum Ziel verholfen wurde.

Seine Gedanken rissen ihn zurück in die Gegenwart und er erhob sich wieder um den Dachboden zu verlassen.

Noch war er nicht am Ende des Falles angelangt.

Als er die Treppe hinunter ging, sah er Christine Akebe in ihrer offenen Wohnungstüre stehen.

Der Kommissar ging auf sie zu und reichte ihr mit einem stummen Dank seine Hände.

Nun die richtigen Worte für sie zu finden wäre ihm sicherlich misslungen, deshalb zog er es vor, lieber zu schweigen.

Christine jedoch sah ihn ganz offen an.

„Es ist seltsam, Herr Kommissar, aber ich kann keinerlei Trauer empfinden.

Ich hatte mich in den letzten Tagen wohl schon viel zu weit von Michael entfernt, und er sich anscheinend auch von mir.

Wie sonst sollte ich mir sein derartiges Verhalten erklären?

Ich weiß nicht mehr, was in ihm vorging.

Der Schmerz über den Verlust seines Vaters und die damit zusammenhängenden Umstände haben ihn über all die Jahre wohl so werden lassen wie sie ihn erlebt haben.

Aber glauben Sie mir: Er war nicht immer so."

Markowitsch antwortete nicht. Er nickte Christine Akebe nur freundlich verständnisvoll zu und nahm sie kurz in den Arm.

„Wir werden in den nächsten Tagen noch genügend Zeit finden um uns ausführlich zu unterhalten, Frau Akebe.

Aber nun muss ich los. Mein Kollege wartet bereits auf mich."

Mit diesen Worten verließ er schnellen Schrittes das Haus.

Nachdem er sich kurze Zeit später mit seinem Wagen der St. Georgskirche näherte, sah er sich in einer ähnlichen Situation wie nur wenige Tage zuvor.

Er dachte an den Abend zurück an dem er mit Staatsanwalt Berger hier erschien, als das ganze Geschehen seinen Anfang nahm.

Markowitsch stellte das Fahrzeug vor der Polizeisperre ab und wurde nach dem Aussteigen sofort von einem der Nördlinger Beamten in Empfang genommen.

„Guten Tag, Herr Kommissar", begrüßte ihn dieser. Markowitsch erinnerte sich an das Gesicht des Polizisten, der ihn schon beim Tode von Markus Stetter in Empfang genommen hatte.

Als er Peter Neumann auf sich zukommen sah klärte er diesen mit kurzen Sätzen darüber auf, was sich auf dem Dachboden in Akebes Haus zugetragen hatte.

Peter Neumann fühlte für einen Moment Kälteschauer über seinen Rücken streichen, die ihm eine Gänsehaut verursachten.

„Ich habe nur noch nicht den leisesten Schimmer wie ich das in den Ermittlungsakten protokollieren soll, Neumann.

Dabei hoffe ich nur, dass uns die Staatsanwaltschaft da Verständnis entgegenbringen wird."

„Ich denke, dass wir mit einer entsprechenden Aussage von Frau Akebe die ganze Geschichte einigermaßen verständlich darlegen können", meinte Peter Neumann.

„Ansonsten gibt es eben eine weitere Akte für unerklärliche Todesfälle."

„Ihr Wort in Gottes Gehör, Neumann", brummte Markowitsch.

„Wie weit sind sie inzwischen mit ihren Ermittlungen hier?"

„Die Sachlage ist leider nicht ganz eindeutig zu klären", meinte dieser, und kratzte sich dabei am Hinterkopf.

„Jedenfalls nicht im ersten Moment.

Ich habe das eigentliche Geschehen ja mit eigenen Augen verfolgen können.

Es war von hier unten lediglich zu sehen, dass Gerd Stetter mit einem weiteren Mann dort oben eine scheinbare Auseinandersetzung hatte.

Zeugenaussagen zufolge handelt es sich bei dieser Person eindeutig um Albert Urban.

Ob Stetter nun selbst über die Absperrung geklettert und gesprungen ist, oder ob Albert Urban dabei nachgeholfen hat, war dabei von ihnen nicht eindeutig zu erkennen.

Aus den Beobachtungen war bis jetzt nur herauszuhören, dass Urban Gerd Stetter an dessen Jacke gefasst hatte.

Er selbst behauptet, dass er ihn daran hindern wollte über die Brüstung zu klettern."

„Na ja, was sollte er in seiner Situation auch anderes aussagen", meinte Markowitsch nachdenklich.

„Er wird sich ja wohl kaum selbst des Mordes bezichtigen wollen.

Ansonsten noch keinerlei Spuren die uns irgendwie weiterhelfen könnten?"

„Nein", entgegnete Peter Neumann etwas resigniert.

„Ich habe lediglich in der Zwischenzeit durch die Kollegen aus Nördlingen den Turm räumen lassen, damit die Spurensicherung ihre Arbeit machen kann.

Wir haben den Leichnam Gerd Stetters abgedeckt, ansonsten waren wir bisher mit der Vernehmung der Zeugen beschäftigt, was uns

bisher jedoch nicht viel weiter gebracht hat.
Den Staatsanwalt habe ich ebenfalls verständigt."
„Und der ist dank eines Polizeihelikopters auch schon zur Stelle", vernahm der Kommissar plötzlich eine Stimme hinter sich.
„Ich hoffe Sie nehmen es mir nicht übel, Markowitsch, dass ich den Kollegen Freiberg gebeten habe mir diesen Fall zu überlassen, nachdem ich dank Ihnen ja sowieso schon mittendrin stecke.
Der Tod von diesem Gerd Stetter macht uns unsere Ermittlungen allerdings in keiner Weise leichter.
Ich hatte eigentlich auf Grund seiner angekündigten Aussage darauf gehofft, diesen ehemaligen Staatssekretär auf die Hörner nehmen zu können.
Denn was ich absolut nicht ausstehen kann sind Staatsdiener, die mit dem Gesetz in Konflikt kommen, und die Politiker zähle ich nun auch einmal dazu.
Selbst wenn nicht immer unbedingt alle dem Staat dienen."
„Kann durchaus sein, dass Sie trotz Stetters Tod, oder vielleicht gerade deshalb noch zu ihrem Vergnügen kommen, Herr Staatsanwalt.
Freut mich übrigens ungemein, sie hier zu sehen.
Das gibt mir doch irgendwie das Gefühl, dass Sie mich ein wenig mögen, wenn Sie es vorziehen, mich persönlich bei meiner Arbeit zu unterstützen."
Der Kommissar konnte sich trotz der makaberen Situation ein Lächeln in Richtung Frank Berger nicht verkneifen.
„Wie kann ich denn das nun wieder verstehen, Markowitsch?
Können Sie sich nicht irgendwann einmal abgewöhnen, mir gegenüber immer in Rätseln zu sprechen?"
„Ganz einfach: Albert Urban scheint mehr oder weniger direkt am Tode von Gerd Stetter beteiligt zu sein.
Wie tief er genau mit drin steckt, werden unsere weiteren Ermittlungen ergeben, und genau damit sollten wir uns jetzt beschäftigen.
Kommen Sie mit?"
Er zog Frank Berger hinüber vor das Eingangsportal der Kirche, in dessen Nähe Gerd Stetters Leichnam noch immer unverändert auf dem Pflaster lag.
Auf dem Weg dorthin klärte er ihn mit kurzen Sätzen über die

Sachlage auf.

Die mit dem Staatsanwalt eingetroffenen Beamten der Spurensicherung hatten zusammen mit dem anwesenden Notarzt bereits die Kleidung Gerd Stetters durchsucht, und dabei alle gefundenen Gegenstände gesichert.

Unter ihnen war auch ein Brief, den sich Staatsanwalt Berger sofort griff.

Nachdem er die Zeilen überflogen hatte, kam ein leiser Pfiff durch seine Lippen.

„Irgendetwas Interessantes entdeckt, Herr Staatsanwalt?", fragte Markowitsch neugierig.

„Kann man wohl so sagen", antwortete Frank Berger und hielt dem Kommissar das Papier unter die Nase.

„Lesen sie, Markowitsch.

Wenn diese Zeilen mit dem übereinstimmen sollten was uns Gerd Stetter mitteilen wollte, wird sich dieser Urban ganz schön warm anziehen müssen.

Dies würde einer Anklage wegen Bestechung gleichkommen, und außerdem ein hervorragendes Motiv für Albert Urban bieten, Stetter deshalb aus dem Weg zu räumen."

„Diesen Inhalt kenne ich bereits", gab der Kommissar zurück, nachdem er den Brief überflogen hatte.

„Er deckt sich mit dem, was Frau Akebe bereits heute uns gegenüber gesagt hat.

Anscheinend hatte Gerd Stetter seinem Arzt dieses Geständnis auch schon gemacht."

„Ach ja?", fragte Berger nun erstaunt.

„Was ist denn jetzt genau mit diesem Doktor Akebe geschehen?

Ich habe bisher ja nur aus einigen Wortfetzen erfahren können, dass er ebenfalls tot ist.

Ihre dubiosen Mordfälle gehen mir langsam an die Nieren, Herr Kommissar, wissen Sie das?"

„Dieses *zauberhafte* Gespräch, Herr Staatsanwalt", betonte der Kriminalbeamte seltsam lächelnd, „werden wir besser in meinem Büro führen.

Das alles jetzt hier ausführlich zu schildern würde unseren zeitlichen Rahmen sprengen.

Lassen Sie uns das in den nächsten Tagen klären."

Frank Berger zog seine Augenbrauen in die Höhe und verdrehte die Augen dabei.

„Sie machen mich wahnsinnig, Markowitsch."

Nachdem letztendlich auch die Spurensicherung die Untersuchung Gerd Stetters beendet hatte, gab Berger den Leichnam zum Abtransport frei, und machte sich darauf gemeinsam mit Kommissar Markowitsch und Peter Neumann auf den Weg hinüber zu dem Polizeitransporter, in dem Albert Urban auf seine Vernehmung wartete.

Als sie ihm kurz danach den bei Stetter gefundenen Brief präsentierten, wurde der ehemalige Politiker kalkweiß im Gesicht und sank in sich zusammen.

Hatte er sich noch bis vor wenigen Minuten vehement gegen seine Festnahme gewehrt und den Beamten mit seinen Beziehungen zu höchster Stelle gedroht, so ließ er sich nun ohne jeglichen Widerstand von ihnen abführen.

„Da liegen ja nun ein paar aufregende Tage hinter uns, Herr Kommissar", sprach Frank Berger zu Markowitsch, als sie sich zu ihren Fahrzeugen begaben.

„Aber ich bin der Meinung, dass wir diesen Fall dennoch zu einem aus unserer Sicht versöhnlichen Ende bringen werden.

Selbst wenn ich diesen Urban nicht wegen Mordes hinter Gitter bringen kann, so wird er dennoch für das was damals geschehen ist seine gerechte Strafe erhalten.

Wenn Sie mir jetzt noch in den nächsten Tagen die Umstände, die zum Tod dieses Doktor Akebe geführt haben, einigermaßen verständlich machen könnten?"

„Na, *das* wird nicht ganz einfach werden", meinte Markowitsch mit einem Augenzwinkern zu seinem Kollegen.

„Nicht wahr, Neumann?"

Frank Berger reichte dem Kommissar und Peter Neumann die Hand, und mit einem Blick hinauf zur Spitze des Daniels verabschiedete er sich von den beiden Beamten.

# *ENDE*

# Endstation Alte Bastei

# Prolog

Stadtstreicher, Tippelbrüder, Obdachlose oder Penner. Diese und noch weitere Titulierungen werden Menschen zugedacht, die nicht selten von Seiten unserer Gesellschaft ausgestoßen werden, oder sich zumindest so fühlen.

Viele stören sich an diesen Bildern in den Städten, die nicht nur ältere Menschen in ungepflegter Kleidung mit Plastiktüten und Alkohol zeigen, sondern zunehmend auch Jugendliche, die scheinbar ziellos in den Tag hinein leben und im schlimmsten Fall tatsächlich zur Belästigung werden.

Sie geraten wohl aus den unterschiedlichsten Gründen in diese Situation. Manche, weil es ihnen schwerfällt, sich in die Strukturen unserer Gesellschaft einzugliedern, oder sie dies einfach nicht wollen. Andere unschuldig, weil sie einfach Pech hatten durch Krankheit, den Verlust des Arbeitsplatzes usw.

Darüber soll in diesem Roman auch weder ein Urteil gefällt werden, noch will ich mir anmaßen, irgendwelche Schicksale dieser Menschen zu kommentieren.

Schneller als einem lieb ist kann jeder von uns, wenn auch für manche schwer vorstellbar, in eine ähnliche Situation geraten, auch wenn dies wohl überwiegend in den großen Metropolen unseres Landes vorkommt.

Nicht ganz so schlimm scheint dies in den kleineren Städten aufzutreten, obwohl diese Menschen auch hier anzutreffen sind.

So auch in Nördlingen, der Großen Kreisstadt im Landkreis Donau-Ries, die auch als die *Riesmetropole* bezeichnet wird.

Dies ist wohl weniger auf die *nur* knapp 20.000 Einwohner zurückzuführen, sondern eher auf die zentrale Lage der Stadt innerhalb des Rieskraters mit ihren Sehenswürdigkeiten, die alljährlich von zahlreichen Touristen aus aller Herren Länder besucht und bestaunt werden.

Eine dieser Sehenswürdigkeiten, die Alte Bastei, sollte zu einem Schauplatz des Verbrechens werden.

Ich möchte hiermit ausdrücklich darauf hinweisen, dass auch in dieser Geschichte die gesamte Handlung mit allen darin vorkommenden Personen ausnahmslos meiner Fantasie entsprungen und somit frei erfunden ist.
Jede Übereinstimmung mit Abhandlungen bzw. lebenden oder verstorbenen Personen wäre rein zufällig und nicht beabsichtigt.

# 1. Kapitel

Wieder einmal machten sich Polizeiobermeister Peter Wagner und seine Kollegin Beate Kranz auf den Weg in Richtung der Nördlinger Stadtbibliothek.

Schon zum dritten Mal in dieser Woche gab es in den Abendstunden massive Beschwerden von Anwohnern in unmittelbarer Nähe.

Da sich der Ort des Geschehens nicht allzu weit von der Nördlinger Polizeiinspektion entfernt befand, entschlossen sich die beiden Beamten, kein allzu großes Aufsehen zu erregen.

Statt eines Dienstfahrzeugs mit Blaulicht wählten sie deshalb Schusters Rappen, vergaßen jedoch nicht, sich vorschriftsmäßig mit Dienstwaffe und Schlagstock für einen möglichen Ernstfall auszustatten.

Beide hofften zwar bei solchen Einsätzen immer, dass es ohne körperliche Auseinandersetzung ging, aber man wusste ja nie.

Die in der Vergangenheit zunehmenden Klagen von Bewohnern und Touristen der Stadt machten Peter Wagner und Beate Kranz sehr nachdenklich.

Immer wieder mussten sie oder ihre Kollegen ausrücken, um irgendwo in Nördlingen lautstarke verbale Attacken oder gar Handgreiflichkeiten zu schlichten.

Anlass dazu waren häufig provozierende Streitgespräche, die entweder betrunkene Erwachsene, oder halbstarke Jugendliche mit den sogenannten Obdachlosen führten.

Schon bevor die beiden Beamten den Kriegerbrunnen am Eingang zur Fußgängerzone erreicht hatten, war ein lautstarkes Wortgefecht zu vernehmen.

„Scheint ja mal wieder hoch herzugehen", meinte Peter Wagner zu seiner Kollegin.

„Ich hab's langsam satt, mich immer als Prellbock zwischen diese Streithammel stellen zu müssen."

„Solche Einsätze gehören eben auch zu unserem Job", meinte Beate Kranz etwas säuerlich grinsend.

„Schon", antwortete Peter Wagner zerknirscht. „Aber diese Einsätze nehmen langsam überhand.

Da suche ich doch lieber nach einem gestohlenen Fahrrad, oder hole das entlaufene Kätzchen einer alten Dame vom Baum."

Jetzt musste Beate Kranz doch lachen.

„Du findest das wohl auch noch lustig?", meinte Wagner.

„Ich stell mir gerade vor, wie Du unter einem Baum stehst und mit einer Spielzeugmaus in der Hand immer miez, miez, miez rufst."

Ein kurzer *Ich fresse dich gleich - Blick* ihres Kollegen traf Beate Kranz von der Seite, als sie sich dem Anlass ihres Einsatzes näherten.

Schnell erkannte Peter Wagner, dass sich im hinteren Teil des Geländes vor der Stadtbibliothek sieben Personen aufhielten.

Die drei eher harmlos auf einer Bank Sitzenden waren ihm bekannt.

Er sah sie des Öfteren hier in der Nördlinger Innenstadt. Manchmal begegnete er ihnen am Kriegerbrunnen, aber auch an verschiedenen Plätzen an der Stadtmauer oder am Daniel hatte er sie schon angetroffen.

Trotz der scheinbar bedrohlichen Haltung der Jugendlichen gegenüber den drei Personen war der Polizeiobermeister etwas erleichtert.

Allem Anschein nach waren die vier Burschen keine Angehörigen einer radikalen Gruppe. Jedenfalls deutete in diesem Augenblick nichts darauf hin.

„Normalerweise ist dieser Zugang zur Bibliothek um diese Zeit doch schon abgesperrt", bemerkte Beate Kranz, als sie an dem an dieser Stelle geöffneten Tor standen.

„Sicher", gab Peter Wagner zurück und betrachtete sich das

Schloss.

„Aufgebrochen?", fragte seine Kollegin.

„Sieht mir ganz danach aus", murmelte Wagner, der sich nun wieder in Bewegung setzte, um kurz darauf etwas lauter hinzuzufügen:

„Da bin ich doch mal gespannt, wie die Herrschaften uns dies erklären können."

Als er auf die kleine Gruppe zutrat, verstummte zunächst das Geschrei.

Mit einem vorlauten *Hallo, ihr Freunde und Helferinnen* wurden die beiden Beamten von dem scheinbar Rede führenden jungen Mann begrüßt, der mit ausgebreiteten Armen und einer Flasche in der linken Hand auf Peter Wagner zukam.

„Leider kann ich Ihnen nichts mehr zu trinken anbieten, Herr Kommissar", grinste er etwas dümmlich.

„Diese Flasche ist leer und die andere haben die Penner hier aus lauter Angst fallen lassen."

Dabei zeigte er auf einen kleinen Scherbenhaufen neben der Bank.

Wagner bemerkte sogleich die Alkoholfahne, die ihm entgegenschlug. Etwas angewidert drehte er seinen Kopf zur Seite.

„Ob wir hier Freunde werden und wem wir letztendlich helfen, das steht auf einem ganz anderen Blatt", entgegnete der Polizeibeamte. Er deutete mit der Hand hinter sich auf den Durchgang, der von Beate Kranz genauer in Augenschein genommen wurde.

„Zunächst würden wir gerne in Erfahrung bringen wer dieses Schloss aufgebrochen hat."

Der vor ihm stehende junge Mann ließ mit einem dümmlichen Grinsen und von einem lauten Rülpser begleitet seine noch immer ausgebreiteten Arme sinken, bevor er seinen Kopf etwas schief legte und mit lallender Stimme etwas überheblich meinte:

„Keine Ahnung, Herr Kommissar. *Ich* jedenfalls war das nicht."

Um die Bestimmtheit seiner Aussage zu unterstreichen tippte sich der offensichtlich alkoholisierte junge Mann mit dem Zeigefinger gegen seinen Brustkorb.

„Vielleicht war's ja einer von diesen Pennern hier", vernahm Wagner mit einem Mal die Stimme eines anderen aus der Gruppe.

„Ja, genau", meldete sich ein dritter zu Wort.

„Die haben sich bestimmt hier eingeschlichen, sich volllaufen lassen, und sind dann weggepennt."

„Der war gut", grinste der Vierte im Bunde. „Die Penner sind weggepennt."

Zur Selbstbestätigung über seinen in Wagners Augen ziemlich misslungenen Witz begann er lauthals zu lachen, brach dieses Gelächter jedoch gleich wieder ab als er bemerkte, dass der Polizeibeamte dies scheinbar gar nicht lustig fand.

Beate Kranz, die inzwischen an die Seite ihres Kollegen gekommen war, meinte kurzerhand:

„Es lässt sich ziemlich leicht feststellen, ob Ihr hier mit einer Brechstange am Werk gewesen seid.

Wir werden jetzt zuerst einmal Eure Personalien aufnehmen und anschließend das Tor auf Fingerabdrücke untersuchen.

Danach wird sich ganz schnell herausstellen, ob Ihr eine Anzeige wegen Sachbeschädigung und Einbruchs bekommt, oder ob es für Euch noch mal mit einem blauen Auge ausgeht."

Beate Kranz wusste ganz genau, dass sie sich auf einen kleinen Bluff einließ. Bei der Anzahl an Personen die hier jeden Tag ein und ausgingen, ließ sich ihre Behauptung sicherlich kaum in die Tat umsetzen.

Aber angesichts des alkoholisierten Zustands der vier jungen Männer wollte sie diesen kleinen Trick wenigstens ausprobieren.

Und scheinbar sollte sie Recht behalten. Die drei Kameraden ihres immer noch vor Peter Wagner stehenden Kumpels sahen sich kurz an und gaben mit einem Mal Fersengeld.

Wie der Blitz rannten sie in einem Bogen um die beiden Polizeibeamten und ihren Kameraden herum.

Beate Kranz war erstaunt über die Wendigkeit der Jugendlichen.
Als sie wenige Augenblicke später reagierte und hinter ihnen her rannte, hatten die drei bereits das Tor erreicht und flitzten ohne sich auch nur ein einziges Mal umzusehen in Richtung Innenstadt.

Einen kurzen Moment überlegte die Beamtin, die Verfolgung weiter aufzunehmen, entschloss sich dann aber dagegen.

Nachdem es offensichtlich nicht zu Handgreiflichkeiten gekommen war, bei der es Verletzungen gab, war sie der Meinung, es bei dem Schrecken für die jungen Männer zu belassen. Sie ging zurück zu ihrem Kollegen.

Peter Wagner sah währenddessen in das erschrockene Gesicht des noch immer vor ihm Stehenden.

Der leicht torkelnde junge Mann geriet plötzlich in Bewegung.

Der Polizeiobermeister nahm dies rechtzeitig wahr und packte ihn geistesgegenwärtig am Arm, den er sogleich mit einer gekonnten Bewegung nach hinten drehte.

Er tat dies wohl wissentlich nur soweit, dass er dadurch keine Verletzung hervorrief.

Dennoch schrie der Jugendliche erschrocken auf.

„He, Mann. Was soll das? Sie haben kein Recht mich hier einfach festzuhalten."

Erstaunlich nüchtern kam den beiden Polizeibeamten diese Aussage vor.

„Ist ja nur zu Ihrem eigenen Schutz", meinte Wagner mit gestellt wohlwollender Stimme.

„Nicht dass Sie in ihrem Zustand noch stürzen und sich verletzen. Außerdem benötigen wir noch Ihre Unterstützung beim Erfassen der Personalien.

Sicherlich können Sie in Vertretung für Ihre Kameraden diese zu Protokoll geben, oder?"

Der junge Mann versuchte sich aus dem Griff des Polizisten zu befreien.

Als er dies erfolglos aufgeben musste versuchte er, Peter Wagner gegen das Schienbein zu treten.

Dieser jedoch drückte nun den gedrehten Arm etwas nach oben, sodass der Jugendliche schmerzhaft aufschrie.

„So, Schluss nun mit dem Kaspertheater", sprach Wagner bestimmt.

„Frau Kollegin, ein paar Armbänder für den Herrn bitte. Er wird uns auf der Wache noch etwas Gesellschaft leisten."

Zu den noch immer etwas eingeschüchterten Männern auf der Bank meinte er nur mit einem belehrenden Fingerzeig:

„Und wir sehen uns morgen. Gleiche Zeit, gleicher Ort, klar?"

Mit einem wissenden Lächeln fügte er noch hinzu:

„Und kommt mir ja nicht damit, dass Ihr keine Zeit hättet."

Sodann nahmen der Polizeiobermeister und seine Kollegin ihren Schützling in die Mitte und machten sich auf den Weg zurück zur Polizeiwache.

Den etwas schäbig gekleideten Mann, der sie von der gegenüberliegenden St. Georgskirche mit zusammengekniffenen Augen dabei beobachtete, nahmen die beiden Beamten in diesem Augenblick kaum wahr.

# 2. Kapitel

Nördlingens Oberbürgermeister Martin Steger, der sich gerade zu Fuß auf dem Weg in das Rathaus befand, sah die drei Personen entgegenkommen.

„Sieht nach Ärger aus", meinte er, als er Beate Kranz und Peter Wagner die Hand reichte.

„Was ist denn passiert?"

„Leider wieder einmal das leidige Thema an der Stadtbibliothek", gab Wagner zurück.

„Wir konnten aber Schlimmeres verhindern."

„An der Bibliothek?"

Scheinbar verwundert stellte Steger diese Frage und blickte dabei auf seine Armbanduhr.

„Die Zugänge sind doch ab halb acht geschlossen."

„Am seitlichen Zugangstor wurde scheinbar das Schloss geknackt. Einen der mutmaßlichen Täter konnten wir stellen, die anderen haben sich leider aus dem Staub gemacht", antwortete Wagners Kollegin, die den festgenommenen Jugendlichen am Arm hielt.

„Blödsinn", rief dieser sofort protestierend. „Von uns war das keiner."

Energisch versuchte er sich dabei aus dem Griff der Polizistin zu befreien, was diese jedoch zu verhindern wusste.

„Aha", meine Beate Kranz.

„Dann sind Deine sauberen Kameraden wohl aus Furcht vor dem bösen Wolf abgehauen und haben Dich im Stich gelassen, was?

Es wird sich schon herausstellen, inwiefern Ihr in die Geschichte verstrickt seid. So wie das vorhin ausgesehen hat, geht die ganze Angelegenheit nicht mehr als Kavaliersdelikt durch."

Einige Passanten tuschelten im Vorübergehen. Kopfschütteln begleitete ihre Worte, die jedoch nicht genau zu verstehen waren. Als zwei von ihnen einige Schritte weiter stehen blieben um über irgendetwas zu diskutieren, wurden sie von den Beamten dazu ermahnt, weiterzugehen.

„Es ist langsam an der Zeit, diese Angelegenheit per Gesetz zu regeln", meinte Martin Steger.

„Ich bin deshalb auch gerade unterwegs ins Büro, um ein entsprechendes Schriftstück aufzusetzen. Morgen werde ich dieses in einer außerordentlichen Sitzung dem Stadtrat vorlegen."

„Eine gute Entscheidung, wenn ich mir diese Bemerkung erlauben darf, Herr Steger", sprach Peter Wagner.

„Langsam nehmen diese immer widerkehrenden Einsätze Überhand."

Er reichte dem Oberbürgermeister die Hand.

„Entschuldigen Sie bitte, wir müssen weiter. Es gibt jetzt wieder jede Menge Papierkram zu erledigen.

Sicher wäre es auch im Sinne der Kolleginnen und Kollegen, wenn sich hier bald eine Entscheidung zu Gunsten des Stadtfriedens finden ließe."

„Ich werde sehen was ich erreichen kann", meinte Martin Steger.

„Auch ich bin es langsam Leid, immer wieder Ermahnungen an die Leute auszusprechen, sich von den öffentlichen Gebäuden fernzuhalten."

Die beiden Beamten tippten sich kurz zum Gruß an die Mützen und machten sich auf den Weg.

Steger grüßte zurück und begab sich in Richtung Kriegerbrunnen, um sich anschließend in der dahinter liegenden Gasse den Schaden am Zugangstor zur Stadtbibliothek zu betrachten.

Dort angekommen zeugten lediglich die Scherben einer zerbrochenen Flasche von der geschilderten Auseinandersetzung.

Etwas erleichtert stellte Martin Steger fest, dass von den drei erwähnten Personen keine mehr zu sehen war.

Einerseits war dies dem OB ganz recht, denn auf eine der in letzter Zeit häufiger vorkommenden verbalen Auseinandersetzungen mit diesen Leuten hatte er nicht unbedingt Lust.

Etwas seufzend betrachtete er sich das beschädigte Schloss und nahm sich vor, die Reparatur gleich am nächsten Morgen in Auftrag geben zu lassen.

# 3. Kapitel

Die Stimmung am darauf folgenden Abend im Sitzungssaal des Nördlinger Rathauses war alles andere als fröhlich.
Alle vierundzwanzig Mitglieder des Stadtrats waren anwesend. Martin Steger hatte alle Mitglieder darum gebeten, diesen für ihn unumgänglichen Termin wahrzunehmen.
Nachdem er die Sitzung offiziell eröffnet hatte las er sein Entwurfsschreiben vor, in welchem er auch den Antrag stellte, für diese angespannte Situation einen entsprechenden Ausschuss zu gründen.
Als er seine Rede beendet hatte, blickte er in die Runde der Anwesenden.
Unschlüssigkeit aber auch Zweifel konnte er in manchen Gesichtern erkennen. Aber es gab auch zustimmende Blicke.
„Wie stellen Sie sich denn die Umsetzung vor, Herr Steger?", kam schließlich die erste Frage aus der Runde.
„Es würde zumindest eine Aufstockung des Etats für die Polizeiinspektion bedeuten", äußerte sich eine der anwesenden Frauen.
Fragende Gesichter richteten sich auf den Oberbürgermeister.
„Es sollte meiner Ansicht nach auf Grund der zunehmenden Beschwerden aus der Bevölkerung kein großes Problem darstellen, zusätzliche Beamte in Nördlingen zu stationieren.
Zumindest für einen gewissen Zeitraum, bis man die Situation wieder im Griff hat", meinte Martin Steger.
„Aber auch über eine Zivilstreife könnte man eventuell einmal nachdenken."
„Zivilstreife? Das ist doch lächerlich", kam umgehend eine kontroverse Meinung.
„Wir sollten hier nicht über Methoden diskutieren, die unsere Arbeit für die Stadt, ihre Bürger und ihre Besucher in ein negatives

Licht rücken."

Ein weiterer der Anwesenden meldete sich zu Wort.

„Ich würde mich der Ansicht von Herrn Steger anschließen. Nur über das *Wie* müssten wir noch einmal diskutieren.

Ich muss der Kollegin insofern Recht geben, Herr Oberbürgermeister, als dass wir hier nicht mit Methoden wie beispielsweise den sogenannten Schwarzen Sheriffs anfangen sollten.

Das wäre meiner Meinung nach irgendwann nicht mehr kontrollierbar, und wir bekämen möglicherweise Zustände wie im alten Rom, bei denen die Macht des Stärkeren wohl sehr schnell äußerst unangenehm für uns werden könnte."

„Gut", meinte Martin Steger. „Andere Ideen?"

„Wir sollten uns darauf einigen", kam ein Vorschlag, „dass wir einen Ausschuss aus allen vier Parteien bilden, der sich gezielt dieser Angelegenheit annimmt."

„Die meines Erachtens nach, wobei ich mit meiner Meinung ja keinesfalls alleine dastehe, allerdings keinen allzu langen Aufschub mehr duldet", meinte der OB.

Einige der Anwesenden nickten zustimmend.

„Also lassen Sie uns zur Tat schreiten.

Ich beantrage hiermit, dass sich die Parteien bis zur nächsten Sitzung auf jeweils eine oder einen aus ihren Reihen einigen.

Diese Kolleginnen und Kollegen werden dann sobald als möglich einen entsprechenden Vorschlag zur weiteren Vorgehensweise ausarbeiten. Ich bitte um Handzeichen für Ihr Einverständnis."

Bis auf zwei Ausnahmen, die bei solchen Entscheidungen ja fast immer an der Tagesordnung sind, traf der Antrag des Oberbürgermeisters auf Zustimmung.

Somit wurde diese außerordentliche Sitzung zwar nicht ganz in seinem Sinne, jedoch für ihn zufriedenstellend beendet.

# 4. Kapitel

Die Dunkelheit brach langsam über Nördlingen herein, als Martin Steger als Letzter das Rathaus verließ und die Türe hinter sich absperrte.

Als er sich umdrehte und die Stufen hinunter schritt, sah er am gegenüberliegenden Parkplatz Karl Kübler, einen der Stadtratsmitglieder, an seinem Geländewagen stehen.

Kübler hatte die Heckklappe seines Wagens geöffnet und hielt ein Gewehr in den Händen. Das Stadtoberhaupt ging mit schnellen Schritten auf Karl Kübler zu.

„Auch wenn Sie Mitglied des Bayerischen Jagdverbandes sind, oder gerade deshalb müssten Sie wissen, dass Sie ihre Waffen nicht in der Öffentlichkeit präsentieren sollten."

Kübler blickte den OB grinsend an, legte das Gewehr fast schon andächtig auf die Tasche, aus der es kurz zuvor entnommen hatte. Leicht strich er dabei über den verzierten Schaft, auf dem seine Initialen *K. K.* eingraviert waren.

„Ein edles Stück", meinte Martin Steger anerkennend.

„Oh ja", gab Kübler zur Antwort. „Kann man wohl sagen. Eine Steyr Luxus.

Hat mich zwar eine ganze Stange Geld gekostet, ist aber jeden Pfennig wert."

„Jeden Cent, meinen Sie wohl", verbesserte der OB seinen Stadtratskollegen.

„Sie scheinen in Gelddingen noch genauso in der Vergangenheit zu leben wie in manchen Ihrer Ansichten."

Steger grinste etwas säuerlich bei seinen Worten. Wusste er doch, dass Karl Kübler gewisse Traditionen über den Fortschritt stellte.

Zum Thema Europäisierung und Globalisierung hatte er ganz eigene Vorstellungen.

Nicht immer zeigte er sich mit bestimmten, auf politischer Ebene getroffenen Entscheidungen einverstanden, obwohl er sie letztendlich mittrug, nur um seine eigene Position nicht zu gefährden.

„Tja, werter Herr Oberbürgermeister. So ist das nun mal mit den Ansichten.

Auch wenn sie in der Öffentlichkeit nicht immer willkommen sind, so können sie in privater Hinsicht doch ganz anders sein."

„Wie darf ich das verstehen?", fragte Martin Steger irritiert.

Er wusste, dass Kübler und er nicht immer auf der gleichen politischen Linie angesiedelt waren.

Trotz seines Hangs zum Waffennarr, den er eher seiner Jagdleidenschaft zuordnete, schätzte er Karl Kübler nicht als einen extremen Verfechter des Rechts ein, denn in diesem Fall hätte er schon längst etwas dagegen unternommen.

„Ganz so wie ich es gesagt habe", bestätigte Kübler einmal mehr Martin Stegers Meinung über ihn, während er sein Jagdgewehr sorgfältig in dessen Tasche verstaute und diese anschließend unter eine Decke schob.

„Nicht alles was ich als Stadtrat politisch vertreten und auch mit tragen muss, würde ich auch in privater Hinsicht so entscheiden."

„Sie sprechen wie so oft in Rätseln, Herr Kübler", meinte Martin Steger. „Spielen Sie auf die Sitzung von vorhin an?"

Kübler sah kurz auf seine Armbanduhr.

„Ich will zwar noch auf den Ansitz, aber gut. Der Abend ist noch jung. Ich will versuchen, es Ihnen zu erklären."

Die beiden Männer vernahmen just in diesem Augenblick eindeutiges Geschrei aus der Richtung der Stadtbibliothek.

Den Wortfetzen nach zu urteilen stritten sich einige Personen gerade darum, wer den nächsten Schluck aus einer Flasche nehmen durfte.

Auf Martin Stegers Stirn bildeten sich sogleich einige Zornesfalten.

Er begab sich in Richtung des eisernen Tores, durch das man auch vom Rathaus her zur Stadtbibliothek gelang, als ihn Kübler nach wenigen Schritten einholte und am Arm zurückhielt.

„Lassen Sie es bleiben, Steger", meinte er.

„Hat doch keinen Zweck wenn sie die Bande jetzt verjagen. Die lachen sie doch nur aus und sind in einer halben Stunde wieder da."

„Da haben Sie allerdings Recht", ergab sich der Oberbürgermeister in dieser Situation, ohne aber seinen Weg zum Tor zu unterbrechen.

„Ich weiß nicht, wie oft ich in letzter Zeit schon vergeblich versucht habe, hier für Ruhe zu sorgen."

Er sah Kübler, der seinen Arm inzwischen wieder losgelassen hatte, fast schon resignierend an.

„Das ist genau das, was ich meine", sprach dieser langsam und mit einer ausladenden Geste seiner Hände, als er sich neben den Oberbürgermeister gegen das Tor lehnte.

„Unser Problem sind nicht nur ein paar mehr oder weniger harmlose Streuner, Stadtstreicher oder Penner, egal wie man sie nennen mag."

Er deutete mit der Hand auf das Gelände der Stadtbibliothek.

„Was mir persönlich Sorgen bereitet, sind die zunehmend Jugendlichen, die scheinbar nichts mit ihrer vielen freien Zeit anzufangen wissen.

Aber in meinen Augen entsteht diese Situation durch beide Gruppen.

Wenn man als junger Kerl oder als junges Mädchen sieht, dass man in unserem Land auch ohne regelmäßige Arbeit sorglos in den Tag hineinleben kann, so wundert es mich nicht, dass sie diesen Weg irgendwann auch für sich selbst vorziehen."

Martin Steger wollte schon sein Handy aus der Tasche holen um die Polizei zu verständigen, als er und Kübler in diesem Moment eine

Gruppe Jugendlicher in Richtung Tor auf sich zukommen sahen.

Sie konnten auf Grund der Lichtverhältnisse lediglich vier männliche und drei weibliche Personen erkennen, die mit teilweise nieten- und kettenbesetzten Hosen bekleidet waren.

Erst als sich die Gruppe auf der anderen Seite des Tores den beiden Männern gegenüber befand, konnte man die grinsenden Gesichter ausmachen.

Eng umschlungen standen die jungen Leute da, nehmen abwechselnd einen Schluck aus den mitgebrachten Bierflaschen und begannen wild miteinander herum zu knutschen.

Martin Steger und Karl Kübler konnten eindeutige sexuelle Berührungen der Jugendlichen erkennen.

Einer von ihnen ließ plötzlich von seiner Gefährtin ab. Diese wandte sich an die beiden Männer, die ihnen durch das Tor getrennt, gegenüber standen.

Ihre Stimmlage ließ den Alkoholkonsum eindeutig erkennen.

„Na, Ihr beiden Hübschen? Noch nicht bei Muttern daheim? Oder seid Ihr etwa auf Spanner-Tour?"

Sie drehte kurz den Kopf zur Seite und sah den Rest der Gruppe an.

„Soll ich den beiden mal etwas zeigen, was sie bestimmt schon lange nicht mehr gesehen haben?", fragte sie in die Runde.

Zustimmende Worte folgten als Antwort auf ihre Frage.

Die junge Frau, Martin Steger schätzte sie auf knapp zwanzig Jahre, tänzelte unsicher von einem Bein auf das andere und begann sogleich, langsam ihr Oberteil aufzuknöpfen.

Ihr dabei dümmliches Grinsen ließ bei Steger und Kübler eine leise Wut aufsteigen.

Als der OB erkannte, dass die betrunkene Frau auch noch damit begann, ihren BH zu öffnen, wandte er seinen Blick ab, griff in die Tasche und zog sein Mobiltelefon hervor.

„Willst Du jetzt Verstärkung rufen?", feixte einer der jungen

Männer.

„Oder sagst Du bei Mutti Bescheid, dass sie sich schon mal auf den Rest des Abends freuen darf?"

Lautes Gejohle aus der Gruppe folgte.

Karl Kübler erkannte, dass sich Martin Steger wohl dazu entschlossen hat, die Polizei zu verständigen.

Deshalb packte er ihn erneut an seinem Arm, um ihn in Richtung seines Wagens zu dirigieren.

„Lassen Sie das, Steger. Das bringt doch nichts. Wenn die merken, dass Sie die Beamten rufen, sind sie in ein paar Minuten weg."

Martin Steger sah Karl Kübler einige Augenblicke lang ins Gesicht und steckte anschließend sein Handy mit einem Seufzer wieder zurück in die Tasche.

„Schluss für heute!"

Als Nördlingens OB diese sehr laut gesprochenen drei Worte hinter sich vernahm, herrschte mit einem Mal gespenstische Ruhe auf dem Platz rund um das Rathaus.

Drei Worte mit einer Bestimmtheit in ihrer Betonung, die in ihrer Eindeutigkeit nichts vermissen ließen.

Martin Steger drehte sich um und erblickte einen Schatten hinter der Gruppe der vor wenigen Augenblicken noch selbstsicher auftretenden Jugendlichen.

Sie schienen angesichts des plötzlichen Auftauchens dieser seltsamen Gestalt etwas irritiert.

Der Wortführer der vier Männer, der seinen Kameraden eben noch seine Großspurigkeit unter Beweis gestellt hatte, betrachtete sich den Mann, der ihnen nun etwas entgegen kam und dadurch auch besser zu erkennen war.

Seine Haare sahen aus, als würde er sich diese selbst schneiden. Das kantige Gesicht, das wohl seit mehreren Tagen keinen Rasierer mehr gesehen hatte, gab in diesem Moment keinerlei Rückschlüsse auf die Absichten des Mannes.

Er stand einfach nur da, den Kopf leicht zur Seite geneigt, seine Hände in den Taschen seines schon etwas zerschlissenen Trenchcoats vergraben.

Alles in Allem keine imposante Erscheinung, die den Jugendlichen im Normalfall Furcht einflößen könnte.

Jedoch schien es sich hier nicht um eine normale Situation zu handeln. Sein plötzliches Erscheinen und die Bestimmtheit seiner drei Worte in Verbindung mit seiner Körperhaltung vermittelten den jungen Leuten etwas Endgültiges.

Dennoch wollte sich der Rede führende aus der Gruppe, der nun ebenfalls etwas nach vorne getreten war, nicht so leicht geschlagen geben.

Mit verschränkten Armen, die Bierflasche noch in der einen Hand, baute er sich vor dem Mann auf.

„Was willst Du denn, Penner?", stellte er ihm seine Frage. „Sieh Dich doch mal um."

Er breitete seine Arme aus und deutete dabei nach hinten in Richtung seiner Freunde.

„Glaubst Du wirklich, dass wir hier so einfach davon laufen, nur weil so ein abgehalfterter Typ wie Du daher kommt und meint, er müsse den Aufpasser spielen?"

Selbstsicher wandte er sich mit nun ausgebreiteten Armen an den vor ihm Stehenden.

„Du hast nun genau drei Möglichkeiten:
Entweder Du trinkst mit uns, und wir machen hier 'ne kleine Party, oder aber Du verziehst Dich schnellstens wieder unter deine Brücke."

Die erstaunlich ruhige Antwort des Mannes, dessen Alter auf Grund seines Aussehens schlecht einzuschätzen war, ließ nur wenige Sekunden auf sich warten.

„Rechnen scheint wohl nicht gerade Deine starke Seite zu sein, oder? Das waren eben nur zwei Möglichkeiten, die Du aufgezählt hast."

„Nicht ganz richtig", entgegnete der junge Mann.

„Die dritte Möglichkeit wäre wohl die für Dich unangenehmere."

Kaum waren seine Worte ausgesprochen, trat er rasch drei, vier Schritte nach Vorn und holte dabei mit der Bierflasche aus.

Martin Steger und Karl Kübler betrachteten die Szene von der anderen Seite des Zauns.

Stegers Körperhaltung schien angespannt zu sein. Kübler dagegen betrachtete sich das Ganze äußerst gelassen.

Genau in dem Augenblick, als der angetrunkene Jugendliche seinen Arm mit der Flasche gegen den Kopf seines Kontrahenten sausen ließ, schnellte dessen Arm nach oben und wehrte mit der Handkante den Schlag des Angreifers ab.

Die Bierflasche flog in hohem Bogen davon und schlug einige Meter weiter klirrend zu Boden.

Der Junge wusste auf Grund dieser Reaktion noch gar nicht richtig wie ihm geschah.

Verdutzt starrte er zunächst auf seine leere Hand, um anschließend seinen Blick auf das verwitterte Gesicht des Mannes vor ihm zu richten.

Genau in diesem Moment, als er versuchte etwas in den Augen des Mannes zu erkennen, traf ihn dessen andere Hand flach aber schmerzhaft auf die Wange.

Schlagartig ernüchterte der junge Mann und registrierte dabei, dass man ihm soeben wie einem kleinen Kind eine Ohrfeige verpasst hatte.

Martin Steger hatte instinktiv wieder sein Handy aus der Tasche geholt, da er nun eine handfeste Auseinandersetzung erwartete. Jedoch genau das Gegenteil trat ein.

Anstatt sich wütend auf den Mann vor ihm zu stürzen, drehte sich der junge Kerl um und ging zu den Anderen zurück.

Allerdings schien er keineswegs aufgeben zu wollen.

„Dein Messer", verlangte er mit zitternder Stimme und ausgestreckter Hand von einem seiner Kameraden.

„Jetzt machen wir ihn fertig."

Doch er musste eine unerwartete Antwort hinnehmen.

„Lass es sein, Tom. Ich werde mich nicht mit dem Wächter anlegen."

Einige Sekunden herrschte Stille, bevor der Angesprochene antwortete.

„Was soll das? Kneifst Du jetzt wo es brenzlig wird? Und wieso Wächter? Woher kennst Du diesen Typen?"

Mit seiner Hand deutete Tom auf den hinter sich stehenden Mann, der ihn gerade vor seinen Kameraden, die allesamt tatenlos zusahen, gedemütigt hatte.

„Lass gut sein", meinte der andere nochmals.

„Ich kenne ihn aus der Schrebergartenanlage beim Sägewerk. Mit dem ist nicht zu spaßen."

Tom blickte fragend in die anderen Gesichter, erkannte aber nur zustimmendes Nicken zu dem eben Gehörten.

Er erkannte, dass momentan wohl keine Chance bestand, die erlittene Schmach wieder gut zu machen.

Urplötzlich verließ ihn seine angespannte Haltung. Er drehte sich um, ging auf den von seinen Freunden als Wächter bezeichneten Mann zu und baute sich vor ihm auf.

„Gut", meinte er mit zischendem Unterton in seiner Stimme. „Wir gehen.

Aber bilde Dir nur nicht ein, dass wir beide schon miteinander fertig sind. Die Ohrfeige wird noch ein Nachspiel haben."

Mit diesen Worten ließ er den Mann stehen, winkte den anderen ihm zu folgen und ging Richtung Ausgang zur Stadtmitte.

Der Wächter ersparte sich eine Antwort. Er trat lediglich einige

Schritte zur Seite, um die Gruppe passieren zu lassen.

„Können Sie mir das erklären, Kübler?", fragte Martin Steger, als er dem Mann zu seinem Auto folgte.

An dessen Fahrzeug angekommen verschloss Kübler die noch immer offen stehende Kofferraumtüre, drehte sich zu seinem Gesprächspartner um und steckte seine Hände in die Hosentaschen.

„Wissen Sie Steger", meinte er mit seltsam ruhiger und wohlgefälliger Stimme.

„Ihre Idee mit der Zivilstreife vorhin bei der Sitzung fand ich gar nicht mal so schlecht.

Dass sich einige der Querdenker in unserem Haufen dagegen entscheiden würden, das war mir jedoch von vorn herein klar."

„Und was soll ich nun mit dieser Aussage anfangen?", meinte der Oberbürgermeister.

„Stellen Sie sich doch nicht naiver als Sie sind, Steger. Mit Ihren Gedanken das, sagen wir mal Problem zu lösen", deutete Kübler in Richtung Bibliothek, „sind Sie meiner Meinung nach durchaus auf dem richtigen Weg.

Dass es immer einige Sturköpfe gibt die meinen, man müsse jede unangenehme Situation mit Streicheleinheiten aus der Welt schaffen, ist uns beiden wohl klar.

Nein, nein. Ihr Ansatz ist schon der Richtige. Nur die Dosierung passt nicht ganz."

Langsam wurde Martin Steger ungeduldig.

„Reden Sie Klartext Kübler, oder verschonen Sie mich mit Ihrem Gefasel. Heben Sie sich Ihre Ideen für die nächste Versammlung auf, oder sagen Sie mir endlich was Sie mit Ihren Andeutungen meinen."

Martin Steger schloss die Knöpfe seines Jacketts. Es fröstelte ihn etwas, denn für diese Jahreszeit war es doch ziemlich kühl.

Als die beiden Männer einen kurzen Moment darauf den Ruf des Türmers hoch oben vom Daniel, dem Turm der St. Georgskirche vernahmen, sah Kübler wieder auf seine Uhr.

„Langsam rentiert sich der Ansitz nicht mehr. Ich denke, wir beide sollten uns lieber noch kurz auf ein Bierchen zusammensetzen. Dabei erkläre ich Ihnen, was es mit meinen Andeutungen auf sich hat", sprach er zu Martin Steger.

Dieser überlegte kurz, ließ sich jedoch dazu überreden, Karl Küblers Vorschlag anzunehmen.

# 5. Kapitel

Steffen Kleinschmidt, der von seinen Freunden nur Steff genannt wird, schlenderte am späten Nachmittag in Richtung Nördlinger Fußgängerzone.

Als er die ersten Geschäfte erreicht hatte, kramt er in den Brusttaschen seiner Jeansjacke.

Mehr als eine leere Zigarettenpackung konnte er jedoch nicht daraus hervor holen. Ärgerlich warf er diese achtlos zu Boden.

*Mist* dachte er bei sich. *Keine Kippen mehr und die Kohle ist auch schon wieder alle.*

Aus einigen Metern Entfernung vor ihm drang Musik an seine Ohren.

Diese verstummte, als er kurz darauf die Stelle erreicht hatte.

Steffen konnte erkennen, dass der Straßenmusikant, der eindeutig ausländischer Herkunft war, soeben seine Gitarre bei Seite legte, und sich von einem kleinen Hocker daneben eine Zigarettenschachtel griff.

Nachdem er diese geöffnet und sich ein Stäbchen daraus zwischen seine Lippen gesteckt und angezündet hatte, beugte er sich nach unten, um die am Boden liegende Mütze aufzuheben.

Mehrere Passanten hatten scheinbar zufrieden oder auch mitleidig seinem Spiel gelauscht, denn es befand sich doch eine ganze Anzahl an kleineren, aber auch größere Münzen darin.

Als der Mann gerade bis auf wenige Ausnahmen die Geldstücke in seine Hosentasche gesteckt hatte, baute sich Steffen vor ihm auf.

„Scheint ja doch ganz einträglich zu sein, was Du den Leuten hier um die Ohren haust", meinte er.

Etwas überrascht von diesem verbalen Angriff sah der Straßenmusiker auf den jungen Mann vor sich.

Wer ihn in diesem Augenblick genauer beobachtete, konnte in seinen Augen erkennen, dass er sich nicht sicher darüber war, ob er nun freundlich etwas entgegnen, oder sich eher vorsichtig abwenden sollte.

Der Mann entschied sich angesichts der lässigen Haltung seines Gegenübers für die zweite Möglichkeit, denn so manche Erfahrung hatte ihn schon eines Besseren belehrt.

Als Steffen Kleinschmidt sich unbeachtet fühlte, setzte er sogleich noch etwas hinterher.

„Etwas freundlicher könntest Du schon zu deinem Publikum sein, Mann."

Dieser drehte sich nun wieder um und sah Steffen fragend an.

„Was willst Du von mir. Ich unterhalte lediglich die Leute hier und habe niemanden belästigt."

Steffen grinste abwertend.

„Darüber könnte man bei der Auswahl Deiner Musik aber streiten. Mein Geschmack war das jedenfalls nicht."

„Wenn es Dir nicht gefällt, musst Du auch nicht stehen bleiben und zuhören. Du musst Dich auch nicht verpflichtet fühlen, mir Geld zu geben."

„Das würde gerade noch fehlen", lachte Steffen gekünstelt.

„Nein", fügte er sogleich hinzu. „Ich bin sogar der Meinung, dass Du mir noch etwas dafür geben müsstest, nachdem ich Deinem Gejammer zugehört habe."

Nun wurde es dem Musiker doch ein wenig mulmig zumute. Er betrachtete sich die Statur des jungen Mannes vor ihm und fasste den Entschluss, keine Provokation herauf zu beschwören.

Natürlich war er schon das eine oder andere Mal in einer ähnlichen Situation, dass man ihn auf Grund seiner Musikstücke schräg von der Seite angemacht hatte. Allerdings endeten diese Dialoge meist harmlos.

Diesmal jedoch fühlte er, dass es wohl besser wäre, sich nicht auf weitere Diskussionen einzulassen. So versuchte er, sich möglichst unbeteiligt zu geben.

„Was ist denn nun?", fragte Steffen ungeduldig, da schon der eine oder andere von vorübergehenden Passanten stehen geblieben war, um die Szene zu beobachten.

Da der Musiker nun befürchtete, dass es doch zu Handgreiflichkeiten kommen könnte, griff er seufzend in seine Hosentasche. Er wollte keinen Streit herauf beschwören, der ihn wohl letztendlich hier seinen Platz kosten könnte.

Man war hier in Nördlingen in der letzten Zeit nicht gerade angetan von den Menschen seiner Zunft.

Als er Steffen schließlich einige Münzen reichte, betrachtete dieser das Kleingeld in seiner Hand.

„Da solltest Du noch was drauflegen", meinte er großspurig. „Das reicht nicht mal für eine Schachtel Kippen."

Der Mann vernahm den verächtlichen aber doch eindeutigen Unterton in Steffens Stimme.

„Dann nimm diese noch dazu", antwortete er und gab ihm die halbvolle Schachtel Zigaretten, die er von seinem Hocker nahm.

„Na also, geht doch", grinste Steffen zufrieden, drehte sich um und stiefelte durch die umher stehenden Menschen hindurch, als ihn mit einem Mal ein durchdringender Blick aus zwei Augen traf.

Wie angewurzelt blieb Steffen Kleinschmidt für einige Sekunden stehen. Er hatte Mühe, diesem Blick Stand zu halten.

„Glotz nicht so blöd Du Penner", fuhr er den grauhaarigen, hageren Mann in seinem zerschlissenen Mantel an.

„Wärst Du früher gekommen, hättest Du auch was gekriegt."

Mit diesen Worten ließ er ihn und die teils mit dem Kopf schüttelnden anderen Leute stehen und machte sich auf den Weg in den nahe gelegenen Einkaufsmarkt, um sich etwas zu trinken zu kaufen.

Wenig später saß Steffen Kleinschmidt mit einem Sixpack neben sich auf einer der Bänke am Kriegerbrunnen.

Er nahm einen tiefen Zug von einer Zigarette und fischte sich gerade die zweite Flasche aus der Verpackung, als sich aus der Seitenstraße der St. Georgskirche zwei Jugendliche näherten.

„Ey, wenn das mal nicht der Steff ist", rief einer von ihnen scheinbar überrascht.

Mit einigen langen Schritten hatten sie den Kriegerbrunnen erreicht und klopften ihrem Kumpan auf die Schulter.

„Bier und Kippen?", kam die Frage aus dem Mund des Zweiten.

„Ist bei Dir der Wohlstand ausgebrochen?"

Steffen Kleinschmidt setzte die Flasche an seinen Mund, nahm einen langen Schluck daraus und ließ einen lauten Rülpser folgen, während er das Bier an seine beiden Freunde weiterreichte.

Anschließend zog er die Zigarettenschachtel aus seiner Jeansjacke und hielt sie den Beiden entgegen, bevor er antwortete.

„Hat mir ein freundlicher Straßenmusiker geschenkt", meinte er zweideutig grinsend.

„Und weil ich ihn so lieb darum gebeten hatte, spendierte er mir auch gleich noch die Kohle für 'nen Sixpack."

Er deutete auf die vier noch vollen Flaschen in der Packung.

„Bedient euch, solange noch was da ist."

Bereitwillig griffen sich seine beiden Freunde je eine der Bierflaschen, nachdem sie sich neben Steffen auf die Bank gesetzt hatten und öffneten mit einem Feuerzeug die Verschlüsse.

„Aber die nächste Runde geht auf einen von Euch", meint Steff.

„Besser Ihr holt den Nachschub sofort, der Laden macht bald dicht."

Seine beiden Freunde kramten in ihren Hosentaschen und förderten etwas Kleingeld zu Tage.

Sogleich erhob sich einer, und marschierte um den Brunnen herum in Richtung des Geschäftes, in welchem schon Steffen kurz zuvor das Bier geholt hatte.

Die Fußgängerzone leerte sich langsam, die Geschäfte schlossen nach und nach ihre Türen und langsam brach die Dämmerung über die Nördlinger Altstadt herein.

Schweigend saßen Steffen Kleinschmidt und sein Kumpel nebeneinander, bis schließlich auch der Dritte wieder aus dem Laden zurück war.

Er stellte eine Plastiktasche auf der Bank ab und zog zwei Packungen mit je sechs Flaschen Bier daraus hervor.

„Na endlich Mann. Wo bleibst Du denn so lange?"

Mit einem fragenden Blick auf das Mitgebrachte meinte er anschließend:

„Sind die Dinger im Sonderangebot? So viel Kohle hatten wir doch gar nicht."

„Das nicht", meinte der Andere lachend. „Aber ich hatte ja keine Eile beim Einkaufen.

Und nachdem ich schließlich der Letzte im Laden war, konnte ich die Alte an der Kasse davon überzeugen, dass sie mir einen kleinen Bonus gibt."

Fragende Blicke richteten sich aus vier Augen auf ihn.

„Glotzt nicht so blöd", grinste er.

„Die Tante hat mir das Bier freiwillig gegeben. Ich bin doch kein Krimineller."

Er sah dabei seinen Kumpel Steffen an.

„Ganz im Gegensatz zu Dir", flachste er.

„Haben dich die Bullen vorgestern Abend auseinander genommen? Ich hoffe nur für Dich, dass Du keinen von uns verraten hast."

„Mach Dir mal nicht in die Hosen", antwortete Steffen Kleinschmidt genervt.

„Meine Alten haben zwar mächtig getobt, aber es war auszuhalten. Das war mir der Spaß wert."

„Ja", meinte einer seiner beiden Kumpane.

„Die drei Penner hatten ganz schön Zähneklappern als wir ihnen die Pullen abgenommen haben."

„Wo ist eigentlich Paul?", fragte Steffen.

„Keine Ahnung", kam die lachende Antwort.

„Hat sich weder gestern noch heute gemeldet. Unserem Sensibelchen war das Ganze wohl etwas zu viel."

„Egal", meinte der Dritte. „Das Bier kriegen wir schon alle. Bleibt mehr für uns, wenn einer weniger da ist."

Nach und nach leerten die drei jungen Männer die Bierflaschen und diskutierten aufgeregt über die Geschehnisse des besagten Abends.

Die Fußgängerzone hatte sich inzwischen fast vollkommen geleert, es wurde dunkel in der Nördlinger Altstadt.

Auch in dem kleinen Fast-Food-Laden am Kriegerbrunnen waren an diesem Abend kaum mehr Gäste zu sehen.

Zweimal schlug die Glocke vom Daniel, als Steffen Kleinschmidt die letzten drei Flaschen verteilte.

„Schon halb zehn. Los, haut das Zeug weg, ich bin müde."

„Nee, danke", meinte einer seiner beiden Freunde.

„Hab seit heut Mittag noch nichts Essbares im Bauch gehabt. Nicht dass mir das Bier wieder hoch kommt. Wär doch schade drum."

Er blickte sich um und entdeckte auf der gegenüberliegenden Straßenseite eine Gestalt auf der Bank vor der St. Georgskirche.

„Vielleicht tust Du mal 'n gutes Werk Steff, und schenkst dem Alten da drüben 'ne Flasche."

Steffen Kleinschmidt erhob sich etwas schwerfällig von seinem Platz und betrachtete sich den Mann.

„Von wegen", sagte er.

„Der Typ hat mich heute schon mal so blöd angesehen, als ich dem Heini mit seiner Gitarre seine Almosen abgenommen habe."

Mit großspurigen Gesten erzählte Kleinschmidt seinen Freunden, wie er am frühen Abend dem Straßenmusiker das Kleingeld abgenommen und als Dreingabe auch noch dessen Zigaretten bekommen hatte.

„Ich glaub, dass dem Jungen ganz schön die Düse gegangen ist", lachte er.

„Und dem da drüben wird es gleich genauso gehen."

Er stakste die wenigen Schritte um den Brunnen herum, überquerte die Straße und stellte sich breitbeinig vor dem Mann auf.

„Sieh zu dass Du Land gewinnst, Penner. Da hast du noch einen Schluck, damit Dir das Abhauen leichter fällt."

Mit diesen Worten holte er aus und warf seine angetrunkene Bierflasche in Richtung des vor ihm Stehenden, der jedoch keinen Zentimeter von der Stelle wich, als das Glas mit einem lauten Klirren direkt vor seinen Füßen zerplatzte.

„Fast hättest Du mich getroffen", drang die raue aber keineswegs erschrockene Stimme des Mannes an Steffens Ohr.

„Ist wohl besser, wenn ich jetzt gehe."

„Würde ich auch sagen", gab Steffen, der inzwischen auf den Mann zugegangen war, zurück.

„Verzieh Dich endlich", zischte er. „Und räum den Dreck hier von der Straße."

Anhand der Dunkelheit konnte Steffen Kleinschmidt den Ausdruck in den Augen des Mannes nicht erkennen, als dieser wie zustimmend seine Hand hob und sich anschließend bückte, um die großen Scherbenstücke der Flasche aufzuheben.

„Das werde ich tun", murmelte er zweideutig.

„Worauf Du dich verlassen kannst."

Er warf die Überreste der Bierflasche in einen nahegelegenen Abfalleimer und erkannte dabei, wie sich die beiden Freunde von Steffen näherten.

Dieser drehte seinen Kopf zur Seite, sah auf eine Wanduhr, die an einem der Geschäfte auf der anderen Straßenseite angebracht war.

Großspurig umarmte er den Mann, den er soeben provoziert hatte und sagte lachend zu seinen beiden Kumpanen:

„Okay Leute. In ein paar Minuten lassen wir uns noch schnell vom Turmheini begrüßen und dann ab in die Heia."

Er ließ den Grauhaarigen los und lachte dabei.

„Wenn Du schön brav bist, darfst Du auch zuhören."

Doch der Mann drehte sich nur erstaunlich schnell zur Seite weg und war, ehe sich die drei jungen Männer versahen, aus ihren Augen verschwunden.

Wenige Minuten später öffnete sich ein Fenster oben auf dem Daniel und der Türmer rief zum ersten Mal an diesem Abend das „So G'sell, so" über die dunkle Altstadt.

Steffen Kleinschmidt sah seine Freunde an, breitete die Arme auseinander und sprach sichtlich zufrieden:

„Na, das war doch ein versöhnliches Ende des heutigen Abends, oder?"

Die Blicke der drei jungen Männer richteten sich hinauf zur Turmspitze, die allerdings durch das Stahlgerüst an der Kirche aus ihrer Position nicht zu erkennen war.

Sekundenbruchteile später zuckte ein kurzer Lichtblitz auf und ein Knall zerriss die Stille der Nacht.

„Was war denn das?", rief einer und drehte sich dabei zu Steffen Kleinschmidt um.

Doch dieser war nicht mehr in der Lage zu reagieren.

Mit einem Ausdruck des Unglaubens in seinen weit aufgerissenen Augen sackte er zu Boden und seine beiden Freunde sahen den Blutfleck auf seiner Brust, der sich sekundenschnell ausbreitete.

Durch den Schrecken zur Bewegungslosigkeit verdammt starrten die beiden jungen Männer auf den regungslos am Boden liegenden Körper ihres Freundes, als sich bereits von mehreren Seiten die ersten aufgeregten Stimmen näherten.

Durch das entstandene Chaos achtete in diesem Moment niemand auf die Person, die mit eiligen Schritten das Baugerüst der St. Georgskirche verließ und ungesehen in der Dunkelheit verschwand.

# 6. Kapitel

Es war kurz vor dreiundzwanzig Uhr, als Nördlingens Oberbürgermeister den Platz am Kriegerbrunnen erreichte.

Gleich mehrere Anrufe hatten ihn aus seiner Abendruhe gerissen, die er nun wieder einmal weniger genießen konnte.

Schon als er sich der St. Georgskirche näherte, hatte er anhand der Menschenmenge das Gefühl, der Wochenmarkt wär bis in die Nachtstunden hinein verlängert worden.

Einzig und allein die Tatsache, dass die Innenstadt hier durch rotierende Blaulichter auf mehreren Einsatzfahrzeugen der Polizei, der Feuerwehr und des Sanitätsdienstes in ein bizarres Licht getaucht wurde, widersprach diesem Gedanken.

Der OB drängte sich durch die umher stehende Menge, bis er schließlich den Ort des eigentlichen Geschehens erreichte.

Sogleich wandte er sich an einen der Polizeibeamten, welcher an der mit Absperrband gesicherten Stelle Position bezogen hatte.

„Was in Gottes Namen ist hier passiert?"

Der Polizist deutete mit einer Hand nur auf einige Personen hinter sich, die sich über einen auf den Pflastersteinen liegenden Körper beugten.

Martin Steger schlüpfte unter der Absperrung hindurch. Der Beamte seinerseits hatte Mühe, die inzwischen auch anwesenden Presseleute ruhig zu halten.

Immer wieder zuckten Blitzlichter über den Platz, um möglichst genaue Aufnahmen zu erreichen.

„Guten Abend Herr Steger", wurde das Stadtoberhaupt von Peter Wagner begrüßt, der sich soeben aus der Hocke erhoben hatte.

Martin Steger trat noch einige Schritte näher an die Gruppe heran, in welcher er neben einem weiteren Beamten auch den Notarzt, zwei

Sanitäter und zwei Angehörige der Feuerwehr ausmachte.

Er erkannte auch, dass die Sanitäter scheinbar ihre medizinischen Geräte für die Notversorgung zusammenpackten und der Notarzt die aluminiumbeschichtete Decke vom Oberkörper über den Kopf des Toten zog.

*Über den Kopf des Toten* durchfuhr ein Schrecken Martin Stegers Gedanken. Wie angewurzelt stand er da und hatte eine ähnliche Szene aus einem Kriminalfilm vom vergangenen Wochenende vor seinen Augen.

Er ließ diese Bilder kurz Revue passieren und erinnerte sich sogleich an die Worte des Arztes, der dabei zu einem Polizeibeamten sprach: *Tut mir leid, aber hier kann ich nichts mehr tun.*

„Der Mann ist tot?", wiederholte der Oberbürgermeister wie in Trance die Frage des Beamten aus dem Film.

„Ja", wurde Martin Steger aus seinen Gedanken geholt.

„Selbst wenn wir früher dagewesen wären als es uns möglich war, wir hätten ihm nicht mehr helfen können.

Der Schuss hat dem Jungen vermutlich die Lunge zerfetzt. Er muss Sekunden nach dem Treffer tot gewesen sein."

Wie betäubt sah Martin Steger auf den hochgewachsenen Mann, der sich nun ebenfalls aus seiner knienden Position erhoben hatte und direkt vor ihm stand.

Der Notarzt erkannte das kreidebleiche Gesicht des Oberbürgermeisters, registrierte auch sofort die zu Fäusten geballten Hände des Mannes und fragte besorgt:

„Alles in Ordnung mit Ihnen, Herr Steger?"

Dieser starrte sekundenlang nur auf den zugedeckten Körper am Boden vor sich und fühlte auf einmal, wie ihn jemand am Arm packte.

„Alles in Ordnung mit Ihnen?", wiederholte der Arzt seine Frage, nachdem er bemerkt hatte, dass der Oberbürgermeister anscheinend wieder aus seinen Gedanken zurückgekehrt war.

„Danke. Ja, es geht schon wieder", gab dieser leise zur Antwort. Er sah den Mediziner mit gläsernem Blick an, schien dabei aber durch ihn hindurch zu schauen.

„Schon wieder ein Gewaltverbrechen in unserer Stadt", murmelte er sichtlich betroffen.

„Und fast an der gleichen Stelle wie vor drei Jahren."

Der Mann vor ihm überlegte einen Moment lang, bevor er auf Stegers Bemerkung einging.

„Sie denken an den Türmer?"

„Ja", antwortete Martin Steger. Er deutete mit ausgestrecktem Arm hinüber auf die Stelle vor dem Turm der St. Georgskirche.

„Nur ein paar Meter von hier entfernt lag Markus Stetter."

Mit einem besorgten Unterton in seiner Stimme fügte er noch hinzu:

„Ich hoffe nur inständig, dass sich unsere Innenstadt nicht zu einem Ort mysteriöser Mordfälle entwickelt."

„Ich denke, da kann ich Sie beruhigen, Herr Steger", vernahm der OB mit einem Mal eine Stimme neben sich.

Als er den Kopf drehte, erkannte er den Polizeibeamten, der ihm auch schon am Abend vor der Sondersitzung des Stadtrats begegnet war.

„Und weshalb glauben Sie, mich in dieser Hinsicht beruhigen zu können?", fragte Martin Steger nun schon wieder etwas gefasster zurück.

„Nun ja", gab der Polizeiobermeister zurück.

„Ich war zwar damals nicht direkt an den Ermittlungen beteiligt, weiß allerdings aus den Akten und den Erzählungen meines Kollegen Kramer, dass es sich dabei doch wohl eher um eine sehr undurchsichtige Geschichte handelte.

Die Augsburger Kripo hatte ja mehr oder weniger den Mantel des Schweigens über genauere Details in dieser Sache gelegt."

„Sicher, sicher", gab Steger zurück. „Aber das wird wohl auch seine Gründe gehabt haben. Schließlich ging es ja dabei auch um den Ruf unserer Stadt."

Martin Steger überlegte einen kurzen Moment.

„Apropos Kripo", meinte er. „Wer ist denn für diese Angelegenheit zuständig?"

„Wir sind gerade dabei, die Staatsanwaltschaft und die Kollegen aus Dillingen zu benachrichtigen", antwortete der Beamte.

Martin Steger reagierte sofort.

„Nichts gegen die Kripo in Dillingen", meinte er.

„Nachdem damals die Beamten aus Augsburg sehr schnell und kompetent ermittelt und die Geschichte zu einem sauberen Abschluss gebracht hatten, würde ich es persönlich bevorzugen, dass Sie die dortigen Behörden ins Boot holen."

„Das ist zwar nicht der übliche Dienstweg, aber wenn Sie es wünschen Herr Steger", gab Peter Wagner zur Antwort.

„Ich werde versuchen, die Augsburger Kollegen zu erreichen."

„Aber nicht irgendeinen", meinte Steger.

„Ich will diesen Kommissar von damals mitsamt seinem Team. Dieser ... wie hieß er doch gleich?", überlegte er.

„Markowitsch?", fragte der Beamte.

„Richtig, Markowitsch. So hieß der Mann", sagte Martin Steger.

„War mir zwar Anfangs nicht sonderlich sympathisch, hat sich allerdings im Endeffekt als sehr kompetent erwiesen."

Der OB deutete mit seinem Zeigefinger gegen den Oberkörper des Polizeibeamten.

„Also holen Sie mir diesen Markowitsch mit seinen Leuten. Ich will diese Angelegenheit so schnell als möglich geregelt haben."

Dabei deutete er in Richtung des Toten.

„Das ist doch der junge Mann, den Sie vorgestern Abend festgenommen hatten, oder? Ich hoffe nur, dass die ganze Sache nichts damit zu tun hat."

„Dazu kann und will ich im Moment noch überhaupt nichts sagen, Herr Steger", antwortete Peter Wagner etwas unsicher, bevor er im Beamtendeutsch weitersprach.

„Nachdem es sich hier unbestritten um ein Tötungsdelikt handelt, wird es außer an die Kollegen der Mordkommission an niemanden irgendeine Information von meiner Seite geben."

Er sah den Oberbürgermeister erstmals mit etwas zugekniffenen Augen an. Dieser machte sich wahrscheinlich Sorgen um die Ordnung und Sicherheit seiner Stadt.

Peter Wagner jedoch wollte auf alle Fälle den offiziellen Dienstweg einhalten, solange nicht feststand, was sich hier abgespielt hat. Er tippte sich mit der rechten Hand gegen seine Dienstmütze.

„Sie entschuldigen mich, Herr Steger. Ich muss telefonieren und auch die Familie des Toten benachrichtigen lassen", meinte er, wandte sich ab und begab sich zu seinem Dienstfahrzeug.

Martin Steger indes sah die Angehörigen der Feuerwehr und der Polizei, die alle Hände voll damit zu tun hatten, sowohl die Schaulustigen als auch die Angehörigen der Presse von der Absperrzone fernzuhalten.

*Hoffentlich geht das alles gut* dachte er sich mit einem mulmigen Gefühl im Bauch. *Nicht auszudenken, was jetzt wieder alles auf mich zukommt.*

Während er an den gestrigen Abend und das Gespräch mit Karl Kübler dachte, richtete er seinen Blick flehend hinauf zur Turmspitze des Daniel und bat im Stillen inständig darum, dass ihm das Schicksal gnädig sein möge.

# 7. Kapitel

Es war ein langer Tag, den Hauptkommissar Robert Markowitsch im Augsburger Polizeipräsidium hinter sich hatte, um nicht zu sagen ein langweiliger.

Der schon seit einigen Tagen liegen gebliebene Schreibkram musste erledigt werden. Der Leiter der Augsburger Mordkommission hatte sich endlich dazu durchgerungen, sich über die lästigen Aktenberge her zu machen.

Fast geistig erschlagen hatte er gegen neunzehn Uhr sein Büro verlassen, nachdem er sich am Diktiergerät für das Sekretariat mehr oder weniger Fransen an den Mund geredet hatte.

Robert Markowitsch war nämlich der Meinung, dass man sich in seinem Alter nicht mehr mit den Neuerungen der digitalen Welt herumschlagen müsste.

Obwohl ein Computer nun ja durchaus keine Neuerung in unserer Gesellschaft mehr darstellt, Markowitsch konnte, oder besser gesagt wollte sich nie mit dieser elektronischen Welt anfreunden.

*Ein Stück Papier auf dem Tisch ist mir wesentlich lieber als eine Mouse in der Hand* pflegte er stets augenzwinkernd im Kollegenkreis zu sagen.

Aber genau hier lag auch sein Problem.

Das Papier gelangt bei seinen Ermittlungen immer mehr in den Hintergrund und musste schon seit vielen Jahren den Bits und Bytes seinen Platz überlassen.

Es lag keinesfalls daran, dass Robert Markowitsch nicht in der Lage gewesen wäre, auf einer Tastatur zu schreiben.

Diese war ja im Grunde genommen auch nichts anderes als eine Schreibmaschine in abgewandelter Form, allerdings das ständige Starren auf den Bildschirm ging ihm gewaltig auf die Nerven.

Nachdem sich der Fortschritt aber nun einmal nicht aufhalten ließ war Markowitsch sichtlich froh darüber, dass man ihm vor einigen Jahren einen jungen Kollegen an die Seite gestellt hatte.

Markowitsch lehnte sich zurück. Er hatte sich dazu entschlossen die Straßenbahn zu nehmen, da er sich zu müde fühlte, um selbst mit dem Wagen zu fahren.

Gott sei Dank lag die Haltestelle direkt am Polizeipräsidium in der Gögginger Straße.

Auf dem Weg nach Hause, erinnerte sich der Hauptkommissar noch ganz genau an den Tag, als dieser Jungspund damals sein Büro zum ersten Mal betreten hatte.

\*

Einen halben Kopf größer als er selbst, breitschultrig und mit dem Stiernacken eines Athleten versehen stand er vor ihm. Ein freundliches Gesicht, das allerdings in der Lage war, in entsprechenden Situationen auch Zornesfalten zu zeigen. Dies hatte man Robert Markowitsch im Vorfeld mitgeteilt.

„Peter Neumann", hatte er sich damals freundlich vorgestellt. „Oder ganz einfach Pit, wenn Ihnen das lieber ist, Herr Kommissar."

Markowitsch, inzwischen Hauptkommissar, erinnerte sich noch ganz genau an die Worte, mit denen er seinen jungen Kollegen begrüßte.

„Laut Ihrer Akte sind Sie Fachmann für elektronische Datenverarbeitung. Ein EDV-Spezialist sozusagen. Was treibt Sie vom BKA Wiesbaden hierher in unsere beschauliche Fuggerstadt, Herr Neumann?"

„Die Aussicht auf den hoffentlich interessanten kriminalistischen Alltag, Herr Kommissar", lautete seine Antwort damals.

„Ich bin zwar sowohl beruflich als auch privat mehr oder weniger mit dem Computer verheiratet, möchte allerdings etwas weg von der Theorie, um mehr Erfahrung in der Praxis zu sammeln."

„Soso", murmelte Markowitsch. „Sie hoffen also auf einen interessanten kriminalistischen Alltag? Na, dann kommen Sie mal mit. Ich werde Ihnen Ihr neues berufliches Domizil zeigen."

Markowitsch sah die hochgezogenen Augenbrauen und den fragenden Blick in den Augen Peter Neumanns, als dieser ihm anschließend über den Gang des Bürogebäudes in das einige Türen weiter gelegene Büro folgte.

Nachdem der Kommissar ihm die Türe geöffnet hatte und die beiden Männer eingetreten waren, deutete Robert Markowitsch auf einen Computerarbeitsplatz in der Mitte des Raumes.

„Darf ich Ihnen hiermit Ihre neue Braut vorstellen", lachte er, als er den etwas ungläubigen Ausdruck in den Augen des Neuen erkannte.

Der Hauptkommissar konnte sich noch ganz genau an den Gesichtsausdruck seines Kollegen erinnern, als dieser vor seinem neuen Schreibtisch stand.

„Aber ich dachte …", begann er nach einigen Sekunden der Stille.

„Nicht gleich denken", unterbrach ihn Markowitsch in diesem Augenblick, indem er ihm eine Unterlagenmappe in die Hand drückte. Anschließend deutete er auf den Sessel hinter dem Schreibtisch.

„Hinsetzen, durchlesen, überlegen und letztendlich entscheiden, ob Ihnen Ihr neues Aufgabengebiet zusagen würde.

Wenn ja, dann erwarte ich Sie in einer halben Stunde auf einen ersten Kaffee und zu einer Lagebesprechung in meinem Büro.

Wenn nicht, dürfen Sie natürlich auch gerne vorbeikommen um sich wieder zu verabschieden."

Mit diesen Worten ließ Robert Markowitsch damals seinen Kollegen in Spe zurück und begab sich wieder in sein eigenes Büro.

\*

Zu Hause angekommen zog sich der Hauptkommissar zunächst

einmal etwas bequemere Kleidung an.

Anschließend bereitete er sich seinen heißgeliebten Cappuccino zu und blätterte das Fernsehprogramm durch.

Eine Dokumentation über die Machenschaften der Drogenkartelle in Südamerika übersah er bewusst, da er sich sonst wohl gleich im Dienstgeschehen wiederfinden würde.

Er entschied sich für einen Bericht über Meeresbiologie. Seiner Meinung nach genau das Richtige, um nach diesem für ihn anstrengenden Büroalltag abzuschalten.

Das penetrante Klingeln seines Handys holte ihn ziemlich unsanft aus seinem Schlaf.

Aus der Ruhe gerissen richtete er sich etwas desorientiert in seinem Sessel auf.

Ein leiser Fluch entwich seinen Lippen, als dabei die Kaffeetasse aus seinem Schoß zu Boden fiel.

Erleichtert stellte er dabei jedoch fest, dass er diese wohl ausgetrunken hatte, bevor er eingenickt war.

Nachdem Markowitsch sich erhoben und das Mobiltelefon zur Hand genommen hatte, erkannte er mit einem Blick auf das Display, dass es sich bei der angezeigten Nummer um die Rufbereitschaft handelte.

Mit einem leisen Seufzer drückte er die Taste für die Rufannahme.

„Markowitsch. Hauptkommissar im Feierabend", meldete er sich etwas mürrisch.

„Den würde ich Ihnen liebend gerne gönnen, Herr Hauptkommissar", antwortete die Stimme am anderen Ende der Leitung.

„Und weshalb halten Sie sich nicht an das, was Sie gerne täten?", fragte Markowitsch nach.

„Weil explizit nach Ihnen verlangt wurde", kam die Antwort seines Gesprächspartners.

Markowitsch setzte sich wieder, nahm allerdings eine abwartende Haltung ein.

„Um welch hochrangige Persönlichkeit handelt es sich denn bei diesem Jemand?", fragte er mit unüberhörbarem Sarkasmus nach.

„Na ja", meinte der Anrufer.

„Den Polizeiobermeister aus Nördlingen würde ich nicht gerade als hochrangige Persönlichkeit bezeichnen.

Allerdings rief er vor einigen Minuten im Auftrag des Nördlinger Oberbürgermeisters Martin Steger hier an.

Und genau dieser Herr Steger besteht anscheinend darauf, dass ein gewisser Hauptkommissar Robert Markowitsch aus Augsburg mit seinem Team an Ort und Stelle die Ermittlungen aufnehmen soll."

Bei den Worten Nördlingen, Oberbürgermeister Martin Steger und Ermittlungen fühlte Robert Markowitsch, dass es wie ein Kribbeln bei leichten Stromstößen über sein Rückenmark hinauf in seine Hirnwindungen kroch.

Gedanken an den mysteriösen *Tod auf dem Daniel* wurden wieder in ihm wach.

Bei dieser Geschichte vor einigen Jahren hatten die Behörden nach Abschluss seiner Ermittlungen scheinbar jegliche weiteren Informationen auf Eis gelegt, da auch ein ehemaliger Politiker in die Sache verstrickt war.

Es dauerte nur wenige Augenblicke, bis Robert Markowitsch seine Schläfrigkeit vollkommen abgelegt hatte.

Die Routine eines erfahrenen Kriminalhauptkommissars kam ins Rollen.

„Gibt es genauere Informationen darüber, weshalb ausgerechnet nach mir verlangt wurde?", fragte der den Beamten der Rufbereitschaft.

„Mir wurde mitgeteilt", antwortete dieser, „dass es in der Nördlinger Innenstadt nahe der Fußgängerzone ein Tötungsdelikt gibt."

„Und? Weiter?", fragte Markowitsch nun ungeduldig. „Hat man jemanden überfahren, war es eine Messerstecherei, wurde jemand erschlagen?"

Der Hauptkommissar war inzwischen hellwach.

„Mann, Herr Kollege. Nun lassen Sie sich doch nicht jedes Wort aus der Nase ziehen.

Etwas genauere Informationen wünsche ich mir schon, wenn ich mitten in der Nacht einen neuen Fall übernehmen soll."

„Na ja, mitten in der Nacht ...", murmelte der Anrufer nur so, dass es Markowitsch nicht mitbekam.

„Ich warte", blaffte dieser nun schon etwas ungehalten in das Mikrofon seines Handys.

„Ein junger Mann wurde nach Aussage von Polizeiobermeister Wagner am Rande der Nördlinger Fußgängerzone auf Höhe der St. Georgskirche niedergeschossen.

Er ist wohl unmittelbar nach dem Schuss seinen Verletzungen erlegen."

„Na also, geht doch", meinte Markowitsch und fragte sogleich:

„Weiß der Staatsanwalt schon Bescheid?"

„Schon geschehen, Herr Markowitsch", kam umgehend die Antwort.

„Auch ihren Kollegen Peter Neumann und die Spurensicherung habe ich verständigt. Herr Neumann müsste jeden Augenblick bei Ihnen sein um sie abzuholen."

„Na, das ist doch mal ein Wort", meinte Markowitsch nun doch etwas überrascht, und fragte noch:

„Ach ja, wissen Sie denn, wer die Ermittlungen bei der Staatsanwaltschaft übernehmen wird?"

„Wollte ich Ihnen soeben noch mitteilen, Herr Markowitsch. Oberstaatsanwalt Frank Berger lässt Ihnen ausrichten, dass er diesmal selbst nach Nördlingen fahren würde.

Seine Stimme klang dabei etwas komisch, was ich mir jedoch nicht erklären konnte."

Robert Markowitsch grinst leise in sich hinein, als er an die damalige Fahrt mit seinem neuen Dienstwagen dachte.

„Danke für die Informationen, Herr Kollege. Und machen Sie sich mal wegen der Stimmung des Herrn Oberstaatsanwalts keine Gedanken. Hat schon alles seine Richtigkeit. Ich wünsche Ihnen eine ruhige Schicht."

Damit beendete er das Gespräch und begab sich ins Badezimmer, um sich umzuziehen und etwas frisch zu machen. So wie er Peter Neumann einschätzte, würde dieser wohl nicht mehr allzu lange auf sich warten lassen.

# 8. Kapitel

Als Robert Markowitsch und Peter Neumann unmittelbar vor dem Kriegerbrunnen an der Nördlinger Fußgängerzone ihren Wagen abstellten, sahen sich die beiden Beamten zunächst für einige Augenblicke um, um sich vom Ort des Geschehens ein kurzes Bild zu machen.

„Viel hat sich nicht verändert in den vergangenen drei Jahren, was Neumann?", meinte Markowitsch in Anspielung auf ihren damaligen Fall.

„Ist ja auch eine sogenannte historische Altstadt", meinte Peter Neumann.

„Da wird man wahrscheinlich nicht einfach so mal etwas Neues hinstellen oder Vorhandenes verändern."

„Da mögen Sie wohl Recht haben, Neumann", gab Markowitsch zurück.

„Obwohl an und um diese alten Gemäuer wie der St. Georgskirche über Jahre hinweg ununterbrochen gebaut wird."

„Nicht gebaut, Chef", meinte Peter Neumann trotz der im Moment tragischen Situation schmunzelnd.

„Restauriert ist der richtige Ausdruck."

„Dann wohl beides", bestand Markowitsch auf seiner Aussage. Er deutete dabei mit seiner Hand in Richtung des Kirchturms.

„Das sieht mir wohl eher nach einer Neuerung oder Erweiterung aus."

Peter Neumanns Blick folgte dem Fingerzeig seines Vorgesetzten.

„Stimmt", meinte er. „Da hab ich bei meinen Recherchen etwas im Netz gelesen.

Stand aber vor einiger Zeit auch irgendwas in der Zeitung darüber.

Auf dem Platz vor dem Daniel wird ein neuer Brunnen gebaut."

„Na denn", seufzte der Hauptkommissar und öffnete dabei die Fahrertür. „Gehen wir's an."

Als die beiden Männer aus dem Auto stiegen, wurden sie bereits händeringend erwartet.

„Na endlich Herr Kommissar", kam Martin Steger aufgeregt den beiden Beamten entgegen. „Ich dachte schon Sie kommen überhaupt nicht mehr."

„Hauptkommissar", entgegnete Markowitsch die überaus wichtige Begrüßung durch den Nördlinger Oberbürgermeister und deutete auf seinen Begleiter.

„Mein Kollege Peter Neumann."

Martin Steger schien die Bemerkung des Kriminalbeamten zu überhören. Während er ihn und seinen Kollegen zum Tatort begleitete, fuchtelte er wild mit seinen Händen umher.

„Schon wieder so eine unglückliche Geschichte in unserer Stadt", sprach Steger aufgeregt.

„Ich darf mich doch wie damals auf Ihre volle Diskretion verlassen, Herr Markowitsch. Sie wissen ja: Der Ruf unserer Stadt, die Touristen und …"

„Ja, ich weiß", meinte der Hauptkommissar beruhigend.

Einerseits war er sichtlich genervt, dass er gleich zu Beginn seiner Ermittlungen mit diesen unsäglichen Nebenerscheinungen konfrontiert wurde, andererseits hatte er für den Mann vollstes Verständnis.

Es war in seinen Augen wohl auch keine leichte Aufgabe, den Ruf der Stadt in der Öffentlichkeit vor medialem Schaden zu schützen.

Wenn Robert Markowitsch allerdings an gewisse Vertreter der Presse dachte die ausschließlich auf Sensationsjagd waren, hatte er diesbezüglich so seine Zweifel.

„Wir werden wie immer im Rahmen der uns vorgegebenen Möglichkeiten handeln, Herr Steger", gab Markowitsch dem Stadtobersten zu verstehen.

„Allerdings hat die Öffentlichkeit auch ein Anrecht auf gewisse Informationen."

„Dessen bin ich mir durchaus bewusst", meinte Martin Steger händeringend.

„Aber wenn Sie sich etwas in meine Lage versetzen können bin ich mir gewiss, dass sich Ihre Ermittlungen in diesem Fall auch im Sinne unserer Stadt durchführen lassen."

Markowitsch verdreht die Augen, was dem Oberbürgermeister angesichts der ganzen Aufregung jedoch verborgen blieb.

„Wir werden selbstverständlich versuchen so diskret als möglich vorzugehen", antwortete Markowitsch mit wohlwollender Stimme.

„Aber wie schon erwähnt: Alles im Rahmen der uns vorgegebenen Situationen."

Martin Steger wollte dem Kriminalbeamten gegenüber nochmals etwas erwidern, als sich eine Gestalt von der Seite näherte.

Erleichtert stellte Robert Markowitsch fest, dass es sich dabei um Frank Berger, den Augsburger Oberstaatsanwalt handelte.

„Sie entschuldigen uns bitte", sprach er, ging Berger mit ein paar Schritten entgegen und ließ den OB zurück.

Frank Berger begrüßte die Augsburger Kollegen per Handschlag, wobei er einen Blick auf seine Armbanduhr warf.

„Sie sind etwas spät dran, meine Herren", meinte er und fügte mit einem Blick auf Peter Neumanns Auto hinzu:

„Streikt Ihr Dienstwagen etwa, Herr Kommissar?"

Robert Markowitsch konnte die leise Ironie in der Frage von Frank Berger nicht überhören. Deshalb antwortete er:

„Zum einen heißt es Kriminalhauptkommissar, Herr Oberstaatsanwalt und zum anderen sei erwähnt, dass ich mich auf Grund mentaler Überlastung durch die Abarbeitung der leider immer mehr zunehmenden Schreibarbeit am vergangenen Abend nicht mehr in der Lage gesehen habe, mein Dienstfahrzeug selbst gefahrlos durch die Straßen unserer Stadt zu führen und deshalb die öffentlichen Verkehrsmittel beansprucht habe."

Uff!

Robert Markowitsch holte einmal tief Luft und sah dabei in das grinsende Gesicht von Frank Berger. Dieser wandte sich an Markowitsch's Kollegen Peter Neumann.

„Haben Sie ihm das beigebracht?", fragte er mit gespielter Überraschung.

Peter Neumann hob abwehrend seine Arme.

„Gott bewahre", meinte dieser.

„Ich habe nichts damit zu tun. Keine Ahnung woher das kommt. Diese Ausdrucksweise meines Vorgesetzten ist mir absolut fremd."

„Banausen", winkte Markowitsch ab, wobei er seine Nase rümpfte.

„Nun aber Schluss mit dem Geplänkel. Was haben wir denn, Berger?"

Auch der Oberstaatsanwalt ging zur Tagesordnung über. Er sah die Flachserei mit den Kriminalbeamten allerdings als Notwendigkeit in ihrem Beruf an, um nicht völlig von der manchmal grausamen Wirklichkeit aufgefressen zu werden.

„Also", meinte Berger. „Nach den Informationen die ich bisher erhalten habe, handelt es sich bei dem Toten um einen gewissen Steffen Kleinschmidt.

Neunzehn Jahre, fester Wohnsitz, keinen Job."

Frank Berger deutete auf eine der Sitzbänke vor dem Brunnen.

„Einer der Nördlinger Beamten hat mir mitgeteilt, dass Kleinschmidt und auch diese beiden jungen Herrn da drüben vorgestern Abend ...", Berger sah auf die Uhr, „... vielmehr vor vorgestern Abend in der Nähe der Stadtbibliothek aufgegriffen wurden.

Dies war übrigens nur ein paar Meter von hier entfernt."

Der Oberstaatsanwalt zeigte mit der Hand in Richtung einer Gasse, die sich direkt gegenüber vom Tatort befand.

Markowitsch fragte:

„Und weshalb hatte man die Herren einkassiert?"

„Nur einen von ihnen", antwortete Berger.

„Die anderen drei konnten türmen, einer der vier ist hier nicht anwesend."

„Könnte der Fehlende etwas mit dieser Sache zu tun haben?", gab Peter Neumann zu bedenken.

„Glaube ich kaum", entgegnete der Oberstaatsanwalt.

„Nach den ersten, allerdings noch sehr vagen Ermittlungen hier vor Ort, hingen die vier Burschen meist wie die Kletten zusammen."

„Danke", meinte Markowitsch angesichts der Unterbrechung durch seinen Kollegen.

„Aber das beantwortet noch nicht meine Frage, weshalb dieser Kleinschmidt festgenommen wurde."

Der nun durch Frank Berger hinzu gebetene Polizeiobermeister Peter Wagner klärte die Augsburger Kollegen darüber auf, was sich an dem besagten Abend vor der Nördlinger Stadtbibliothek abgespielt hatte.

Markowitsch, Neumann und Frank Berger erfuhren in diesem Zusammenhang auch, dass es in letzter Zeit des Öfteren schon zu kleineren, jedoch meist verbalen Auseinandersetzungen zwischen Jugendlichen, sogenannten Obdachlosen und auch Touristen oder Anwohnern gekommen war.

„Handgreiflichkeiten sind eher selten im Spiel", sagte Peter Wagner und fügte noch hinzu:

„Gott sei Dank. Sonst hätten wir hier wohl bald Verstärkung nötig."

Martin Steger, der das Gespräch scheinbar aus einigen Metern Entfernung mit verfolgt hatte, mischte sich nun ein.

„Eine richtige Plage sind diese Leute in den letzten Monaten geworden", meinte er aufgeregt.

„Ich weiß nicht, wie oft ich in den vergangenen Wochen schon für Ruhe sorgen und die Bande immer wieder wegschicken musste."

Robert Markowitsch horchte auf.

„Ach", sagte er. „So schlimm, dass Sie als Oberbürgermeister persönlich eingreifen müssen?"

„Nun ja", gab Steger zurück, wobei er nervös an seiner Krawatte nestelte.

„Schließlich bin ich ja als Stadtoberhaupt auch mitverantwortlich für das Wohl unserer Bürger und Besucher. Außerdem beginnen nächste Woche die Aufführungen an der Freilichtbühne der Alten Bastei."

„Schön", meinte Markowitsch, „dass Sie Ihre Pflichten so selbstlos wahrnehmen. Wo haben Sie sich denn zur Tatzeit aufgehalten? So gegen etwa …"

Der Hauptkommissar blickte kurz auf den Nördlinger Kollegen.

„Zweiundzwanzig Uhr", gab dieser zur Antwort.

„Laut Zeugenaussagen hatte der Türmer gerade zum ersten Mal gerufen."

„So, G'sell, so", meinte Robert Markowitsch nach kurzem Überlegen zweideutig, wobei er seinen Blick wieder auf Martin Steger richtete. „Also?"

Die umher stehenden Personen konnten in diesem Augenblick erkennen, wie die Farbe aus dem Gesicht des Nördlinger Oberbürgermeisters das Weite suchte und einem aschfahlen Grau Platz machte.

„Sie wollen doch nicht etwa allen Ernstes behaupten, dass ich etwas …", stotterte er empört.

„Wie können Sie eine so ungeheure Behauptung überhaupt in Erwägung ziehen, Herr Hauptkommissar?"

Martin Stegers Stimme war kurz davor sich zu überschlagen. Markowitsch dagegen blieb ganz gelassen, als er antwortete:

„Ich ziehe hier überhaupt nichts in Erwägung, Herr Oberbürgermeister, sondern habe Ihnen lediglich im Rahmen meiner Ermittlungen eine ganz normale Frage gestellt, auf die Sie mir noch eine Antwort schuldig sind."

Ein Ausdruck völligen Unglaubens erschien in Martin Stegers Gesicht.

„Lächerlich", empörte er sich wieder, wobei seine Gesichtsfarbe nun in ein Wut-Rot überging.

„Lä-cher-lich. Oder glauben Sie, dass ich in meinem Alter um diese Zeit auf einem Baugerüst umher turne?"

Frank Berger, dem diese Situation inzwischen schon etwas zu heiß wurde, legte beruhigend seine Hand auf die Schulter von Martin Steger.

„Bitte sehen Sie es Hauptkommissar Markowitsch nach, dass er die Dinge erst einmal sondieren muss", meinte er.

„Wir werden ihn und seinen Kollegen jetzt erst einmal über alle uns bereits bekannten Details in Kenntnis setzen, damit er sich ein Bild von der momentanen Gesamtsituation machen kann."

Martin Steger, der sich in diesem Augenblick durch die Reaktion des Oberstaatsanwalts in seiner Empörung bestätigt sah, hob entgegenkommen seine Hände und meinte:

„Nun gut. Das hätte aber wohl schon im Vorfeld geschehen sollen, anstatt solche irrsinnigen Vermutungen anzustellen.

Andernfalls müsste ich mir überlegen ob es von meiner Seite her richtig war, Ihren Kollegen nach Nördlingen zu bitten."

„Das war es sicherlich", meinte Frank Berger beruhigend. „Er ist der beste Ermittler, den wir in Augsburg haben."

„Na ja, also dann", meinte der OB wohlwollend.

„Sollten Sie noch irgendwelche Informationen von mir benötigen, so finden Sie mich zur gewohnten Zeit in meinem Büro im Rathaus.

Selbstverständlich stehe ich Ihnen aber auch außerhalb der Dienstzeit zur Verfügung."

„Das wissen wir zu schätzen, Herr Steger. Vielen Dank für Ihre Bereitschaft", entgegnete Frank Berger, was den OB dazu veranlasste, sich nun zu verabschieden.

Hauptkommissar Robert Markowitsch sah mit ungläubigem Erstaunen auf den Oberstaatsanwalt.

„Was war denn das eben?", wollte er wissen.

„Wollen Sie mich jetzt etwa zu Ihrem Handlanger degradieren? Oder wie kann ich diese Aussagen Ihrerseits verstehen?"

„Diplomatie sagt man im Allgemeinen dazu, mein lieber Markowitsch.

Ein kleiner Rückzug zum richtigen Zeitpunkt verhindert im Vorfeld oft Schwierigkeiten, die man sich besser erspart."

„Sagt wer?", fragte der Angesprochene.

„Sage ich", meinte Frank Berger.

„Glauben Sie einem erfahrenen Mann aus der Branche. Ich habe solche Situationen schon des Öfteren gelöst."

„Ja", gab der Kriminalbeamte genervt zurück. „Auf Kosten anderer."

„Lassen Sie es gut sein, Markowitsch", winkte Berger ab.

„Diese Diskussion führt doch zu nichts. Fragen wir lieber bei den Kollegen der SpuSi nach, ob es inzwischen schon irgendwelche neuen Erkenntnisse gibt."

Peter Neumann, der sich während des Wortgeplänkels zwischen seinem Vorgesetzten und dem Oberstaatsanwalt Nützlicherem zuwenden wollte, trat in diesem Augenblick wieder zu den beiden Männern heran.

„Ein gezielter Schuss, der vermutlich vom Baugerüst an der Kirche dort drüben abgegeben wurde", sagte er.

„Das haben die Kollegen relativ schnell herausgefunden, auch auf Grund der Aussage von Kleinschmidts Freunden.

Der Tod muss wohl sofort eingetreten sein, was auch die Wunde am Rücken vermuten lässt.

Scheint ein etwas größeres Kaliber gewesen zu sein. Nach erster vorsichtiger Einschätzung der SpuSi vielleicht ein Jagdgewehr oder ähnliches.

Die Umgebung um die Kirche wird noch genauer untersucht, kann also noch etwas dauern.

Weitere Ergebnisse kriegen wir wie üblich *nach* Abschluss der Untersuchung und *nach* der Obduktion.

Ich habe mir allerdings erlaubt, den Leichnam des jungen Mannes zum Abtransport in die Rechtsmedizin freizugeben."

Robert Markowitsch und der Oberstaatsanwalt sahen sich mit erstauntem Gesichtsausdruck an. Frank Berger lächelte, als sich der Hauptkommissar hinter seinem Ohr kratzte und zu den beiden meinte:

„Dies war ein richtiger Scheißtag, wenn mir die Herren diesen Ausdruck genehmigen wollen. Ich glaube es ist besser, wenn ich mich jetzt ins Bett lege."

Zu Peter Neumann gewandt sagte er in Anlehnung auf den Ausspruch eines bereits verstorbenen prominenten Fernsehkollegen:

„Also Neumann, dann fahren Sie schon mal den Wagen vor."

# 9. Kapitel

Eine äußerst unruhige Nacht lag hinter Martin Steger. Keine zwei Stunden hatte er geschlafen, nachdem er seine Frau über das Geschehen in der Innenstadt informiert hatte.

Bereits gegen sieben Uhr griff er zu seinem Telefon, um höchstpersönlich alle Mitglieder des Nördlinger Stadtrats zu einer weiteren außerordentlichen Sitzung zusammen zu rufen.

Dass diese nicht ausnahmslos begeistert darüber waren, interessierte das Stadtoberhaupt in diesem Moment jedoch nicht.

„Es ist nun mal unsere verdammte Pflicht, dass wir uns in einem solchen Fall gemeinsam beraten", schimpfte er in den Hörer.

„Schließlich haben wir uns als Politiker für die Belange dieser Stadt und ihrer Bürger einzusetzen. Und dazu gehört es nun auch einmal, sich in gewissen Situationen zeitlich flexibel zu zeigen."

Martin Steger legte den Zeitpunkt für die Zusammenkunft auf zehn Uhr fest.

„In der Zwischenzeit hat wohl jeder von Ihnen mitbekommen, was gestern Nacht am Kriegerbrunnen passiert ist.

In meinen Augen gilt es nun Maßnahmen zu ergreifen, die ein solches Verbrechen bereits im Vorfeld hätten verhindern können", begrüßte er die anwesenden Mitglieder aller Parteien im Sitzungssaal des Nördlinger Rathauses.

„Ihnen auch einen schönen guten Morgen, Herr Oberbürgermeister", kam nur Augenblicke später eine weibliche Stimme aus der Runde.

„Wie ich Sie und Ihre Kollegen einschätze, haben Sie sicherlich auch schon einen konkreten Vorschlag parat, wie genau diese Maßnahmen aussehen könnten?"

Martin Steger war angesichts der brenzligen Situation nicht gewillt, sich auf einen langwierigen verbalen Schlagabtausch mit gewissen Mitgliedern des Stadtrats einzulassen.

Deshalb erhob er sich von seinem Platz, steckte seine Hände in die Hosentaschen und ging einige Schritte durch den Raum, bevor er antwortete.

„In der Tat, werte Frau Kollegin. In der Tat habe ich das. Nachdem wir ja bereits gestern ausführlich die angespannte Situation mit den, ich will es mal so ausdrücken, sozial schwachen beziehungsweise gesellschaftlich anders als die meisten denkenden Mitbürgern unserer Stadt erläutert haben, fand anschließend noch ein Gedankenaustausch unter einigen Kollegen statt."

Sein Blick traf den von Karl Kübler, was der zuvor Angesprochenen nicht verborgen blieb.

„War ja nicht anders zu erwarten, als dass hier wieder ein eigenes Süppchen gekocht wird", meinte sie zynisch.

„Nur kein Neid", gab der OB zur Antwort.

„Besondere Situationen erfordern manchmal besondere Maßnahmen. Aber selbstverständlich werde ich Ihnen unsere Gedanken mitteilen, damit wir zu einer einvernehmlichen Entscheidung gelangen, die wir jedoch angesichts der vorhandenen Sachlage nicht auf die lange Bank schieben sollten."

„Also gut", meinte ein anderer aus der Runde der Anwesenden. „Hören wir uns doch einfach mal an, was Herr Steger zu sagen hat."

„Vielen Dank", sagte Martin Steger und begab sich wieder auf seinen Platz, bevor er mit seinen Ausführungen begann.

„Nachdem bei der letzten Sitzung der Gedanke meinerseits", er deutete auf seine Parteikollegen, „beziehungsweise unsererseits, eine Aufstockung der Polizeimannschaft oder der Einsatz einer Zivilstreife abgelehnt wurde, hat mich Herr Kübler über eine seiner Meinung nach mögliche Alternative in Kenntnis gesetzt."

„Die da wäre?", kam die umgehende Frage.

„Das kann Ihnen der Kollege wohl am besten selbst erklären", übergab Martin Steger nun das Wort an Karl Kübler.

Dieser lehnte sich etwas in seinem Stuhl zurück, wobei er den Daumen seiner rechten Hand in den Träger seiner Lederhose einhakte.

„Ich bin ebenfalls der Meinung", sprach er, „dass eine zu hohe Polizeipräsenz oder gar der Einsatz einer privaten Wachmannschaft in unserer Stadt völlig überzogen wäre.

In meinen Augen gäbe es eine wesentlich elegantere Lösung."

Für einige Augenblicke ließ er seinen Worten Zeit, eine entsprechende Neugierde im Saal zu erzeugen.

„Na, dann rücken Sie mal raus mit der Sprache", kam die Aufforderung an ihn.

„Was halten Sie davon, wenn wir versuchen, die ganze Geschichte mit einem einzigen Mann von innen heraus zu bekämpfen."

Sekunden lang herrschte Stille im Saal, bevor die ersten Anwesenden den Vorschlag von Karl Kübler belächelten.

„Ein einziger Mann? Wie sollte dies denn von statten gehen?", wurde er gefragt.

„Wollen Sie sich etwas unter die Penner mischen?"

Gelächter begleitete die letzten Worte des Redners.

„Meine Herrschaften, bitte!", bat Martin Steger um Ruhe, in dem er mit der flachen Hand auf die Tischplatte klopfte.

„Wir wollen doch mit dem nötigen Ernst an die Sache herangehen."

„Dann sollte aber auch ein ernsthafter Vorschlag gemacht werden", kam die von mehreren Mitgliedern zustimmende Antwort.

„Lassen Sie Herrn Kübler seinen Gedanken doch erst einmal zu Ende führen", bat der Oberbürgermeister.

„Ich persönlich fand ihn gestern Abend zumindest wert, dass man darüber nachdenken sollte."

Alle Augen richteten sich nun wieder auf den angesprochenen Karl Kübler.

„Also", wiederholte dieser.

„In meinen Augen ist es vollkommen ausreichend, einen einzigen Mann mit der Aufgabe zu betreuen, sich in der Szene umzuschauen und umzuhören. Dieser steht selbstverständlich in Kontakt mit uns.

So ließen sich manche unter den Leuten vorher abgesprochene Aktionen wie beispielsweise geplante Auseinandersetzungen zwischen Jugendlichen und Obdachlosen, oder die öfter schon vorgekommenen Einbruchdiebstähle verhindern.

Sehen wir es doch mal so: Wenn wir bereits im Vorfeld die eine oder andere Information erhalten, könnte man mit dem gezielten Einsatz einer Polizeistreife manche Straftat verhindern."

Schweigen im Saal!

„Ein Undercover-Einsatz?", kam die erstaunte Frage.

„Naja", meinte Kübler.

„Wir wollen es mit der Bezeichnung mal nicht zu hoch treiben. Aber ja, es würde wohl in diese Richtung gehen."

„Und wer sollte dieser James Bond unter den Armen sein?", kam bereits die nächste zweideutig formulierte Frage.

„Der Wächter", antwortete Karl Kübler.

„Der Wächter? Wer in Gottes Namen ist denn nun das schon wieder?", fragte eine der Anwesenden.

„Sind wir jetzt in einem Comic oder einem Sience-Fiction-Roman?"

„Das ist ein Saufbruder, der sich um Herrn Küblers Wochenendhäuschen in der Schrebergartenanlage am Sägewerk kümmert", bestätigte einer aus der Runde.

„Davon haben wir schon gehört."

„Genau", meldete sich eine weitere Stimme zu Wort.

„Da gab es doch damals diesen Antrag auf Ausnahmegenehmigung Ihrerseits, Herr Kübler."

„Dass er sich um mein Anwesen dort draußen kümmert, das ist schon richtig", meinte Karl Kübler zustimmend.

„Auch das mit der Genehmigung für seinen dauerhaften Aufenthalt wurde einvernehmlich mit den Behörden geregelt.

Saufbruder allerdings war einmal. Seit er für mich arbeitet, hält sich sein Alkoholkonsum in Grenzen.

Außerdem wurde seit dieser Zeit in der Schrebergartenanlage keine einzige der Lauben mehr aufgebrochen und ausgeräumt oder verwüstet.

Der Mann ist absolut zuverlässig und in meinen Augen prädestiniert für meinen Vorschlag."

„Das ist doch Unsinn", wurden Bedenken geäußert.

„Außerdem entbehrt es jeder Rechtsgrundlage."

„Wenn Sie den Vorschlag als Unsinn bezeichnen, so sollten Sie vielleicht eine bessere Lösung vorschlagen", mischte sich nun wieder Martin Steger in das Gespräch ein.

„Wir alle hier wissen doch, dass sich diese unsägliche Angelegenheit zunehmend ausweitet. Nicht nur in der Innenstadt werden die Klagen lauter.

Auch über Geschehnisse in verschiedenen Bereichen der Stadtmauer, beispielsweise an der Alten Bastei, aber auch am Kastanienbaum vor dem Reimlinger Tor häufen sich die Beschwerden von Anwohnern und Besuchern.

Und was die rechtliche Seite angeht: wir würden dieses Vorgehen selbstverständlich vorher mit den zuständigen Behörden abstimmen und offiziell absegnen lassen.

Es soll alles seinen rechtlichen Weg gehen."

Kleinere Diskussionen wurden nun unter den Mitgliedern des Stadtrats geführt. Als die Geräuschkulisse zunehmend anstieg, unterbrach Martin Steger das Ganze.

„Ich mache Ihnen einen Vorschlag, meine Herrschaften. Bereden Sie die Angelegenheit untereinander und lassen Sie uns anschließend darüber abstimmen.

Sollte die Mehrheit unter uns dagegen sein, werden wir die ganze

Sache bleiben lassen. Demokratie sollte trotz allem nicht vergessen werden.

Allerdings erwarte ich dann auch entsprechende Vorschläge Ihrerseits, wie man der Sachlage anderweitig begegnen könnte."

Martin Steger sah auf die Uhr.

„Ich würde vorschlagen, dass wir die Sitzung bis nach der Mittagspause vertagen. Diese Zeit sollte für einen Entschluss ihrerseits ausreichend sein."

# 10. Kapitel

Als Peter Neumann kurz nach neun Uhr von seinem Vorgesetzten in dessen Büro gebeten wurde, hatte er bereits eine knappe Stunde Recherchearbeit hinter sich, die bis dahin allerdings nicht allzu großen Erfolg gebracht hatte.

Robert Markowitsch stellte soeben seine Kaffeetasse auf dem Schreibtisch ab und nahm in seinem Sessel dahinter Platz, als sein Kollege durch die Türe kam.

„Guten Morgen Herr Hauptkommissar", begrüßte er seinen Chef. „Wie war die Nacht?"

„Zu kurz", brummelte Markowitsch, indem er einen Schluck aus der Tasse nahm.

„Das sollten Sie doch selbst beurteilen können."

Peter Neumann betrachtete seinen Vorgesetzten einen kurzen Moment, bevor er ihn fragte:

„Weshalb trinken Sie eigentlich hier im Büro normalen Filterkaffe, wenn sie im Grunde doch ein Fan von Cappuccino sind?", wollte er wissen und deutete dabei auf das leise vor sich hin gurgelnde Gerät in der anderen Ecke des Raumes.

„Ganz einfach", antwortete der Leiter der Augsburger Mordkommission.

„Um einen Cappuccino richtig genießen zu können bedarf es in meinen Augen einer gewissen Ruhe in entspannender Umgebung.

Zum Beispiel in meinen eigenen vier Wänden, oder an einem schönen Sonnentag in einem Straßencafé."

Peter Neumann nahm diese Aussage kommentarlos hin, als er den fragenden Blick in den Augen von Robert Markowitsch erkannte.

„Ich habe mich vorhin bereits einmal im Netz nach Informationen über den Ermordeten umgesehen", kam er einer möglichen Frage seines Chefs zuvor.

„Und?", meinte dieser. „Hat Ihr Schmuckstück etwas Brauchbares für uns ausgespuckt?"

„Leider nicht allzu viel", gab Peter Neumann zurück.

„Dieser Steffen Kleinschmidt war zwar kein unbeschriebenes Blatt, aber einen wirklich treffenden Grund für seine Ermordung konnte ich nicht herausfinden. Jedenfalls noch nicht", fügte er seinen Worten hinzu.

„Tja", meinte Markowitsch, indem er seine gefalteten Hände auf den Schreibtisch legte.

„Dann werden wir uns wohl in die kriminalistische Kleinarbeit begeben, Neumann. Gehört ja zu unserem Handwerk."

Der Hauptkommissar lehnte sich in seinem Sessel zurück und verschränkte die Arme vor seinem Oberkörper.

„Vorschlag meinerseits, Neumann", sprach er weiter.

„Ich werde mich bei den Leuten der SpuSi darüber schlau machen, inwiefern uns deren Untersuchungen schon weiterhelfen könnten.

Sie setzen sich ins Auto und fahren nach Nördlingen, um vor Ort mit den Kollegen zu sprechen. Möglicherweise gibt es ja dort schon neue Erkenntnisse."

„Die sie uns doch sicherlich umgehend mitgeteilt hätten", versuchte Peter Neumann die Autofahrt zu vermeiden, was Markowitsch jedoch sofort durchschaute.

„Keine Diskussion, Neumann", winkte Robert Markowitsch ab. „Wir müssen Präsenz zeigen vor Ort.

Erstens will ich die Aussagen der unmittelbar Beteiligten, sprich den beiden Freunden dieses Steffen Kleinschmidt haben, und zweitens will ich uns den Ärger mit den lieben Freunden der Presse ersparen."

„Oha", meinte Neumann etwas verwundert. „Seit wann lassen Sie sich denn von der Presse einschüchtern?"

„Ach wissen Sie junger Freund", seufzte Markowitsch, was in Peter Neumanns Ohren eher ungewöhnlich klang.

„Wenn Sie erst mal einige Dienstjahre auf dem Buckel haben, werden Sie selbst merken, dass es sich auch bei uns nicht vermeiden lässt, gewisse durch politische Einflüsse vorgegebene Dinge zu akzeptieren."

„Hab ich da etwas verpasst, Chef"

„Ja Neumann, haben Sie. Nämlich einen morgendlichen Anruf auf meinem Diensthandy von Oberstaatsanwalt Berger.

Der wiederum hatte einen Selbigen vom zuständigen Landrat aus dem Donau-Ries erhalten mit …, ich zitiere:

… der nachdrücklichen Bitte, den Nördlinger Oberbürgermeister im Interesse einer möglichst raschen und unspektakulären Aufklärung des Falles jederzeit auf dem Laufenden zu halten."

Peter Neumann überlegte einen Moment, bevor er mit einer Gegenfrage antwortete.

„Und von dieser *Bitte* hat sich der Oberstaatsanwalt beeindrucken lassen?"

„Ich habe keine Ahnung, *wer warum* über *was* in diesem Fall auf dem Laufenden gehalten werden möchte, Neumann.

Dafür kenne ich nach jetzigem Stand noch zu wenige, um nicht zu sagen kaum irgendwelche Details.

Außerdem habe ich mir vorgenommen, mir in den letzten Jahren meiner Dienstzeit keine ungeliebten Freunde mehr zuzulegen, die mir meinen eines Tages hoffentlich wohlverdienten Ruhestand versauen könnten."

Im Gesicht Peter Neumanns, der nun doch schon einige Jahre mit Robert Markowitsch zusammen arbeitete, erschien ein fragendes Lächeln.

„Höre ich da etwa eine gewisse Ironie in Ihren Worten, Herr Kriminalhauptkommissar?"

Als Markowitsch etwas erwidern wollte, läutete das Telefon auf seinem Schreibtisch. Er erkannte die Nummer im Display und sagte zu seinem Kollegen:

„Das ist die SpuSi, Neumann. Also, ab nach Nördlingen mit Ihnen. Ich melde mich, sobald ich weiß was Sache ist."

„Alles klar, Chef", antwortete Neumann, indem er sich von seinem Platz erhob.

„Bin schon weg."

## 11. Kapitel

Martin Steger saß gemeinsam mit Karl Kübler am Mittagstisch in einer Gaststätte am Rande der Innenstadt und stocherte appetitlos in seinem Teller herum.

„Keinen Hunger?", fragte sein Gegenüber.

Der Blick des Oberbürgermeisters ging an Kübler vorbei ins Leere.

„Glauben Sie, dass man sich auf unseren Vorschlag einlasen wird?", fragte er sichtlich skeptisch.

„Sagen wir mal so: Ich sehe im Moment gar keine vernünftige Alternative dazu", meinte Kübler.

„Sich auf endlose Diskussionen einzulassen, dafür haben wir auf Grund der Brisanz gar keinen zeitlichen Spielraum.

Ich meine, die Geschichte würde, selbstverständlich die Verschwiegenheit aller Beteiligten vorausgesetzt, völlig im Hintergrund ablaufen.

Außerdem hat das Ganze doch für die Stadtratsmitglieder auch so einen Hauch von Geheimnis.

Undercover-Ermittlungen in Nördlingen. Davon können die doch noch ihren Enkeln erzählen."

„Ich sehe das auch so", entgegnete Martin Steger, äußerte aber dennoch seine Bedenken.

„Sie sind sich sicher, dass dieser *Wächter* der richtige Mann dafür ist? Wäre da ein Profi von der Polizei nicht geeigneter?"

„In meinen Augen gibt es keinen Geeigneteren dafür", antwortete Stadtrat Kübler.

„Er ist in der Szene bekannt, kennt die meisten der herumlungernden Typen und ist auch den halbstarken Tagträumern kein Fremder."

„Das stimmt sicherlich", gab Martin Steger zu.

„Seit er sich dort draußen aufhält, gibt es einen Unruheherd weniger in unserer Stadt, wofür die anderen Anlagenpächter auch dankbar sind.

Ihre Zustimmung war letztendlich auch der ausschlaggebende Grund dafür, eine Ausnahmegenehmigung zum dauerhaften Wohnen auszustellen.

Anderweitig hätte ich das niemals im Stadtrat durchsetzen können."

„Na sehen Sie, Herr Steger. Hat doch alles seinen Vorteil.

Unser Vorschlag wird sich bei den Kolleginnen und Kollegen im Stadtrat sicherlich sympathisieren.

Vor allem deshalb, weil es keine zusätzlichen höheren Kosten für die Stadt verursacht.

Das eine oder andere kleine Zugeständnis für den Mann dürfte in diesem Fall keine große Schwierigkeit darstellen, wenn sich die ersten Erfolge in dieser Hinsicht einstellen."

„Ihr Wort in Gottes Ohr, Kübler", seufzte Martin Steger.

Er rief nach der Bedienung, um die Rechnung zu begleichen, als just in diesem Moment sein Handy klingelte.

Der OB meldete sich mit knappen Worten und lauschte seinem unsichtbaren Gesprächspartner.

Karl Kübler bemerkte, dass Martin Steger während der folgenden Minuten mehrmals schluckte und sichtlich nervös wurde.

„Das sind nicht gerade die erfreulichsten Mitteilungen die Sie mir da machen, Herr Markowitsch", hörte er den Oberbürgermeister letztendlich sagen.

„Sie verlangen fast Unmögliches von mir. Dennoch werde ich selbstverständlich versuchen, die benötigten Informationen bereitstellen zu lassen.

Vielen Dank für ihren Anruf."

Damit beendete Martin Steger das Telefonat mit dem Hauptkommissar, wie Karl Kübler unschwer feststellen konnte.

„Unangenehme Nachrichten?", fragte er, nachdem sie schließlich ihre Rechnungen beglichen hatten.

„Kann man wohl sagen", gab Steger zu.

„Ich soll allen Ernstes eine Aufstellung sämtlicher Besitzer einer Waffe mit dem Kaliber 7,62 besorgen und dies möglichst bis vorgestern, wie er sich ausdrückte."

„Schwieriges Unterfangen", gab Kübler nachdenklich zu.

„Das könnte alles Mögliche sein. Vom Revolver über ein Jagdgewehr bis hin zur Waffe eines Scharfschützen. Da müsste man schon genauere Informationen haben."

Beim Wort Jagdgewehr blieb ihm das kurze Blitzen in den Augen des Oberbürgermeisters nicht verborgen und Karl Kübler hob in zustimmender Geste beide Arme.

„Selbstverständlich werde auch ich meine Waffen, die ausnahmslos alle ordnungsgemäß registriert sind, der Polizei zur Verfügung stellen, Herr Steger.

Im Übrigen dürfte man die in Frage kommenden Schusswaffen über das Landratsamt herausfinden."

„Die registrierten ja", pflichtete ihm Martin Steger mit nachdenklichem Blick bei.

„Hoffentlich führt das dann auch zum Erfolg."

# 12. Kapitel

Robert Markowitsch lehnte sich bequem in seinem Sessel zurück, nachdem Peter Neumann sein Büro verlassen hatte.

Er betrachtete sich die angezeigte Nummer nochmals im Display, nahm den Hörer vom Telefon und drückte gleichzeitig die Lautsprechertaste.

„Zacher persönlich?", fragte er mit leiser Ironie in Richtung des Apparates.

„Was verschafft mir denn die Ehre Ihres Anrufes? Ich dachte Sie bummeln Überstunden ab."

„Erstens wird bei uns nicht gebummelt, Markowitsch und zweitens gibt es bei der Spurensicherung keine Überstunden.

In unseren Kreisen nennt man das freiwillige Mehrarbeit im Sinne des Gesetzgebers."

Robert Markowitsch grinste in sich hinein als er antwortete:

„Ach ja? Da hab ich dann doch mal wieder was von Ihnen dazu gelernt, Zacher."

„Lassen Sie ihre blöden Bemerkungen, Markowitsch und verraten Sie mir lieber, wer einen jungen Menschen mit einem solchen Kaliber abknallt. Mit einer 7,62 kann man einen Elch erlegen."

„Wenn ich die Antwort auf Ihre Frage wüsste, mein lieber Zacher, so bräuchte ich Ihre Abteilung nicht mit Arbeit zu behelligen.

Ich habe bisher noch keine Informationen aus ihren Kreisen erhalten, und kann Ihnen lediglich das sagen, was wir in der vergangenen Nacht erfahren haben."

„Nun gut", meinte Alfred Zacher, Leiter der Abteilung für kriminaltechnische Untersuchungen, auch kurz KTU genannt.

„Dann will ich mal nicht so sein und Sie auf den neuesten Stand unserer Erkenntnisse bringen."

„Danke, zu gütig", frotzelte Markowitsch mit einem leisen Lachen in seiner Stimme.

„Also", fuhr Alfred Zacher fort. „Das Geschoss dürfte meiner Meinung nach maximal aus einer Entfernung zwischen fünfzig und hundert Metern abgefeuert worden sein, was die Fundstelle der Patronenhülse bestätigt."

„Gut", meinte der Leiter der Mordkommission.

„Aber das hätte ich Ihnen auch sagen können, Zacher. Wir waren vor Ort und haben das mitbekommen."

„Schön", meinte Zacher. „Und sonst?"

„Was und sonst?", wiederholte Markowitsch die Frage seines Kollegen.

„Na, haben Sie noch weitere Informationen, die ich Ihnen möglicherweise umsonst erzähle?"

„Nun seien Sie doch nicht gleich wieder beleidigt", lenkte der Kriminalbeamte ein.

„Ich will Ihnen weder Ihre Kompetenz streitig machen, noch Ihnen die Daseinsberechtigung nehmen."

Markowitsch sprach weiter.

„Wir wissen lediglich, dass getrunken wurde, dass die jungen Herren einen älteren, möglicherweise obdachlosen Mann angepöbelt haben.

Dabei ging wohl eine Flasche zu Bruch, und dieser Steffen Kleinschmidt wurde letztendlich erschossen."

„Sehen Sie Markowitsch, das ist genau das was ich gemeint habe. Sie wissen ja das Meiste bereits", sprach Alfred Zacher mit belehrender Stimme.

„Ich kann Sie lediglich dahingehend ergänzen, dass der Tote 1,42 Promille im Blut, und seinem Mageninhalt nach so gut wie nichts gegessen hatte."

„Das ist alles?", fragte Markowitsch ungläubig.

„Nicht ganz", spannte ihn Zacher nicht länger auf die Folter.

„Das Geschoss hat Steffen Kleinschmidts Lunge zerfetzt, er dürfte sofort tot gewesen sein.

Die kleinere Wunde am Hinterkopf stammt nach unseren Ergebnissen vom Sturz auf das Kopfsteinpflaster. Die ballistische Auswertung …"

„Darüber können wir später noch genauer sprechen, Zacher", meinte Robert Markowitsch, der durch einen Blick auf seine Uhr soeben bemerkte, dass er zu einem ersten Pressetermin mit Oberstaatsanwalt Frank Berger musste.

„Zunächst gilt es erst einmal, Öffentlichkeitsarbeit zu leisten."

„Ach ja, die liebe Presse", gab Zacher zur Antwort.

„Na, dann mal viel Spaß dabei. Zur ballistischen Auswertung wollte ich …"

Später, Herr Zacher, bitte später. Berger drängt auf den Termin."

„Also gut", meinte Zacher.

„Aber wehe ich höre noch einmal Beschwerden von Ihrer Seite über mangelnde Informationen."

„Ich werde mir Mühe geben", versprach Markowitsch und legte den Hörer auf das Telefon zurück.

# 13. Kapitel

Die Fahrt nach Nördlingen gestaltete sich für Peter Neumann dank der inzwischen relativ gut ausgebauten Bundesstraße problemlos. Bis auf einen kleinen Baustellenengpass kurz vor dem Harburger Tunnel kam er zügig durch.

Nachdem er in der Riesmetropole angekommen war und seinen Wagen direkt vor einer Bäckerei neben der Polizeiinspektion parken konnte, klemmte er sich lediglich die kleine Tasche mit seinem Tablet-PC unter den Arm, und begab sich ohne Umwege in das Gebäude.

Wenig später hatte er gemeinsam mit den Kollegen dort begonnen, die zwischenzeitlich zur Vernehmung vorgeladenen beiden jungen Männer zu befragen. Auf die Anwesenheit ihres anderen Kameraden hatte man verzichtet.

Noch immer geschockt vom Tod ihres Freundes saßen die beiden kreidebleich im Vernehmungszimmer.

Es stellte sich für Neumann allerdings alsbald heraus, dass die Informationen ihn und Markowitsch kaum weiterbringen würden. Außer den bereits bekannten Details konnten die zwei nichts wirklich dazu beitragen, was die Kriminalbeamten weitergebracht hätte.

„Konnten Sie inzwischen den Mann ausfindig machen, der mit Steffen Kleinschmidt gestern Abend aneinander geraten ist?", fragte er einen der Polizeibeamten.

„Wir wissen um wen es sich handelt", gab dieser zurück, „konnten ihn jedoch noch nicht ausfindig machen."

„Das heißt, unser einziger Zeuge, der möglicherweise nähere Angaben zum Tathergang machen könnte, ist verschwunden?", fragte der Augsburger Beamte seine Kollegen.

„Na ja, was heißt verschwunden?", versuchte der Polizist Peter

Neumanns scheinbaren Vorwurf abzuschwächen.

„Wir wissen auf Grund der Beschreibung vermutlich wer es war und deshalb auch wo er sich normalerweise aufhält."

Peter Neumann zog die Augenbrauen nach oben.

„Auf Grund der Beschreibung vermutlich und normalerweise sind in meinen Augen eher wage Anspielungen auf nicht wirklich vorhandene Kenntnisse, werter Kollege.

Oder irre ich mich in meiner Annahme?"

„Nun", meinte dieser schulterzuckend, „wenn es sich hierbei um den nach Zeugenaussagen Beschriebenen handelt, geht es bei dem Mann um den uns bekannten Wächter."

„Wächter", wiederholte Peter Neumann.

„Und weiter? Hat der Mann auch einen Vornamen?"

„Wächter ist nicht sein Name sondern seine Bezeichnung innerhalb des Kreises der, sagen wir mal nicht Sesshaften hier in Nördlingen."

„Und woher kommt diese Bezeichnung?", fragte Neumann nach kurzer Überlegungspause weiter.

„Ganz einfach", kam die Antwort des Gefragten.

„Es gab vor längerer Zeit eine Situation in der Kleingartenanlage am Rande der Stadt, in der immer wieder Obdachlose oder Jugendliche bei kleineren Einbruchdiebstählen erwischt wurden.

Aber auch willkürliche Zerstörung fremden Eigentums war häufig der Grund, dass es eine ganze Zeit lang Anzeigen gegen Unbekannt hagelte."

„Und was hat nun dieser Wächter, wie Sie ihn bezeichnen, mit der Angelegenheit zu tun?", wollte Neumann es endlich auf den Punkt gebracht haben.

„Der Mann war eines Tages hier in Nördlingen aufgetaucht und hatte sich in der Gartenanlage mit einem unserer Stadträte, Herrn Kübler, darauf geeinigt, dass er gegen eine Unterkunft in dessen Häuschen für Ordnung sorgen wollte.

Dies scheint ihm auch relativ gut gelungen zu sein, denn es gab von dieser Zeit an kaum noch Beschwerden der Anlieger beziehungsweise von Pächtern oder Besitzern der Grundstücke."

„Das heißt, der Mann lebt quasi da draußen", sprach Peter Neumann mehr zu sich selbst als zu dem Polizeibeamten.

„Auch nicht ganz legal, meines Wissens."

„Was diese Tatsache anbelangt, so kann ich Sie beruhigen, Herr Neumann.

Soweit wir diese Informationen kennen, gab es eine Ausnahmegenehmigung für ihn, beantragt durch Herrn Kübler und nach Absprache mit den Behörden auch offiziell abgesegnet.

Schließlich ist er bis jetzt, in jedenfalls keiner uns bekannten Weise, deshalb negativ aufgefallen.

Im Gegenteil. Es herrscht seit dieser Zeit da draußen erfreuliche Ruhe."

„Gut", erwiderte Peter Neumann. „Lassen wir diese Tatsache mal dahingestellt.

Auf alle Fälle will ich diesen Wächter, oder wie immer dieser Mann auch heißen mag, zur Vernehmung hier haben.

Außerdem interessiert es mich brennend, weshalb niemand hier seinen Namen zu kennen scheint. Mehr als seltsam."

„Sein richtiger Name ist uns durchaus bekannt", sagte der Polizist. „Nur verwendet man ihn hier kaum in Bezug auf ihn. Er ist für alle nur der Wächter."

„Na, dann darf ich Sie doch freundlichst um den Namen dieses *Wächters* bitten, Herr Kollege", sprach Peter Neumann nun schon etwas genervt wegen der in seinen Augen blöden Geheimniskrämerei um diesen Mann.

„Paul Ledermacher", kam die Antwort des Polizeibeamten.

„Ledermacher", wiederholte Peter Neumann, als er sich den Namen in seine elektronische Datenbank tippte.

„Na, das ist doch mal wieder ein Name, der so richtig auf die Abstammung der Vorfahren hindeutet."

„Kann ich nicht sagen, Herr Neumann. Aus seinen Unterlagen geht nichts weiter hervor.

Wenn er ein Einheimischer wäre, könnte es sich um einen Hausnamen handeln. Aber so?

Ich kann mich noch genau daran erinnern, als er damals hier zusammen mit Herrn Kübler auftauchte, und uns aus einer Plastiktüte seine etwas zerfledderten Papiere vorlegte."

Peter Neumann bekam eine Kopie der Unterlagen vorgelegt, die er sich einen Moment lang betrachtete.

„Nachdem er bisher in keiner Weise straffällig geworden ist, gab es für uns keinen Bedarf, über ihn weitere Nachforschungen anzustellen", fuhr der Polizeibeamte fort.

„Na, dann werden wir das bei Gelegenheit für sie übernehmen", sprach der Augsburger Beamte kopfschüttelnd und meinte insgeheim damit sich selbst, sein heißgeliebtes Computersystem und die unerschöpflichen Quellen der elektronischen Archive im Cyberspace.

# 14. Kapitel

Paul Ledermacher alias *der Wächter* saß in einer dunklen Ecke an der Stadtmauer in der Nähe der alten Bastei und überlegte.

*Das wäre beinahe schief gegangen letzte Nacht,* so dachte er bei sich. *Einen Sekundenbruchteil später und er hätte mich erwischt.*

Etwas angespannt auf Grund der vergangenen Nacht knetete er nervös seine Hände. Es hatte einen unschuldigen Toten gegeben. Aber was hieß in diesem Falle schon unschuldig?

Hätte dieser halbstarke Idiot sich im Beisein seiner Freunde nicht so aufgespielt, wäre ihm sein Schicksal wohl erspart geblieben.

*Dann wäre jedoch möglicherweise ich derjenige, der nun im Leichenschauhaus liegt,* sinnierte Paul.

Einzig und allein seiner Konstitution hatte er es zu verdanken, dass er noch einmal mit heiler Haut davon gekommen war. Fast hätte ihn sein riskantes Spiel das Leben gekostet.

Aber dieses Risiko gehörte nun einmal zu seinem Plan. Er hatte einkalkuliert, dass solche Situationen auftreten könnten.

Keiner sah es ihm an, welch ein Mensch tatsächlich hinter seiner Fassade steckte.

Für die Bewohner Nördlingens war er nur einer der Obdachlosen, ein Stadtstreicher, der sich durch die Gunst eines scheinbar angesehenen Bürgers etwas in seiner Lebenssituation gefangen hatte.

Auf Grund dessen was er für manche der Einwohner hier leistete war er zwar geduldet, man ließ ihn weitestgehend auch in Ruhe, einer von ihnen allerdings würde er nicht werden.

Dafür passte sein Erscheinungsbild nicht in die Vorstellungen derer, die sich als die ehrbaren Bürger bezeichneten.

Jedoch brachte ihm sein Auftreten auch so manchen Vorteil.

Er konnte sich beispielsweise ohne große Probleme auch unter seinesgleichen bewegen, ohne Angst davor haben zu müssen, dass man ihn dafür anging.

Einerseits war er bei den Bier trinkenden Saufkumpanen an den unterschiedlichsten Orten Nördlingens nicht gern gesehen, da es sich herum gesprochen hatte, dass mit ihm nicht gut Kirschen essen war, wenn es darum ging, sich am Eigentum anderer zu vergreifen.

Auf der anderen Seite genoss er den Respekt beispielsweise bei den Jüngeren in der Szene, da er irgendwie auch die Seite der in vielen Augen nicht gesellschaftsfähigen Menschen repräsentierte.

Wann immer er an Nördlingens bekanntestem Kastanienbaum vorbei kam oder sich an bestimmten Plätzen an der Stadtmauer sehen ließ, es fiel stets ein guter Schluck oder ein Happen zu essen für ihn ab.

Es war ursprünglich nicht Paul Ledermachers Ziel gewesen, sich unter diesem Menschenschlag zu bewegen, unglückliche Umstände hatten dies jedoch notwendig gemacht.

Nachdem sich vor einigen Monaten das Schicksal endlich auf seine Seite zu stellen schien, glaubte er noch, dass es keinen allzu langen Zeitraum in Anspruch nehmen sollte, bis man ihm gegenüber endlich Rechenschaft ablegen würde.

Hier in Nördlingen angekommen, stellte sich die Situation jedoch etwas anders dar, als er ursprünglich angenommen hatte.

So disponierte er schließlich um und ließ sich auf das Spiel ein, das er allerdings nach seinen eigenen Regeln gestalten wollte.

Er recherchierte gründlich und hatte den Entschluss gefasst, für sein Vorhaben in seine jetzige Rolle zu schlüpfen.

Er wurde der Wächter!

Es galt genau zu überlegen, seinen Plan in die Tat umsetzen, ohne dabei selbst zu Schaden zu kommen.

Der erste Schritt war getan, auch wenn dieser nicht so verlief wie er es geplant hatte. Er machte sich wieder auf den Weg. Es galt keine Zeit zu verlieren.

## 15. Kapitel

Die drei etwas heruntergekommenen Gestalten hockten dicht beieinander auf dem Gelände des Sägewerks und warteten ab, bis der Streifenwagen vorüber war.

„Sie suchen ihn", meinte einer von ihnen.

„Die lungern hier schon den ganzen Tag herum. Er ist ihnen wohl durch die Lappen gegangen."

„Quatsch keinen Blödsinn", meinte ein anderer.

„Es steht doch fest, dass er diesen jungen Idioten nicht abgeknallt hat. Man erzählt sich, dass es ihn beinahe selbst erwischt hätte."

„Dann frage ich mich aber, wieso er abgehauen ist?", kam die Antwort des ersten.

„Weil er wahrscheinlich genauso wenig Lust hat wie wir, sich von den Bullen ausquetschen zu lassen.

Wenn unsereiner erst einmal in so einer Geschichte drin hängt, kommt er da nicht so schnell wieder raus."

„Aber der Wächter ist doch irgendwie auch einer von ihnen. Schließlich versaut er uns hier draußen schon seit geraumer Zeit die Tour.

Bis er hier aufgetaucht ist, konnte man ohne große Probleme das eine oder andere Brauchbare aus den Gärten herausholen. Seit ein paar Monaten geht in dieser Hinsicht gar nichts mehr.

Einerseits bin ich ganz froh, dass er jetzt Probleme mit den Grünen hat."

„Du redest Scheiße, Mann. Immerhin hat er durch seine Anwesenheit erreicht, dass uns die Leute mehr in Ruhe lassen als früher."

„Ja, das schon", kam die Antwort.

„Dafür müssen wir uns jetzt mehr in der Innenstadt aufhalten, weil wir uns hier in der Gartenanlage nicht mehr sehen lassen können."

„Stimmt", bestätigte der dritte unter ihnen.

„Und deshalb gibt's ständig Streit mit diesen halbstarken Idioten, die anscheinend nichts Besseres zu tun haben, als uns das Leben schwer zu machen."

„Hört auf zu quatschen", wurden die beiden vom dritten im Bunde unterbrochen.

„Das Bullenauto ist weg. Das ist die Gelegenheit, mal wieder ein paar Dinge zum Verscherbeln zu besorgen.

Los, beeilen wir uns. Ich habe keine Lust nass zu werden."

Als sich die drei vorsichtig umsehend vom Gelände des Sägewerks entfernten und den Weg in Richtung der Kleingartenanlage einschlugen, hatten sich bereits hoch über ihnen am Himmel dunkle Gewitterwolken zusammen gezogen.

Erstes Donnergrollen war bereits zu vernehmen und deutete darauf hin, dass der nahende Gewitterregen wohl nicht mehr allzu lange auf sich warten lassen würde.

„Scheint alles ruhig zu sein", meinte einer.

„Wenn der Wächter heute Nacht tatsächlich noch zurückkommen sollte, haben wir längst ein trockenes Plätzchen gefunden.

Dann heißt es nur noch still halten und morgen früh leise verschwinden. Natürlich mit ein paar Habseligkeiten, die sich zu Geld machen lassen."

Als die drei Männer die Kleingartenanlage betraten und sich eines der dort befindlichen Häuschen ausgesucht hatten um dort zu übernachten, da ahnten sie noch nicht, dass sie bereits beobachtet wurden.

Schlimmer noch, dass einer von ihnen in dieser Nacht sein Leben verlieren würde.

# 16. Kapitel

Nachdem Peter Neumann aus Nördlingen zurück gekommen war und das Gebäude des Augsburger Polizeipräsidiums betreten hatte, begab er sich auf direktem Wege in das Büro von Robert Markowitsch.

Als er die Türklinke nach unten drückte musste er jedoch feststellen, dass der Raum verschlossen war.

Neumann begab sich in das Sekretariat, wo man ihm auf seine Nachfrage hin mitteilte, dass sich sein Vorgesetzter nach dem Pressetermin mit Oberstaatsanwalt Frank Berger für den Rest des Tages frei genommen hatte.

„Na super", murmelte Peter Neumann vor sich hin, da er genau wusste, dass dies nun wieder einmal Überstunden bedeutete.

Zunächst war er in Versuchung, Markowitsch anzurufen, ließ es dann jedoch bleiben.

Er wollte seinem Chef einige Stunden Ruhe gönnen. Man hatte ihm angesehen, dass die vergangenen beiden Tage doch etwas an seiner Substanz gezehrt hatten.

Peter Neumann begab sich in sein Büro, nahm hinter dem Schreibtisch Platz und schaltete den Computer an.

Binnen weniger Augenblicke war sein Schmuckstück bereit.

„Na, dann wollen wir mal", sprach er zu sich selbst, verschränkte die Finger beider Hände ineinander und dehnte diese so, dass es einige Male hörbar in den Gelenken knackte.

Es dauerte nicht allzu lange, dann war der Kriminalbeamte tief in seinem Element versunken.

Seine Finger huschten wie Streicheleinheiten über die Tastatur und Peter Neumann tauchte wieder einmal ein in die Weiten der digitalen Welt.

# 17. Kapitel

Während im Augsburger Kriminalkommissariat die Recherchen Peter Neumanns auf Hochdruck liefen, hatte sich das Gewitter über dem Donau-Ries festgefressen.

Man sagt ja immer, dass im Normalfall das meiste an Regen- und Gewitterwolken, die aus der westlichen Richtung heran kommen, am Rand des Rieskessels geteilt und überwiegend vom fränkischen Brombachsee angezogen werden.

Wurde der Riesrand jedoch erst einmal von den Wolken überwunden, setzte sich das Wetter meist hier im Kraterkessel fest.

So auch in dieser Nacht, als es unter Begleitung von Blitz und Donner heftig zu regnen begann.

Grelle Lichtstreifen gefolgt von teilweise ohrenbetäubendem Krachen erhellten den Himmel über Nördlingen, als das Gewitter mit seinem Zentrum über der Stadt angekommen war.

Die drei Männer, die sich soeben Zugang zur Kleingartenanlage verschafft hatten, suchten nach einem geeigneten Unterschlupf.

Dicht gedrängt standen sie kurz darauf in der Ecke des Vordaches einer Gartenlaube beieinander, um so den teils heftig aufkommenden Windböen zu entgehen.

„Wir sollten rein", meinte einer von ihnen.

„Ich hab keine Lust nass zu werden, wenn's zu regnen anfängt."

„Etwas Wasser würde Dir nicht schaden", rümpfte einer die Nase.

„Du solltest entweder Dich oder Deine Klamotten mal wieder waschen. Am besten beides."

„Leck mich", bekam er zur Antwort.

„Du riechst auch nicht gerade nach kölnisch Wasser."

„Hört auf zu streiten", mahnte der Dritte von ihnen.

„Lasst uns lieber zusehen, dass wir die Tür aufkriegen. Ich hab keine Lust darauf, bei diesem Sauwetter die Nacht im Freien zu verbringen."

Er kramte aus einer Plastiktüte ein rostiges Stück Eisen hervor, das in besseren Zeiten wohl einmal als Werkzeug gedient hatte.

Ohne großes Zögern trat er an die Türe der Gartenlaube und setzte das Stück Metall zwischen Türrahmen und Schloss an.

Ein kurzer Hieb mit der Hand, sowie ein zur Seite hin kräftig ausgeführter Ruck folgten. Der einfache Riegel hielt der Attacke nicht Stand.

Die drei konnten sich auf Grund des Gewitters sicher sein, dass die Geräusche beim Aufbrechen der Türe keinerlei Probleme machten. Deshalb nahmen sie auch relativ wenig Rücksicht darauf.

Nachdem sie das kleine Gartenhaus betreten und die Türe wieder notdürftig verriegelt hatten, trat der Wortführer unter den dreien ans Fenster.

„Optimale Lage", meinte er zufrieden.

„Von hier aus kann man den Schuppen, in dem der Wächter haust, genau im Auge behalten.

So kriegen wir es rechtzeitig mit wenn der Typ zurückkommt, damit wir uns problemlos wieder aus dem Staub machen können. Wir werden uns abwechseln mit dem Aufpassen."

Zu einem seiner Kumpane sagte er bestimmend:

„Max, seht Ihr zwei doch mal nach ob es hier was Nahrhaftes gibt.

Wenn Flüssignahrung dabei ist bin ich auch nicht böse. Hauptsache sie wärmt von innen."

Ein zustimmendes Lachen seiner beiden Kumpane folgte und Augenblicke später hatten sie damit begonnen, die Hütte systematisch zu durchwühlen.

Sie nahmen dabei nur wenig Rücksicht auf eventuelle Beschädigungen.

Wer sich hier draußen ein Grundstück leisten konnte, dem waren auch kleinere Instandhaltungsmaßnahmen zuzumuten.

Wenig später hatten die beiden sämtliche Schubladen und Kästen des kleinen Gartenhäuschens durchsucht, dabei aber lediglich einige Kekse und eine Flasche Kräuterlikör zu Tage gefördert.

„Na besser als nichts", sagte derjenige, der immer noch am Fenster stand und das Gartenhaus beobachtete, in dem seiner Meinung nach der Wächter sein Domizil hatte.

„Das reicht vielleicht wenigstens zum Einschlafen. Vorher muss ich aber mal kurz in die Büsche.

Aber wehe Euch, wenn die Flasche leer sein sollte bis ich zurück bin. Einer übernimmt inzwischen hier das Fenster."

Mit diesen Worten ging der Mann zur Tür, öffnete die provisorische Verriegelung und trat nach draußen.

Ein paar rasche Schritte brachten ihn an die halbhohe Hecke, die das kleine Grundstück umgab.

Nach wie vor tobte das Gewitter durch die Nacht. Zeus schien Gefallen an der Riesmetropole gefunden zu haben.

„Pass auf, dass es nicht bei Dir einschlägt", rief ihm sein Kumpan grinsend hinterher.

„Wasser zieht ja bekanntlich Blitze an."

„Scherzbold", rief der Angesprochene zurück, schaute aber wie zur Sicherheit nach oben.

Genau in diesem Moment zuckten rasch hintereinander drei, vier Blitze aus den Wolken und erhellten sekundenlang den Himmel über der Stadt.

Das Krachen, das sie begleitete, jagte dem an der Tür Stehenden einen heftigen Schrecken durch die Glieder.

Er sah seinen Kumpel, der gerade draußen sein kleines Geschäft erledigen wollte, ins Stolpern geraten.

Zunächst schob er dies auf die Tatsache, dass er wohl ebenfalls erschrocken war.

Als dieser jedoch mit einem Mal in die Knie sackte und seitwärts auf dem Boden kippte, wurde ihm doch etwas mulmig.

Der Blitz konnte ihn nicht getroffen haben. Das hätte anders ausgesehen, da war er sich sicher.

Besoffen konnte er auch noch nicht sein, denn sie hatten alle drei den ganzen Tag über noch nicht allzu viel getrunken.

Ohne Geld eben auch kein Alkohol. Und die Flasche in der Gartenlaube hatten sie noch gar nicht geöffnet.

Warum zum Teufel stand er dann aber nicht auf?

„Max?", rief er fragend in die Hütte hinein.

„Was 'n los?", kam es zurück.

„Ich glaub mit Kalle stimmt was nicht. Ist einfach umgekippt."

„Hat ihn der Blitz erwischt?", fragte Max ironisch, als er von innen an die Tür kam.

„Quatsch nicht so blöd", raunzte ihn der andere an.

„Guck doch mal wie komisch der daliegt."

„Der will uns sicher nur verarschen. Macht doch andauernd so einen Scheiß", meinte Max abwinkend.

„Los Kalle, kannst wieder aufstehen. Oder willst Du hier draußen übernachten?"

Doch der im Gras zusammen gekauerte Kalle gab keine Reaktion von sich.

„Ich geh jetzt mal die Pulle köpfen", rief Max mit einer provozierend singenden Stimme, um so seinen Kumpan zum Aufstehen zu bewegen, doch nach wie vor rührte sich dieser nicht.

Als in diesem Augenblick der Himmel seine Schleusen vollständig öffnete und dicke Regentropfen herunter prasselten, stampfte Max mit verärgerten Schritten auf Kalle zu.

„Jetzt lass die Verarsche und steh endlich auf", rief er, als er direkt vor ihm stand.

„Ich hab keinen Bock darauf, wegen Deinem Scheiß hier draußen zu ersaufen."

Er bückte sich zu dem auf dem Boden Liegenden, packte ihn am

Kragen seiner verschmutzten Jacke und starrte in ein vor Schreck verzerrtes, blutverschmiertes Gesicht.

Max wurde mit einem Mal übel als er den wirklichen Grund für die Regungslosigkeit seines Kumpels erkannte.

Sekunden lang verharrte er in Bewegungslosigkeit.

Wie in Trance vernahm er das sich nun langsam entfernende Donnergrollen, spürte kaum, wie der Regen seine schmuddelige Kleidung durchnässte.

Verschwommene Erinnerungen kamen in ihm hoch.

„Das gibt's doch nicht", stammelte er immer wieder kopfschüttelnd vor sich hin, als er zwei Beine neben sich auftauchen sah.

Erschrocken blickte er hoch, erkannte seinen Kameraden, der ebenfalls ungläubig auf den leblosen Kalle herunter sah.

„Das gibt's doch nicht, oder?", wiederholte er sich.

„Wir haben doch neulich erst zusammen an der Bibliothek ein paar Flaschen geleert. Er war doch quietsch fidel ... bis diese Typen..."

Erschrocken sah er sich um. Sein Blick huschte nervös von einer Ecke in die andere. Dann rief er panisch:

„Scheiße, Mann. Das war bestimmt dieser kleine Schnösel den sich die Bullen gekrallt haben."

„Ach was", meinte sein Freund, der neben ihm stand und sich noch genau an die Szene erinnerte.

„Der Junge hat sich doch nur so aufgespielt weil er gesoffen hatte. Das halbstarke Gequatsche kann man doch nicht für voll nehmen."

„Aber Kalle ist tot. Den hat jemand abgeknallt. Schau dir doch mal sein Gesicht an."

Tränen liefen über Max' Gesicht.

Ob aus Trauer oder aus Wut konnte der andere nicht deuten. Es war wohl beides.

Plötzlich schien Panik von Max Besitz zu ergreifen.

Wie von der Tarantel gestochen erhob er sich aus seiner knienden

Haltung, wischte sich die regennassen Haare aus der Stirn und blickte nervös in alle Richtungen der Kleingartenanlage.

„Was", so fragte er hektisch, „wenn der noch da ist?"

„Wenn wer noch da ist?", kam die Gegenfrage zurück.

„Na, der Typ der Kalle eben abgeknallt hat."

Wie zum Selbstschutz versuchte er seine beiden Arme um den eigenen Oberkörper zu schlingen.

Jetzt erst merkte sein Kamerad, dass Max am ganzen Körper zitterte.

„Ruhig, Max", versuchte er ihm seine Angst zu nehmen.

„Wenn er uns auch erwischen wollte, wäre das längst passiert, so lange wie wir hier schon rumstehen."

Er packte Max am Arm und zog ihn mit sich zum Ausgang des kleinen Grundstücks.

„Dem Kalle kann keiner mehr helfen", sprach er mit leiser Stimme.

„Wir klingeln jetzt den Nächstbesten aus dem Bett und rufen die Bullen an. Hoffentlich erwischen die den Saukerl.

Das ist das Letzte, das wir für unseren Kumpel tun können."

# 18. Kapitel

Nachdem Peter Neumann die halbe Nacht im Netzwerk des BKA recherchiert hatte, entgegen seinen Erwartungen allerdings nichts über den sogenannten Wächter in Erfahrung bringen konnte, blieb in seinen Augen nur die Möglichkeit, direkt vor Ort Nachforschungen anzustellen.

Irgendwann in den frühen Morgenstunden hatte er sich noch für ein paar Stunden in den Bereitschaftsräumen des Augsburger Kriminalkommissariats aufs Ohr gelegt.

Er tat dies manchmal, wenn sich das nachhause Fahren nicht mehr rentierte.

Als Robert Markowitsch gegen halb neun Uhr in seinem Büro auftauchte, informierte ihn Neumann über seinen erfolglosen Nachteinsatz am Computer.

„Das muss ja richtig deprimierend für Sie gewesen sein, Neumann", meinte der Hauptkommissar.

„Ja, kann man so sagen, Chef", gab dieser etwas zerknirscht zu.

„Allerdings scheint es keinerlei Hinweise darauf zu geben, woher der Mann kommt, beziehungsweise was er bis zum Zeitpunkt seines Auftauchens in Nördlingen getan hat.

Deshalb werde ich mir einmal diesen Karl Kübler zu Gemüte führen."

„Den Stadtrat?", fragte Markowitsch verwundert.

„Was hat der denn damit am Hut?"

Peter Neumann klärte seinen Vorgesetzten mit knappen Worten darüber auf, was er am Vortag in Nördlingen erfahren hatte.

„Die scheinen ja recht sorglos damit umzugehen", murmelte Markowitsch vor sich hin, als sich die Tür zu seinem Büro öffnete und Oberstaatsanwalt Frank Berger eintrat.

„Guten Morgen die Herren", grüßte er nur kurz.

„Vernehme ich soeben das Wort *sorglos* aus ihrem Munde, Markowitsch? Weshalb sind Sie beide immer noch hier?"

„Guten Morgen Herr Berger", grüßte der Hauptkommissar zurück.

„Wenn ich Ihr persönliches Erscheinen um diese Zeit richtig deute, vergesse ich die Sorglosigkeit am besten gleich wieder", grinste er.

„Oder kommen Sie nur zum Kaffee trinken?"

Robert Markowitsch deutete auf die Maschine, die auf einem Sideboard in der anderen Ecke des Büros stand.

„Bedienen Sie sich. Und was sollte die Bemerkung eben, weshalb wir immer noch hier sind?"

„Danke, ich hatte schon", meinte Berger nur kurz angebunden.

Er stand mit einer Hand in der Hosentasche inmitten des Büros, als er weitersprach.

„Mir ist der Appetit aufs Frühstücken bereits vergangen, nachdem ich noch im Schlafanzug erfahren musste, dass in Nördlingen scheinbar ein Serienmörder sein Unwesen treibt."

Robert Markowitsch hätte sich beinahe an seinem Kaffee verschluckt, als er die Worte aus dem Munde des Oberstaatsanwalts vernahm.

„Serienmörder?", fragte er verwundert.

„Wie kommen Sie denn darauf, Berger?"

„Es gab einen weiteren Toten", redete sich Frank Berger schon fast in Hektik.

„In Nördlingen scheinen Zustände wie im wilden Westen zu herrschen. Da ballert einer nachts in der Gegend herum, knallt einfach die Leute ab, und raubt mir meinen wohlverdienten Schlaf."

Er sah dabei die verwunderten Blicke der beiden Kriminalbeamten.

„Sagen Sie bloß meine Herren, dass Sie darüber noch nicht informiert sind?", fragte Frank Berger überrascht.

„Bisher noch nicht"; gab Markowitsch zu.

„Oder wissen sie etwas davon, Neumann", schickte er mit einem Blick auf seinen EDV-Spezialisten hinterher.

„Nein, keine Ahnung", antwortete dieser und hatte bereits den Hörer von Markowitsch's Dienstapparat in der Hand.

„Denn dann hätte ich Sie mit Sicherheit auch aus dem Schlafanzug geholt, Chef."

„Scheint irgendwo ein Knoten im Dienstweg vorhanden zu sein", ärgerte sich Frank Berger.

„Als das Ganze passiert sein muss, saßen einige Herrschaften der Nördlinger High Society bei einer Veranstaltung zusammen, die sich auf Grund des heftigen Gewitters in der vergangenen Nacht unfreiwillig hinausgezögert hatte.

Der Landrat persönlich hat mich aus dem Bett geklingelt.

Wahrscheinlich ist er davon ausgegangen, dass ich Sie informiere."

„Was hiermit auch geschehen ist", meinte Markowitsch mit einem Blick auf seinen Assistenten, der soeben den Hörer zurücklegte.

„Was haben wir, Neumann?"

„Einen toten Stadtstreicher", antwortete dieser.

„Erschossen in einer Kleingartenanlage. Seine beiden Kumpane, die sich, wie man so schön sagt, widerrechtlich dort mit ihm Zugang zu einer der Gartenlauben verschafft hatten, haben über einen Anwohner in der Nähe die Nördlinger Kollegen verständigt.

Diese wiederum informierten ihren Vorgesetzten, der sich unter anderem mit dem Oberbürgermeister und dem Landrat bei einer Veranstaltung befand."

„Aha", sprach Markowitsch, als er sich von seinem Platz erhob.

„Daher also scheinbar die Verdrehung der Informationsreihenfolge, Herr Berger.

Ich nehme an, dass die Kollegen der Spurensicherung auch noch nichts wissen?"

„Wenn der Landrat davon ausgegangen ist, dass ich alles Weitere in die Wege leite, dann nehmen Sie richtig an", grummelte der Oberstaatsanwalt.

„Ok", sagte der Hauptkommissar.

„Das übernehmen wir von unterwegs. Ich werde Zacher persönlich verständigen."

„Dann viel Erfolg", meinte Frank Berger.

„Und sehen Sie zu, dass das Ganze nicht eskaliert.

Ich will keinen Skandal in meinem Zuständigkeitsbereich. Zwei Tote genügen."

„Wir werden sehen", antwortete Markowitsch, als er gemeinsam mit Peter Neumann sein Büro verließ.

Etwa eine Stunde später trafen die beiden Kripobeamten an der Nördlinger Kleingartenanlage ein, kurz darauf fuhren auch die beiden Fahrzeuge der Spurensicherung vor.

Die Beamten erkannten, dass sich auch eine Mannschaft der Feuerwehr vor Ort befand.

Der Brandgeruch, den sie schon einige hundert Meter vor Erreichen des Einsatzortes wahrgenommen hatten, deutete auf einen größeren Einsatz hin.

„Blitzschlag?", fragte Robert Markowitsch, als er mit Peter Neumann die Absperrung hinter sich gelassen hatte und dem Tatort näherte.

Er richtete seine Frage an Markus Wagner, den er als einen der Polizeibeamten erkannt hatte.

„Nein, Herr Hauptkommissar", gab dieser zur Antwort.

„Laut Aussage des Einsatzleiters der Feuerwehr wurde das Gartenhaus wohl angezündet. Die Spuren deuten seiner Meinung darauf hin."

„Danke", antwortete Markowitsch.

„Unsere Kollegen von der Spurensicherung werden dies gemeinsam mit den Leuten abklären. Wo ist der Tote?"

„Liegt noch immer hier drüben", deutete Markus Wagner hinter sich und bat den Hauptkommissar zu einem etwa fünfzig Meter weiter liegenden Grundstück.

Alfred Zacher, der Leiter der Spurensicherung kam mit seinen drei Kollegen den Weg zwischen den kleinen Grundstücken hindurch. Alle vier hatten sich mit entsprechender Schutzkleidung ausgestattet.

Während diese sich sofort an ihre Arbeit machten, informierte sich Zacher zunächst beim Einsatzleiter der Feuerwehr über die bisher bekannten Details.

„Wir gehen von Brandstiftung aus", meinte dieser.

„Ich tippe mal auf ganz normalen Autosprit, der sich wahrscheinlich in diesem Kanister befunden hatte."

Er deutete auf die verschmorten Überreste eines Blechkanisters, welchen man in der vollkommen niedergebrannten Gartenlaube entdeckt hatte.

„Wir hatten Mühe, die angrenzenden Häuser zu schützen", deutete er mit der Hand auf die angrenzenden Grundstücke.

„Bei einem ist uns dies leider nicht rechtzeitig gelungen. Der Rest blieb Gott sei Dank verschont."

Alfred Zacher besah sich das halb zerstörte Häuschen auf dem betroffenen Grundstück nebenan.

Die ganze Umgebung stand förmlich unter Wasser, was nicht nur durch den Gewitterregen der vergangenen Nacht verursacht worden war.

„Hoffentlich finden wir hier noch verwertbare Spuren", kratzte sich Zacher am Hinterkopf, während er zwei seiner Kollegen dabei beobachtete, wie diese sich vorsichtig zwischen den verkohlten Holzresten bewegten.

Der dritte von ihnen hatte sich gemeinsam mit Robert Markowitsch, Peter Neumann und dem Nördlinger Polizeibeamten zum Fundort des Ermordeten begeben.

Als Alfred Zacher sich ebenfalls auf den Weg dorthin machte, wurde er von einem seiner Kollegen zurück gerufen.

„Herr Zacher. Kommen Sie bitte mal kurz?", hörte er ihn rufen.

Der Leiter der Spurensicherung stapfte durch den morastigen Boden auf das abgebrannt Gartenhaus zu. Erstaunt betrachtete er sich den Gegenstand, der zwischen den Überresten der Einrichtung hervorschaute.

Zacher hob kurz seinen Kopf und sah sich um.

„Markowitsch", rief er laut über das Gelände.

„Soll ich Ihnen beim Suchen helfen, Zacher?", fragte der Hauptkommissar, als er kurz darauf dem Leiter der Spurensicherung gegenüber stand.

„Das kann ich alleine", meinte dieser.

„Meine Augen sind noch gut genug. Sehen Sie mal", deutete er auf den Boden. „Ich denke, das könnte höchst interessant für Sie sein."

Robert Markowitsch folgte mit seinen Augen dem Fingerzeig Alfred Zachers und entdeckte nun ebenfalls den Gewehrlauf.

„Oha", meinte er. „Na, dann holen Sie das Ding mal raus."

Zacher ließ sich eine Plastikfolie bringen, mit der er vorsichtig den Lauf fasste und ein am Schaft teilweise verkohltes Gewehr aus den Trümmern hervorzog.

Markowitsch betrachtete sich einige Augenblicke lang die Waffe in Zachers Händen.

„Seltsam", sagte er zum Kollegen der Spurensicherung.

„Meinen Sie nicht, Zacher? Entweder hatte es hier jemand furchtbar eilig, oder dieser Jemand ist einfach nur dumm."

„Schwer zu sagen", gab Zacher zur Antwort.

„Aber wir werden es herausfinden. Dazu sind wir schließlich hier."

„Wie kommt so ein Ding überhaupt hierher?", fragte Markowitsch.

„Kann ich Ihnen noch nicht beantworten", gab Zacher zurück. „Das sollten eigentlich Sie herausfinden."

„Werde ich tun, Zacher, darauf können Sie sich verlassen", murmelte der Kriminalbeamte und sah sich um.

Er winkte einen der Nördlinger Kollegen zu sich.

„Können Sie mir sagen, wem dieses Grundstück gehört?", fragte er ihn.

„Nein", kam die Antwort. „Aber ich werde mich sofort danach erkundigen."

„Machen Sie das", sprach Markowitsch. „Wenn möglich sofort."

„Selbstverständlich, Herr Hauptkommissar", gab der Mann zurück und eilte davon, um schon kurze Zeit später mit der Antwort zurück zu kommen.

„Der Pächter des Grundstücks ist Karl Kübler, Herr Markowitsch. Ihm gehören auch die beiden angrenzenden Gärten."

„Danke Herr Kollege. Kennen sie diesen Kübler?"

„Ich weiß nur, dass er im Stadtrat sitzt und Pächter eines Jagdgrundstücks ist", gab der Polizeibeamte zur Antwort.

„Gut, vielen Dank", entließ Markowitsch den Kollegen und wandte sich mit fragendem Blick wieder Alfred Zacher zu.

„Das hier ist aber doch mit Sicherheit keine Jagdwaffe, Zacher. Oder irre ich mich?"

Robert Markowitsch deutete auf das Fundstück, das Alfred Zacher noch immer genauer betrachtend in seinen Händen hielt.

„Kommt ganz darauf an was oder wen Sie jagen wollen", sprach Zacher zweideutig.

„Bei dieser Waffe handelt es sich eindeutig um ein Präzisionsgewehr, Kaliber 7,62.

Woher es stammt kann ich erst nach einer genaueren Untersuchung sagen, wenn überhaupt."

„Wer ist denn so krank und knallt mit einem Scharfschützengewehr einen Obdachlosen ab?", sinnierte Markowitsch und sah Zacher erneut an.

„Ihr Kollege meinte vorhin, dass der Tote einem glatten Durchschuss erlegen ist."

Robert Markowitsch deutete dabei auf seinen Hals.

„Da wollte einer wohl ganz sicher gehen. Wir werden uns also mal diesen Kübler vornehmen.

Wurde der eigentlich schon über die Sache hier informiert? Wundert mich, dass er noch nicht aufgetaucht ist."

„Bin ich hier etwa daheim, Markowitsch?

Fragen Sie das besser die Nördlinger Kollegen. Ich habe genügend anderes zu tun", gab Zacher zur Antwort.

„Das werde ich, Zacher, das werde ich."

Er winkte seinen Kollegen heran.

„Kommen Sie Neumann, wir fahren zurück nach Augsburg. Oder gibt es hier noch irgendetwas, das unsere persönliche Anwesenheit erfordert?"

„Nichts, das nicht auch die Kollegen hier erledigen könnten", antwortete der Angesprochene.

„Weshalb so eilig, Herr Hauptkommissar?"

„Weil ich mich mit Oberstaatsanwalt Berger kurzschließen möchte, um nicht irgendwelche politische Querelen hervorzurufen.

Und wenn dies geschehen ist, dann bestellen Sie mir diesen Karl Kübler zur Vernehmung ins Kommissariat.

Mich würde brennend interessieren, was er zu unserem Fund in seiner Gartenlaube zu sagen hat."

„Und ich werde mich nochmal in die Tiefen der elektronischen Archive begeben", antwortete Peter Neumann.

„Es will mir nämlich nicht in den Sinn, dass es keinerlei Informationen über diesen Paul Ledermacher geben soll."

„Ledermacher?", fragte Robert Markowitsch mit hochgezogenen Augenbrauen, als er hinter dem Steuer seines Wagens Platz genommen hatte.

„Genau", gab Neumann zurück.

„Paul Ledermacher alias *der Wächter*."

„Klingt ja sehr geheimnisvoll, mit was Sie sich da beschäftigen, Neumann", meinte Markowitsch grinsend.

„Na, dann sehen Sie mal zu, dass Sie das Geheimnis lüften."

„Worauf Sie sich verlassen können", antwortete Peter Neumann mit einer Bestimmtheit, die keinen Zweifel offen ließ.

„So unbeschrieben kann ein Blatt gar nicht sein, als dass ich es nicht finden würde."

# 19. Kapitel

Karl Kübler betrat tags darauf am Nachmittag mit einem teils mulmigen, teils aber auch entschlossenem Gefühl das Gebäude der Augsburger Kriminalpolizei.

Er war fest davon überzeugt, diesen Kripobeamten eine Geschichte zu präsentieren, die keine Zweifel an seiner Glaubwürdigkeit aufkommen lassen würde. Nachdem man ihm den Weg zum Büro der Mordkommission erklärt hatte, stand er kurz darauf vor der Tür, an deren Schild er las:

Robert Markowitsch, Hauptkommissar.

Er klopfte kurz an, wartete einen Augenblick, um dann jedoch unaufgefordert einzutreten.

Markowitsch saß hinter seinem Schreibtisch, einige Akten vor sich liegend.

Als er den Mann eintreten sah, blickte er kurz auf seine Uhr und meinte fragend:

„Herr Kübler, nehme ich an?"

„Karl Kübler, Herr Markowitsch. Man sagte mir, dass Sie mich sprechen wollten?"

„Das ist richtig, Herr Kübler. Nehmen Sie bitte Platz", antwortete der Leiter der Augsburger Kripo und deutete auf den Stuhl vor seinem Schreibtisch.

Zunächst jedoch holte der Besucher einen Faxausdruck aus seinem Jackett hervor, legte diesen auf dem Schreibtisch vor Robert Markowitsch ab und meinte dabei etwas barsch:

„Sie haben mich in meinem Geschäft in eine ganz schön kompromittierende Situation gebracht.

Wäre es denn nicht auch etwas weniger offiziell gegangen?"

Markowitsch betrachtete sich das Schriftstück, in welchem er die kurzfristige Vorladung von Karl Kübler erkannte.

„Tut mir leid Herr Kübler. Aber nachdem es sich in diesem Fall um eine äußerst dringende Befragung zur Klärung des Sachverhaltes in der Nördlinger Kleingartenanlage geht, sah ich Eile geboten. Normalerweise lasse ich Vorladungen per Boten zustellen, in diesem Fall ist wie gesagt jedoch Eile geboten.

Und dann ist ein Fax nun einmal schneller als ein Zustellbote."

„Gut, lassen wir das", winkte Kübler mit großzügiger Geste ab, sah dabei jedoch auf seine Uhr.

„Womit kann ich Ihnen helfen?"

Der Hauptkommissar bemühte sich, den sarkastischen Unterton in der Stimme seines Besuchers zu überhören.

Er deutete nochmals auf den Stuhl gegenüber seinem Schreibtisch.

„Indem ich Sie nochmals bitte Platz zu nehmen, um mir einige Fragen zu beantworten", sagte er ruhig.

Karl Kübler zog den Stuhl etwas zur Seite und setzte sich so nieder, als müsste er bereit sein, jeden Moment wieder aufzuspringen.

„Sie wollen sicherlich von mir wissen, wo ich gestern Abend war, als diese Landstreicher in eines der Häuser in der Gartenanlage eingebrochen sind und dabei einer von ihnen erschossen wurde.

Nun, da kann ich Ihnen kurz und knapp sagen, dass ich mich zu diesem Zeitpunkt auf der Pirsch befand."

Markowitsch hatte während der kurzen Erklärung Karl Küblers seine Augen zu zwei engen Schlitzen zusammen gekniffen. Er mochte diese selbstsichere Art der Aussprache nicht, mit der sich Kübler ihm gegenüber äußerte.

„Auf der Pirsch oder auf der Jagd?", fragte er ihn mit einem zweideutigen Unterton, der den Nördlinger Stadtrat zusammenzucken ließ.

„Was wollen Sie mit dieser Frage andeuten, Herr Markowitsch?", entgegnete er mit einem scharfen Unterton in seiner Stimme.

„Nun ja", meinte Markowitsch lächelnd.

„Diese beiden Bezeichnungen unterscheiden sich ja in ihrer Bedeutung."

„Ach", meinte Karl Kübler erstaunt fragend. „Sie sind vom Fach?"

„Wenn Sie es so bezeichnen wollen, Herr Kübler, ja.

Irgendwie sind wir von der Polizei doch auch stets auf der Pirsch oder auf der Jagd.

Sehen Sie: Ich zum Beispiel befinde mich momentan auf der Pirsch, versuche den Täter zu finden, der in Nördlingen seine Spuren hinterlässt.

Sobald sich die Anzeichen verdichten, dass ich diese Spuren richtig deuten kann, dann begebe ich mich auf die Jagd, um ihn zu stellen und dingfest zu machen."

Karl Kübler war sichtlich erstaunt über die Auslegung des Kriminalhauptkommissars.

„Interessant, wie Sie die Dinge erklären, Herr Markowitsch", meinte er.

„Es gibt allerdings einen Unterschied dabei.

Ich gehe nicht auf die Jagd um meine *Beute* dingfest zu machen, wie Sie es ausdrücken, sondern um sie zu erlegen."

„Dessen bin ich mir sicher", gab Markowitsch unumwunden zu.

„Was wollen Sie mit ihren Andeutungen bezwecken, Herr Kommissar?

Haben Sie mich offiziell hier vorladen lassen, um mit mir über die Jagd zu sprechen?", fragte Karl Kübler nun etwas gereizt.

„In gewisser Weise schon", gab Markowitsch bei und breitete einige Fotos aus den Unterlagen von seinem Schreibtisch vor Kübler aus.

„Können Sie mir erklären, wie diese Waffe in Ihre Gartenlaube gelangt ist, Herr Kübler?"

Ohne jede Regung im Gesicht besah sich der Angesprochene die

Fotografien, bevor er antwortete.

„Tut mir leid Herr Markowitsch. Ich habe nicht die geringste Ahnung. Weshalb fragen Sie?"

„Können sie sich das denn nicht denken?", hakte Markowitsch nach.

„Immerhin handelt es sich hierbei um kein normales Jagdgewehr, jedenfalls nicht im Sinne der Jägersprache.

Dieses Gewehr wird laut Aussage unserer Spurensicherung als Präzisionswaffe unter anderem auch beim Militär verwendet."

„Tja, da kann ich Ihnen leider nicht weiterhelfen", meinte Kübler schulterzuckend.

„Ich bin zwar ein Waffennarr, wie man in gewissen Kreisen Nördlingens so sagt, aber meine Liebe dahin geht nicht soweit, als dass ich mir irgendwelche illegalen Teile beschaffe.

Möglicherweise hat irgendeiner von diesem Gesindel, das sich immer wieder in der Gartenanlage herumtreibt, das Ding dort abgelegt, nachdem er einen dieser Säufer abgeknallt hatte, die kurz zuvor dort eingebrochen waren."

„Ach", fragte der Hauptkommissar. „Sie wissen davon?"

„Aber sicher, Herr Markowitsch, wo denken sie hin?"

Karl Kübler setzte ein selbstbewusstes Lächeln auf.

„Selbstverständlich wurde ich von unseren Polizeibeamten in Nördlingen ausführlich aufgeklärt Man kennt mich schließlich."

„Gut", meinte Markowitsch.

„Mich wundert in diesem Fall nur, dass sich Ihr, sagen wir mal Untermieter, gestern Nacht nicht in dieser Kleingartenanlage aufgehalten hat.

Dabei lassen Sie ihn doch gerade deshalb da draußen wohnen, wie man uns mitgeteilt hat."

Der Nördlinger Stadtrat versuchte ein betroffenes Gesicht zu zeigen.

„Das ist richtig", meinte er.

„Allerdings scheint er seit kurzem wie vom Erdboden verschwunden zu sein. Genau seit dem Abend, als dieser junge Mann in der Fußgängerzone erschossen wurde.

Ich habe da auch schon meine größten Bedenken geäußert."

„Und Sie haben keine Ahnung, wo sich Paul Ledermacher, oder auch *der Wächter* wie man ihn in Nördlingen nennt, momentan aufhalten könnte?"

„Nicht den geringsten. Tut mir leid, Herr Markowitsch."

„Nun gut. Das war es dann für diesen Moment.

Vielen Dank für ihre Aussage, Herr Kübler. Ich werde bei Bedarf noch einmal auf Sie zukommen", verabschiedete Robert Markowitsch den Mann.

„Jederzeit gerne", antwortete dieser, erhob sich von seinem Platz und verließ das Büro.

Der Leiter der Augsburger Kripo jedoch saß mit verschränkten Armen in seinem Sessel und ließ sich alle Einzelheiten des Gesprächs noch einmal durch den Kopf gehen.

Irgendetwas passte hier nicht. Aber was?

Markowitsch vertraute auf sein Gespür und dies sagte ihm, dass er sich nicht mit dieser aalglatten Art und Weise des Karl Kübler anfreunden sollte.

Zu selbstsicher, fast schon wie vorbereitet, erschien ihm das Gespräch von eben.

Er entschloss sich kurzerhand dazu, seinen EDV-Spezialisten etwas in der Vergangenheit Karl Küblers recherchieren zu lassen.

# 20. Kapitel

Carola Böckler saß am Frühstückstisch und hatte die Rieser Nachrichten aufgeschlagen vor sich liegen.

Die Schlagzeile der Titelseite verwies natürlich auf einen Artikel des Lokalteils mit den Ereignissen der vorletzten Nacht.

Seufzend blickte Frau Böckler, die Vorsitzende des Vereins Alt-Nördlingen, auf ihren Mann. Sorgenfalten zeigten sich auf ihrer Stirn.

Sie erinnerte sich ganz genau daran, als Martin Steger vorgestern Abend während der Vereinssitzung geholt wurde.

Zunächst waren die Anwesenden etwas verärgert darüber, dass die Abschlussbesprechung zur Premiere des diesjährigen Theaterstücks an der Freilichtbühne unterbrochen wurde.

Als der OB allerdings mit kalkweisem Gesicht in den Raum zurückkehrte, um die Anwesenden über den Grund der Unterbrechung zu informieren, war die bis dahin positive Stimmung jäh dahin.

Keiner der Beteiligten sah sich mehr in der Lage, die Gespräche zu Ende zu führen.

Das Meiste war ohnehin besprochen. Lediglich die Frage eines Abbruchs auf Grund der unsicheren Wetterlage galt es noch zu klären. Man entschloss sich dazu, dies anhand der Lage vor Ort kurzfristig zu entscheiden.

„Hoffentlich wirkt sich die momentane Stimmung in Nördlingen nicht allzu negativ auf unsere Saison aus", meinte Carola Böckler zu ihrem Mann.

„Nicht, dass uns die Premiere dadurch noch den Bach hinunter geht."

„Wieso sollte sie?", fragte Herr Böckler zurück.

„Sind doch lauter geladene Gäste anwesend. Also gibt es von dieser Seite her doch keinen Grund zur Sorge."

„Schon", antwortete seine Frau.

„Ich hoffe nur, dass die Konzentration der Darsteller nicht unter der Situation leidet.

Seit Tagen reden alle nur noch von Mord und Totschlag in Nördlingen und nicht mehr von unserem Stück in der Alten Bastei."

Carola Böckler nagte an ihrer Unterlippe und sah mit zweifelndem Blick auf ihren Mann.

„Na, dann warte doch ganz einfach die Generalprobe heute Abend ab", meinte dieser.

„Sie ist schließlich dazu da, um noch eventuelle Missstände zu korrigieren."

„Das schon", gab Carola zu.

„Allerdings bleiben bis zur Premierenvorstellung dann nur noch zwei Tage. Zu kurz in meinen Augen, um mentale Dinge noch ändern zu können."

„Ach was", winkte ihr Mann ab.

„Das sind doch überwiegend erfahrene Leute, die nicht das erste Mal auf der Bühne stehen. Mit vielen arbeitet Ihr seit Jahren zusammen.

Außerdem ist gerade zu diesem Zeitpunkt die Aufführung in der Freilichtbühne die passende Abwechslung in Nördlingen.

Das bringt die Menschen doch auf andere Gedanken."

„Dein Wort in Gottes Gehör", meinte Carola Böckler, erhob sich von ihrem Platz und begann damit, den Frühstückstisch abzuräumen.

# 21. Kapitel

Etwa zur gleichen Zeit betrat Robert Markowitsch sein Büro im Gebäude des Augsburger Kriminalkommissariats und begann mit seinem morgendliches Ritual.

Nachdem er gerade die Kaffeedose auf dem Sideboard abgestellt hatte, öffnete sich nach kurzem Klopfen die Tür und Peter Neumann betrat den Raum.

„Morgen Chef", begrüßte er kurz den Hauptkommissar.

Robert Markowitsch gab den Gruß zurück, als er sich seinen Mitarbeiter etwas genauer betrachtete.

Die leicht geröteten Augen ließen darauf hindeuten, dass Peter Neumann die vergangene Nacht, oder zumindest einen Großteil davon vor dem Computer verbracht hatte.

Markowitsch konnte dies mittlerweile sehr gut einschätzen, nachdem es solche Situationen schon einige Male gegeben hatte.

„Sie sehen aus, als hätten Sie eine lange Nacht mit Ihrem Liebling verbracht, Neumann."

„Sieht man mir das an?", grinste Peter Neumann zurück, streckte beide Arme in die Luft und gähnte herzhaft.

„Unweigerlich", gab der Hauptkommissar zurück, nahm eine zweite Tasse zur Hand und bot seinem Kollegen einen Stuhl am Schreibtisch an.

„Setzen Sie sich. Kaffee ist gleich soweit."

„Danke", meinte Neumann.

„Ich hatte zwar heute Nacht schon einige Becherchen, aber die Automatenbrühe ist auch nicht gerade das Gelbe vom Ei.

Da lobe ich mir doch einen aus der Kanne meines Chefs."

„Nun übertreiben Sie mal nicht gleich so, Neumann", winkte Markowitsch ab.

„Setzen Sie sich lieber und erzählen Sie mir, was Sie dazu bewogen hat, eine Nachtschicht einzulegen."

„Ehrgeiz und die Ruhe der Nacht", antwortete Peter Neumann.

„Ich kann mich am besten mit meinem Baby beschäftigen, wenn nicht dauernd irgendjemand irgendetwas von mir will."

„Dann hoffe ich mal, dass Ihre Anstrengungen auch zum gewünschten Ergebnis geführt haben", sprach Markowitsch.

„Also: Schießen Sie los. Anschließend hauen Sie ab nach Hause und legen sich aufs Ohr."

„Das geht schon", meinte Neumann.

„Ich habe mir zwischendurch zwei Stunden auf der Liege bei den Kollegen von der Bereitschaft gegönnt. Alles bestens."

„Na dann", meinte Markowitsch mit einem Schulterzucken, als er das Gurgeln der Kaffeemaschine vernahm.

Er erhob sich und holte die Kaffeekanne an seinen Schreibtisch, um die beiden Tassen einzuschenken.

Während er den ersten Schluck zu sich nahm, betrachtete er über den Rand des Keramikbechers seinen Kollegen.

„Wissen Sie Neumann", begann er etwas nachdenklich.

„Vor zwanzig Jahren war es oft an der Tagesordnung, mal die eine oder andere Nacht durch zu schuften. Ich glaube, heute könnte ich das nicht mehr."

Peter Neumann stellte seine Tasse auf dem Schreibtisch ab.

„Kein Problem Herr Hauptkommissar. Dafür haben Sie ja mich als jungen, dynamischen Mitarbeiter eingestellt, um Ihnen diese Last von den Schultern zu nehmen."

Nach einigen Sekunden Stille meinte Robert Markowitsch:

„Noch eine solch respektlose Aussage ihrem Vorgesetzten gegenüber, Herr Neumann, und dieser Vorgesetzte lässt Sie in die Nachtschicht versetzen."

Markowitsch's Augen blitzten in einer Art und Weise, die Peter Neumann mittlerweile sehr genau deuten konnte.

Er war in der Lage, die Nuancen sehr genau unterscheiden, wann es sein Chef ernst meinte, oder wann er zu einem Späßchen aufgelegt war. Er lächelte deshalb still vor sich hin.

„Genug geplaudert", meinte Markowitsch einen Augenblick später.

„Kommen wir zum Kern der Sache, Neumann. Was haben Sie für mich?"

Peter Neumann lehnte sich etwas in seinem Stuhl zurück und schlug die Beine übereinander.

„Noch nicht allzu viel", meinte er mit einer drehenden Handbewegung, „aber immerhin einige interessante Details, auf denen sich aufbauen lässt."

Hauptkommissar Robert Markowitsch zog die Augenbrauen nach oben und sah seinen Kollegen erwartungsvoll fragend an.

„Die Weiten des Cyberspace sind unendlich", schmunzelte Neumann, der ganz genau wusste, wie er Markowitsch zur Weißglut treiben konnte.

„Ich werde Sie auf der Stelle in die unendlichen Weiten des Weltalls katapultieren lassen, Neumann, wenn Sie nicht auf der Stelle in verständlichem Ton mit einem alten Mann reden."

„Also gut", hob Peter Neumann beschwichtigend seine Arme.

„Diese Kosten will ich dem Steuerzahler natürlich nicht zumuten."

Er nahm eine etwas bequemere Haltung ein und begann anschließend mit seinen Erklärungen.

„Die meiste Zeit heute Nacht habe ich mich mit kulturellen Dingen beschäftigt", begann er zu erklären.

Als er Markowitsch' s unverständlichen Gesichtsausdruck bemerkte meinte er sogleich:

„Mir ging die Bemerkung eines Kollegen aus Nördlingen nicht aus dem Kopf, als ich ihn nach diesem Wächter befragt habe.

Dabei stellte sich heraus, dass dieser sehr wohl namentlich bekannt ist. Jedoch kann niemand etwas mit dem Namen *Paul Ledermacher* anfangen."

Robert Markowitsch beugte sich in seinem Sessel nach vorn und meinte:

„Und Sie Neumann, haben diesen Ledermacher nun heute Nacht in ihrer elektronischen Welt ausfindig gemacht, und dabei herausgefunden, dass er der Mann ist den wir suchen?"

„Nein, Chef", lachte Neumann.

„Leider nicht ganz. Wenn jeder Fall so einfach zu lösen wäre, gäbe es wohl lauter EDVler und keine normalen Polizeibeamten mehr.

Aber Sie vermuten richtig. Etwas darüber habe ich scheinbar tatsächlich herausgefunden.

Die Bemerkung des Nördlinger Kollegen bezog sich auf die sogenannten Hausnamen, und genau in dieser Richtung habe ich gesucht."

„Und sind dabei fündig geworden?", schickte der Hauptkommissar seine Frage hinterher.

„Möglicherweise ja", antwortete sein junger Kollege.

„Wobei ich mich zunächst wohl ziemlich lange auf der falschen Spur befunden habe.

Meine Recherchen nach einem Hausnamen *Ledermacher* führten mehr oder weniger zu nichts.

Erst als ich mich mit anderen Erklärungen befasst habe, die sich nicht um Namen sondern nur um den Begriff drehten, ging mir langsam aber sicher ein Licht auf."

Robert Markowitsch wurde etwas ungeduldig.

Er wusste zwar, dass Peter Neumann manchmal zu ausschweifenden Erklärungen neigte, hatte aber momentan keine Lust darauf, sich kaugummilange Erzählungen anzuhören.

„Na", meinte er deshalb, „und wohin hat sie dieses Licht denn letztendlich geführt, Neumann?"

Der begann zu seufzen, als er die Ungeduld in Markowitsch' s

Augen erkannte.

„Dorthin, dass es sich bei Ledermacher wahrscheinlich gar nicht um Ledermacher handelt."

„Und wie genau ist das zu verstehen?", bohrte Markowitsch nach.

„Liegt doch auf der Hand, Herr Markowitsch. Le-der-ma-cher, man könnte auch sagen: Satt-ler oder Ger-ber, oder Schu-ster."

Robert Markowitsch sah seinen Kollegen nachdenklich an.

„Sie glauben an ein Synonym?"

„Ja", gab Neumann zur Antwort. „So etwas ähnliches."

„Neu-mann", sprach Markowitsch mit drohendem Unterton.

„Sie wissen doch sicherlich noch mehr, als Sie mir bisher erzählt haben. Wollen Sie ihre Erklärungen bis zu meiner Pensionierung ausdehnen?"

„Keine Bange Herr Hauptkommissar, ich komme gleich zum Wesentlichen, nämlich zu Karl Kübler."

Markowitsch horchte auf.

„Kübler?", fragte er.

„Ja", meinte Neumann.

„Selbstverständlich recherchiere ich in alle Richtungen, wenn ich mich mit einem Fall beschäftige. Allerdings habe ich keinerlei Beziehung zwischen Kübler und Ledermacher finden können."

„Wie jetzt ...", fragte Markowitsch irritiert nach.

„Aber", unterbrach ihn Neumann sofort wieder.

„Es gab vor vielen Jahren eine merkwürdige Geschichte zwischen Karl Kübler und einer gewissen Familie Sattler."

Markowitsch überlegte einen Moment lang, bevor er zu Peter Neumann sagte:

„Langsam verstehe ich, worauf sie hinaus wollen. Aber wie sollte diese alte Geschichte mit unserem aktuellen Fall zusammenhängen?"

„Die Tatsache, dass damals die Familie Sattler fast vollständig ausgelöscht wurde", kam Neumanns Antwort.

„So ist es jedenfalls in den alten Akten zu finden.

Und aus dem Nördlinger Stadtarchiv konnte ich erfahren, dass diese Familie Sattler in der Vergangenheit in Nördlingen auch unter dem Hausnamen *Ledermacher* bekannt war."

„Neumann", murrte Markowitsch deutlich.

„Sie wissen, dass ich dieses inoffizielle Eindringen in fremde EDV-Systeme nicht gut heiße.

Wie soll ich das denn Berger wieder klar machen, wenn etwas heraus kommt?"

„Herr Hauptkommissar", meinte Peter Neumann.

„Ich habe in der Vergangenheit hier gelernt, dass bei ihren Ermittlungen im Zweifelsfalle immer Gefahr im Verzug herrscht.

Dies würde ich auch gegenüber dem Herrn Oberstaatsanwalt vertreten."

Robert Markowitsch musste grinsen.

„Na gut, sie Schlaumeier", gab er schließlich zu.

„Ich werde mich im Zweifelsfall vor Sie stellen. Sollten wir in das richtige Nest stoßen, wird kein Mensch danach fragen."

„Um dies sagen zu können, brauche ich noch eine weitere Runde im World Wide Web", meinte Peter Neumann.

„Also geben Sie mir bitte noch eine Nacht, Herr Markowitsch."

„Sollen Sie haben, Neumann", sagte der Hauptkommissar.

„Unter der Bedingung, dass Sie mir Ihre Ergebnisse von heute Nacht hier lassen, und sich anschließend nach Hause verziehen, wenn Sie sich schon lieber nachts hier im Kommissariat herumdrücken."

„Gerne", sagte Neumann, als er sich erhob und Markowitsch seine ausgedruckten Recherchen übergab, die er in einer Unterlagenmappe zusammengeheftet hatte.

Er nahm den letzten Schluck Kaffee aus der Tasse und verzog etwas angewidert sein Gesicht, als er das inzwischen kalte Getränk im Mund hatte.

Mit einem kurzen „Gute Nacht Chef" verließ er das Büro von Robert Markowitsch.

## 22. Kapitel

Nachdem Peter Neumann sein Büro verlassen hatte, überlegte Robert Markowitsch, wie er angesichts der neuen Sachlage weiter vorgehen sollte.

Einerseits würde er nur allzu gerne diesem Karl Kübler auf die Zehen treten, andererseits wollte er den Ermittlungsergebnissen seines Kollegen nicht vorgreifen.

Sollten sich dessen Vermutungen nämlich nicht mit dem aktuellen Fall als zusammenhängend erweisen, könnten sie beide sehr schnell ins Rampenlicht der Öffentlichkeit geraten.

Allerdings anders als ihnen lieb wäre.

Also entschloss sich der Leiter der Augsburger Kripo dazu, den ihm aufgebürdeten Dienstweg einzuhalten.

Dass Karl Kübler keine saubere Weste hatte, das konnte Robert Markowitsch auf Grund seiner langjährigen Erfahrung bereits zehn Meilen gegen den Wind riechen.

Er griff zum Telefon und ließ sich mit Martin Steger im Nördlinger Rathaus verbinden.

Das Gespräch wurde von der Sekretärin entgegen genommen, die dem Hauptkommissar erklärte, dass Martin Steger sich noch nicht im Rathaus befände, sie ihn aber innerhalb der nächsten zwei Stunden erwarten würde.

Markowitsch bedankte sich für die Auskunft und legte auf.

Er erhob sich von seinem Platz, steckte wie so oft in so einer Situation beide Hände in die Hosentaschen und stellte sich ans Fenster, um nachdenklich auf die Straße hinunter zu blicken.

Minuten später hatte er einen Entschluss gefasst.

Er ließ sich erneut mit der Sekretärin des Nördlinger Rathauses verbinden und erklärte der Dame, dass er im Laufe des Vormittags

Herrn Steger persönlich aufsuchen würde, um ihn über den aktuellen Stand der Ermittlungen zu informieren.

Zusätzlich würde er jetzt ein vertrauliches Fax schicken, das den Oberbürgermeister bereits vorab in Kenntnis setzen sollte.

Als Markowitsch das Schriftstück wieder aus dem Faxgerät entnahm hoffte er inständig, dass es seine gewünschte Wirkung erzielen würde.

\*

Martin Steger hatte sich nach dem Anruf seiner Sekretärin unverzüglich auf den Weg ins Rathaus begeben.

Sie hatte es dermaßen dringlich gemacht, dass ihm schon beinahe bange war, als er schließ die Treppe zu seinem Büro hinauf stieg.

„Was gibt's denn so Eiliges?", meinte er, als er die aufgeregte Frau schon auf ihn warten sah.

Er nahm das Fax aus ihren Händen entgegen, das ihm aufgeregt gereicht wurde.

*Vertraulich, Herrn Oberbürgermeister Martin Steger persönlich* las er auf dem Deckblatt des Schreibens.

„Ich hoffe Sie haben nicht vergessen, dass ich Ihnen untersagt habe, vertrauliche und persönliche Unterlagen an mich zu lesen, Frau Schwab", meinte der OB, als er den Inhalt überflog.

Er stutzte, sah seine Sekretärin an und las sich das ganze Schreiben noch einmal genauer durch, bevor er meinte:

„In diesem Falle jedoch will ich ein Auge zudrücken. Danke, dass Sie mich umgehend informiert haben. Zukünftig aber bitte keine Ausnahmen mehr, ja?"

„Selbstverständlich, Herr Steger. Ich werde mich natürlich an die Abmachung halten. Nur diesmal dachte ich mir …"

„Egal", winkte Martin Steger ab.

„Sehen wir es als unglücklichen Ausrutscher an, der sich nicht mehr wiederholen wird."

Der Blick aus seinen Augen, den er an seine Sekretärin richtete, ließ keinerlei Zweifel an der Bestimmtheit seiner Aussage.

Ihre Hände knetend begab sich Frau Schwab zurück an ihren Arbeitsplatz. Froh darüber, dass ihr weitere Konsequenzen durch den Oberbürgermeister erspart blieben.

Martin Steger ging in sein Büro, schloss die Türe hinter sich, nahm das Telefon zur Hand und wählte die Nummer seines Stadtrats Karl Kübler.

Augenblicke später sah Veronika Schwab den OB aus seinem Büro kommen.

„Alle Termine für heute Vormittag absagen, Frau Schwab. Ich habe Dringendes zu erledigen."

Schon war Martin Steger durch die Türe nach Draußen und hinterließ eine verdutzte Sekretärin.

Diese machte sich seufzend daran den Terminkalender durchzublättern, als sie plötzlich aufsprang und Martin Steger hinterher lief.

Als sie ihn auf den letzten Stufen der Treppe eingeholt hatte, sagte sie aufgeregt:

„Dieser Kommissar aus Augsburg hat seinen Besuch für nachher angekündigt. Was soll ich ihm denn sagen, wenn Sie nicht im Haus sind?"

„Markowitsch kommt hierher?", fragte Martin Steger mehr sich selbst als seine Sekretärin.

„Ja", antwortete diese. „Das soll ich Ihnen jedenfalls ausrichten."

Der Oberbürgermeister blickte auf seine Armbanduhr.

„Dann bieten Sie ihm einen Kaffee an, von mir aus besorgen Sie auch Kuchen. Ich werde mich beeilen."

Mit diesen Worten nahm er die letzten Stufen und verließ hektisch das Rathaus.

Dass Robert Markowitsch seinen angekündigten Besuch gar nicht durchführen würde, damit rechnete er in diesem Augenblick nicht.

Minuten später betrat Martin Steger die Kleingartenanlage am Sägewerk und begab sich ohne Umwege zum Grundstück Karl Küblers.

Man hatte ihm am Telefon gesagt, dass er ihn hier draußen finden könne.

Schon von weitem erkannte er, dass einige Arbeiter damit beschäftigt waren, die Überreste des abgebrannten Gartenhauses zu beseitigen.

„Sie haben es ja mächtig eilig, um ihr Freizeitdomizil wieder aufzubauen, Kübler", sprach er den Stadtrat an.

Dieser nickte nur zustimmend.

„Weshalb auch nicht?", meinte er.

„Die Polizei ist fertig mit ihren Ermittlungen hier. Was soll ich noch lange warten?"

„Hat denn die Kripo ihnen gegenüber schon irgendeinen Verdacht geäußert?", wollte Martin Steger von Karl Kübler wissen.

„Ach woher", winkte dieser nur ab.

„Man weiß doch, dass sich so etwas endlos in die Länge ziehen kann."

„Und wer soll zukünftig Ihr Hab und Gut hier draußen überwachen?"

Martin Steger sah Kübler lauernd an.

„Wie soll ich das denn jetzt verstehen, Steger?", meinte Karl Kübler.

„Na, auf Ihren sogenannten Wächter können sie ja momentan nicht mehr bauen. Der wird von der Polizei gesucht und hat wohl längst schon das Weite gesucht."

Der OB griff in die Innentasche seines Jacketts, und holte einige zusammengefaltete Seiten Papier hervor, die er Karl Kübler reichte.

„Oder haben Sie vielleicht etwas mit seinem Verschwinden zu tun, Kübler?"

Martin Steger beobachtete das Gesicht seines Gegenübers sehr genau, als dieser seinen Blick über das Papier gleiten ließ.

Mehr als ein kurzes, nervöses Zucken konnte er jedoch nicht darin erkennen.

„Was soll diese alte Geschichte, Steger?", fragte Kübler den Oberbürgermeister mit zischendem Unterton.

„Die Sache ist längst verjährt und war ein Unfall, das wurde eindeutig festgestellt."

„Mag sein, wenn es wirklich so war", gab Martin Steger zu.

„Ich kenne die Geschichte nur aus den Akten. Das war lange vor meiner Amtszeit.

Allerdings wirft das Ganze angesichts der aktuellen Sachlage neue Fragen auf. Das ist nicht von der Hand zu weisen."

Steger nahm die Papiere wieder an sich, drehte sich um und meinte beim Weggehen nur:

„Ich an Ihrer Stelle würde mir Sorgen machen, Herr Kübler."

Martin Steger wedelte mit den Papieren in der Luft.

„Denn sollte das stimmen was man sich hieraus zusammen reimen kann, hätten Sie allen Grund dazu."

## 23. Kapitel

Robert Markowitsch telefonierte von seinem Büro aus inzwischen mit Alfred Zacher, dem Leiter der Spurensicherung.

„Haben Sie inzwischen herausbekommen woher das Gewehr aus der Gartenlaube stammt, Zacher?"

„Warum denn immer so ungeduldig, Herr Hauptkommissar?", fragte Zacher etwas ironisch.

„Ein bisschen Zeit müssen Sie uns schon geben, damit wir unsere Arbeit auch ordentlich durchführen können.

Ich hätte Sie schon noch im Laufe des Tages über die Ergebnisse informiert."

„Im Laufe des Tages ist mir zu spät, Zacher. Ich brauche die Informationen jetzt.

Die ganze Situation brennt gewaltig unter den Nägeln.

Wir haben zwei Tote. Beide erschossen, keinen Täter und bisher auch noch keine eindeutige Tatwaffe.

Also, was ist nun mit Ihren Ergebnissen?"

„Gemach, gemach Herr Markowitsch", antwortete Alfred Zacher.

„Im Hinblick auf die Tatwaffe kann ich Sie schon mal teilweise beruhigen.

Der Tote aus der Schrebergartenanlage wurde eindeutig mit unserem *Fundstück* dort draußen getötet.

Wir konnten zwischenzeitlich auch klären, woher diese Präzessionswaffe stammt."

„Nämlich?", fragte Markowitsch ungeduldig dazwischen.

„Mensch Zacher. Lassen Sie sich doch nicht alles aus der Nase ziehen."

„Sie wurde geklaut", antwortete Alfred Zacher vom anderen Ende der Leitung.

„Zusammen mit einem zweiten, identischen Modell aus einer Kaserne der Bundeswehr, in der Scharfschützen der GSG9 ausgebildet werden."

Robert Markowitsch holte einmal tief Luft, bevor er antwortete.

„Donnerwetter, Zacher. Das ist ja ein Ding. Was zum Teufel wird denn hier gespielt?"

„Das herauszufinden, mein lieber Herr Markowitsch, ist wohl Ihre Aufgabe. Meine ist an dieser Stelle beendet."

„Nicht so schnell, Herr Zacher", hielt Markowitsch den Angerufenen in der Leitung.

„Was ist mit dem Gewehr, mit dem dieser Steffen Kleinschmidt erschossen wurde?"

„Kann ich Ihnen leider erst beantworten, wenn ich die Waffe auf meinem Tisch habe, Markowitsch", gab Alfred Zacher zurück.

„Das heißt?", fragte der Hauptkommissar nach.

„Dass es sich zwar im ersten Moment um das gleiche Kaliber handelt, allerdings aus einem anderen Lauf.

Das hat die Untersuchung unserer Ballistiker eindeutig ergeben.

Tut mir leid, dass ich Ihnen im Moment nichts anderes dazu sagen kann, Markowitsch."

Der Kriminalbeamte überlegte einige Sekunden lang, bevor er das aussprach, was Alfred Zacher soeben mit seiner Aussage in den Raum gestellt hatte.

„Das könnte bedeuten, dass wir es möglicherweise mit zwei verschiedenen Tätern zu tun haben?

Verdammt, das wirft uns in unseren Ermittlungen wieder ein ganzes Stück zurück."

„So eng würde ich es an Ihrer Stelle nicht sehen, Markowitsch. Die Zuordnung aus dem Schrebergarten passt ja.

Sie müssen jetzt allerdings herausfinden, wie und mit wem dieses Gewehr nach Nördlingen kam. Das *Warum* ergibt sich dann meist von selbst."

„Danke dass Sie mir die grundlegenden Dinge meiner Arbeit aufzeigen, Zacher", moserte der Hauptkommissar in den Hörer.

„Mach ich doch gerne, Markowitsch", kam die lachende Antwort. „Man hilft ja schließlich wo man kann."

„Ich werde es bei Gelegenheit lobend erwähnen, Zacher. Vielen Dank nochmal an Sie und die Kollegen."

Mit diesen Worten beendete Hauptkommissar Robert Markowitsch das Telefonat, nach dem er sich auf irgendeine Weise etwas ratlos vorkam.

Seine Hoffnungen ruhten nun noch auf den Schultern seines Kollegen Peter Neumann.

Würde dieser bei seinen Recherchen noch zusätzliche Details herausfinden können, um sie in diesem vermaledeiten Fall weiter zu bringen?

Für einen Moment lang sah Markowitsch Peter Neumann vor seinem geistigen Auge am Computer sitzen und mit flinken Fingern verbissen auf der Tastatur hantieren.

*Hoffentlich bist du so gut wie ich dich einschätze, mein Freund*, sprach der Hauptkommissar zu sich selbst.

## 24. Kapitel

Wie gerädert fühlte sich Robert Markowitsch, nachdem er zum er wusste nicht wievielten Male auf die Uhr sah.

Als sein Blick weiter in Richtung seines Schlafzimmerfensters wanderte, stellte er fest, dass der Nachthimmel noch keinerlei Anzeichen von Morgendämmerung zeigte.

Schon vor einigen Stunden hatte der Hauptkommissar überlegt, ob er ins Präsidium fahren sollte, um sich über die Ermittlungsergebnisse seines Kollegen zu erkundigen.

Schließlich machte es doch keinen Unterschied, ob er sich schlaflos in seinem Bett umher wälzte, oder ob er sich im Büro nützlich machte.

Er sah nach reiflicher Überlegung allerdings davon ab, wusste er doch, dass Peter Neumann es nicht leiden konnte, wenn sein Chef ihm allzu sehr über die Schultern blickte.

Also zog Markowitsch es vor, zu Hause zu bleiben.

Am späten Abend hatte sich Frank Berger nochmals bei ihm gemeldet und versucht, ihm die Leviten zu lesen.

Martin Steger hatte sich beim Landrat über die Art und Weise von Markowitsch's Terminplanung beschwert.

Dieser hatte natürlich nichts Besseres zu tun, als diese Klagen direkt an den Oberstaatsanwalt weiter zu geben.

*Wie im Kindergarten* dachte Markowitsch bei sich. Als ob man nicht mit ihm selbst darüber hätte reden können.

Selbstverständlich verbat er sich auch Frank Berger gegenüber, dass man sich in die Art seiner Ermittlungsführung einmischte.

Dem Leiter der Mordkommission war es in diesem Moment egal, ob es sich hierbei um einen Oberstaatsanwalt, einen Landrat oder den Kaiser von China handelte.

*Noch entscheide ich hier, wie ich meine Arbeit mache* hatte er Berger zu verstehen gegeben.
*Wenn das irgendjemandem nicht passt, so können Sie gerne dafür sorgen, dass sich ein anderer mit der Aufklärung dieses Falles beschäftigt.*
Damit war für ihn das Thema auch schon gegessen, wusste er doch, dass Frank Berger so etwas nie zulassen würde.
Jedoch sah sich Markowitsch nun noch mehr unter Druck, endlich zu einem zählbaren Ergebnis zu kommen.
Und damit waren seine Gedanken wieder bei Peter Neumann.
Er hatte ihn extra noch telefonisch darum gebeten, ihn sofort darüber zu informieren, wenn sich irgendetwas Entscheidendes ergeben sollte, und sei es auch nur der kleinste Hinweis, der sie ein Stückchen weiter brächte.
Erneut sah Markowitsch auf die Uhr, dann wieder zum Fenster. Endlich schien es sich am Horizont langsam zu erhellen.
Wie zum Zeichen eines Aufbruchs deutete der Hauptkommissar die ersten Lichtstrahlen des sicherlich noch weit entfernten Sonnenaufgangs, falls ein solcher bei diesem wolkenverhangenen Himmel überhaupt stattfinden sollte.
Nichts desto trotz begab er sich ins Bad, schmiss sich einige Hände kaltes Wasser ins Gesicht, putzte sich die Zähne und griff sich anschließend die schon bereit liegenden Kleidungsstücke.
Auf seinen Cappuccino verzichtete er bewusst. Bei seiner vorherrschenden Anspannung hätte er diesen auch gar nicht richtig genießen können.
*Für einen guten Cappuccino braucht es Zeit und Muße* pflegte er stets Peter Neumann gegenüber zu sagen.
Nachdem er auf Grund der noch relativ ruhigen Verkehrslage nicht allzu lange nach dem Verlassen seiner Wohnung bereits die Tiefgarage des Polizeikommissariats erreicht hatte, spürte Robert Markowitsch die Anspannung in seinem Körper.
Was würde Peter Neumann während der Nacht herausgefunden

haben?

Gab es überhaupt noch irgendwelche Informationen zu finden, die für sie verwertbar waren?

*Immer mit der Ruhe, Markowitsch,* dachte er bei sich selbst, als er sich auf dem Gang zu seinem Büro befand. *Sicherlich wartet Neumann bereits voller Ungeduld im Büro.*

Entschlossen drückte er die Klinke der Türe nach unten.

Abgesperrt!

Markowitsch fluchte leise in sich hinein.

Also war Neumann entweder noch bei der Arbeit, oder er hatte aufgegeben und ist nach Hause gefahren.

Seufzend zog Markowitsch seinen Schlüssel aus der Tasche und öffnete die Türe zu seinem Reich.

Er drückte auf den Lichtschalter und machte sich wie gewohnt als erstes daran, die Kaffeemaschine in Gang zu setzen.

Als er gerade die Dose mit dem Kaffeepulver öffnete, bemerkte er eine Gestalt in der noch offen stehenden Tür.

„Guten Morgen Herr Markowitsch", vernahm er Peter Neumanns Stimme.

„Schlafschwierigkeiten? Oder weshalb sind Sie so früh schon hier?"

Der Hauptkommissar blickte etwas skeptisch auf seinen Kollegen, bevor er ihn schließlich fragte:

„Wie sieht's aus, Neumann? Und um es gleich vorweg zu nehmen: Ich habe gelinde gesagt eine saumäßig schlechte Nacht hinter mir und kaum ein Auge zugetan.

Also ersparen wir uns die üblichen Guten-Morgen-Floskeln und kommen gleich zur Sache."

Erwartungsvoll sah er seinen Kollegen an.

„Na los. Spannen Sie mich nicht länger auf die Folter und erzählen Sie schon."

„Na ja", begann der Angesprochene betont langsam, während er seinen Körper etwas streckte.

„Es war eine lange, arbeitsreiche Nacht, nach der ich mich gerade eben erst einmal etwas frisch gemacht habe."

Robert Markowitsch wurde zusehends ungeduldig.

„Es interessiert mich nicht die Bohne, Neumann, ob Sie sich gerade frisch gemacht haben, oder wie lange Ihre Nacht war.

Die meine war es nämlich auch.

Ich möcht verdammt noch mal nur endlich wissen, ob und wenn ja, was Sie herausgefunden haben."

Bei seinen Worten deutete Markowitsch auf die Papiere, die Peter Neumann bis zu diesem Moment in der Hand gehalten hatte und nun auf Markowitsch's Schreibtisch ablegte.

„Da kann ich Sie beruhigen, Herr Hauptkommissar", meinte Peter Neumann mit einer besänftigenden Handbewegung, was seinen Vorgesetzten nun doch endlich etwas erleichterter dreinschauen ließ.

„Es war nicht ganz einfach an die Informationen heran zu kommen.

Ich musste dafür leider auch einige Archivschranken überschreiten, wenn Sie wissen, was ich damit meine."

„Geschenkt", winkte Markowitsch nur kurz ab.

„Wenn uns das entscheidend weiter bringen sollte, dann regle ich so etwas im Zweifelsfalle schon auf dem kleinen Dienstweg."

„Wäre bei Ihnen ja nicht das erste Mal, oder?", fügte er Neumanns etwas skeptischem Blick noch murmelnd hinzu.

„Weiter bitte!"

„Bevor ich mir hier nun den Mund fusselig rede, lesen Sie doch lieber selbst, Chef.

Aber zunächst vielleicht noch das hier. Wurde gestern am späten Abend noch für sie abgegeben."

Peter Neumann reichte Markowitsch eine Notiz.

„Na sowas", murmelte dieser, als er sich das Geschriebene durchgelesen hatte.

„Da lädt mich ein Anrufer im Namen von Martin Steger zur heutigen Premiere-Vorstellung in die Alte Bastei nach Nördlingen ein. Eine Eintrittskarte wäre an der Abendkasse hinterlegt."

Etwas überrascht sah Markowitsch auf seinen Kollegen.

„Ist doch prima", meinte dieser.

„Dann können wir das Angenehme gleich mit dem Nützlichen verbinden."

„Wie darf ich das denn nun wieder verstehen, Neumann?"

„Lesen Sie erst mal meine Unterlagen durch, dann werden Sie etwas klarer sehen, Chef.

Ich werde uns in der Zwischenzeit schon mal einen Kaffee einschenken."

Peter Neumann stiefelte sichtlich müde in Richtung des Sideboards, auf welchem die Kaffeemaschine
stand. Robert Markowitsch's Blick verfolgte ihn dabei und er konnte sehen, dass sein Kollege anstrengende Stunden hinter sich hatte.

Doch scheinbar hatten sich diese gelohnt, wenn er dessen Andeutungen von eben Glauben schenken konnte.

Peter Neumann kam mit zwei vollen Kaffeetassen an den Schreibtisch zurück und stellte eine davon vor seinem Chef ab.

„Sie sollten sich setzen", meinte der Hauptkommissar.

„Kaffee kann man im Stehen nicht genießen."

„Danke", kam die Antwort aus Neumanns Mund, den er gleich darauf weit öffnete, um herzhaft zu gähnen.

„Aber ich werde mir das Zeug nur hineinschütten, um noch halbwegs wach nach Hause zu kommen. Ich bin hundemüde."

„Sie werden auf keinen Fall mehr selbst ins Auto steigen", gab Markowitsch zurück und wartete den Einwand seines Kollegen erst gar nicht ab.

„Ich werde mir erst mal in Ruhe ihre Ergebnisse durchsehen.

Wir treffen uns dann gegen sechzehn Uhr bei mir zu Hause zur

Lagebesprechung.

Sie nehmen sich jetzt ein Taxi, oder lassen sich meinetwegen von der Bereitschaft fahren. Dies ist eine dienstliche Anweisung, Neumann.

Und jetzt verschwinden Sie."

Der Hauptkommissar deutete mit einer entsprechenden Handbewegung zur Türe seines Büros.

Peter Neumann, der noch immer seine Kaffeetasse in der Hand hielt, leerte diese nun mit zwei langen Zügen, bevor er sie auf dem Schreibtisch abstellte.

„Also gut", meinte er nachgiebig.

„Wenn Sie mich so höflich darum bitten, Herr Hauptkommissar, dann frage ich die Kollegen der Bereitschaft."

Als er gerade die Türe hinter sich schließen wollte, drehte er sich nochmals zu seinem Vorgesetzten um.

Markowitsch blickte fragend auf, als er dies bemerkte.

„Ist noch was, Neumann?"

Dieser grinste.

„Darf ich dann auch mit Blaulicht und Sirene?"

Robert Markowitsch verdrehte die Augen als er antwortete:

„Wenn Sie der Einsatzleitung eine glaubhafte Erklärung dafür geben können, von mir aus auch das. Und jetzt hauen Sie endlich ab, Sie Kindskopf."

## 25. Kapitel

Die Alte Bastei in Nördlingen sicherte, integriert in die Nördlinger Stadtmauer, als mächtiges Bollwerk die am meisten gefährdete Seite der Stadt - heute dient sie als romantische Freilichtbühne.

Das Mitte des 16. Jahrhunderts durch Caspar Walberger errichtete Bauwerk wurde 1554 als eine zweigeschossige Kasemattenanlage fertig gestellt. So dokumentiert es die Bauinschrift „1554 CW".

Eine weitere Bauinschrift „1598 WW" verweist auf den Ausbau der Bastei durch Wolfgang Walberger. Die Stadtbefestigung musste hier besonders verstärkt werden, da Angriffe auf die Stadt vom nahe gelegenen Galgenberg aus besonders gefährlich waren.

Insgesamt konnte die Alte Bastei mit zehn Geschützen bestückt werden.

1839 aber wurden die Kasemattengewölbe abgetragen. In der Folgezeit wurde die Bastei unter anderem von den Glockengießern genutzt. Sie diente auch den Nördlinger Bierwirten als Lager.

Seit den 1930er Jahren ist dem Verein Alt Nördlingen die Alte Bastei als Freilichtbühne übertragen. Die Idee dazu hatte Johannes Flierl, Gründungsmitglied des Vereins im Jahre 1924.

Karl Kübler fühlte sich sichtlich unwohl in seiner Haut, als er aus der Haustür trat.

Irgendetwas lag in der Luft.

Doch so sehr er sich auch bemühte, seine Gedanken gaben ihm keinen Aufschluss darüber.

Ein Blick auf die Uhr zeigte ihm, dass es höchste Zeit war sich auf den Weg zu machen.

Er konnte sich seine Nervosität nicht erklären, versuchte seine

Unsicherheit abzuschütteln, was ihm jedoch nicht ganz gelingen wollte.

Die zweideutigen Bemerkungen dieses Kriminalbeamten gingen ihm nicht aus dem Kopf.

*Unsinn,* dachte er bei sich. *Der kann dir gar nichts anhaben. Lass Dich nicht verrückt machen, alter Junge.*

Kübler streckte sich, atmete einige Male tief durch und begab sich in Richtung Innenstadt.

Sein Weg führte ihn vorbei an der St. Georgskirche und er entschloss sich, über die dahinter liegende Pfarrgasse und Turmgasse in Richtung Brettermarkt zu gehen.

Von dort aus war es nur noch ein kurzes Stück über die Hintere Reimlinger Gasse bis zur Alten Bastei.

Bei jedem Schritt, mit dem er sich seinem Ziel näherte, wich die Anspannung aus seinem Körper und Karl Kübler war sichtlich froh darüber, als er endlich die ersten Menschen vor den noch geschlossenen Toren der Nördlinger Freilichtbühne erblickte.

Er blickte sich kurz um, als er hinter sich einen Wagen heran kommen hörte. Langsam rollte das Fahrzeug an Karl Kübler vorbei.

Im Inneren des Fahrzeugs erkannte er Carola Böckler, die Vorsitzende des Vereins Alt-Nördlingen.

Nachdem sich ihre Blicke trafen, hob er grüßend die Hand, was Frau Böckler mit einem Lächeln kopfnickend erwiderte.

Kübler beeilte sich mit einigen schnellen Schritten, um das kurz darauf anhaltende Auto zu erreichen. Mit einer eleganten Geste und kurz andeutender Verbeugung öffnete er die Wagentüre und reichte Carola Böckler seine Hand, um ihr beim Aussteigen zu helfen.

„Charmant wie immer", meinte sie mit einem dankenden Lächeln, wobei ihr Blick sich nach oben richtete.

„Heute Vormittag sah es noch so aus, als würde uns das Wetter einen Strich durch die Rechnung machen, und die Premiere ins Wasser fallen lassen.

Aber so wie es nun aussieht, hat Petrus wohl ein Einsehen mit uns und unseren Akteuren."

„Na, das wollen wir aber doch hoffen, Frau Böckler", vernahm diese mit einem Mal eine Stimme hinter sich.

Als sich die Vorsitzende des VAN umdrehte, erkannte sie Friedrich Mahlinger, den Dekan der Nördlinger St. Georgskirche, der in Begleitung seines Stellvertreters Christian Peschel hinter ihr stand.

„Als Dankeschön für ihre freundliche Einladung zur diesjährigen Premiere haben wir natürlich an höchster Stelle um schönes Wetter gebeten", meinte er lächelnd mit einer Handbewegung nach oben.

„Was natürlich auch nicht ganz uneigennützig war", fügte sein Begleiter hinzu.

„Schließlich würden auch wir gerne das neue Stück bei trockenem Wetter genießen."

„Na, dann kann ja fast nichts mehr schief gehen", freute sich Frau Böckler.

„Dann darf ich die Herrschaften zunächst auf einen kleinen Begrüßungsdrink in den Ochsenzwinger einladen?"

Sie deutete mit einer Handbewegung auf das eiserne Tor des direkt neben der Alten Bastei liegenden Kulturzentrums.

Die fast hundert Personen, die sich zwischenzeitlich vor der Alten Bastei und dem Ochsenzwinger eingefunden hatten, strömten nun fast allesamt in Richtung dessen Innenhofs, um sich an den aufgestellten Tischen einen Platz zu suchen.

Einige davon waren für die geladenen Gäste reserviert, worauf die entsprechenden Schilder hinwiesen.

Nachdem sich unter den Besuchern diverse Gruppen gebildet hatten, wurde die Geräuschkulisse zunehmend lauter. Themen wie die bevorstehende Aufführung wurden rege diskutiert.

Aber auch das Ambiente des Ochsenzwingers war immer wieder Gegenstand der Gespräche.

Die Bezeichnung der Anlage weist darauf hin, dass sie sich auf dem einstigen Zwinger (das ist der Teil der Befestigung, der zwischen Zwinger und Stadtmauer liegt) befindet und, dass der erste Besitzer der Gastwirt "zum Goldenen Ochsen" in der Reimlinger Straße war.

Der erdgeschossige Längsbau wurde früher unter anderem als Restaurations- und Brauereibetrieb genutzt, später diente er jahrzehntelang als Bierlager und Abstellplatz für Fahrzeuge.

In den Jahren 2004 und 2005 erfolgte eine umfassende Sanierung durch die Stadt Nördlingen, um das Anwesen als neues städtisches Kulturzentrum nutzbar zu machen.

Keinem der anwesenden Gäste oder den sich in den Räumen der Alten Bastei auf ihren Auftritt vorbereitenden Akteure dieses Abends fiel während dieser Zeit auf, dass sich ein dunkler Schatten über die Stadtmauer in Richtung Alte Bastei näherte.

Und niemand von ihnen hätte es sich zu diesem Zeitpunkt erträumen lassen, dass die heutige erste Vorstellung des neuen Saisonschauspiels eine ganz andere Premiere werden sollte, als man es geplant hatte.

# 26. Kapitel

Peter Neumann pfiff anerkennend durch die Zähne, als er kurz vor sechzehn Uhr die Wohnung seines Vorgesetzten betrat.

„Donnerwetter, Herr Hauptkommissar", meinte er mit einem lustigen Ausdruck in seinen Augen.

„Ich wusste gar nicht, dass Sie solch schicke Klamotten haben."

„Kommen Sie rein und machen Sie die Tür hinter sich zu, Neumann", antwortete Robert Markowitsch.

„Und sparen Sie sich ihre Frotzeleien. Oder haben Sie mich schon mal anders als in einem Anzug gesehen?"

„Nicht dass ich wüsste", gab Peter Neumann zurück.

„Aber heute könnte man meinen, dass Sie in die Oper gehen wollen."

„Damit sind Sie fast auf der richtigen Spur", meinte Markowitsch.

„Oder haben Sie vergessen, dass ich heute Abend zur Premierenvorstellung nach Nördlingen eingeladen bin?"

„Ach ja, stimmt", meinte Neumann nun etwas nachdenklich.

„Und Sie wollen da tatsächlich hin?"

„Warum denn nicht?", fragte der Hauptkommissar zurück.

„Oder spricht aus ihrer Sicht irgendetwas dagegen?"

„Im Grunde genommen nicht, Chef. Aber ich dachte mir, und das sollten sie sicherlich aus meinen Recherchen herausgelesen haben, dass wir diesen heutigen Abend für unsere Ermittlungen nutzen.

Kübler wird sicherlich auch an der Premiere teilnehmen und ich dachte mir, dass eine Hausdurchsuchung problemloser durchzuführen wäre, wenn er selbst nicht, sondern nur Familienangehörige anwesend sind."

Robert Markowitsch stand vor einem großen Spiegel im Flur, um sich die Krawatte zu binden. Nachdem er den Knoten kontrolliert hatte, zog er diesen wieder auf, streifte sich das Teil über den Kopf und legte es im Wohnzimmer über einen Sessel.

„Da mögen Sie Recht haben, Neumann", ging er auf die Bemerkung seines Kollegen ein.

„Auch wenn es nicht die ganz feine Art ist.

Ich persönlich werde allerdings nicht daran teilnehmen. Das lege ich heute ganz in Ihre Obhut, Herr Kollege.

Allerdings wünsche ich, dass Sie mich auf dem Laufenden halten. Vor allem dann, wenn sich Ihre Vermutungen bestätigen sollten."

„Das würde aber sicherlich ein schlechtes Bild auf Ihre Manieren werfen, Herr Markowitsch, wenn Sie während der Vorstellung ans Handy gerufen werden."

Das Blitzen in Robert Markowitsch's Augen war nicht zu übersehen.

„Erstens, Neumann, kann ich das Ding lautlos stellen, und zweitens können Sie mich auch per SMS benachrichtigen.

Soviel elektronische Grundkenntnisse dürfen Sie mir schon zutrauen, auch wenn ich Ihnen im Bereich der Datenverarbeitung bei weitem nicht das Wasser reichen kann."

Peter Neumann wusste im ersten Moment nicht, ob er diesen verbalen Ausbruch seines Vorgesetzten lachend oder mit einer Entschuldigung zur Kenntnis nehme sollte.

Angesichts der Situation entschied er sich für die zweite Möglichkeit.

„Sorry, Chef. Ich wollte Ihnen ..."

Markowitsch winkte ab.

„Geschenkt, Neumann. Vergessen Sie's.

Im Übrigen habe ich heute Mittag mit Berger telefoniert, nachdem ich mir Ihre Nachtarbeit verinnerlicht hatte, um es einmal mit Ihren Worten auszudrücken."

„Berger?", fragte Peter Neumann etwas verwundert, bevor er sich dann jedoch an die Stirn fasste.

„Stimmt, verdammt. Der Durchsuchungsbeschluss. Hatte ich total vergessen.
War wohl doch etwas lang, die letzte Nacht."
„Nicht so schlimm, Neumann", grinste Markowitsch.
„Dafür haben Sie ja mich.
Allerdings war der Oberstaatsanwalt zunächst überhaupt nicht begeistert darüber, wie wir den heutigen Abend gestalten wollen.
Sollte es sich nämlich herausstellen, dass wir mit unserer Aktion auf dem Holzweg waren, werden ihm die Oberen gehörig den Kopf waschen."
Peter Neumann meinte dazu:
„Frank Berger würde sich doch davon wohl nicht beeindrucken lassen, oder?"
Robert Markowitsch blickte etwas nachdenklich zu Boden, bevor er seinem jungen Kollegen antwortete.
„Im Normalfall wahrscheinlich nicht. Aber in diesem Falle haben wir schon ein paar Mal erlebt, dass sich die politische Ebene einschaltet.
Da geht es nicht nur um ein Mitglied des Nördlinger Stadtrats, diesen Karl Kübler.
Hier geht es um Beziehungen, Neumann.
Diese Herrschaften lassen sich auch von einem Oberstaatsanwalt nicht so einfach in ein schlechtes Licht rücken."
„Schon", meinte Peter Neumann fast ein wenig kleinlaut, wurde gleich darauf aber wieder selbstbewusster.
„Aber meinen Recherchen nach zu urteilen, stehen die Chancen eher zehn zu eins, dass wir uns auf dem richtigen und nicht auf dem Holzweg befinden."
Der Hauptkommissar nickte seinem Kollegen nun anerkennend zu.
„Das sehe ich allerdings auch so. Deshalb habe ich mich bei Berger auch stark dafür gemacht, dass wir die ganze Aktion so durchzie-

hen."

Robert Markowitsch blickte in das zufriedene Gesicht eines Kriminalbeamten.

„Dann wollen wir nur hoffen, dass bei der Sache auch etwas Zählbares herauskommt."

Ein Blick zur Uhr zeigte Markowitsch, dass noch keine große Eile geboten war.

Alles Notwendige hatte er während des Tages bereits veranlasst.

Ein Streifenwagen mit vier Kollegen stand auf Abruf bereit und auch Rolf Zacher von der Spurensicherung war verständigt.

„Wir haben noch eine gute Stunde bis wir los müssen, Neumann. Was halten sie davon, wenn ich uns beiden jetzt einen richtig guten Cappuccino a la Markowitsch zubereite?"

\*

Als Peter Neumann kurz nach neunzehn Uhr den Wagen von Robert Markowitsch auf einen der Parkplätze neben dem Altenheim in der Hinteren Reimlinger Gasse lenkte und die Handbremse anzog, kam ein leiser Seufzer über dessen Lippen.

Der Hauptkommissar griff mit seiner linken Hand ans Lenkrad und strich fast andächtig einmal kurz darüber hinweg.

„Es wäre schön, Neumann, wenn ich den Wagen ohne einen Kratzer wieder zurückbekomme. Aber es wäre Blödsinn gewesen, mit zwei Fahrzeugen hierher zu kommen."

Peter Neumann schmunzelte. Es war im Augsburger Kriminalkommissariat ein offenes Geheimnis, wie sehr der Leiter der Kripo sein Dienstfahrzeug liebte.

Der Beamte war sowieso verwundert darüber, als Markowitsch ihm schon vor der Abfahrt aus Augsburg den Schlüssel in die Hand drückte und selbst auf dem Beifahrerseite Platz nahm.

Dies zeigte ihm einmal mehr, dass Markowitsch ihm scheinbar

sein volles Vertrauen schenkte.

Nachdem sich Peter Neumann während der rund vierzig Kilometer auf der B2 bis Donauwörth wie unter ständiger Beobachtung eines Fahrlehrers vorkam, war er redlich bemüht, keinen Fahrfehler zu begehen.

So schien Robert Markowitsch während der restlichen Strecke bis nach Nördlingen sichtlich entspannt.

„Keine Bange, Chef. Ich werde ihn fahren wie meinen eigenen."

„Das befürchte ich ja gerade", gab Markowitsch mit verdrehten Augen zurück, als in diesem Moment ein kleiner Motorroller neben seinem Auto anhielt.

Nachdem er die Seitenscheibe herunter gelassen hatte machte der Fahrer Markowitsch höflich aber eindeutig darauf aufmerksam, dass er sich auf einem der Dienstparkplätze befände.

Peter Neumann, der soeben seine Polizeimarke aus der Tasche ziehen wollte, wurde von Markowitsch zurück gehalten.

„Lassen Sie es gut sein, Neumann. Wir wollen doch hier kein unnötiges Aufsehen erregen."

Der Hauptkommissar löste seinen Sicherheitsgurt, öffnete die Beifahrertüre und stieg aus.

„Schon in Ordnung, junger Mann", meinte er zum Fahrer des Motorrollers und mit einem Grinsen im Gesicht in Richtung Peter Neumann fügte er noch hinzu:

„Mein Chauffeur hat noch zu tun. Er wird den Wagen in der Innenstadt parken."

## 27. Kapitel

Rolf Zacher, der Leiter der Spurensicherung, traf mit seinem Team fast zur selben Minute in Nördlingen ein, wie auch das Einsatzfahrzeug der Augsburger Bereitschaftspolizei.

Die Beamten hatten Order erhalten, ausschließlich in Zivilkleidung zu erscheinen.

„Weshalb hat man denn nicht die Nördlinger Kollegen für diesen Einsatz beordert?", wollte er von Peter Neumann wissen.

„Hätte wohl nur unnötiges Aufsehen erregt", gab der Gefragte zurück.

„Die entsprechenden Einzelheiten, die den Anlass zu dieser Durchsuchung gaben, stellten sich erst letzte Nacht heraus."

„Und was glauben Sie hier zu finden?", kam Zachers nächste Frage.

„Das mit dem Glauben ist so eine Sache für sich", antwortete Peter Neumann, der sichtlich angespannt wirkte. Ihm war klar, dass nur ein Erfolg zählte.

„Hoffen ist wohl der bessere Ausdruck.

Ich hoffe, dass ich ihnen nach der Durchsuchung etwas in die Hand geben kann, das uns der Aufklärung der beiden Morde hier in Nördlingen ein erhebliches Stück näher bringt."

„Na denn", meinte Zacher zustimmend. „Wann starten wir?"

Peter Neumann wollte gerade zur Uhr blicken, als er aus der Ferne die Glockenschläge vernahm.

Wie auf eine Bestätigung wartend zählte er mit.

„… achtzehn, neunzehn, zwanzig."

Sein gesamter Muskelapparat war angespannt, ein kurzer fragender Blick in die Runde folgte.

Als er das zustimmende Nicken der Kollegen bekam, sah er Rolf

Zacher an.

„Jetzt", gab er die Antwort auf dessen Frage.

„Meine Herren, bitte folgen."

Entschlossen trat Peter Neumann an die Haustüre und drückte zweimal auf den Klingelknopf neben dem angebrachten Namensschild.

*Kübler* war dort in verschnörkelten Buchstaben eingebrannt in das Holztäfelchen zu lesen.

Es dauerte nur wenige Augenblicke, bis die Türe geöffnet wurde.

„Hast du was vergessen?", hörte Peter Neumann eine Frauenstimme, die sich sofort wieder von der Türe entfernte.

Der Kriminalbeamte sah die Rückseite einer Frau vor sich, die sich mit hastigen Bewegungen ein Handtuch um ihre Haare verknotete.

„Frau Martina Kübler?"

Peter Neumann bemühte sich, einen möglichst offiziellen Ton anzuschlagen. Er war noch nicht allzu oft in der Situation, einen Einsatz selbstverantwortlich zu leiten.

Jedenfalls keinen dieser Größenordnung. Allzu viel Zeit zum Nachdenken gönnte er sich jedoch nicht.

Die Frau war in diesem Augenblick mitten im Hausflur stehen geblieben und hatte sich umgedreht, nachdem sie die ihr fremde Stimme vernommen hatte.

Mit großen, fragenden Augen, ihre Hände noch immer das Handtuch festhaltend, stand sie da.

„Guten Abend", meinte sie etwas erschrocken, wohl im Hinblick auf ihren nassen, eingepackten Haarschopf.

Oder war es wegen des fremden Mannes und seiner Begleiter?

Martina Kübler kam die wenigen Schritte zur Haustüre zurück.

Für einen Moment hielt sie inne, schien die Personen zu zählen, die sich vor dem Eingang aufgestellt hatten, als wollten sie jeden Moment einen Überfall starten.

Sekunden später schien sie sich wieder gefasst zu haben. Sie versteckte mit einer flinken Bewegung das Ende des Handtuchs an ihrem Kopf, sodass dies nun von selbst hielt.

„Wenn Sie zu meinem Mann wollen, so muss ich Sie leider enttäuschen, meine Herren. Er befindet sich momentan in der Alten Bastei. Premiere-Vorstellung.

Eigentlich sollte ich auch schon lange weg sein, aber Sie wissen ja: Die Frauen."

Martina Kübler versuchte die letzte Bemerkung etwas ins Selbstironische zu ziehen, konnte jedoch keine entsprechende Reaktion in den Gesichtern vor ihr erkennen.

„Die Vorstellung beginnt in knapp dreißig Minuten. Sie sehen also, meine Herren: Ich bin in Eile."

Peter Neumann räusperte sich nur kurz, bevor er antwortete.

„Es tut mir leid, Frau Kübler, aber wir werden Ihnen wohl diesen Abend verderben müssen."

Während er diesen Satz sprach, zog er seine Dienstmarke aus der Tasche hervor.

„Neumann, Kriminalpolizei Augsburg", sagte er kurz angebunden.

Die Gesichtsfarbe von Martina Kübler wechselte in diesem Augenblick von einer soeben noch hektischen Röte in ein fahles Grau.

„Kriminalpolizei?", fragte sie ungläubig.

„Ich fordere Sie hiermit auf, uns ins Haus zu lassen, Frau Kübler", sprach Peter Neumann und hielt der Frau des Nördlinger Stadtrats den offiziellen Durchsuchungsbescheid entgegen.

Nachdem einem Blick auf das Dokument trat die nun etwas hilflos wirkende Frau zur Seite und sah, dass der Kriminalbeamte seine Kollegen mit einem kurzen, aber eindeutigen Handzeichen in das Haus beorderte.

Zunächst etwas desorientiert, folgte sie den Männern in ihre Wohnung, griff schließlich zum Telefon und fragte dabei Peter

Neumann:

„Können Sie mir erklären, was das Ganze hier zu bedeuten hat? Sie haben sicherlich nichts dagegen, wenn ich meinen Mann verständige?"

„Ich kann Sie nicht daran hindern, Frau Kübler. Allerdings würde ich Ihnen empfehlen, damit noch etwas zu warten.

Sollte sich unser Verdacht nämlich bestätigen, werden wir dies in Kürze wissen, und ihren Mann ohnedies hierher bringen lassen."

Die momentan völlig überforderte Frau begab sich nun in ihr Wohnzimmer und ließ sich scheinbar kraftlos auf die dunkle Ledercouch nieder.

„Ich weiß zwar nicht was hier vor sich geht, und welchen Grund Sie haben hier so einfach einzudringen, aber ich kann Sie ja wohl nicht daran hindern?", sprach sie mit fragendem Blick zu Peter Neumann.

„Ich kann Ihnen versichern, Frau Kübler", antwortete dieser, „dass wir dies nicht ohne Grund tun."

## 28. Kapitel

Karl Kübler, der sich in der Gesellschaft von Carola Böckler und dem inzwischen ebenfalls eingetroffenen Oberbürgermeister Martin Steger befand, sah auf seine Uhr und blickte sich einige Male suchend auf dem Gelände des Ochsenzwingers um.

„Sie erwarten noch jemanden, Herr Kübler?", fragte die Vorsitzende des VAN.

„Ja", gab er zur Antwort.

„Eigentlich sollte meine Frau längst da sein. Allerdings kann ich sie nirgendwo sehen."

„Tja, die Frauen", meldete sich der OB zu Wort.

„Meine hat es aus terminlichen Gründen heute leider auch nicht geschafft, mich zu begleiten."

„Trotzdem komisch", antwortete Karl Kübler achselzuckend.

„Sie war zwar noch nicht fertig im Bad als ich losging, wollte aber schnellstmöglich nachkommen."

Carola Böckler legte ihren Arm auf Küblers Schulter und meinte:

„Sicherlich wird sie rechtzeitig eintreffen. Noch haben wir ja etwas Zeit, und ihr Platz bleibt ja reserviert."

Sie lächelte den Stadtrat an.

„Herr Steger hat mir mitgeteilt, dass Sie an seiner Stelle zu Beginn ein paar kurze Sätze sprechen, Herr Kübler?"

„Ja", antwortete dieser.

„Der Oberbürgermeister hat mich darum gebeten. Er hätte schon so genügend Ansprachen zu halten, sodass ich also heute Abend die Eröffnungsrede präsentieren darf.

Falls Sie nichts dagegen haben, Frau Böckler, würde ich vorher allerdings gerne einen kurzen Test auf der Bühne starten."

Kübler hob entschuldigend beide Arme und meinte lächelnd:

„Ist nur zur Sicherheit. Fehlende Routine, wenn Sie verstehen was ich meine."

„Selbstverständlich, machen Sie das", lächelte Frau Böckler zurück.

„Lassen Sie sich für ein paar Minuten einschließen, damit Sie ungestört sind.

Sollten Sie etwas benötigen, so wenden Sie sich bitte an einen der Techniker. Ich werde in der Zwischenzeit noch einige Bekannte begrüßen."

Damit drehte sie sich um, und verschwand aus dem Blickfeld der Männer zwischen den zahlreichen Menschen.

Karl Kübler nickte Martin Steger entschuldigend zu und schritt Augenblicke später alleine die Stufen hinauf, die zum Inneren der Alten Bastei führten.

Einer der Angestellten öffnete ihm die Türe, nachdem Kübler ihm sein Anliegen mitgeteilt hatte.

„Es ist alles bereit. Melden Sie sich einfach, wenn sie Hilfe brauchen", meinte er.

„Danke", sagte Kübler und ging die Stufen zwischen den linken und den mittleren Zuschauerplätzen hinab in Richtung Bühne.

Er stellte sich hinter das Mikrofon und rückte sich dieses etwas zurecht.

Mit einem kurzen Griff in die Innentasche seines Jacketts zog er ein zusammengefaltetes Blatt mit einigen Notizen hervor. Ein kurzes Räuspern folgte.

Da der Lautstärkeregler des Mikrofons herunter gefahren war, sprach Kübler etwas lauter, um möglichst natürlich zu klingen.

„Verehrte Frau Böckler, meine sehr geehrten Damen und Herren", begann der Stadtrat seinen Test, bei dem er zunächst den Oberbürgermeister begrüßte, sowie auch die Namen einiger der nachher anwesenden Ehrengäste aufzählte.

Des Weiteren überflog er jetzt nur kurz einige Details zu den Vorbereitungen des diesjährigen Stückes, wobei er nachher die Probearbeiten des Regisseurs sowie der ganzen Schauspielerinnen und Schauspieler hervorheben würde.

Nach circa fünf Minuten beendete er seine Sprechprobe mit den vorgesehenen Schlussworten:

„Während der Spielpause dürfen wir Sie zu einem kleinen Umtrunk in den Ochsenzwinger nebenan einladen.

Und nun wünsche ich uns allen einen gelungenen Auftakt zur neuen Saison und eine tolle Premiere."

„ ... die in diesem Jahr allerdings einen ganz anderen Titel trägt als angekündigt."

Diese Worte hallten, trotz dessen sie ohne Mikrofon gesprochen waren, wie ein Donnerschlag durch die Alte Bastei.

Karl Kübler zuckte auf der Bühne zusammen, als hätte ihm jemand einen Stromschlag verpasst.

Er drehte seinen Kopf in die Richtung, in der er den Sprecher vermutete.

\*

Hauptkommissar Robert Markowitsch war inzwischen einige Schritte an der Stadtmauer entlang gegangen um seine Gedanken zu sortieren.

Nachdem er nun einen Blick in den Innenhof des Ochsenzwingers geworfen hatte, suchte er angesichts der Menschenmenge gleich wieder das Weite.

Er nahm sich nach kurzem Überlegen vor, schon einmal seinen Sitzplatz zu reservieren.

Als er das Ende der Treppen zum Inneren der Alten Bastei erreicht hatte musste er jedoch feststellen, dass die Eingangstüre noch geschlossen war.

Ein Angestellter, wie Markowitsch vermutete, saß auf einem Stuhl und blätterte in einem Prospekt.

Als er aufblickte und den vermeintlichen Besucher vor sich stehen sah, blickte er kurz auf seine Armbanduhr, um sich aber sofort wieder seinem Faltblatt zu widmen, ohne auch nur daran zu denken, die Zugangstüre zu öffnen.

Robert Markowitsch überlegte einen Augenblick, schmunzelte kurz in sich hinein und holte seine Dienstmarke hervor.

Als er diese vor den Augen des Mannes hin- und herpendeln ließ, sah dieser erschrocken auf.

„Polizei?", fragte er ungläubig. „Ist etwas passiert?"

„Eine reine Vorsichtsmaßnahme", antwortete der Hauptkommissar und bemühte sich, sein aufkommendes Lachen zu unterdrücken.

„Bei so einer Menge an Prominenz kann man ja nicht vorsichtig genug sein.

Ich würde nur gerne kurz vor Beginn der Veranstaltung ..."

Er deutete dabei auf die geschlossene Tür.

Wie von einer Tarantel gestochen erhob sich der Angestellte des VAN und öffnete die Tür.

„Wir haben hier stets alle Sicherheitsbestimmungen eingehalten", beeilte er sich zu sagen.

„Davon bin ich überzeugt", gab Markowitsch zurück.

„Aber sicher ist sicher."

„Natürlich, selbstverständlich", stotterte der Mann.

„Momentan ist nur Stadtrat Kübler zur Mikrofonprobe dort drin."

„Kein Problem", antwortete der Kripobeamte.

„Ich werde ihn nicht dabei stören. Vielen Dank."

Während Robert Markowitsch von innen die Türe leise wieder schloss, konnte er seine Belustigung nicht mehr unterdrücken.

Als er sich Sekunden später umdrehte und von oben herab in Richtung Bühne sah, blieb ihm das Lachen jedoch sprichwörtlich im

Halse stecken.

Er erkannte Karl Kübler, der sich scheinbar hilfesuchend an einem Mikrofonständer festhielt, und seitlich über die Schulter nach oben in den Kulissenaufbau starrte.

Dort hatte sich ein Mann aufgebaut, die Beine leicht gespreizt.

Der Hauptkommissar schätzte ihn im mittleren Alter, bekleidet war er mit einem leichten, scheinbar schon etwas zerschlissenem Sommermantel oder Trenchcoat, der in diesem Moment geöffnet wurde.

Der Gegenstand, der darunter zum Vorschein kam, ließ Markowitsch vor Schreck das Wasser in den Adern gefrieren.

Ob es sich um ein Gewehr, eine Schrotflinte oder welche Waffe auch immer handelte, war für Markowitsch in diesem Augenblick zweitrangig.

Er merkte nur, wie sich sämtliche Muskeln seines Körpers anspannten, da er die Bedrohung, die von diesem Mann ausging, fast körperlich spüren konnte.

Jede Menge Gedanken rasten Markowitsch durch den Kopf. Wäre er sich nicht sicher gewesen welches Stück heute zur Premiere angesetzt war, er hätte in diesem Augenblick glatt auf eine Kriminalstory getippt.

Doch sein Instinkt sagte ihm ganz deutlich, dass dies hier kein Spaß war.

Im Hintergrund ertönte mehrmals ein Gong.

Robert Markowitsch wurde sofort bewusst, dass sich innerhalb weniger Minuten der Innenraum der Freilichtbühne mit den Zuschauern füllen würde.

Als er nun immer lauter werdende Stimmen vernahm, die in Sekundenschnelle näher zu kommen schienen, wurde kurz darauf hinter seinem Rücken die Türe geöffnet.

Mehrere Personen strömten nun in den Zuschauerraum der Alten Bastei und der Robert Markowitsch sah die Gefahr einer Panik aufkommen.

Wie durch ein Zeichen verstummte die Unterhaltung hinter ihm, so als wären die Menschen mit einem Male verschwunden.

Um sich zu vergewissern, drehte der Hauptkommissar kurz seinen Kopf über die Schulter nach hinten und erkannte teils staunende, teils aber auch erschrockene Gesichter.

„Der Wächter!", hörte Robert Markowitsch mehrere der inzwischen Anwesenden rufen, die mit einem Fingerzeig nach oben auf die Kulissentreppe deuteten.

Dort hatte der noch immer breitbeinig stehende Mann inzwischen seine Waffe auf den Nördlinger Stadtrat gerichtet.

Markowitsch griff in seiner Jackettasche nach seinem Handy, als er die Stimme Karl Küblers vernahm.

„Was soll das, Mann? Sind Sie verrückt geworden?"

„Was das soll?", gab der Angesprochene mit einem höhnenden Lachen zurück.

Er deutete mit einer Hand in Richtung Eingangstüre, durch die sich immer mehr Menschen nach innen drängten. Mancher der Gäste hatte inzwischen sogar einen Sitzplatz eingenommen.

Scheinbar rechneten sie wohl mit einer Überraschungseinlage.

Mit einer ausholenden Handbewegung vollzog er einen Halbkreis, bevor er weiter sprach:

„Ihr Publikum ist heute hierhergekommen, um eine Premiere zu erleben.

Diese wird auch stattfinden.

Aber es wird nicht das angekündigte Stück sein, sondern den Titel tragen:

### Das Attentat in der Alten Bastei!

Wobei ich derjenige sein werde, der in diesem Stück die Regie übernimmt."

Nach diesen Worten schritt er wie in Zeitlupe die Treppenstufen hinab, hielt seine Waffe dabei noch immer auf den Nördlinger Stadtrat gerichtet.

„Sie, *Herr Karl Kübler*, werden bei diesem Stück die tragische Hauptrolle spielen."

## 29. Kapitel

Peter Neumann hatte in der Zwischenzeit mit den Kollegen der Augsburger Bereitschaft die Durchsuchung in Küblers Haus beendet.

Rolf Zacher, der Leiter der KTU kam mit seinem aufgeklappten Notebook zu ihm.

„Sie hatten recht, Neumann. Es handelt sich laut der von uns festgestellten Registrierungsnummer tatsächlich um eines der beiden gestohlenen Präzessionsgewehre, die damals in der Kaserne gestohlen wurden.

Zum jetzigen Zeitpunkt gehe ich davon aus, dass die zweite Waffe das Fundstück aus der Gartenanlage ist. Bleibt nur noch zu klären wie dieser Kübler an die beiden Gewehre kam."

„Das sollten wir ihn wohl am besten selbst fragen", meinte Peter Neumann.

„Außerdem fehlt eines seiner Jagdgewehre.

Laut der uns zur Verfügung gestellten Liste von ihm handelt es sich um eine Steyr Luxus, die wir auch in seinem Wagen nicht finden konnten", sagte Rolf Zacher noch, wobei er seine Kollegen heran winkte.

„Wir packen zusammen. Unser Teil der Arbeit sollte hiermit zunächst beendet sein."

„Dann werde ich jetzt mal losgehen, um meinen Chef zu informieren."

Peter Neumann, der als Letzter hinter Zacher durch die Türe ins Freie trat, wollte noch etwas wissen.

„Wo haben Sie das Fundstück eigentlich so schnell entdeckt?"

„Das bringt die jahrelange Erfahrung so mit sich, junger Freund", meinte er.

„Wobei es nicht oft vorkommt, dass man so eine Waffe komplett zerlegt und in einem präparierten Doppelboden einer Standuhr versteckt."

„Hut ab", lobte Peter Neumann ehrlich die Arbeit des KTU-Leiters und begab sich zum Dienstwagen seines Chefs.

Rolf Zacher fragte staunend:

„Hoppla, hat Ihnen Markowitsch sein Heiligtum etwa freiwillig überlassen?"

„Tja", gab Neumann lachend zurück.

„Daran kann man gleich erkennen, welch vertrauenserweckende Erscheinung ich doch bin."

Als er per Knopfdruck auf den Schlüssel die Türverriegelung öffnete, vernahm er das Klingeln seines Handys.

Ein kurzer Blick auf die Nummer zeigte ihm, um wen es sich bei dem Anrufer handelte.

„Als hätte er es mal wieder gehört", seufzte Peter Neumann mit verdrehten Augen in Richtung Zacher.

„Guten Abend, Herr Markowitsch, ist das Stück etwa schon zu Ende?", meldete er sich.

*

„Es ist keineswegs zu Ende, Neumann. Hier geht es jetzt erst richtig los.

Ich erwarte Sie und die Kollegen innerhalb der nächsten zwei Minuten hier an der alten Bastei, und zwar ohne Lärm, wenn Sie wissen was ich meine", versuchte Robert Markowitsch trotz seiner Angespanntheit ruhig zu bleiben.

Peter Neumann, der oft genug Gelegenheit hatte, die Zweideutigkeit aus dem Munde von Robert Markowitsch zu deuten, vernahm die Brisanz aus dessen Worten.

Fast per Hechtsprung nahm er auf dem Fahrersitz der Limousine

Platz, und deutete schon während des Einsteigens den Kollegen mit hektischem Winken an, ihm zu folgen.

„Lautlos", rief er ihnen nur noch zu, als er den Motor startete und den Wagen in Richtung Innenstadt lenkte.

## 30. Kapitel

Hauptkommissar Robert Markowitsch erkannte plötzlich aus den Augenwinkeln der Nördlinger Oberbürgermeister neben sich.

„Guten Abend Herr Steger", sprach er leise.

„Ich habe mich zwar über Ihre Einladung gefreut, hätte mir jedoch einen angenehmeren Verlauf des Abends vorgestellt."

„Von welcher Einladung sprechen Sie Markowitsch?", sprach der OB überrascht.

Der Kripobeamte zog seine Eintrittskarte aus der Tasche.

„Hab ich die nicht Ihnen zu verdanken?", fragte er Martin Steger, immer darauf bedacht, das Geschehen auf der Bühne nicht aus den Augen zu lassen.

Er hoffte inständig, dass Neumann und die Kollegen der Bereitschaft rechtzeitig vor Ort sein würden, bevor die Situation hier eskalierte.

Robert Markowitsch war nicht der Typ eines Kriminalbeamten, der stets mit einer Waffe im Schulterhalfter herum lief.

Heute jedoch wünschte er sich insgeheim, er hätte sie mitgenommen.

Etwas verwundert hörte er von Martin Steger, dass dieser nichts von einer Einladung ihm gegenüber wusste.

Aus den Augenwinkeln erkannte der Hauptkommissar, dass sich der vermeintliche Attentäter über die Kulissentreppe nach unten bewegte, immer darauf bedacht, sein Ziel in der Person von Karl Kübler nicht aus den Augen zu lassen.

Einige Mitarbeiter des VAN hatten inzwischen damit begonnen, die Zuschauer möglichst ohne aufkommende Panik zum Verlassen der Freilichtbühne zu bewegen.

Viele unter ihnen jedoch wollten sich das bizarre Schauspiel nicht entgehen lassen und blieben auf ihren Plätzen.

Markowitsch, der dies bei einem kurzen Rundumblick mitbekam, registrierte es mit einem mulmigen Gefühl in seiner Bauchgegend.

Plötzlich ansteigendes Stimmengewirr riss ihn aus diesen Überlegungen, und lenkte seine Aufmerksamkeit wieder auf das Geschehen vor ihm.

Der Bewaffnete befand sich nun unmittelbar vor Karl Kübler und drückte den Lauf gegen dessen Oberkörper.

Im Licht der mittlerweile eingeschalteten Bühnenscheinwerfer erkannte Robert Markowitsch, wie sich sein Blick suchend durch die nun zum Teil leeren Sitzreihen bewegte, und schließlich auf ihm bzw. Martin Stegers Person ruhte.

„Wie ich sehe, haben Sie meine Einladung erhalten, Herr Hauptkommissar."

Der Oberbürgermeister und Robert Markowitsch sahen sich verwundert an.

„Nun wissen Sie ja, wem sie Ihre Anwesenheit zu verdanken haben, Markowitsch", sprach Nördlingens Stadtoberhaupt mit leiser Stimme, die von der Bühne her gleich wieder unterbrochen wurde.

„Wie ich Sie einschätze, werden wohl einige ihrer Kollegen in den nächsten Minuten hier eintreffen.

In der Zwischenzeit möchte ich Sie darüber in Kenntnis setzen, weshalb diese ganz besondere Premiere heute hier stattfindet."

Der Leiter der Augsburger Kripo verließ nun seinen Platz neben Martin Steger, begab sich die wenigen Stufen hinab in Richtung Bühne, wurde jedoch durch scharfe Worte von oben sofort wieder gestoppt.

„Das reicht, Markowitsch. Nicht dass mein Zeigefinger vor Nervosität zu zittern beginnt.

Das könnte für unseren Hauptdarsteller hier unangenehme Folgen haben."

Er stieß den Lauf der Waffe vehement gegen Küblers Oberkörper, was den Mann mehr vor Schreck als vor Schmerz einige Schritte rückwärts stolpern ließ.

Mit weit aufgerissenen Augen erkannte er das Jagdgewehr in den Händen seines Kontrahenten.

„Wie kommen Sie an meine Steyr?", fragte er voller Panik und dachte dabei an seine Frau, die nicht erschienen war.

Der Wächter erahnte die Gedanken des Nördlinger Stadtrats.

„Keine Bange Kübler. Ihre Frau hat keine Ahnung.

Nicht einmal Sie selbst haben etwas davon bemerkt, als ich heute Nachmittag durch ein offenes Fenster in ihr Wohnzimmer kam.

Einen Schlüssel zu ihrem Waffenschrank nachzumachen war auch ein leichtes Unterfangen.

Sie hatten ihn ja oft genug auf dem Tisch in ihrem Gartenhaus liegen gelassen, als Sie sich dort draußen aufgehalten haben."

Karl Kübler musste schwer schlucken. Diese Nachlässigkeit in der Öffentlichkeit ausgeplaudert, würde sicherlich unangenehme Folgen für ihn haben.

Aber was waren diese schon gegen das, was er im Moment durchlebte?

Wie würde das Ganze hier wohl enden?

Kübler ahnte, dass heute Abend wohl der angenehme Teil seines Lebens zu Ende gehen würde.

Er hoffte inständig, dass es nur der angenehme Teil war und nicht sein Leben an sich. Verzweifelt suchte er in seinen Gedanken nach einem Ausweg.

\*

Peter Neumann und seine Kollegen waren in der Zwischenzeit in den Zuschauerraum der Alten Bastei gekommen.

Einige der Beamten sorgten umgehend dafür, dass die wenigen

aus Neugier noch anwesenden Gäste möglichst rasch nach draußen gebracht wurden.

Um dies gefahrlos durchführen zu können, hielten die restlichen Polizisten mit ihren Waffen im Anschlag den vermeintlichen Attentäter in Schach.

„Kompliment, Herr Hauptkommissar", meinte dieser zu Markowitsch, neben dem inzwischen auch Peter Neumann aufgetaucht war.

„Das ging ja wirklich rascher als ich gedacht habe. Aber vorsichtig mit den Fingern am Abzug, meine Herren", mahnte er mit einem kalten Lächeln in die Runde.

„Wir wollen doch nicht, dass diese Premiere in einem Blutbad endet, oder?"

Angesichts der bedrohlichen Situation für den Nördlinger Stadtrat wollte Markowitsch kein größeres Risiko eingehen.

Er und Peter Neumann tauschten für einige Sekunden ihre Blicke und beide nickten sich in stummem Einverständnis zu.

„Was genau wollen Sie eigentlich mit ihrer Vorstellung hier erreichen, Paul Ledermacher", übernahm der Augsburger Kripochef nun die Initiative.

„Oder sollte er besser sagen: Paul Sattler?", schickte Peter Neumann hinterher.

Zunächst erstaunt, Sekunden später jedoch wieder mit seinem selbstbewussten Lachen antwortete der Wächter:

„Ah, Respekt. Ich sehe Sie haben ihre Hausaufgaben erledigt, meine Herren."

Markowitsch setzte schon zu einer Antwort an, als ihm Peter Neumann zuvor kam.

„Hat uns auch zwei schlaflose Nächte gekostet, Sattler.

Welche wir aber gerne investiert haben, unter der Voraussetzung, dass Sie Herrn Kübler nun in unsere Obhut übergeben."

„Und weshalb sollte ich das Ihrer Meinung nach tun, *Herr Hilfskommissar?*", gab Paul Sattler höhnisch zurück.

„Weil er im Sinne des Gesetzes schuldig gesprochen wird, für das was er verbrochen hat", antwortete nun Robert Markowitsch.

„Wofür wollen Sie mich schuldig sprechen, Markowitsch?", rief Karl Kübler von der Bühne herunter.

Trotz der für ihn lebensbedrohlichen Situation suchte er weiterhin nach einem Ausweg aus seiner misslichen Lage.

Er deutete mit einer Hand auf Paul Sattler.

„Dieser Mann, dem ich wohlwollend, mit einer wenn auch nicht gerade anspruchsvollen Tätigkeit, die Möglichkeit gegeben habe, wieder ein einigermaßen anständiges Leben zu führen, bedroht mich dafür öffentlich mit einer Waffe, nachdem er in mein Haus eingebrochen ist und diese widerrechtlich aus meinem Waffenschrank an sich genommen hat.

Ich bin mir ziemlich sicher, dass er auch den Penner in der Gartenanlage erschossen hat."

„Was macht Sie dabei so sicher, Herr Kübler?", fragte Markowitsch nach.

„Das liegt doch auf der Hand", meinte dieser nun mit etwas selbstsicherer Stimme.

„Sattler hatte uneingeschränkten Zugang zu meinem Anwesen dort draußen.

Dass er skrupellos genug ist, um in ein Haus einzudringen und sich eine Schusswaffe zu besorgen, das haben Sie ja eben selbst gehört."

Karl Kübler stand wie ein Unschuldslamm mit ausgebreiteten Armen auf der Bühne der Alten Bastei.

Wäre es nicht eine so absurde Situation, man hätte ihn glatt für ein Kriminalschauspiel engagieren können.

Paul Sattler jedoch holte ihn augenblicklich in die Wirklichkeit zurück.

„Reden Sie keinen Stuss, Kübler", zischte er gefährlich, wobei er ihm den Lauf des Jagdgewehrs nun gegen die Stirn drückte.

„Ich gehe davon aus, dass alle hier Anwesenden darüber informiert sind, dass es sich bei der Tatwaffe nicht um ein Jagdgewehr handelt, sondern um eine Präzessionswaffe aus einer Ausbildungskaserne der GSG9, die sich widerrechtlich in Ihrem Besitz befand."

„Das ist lächerlich, Mann. Wem in Gottes Namen wollen Sie dieses Märchen glaubhaft machen?", fragte Karl Kübler mit bebender Stimme.

Er versuchte nun, seinen letzten Trumpf aus dem Ärmel zu ziehen.

„Wahrscheinlich wissen diese Herren dort unten nicht, dass Sie damals als Wachposten in dieser Kaserne Dienst hatten.

Man wird sicherlich schnell herausfinden, dass Sie Alkoholprobleme hatten."

„Halten Sie die Klappe, Kübler", blaffte Paul Sattler den Stadtrat an und stieß ihm mit dem Jagdgewehr wieder gegen die Brust.

Doch der Stadtrat sah sich in diesem Augenblick im Aufwind.

„Ich bin mir sicher, dass Sie diesen Waffendiebstahl selbst inszeniert haben, um sich Ihre Sauferei zu finanzieren."

Ein leises, triumphierendes Lächeln umspielte Karl Küblers Gesicht, das im nächsten Augenblick jedoch wieder einzufrieren schien.

„Ganz so lächerlich ist das in unseren Augen gar nicht, Herr Kübler", meldete sich nämlich nun wieder Peter Neumann zu Wort.

„Laut des offiziellen Untersuchungsberichts der Bundesbehörden wurden damals sogar zwei dieser Gewehre gestohlen.

Mit einem davon wurde der Mann in der Kleingartenanlage erschossen, das ist richtig.

Das Unangenehme für Sie in dieser ganzen Angelegenheit ist allerdings die Tatsache, dass wir in Ihrem Haus die zweite Waffe gefunden haben."

Nun war es Paul Sattler, der überrascht war.

„Alle Achtung, Herr Hilfskommissar. Sie sind besser als ich gedacht habe."

Kübler zuckte zusammen, als nun Robert Markowitsch wieder das Wort ergriff.

„Ja, er ist schon sein Geld wert, unser junger Kollege.

Er konnte zwar nicht herausfinden wie Sie an die gestohlenen Waffen gekommen sind Herr Kübler, aber das ist sicherlich nur eine Frage der Zeit."

Selbst im grellen Scheinwerferlicht konnte man sehen, dass Karl Kübler kalkweiß im Gesicht wurde.

„Nur eines will mir noch nicht in den Kopf, Herr Kübler. Weshalb diese ganze Inszenierung mit zwei unschuldigen Toten?"

Karl Kübler starrte nur stumm gerade aus, scheinbar unfähig, auch nur ein einziges Wort zu sagen.

„Das will ich Ihnen gerne erklären, Markowitsch", sprach nun wieder Paul Sattler.

Meine Eltern und ich lebten vor Jahren hier in Nördlingen. Wie manch andere auch hatten wir ein kleines Grundstück in der Kleingartenanlage dort draußen.

Bis auf wenige Ausnahmen waren es immer sehr harmonische Tage und Nächte, die wir dort verbrachten.

Diese wenigen Ausnahmen bestanden darin, dass hin und wieder betrunkene Jugendliche oder Obdachlose in einige Gartenlauben eindrangen, um zu übernachten oder sich diverse Gegenstände mitnahmen, wohl um diese zu Geld zu machen.

Meist hatten sie es auf die größeren Häuser abgesehen, da dort wohl eher etwas zu holen war.

Unser Grundstück befand sich damals neben dem der Familie Kübler, das mehrmals Ziel dieser Personen war."

Paul Sattler unterbrach für einen kurzen Moment seine Erklärung und wandte sich an den Nördlinger Stadtrat.

„Wollen Sie weiter erzählen, Kübler?"

Doch Karl Kübler sagte nur einen einzigen Satz.

„Man hätte das Pack damals einfach wegsperren sollen, dann wäre uns das alles erspart geblieben."

„Dies ist aber nicht geschehen", fuhr Sattler fort.

„So haben Sie das Gesetz eben in Ihre eigenen Hände genommen. Sie erwischten eines nachts wieder einmal einige Obdachlose in ihrem Haus in der Gartenanlage.

Und dann beschlossen sie, dem Ganzen endgültig ein Ende zu bereiten, nicht wahr?"

„Hätte ich auf das Einschreiten unserer Gesetzeshüter gewartet, hätten die mir das letzte Hemd geklaut", versuchte der Stadtrat sich zu verteidigen und bemerkte in seiner Erregung scheinbar nicht, dass dies schon ein Schuldgeständnis war.

„Ich war damals wohl ein Hitzkopf, und außerdem sollte es nur eine Warnung an diese Brüder sein.

Ein Karl Kübler lässt sich nicht einfach so beklauen", versuchte er mit vor Wut geballter Faust wie zu seiner Entschuldigung zu sagen.

„Nein, lieber versucht er die Bande auszuräuchern, nicht wahr, Kübler?", schleuderte Paul Sattler ihm anklagend entgegen.

„Hätten diese Idioten mein Hab und Gut damals liegen gelassen und wären verschwunden, so wäre überhaupt nichts passiert", schrie Kübler Paul Sattler entgegen.

„Aber die machten sich noch einen Spaß daraus und haben sich dort verschanzt. Was blieb mir denn anderes übrig, als selbst zu handeln?"

Für einen Moment herrschte Stille in der Alten Bastei, bis sich plötzlich Martin Steger zu Wort meldete.

„Sie haben damals das Feuer gelegt, Kübler? Sind Sie denn wahnsinnig?"

„Warum?", sprach dieser.

„Keinem der Penner ist was passiert. Die sind plötzlich gelaufen wie die Hasen, als es vor dem Gartenhaus zu qualmen anfing.

Außerdem habe ich das kleine Feuerchen gleich wieder gelöscht."

„Aber nicht sorgfältig genug", schrie Paul Sattler ihn wutentbrannt an.

„Sie sind abgehauen ohne sich davon zu überzeugen, dass die Glut vollständig erloschen war.

Der Wind entfachte sie wieder, und das Feuer griff auf unser Haus über.

Ich habe Sie beobachtet, Kübler, denn ich schlief in dieser Nacht in einem Liegestuhl im Garten.

Mein Vater hatte am Abend vorher etwas zu viel getrunken und schnarchte wie ein Bär. Nur deshalb war ich nicht im Haus und habe das Ganze überlebt.

Ich war zunächst starr vor Schreck, als ich erkannte, dass unsere Gartenlaube Feuer gefangen hatte.

Doch es gab keine Chance, meine Eltern zu wecken.

Das trockene Holz brannte innerhalb weniger Augenblicke lichterloh."

Paul Sattler senkte die Waffe, ließ sie auf den Bühnenboden fallen und packte Karl Kübler mit beiden Händen am Kragen.

„Ich musste aus sicherer Entfernung mit ansehen wie meine Eltern jämmerlich in unserem Gartenhaus verbrannten, Kübler.

Es blieb damals nichts als Rauch und Asche zurück.

Damals habe ich mir geschworen, dass Sie eines Tages dafür büßen würden, denn mein Leben war seitdem die Hölle.

Ich hatte schon als Junge angefangen zu trinken, um den Schmerz und den Hass auf Sie zu verdrängen.

Wenigstens so lange, bis ich mich in der Lage sah, Rache zu nehmen.

Ein glücklicher Zufall, leider nur mit gefälschten Papieren, da ich ja über keine Ausbildung verfügte, brachte mir die Möglichkeit, zur Bundeswehr zu gehen.

Aber von diesem Zeitpunkt an sah ich die Chance, mein Lebensziel vollenden zu können: Sie zur Strecke zu bringen, Kübler.

Dass Sie ein Waffennarr sind, das wusste man früher schon immer.

Sie hatten durch ihr Familienerbe stets Geld genug, sich ihr teures Hobby zu finanzieren.

Darin sah ich eines Tages meine Chance gekommen.

Es ist richtig, ich habe den Diebstahl der beiden Gewehre veranlasst.

Ich habe zwei Leute dafür bezahlt, dass Sie Ihnen diese Waffen wie einen Angelköder unter die Nase hielten, und Sie Kübler, Sie haben ahnungslos angebissen.

Der Rest war ein Kinderspiel.

Durch die verdammte Sauferei wirkte ich wesentlich älter als ich war.

Die unehrenhafte Entlassung war zwar schmerzhaft, gehörte aber auch zu meinem Plan.

Kein Hahn kräht nach einem, der unehrenhaft aus dem Staatsdienst einer Eliteeinheit entlassen wurde.

So war es relativ einfach für mich unterzutauchen, um mir eine Existenz als Obdachloser aufzubauen.

Den Rest kennen Sie ja, Kübler.

Mein Fehler war wohl nur, dass ich mich zu sehr für das Haus meiner Eltern interessiert habe.

Und der Name Ledermacher war wohl auch etwas unglücklich gewählt, was Sie letztendlich auf meine Spur gebracht hat.

Sie wollten mich mit meinen eigenen Waffen schlagen, indem Sie wieder zwei unschuldige Menschen getötet haben.

Ich weiß, dass ich mich in manchen Dingen strafbar gemacht habe, und dafür wohl eine Zeit lang hinter Gitter muss.

Aber ich bin mir sicher, dass Sie mich dabei begleiten werden. Und das ist mir die ganze Sache wert."

Karl Kübler, der noch immer von Sattler am Kragen gepackt war, riss sich aus dessen Händen los.

Er griff im Rückwärtstaumeln in die Innentasche seines Jacketts und zog eine Pistole hervor, die er augenblicklich auf den völlig überraschten Paul Sattler richtete.

„Wie Sie vorhin richtig bemerkt haben, Sattler, bin ich schon immer ein Waffennarr gewesen.

Ich gehe selten ohne eine solche aus dem Haus, und deshalb hat sich das Blatt nun auch gewendet."

Karl Kübler trat dem als Wächter bekannten Mann mit der auf seinen Kopf gerichteten Pistole entgegen.

„Wer soll Ihnen dieses Ammenmärchen abnehmen, Sattler?

War es nicht vielmehr so, dass Sie aus Rache und von Hass geblendet zurückgekommen sind, um sich an den Jugendlichen und Obdachlosen zu rächen?

Wer sollte Ihnen schon Glauben schenken?"

Robert Markowitsch biss sich angesichts der veränderten Situation nervös auf die Lippen.

Sein Blick ging zu den Kollegen der Bereitschaft, von denen inzwischen zwei den Stadtrat ins Visier genommen hatten.

Robert Markowitsch entschloss sich nun dazu, alles auf eine Karte zu setzen.

„Haben Sie ihre Dienstwaffe dabei, Neumann?", flüsterte er seinem Kollegen zu.

Peter Neumann klopfte nur kurz gegen die linke Seite seines Oberkörpers.

„Gut", meinte Markowitsch. „Passen Sie jetzt gut auf mich auf."

Der Hauptkommissar wandte sich an den Stadtrat.

„Ich werde jetzt nach oben auf die Bühne kommen, Herr Kübler.

Sie werden mir ihre Pistole aushändigen, und uns zusammen mit Paul Sattler aufs Präsidium begleiten.

Dort werden wir klären, wer von Ihnen beiden im Recht ist."

Karl Kübler, der seine Felle nun langsam wieder davon schwimmen sah, richtete seine Waffe auf Robert Markowitsch.

„Sie bleiben wo Sie sind, Markowitsch. Das Recht gegenüber Sattler ist auf meiner Seite.

Ich lasse mir doch nicht von einem dahergelaufenen ..."

Weiter kam er nicht, denn nun überschlugen sich die Ereignisse.

Paul Sattler erkannt den Moment der Unachtsamkeit seines Kontrahenten, als dieser mit der Pistole nicht mehr auf ihn zielte.

Genau in diesem Augenblick ließ er sich zu Boden fallen, um nach Küblers Jagdgewehr zu greifen, rechnete jedoch nicht mit dessen Kaltblütigkeit.

Als er am Boden liegend den Lauf nach oben richtete, traf ihn die Kugel aus Küblers Pistole im Kopf.

Ungläubig riss Sattler seine Augen auf, bevor sein lebloser Körper zusammensackte.

Nur einen Sekundenbruchteil später fielen zwei weitere Schüsse.

Einer aus Peter Neumanns Dienstwaffe, die Karl Küblers Arm durchschlug, und ihn dadurch zwang, die Pistole fallen zu lassen.

Der zweite Schuss kam von einem der Bereitschaftspolizisten und traf den Stadtrat in den Oberschenkel.

Laut aufschreiend sank Kübler zu Boden.

Markowitsch drehte sich zu seinen Kollegen um.

„Danke meine Herren. Das war gute Arbeit", meinte er aufatmend und trat einige Schritte auf Karl Kübler zu, der sich mit schmerzverzerrtem Gesicht auf der Bühne wälzte.

„Wir brauchen einen Notarzt", rief Markowitsch über die Schulter in Richtung Peter Neumann.

Zu Kübler gewandt sprach er anschließend:

„Da die bisherigen Ermittlungen in Bezug auf die Tatwaffe im Falle des zweiten Mordes ergebnislos verlaufen sind, bin ich mir relativ sicher, dass man diese heute Abend in Ihrem Haus gefunden hat.

Glauben Sie mir, Herr Kübler: wenn sich auch nur die geringsten Spuren daran feststellen lassen, dass es sich dabei um die gesuchte Waffe handelt, so werden die Kollegen der KTU dahinter kommen.

Sollten die Vermutungen zutreffen, so werden Sie nicht nur eine

Anklage für das eben verübte Tötungsdelikt an Paul Sattler erhalten. Sie sind bis zur vollständigen Klärung des Falles vorläufig festgenommen."

Mit einem Blick über die Schulter rief er den Kollegen zu: „Zwei Mann begleiten Herrn Kübler ins Krankenhaus."

\*

Nachdem Peter Neumann hinter Robert Markowitsch aus dem Gebäude der Alten Bastei auf die Straße getreten war, gingen die beiden Beamten direkt zu dessen Dienstwagen.

Sowohl er als auch Markowitsch verspürten keinerlei Drang, sich den Fragen oder Glückwünschen aus der umher stehenden Menschenmenge zu stellen.

„Schlüssel?", hielt Robert Markowitsch fragend Peter Neumann die Hand entgegen.

Nachdem er die Fahrertür geöffnet hatte sah er Peter Neumann über das Dach hinweg an.

„Kein Kratzer?", fragte er.

„Kein Kratzer", antwortete dieser lächelnd.

„Sehr schön, Neumann", meinte Markowitsch und reichte seinem Kollegen den Schlüssel zurück.

„Dann dürfen Sie mich jetzt nach Hause fahren. Ich bin hundemüde."

*Ende*

# Der Henker von Nördlingen

**Vorwort des Autors**
Der neue Fall des Augsburger Ermittlerteams. Wie immer eine rein :tive Story, gespickt mit reellen Bezügen zu Örtlichkeiten aus der Riesmetropole Nördlingen.

Ich möchte hiermit ausdrücklich darauf hinweisen, dass die gesamte Handlung dieser Geschichte mit allen darin vorkommenden Personen ausnahmslos meiner Fantasie entsprungen und somit frei erfunden ist.

Jede Übereinstimmung mit Abhandlungen bzw. lebenden oder verstorbenen Personen wäre rein zufällig und nicht beabsichtigt.

# 1. Kapitel

Mehr als fünf Jahre lag es nun schon zurück, dass Christine Akebe nach dem tragischen Tod ihres Mannes auch ihren Sohn verloren hatte.

Man sagt zwar immer, die Zeit heile alle Wunden, jedoch musste sie feststellen, dass es sich in ihrem Fall um sehr tiefe Wunden handelte.

Die Bilder über das furchtbare Geschehen wollten einfach nicht verblassen.

Schweren Herzens erinnerte sie sich immer wieder daran, wie es dazu kommen konnte, dass sie ihren eigenen Sohn verraten hatte.

Damals kämpften zwei Seelen in ihrer Brust.

Die eine stand für ihr Gerechtigkeitsempfinden, die andere für die Familientradition ihres Sohnes, ihres verstorbenen Mannes und dessen Angehörigen in Afrika.

Nachdem Michael Akebe durch Zufall herausgefunden hatte, dass der Tod seines Vaters Abedi keineswegs ein tragischer Unfall war, besann er sich auf die alten Zeremonien seiner Vorfahren.

Er machte sich die schwarzmagischen Rituale des Voodoo zu eigen und verschuldete so den Tod mehrerer Menschen.

Christine ahnte damals schon geraume Zeit, dass Michaels Leben aus den Fugen geraten war.

Sie wollte es jedoch erst wahrhaben, als es schon zu spät war.

Letztendlich siegte der Sinn für Gerechtigkeit in ihr. So stellte sie schließlich das Recht auf Leben über das von Rachsucht verblendete Handeln ihres Sohnes.

Als sie festgestellt hatte, dass Michael wieder dabei war, sich mit Hilfe der schwarzmagischen Voodoo-Rituale ein weiteres Mal zum Herrn über Leben und Tod zu machen, verständigte sie die damals ermittelnden Beamten der Augsburger Kriminalpolizei.

Christine selbst kam auf Grund ihres langen Zögerns wegen Mitwisserschaft vor Gericht.

Nachdem jedoch die ganzen Umstände über die Vorgeschichte aufgeklärt waren, erhielt sie ein relativ mildes Urteil mit einer Bewährungsstrafe.

Im Kreise der Familie ihres verstorbenen Mannes stieß das Handeln von Christine Akebe zwar durchaus auf Verständnis, doch rief der Verrat des eigenen Kindes, der sogar dessen Tod zur Folge hatte, bei einigen Familienmitgliedern ihres Mannes auch Unmut hervor.

Christine hatte seit mehr als zwei Jahren keinen Kontakt mehr zu den Verwandten in Afrika.

Sie versuchte so gut als möglich, sich in das Alltagsleben in Nördlingen zu integrieren.

Lange hatte sie mit sich gekämpft, um sich nicht nur in der Öffentlichkeit, sondern auch in ihrem Inneren von den Taten ihres Sohnes zu distanzieren.

Sie engagierte sich für wohltätige Zwecke und erreichte, dass sie bei den Mitmenschen der Stadt wieder akzeptiert wurde.

Kürzlich erst konnte sie sich dazu entschließen, den Dachboden wieder zu betreten.

Diesen Ort, an den sie damals die beiden Augsburger Kripobeamten geführt hatte, damit sie gemeinsam dem unheilvollen Treiben ihres Sohnes ein Ende bereiten konnten.

Als sie die Stufen nach oben ging, durchzog ein Schaudern den Körper von Christine Akebe.

Für einen kleinen Moment hielt sie inne, bevor sie mit einem kurzen Druck die Klinke nach unten drückte und die Türe öffnete.

Beim Eintreten durchzogen wirre Gedanken ihren Kopf.

Was würde sie dort drin erwarten?

War die unheilvolle Aura noch vorhanden, die alle Beteiligten zu jener Zeit in ihren Bann gezogen hatte?

Christine schloss für einen Moment die Augen, versuchte irgendetwas wahrzunehmen.

Doch abgesehen von den Alltagsgeräuschen, die von der Innenstadt herauf drangen, war da nichts außer Stille.

Christine Akebe öffnete die Augen und atmete erleichtert aus.

Die von dichten Spinnennetzen verhangenen Dachfenster dimmten die hereinfallenden Sonnenstrahlen wie ein grauer Vorhang.

Es dauerte einige Sekunden, bis sich ihre Augen an das dämmrige Licht gewöhnt hatten.

Rechts von ihr stand neben einem alten Schrank ein Besen, den sich Christine nun griff.

*Es ist langsam an der Zeit, die Zeichen der dunklen Vergangenheit zu beseitigen* dachte sich die Frau und ging auf die beiden Dachfenster zu.

Entschlossen zerstörte sie die bizarren Gebilde der kleinen Dachbewohner, von denen sich einige in den Ecken der Fenster aufhielten.

Feiner Staub wirbelte vor den Augen Christine Akebes umher.

Das nun eindringende Tageslicht reichte noch immer nicht aus, alles in der hinteren Ecke des Dachbodens zu erkennen.

Christine überlegte kurz, schüttelte anschließend den Kopf.

„Du wirst alt", murmelte sie leise vor sich hin, als sie die wenigen Schritte zurück zur Türe ging und den dort an der Seite befindlichen Lichtschalter drückte.

Augenblicklich erhellte sich das einst dunkle Reich ihres Sohnes Michael.

Christine Akebe stellte den Besen an seinen Platz zurück und sah sich um.

Ein kurzes Zittern durchfuhr ihren hageren Körper, als sie die Utensilien auf dem kleinen Tisch entdeckte, die Michael einst für seine dunklen Taten verwendete.

Die Beamten der Augsburger Mordkommission hatten damals darauf verzichtet, all diese Dinge einzusammeln.

Alle waren froh, dass das unselige Treiben des Doktor Michael Akebe ein Ende gefunden hatte.

Sein Tod brachte wieder Ruhe in den Nördlinger Alltag.

Seine Mutter Christine jedoch fand immer noch keinen Frieden.

Zuviel erinnerte an das für sie unbegreifliche Leid, das ihr eigener Sohn damals in dieser Stadt verbreitet hatte.

Deshalb hatte sie nun auch den Entschluss gefasst, sich wenigstens von den materiellen Erinnerungen zu trennen.

Sie stellte alles auf dem Tisch zusammen, um sie zu entsorgen.

Dabei sah sie sich nach einem passenden Behälter um, konnte im ersten Moment jedoch nichts entdecken.

Ihr Blick fiel auf die alte Truhe in der hinteren Ecke des Raumes.

In ihr hatte Michael all das aufbewahrt, das ihn mit seiner Heimat verbunden hatte.

Dinge, die er von seinem Großvater und seinem Vater bekommen hatte.

Christine Akebe kaute nervös auf ihrer Unterlippe, als sie langsam den Deckel öffnete und sich den Inhalt der Truhe betrachtete.

Fetische, Talismane, sowie verschiedene kleine, handgefertigte Kleidungsstücke.

Sollte sie diese Dinge wirklich so einfach in den Müll werfen?

Nach einem erneuten, kurzen Zögern stand ihr Entschluss jedoch fest. Sie würde sonst niemals Ruhe finden.

Bei jedem Betreten des Dachbodens kämen die Erinnerungen wieder hoch.

Entschlossen griff sie in die Kiste hinein, nahm Stück für Stück daraus hervor, ohne es länger zu betrachten, und legte es neben sich auf dem staubigen Boden ab.

Die Truhe war das Einzige, das sie behalten würde, denn sie stammte nicht aus Michaels Heimat.

Christine würde anderweitig Verwendung dafür finden.

Das letzte Teil, welches sie auf dem schon etwas verstaubten Boden der Kiste fand, war eine alte Waffe.

Es handelte sich um ein Kurzschwert. Christine nahm es vorsichtig heraus und betrachtete sich den mit Schnitzereien verzierten Holzgriff.

Auch auf der einschneidigen, leicht nach oben gebogenen Klinge entdeckte sie diverse Gravuren, denen sie jedoch keine Bedeutung zuweisen konnte.

Dennoch wusste sie, um welche Waffe es sich hierbei handelte.

*Das Stammesschwert der Yoruba*, dachte sie bei sich. Christine Akebe erinnerte sich noch genau an den Tag, als Michael das Schwert von seinem Vater überreicht bekam.

„Ich habe es von deinem Großvater bekommen. Nun soll es Dir gehören, denn es wird stets an den ältesten Sohn der Familie weiter gegeben.

Halte es in Ehren, denn eines Tages wird es deinem Sohn gehören.

So will es die Tradition unseres Stammes, die nicht unterbrochen werden darf, auch wenn wir nicht mehr in Afrika leben."

Michael nahm das Schwert damals aus den Händen seines Vaters wie ein Heiligtum entgegen.

Sie erinnerte sich genau daran, dass er es immer wieder einmal

hervor holte, es lange und andächtig betrachtete.
Christine fuhr mit den Fingern vorsichtig über die Schneide.
Nach all den Jahren hatten sich zwar leichte Korrosionsflecken auf der Klinge gebildet, die jedoch nichts von ihrer Schärfe verloren zu haben schien.
Christine Akebe überlegte.
Michael konnte das Schwert seiner Vorfahren nicht mehr weiter vererben.
Würde sie es vernichten, einfach in den Müll werfen, so wäre diese Stammestradition wohl für alle Zeiten beendet.
Nicht Michaels wegen, sondern auch ihrem geliebten Mann Abedi und seinen Vorfahren zu Ehren entschloss sie sich dazu, das Yoruba-Schwert an einen geeigneten Platz zu geben.
Welcher Ort dies sein sollte, darüber musste sie nicht lange nachdenken.
Christine war sich schon seit längerem darüber im Klaren, dass die Geschehnisse von damals eines der dunkleren Kapitel in der Geschichte der Stadt Nördlingen einnehmen würden.
Dass das Böse allgegenwärtig sein kann, daran sollten spezielle Stücke aus dem Besitz ihres Sohnes zur Erinnerung und Abschreckung dienen.
Sie hatte in den vergangenen Tagen Kontakt zu den Verantwortlichen der Stadtverwaltung aufgenommen, um ihnen dies vorzutragen.
Zu keiner Stunde verlor sie einen Gedanken daran, dass diese schrecklichen Ereignisse sie irgendwann noch einmal einholen würden.

## 2. Kapitel

Oboshie Keita ließ sich erschöpft in den alten Sessel ihres kleinen Wohnzimmers sinken und legte die Medikamentenpackung auf den Tisch.

Nach der Rückkehr mit dem Taxi aus der Women's Health Clinic in Wagga Wagga an diesem Vormittag schienen ihre letzten Kraftreserven zu Ende zu gehen.

Die Diagnose der Kollegen auf der onkologischen Station bestätigte ihr, dass ihr nun mittlerweile vierundsechzig Jahre dauerndes Leben wohl bald zu Ende sein würde.

Ausgerechnet ihren Körper hat sich diese verfluchte Krankheit ausgesucht.

Sie, die sie sich ein Leben lang für die Kranken eingesetzt hatte.

Trotz der vorherrschenden Temperaturen dieses Spätsommers spürte die Frau, wie ihr immer wieder kleine Kälteschauer über den Rücken liefen.

*Warum jetzt schon?*

Teils erschüttert, teils ungläubig fragte sie sich dies immer wieder und horchte dabei in die Stille der Mittagsruhe, hoffend, dass ihr irgendjemand eine Antwort darauf geben würde.

Doch nichts geschah.

Weder tröstende noch erklärende Worte erreichten ihre leicht benebelten Sinne.

Die letzte Dosis der Schmerzmedikamente, deren Wirkung sich nun mehr und mehr entfaltete, schien nicht nur ihren Körper, sondern auch ihren Geist wie in Watte zu packen.

Innerhalb weniger Augenblicke spürte Oboshie die aufkommende Müdigkeit, die unaufhaltsam Besitz von ihr ergriff.

*Schlafen* dachte sie sich. *Einfach einschlafen und nicht mehr aufwachen.*

Was blieb ihr denn noch von der restlichen Zeit, die ihr die Ärzte gegeben hatten?

Bettlägerigkeit? Schmerzen? Siechtum?
Sollte so das Ende aussehen, das sie sich doch so ganz anders vorgestellt hatte?
Sicher, die hochdosierten Medikamente machten ihr die Situation erträglich.

Noch!

Doch was würde in drei oder vier Monaten sein? Vielleicht waren es ja auch nur ein paar Wochen.
Wer konnte schon vorhersagen, wie sich diese verfluchte Krankheit entwickeln würde?
Oboshie fühlte sich wie auf Wolken gebettet, versank nun in einem Meer aus Wärme und Geborgenheit.
Kein Lärm, kein Sturm, ja nicht einmal ein Erdbeben hätte in diesen Sekunden ihr Eintauchen in die Traumwelt verhindern können.
Eine angenehme Schwere durchzog ihre Glieder, ließ ihren Kopf zur Seite rutschen, wobei sie ruhig atmend im Sessel versank.

*

Bilder aus der Vergangenheit zogen herauf und sie sah sich als junge Frau im weißen Kittel am Bett eines Mannes stehen.
In seinen Augen erkannte sie, dass er sich den tragischen Folgen seines Schicksals bewusst war.
Als Krankenschwester auf der Unfallstation einer Klinik in Lomé hatte sie oft mit Menschen zu tun, denen keiner mehr Hoffnung geben konnte.
Nur das Leid mindern, die Schmerzen erträglich halten und die Patienten bis zum unausweichlichen Ende begleiten.
Dies war die Aufgabe, die sie gemeinsam mit anderen als Aufgabe sah.
Ein anderes Gesicht erschien in Oboshies nebelverhangen Träumen.
Doktor Abedi Akebe, der leitende Arzt der Unfallstation.
Nur wenig älter als sie selbst, kam er vor einem Jahr aus Deutschland zurück in seine Heimat, um hier mit seinem erworbenen Wissen

zu helfen.

Oboshie bewunderte diesen Mann für sein Engagement im Umgang mit den Patienten.

Moderne Behandlungsmaßnahmen aus Europa hatte er sich zu Eigen gemacht, was vielen hier im Krankenhaus Erleichterung brachte.

Natürlich war man zunächst auch skeptisch gegenüber den modernen Wissenschaften, ließ sich durch deren Erfolge jedoch mehr und mehr überzeugen.

Abedi Akebe war nicht nur klug und erfolgreich als Arzt, nein, er war als gutaussehender Mann auch ein begehrtes Flirtobjekt bei allen weiblichen Angestellten der Klinik.

Auch Oboshie konnte es sich nicht verkneifen, ihm hin und wieder begehrende und vielversprechende Blicke zuzuwerfen.

Dass sie selbst von dem einen oder anderen Kollegen öfter mit einer Einladung bedacht wurde, blieb auch Doktor Akebe nicht verborgen.

So stand er eines Tages im Stationszimmer, um sie, voll des Lobes für ihre Arbeit, zum Abendessen einzuladen.

Natürlich ließ sich die junge Frau diese Gelegenheit, Abedi Akebe auch privat näher kennenzulernen, nicht entgehen.

Besser als die folgenden Monate hätte sich eine klassische Liebesgeschichte wohl nicht entwickeln können.

Diesem ersten Abendessen folgten weitere Treffen, wobei beide aber stets darauf bedacht waren, Arbeit und Privates zu trennen.

Nach gut einem halben Jahr bemerkte Oboshie, dass sie sich veränderte.

Ihre berufliche Erfahrung als Krankenschwester brachte sie recht schnell auf deren Ursache.

Ein Schwangerschaftstest mit positivem Ergebnis ließ die Freude in ihrem Inneren noch größer darüber werden, scheinbar den richtigen Mann fürs Leben gefunden zu haben.

Es brauchte nun lediglich noch einen passenden Rahmen um Abedi mitzuteilen, dass sie beide in wenigen Monaten Eltern sein würden.

Da sich zu dieser Zeit relativ viele Touristen in Lomé aufhielten, wobei sich der eine oder andere von ihnen auch in ärztliche Behandlung begeben musste, waren die Arbeitstage in der Klinik oft ungeplant lang.

Doch wussten sowohl Oboshie als auch Abedi, dass dies untrennbar mit ihrem gewählten Beruf zusammenhing.

Diesem Umstand allein schrieb sie zu, dass Abedi in den vergangenen Tagen irgendwie abwesend wirkte.

Seine, trotz eines arbeitsreichen Tages ungeteilte, Aufmerksamkeit vermisste sie nun schon seit einigen Abenden.

Doch die Vorfreude auf ihr gemeinsames Kind ließ Oboshie diesen Umstand ertragen.

Als Abedi eines Nachmittags wieder einmal länger auf sich warten ließ, musste Oboshie jedoch erfahren, dass eine klassische Liebesgeschichte auch weniger schöne Momente enthält, ja sogar in einer Tragödie enden konnte.

Sie wollte ihren Liebsten aus der Klinik abholen, musste jedoch erfahren, dass er noch einen Nachsorgetermin wahrnahm.

Seufzend begab sie sich in Abedis Büro, um so lange auf ihn zu warten.

Als sie die Türe öffnete, sah sie sich einer Situation gegenüber, die in ihren Augen nicht der Wirklichkeit entsprechen konnte.

Doktor Abedi Akebe behandelte die scheinbare Fußverletzung seiner Patientin alles andere als nur fachgerecht.

Durch die offen stehende Türe zum Behandlungsraum betrachtete Oboshie mit stummer Verzweiflung die Szene, die sich vor ihren Augen abspielte.

Abedi saß auf seinem Stuhl vor der Behandlungsliege, auf der eine junge Frau Platz genommen hatte.

Ihren Fuß hatte sie über seinen Oberschenkeln liegen und Abedi schien ihn zärtlich zu streicheln.

Dass es sich um eine Frau aus Deutschland handeln musste, schlussfolgerte Oboshie aus der Sprache, in der sich die beiden unterhielten.

Sie kannte diese Sprache nur aus einigen Worten oder Sätzen, die ihr Abedi an manchen Tagen beigebracht hatte.

Worte wie *Liebe* oder *Sehnsucht* verstand sie jedoch sehr wohl.

Aus den Blicken und Gesten der beiden zog sie augenblicklich die für sie einzigen Schlussfolgerungen.

Im Innersten verletzt und traurig verließ sie unbemerkt von Arzt und Patientin das Büro und machte sich auf den Heimweg.

Dort angekommen wollte sie nur noch schlafen, nahm in ihrer Verzweiflung mehrere Schlaftabletten und legte sich ins Bett.

Irgendwann spürte sie, dass eine Hand sie aus ihrem traumlosen Tiefschlaf rüttelte.

\*

Oboshie schlug langsam die Augen auf und sah das Gesicht eines Mannes vor sich.

„Abedi?", flüsterte sie verwirrt.

„Nein, Mutter", vernahm sie die Stimme des Mannes, die wie durch einen Nebelschleier zu ihr drang.

„Ich bin es, Baako. Du warst so unruhig in Deinem Schlaf, dass ich schon beinahe Angst bekam."

Besorgt betrachtete der hochgewachsene Mann seine Mutter im Sessel.

„Wie war es in der Klinik? Was haben die Ärzte zu den Ergebnissen der letzten Untersuchungen gesagt?"

Langsam kehrte nun auch der Geist von Oboshie in die Gegenwart zurück.

„Baako, mein Sohn", sprach sie mit leiser Stimme.

„Ich habe Dich gar nicht hereinkommen gehört."

„Das ist ja auch kein Wunder."

Baako Keita sah die auf dem Tisch liegende Medikamentenpackung und deutete mit dem Finger darauf.

„Um diese Dinger würde Dich jeder Junkie auf dieser Welt beneiden."

Sorgenvoll richtete sich sein Blick auf die zusammengekauerte Frau.

„Wenn Dir Dein Doc diesen Hammer verschrieben hat, scheinen sich unsere Befürchtungen wohl bestätigt zu haben."

Er trat an die Seite des Sessels, setzte sich auf die Lehne und zog den in diesem Augenblick so zerbrechlich scheinenden Oberkörper der Frau mit seinen Armen sanft an sich.

„Ja, Baako", antwortete sie mit schwerem Schlucken. „Es bleibt mir wohl nicht mehr allzu viel Zeit."

„Aber Du kriegst scheinbar Alpträume von diesen Dingern", meinte ihr Sohn und deutete wieder auf das Medikament.

„Sie sollten Dir besser etwas anderes verschreiben."

Oboshie betrachtete ihren Sohn lange, bevor sie ihm antwortete.

„Das sind bestimmt nicht die Tabletten, Baako. Die Erinnerungen lassen sich nicht einfach wegschieben. Auch nicht mit Medikamenten."

„Welche Erinnerungen, Mom?", wollte Baako wissen.

Oboshie zögerte zunächst mit einer Antwort, entschloss sich angesichts ihrer Situation doch dazu, mit ihrem Gewissen endlich reinen Tisch zu machen.

„Du wirst mir böse sein, Baako. Du wirst mich vielleicht sogar verfluchen, für das, was ich Dir nun sagen werde.

Aber ich sehe ein, dass es sein muss, und bin auch bereit, die Konsequenzen dafür zu tragen.

Viel schlimmer als in meiner jetzigen Situation kann es für mich sowieso nicht kommen."

# 3. Kapitel

Martina Karrer stand mit ihrer Mutter an der Fußgängerampel der Baldinger Straße und wartete darauf, dass sie mit der im Rollstuhl sitzenden Frau die Vordere Gerbergasse überqueren konnte.

Nach einem langen Spaziergang war es Zeit, mit ihr ins Nördlinger Pflegezentrum Bürgerheim zurückzukehren.

Die langsam untergehende Sonne warf an diesem Frühlingstag mit ihren letzten Strahlen lange Schatten in die Stadt.

Während die ersten Fahrzeuge nun in die Kreuzung in Richtung Baldinger Tor einbogen, bemerkte Martina, dass ein Zittern durch den Körper der gebrechlich wirkenden Frau ging.

Sie befand sich seit ihrem leichten Schlaganfall vor drei Monaten zwar wieder auf dem Weg der Besserung, jedoch bereiteten ihr die Folgen daraus verständlicherweise wohl noch für längere Zeit Probleme.

Da sie mit ihrer Mutter allein in einer kleinen Wohnung am Stadtrand von Nördlingen lebte, war eine Pflegeeinrichtung für die beiden Frauen die einzig sinnvolle Alternative.

Beruflich war Martina Karrer im Nördlinger Stadtmuseum beschäftigt. Aus diesem Grund bedurfte es für sie bei der Wahl eines passenden Heimes keiner langen Überlegung.

Das Nördlinger Bürgerheim und das Stadtmuseum grenzen direkt aneinander.

So konnte Martina im Bedarfsfall ihre Mutter auch innerhalb der Arbeitszeit kurzfristig besuchen.

*Ich hoffe nur, dass du wieder einigermaßen auf die Beine kommst,* dachte sie sich, während sie mit dem Rollstuhl etwas von der Straßenkante zurückging und anschließend die Feststellbremse betätigte.

„Trotz der Sonne noch ganz schön kalt", meinte sie zu ihrer Mutter, indem sie nun vor ihr stehend die wärmende Decke liebevoll über deren Körper zurechtzog.

Sie bekam zwar keine Antwort, da ihrer Mutter das Sprechen immer noch schwerfiel, doch ein dankbares Lächeln aus den Augen der alten Dame bestätigte ihr diesen Satz.

Als Martina die nun etwas leiser werdenden Fahrgeräusche ausmachte, drehte sie den Kopf zur Seite und sah, dass die nächsten Autos wartend vor der Lichtanlage angehalten hatten.

Sie löste die Bremse des Rollstuhls und überquerte mit ihrer Mutter die Straße.

Kurz darauf hatten sie das Gebäude des Seniorenheims erreicht und Martina Karrer meldete sich mit ihrer Mutter bei den Pflegekräften zurück.

„Pünktlich zurück", sagte die Pflegedienstleitung zu Martinas Mutter, indem sie mit einem Lächeln die beiden Hände der alten Dame in ihre eigenen nahm.

„Wir werden Ihnen jetzt erst einmal helfen sich etwas frisch zu machen und dann gibt's auch schon bald Abendessen."

Sie deutete einer Kollegin an, die Bewohnerin in ihr Zimmer zu bringen.

„Der Spaziergang scheint Ihrer Mutter richtig gut getan zu haben", sprach sie zu Martina.

„Ja", gab diese zur Antwort. „Sie glauben gar nicht, wie froh ich darüber bin, dass sie bei Ihnen hier einen Platz bekommen hat.

So kann ich mich nun in Ruhe um meine Arbeit kümmern. Ich muss drüben noch einige Unterlagen vorbereiten.

Herr Lauer, der Leiter der Tourist-Info kommt nachher noch vorbei, um einige Details für die zukünftige Ausrichtung des Museums zu besprechen."

„Klingt interessant", sagte Andrea, ohne es wirklich so zu meinen.

Was die Vergangenheit Nördlingens betraf, ging ihr Interesse nicht wirklich über das Standardwissen hinaus.

„Na, dann wünsche ich Ihnen noch viel Spaß und einen kurzweiligen Abend."

Mit diesen Worten verabschiedete sie sich von Martina Karrer, ohne zu ahnen, dass sie die Frau an diesem Spätnachmittag zum letzten Mal lebend sehen würde.

\*

Mit einem Seufzer blickte Andrea Kahling auf die dreieckige

Wanduhr gegenüber ihrem Schreibtisch, ließ sich in ihrem Stuhl zurückfallen und rieb sich die leicht geröteten Augen.

Seit drei Tagen saß sie nun schon überwiegend an ihrem PC, um die Dokumentationsunterlagen auf ihre Aktualität zu überprüfen.

Im Großen und Ganzen war sie mit dem Ergebnis zufrieden. Einige Kleinigkeiten würde sie morgen noch mit den zuständigen Bereichsleitungen abklären.

*Schluss für heute - ein Privatleben gibt's schließlich auch noch.*

Nachdem sie sich am PC abgemeldet hatte, fuhr sie ihn herunter und schaltete den Bildschirm aus.

Während Andrea sich ihre warme Daunenjacke überzog, ging ihr Blick noch einmal über den Schreibtisch.

Zufrieden mit dem Ergebnis griff sie sich ihre Tasche und ging aus dem Büro.

Bevor sie das Haus ganz verließ, verabschiedete sich auf dem Weg nach draußen noch kurz von einer Kollegin.

Vor der Eingangstüre streifte sie ein kalter Windhauch und sie zog sich den Kragen ihrer Jacke etwas nach oben.

Nachdem sie die letzte Stufe der Eingangstreppe hinter sich gelassen hatte, fiel Andrea Kahlings Blick auf die erleuchteten Fenster des, dem Heim gegenüberliegenden Stadtmuseums.

In diesem Moment dachte sie wieder daran, dass die Tochter von Frau Karrer an diesem Abend ebenfalls noch länger zu tun hatte.

*Um diese Uhrzeit in einem historischen Gemäuer wär nicht mein Ding,* ging der Pflegedienstleiterin durch den Kopf.

Ein leichtes Frösteln durchzog sie, was in diesem Moment aber nicht nur auf den kalten Frühlingsabend zurückzuführen war.

# 4. Kapitel

Als Andrea Kahling am darauffolgenden Morgen kurz nach sieben Uhr mit ihrem Fahrrad in Richtung Ampelkreuzung der Baldinger Straße fuhr, vernahm sie bereits den Lärm eines Martinshorns.

Kurz darauf bog ein Rettungswagen mit eingeschaltetem Blaulicht aus der Vorderen Gerbergasse um die Kurve.

Andrea dachte sich in diesem Moment noch nichts Besonderes, bis sie wenige Augenblicke später das Nördlinger Bürgerheim betrat.

Eine Kollegin des Frühdienstes kam ihr entgegen und an ihrer Seite erkannte sie Doktor Sterner, den Hausarzt verschiedener Bewohnerinnen und Bewohner des Pflegeheimes.

„Guten Morgen Frau Kahling", begrüßte er die Pflegedienstleitung freundlich, aber mit etwas besorgtem Blick.

„Ich habe die Einweisung von Frau Karrer ins Krankenhaus angeordnet", meinte er, als er Andrea die entsprechenden Papiere übergab.

„Frau Karrer?", gab Andrea etwas außer Atem fragend an die Kollegin zurück.

„Die war doch gestern Nachmittag noch mit ihrer Tochter unterwegs und kam relativ gut gelaunt zurück."

Die angesprochene Pflegerin hob nur etwas ratlos die Schultern, wobei sie meinte:

„Als ich heute Morgen in ihr Zimmer kam und sie zum Frühstück holen wollte, fand ich sie nur noch schwach atmend in ihrem Bett vor.

Sabine war während des Nachtdienstes zweimal in ihrem Zimmer, hat jedoch nichts Auffälliges bemerkt.

Auch in der Doku vom Spätdienst ist nichts Ungewöhnliches eingetragen."

Andreas Blick ging zu Doktor Sterner.

„Ich vermute, dass Frau Karrer einen weiteren Schlaganfall erlitten hat.

Genaues kann ich Ihnen aber erst sagen, wenn die Kollegen im

Stift ihre Untersuchungen abgeschlossen haben."

Der Arzt sah auf seine Armbanduhr.

„Ich muss leider in die Praxis. Wenn ich Näheres aus dem Krankenhaus erfahre, werde ich Sie gleich verständigen."

Er reichte den beiden Frauen die Hand und verabschiedete sich von ihnen.

Andrea Kahling holte ihren Schlüsselbund aus der Handtasche und machte sich, gefolgt von ihrer Kollegin, auf den Weg in ihr Büro.

Nachdem sie ihre Tasche neben dem Schreibtisch abgestellt und ihre Jacke ausgezogen hatte, meinte sie:

„Ich werde die Tochter von Frau Karrer anrufen, um sie über den Verdacht von Doktor Sterner zu informieren."

„Das habe ich vorhin schon versucht", gab die Pflegerin zur Antwort. „Allerdings ging niemand ans Telefon."

Andrea Kahling dachte kurz nach.

„Sie hatte wohl gestern noch länger im Museum zu tun", sagte sie.

„Als ich Feierabend gemacht habe, brannte drüben noch immer das Licht.

Am Dienstag öffnen sie ja die diesjährige Ausstellung."

Die Pflegedienstleiterin griff sich ihre Jacke, die sie eben erst abgelegt hatte.

„Möglicherweise ist sie ja schon wieder in ihrem Büro. Ich werde einfach mal rübergehen und nachschauen."

Als sie Minuten später vor dem Eingang zum Nördlinger Stadtmuseum stand, erkannte sie den Lichtschein im Inneren des Gebäudes.

Sie öffnete die Tür und trat in den Vorraum des Museums ein.

Der Informationsstand, an dem die Besucher auch die Eintrittskarten erwerben konnten, war für die kommende Woche schon vorbereitet.

Ebenso die an der rechten Seite aufgestellten Tische und Stühle der integrierten kleinen Café-Ecke.

Dies nahm Andrea Kahling nebenbei wahr, als sie auf die nächste Türe zuging, die in die große Halle des Erdgeschosses führte.

Für einen kurzen Moment betrachtete sie die großen Bilder, die an den hohen Wänden zu sehen waren.

Beeindruckt von der Anzahl der Gemälde verharrte Andrea

Kahling für einige Augenblicke, bis ihr schließlich wieder der eigentliche Grund ihrer Anwesenheit hier in den Sinn kam.

Dass sich das Büro von Frau Karrers Tochter im ersten Stock befand, wusste Andrea von deren Erzählungen.

Ihre Schritte hallten durch den hohen Raum, als sie an einer Glasvitrine, die sich fast mitten in der Halle befand, vorbei zu den Treppen ging.

Nachdem sie die ersten Stufen, die von Stein nun in Holz übergingen, hinter sich gelassen hatte, rief sie nach Martina Karrer.

Sie lauschte kurz nach einer Antwort, hörte jedoch nichts.

Als sie das Büro erreicht hatte, fand sie dieses leer. Nur das Licht an der Decke brannte.

Dem Durcheinander in der hinteren Ecke des Raumes, in der eine alte Holztruhe stand, wies sie keine größere Bedeutung bei.

Wieder rief sie den Namen von Martina Karrer, doch auch diesmal blieb ihr Rufen scheinbar ungehört.

*Seltsam* dachte sich Andrea Kahling, war sich jedoch sicher, dass sich jemand in dem Gebäude befinden musste.

Sie bewegte sich in Richtung der Ausstellungsräume, um nach der Tochter ihrer Heimbewohnerin zu suchen.

Sicherlich war sie irgendwo dabei, den Vorbereitungen noch den letzten Schliff zu geben.

Auf der ersten Etage entdeckte Andrea viele Details zum Thema des Dreißigjährigen Krieges.

Nachdem von Martina Karrer auch hier keine Spur zu finden war, stieg Andrea Kahling die Stufen zum zweiten Obergeschoss empor.

Durch eine Glastür betrat sie die Ausstellungsräume, wobei sie sogleich ein unangenehmes Gefühl in ihrer Magengegend bemerkbar machte.

Sie konnte dies zuerst nicht so recht zuordnen und begann mit schnellen Schritten die Räume der zweiten Etage zu durchstreifen.

Mit einigen kurzen Blicken auf die sich hier an den Wänden angebrachten Schrifttafeln war herauszulesen, dass sich hier Erinnerungen und Aufzeichnungen zum Thema Gewerbe und Handel befanden.

Auch hier konnte Andrea Kahling weder Hinweise noch Geräusche ausmachen, welche auf die Anwesenheit von Martina Karrer hindeuten könnten.

Nur dieser seltsame Geruch lag nach wie vor in der Luft.

Auch die Tatsache, dass es sich um ein vielleicht ausgefallenes Parfüm handeln könnte, hatte Andrea Kahling in Betracht gezogen.

Doch sie verwarf den Gedanken sogleich wieder. Keine Frau, die etwas auf sich hält, würde sich so etwas auf die Haut sprühen.

Die nächsten Informationstafeln deuteten auf die Themen Recht und Gesetz sowie die damalige Rechtsprechung und Bestrafung hin.

Vielleicht eine ausgefallene Idee der Museumsleitung, um den Geruchssinn der Besucher auf die nächsten Räume einzustimmen?

In manchen Museen roch es je nach Alter und Bausubstanz des Gebäudes etwas muffig oder modrig.

Was die Sinne Andrea Kahlings hier wahrnahmen, hatte jedoch nichts mit Altertum zu tun.

Sie konnte keinen rechten Bezug finden.

Einmal mehr beschlich sie ein Gefühl von Unheil, das sich kurz darauf schon bewahrheiten sollte.

Dies allerdings in einer Art und Weise, wie es sich die Pflegedienstleitung nicht einmal in den schrecklichsten Alpträumen ausgemalt hätte.

Schon als sie den Durchgang zu den nächsten Räumlichkeiten erreicht hatte, erkannte sie mit Entsetzen, dass sich ihre Vorahnung hinsichtlich des „metallischen" Duftes bewahrheiten sollte.

In der Luft lag der Geruch von

B l u t!

Andrea Kahlings Gedanken überschlugen sich. Sie wandte sich im ersten Moment erschrocken ab, musste sich regelrecht dazu zwingen, ein weiteres Mal hinzusehen.

Der Fußboden hinter dem Durchgang ins nächste Zimmer der Ausstellung war von Blutspritzern übersät.

Wie in Trance durchschritt die Frau die Türöffnung, immer darauf bedacht, ihren Blick gesenkt zu halten, um dieses bizarre Farbmuster am Boden nicht zu betreten.

Sie orientierte sich nach links zur Mitte des Raumes hin.

Als sie ihren Kopf hob, erkannte sie den Durchgang, der aus dem kleinen Saal wieder hinausführte.

Zunächst wollte sie der inneren Versuchung ihres gesunden Menschenverstandes nachgeben und die Treppen, die sie vor wenigen Minuten heraufgekommen war wieder hinunterspringen und das Museum auf schnellstem Wege wieder verlassen.

Doch irgendetwas hielt sie fest, ließ sie wie gefesselt an Ort und Stelle verharren.

Alles innere Sträuben war wirkungslos. Wie ferngesteuert begann sie, sich langsam umzudrehen.

Der Körper der jungen Frau bebte vor innerer Anspannung.

Sie zwang sich dazu, ihren Kopf erhoben zu halten, obwohl sie genau wusste, was dort vor ihr auf dem Fußboden zu sehen war.

Ihr Blick erreichte das erste Fenster, dann das Zweite. Das Morgenlicht strahlte herein.

*Das wird ein sonniger Tag*, versuchte sich Andrea Kahling in diesem Moment abzulenken.

Doch in der gleichen Sekunde wurde ihr die Banalität dieses Gedankens klar, als sie aus den Augenwinkeln mit der schrecklichen Gegenwart konfrontiert wurde.

Auf einem in Blut getränkten, ehemals weißen Podest, das in der Ecke des Raumes aufgestellt war, lag in verrenkter Haltung der Körper einer Frau.

Dass es sich dabei um Martina Karrer handelte, wurde Andrea sogleich durch eine Tatsache bewusst, die ihr das eigene Blut regelrecht in den Adern gefrieren ließ.

Der vom Rumpf getrennte Kopf starrte sie aus zu Tode erschrockenen Augen an.

Wie gelähmt betrachtete die Frau ihre grausame Entdeckung, bevor sich ein sekundenlanger Entsetzensschrei von ihren Lippen löste.

Nur die Gnade der Ohnmacht bewahrte sie in diesem Augenblick davor, wahnsinnig zu werden.

# 5. Kapitel

Kurz nach dem Schichtwechsel herrschte am frühen Morgen in der Nördlinger Polizeiinspektion schon etwas Aufregung.
Die Türglocke ging und der diensthabende Beamte drückte auf den Öffner, nachdem er durch die Sprechanlage vernommen hatte, dass es wohl noch etwas Arbeit gab.
Er verließ das Büro und eilte in Richtung der Glastür, die den Haupteingang von den Innenräumen trennte.
Zwei Männer hatten den Vorraum betreten, wobei der eine von ihnen eher noch im jugendlichen Alter schien.
Der andere wurde von dem Beamten auf etwa vierzig bis fünfundvierzig Jahre geschätzt und war von hochgewachsener, durchtrainierter Statur.
Auffallend an der Situation war die Tatsache, dass er den Jugendlichen scheinbar im Polizeigriff vor sich hereingeführt hatte.
„Nun lassen sie den jungen Mann mal los, bevor sie ihm den Arm brechen", herrschte Polizeiobermeister Peter Wagner den Älteren an.
Da er diesen Satz ziemlich laut gesprochen hatte, erschien aus dem Büro nebenan Sekunden später ein Kollege auf dem Gang.
„Gibt's Probleme, Peter?", wurde Wagner gefragt.
„Werden wir gleich sehen", antwortete der Gefragte und wandte sich wieder an die beiden vor ihm stehenden Männer.
Er betrachtete den offensichtlich alkoholisierten Jugendlichen, der sich nun mit schmerzverzerrtem Gesicht vorsichtig seine Schulter massierte.
„Sie folgen meinem Kollegen jetzt erst einmal in den Vernehmungsraum", wies er den jungen Mann an.
„Und Sie kommen bitte mit mir", gab er dem Anderen zu verstehen.
Peter Wagner drehte sich etwas zur Seite und deutete mit ausgestreckter Hand auf die Bürotür, aus der sein Kollege eben herausgekommen war.
„Also: Was ist passiert?", fragte er den Mann, der zwischenzeitlich auf einem Stuhl ihm gegenüber Platz genommen hatte.

Sein Gegenüber betrachtete Peter Wagner mit gelassenem Gesichtsausdruck.

Er fuhr mit seiner rechten Hand kurz über seinen Dreitagebart und griff anschließend in die Innentasche seines Sakkos.

„Androhung einer Straftat unter Alkoholeinfluss", bekam der Polizeibeamte zu hören.

„*Ich hau Dir auf die Fresse, wenn Du die Kohle nicht raus gibst*, erfüllt den Tatbestand der Nötigung."

Peter Wagner horchte auf.

*Ein Paragraphenreiter* dachte er sich. *Das kann ja heiter werden.*

„Ich möchte, dass Sie die Personalien des jungen Mannes feststellen und die in diesem Fall üblichen Maßnahmen einleiten", gab ihm der gegenübersitzende Mann zu verstehen, der ihm nun einen Polizeidienstausweis vorlegte.

Der Nördlinger Polizeiobermeister zögerte kurz.

„Sie sind ein Kollege?", fragte er etwas irritiert, als er nach dem vor ihm liegenden Ausweis griff und sich diesen betrachtete.

„Hauptkommissar Klaus Fessberg. Seit heute Tourist in Nördlingen", stellte sich der Mann vor, während er sich erhob und Peter Wagner die Hand reichte.

Dieser erhob sich nun ebenfalls von seinem Platz und nahm den ihm gereichten Handschlag entgegen.

„Polizeiobermeister Peter Wagner", entgegnete er sogleich.

„Herzlich willkommen in Nördlingen, Herr Hauptkommissar. Tut mir leid, dass Sie gleich zu Beginn Ihres Urlaubs mit den weniger schönen Seiten unserer Stadt Bekanntschaft machen müssen."

„Fessberg genügt", gab der Angesprochene zu verstehen.

„Und glauben Sie mir, Herr Wagner: Kleinigkeiten wie betrunkene Halbstarke gehören in Hamburg zu den noch angenehmeren Anlässen eines Einsatzes."

„Kann ich mir lebhaft vorstellen, Herr Fessberg", antwortete Peter Wagner.

„Wenn Sie mich bitte einen Augenblick entschuldigen würden? Ich informiere nur kurz die Kollegen. Kaffee?"

„Danke, gerne."

Einer der Beamten trat in diesem Moment zu ihnen und überreichte Wagner ein Fax.

„Das kam gestern am späten Nachmittag vom Landratsamt herein", meinte er. „Dem Datum nach zu urteilen, lag es dort wohl schon einige Tage herum."

Peter Wagner nahm das Papier entgegen und las den Text kurz durch.

„Seltsam", dachte er laut. „Weshalb informieren die uns wegen einer solchen Lappalie?"

„Es ist zwar üblich, dass wir von den Behörden Bescheid bekommen, wenn eine Waffe aus unserm Land ausgeführt werden soll, aber hier handelt es sich um keine Schusswaffe, sondern offensichtlich ja um irgendein historisches Teil."

„Und jetzt?", wurde Wagner von seinem jungen Kollegen gefragt.

„Warten wir, bis der Chef da ist. Sollte er es für notwendig erachten, werden wir der Sache näher auf den Grund gehen", gab er zurück und wedelte mit dem Blatt Papier.

„Erkundigen Sie sich doch mal bei dem zuständigen Sachbearbeiter. Irgendeinen Anlass wird es ja geben, dass man uns das hier schickt."

Die drei beieinanderstehenden Beamten wurden durch das Läuten des Telefons unterbrochen.

Peter Wagner ging zum Schreibtisch und erkannte, dass das Gespräch von der Leitzentrale in Augsburg durchgestellt wurde. Er hob den Hörer ab.

„Polizeiinspektion Nördlingen. Wagner", meldete er sich kurz.

Knapp eine Minute hörte er zu, bevor er sagte:

„Wir sind in zwei Minuten da. Sie bleiben bitte vor dem Gebäude und warten auf uns."

„Was ist passiert?", fragte Klaus Fessberg dazwischen.

„Da hat jemand aus dem Gebäude des Stadtmuseums irgendwelche Schreie vernommen. Der Mann klang ziemlich aufgeregt. Wir werden sicherheitshalber mal nachsehen."

Einer der Polizisten holte sich umgehend die Schlüssel zu einem Dienstwagen.

„Stadtmuseum", meinte Fessberg. „Kultur im Einsatz, das hat was für sich. Ich würde Sie gerne begleiten, wenn Sie nichts dagegen haben."

„Vergessen Sie es, Herr Fessberg", sprach Peter Wagner.

„Sie sind zwar Hauptkommissar, allerdings nur als Gast in unserer Stadt.

Außerdem wissen Sie genau, dass dies gegen die Vorschriften wäre."

„Schon gut, Herr Wagner", meinte Klaus Fessberg lächelnd, wobei er entschuldigend die Arme hob.

„Dann mal los, Werner", meinte der Nördlinger Polizeiobermeister lachend zu dem jungen Kollegen an seiner Seite.

„Mal sehen, wer da so früh am Morgen schon Angst und Schrecken verbreitet."

Hätte er in diesem Moment auch nur im Geringsten geahnt was ihn erwartet, das Lachen wäre ihm wohl sprichwörtlich im Halse stecken geblieben.

Augenblicke später verließ der Wagen mit den beiden Männern bereits den Hof der Polizeiinspektion und bog in die Drehergasse ab.

Da der erste Berufsverkehr schon nachgelassen hatte, dauerte es nicht lange, bis sie das Ende der Vorderen Gerbergasse erreicht hatten.

Wenige Meter vor der Ampelkreuzung lenkte der Fahrer den Wagen in die Zufahrt zum Stadtmuseum.

Eine kleine Menschenmenge hatte sich vor dem Gebäude des Stadtmuseums versammelt.

Aufgeregt diskutierend standen sie beisammen und redeten auf einen Mann ein.

Nachdem die beiden Beamten ausgestiegen waren, kam ihnen dieser bereits entgegen.

Es handelte sich um einen etwas korpulenten, älteren Herrn, der schnaufend auf Peter Wagner zukam.

„Gott sei Dank, dass Sie schon da sind", sprach er aufgeregt.

„Ist gar nicht so einfach, die Leute davon abzuhalten, ins Museum rein zu gehen. Die meinen alle, sie müssten sofort zur Hilfe eilen.

Aber ich konnte sie davon überzeugen, dass bei diesem furchtbaren Geschrei bestimmt irgendetwas Schlimmes passiert sein muss.

Das ging einem durch Mark und Bein. Sowas habe ich in meinem Leben noch nicht gehört.

Nicht einmal, als meine Frau bei uns zu Hause die Kellertreppe runter gefallen ist und sich ..."

Der Mann atmete einige Male tief ein und aus, schien in seinem Redefluss kaum Luft zu bekommen.

Peter Wagner reagierte routiniert, in dem er den Mann behutsam an seinem Oberarm fasste und etwas zur Seite nahm.

„Schon gut", sagte er. „Nun beruhigen Sie sich erst mal etwas."

Er gab seinem Kollegen sogleich mit einem kurzen Handzeichen zu verstehen, dass er sich um die aufgeregten Personen vor dem Eingang des Stadtmuseums kümmern sollte.

„Gehen Sie bitte wieder zu den andern und warten Sie dort, bis wir zurück sind."

Er zeigte auf seinen Kollegen.

„Wir beide werden inzwischen einmal nachsehen, was da drin los ist."

Nachdem sie das Stadtmuseum betreten hatten, sah sich Wagner zunächst in dem kleinen Vorraum um, konnten allerdings nichts Verdächtiges erkennen.

Er deutete auf die Durchgangstüre zum Inneren des Museums.

„Hier geht's lang", meinte er und hielt seinem Kollegen die Tür offen.

Da die beiden Polizeibeamten auch hier auf den ersten Blick niemanden entdeckten, gingen sie weiter in den hohen Raum hinein.

Wagner sah sich dabei kurz um, bis er schließlich den Aufgang in der hinteren Ecke erblickte.

Immer zwei Stufen auf einmal nehmend stieg er die von Stein in Holz übergehende Treppe von seinem Kollegen gefolgt nach oben.

Mit einem kurzen Blick in den zur linken Seite liegenden Raum erkannte er, dass es sich wohl um ein Verwaltungsbüro handeln musste.

Allerdings hielt sich auch hier niemand auf.

Werner Brand deutete auf den großen Schreibtisch.

Dort befanden sich verschiedene Gegenstände, die wie aneinandergereiht abgelegt waren.

Auch ein Notebook stand aufgeklappt dabei.

„Sieht ganz so aus, als wäre hier jemand bei seiner Arbeit gestört worden."

Wagner drehte sich um, verließ das Büro und blieb auf dem Gang stehen.

Der Durchgang zu den Ausstellungsräumen stand offen.

An der Wand gegenüber erkannte Peter Wagner eine große Tafel, die eine Szene über die Schlacht um Nördlingen zeigte.

„Hallo", rief er. „Jemand da?"

Nachdem einige Sekunden vergangen waren, er jedoch keine Antwort vernahm, deutete er seinem Kollegen an, ihm zu folgen.

Szenen aus dem Dreißigjährigen Krieg waren den Jahren nach angeordnet, an den Wänden zu sehen.

Dazwischen erkannten sie einzelne Glasvitrinen, in denen einige historische Waffen ausgestellt waren.

Nachdem die beiden Beamten die verwinkelten Räume durchlaufen hatten, mussten sie feststellen, dass sich momentan scheinbar niemand im ersten Stock des Museums aufhielt.

Peter Wagner zeigte auf eine weitere Treppe, die nach oben führte.

„Da geht's rauf", meinte er und machte sich auf den Weg ins nächste Obergeschoss.

*Rundgang* las Peter Wagner den Schriftzug auf der Glastür, die er nun öffnete.

Werner Brand folgte ihm und deutete auf die aufgestellten Straßenschilder an der Wand gegenüber.

„Nehmen Sie die Egerländer Straße, Herr Kollege", witzelte Peter Wagner und zeigte mit der Hand nach rechts, wo sich eine weitere Glastür befand.

„Ich werde mich mit der Olmützer befassen."

„Geht in Ordnung", gab Brand zurück. „Verlaufen kann man sich ja wohl nicht."

Wagner wandte sich nach links und stand wenige Schritte später neben einem Durchgang, an dessen Seite er eine Tafel mit den Namen verschiedener Politiker aus dem Ries erkannte.

Die ersten beiden Namen sagten ihm nicht viel.

Die drei Nachfolgenden, Anton Jaumann, Helmut Guckert und Georg Schmid allerdings waren ihm nicht nur aus dem politischen Alltag bekannt.

Vor allem Letzteren hatte er bei verschiedenen Veranstaltungen sowohl beruflich als Polizeibeamter, als auch persönlich kennengelernt.

Da sich Peter Wagner für einige Augenblicke intensiv den Text betrachtete, nahm er erst Sekunden später aus den Augenwinkeln etwas wahr, das ihm jedoch unweigerlich den Atem stocken ließ.

Schon beim Betreten der Etage war ihm der seltsame Geruch aufgefallen, den er jedoch dem alten Gemäuer des Museums zuordnete.

Er drehte sich nach rechts, riss ungläubig die Augen auf und dachte zuerst, er würde nur einer genial bizarren Darstellung aus der Vergangenheit Nördlingens gegenüberstehen.

Sekunden? Minuten?

Der Polizeiobermeister konnte im Nachhinein nicht mehr sagen, wie lange er so dagestanden hatte, bis er durch die Stimme seines Kollegen aus den Gedanken gerissen wurde.

„Um Gottes Willen", vernahm er die mit Entsetzen gerufenen Worte Werner Brands.

Wagner hob wie in Trance seinen Kopf in Richtung des gegenüberliegenden Durchgangs, durch den sein junger Kollege soeben den Raum betreten hatte.

Auch dieser stand zunächst wie angewurzelt da, wurde kreidebleich und konnte nicht verhindern, dass sich sein Mageninhalt durch die aufsteigende Übelkeit seinen Weg nach draußen suchte.

Grund dafür war eine in der Ecke kauernde Person, die mit leeren Augen vor sich hinstarrte, wie in Zeitlupe ihre rechte Hand erhob, und mit dem Zeigefinger in die Richtung des nur wenigen Meter vor ihr liegenden Körpers deutete.

Als Peter Wagners Blick ihrem Fingerzeig folgte, musste er ebenfalls mit einer aufsteigenden Übelkeit kämpfen, die er jedoch verdrängen konnte.

Die Frau versuchte etwas zu sagen, doch nur einige undefinierbare Worte kamen über ihre Lippen.

Im nächsten Augenblick wurde sie von Weinkrämpfen geschüttelt und Peter Wagner erkannte, dass hier höchste Eile geboten war.

Für den Polizeibeamten gab es keinen Zweifel, dass die Frau einen massiven Schock erlitten haben musste.

Er versuchte trotz seiner inneren Anspannung die Frau mit behutsamen Worten zu beruhigen, während er langsam auf sie zuging.

Dabei griff er automatisch nach seinem Telefon und wählte mittels Kurzwahltaste die Nummer seines Vorgesetzten.

# 6. Kapitel

Gerd Schuhmann, der leitende Polizeihauptkommissar der Nördlinger Dienststelle, erreichte gerade den Innenhof der Polizeiinspektion, als sein Handy klingelte.

Er nahm das Gespräch mit einem kurzen Druck auf die Rufannahmetaste der Freisprechanlage an, um nur Augenblicke später mit Blaulicht und Martinshorn das Gelände wieder zu verlassen.

Zwei Minuten später stand er bereits in der Zufahrt zum Stadtmuseum, gefolgt von einem weiteren Einsatzwagen, aus dem drei Beamte herausstürmten.

Nachdem sich Hauptkommissar Schuhmann einen ersten Überblick im Inneren des Stadtmuseums verschafft hatte, dauerte es nicht allzu lange, bis vom in unmittelbarer Nähe gelegenen Spitalhof die gerufenen Einsatzkräfte der Nördlinger Feuerwehr eintrafen, um die Straße abzusperren.

Lediglich der ebenfalls verständigte Notarzt sowie ein Rettungswagen erhielten noch die Zufahrtsberechtigung.

Die sich inzwischen angesammelte Menschenmenge aus Anwohnern, sowie Bewohner und Mitarbeiter des Bürgerheims wurden hinter die sofort errichtete Absperrung gedrängt.

Schuhmann, der soeben wieder aus dem Gebäude kam, unterwies die anwesenden Beteiligten.

Er selbst war sich darüber im Klaren, dass dies hier kein Fall für die Nördlinger Polizei war.

Über die Augsburger Leitzentrale erbat er die umgehende Unterstützung durch die Kollegen der Kripo und der Staatsanwaltschaft.

Er forderte außerdem ein Team der Spurensicherung an.

Peter Wagner und Werner Brand beauftrage er inzwischen mit den ersten Befragungen der unmittelbaren Zeugen.

# 7. Kapitel

Kriminalhauptkommissar Robert Markowitsch staunte nicht schlecht, als er am frühen Morgen die Tür zu seinem Büro öffnete und der Augsburger Oberstaatsanwalt vor ihm stand.

„Was zum Henker treibt Sie denn um diese Zeit schon in meine Gemächer, Berger?", fragte er mit einem leichten Grinsen im Gesicht.

„Schmeckt Ihnen das Frühstück zu Hause nicht?"

„Henker ist wohl in diesem Fall der passende Ausdruck, Markowitsch", antwortete Frank Berger.

„Auch wenn mir dabei gar nicht zum Spaßen zumute ist."

Robert Markowitsch erkannte den ernsten Gesichtsausdruck des Oberstaatsanwalts.

„Oh je", meinte er. „Das sieht nach Ärger aus."

„Wie kommen Sie nur darauf?", antwortete Berger mit sarkastischem Unterton.

„Da bin ich ausnahmsweise einmal vor Ihnen in diesem Gebäude und schon hab ich die Pest am Hals. Immer dieses Kompetenzgerangel."

„Nun mal immer mit der Ruhe", versuchte der Hauptkommissar seinen unerwarteten Besucher zu beruhigen.

Markowitsch deutete auf den Kaffeeautomaten, der auf einem kleinen Tisch in der Ecke seines Büros stand.

„Ich werde uns erst mal einen Cappuccino machen und Sie können mir dabei ihre Sorgen beichten."

Frank Berger winkte etwas unwirsch ab.

„Sparen Sie sich ihre morgendlichen Floskeln, Markowitsch. Mir ist der Appetit auf Kaffee vergangen.

Außerdem drängt die Zeit. Schnappen Sie sich Ihren Kollegen und verständigen Sie die Spurensicherung."

Der Leiter des Augsburger Kriminalkommissariats K1 horchte auf.

Wenn sich Frank Berger dermaßen unter Druck befindet, wie es den Anschein hat, musste tatsächlich einiges im Argen liegen.

Markowitsch blickte auf die Uhr.
„Neumann dürfte in etwa zehn Minuten da sein", meinte er.
„Zacher und seine Leute kurzfristig zu bekommen sollte ebenfalls kein allzu großes Problem darstellen. Allerdings würde ich zuerst einmal gerne wissen, welche Laus Ihnen um diese Zeit schon über die Leber gelaufen ist."
Frank Berger verdrehte die Augen.
„Nördlingen", sagte er nur.
Robert Markowitsch sah den Oberstaatsanwalt mit fragendem Blick an.
„Nördlingen? Liegt doch im Zuständigkeitsbereich der Kollegen aus Dillingen."
„Richtig", gab Frank Berger zurück. „Genau das ist mal wieder das Problem."
Frank Berger verzog die Mundwinkel.
„*Mein* Problem, um es genau zu sagen.
Aber das, was mir vorhin durch Hauptkommissar Schuhmann mitgeteilt wurde, veranlasst mich dazu, diese Angelegenheit in Ihre erfahrenen Hände zu legen."
„Dann sollten Sie mir jetzt aber auf die Schnelle mal einige Details nennen, Berger.
Ich gehe einen neuen Fall nämlich ungerne so ganz ohne Vorkenntnisse an."
Markowitsch's Besucher griff sich kurzerhand einen Stuhl und setzte sich an den Schreibtisch.
„Ihre Bemerkung vom Henker könnte den sprichwörtlichen Nagel auf den Kopf treffen, Markowitsch", seufzte er.
In einigen kurzen Sätzen gab der Oberstaatsanwalt nun das wieder, was ihm seit dem Morgen die Ruhe nahm.
„Geköpft. Ach du Scheiße", war in diesem Moment das Einzige, das Markowitsch über die Lippen kam.
Er schüttelte sich unwillkürlich, als er sich die geschilderte Szene bildlich vorstellte.
„Hört sich im ersten Moment nach irgendeinem durchgeknallten Typen an.
Aber es ist eben auch ein Mordfall. Und Nördlingen gehört zum Bereich der Dillinger Kollegen."

„Sicher", gestand Frank Berger ein.

„Aber einige Gegenstände, die in unmittelbarer Nähe am Tatort gefunden wurden, gaben mir den Anlass zu meiner Entscheidung, den Fall an Sie und Neumann zu übertragen."

Trotz des scheinbaren Zeitdrucks nahm Robert Markowitsch nun ebenfalls an seinem Schreibtisch Platz.

„Jetzt machen Sie mich aber neugierig, Berger", meinte er, als es an seiner Bürotür klopfte und diese kurz darauf geöffnet wurde.

Frank Berger blickte über die Schulter zurück und erkannte Peter Neumann, der soeben den Raum betrat.

„Da sind Sie ja endlich", meinte er nervös und deutete auf einen Stuhl neben sich.

„Setzen Sie sich, dann brauche ich den Rest nicht zweimal zu erzählen."

Mit kurzen Worten erklärte er auch dem hinzugekommenen Beamten zunächst, weshalb er hier war.

„Und was veranlasst Sie jetzt dazu, diese Geschichte von Dillingen abzuziehen?", wollte nun auch Peter Neumann vom Oberstaatsanwalt wissen.

Frank Berger knetete sich nervös die Finger.

„Ausschlaggebend waren für mich die Gegenstände, die in einem Büro des Museums gefunden wurden.

Habe ich Ihrem Chef gegenüber auch schon erwähnt."

„Haben Sie", warf Markowitsch nun ein.

„Aber um was zum Teufel handelt es sich denn dabei?"

Frank Bergers Gesicht hatte während des Gesprächs etwas an Farbe verloren.

„Lassen Sie den Teufel aus dem Spiel, Markowitsch", meinte er und zählte nun auf:

„Unter anderem eine scheinbar handgefertigte Decke, vermutlich afrikanischen Ursprungs.

Des Weiteren ein paar kleine Gefäße aus Ton, sowie andere Gegenstände, die man ebenfalls dem afrikanischen Kontinent zuordnen würde.

Das Entscheidende aber waren zwei kleine Figuren, wie man sie dort vermutlich auch für diese sogenannten Voodoo-Zeremonien verwendet."

Als Frank Berger seine Erklärung beendet hatte, herrschte für einige Augenblicke Stille im Büro des Augsburger Kriminalkommissariats.

Peter Neumann und Robert Markowitsch sahen sich einige Sekunden lang wortlos an.

Man konnte erahnen, dass es gewaltig in den Köpfen der beiden Kriminalbeamten arbeitete.

Dem Augsburger Oberstaatsanwalt schien das Schweigen der beiden Männer angesichts der Situation endlos zu dauern.

„Sagen Sie mir bitte jetzt nicht, dass diese unsägliche Geschichte mit dem Nördlinger Türmer und diesem damals durchgeknallten afrikanischen Arzt wieder neu aufgerollt werden muss, Markowitsch."

„Ich sage überhaupt nichts, Berger", antwortete Robert Markowitsch nach einigem Überlegen auf die Anspielungen seines Gegenübers.

„Jedenfalls nicht, solange ich mir kein eigenes Bild von der ganzen Situation vor Ort gemacht habe."

Während er diesen Satz sprach, erhob sich der Leiter der Augsburger Kripo von seinem Platz.

„Auf geht's, meine Herren", meinte er seufzend. „Wir sollten die Kollegen in Nördlingen nicht unnötig lange mit ihrem Schicksal alleine lassen."

Markowitsch griff nach seinem Autoschlüssel und warf diesen Peter Neumann über den Schreibtisch hinweg zu.

„Sie dürfen fahren, Neumann. Aber bitte so, dass unserem Oberstaatsanwalt nicht übel wird, bis wir in Nördlingen angekommen sind."

# 8. Kapitel

Baako stand mit versteinerter Miene am erst wenige Wochen alten Grab seiner Mutter. Dass alles so schnell gehen würde, damit hatte er nicht gerechnet.

Doch diese heimtückische Krankheit war wohl schon zu weit fortgeschritten, als dass ihr gepeinigter Körper noch länger hätte Widerstand leisten können.

Letztendlich gab es keine Chance, diesen aussichtslosen Kampf zu gewinnen, auch wenn sich Oboshie lange Zeit vehement dagegen gewehrt hatte.

Doch wie Baako erfuhr, war es wohl nur der Wunsch nach Erklärung, der seine Mutter das Leiden so lange hatte ertragen lassen.

Tagelang lief er ziellos in der Gegend umher und versuchte dabei, seine Gedanken zu ordnen.

Gedanken über seinen Vater, den er nie kennengelernt hatte. Er hatte von seiner Mutter nur in Erfahrung bringen können, dass er einer der angesehenen Ärzte einer Klinik in Lomé gewesen sei.

Da sie die Erinnerungen an die Vergangenheit zu sehr schmerzten, schwieg sie sich über alle weiteren Details dazu aus.

Auch wenn Baako sie noch so sehr drängte, es war nichts von ihr zu erfahren.

Er hatte sich vorgenommen, zu einem späteren Zeitpunkt, entgegen ihrem Einverständnis, Recherchen anzustellen.

Doch ging es Oboshie mit einem Mal von Tag zu Tag schlechter.

Anfangs schob Baako dies auf die Umstände, dass er mehr über seinen Vater wissen wollte und seine Mutter dies psychisch in Bedrängnis brachte.

Als sich dann jedoch herausstellte, dass der Krebs ihren Körper befallen hatte, stellte er seine persönlichen Belange hinten an und kümmerte sich ab diesem Tag nur noch aufopferungsvoll um sie.

Vor einigen Tagen aber, als sie von ihrem letzten Besuch im Krankenhaus zurückgekehrt war, änderte sich die Situation mit einem Schlag.

Oboshie schien immer öfter nur noch wie in einem Fiebertraum zu leben. Immer wieder geschah es, dass er sie besorgt aus ihrem Schlaf wecken musste, da sie von Alpträumen geplagt schien.

Einmal sprach sie ihn sogar mit dem Namen seines Vaters an.

Abedi, so nannte sie ihn.

Auch wenn es ihm schwerfiel: Baako hatte stets den Wunsch seiner Mutter respektiert, sie nicht über das dunkelste Kapitel ihrer Zeit in Lomé auszufragen.

Jetzt aber, nachdem sie ihm vor wenigen Tagen stundenlang wie ein Wasserfall, der zu versiegen drohte, die ganze Geschichte erzählt hatte, da wusste er, wie sehr sie doch alles belastet haben musste.

Baako war sich sicher, dass dies ihre Seele so sehr in Mitleidenschaft gezogen hatte, dass ihre Krankheit die logische Schlussfolgerung davon sein musste.

Aber er konnte es nicht mehr ändern.

Eines jedoch wollte er tun: Das Erbe seines Vaters antreten. Das, was ihm als Erstgeborenem zustand.

Sein Name, Baako, der Erstgeborene.

Oboshie hatte ihm erzählt, dass sein Vater nach einigen Jahren diese Studentin geheiratet hatte und mit ihr nach Deutschland gegangen war.

Er hatte dort als Arzt gearbeitet und mit dieser Frau auch einen weiteren Sohn gezeugt.

Er besaß also einen Halbbruder. Vielmehr, er hatte einen Halbbruder besessen.

Denn bei seinen Nachforschungen in den letzten Tagen hatte er herausgefunden, dass auch dieser Michael Akebe nicht mehr am Leben war.

Ebenso wie sein Vater, der unter wohl äußerst seltsamen Umständen ums Leben kam.

Die Presseberichte, die er im Internet fand, berichteten in Sensationsmanier von einer Geschichte, aus der er nicht schlau wurde.

Teils tragische, teils zweideutige Berichte gab es zum Tod mehrerer Menschen in einer Stadt Namens Nördlingen, in der sein Vater einst mit seiner Familie gelebt hatte.

Baako fand auch heraus, dass Christine Akebe, die Mutter seines Halbbruders, noch immer in Nördlingen wohnte.

Auch hatte er über die Herkunft seines Vaters recherchiert. Nächtelang suchte er nach Informationen.

Ein westafrikanischer Stamm der Yoruba wäre also seine eigentliche Heimat gewesen.

Aus den letzten Erzählungen seiner Mutter wusste er, dass Abedi Akebe der älteste Sohn des Stammeshäuptlings gewesen war.

Nach einigen Überlegungen war sich Baako bewusst, dass er wohl der eigentliche Nachfolger in der Reihe der Häuptlinge sein musste.

Oboshie erwähnte ihm gegenüber auch von ihrem anfänglichen Stolz, einen Sohn des Stammesführers unter ihrem Herzen getragen zu haben.

Dieses erhabene Gefühl, das bei einem Besuch in der Klinik so jäh zerbrach und sie damals keinen anderen Ausweg sehen ließ, als ihre Schwangerschaft zu verschweigen und aus Lomé fortzugehen.

Weit fort, sodass sie nicht mehr weiter mit ansehen musste, wie ihr Lebenstraum zerbrach.

Seine Mutter erzählte auch vom Stammesschwert der Yoruba, das Abedi ihr einmal voller Stolz gezeigt hatte.

Er erklärte ihr dabei auch, dass es stets an den erstgeborenen Sohn weitergeben würde.

Baako war nun entschlossen, sich sein ihm rechtmäßig zustehendes Erbe zu holen.

## 9. Kapitel

Peter Neumann drosselte kurz vor dem Ortsschild das Tempo. Er wusste von einer früheren Fahrt nach Nördlingen, dass die Kollegen der Verkehrsüberwachung gerne einmal hier am Ortseingang ihrer Tätigkeit nachgingen.

Frank Berger, der Augsburger Oberstaatsanwalt, bemerkte dies sogleich.

„Da wir uns im Einsatz befinden, Herr Neumann, müssen Sie ausnahmsweise nicht mehr als unbedingt nötig aufs Tempo achten", meinte er sichtlich nervös vom Rücksitz aus.

Peter Neumann riskierte einen kurzen Blick seitwärts und erkannte ein leichtes Nicken von Robert Markowitsch.

Er schaltete das Blaulicht auf dem Dach des Dienstwagens an und trat das Gaspedal durch.

Da sich der Wagen kurz darauf einer roten Verkehrsampel näherte, gab er den umstehenden Fahrzeugen zusätzlich durch Aktivierung des Martinshorns zu verstehen, dass er sich die Vorfahrt nehmen würde.

„Sie kennen den Weg?", wollte der Staatsanwalt wissen.

„Navi", deutete Peter Neumann mit dem Finger neben das Armaturenbrett.

„Hilft Ihnen aber in diesem Fall nicht weiter", gab der Frank Berger zurück.

„Die Zufahrt durch das Reimlinger Tor ist gesperrt. Hat mir der Kollege heute Morgen noch mitgeteilt."

„Dann eben so herum", meinte Neumann und lenkte das Fahrzeug mit quietschenden Reifen an einer weiteren Ampelkreuzung nach links.

„Schulbetrieb", wurde er von Robert Markowitsch ermahnt.

„Fahren Sie mir bloß niemanden über den Haufen."

„Keine Sorge", gab Neumann zurück. „Sie kennen mich doch."

„Eben deshalb", erwiderte der Hauptkommissar.

*In einhundert Metern rechts abbiegen* ertönte die Stimme aus dem Navigationsgerät.

„Danke, mein Schatz", antwortete Peter Neumann und folgte wenig später dem Hinweis.

Nachdem es an der nächsten Ampel auf Grund einer Absperrung für ihn nur die Möglichkeit gab nach links in die Herlinstraße abzubiegen, zeigte sich Neumann etwas ungehalten.

„Scheinbar wollen die uns hier gar nicht in die Stadt reinlassen", schimpfte er.

„Überall dreißig. Haben die hier Angst vor Autofahrern?"

„Wird schon seine Gründe haben", grinste Markowitsch. „Sind wohl früher mehrere Neumanns unterwegs gewesen."

Als die drei Beamten schließlich wenig später durch das Berger Tor in der Innenstadt eintrafen, zog der Wagen mit Blaulicht und Signalhorn unweigerlich die Aufmerksamkeit der Menschen auf sich.

*Nach zweihundert Metern fahren sie geradeaus über die Kreuzung in die Drehergasse* gab das Navigationsgerät die Richtung vor.

„Links herum wäre ich auch nicht gefahren", murmelte Peter Neumann, als er vorsichtig in die Kreuzung einfuhr.

„Ganz Nördlingen scheint ja eine einzige Baustelle zu sein."

Augenblicke später ließ ein Polizeibeamter den Wagen durch die Absperrung passieren.

Man hatte die Zufahrt zur Vorderen Gerbergasse abgeriegelt und lenkte den Verkehr durch das Löpsinger Tor aus der Stadt.

„Dann wollen wir uns mal umsehen", meinte Markowitsch, als die drei Beamten kurz darauf ihr Fahrzeug im Hof vor dem Stadtmuseum abstellten und ausstiegen.

Sie wurden bereits von Gerd Schuhmann erwartet.

Mit schnellen Schritten kam dieser auf die Augsburger zu und begrüßte die Kollegen nacheinander.

„Wir haben ringsherum alles dichtgemacht", sagte Schuhmann mit bleichem Gesicht zu Robert Markowitsch.

„War gar nicht so einfach, die Leute zurückzuhalten, nachdem sich herumgesprochen hat, was da drin passiert ist."

Während seiner Worte führte Schuhmann eine waagrechte Handbewegung an seinem Hals aus.

„Konnte wohl einer mal wieder nicht den Mund halten", schimpfte Frank Berger, als er mit den anderen das Museum betrat.

Mit raschen Schritten eilte der Nördlinger Polizeihauptkommissar

vor ihnen her in Richtung des Treppenaufgangs.
Dort kamen ihnen der Notarzt und zwei Sanitäter entgegen.
Alle drei sahen ziemlich mitgenommen aus.
„Für uns gibt's hier nichts mehr zu tun", meinte der Arzt.
„Da hätten wir auch noch so früh da sein können."
„Was ist mit der Frau?", wollte Gerd Schuhmann wissen.
„Die befindet sich bereits im RTW. Sie steht unter einem massiven Schock.
Wir haben sie momentan stabil, nehmen sie aber jetzt mit ins Krankenhaus. Alles weitere erfahren Sie dann von dort."
„Danke", verabschiedete der Nördlinger Beamte die Rettungshelfer, wies sie dabei jedoch darauf hin, dass über das Geschehen nichts an die Öffentlichkeit dringen durfte.
Schuhmann wandte sich beim Hinaufgehen an die Augsburger Kollegen.
„Ich hoffe nur, Sie haben noch nicht gefrühstückt. Könnte vielleicht umsonst gewesen sein."
„Wie sollen wir das jetzt verstehen, Herr Kollege?", fragte Markowitsch zurück.
„Warten Sie bis wir oben sind", antwortete der Nördlinger.
„Ich habe ja auch schon den einen oder anderen Toten bei einem Verkehrsunfall gesehen.
Das da oben allerdings hätte mir vorhin fast den Magen umgedreht."
Fragend sahen sich Markowitsch, Neumann und Frank Berger an, als sie die Treppe in das Obergeschoss betraten.
„Lassen Sie uns mal vorbei, bevor hier wieder alle brauchbaren Spuren zertrampelt werden", ertönte plötzlich eine bekannte Stimme hinter ihnen.
Der Leiter der Augsburger Kripo drehte sich um und erblickte die Kollegen der angeforderten Spurensicherung.
„Ach, Zacher", meinte er sichtlich erleichtert und trat einen Schritt zur Seite.
„Dann gehen Sie mal vor", deutete er nach oben.
„Wenn ich den Aussagen der Kollegen glauben darf, bin ich richtig froh, dass Sie schon da sind.
So können Sie uns den zu erwartenden Anblick schon mal vor-

wegnehmen."

„Wenn uns das erwartet, was ich bisher gehört habe, wäre das für Ihr zart besaitetes Gemüt am frühen Morgen wohl zu viel", gab Alfred Zacher, der Leiter der SpuSi zurück.

Er stieg schnellen Schrittes, gefolgt von seinen Kollegen und den Kriminalbeamten die Treppe nach oben und öffnete die Glastür zum Ausstellungsraum.

Dort stellte er seinen Koffer am Boden ab und holte sich einen Schutzanzug daraus hervor.

Nachdem er diesen übergezogen hatte, griff er sich noch ein Paar Einweghandschuhe und streifte diese ebenfalls über.

„Dann mal frisch ans Werk, meine Herren", meinte er mit einem Blick über die Schulter zu den drei Männern, die ihn begleiteten.

Alfred Zacher betrat nach wenigen Schritten den Durchgang zum Ausstellungsraum, blieb einige Sekunden stehen und machte sofort wieder kehrt.

„Ach du heilige Scheiße, Markowitsch. Was haben Sie mir denn da wieder eingebrockt?"

Der Hauptkommissar, der dem Leiter der Spurensicherung gefolgt war, sah das Entsetzen in dessen bleichem Gesicht.

Markowitsch wirkte erschrocken.

Es kam nicht oft vor, dass er Zacher in einer solchen Verfassung sah.

„So schlimm?", fragte er mit besorgter Miene.

„Noch schlimmer", erwiderte Alfred Zacher. „Das wollen Sie nicht wirklich sehen."

„Müssen wir aber", erklang nun die Stimme von Frank Berger, der ebenfalls hinzugekommen war, sich an Robert Markowitsch vorbeischob und den Raum betrat.

Doch auch der Augsburger Oberstaatsanwalt kam stante pede wieder heraus.

Man sah ihm an, dass er mit Würgereiz zu kämpfen hatte.

„Kein Anblick für schwache Gemüter", gab er umgehend zu und wandte sich an Alfred Zacher.

„Tut mir leid, Herr Zacher. Aber ich muss Sie und Ihre Kollegen bitten, da drin erst einmal ihre Arbeit zu machen."

Er blickte sich nach einem Polizeibeamten um.

„Kann hier irgendjemand Kaffee besorgen? Stark und schwarz."
Anschließend wandte er sich an den Nördlinger Polizeichef.
„Solange die Spurensicherung hier ihre Arbeit macht, würde ich mir gerne das Büro ansehen, von dem Sie am Telefon gesprochen haben."
„Selbstverständlich, Herr Berger", antwortete der angesprochene Gerd Schuhmann.
„Folgen Sie mir bitte nach unten, meine Herren", nickte er auch Markowitsch und Peter Neumann zu.
„Im Moment nichts lieber als das", gab der Augsburger Kripochef zurück.
Peter Neumann, der ihm auf der Treppe nach unten hinterher ging, meinte:
„Ich hab ja nicht reingesehen. Ist es wirklich so schlimm?"
„Ja", gab Markowitsch zu. „Ersparen Sie sich den Anblick. Er könnte Sie vielleicht um die nächste Nachtruhe bringen."
Kurz darauf betraten die Beamten das Büro, das wohl die Museumsverwaltung beinhaltete.
Nachdem sie sich mit kurzen Blicken einen ersten Eindruck verschafft hatten, traten Robert Markowitsch und Peter Neumann an den großen Schreibtisch, der mitten im Raum stand.
Diverse Papierunterlagen sowie verschiedene Gegenstände lagen dort aufgereiht.
„Kommen Ihnen diese Dinge nicht auch irgendwie bekannt vor?", unterbrach Markowitsch das Schweigen.
„Sicher", gab Peter Neumann mit etwas nachdenklicher Mine zurück, indem er nach einer der kleinen Figuren greifen wollte, die auf dem Tisch lagen.
„Aber bitte nicht ohne", ermahnte ihn ein Mitarbeiter der Spurensicherung, indem er Peter Neumann ein frisches Paar Latexhandschuhe entgegen hielt.
Dieser untersuchte nacheinander einige der Gegenstände und meinte anschließend:
„Nehmen Sie das ganze Zeug mit in die KTU. Sobald das Notebook ausgewertet ist, hätte ich gerne die Informationen auf meinem Schreibtisch."
„Selbstverständlich", gab der Angesprochene zurück. „Wie im-

mer."

„Ich würde nur zu gerne wissen, wie diese Dinge hierher kommen, wenn es tatsächlich die sind, die wir beide wohl vermuten", sprach Neumann mit einem Blick in Markowitsch's Richtung.

Als in diesem Moment der Nördlinger Polizeibeamte mit einer Kaffeekanne und einigen Tassen den Raum betrat, atmete Frank Berger einmal tief durch.

„Sehr gut, Kollege, vielen Dank. Genau das brauche ich jetzt, bevor wir hier weiter machen."

Er nahm eine der abgestellten Tassen vom Tablett und blickte auf den Augsburger Hauptkommissar.

„Sie auch Markowitsch? Das wird sicher noch ein langer Tag."

„Ausnahmsweise", gab dieser zur Antwort. „Auch wenn mir Cappuccino lieber wäre."

„Den können Sie sich genehmigen, sobald Sie wieder in ihrem Büro sind", gab der Oberstaatsanwalt zurück.

Nach dem ersten Schluck aus seiner Tasse erblickte Robert Markowitsch den Nördlinger Kollegen Peter Wagner, der soeben das Büro betrat und mit einer kurzen Handbewegung auf sich aufmerksam machte.

Er winkte den Mann zu sich heran.

„Wie sieht es unten aus, Herr Wagner?", wollte er wissen. „Gibt es irgendwelche brauchbaren Zeugenaussagen?"

„Deshalb bin ich da", kam Wagners Antwort.

„In meinen Augen ist bei der Befragung bis jetzt nicht wirklich etwas herausgekommen, das uns weiter hilft.

Der Mann, der als Erster hier war, nimmt sich zwar sehr wichtig, aber wirklich mitbekommen hat er wohl auch nichts.

Ansonsten scheint es keine unmittelbaren Zeugen zu geben. Abgesehen von der Frau, die man ins Krankenhaus gebracht hat."

Robert Markowitsch's Gesichtsausdruck war alles andere als erfreut über die Mitteilung des Nördlinger Polizeibeamten.

„Da wird uns wohl nichts anderes übrig bleiben, als auf deren Aussage zu warten", meinte er.

„Erkundigen Sie sich doch bitte beim behandelnden Arzt, bis wann die Frau seiner Meinung nach vernehmungsfähig ist."

„Ich werde mich darum kümmern, Herr Hauptkommissar", gab

Wagner zur Antwort, nahm kurz die rechte Hand an die Stirn und verließ das Büro.

Frank Berger, der den kurzen Dialog zwischen den beiden Männern verfolgt hatte, griff Markowitsch am Arm und zog ihn unauffällig in eine Ecke des Büros.

„Ist zwar noch etwas früh, mein lieber Markowitsch, aber wie schätzen Sie denn Ihrer Erfahrung nach die Sachlage hier ein?"

Der Oberstaatsanwalt rieb etwas ungeduldig mit der rechten Hand sein Kinn.

Der Augsburger Hauptkommissar zog die Augenbrauen nach oben.

„Sie haben es richtig erkannt, mein lieber Berger", gab er die vertrauliche Anrede zurück.

„Es ist in der Tat noch etwas zu früh, um jetzt schon irgendwelche spekulativen Rückschlüsse zu ziehen.

Um ganz ehrlich zu sein: Ich habe im Moment auch nicht den geringsten Schimmer, welche geisteskranke Kreatur dieses Blutbad da oben angerichtet haben könnte."

„Dachte ich mir fast", gab der Oberstaatsanwalt etwas resigniert zurück.

„Auf alle Fälle sorgen Sie mir dafür, dass bis zu den ersten Ermittlungsergebnissen absolut nichts von dem was hier passiert ist, nach außen dringt.

Ich will mir gar nicht ausmalen, welche Horrorgeschichten ich zu lesen kriege, wenn diese Sache an die Presse ausposaunt würde."

Robert Markowitsch dachte einen kurzen Moment über Frank Bergers Bedenken nach.

„Früher oder später wird sich das aber nicht vermeiden lassen", meinte er.

„Ist mir schon klar", gab Berger zurück und deutete mit der Hand in Richtung Gebäudeausgang.

„Bei dem Aufgebot da draußen werden vorlaute Spekulationen wohl nicht allzu lange ausbleiben."

Markowitsch überlegte einige Sekunden.

„Außer, wir kommen dem ganzen Gerede zuvor", meinte er.

Ein fragender Blick des Oberstaatsanwalts folgte.

„Wie denn das?", wollte er wissen.

„Ganz einfach, Berger", sprach Markowitsch. „Wir informieren den Nördlinger OB, natürlich nur über das Notwendigste, indem wir ihm die ganze Geschichte als bis jetzt noch unerklärlichen Unfall mit Todesfolge darstellen.
So kann er problemlos die erste Neugier der Schreiberlinge stillen und wir verschaffen uns dadurch etwas Zeit, bis die ersten Ermittlungsergebnisse vorliegen.
Danach können wir ihm immer noch reinen Wein einschenken."
Frank Berger dachte für einen Augenblick über den Vorschlag des Hauptkommissars nach.
„Hört sich ganz plausibel an, Markowitsch. Ich kenne Martin Steger nicht so gut wie Sie.
Hoffen wir mal, dass er sich damit zufrieden stellen lässt.
Wenn Sie der Meinung sind, dass Sie das hinkriegen, dann machen Sie das so.
Aber vergessen Sie mir bloß nicht, den Rest der Mannschaft hier zum vorläufigen Stillschweigen zu vergattern."
„Geht schon klar, Herr Berger", antwortete Markowitsch. „Ich werde Neumann über unser Gespräch in Kenntnis setzen. Er wird sich darum kümmern."
„Apropos Neumann", sagte der Oberstaatsanwalt und stellte dabei seine leere Kaffeetasse auf das Tablett zurück.
„Langsam dürften er und die Spurensicherung doch schon erste Erkenntnisse gesammelt haben."
Er packte den Hauptkommissar am Ärmel.
„Kommen Sie, Markowitsch. Mal sehen, was die Kollegen inzwischen herausgefunden haben."
Robert Markowitsch hasste diese Ungeduld des Oberstaatsanwalts.
Aber insgeheim musste er sich eingestehen, dass er sich selbst gegenüber Alfred Zacher, dem Leiter der Spurensicherung, oftmals nicht anders verhielt, wenn es darum ging, möglichst schnell an neue Informationen zu kommen.
Außerdem musste er Frank Berger recht geben. Sollte die Presse jetzt schon darüber Bescheid bekommen, wie Martina Karrer ums Leben gekommen war, würde dies wohl nur unnötige Panik entfachen.

## 10. Kapitel

Nachdem das Nördlinger Rathaus nur zwei Straßen weit vom Stadtmuseum entfernt lag, ließ es sich natürlich nicht lange verhindern, bis Martin Steger Kenntnis vom dortigen Geschehen erhielt.

Augenblicke später erschien er gemeinsam mit Oliver Lauer, dem verantwortlichen Leiter für den Nördlinger Tourismus, vor dem Stadtmuseum.

Der OB erkannte von der Seite den telefonierenden Peter Wagner, einen der Nördlinger Polizeibeamten, auf den er sogleich zuging, wobei er noch die letzten Sätze dessen Telefongesprächs mitbekam.

„Gut danke, Herr Professor. Dann werde ich den Kommissaren mitteilen, dass sie Frau Kahling nicht vor morgen Nachmittag vernehmen können."

Peter Wagner beendete das Gespräch und verstaute sein Handy in der Tasche.

Als er sich auf den Weg ins Museum begeben wollte, um die erhaltene Information an Schuhmann und Markowitsch weiter zu geben, erblickte er den ihm entgegen kommenden Martin Steger.

Nachdem der Polizeibeamte kurz mit der rechten Hand gegen seine Dienstmütze getippt hatte, reichte er diese dem Nördlinger OB entgegen.

Martin Steger erwiderte den Gruß und forderte Peter Wagner im gleichen Atemzug auf, ihn über das Geschehen im Museum aufzuklären.

Der Polizist war jedoch erfahren genug, das Stadtoberhaupt auf seinen Vorgesetzten bzw. den Augsburger Kriminalhauptkommissar zu verweisen.

„Die Augsburger Kripo ist hier? Weshalb hat man mir das nicht mitgeteilt?"

Martin Steger war sichtlich überrascht und schon im Begriff, den Eingangsbereich des Gebäudes zu betreten, als er sich von Peter Wagner zurück gehalten sah.

„Bitte warten Sie hier, Herr Steger. Wir haben Anweisung, niemanden ins Museum zu lassen, solange die Spurensicherung ihre Arbeit noch nicht abgeschlossen hat."

Ein erstaunter, fast schon maßregelnder Blick des Nördlinger OB traf ihn.

„Habe ich Sie da eben richtig verstanden, Herr Wagner? Sie verweigern uns hier den Zutritt?"

Wagner kannte Martin Steger nun schon einige Jahre und wusste, dass dieser dazu neigte, in angespannten Situationen etwas kritisch zu reagieren.

„Ich bitte Sie um Verständnis", versuchte er die beiden Männer zu beruhigen, erkannte aber in diesem Moment aus dem Augenwinkel, dass Peter Neumann aus dem Museum kam.

Er deutete mit seiner Hand in Richtung Eingangstüre.

„Der Kollege aus Augsburg wird Ihnen sicherlich die gewünschte Auskunft geben können, Herr Steger", sprach Peter Wagner laut.

Der Augsburger Kriminalbeamte benötigte nur einige Sekunden, um diesen Wink mit dem Zaunpfahl zu verstehen.

Nachdem er seinen Nördlinger Kollegen bei Martin Steger und dessen Begleiter stehen sah, war er heilfroh darüber, dass ihn Robert Markowitsch und der Oberstaatsanwalt über die geplante Vorgehensweise in Kenntnis gesetzt hatten.

So war es für ihn nicht sonderlich schwer, Peter Wagner aus seiner Situation zu befreien.

„Guten Morgen, Herr Steger", begrüßte Peter Neumann den OB und reichte auch dem Mann an dessen Seite die Hand.

„Peter Neumann, Kripo Augsburg", stellte er sich vor.

„Oliver Lauer", entgegnete der Angesprochene den Gruß. „Als Leiter für den Tourismus verantwortlich für alles, um unsere Stadt für Besucher interessant zu machen."

„Die Mordkommission hier in Nördlingen?", ergriff nun Martin Steger wieder das Wort.

„Sagen Sie mir bitte nicht, dass es schon wieder ein Gewaltverbrechen gegeben hat, Herr Neumann.

Mir wurde vorhin im Rathaus von einem Anrufer mitgeteilt, dass ein Großeinsatz der Rettungskräfte hier am Stadtmuseum im Gang sei."

„Na ja", versuchte Peter Neumann das Ganze etwas floskelhaft darzustellen.

„Das lässt sich anhand der Einsatzfahrzeuge ja auch nicht unschwer erkennen."

„Wir haben erfahren, dass Frau Kahling, die Pflegedienstleitung unseres Bürgerheims, mit einem Rettungswagen geholt wurde", fuhr Martin Steger fort.

„Keine Sorge, Herr Steger", versuchte Peter Neumann, den OB zu beruhigen.

„Die Frau hat einen Schock erlitten und wurde deshalb zur weiteren Beobachtung ins Krankenhaus gebracht."

Anfänglich schien Martin Steger erleichtert über das, was ihm der Augsburger Beamte mitteilte.

Auf seiner Stirn zeigten sich jedoch sogleich einige Falten, als er fragend die Augenbrauen nach oben zog.

„Einen Schock, sagen Sie? Weshalb? Was ist da drin passiert? Nun reden Sie schon, Mann.

Als Oberbürgermeister habe ich schließlich ein Recht darauf zu erfahren, was in unserer Stadt vor sich geht."

Da war sie wieder, die Art und Weise, die Peter Neumann so sehr an Politikern schätzte.

„Es gibt einen Todesfall, dessen Ursache noch nicht eindeutig festgestellt werden kann."

Neumann richtete seinen Blick abwechselnd auf die beiden Männer vor ihm.

„Ich muss Ihnen leider mitteilen, dass es sich bei der Toten wohl um eine gewisse Martina Karrer handelt."

Peter Neumann erkannt die Ungläubigkeit im Gesicht des Nördlinger Oberbürgermeisters.

Mit leicht geöffnetem Mund starrte er seinen Begleiter an.

Dieser reagierte völlig überrascht:

„Frau Karrer? Unmöglich. Ich hatte gestern Abend noch einen Termin mit ihr."

Der Augsburger Kripobeamte horchte auf.

„Gestern Abend sagen Sie? Wann genau war das?"

Oliver Lauer überlegte nur einen kurzen Augenblick.

„So gegen halb acht hatten wir uns hier im Museum verabredet. Vorher ging es bei mir leider nicht, da ich noch einen privaten Termin wahrnehmen musste."

Neumann hakte nach.

„Ist Ihnen an Frau Karrer selbst oder an ihrem Verhalten irgendetwas Ungewöhnliches aufgefallen?"

Oliver Lauer schien zu überlegen.

„Ich meine: War sie anders als sonst? Ich gehe doch richtig in der Annahme, dass Sie beide ja bestimmt öfter miteinander zu tun hatten?"

„Das schon", gab Lauer zur Antwort.

„Wir wollten in erster Linie noch einmal über die geplante Sonderausstellung sprechen.

*Napoleon im Kleinformat. Die Europäischen Ereignisse 1812–1815 in der Druckgrafik von Johann Michael Voltz.*

Frau Karrer war nicht anders als sonst auch. Soweit ich sie jedenfalls kannte.

Sie wirkte vielleicht etwas übermüdet. Aber das liegt wohl auch an der Belastung durch ihre kranke Mutter.

Sie hat gestern Abend noch etwas in dieser Richtung erwähnt.

Weshalb diese Frage?"

Peter Neumanns sah für einen kurzen Moment scheinbar an den beiden Männern vorbei ins Leere, bevor sein Blick die Augen von Oliver Lauer fixierte.

„Weil Sie, im Moment sieht es jedenfalls so aus, der Letzte zu sein scheinen, der Martina Karrer lebend gesehen hat."

Neumann sah kurz auf seine Uhr.

„Sie entschuldigen mich bitte, meine Herren. Ich muss zurück zu den Kollegen."

Er reichte dem OB und Oliver Lauer die Hand.

„Wir werden uns umgehend bei Ihnen melden, Herr Steger, sobald wir nähere Erkenntnisse haben.

Ich nehme an, wir können Sie im Rathaus erreichen?"

„Sicher", gab Martin Steger etwas irritiert über die in seinen Augen rasche Abfertigung zur Antwort.

„Ansonsten weiß meine Sekretärin Bescheid."

# 11. Kapitel

Alfred Zacher, seines Zeichens eingefleischter Pathologe, sah sich an diesem Morgen einer wahren Herausforderung gegenüber.

Ein lebloser Körper, der Geruch von Blut, Leichenteile, all dies gehörte unter anderem mit zu seinem Alltag.

Nachdem er den ersten Anblick des Tatorts verdaut hatte, machte er sich mit stoischer Ruhe an sein Werk, auch wenn er sich eingestehen musste, dass er ein solches Exemplar eines Corpus Exanimus zum ersten Mal vor sich hatte.

Dieser Akt an roher Gewalt war durch nichts zu rechtfertigen. Seiner Meinung nach konnte es sich beim Täter entweder nur um eine geistesgestörte Kreatur handeln, oder das Ganze hatte einen religiösen Hintergrund.

Hin und wieder hatte er in diverser Fachliteratur schon darüber gelesen.

Seine beiden Kollegen waren nicht ganz so gefasst wie ihr Chef.

Aus diesem Grund ließ Alfred Zacher im Raum einen Sichtschutz um den Fundort der Leiche errichten.

So konnte er etwas abgeschirmt in Ruhe seine ersten Untersuchungen durchführen, soweit dies hier vor Ort möglich war.

Seine beiden Assistenten versuchten inzwischen, Fingerabdrücke und sonstige auffindbare Spuren zu sichern.

Schließlich mussten sie Markowitsch und dem Staatsanwalt erste Ergebnisse vorweisen, sofern dies möglich war.

Aber irgendetwas fanden sie immer, auch wenn es sich anfangs dabei oft nur um vage Hinweise handelte.

Die weiteren Erkenntnisse durch die eigentliche kriminaltechnische Untersuchung ergaben letztendlich im Zusammenspiel mit den Ermittlungen der Kripo ein Puzzle, dessen Einzelteile nur noch entsprechend zusammengesetzt werden mussten.

Dies jedoch war in erster Linie die Aufgabe von Robert Markowitsch und seinen Leuten.

Als hätte dieser die Gedanken des Polizeiarztes gelesen, hörte Alfred Zacher in diesem Moment die Stimme des Augsburger Kripochefs durch die Sichtsperre hinter sich.

„Sind Sie da hinten eingeschlafen, Zacher, oder haben Sie inzwischen irgendetwas Handfestes für uns?"

Robert Markowitsch und Frank Berger konnten durch den Lichtschein im Raum erkennen, wie sich die Silhouette des Angesprochenen aus einer knienden Position erhob.

Augenblicke später trat Alfred Zacher hinter dem Sichtschutz hervor.

Er betrachtete die beiden Männer und überlegte für einen kurzen Moment.

„Wenn dies hier nicht so makaber wäre, würde ich sagen, dass mir die Sachlage kein großes Kopfzerbrechen bereitet, meine Herren.

Der Frau wurde der Kopf anscheinend nicht durch einen einzigen Hieb vom Körper abgetrennt.

Erstens deuten die Wundränder darauf hin und zweitens würde es ansonsten hier nicht wie auf einem Schlachthof aussehen.

Um was für eine Waffe es sich dabei handelt, kann ich Ihnen leider noch nicht genau sagen."

Der Arzt deutete mit einer ausholenden Handbewegung durch den Raum.

„Ich vermute mal auf Grund des Tatortes, dass es vielleicht ein Schwert oder ein Beil mit einem großflächigen Blatt gewesen sein könnte.

Die Kollegen untersuchen bereits sämtliche Schränke und Vitrinen. Eventuell stammt die Waffe ja von den Ausstellungsgegenständen."

Markowitsch winkte einen der Nördlinger Polizeibeamten zu sich.

„Kümmern Sie sich bitte darum, dass jemand hierher kommt, der sich mit dem Inventar auskennt", wies er an.

„Wir müssen wissen, ob irgendetwas fehlt, das auf die Tatwaffe hinweisen könnte."

Anschließend wandte er sich wieder mit fragendem Blick an Alfred Zacher, der jedoch sogleich abwinkte.

„Für weitere Details muss ich Sie leider vertrösten. Sie kennen den Lieblingsspruch der Gerichtsmediziner ja gut genug."

„Wie immer nach der Obduktion", kam es fast zeitgleich aus dem

Mund von Markowitsch und dem Oberstaatsanwalt.

„Wo steckt eigentlich Ihr Kollege, Markowitsch?", meinte Frank Berger.

„Kümmert sich wohl noch um Ihr erteiltes Redeverbot", frotzelte dieser.

„Schon erledigt", vernahmen die beiden Männer eine Stimme hinter sich.

„Den OB habe ich übrigens samt seinem Begleiter auch wieder abgewimmelt."

Das Gesicht des Oberstaatsanwalts gewann bei diesem Satz etwas an Farbe.

„Ich hoffe nur, mein Freund, dass Sie sich dabei an die vereinbarte Geschichte gehalten haben.

Ansonsten könnte es sein, dass wir in Teufels Küche kommen."

„Keine Sorge, Herr Berger", winkte Peter Neumann ab. „Der kam gar nicht groß zum Überlegen.

Allerdings erwartet er wohl schnellstmöglich den Stand der Dinge."

„Gut gemacht, Neumann. Damit haben wir den ersten Druck von dieser Seite schon mal weg."

Markowitsch's Blick ging auf seine Uhr, wobei er zeitgleich seine andere Hand in die Magengegend legte.

„Nachdem ich heute noch nicht gefrühstückt habe", meinte er zu den Kollegen, „würde ich vorschlagen, dass wir uns in irgendein Café setzen, um das weitere Vorgehen zu besprechen."

Peter Neumann suchte den Blick des Oberstaatsanwalts, der diesen Vorschlag allerdings ablehnte.

„Wie Sie sich bestimmt denken können, Markowitsch, habe ich noch andere Termine wahrzunehmen.

Haben Sie schon eine Idee, wie Sie weiter vorgehen werden?"

„Zunächst wäre wohl diese Pflegedienstleitung aus dem Seniorenheim hier nebenan die wichtigste Zeugin", entgegnete der Hauptkommissar nach einigen Sekunden des Überlegens.

„Mit deren Vernehmung kann jedoch, wie der Kollege Wagner erfahren hat, nicht vor morgen Nachmittag gerechnet werden."

„Das könnte ich übernehmen", meinte Peter Neumann.

„Es sollte sich aber auch jemand mit diesem Oliver Lauer befassen.

Der Mann ist in meinen Augen eher noch ein wichtigerer Zeuge, da er sich seiner Aussage nach gestern Abend noch mit dem Opfer getroffen hat."

Frank Berger horchte auf.

„Wer ist dieser Oliver Lauer?"

„Soweit ich das verstanden habe, der zuständige Leiter für den Nördlinger Tourismus", antwortete Peter Neumann.

„Bei besagtem Gespräch ging es wohl um irgendeine Ausstellung."

„Gut", meinte der Oberstaatsanwalt. „Dann bleiben Sie an diesem Mann dran.

Eine andere Sache scheint mir allerdings mindestens noch genauso wichtig zu sein, meine Herren: Diese Fundstücke auf dem Schreibtisch im Büro von Frau Karrer, die uns allen so bekannt vorkamen.

Scheinbar hat sie sich ja unmittelbar vor dem Verbrechen damit beschäftigt.

Ich hoffe nur, dass die nicht im unmittelbaren Zusammenhang mit ihrem Tod stehen."

„Zachers Kollegen haben das ganze Zeug eingetütet", gab Peter Neumann zur Antwort.

„Mal sehen, was dabei herauskommt."

„Okay warten wir es ab", meinte Frank Berger.

„Ich muss los, tut mir leid. Dann gehen Sie beide jetzt mal ins Café und belasten unser Spesenkonto. Ich erwarte dann schnellstmöglich ihren Bericht."

Der Oberstaatsanwalt hielt seinen Autoschlüssel schon in der Hand, als ihm einfiel, dass er ja mit den beiden Kripobeamten in Robert Markowitsch's Auto nach Nördlingen gefahren war.

Abrupt hielt er inne.

„Es gibt ein kleines Problem, Markowitsch."

Dieser sah Frank Berger fragend an.

„Da wir ja zusammen in ihrem Wagen hergefahren sind, fehlt uns nun ein Fahrzeug."

„Da machen Sie sich mal keine Sorgen", entgegnete Robert Markowitsch und reichte Berger die Schlüssel zu seinem Auto.

„Nachdem Neumann und ich morgen noch weiter hier zu tun haben, werden uns die Nördlinger Kollegen sicher ein Dienstfahrzeug zur Verfügung stellen."

Dankend nahm Frank Berger den Schlüssel entgegen und machte sich auf den Weg.

Etwa fünfzehn Minuten später standen Robert Markowitsch und Peter Neumann am Marktplatz neben dem Nördlinger Rathaus.

Der Blick des Augsburger Kriminalhauptkommissars richtete sich nach oben.

Mit ausgestrecktem Arm deutete er in Richtung Turmspitze des Daniels.

„Wie lange ist das jetzt her, Neumann?", richtete er seine Frage an den Kollegen.

Dieser brauchte nicht lange zu überlegen.

„Fast sechs Jahre, Chef. Mir läuft es dabei heute noch kalt über den Rücken, wenn ich an den Abend denke, als wir dort vorn neben der Leiche des Türmers standen."

Peter Neumann deutete auf den Platz vor der St. Georgskirche, der in der Zwischenzeit umgestaltet wurde.

Ein Wasserspiel mit dreizehn Fontänen hatte man dort in das Altstadtpflaster integriert.

„Ganz spontan fiele mir jetzt ein, an dieser Stelle eine Gedenktafel für Markus Stetter anzubringen", meinte Neumann.

„Ich glaube kaum, dass der Nördlinger Oberbürgermeister ständig an diese dunkle Stunde in seiner Stadt erinnert werden möchte", antwortete Markowitsch.

Peter Neumann zuckte mit den Schultern.

„Aber Sie müssen doch zugeben, dass dies sicherlich ein Anziehungspunkt für den Tourismus wäre", forderte er die Zustimmung seines Vorgesetzten.

„Sie können diesen Vorschlag ja bei Gelegenheit an diesen Herrn Lauer weitergeben", kam es von Markowitsch zurück.

„Aber das verschieben wir auf später, mein Magen knurrt."

Er packte den Kollegen nun am Ärmel und dirigierte ihn zielsicher in die Richtung des Cafés, das sich unmittelbar gegenüber dem Eingang zum Turm befand.

# 12. Kapitel

Markowitsch's erster Anruf am folgenden Morgen galt Alfred Zacher.

Der Leiter der KTU hatte sich im Institut für Rechtsmedizin an der Uniklinik in München mit einigen Kollegen die vergangene Nacht um die Ohren geschlagen.

Nachdem man den Anruf ins Labor durchgestellt hatte, nahm der Polizeiarzt den Hörer vom Telefon.

„Wie haben Sie es denn nur so lange ohne Info ausgehalten, Markowitsch?", fragte Alfred Zacher mit einem Gähnen in den Hörer.

„Hab ich Sie etwa aus dem Bett geholt, Zacher?", kam die Frage des Hauptkommissars zurück.

„Ich wünschte, es wäre so", antwortete der Pathologe.

„Allerdings haben wir hier im Gegensatz zu Ihnen weder Zeit, noch Kosten oder Mühen gescheut."

Wieder vernahm Robert Markowitsch am anderen Ende der Leitung das typische Geräusch des Gähnens.

„Mein leichter Sauerstoffmangel rührt lediglich daher, dass ich die letzten Stunden damit verbracht habe, Ihnen ein paar interessante Details zusammenzutragen."

„Na, das ist doch endlich mal eine erfreuliche Nachricht, mein lieber Zacher", kam es aus dem Hörer zurück.

„Schicken Sie mir ihre Ergebnisse zu, oder muss ich warten, bis Sie persönlich hier in Augsburg aufschlagen?"

„Ach Markowitsch", sagte Zacher mit leisem Lachen. „Sie gewöhnen sich wohl nie ans Zeitalter der Informationstechnologie, was?

Die Ergebnisse sind bereits in der Systemakte gespeichert. Sie müssen diese nur noch abrufen.

Wenn Sie irgendwelche Fragen dazu haben, können Sie mich gerne heute Nachmittag wieder erreichen.

Ich muss mich jetzt erst einmal ein paar Stunden aufs Ohr legen. War ein langer Tag gestern, mit einer noch längeren Nacht."

Ohne die Antwort von Robert Markowitsch abzuwarten, meinte Alfred Zacher noch:

„Falls Sie noch immer mit Bildschirm, Tastatur und Mouse auf Kriegsfuß stehen, Markowitsch, wenden Sie sich vertrauensvoll an ihren Kollegen Neumann.

Er wird Ihnen sicherlich auch das Wichtigste auf ein paar Seiten Papier ausdrucken.

Ich für meinen Teil benötige wie schon gesagt, jetzt erst mal ein paar Stunden Schlaf."

Das gleichmäßige Tuten, das Robert Markowitsch nun aus dem Hörer vernahm, zeigte ihm, dass Alfred Zacher das Gespräch beendet hatte.

Normalerweise war dies nicht seine Art, doch hatte Markowitsch in diesem Fall durchaus Verständnis dafür.

Nachdem er sich seit jeher vehement gegen einen PC auf seinem Schreibtisch gewehrt hat, erhob sich der Hauptkommissar von seinem Platz und machte sich auf den Weg ins Büro nebenan, in dem Peter Neumann, wie Markowitsch es stets ausdrückte, sein digitales Unwesen trieb.

Er war heilfroh darüber, dass er mit ihm einen in seinen Augen, ausgesprochenen Fachmann auf diesem Gebiet an seiner Seite hatte.

Wenn es sein musste, verbrachte der Kollege nicht nur Stunden, sondern Tage und Nächte in der digitalen Welt, was sich oftmals schon mehr als nur hilfreich ausgezeichnet hatte.

Nicht immer hielt sich Peter Neumann dabei an die vorgeschriebenen Wege, doch bisher konnte er sich immer der Rückendeckung seines Vorgesetzten sicher sein.

Als der Leiter der Augsburger Mordkommission das Büro betrat, sah er Peter Neumann an seinem PC sitzen.

Dieser drehte sogleich seinen Kopf und blickte Robert Markowitsch über die Schulter hinweg an.

„Guten Morgen, Chef", legte er sogleich los. „Ich habe Sie schon erwartet.

Die Kollegen in München scheinen ja die Nacht über recht fleißig gewesen zu sein."

Er deutete mit der Hand auf den Bildschirm.

„Wir haben bereits eine ganze Menge an Informationen zur Verfügung, auch wenn ich mir im ersten Moment noch kein vollständiges Bild darüber machen kann."

„Guten Morgen, Neumann", antwortete Markowitsch, griff sich einen Stuhl vom Schreibtisch und zog diesen an den Computerarbeitsplatz heran.

„Ich habe vorhin bereits mit Zacher telefoniert. Dann lassen Sie uns doch mal gemeinsam nachsehen, was unser Leichenfledderer so alles herausgefunden hat."

Gemeinsam studierten die beiden Kriminalbeamten nun die Einzelheiten, die ihnen von der KTU zur Verfügung gestellt wurden.

*Die Beschaffenheit der Wundränder sowie der Halswirbel lässt darauf schließen, dass mindestens zwei Hiebe mit einer scharfen Klinge ausgeführt wurden, um den Kopf vom Rumpf zu trennen.*

*Des Weiteren liegt eine Verletzung des hinteren Schädelknochens vor, welche darauf schließen lässt, dass die Frau bereits ohne Bewusstsein war, als der Kopf vom Rumpf abgetrennt wurde.*

*Hämatome an den Oberarmen und Handgelenken, sowie fremde Hautpartikel unter den Fingernägeln deuten auf eine Auseinandersetzung zwischen der Toten und einer weiteren Person hin.*

*Das Ergebnis der DNA-Analyse liegt in ca. 24 Stunden vor.*

*Die Vielzahl von Fingerabdrücken in der Umgebung des Fundortes lassen im ersten Moment keine detaillierten Rückschlüsse auf die Tat zu, da es sich hier um ein öffentlich zugängliches Gebäude handelt.*

*Ein Abgleich mit der zentralen Datenbank wurde in Auftrag gegeben.*

*Hinweise darauf, ob die Tatwaffe aus den Beständen des Museums stammt, gibt es derzeit noch nicht.*

Robert Markowitsch drehte sich auf seinem Stuhl vom Bildschirm weg und erhob sich.

Nachdenklich ging er einige Schritte im Büro auf und ab, bevor er hinter dem Stuhl von Peter Neumann stehen blieb und über dessen Kopf hinweg auf den Bildschirm des Computers blickte.

„Das ist alles schön und gut, Neumann", meinte er, „bringt uns aber momentan keinen großen Schritt weiter."

Er deutete auf die elektronische Akte.

„Nichts Handfestes dabei. Im Moment bleibt uns also nur abzuwarten, was die weiteren Ergebnisse der DNA ergeben.

Nachdem wir allerdings bisher überhaupt keinerlei Anhaltspunkte für ein Tatmotiv haben, werden wir wohl mal wieder kriminalistische Kleinarbeit leisten müssen."

Peter Neumann drehte sich mitsamt seinem Stuhl herum, ließ sich tief in den Sitz rutschen und meinte grinsend:

„Klar, Chef. Damit verdienen wir schließlich unsere Brötchen.

Ich werde mich am besten sofort auf den Weg ins Nördlinger Krankenhaus machen, um diese Pflegedienstleitung aus dem Seniorenheim zu befragen."

Robert Markowitsch konnte sich ein leises Lächeln nicht verkneifen.

„Den Vorschlag haben Sie gestern schon gebracht, Neumann. Die junge Dame hat es Ihnen wohl angetan, oder?"

„Ach woher", winkte Neumann spielerisch ab.

„Aber nachdem sie dem ersten Anschein nach etwa in meinem Alter ist, dachte ich mir, dass die Konversation vielleicht etwas leichter vonstattengehen könnte."

„Sie sollen aber mit dieser Frau keine harmlose Unterhaltung führen, mein lieber Neumann.

Es geht dabei schließlich um die Vernehmung in einem Mordfall."

Peter Neumann nahm nun wieder eine aufrechte Sitzposition ein.

„Außerdem glaube ich nicht", fuhr Markowitsch sogleich fort, „dass das Ergebnis einer Befragung vom Altersunterschied abhängig sein dürfte.

Immerhin habe ich Ihnen gegenüber einige Jahre an Erfahrung voraus."

Peter Neumann hob beschwichtigend beide Arme.

„Um Himmels Willen, Chef. War auch gar nicht meine Absicht, dies infrage zu stellen.

Ich dachte nur, dass es Frau Kahling einem jüngeren Beamten gegenüber etwas leichter fällt, sich zu den schrecklichen Ereignissen zu äußern."

„Pah. Jüngerer Beamter", wiederholte Markowitsch mit gespielter Empörung, steckte beide Hände in die Hosentaschen und legte dabei bewusst eine kurze Überlegungspause ein, bevor er antwortete.

„Na gut. Vielleicht haben Sie ja recht mit Ihrer Annahme.

Aber denken Sie daran, Neumann: Persönliche Gefühle haben in einer Mordermittlung nichts zu suchen. Auch wenn's schwerfällt."

„Keine Sorge", gab Peter Neumann zur Antwort. „Ich kann Privates und Berufliches sehr gut voneinander trennen."

Der Hauptkommissar lächelte wohl wissend.

„Auch wenn es zwei hübsche Beine hat und Röcke trägt?"

„Auch dann, Chef", gab Peter Neumann zurück.

„Jedenfalls so lange, bis der Fall abgeschlossen ist", fügte er noch augenzwinkernd hinzu."

Markowitsch zog die rechte Hand aus der Tasche, legte sie Peter Neumann auf die Schulter und sprach:

„Na los, nun hauen Sie schon ab. Aber vorher machen Sie mir noch einen Termin bei diesem Nördlinger Tourismusmenschen.

Wie hieß der gleich wieder?"

„Lauer", gab Peter Neumann zur Antwort. „Oliver Lauer.

Aber mal eine Frage, Chef: Seit wann bitten Sie jemanden wegen einer Vernehmung um einen Termin?"

„Auch wieder wahr", pflichtete Markowitsch seinem Kollegen bei.

„Also melden Sie mich um vierzehn Uhr an.

Oder nein: Bestellen Sie Herrn Lauer um vierzehn Uhr hierher ins Präsidium. Dann habe ich wenigstens noch etwas Zeit, um in Ruhe Mittag zu essen."

„Alles klar, Herr Kommissar", grinste Peter Neumann und nahm dabei die Haltung des verstorbenen österreichischen Sängers Falco ein.

„Kindskopf", meinte Robert Markowitsch nur und machte sich auf den Weg zurück in sein Büro.

Kaum dass er auf den Flur getreten war, kam ihm eine Mitarbeiterin des Sekretariats entgegen und übergab ihm eine Notiz.

Markowitsch bedankte sich, öffnete die Türe zu seinem Büro und setzte sich an seinen Schreibtisch.

Ein Blick auf den Notizzettel zeigte ihm, dass Christine Akebe dringend um seinen Rückruf gebeten hatte.

Bilder des vergangenen Tages durchzogen rasend schnell durch Gedanken.

Frank Berger, der Augsburger Oberstaatsanwalt, der ihm von den Fundstücken im Nördlinger Stadtmuseum erzählt hatte.

Der enthauptete Leichnam in Nördlingen.

Die Gegenstände auf dem Schreibtisch des Museumsbüros, die ihm, Frank Berger und auch Peter Neumann so bekannt vorkamen.

Er erkannte den gequälten Gesichtsausdruck Christine Akebes vor sich, sah sich auf dem Dachboden des Hauses von Doktor Michael Akebe …

Von einer Sekunde auf die andere beschleunigte sich der Puls des Hauptkommissars und er spürte, wie sich seine Nackenhaare aufstellten.

Dies war für den erfahrenen Kripobeamten ein untrügliches Zeichen höchster Anspannung.

Er griff zum Telefonhörer und wählte die auf dem Zettel notierte Nummer.

In Gedanken zählte Markowitsch mit, wie oft es am anderen Ende der Leitung klingeln musste.

Acht, neun, zehn … bis letztendlich nur das kurz aufeinanderfolgende Tut, Tut, Tut zu hören war, welches ihm andeutete, dass Christine Akebe den Hörer nicht abnahm, abnehmen wollte, oder …

… abnehmen konnte!

*Verdammt, warum geht sie nicht ran?*

Markowitsch's innere Alarmglocken schrillten.

Wie von einer Tarantel gestochen knallte er den Hörer zurück auf das Telefon, sprang von seinem Platz hinter dem Schreibtisch auf und warf dabei fast den Stuhl um.

Robert Markowitsch eilte zur Tür, riss diese auf und hoffte inständig, dass Peter Neumann noch nicht aus dem Haus war.

Als er auf den Gang hinaus eilte, sah er gerade noch, wie sein Kollege um die Ecke bog.

„Neumann", rief er ihm laut hinterher.

Dieser blieb abrupt stehen, drehte sich um und sah den Hauptkommissar auf sich zu eilen.

„Was ist denn mit Ihnen los?", kam die erstaunte Frage aus seinem Mund.

„Sie sehen aus, als wäre Ihnen der Tod persönlich begegnet."

„So ähnlich könnte man es ausdrücken, Neumann", antwortete Markowitsch gehetzt und packte seinen Kollegen am Arm.

„Nun stehen Sie nicht so da wie ein festgewachsenes Bonsaibäumchen.

Wir müssen nach Nördlingen, und zwar auf dem schnellsten Weg."

„Dorthin war ich gerade unterwegs", gab Peter Neumann zurück und schickte sogleich eine Frage hinterher.

„Wollten Sie nicht im Präsidium bleiben, um diesen Herrn Lauer zu vernehmen?"

„Das hat Zeit, Neumann. Der läuft mir nicht davon.

Im Moment habe ich so eine böse Vorahnung, als gäbe es etwas Wichtigeres zu erledigen."

Robert Markowitsch drängte sich durch die Tür zum Treppenhaus.

„Frau Akebe hat versucht mich zu erreichen und dringend um Rückruf gebeten.

Allerdings ging sie nicht ans Telefon, als ich zurückgerufen habe.

Mein Bauchgefühl sagt mir, dass da irgendetwas nicht stimmt.

Also trödeln Sie nicht rum und kommen Sie endlich. Wir müssen los."

## 13. Kapitel

Christine Akebe lief unruhig in ihrer Wohnung auf und ab. Wie die Meisten, so hatte auch sie im Laufe des vergangenen Tages von den schrecklichen Ereignissen im Stadtmuseum erfahren.

So etwas lässt sich in einer Stadt wie Nördlingen nicht lange verheimlichen.

Frau Karrer. Tot. Auf grausame Art hingerichtet.

Christine schauderte. Sie fühlte die Eiseskälte ihren Rücken hinab laufen, obwohl es an diesem Morgen bei Weitem nicht so kalt war wie in den vergangenen Tagen.

Was kann sich da nur abgespielt haben?

Nur kurze Zeit vorher hatte sie sich mit Martina Karrer noch getroffen, nachdem sie sich über ihr Anliegen unterhalten hatten.

Die Leiterin des Nördlinger Stadtmuseums hatte sich nach Rücksprache mit Oliver Lauer, dem Leiter des Nördlinger Tourismusvereins bereit erklärt, die Gegenstände aus dem Nachlass von Christines verstorbenem Sohn, Doktor Michael Akebe, entgegenzunehmen.

Sie beauftragte einen Mitarbeiter, dabei behilflich zu sein, die Kiste mit den Nachlassstücken vom Dachboden in ihr Büro im Museum zu bringen.

Dort wollte sie all die Dinge, über deren Bedeutung sie Christine aufgeklärt hatte, inventarisieren, um sie zu einer kleinen Ausstellung zusammenzufügen.

Über ein genaues Konzept wollte sie sich noch Gedanken machen, da zunächst die geplante Sonderausstellung fertig gestellt werden musste.

Und nun?

Aus. Vorbei. Grausam hatte das Schicksal zugeschlagen.

Christine horchte tief in sich hinein.

War es wirklich Schicksal, dass Martina Karrer so aus dem Leben scheiden musste?

Oder war es nur Zufall, so kurz, nachdem sie ihr Michaels Sachen übergeben hatte?

Sie konnte sich keinen Reim darauf machen.

Das Läuten der Türglocke riss die Frau aus ihren Gedanken.

Sie öffnete die Tür und sah, ihr den Rücken zugewandt, einen hochgewachsenen Mann davor stehen.

Nur Sekundenbruchteile benötigte Christine, um anhand der Hautfarbe ihres Gegenübers zu registrieren, dass sie sich einem Unbekannten gegenüber befand.

Als er sich langsam umdrehte, glaubte sie, einer Sinnestäuschung zu unterliegen.

Wie ein eiskalter Windhauch streifte das Aussehen des Mannes ihre Seele.

Eine Mischung aus Überraschung, Freude, Wehmut und Trauer ergriff in diesem Augenblick Besitz von ihr.

Innerhalb weniger Augenblicke sah sie sich um viele Jahre in die Vergangenheit zurückversetzt, denn vor ihr stand ihr Mann!

**Abedi Akebe.**

Christine schüttelte ungläubig den Kopf. Das konnte nicht sein.

Abedi war tot. Schon seit vielen Jahren.

Sie fühlte ihr Herz schlagen. Immer höher kam der Pulsschlag.

Christine schluckte schwer, war kurz davor in Tränen auszubrechen und spürte dabei nicht, wie ihre Beine nachgaben.

Kurz bevor sie endgültig den Halt verlor und zu Boden sinken drohte, trat der Mann einen Schritt nach vorn und fing sie ab.

Komplett durcheinander nahm Christine Akebe wie durch einen Nebelschleier wahr, dass sie von einem starken Arm gestützt in ihr Wohnzimmer geführt wurde.

Dort ließ der Mann sie langsam in einen Sessel gleiten und nahm ihr gegenüber Platz.

Sekunden, Minuten, Stunden später, sie hatte in dieser Situation kein Zeitgefühl, brach die Frage aus ihr heraus.

„Wer sind Sie? Was wollen Sie von mir?"

Der Mann richtete sich etwas aus seiner Sitzposition auf.

Er antwortete in etwas gebrochenem, aber doch verständlichem Deutsch.

„Tut mir leid, wenn Sie sich so erschrocken haben wegen mir."

Die Geste seiner Hände deutete Christine Akebe in diesem Moment als eine Mischung aus hilflos und entschuldigend.

Langsam hatte sie ihre durcheinandergewirbelten Gefühle wieder unter Kontrolle.

Sie wiederholte ihre Frage von vorhin.

„Wer sind Sie? Was wollen Sie von mir?"

Der Blick des ihr gegenübersitzenden Besuchers schien an ihr vorbei in weite Ferne zu gehen, als er antwortete.

„Um das zu verstehen, muss ich etwas zurückgehen", meinte er vielsagend.

Christine erhob sich, ging in die Küche und kehrte kurz darauf mit einer Flasche Wasser und zwei Gläsern zurück.

Sie stellte diese auf dem Wohnzimmertisch ab und schenkte das sprudelnde Getränk ein.

Nachdem sie wieder Platz genommen hatte, schob sie ihrem unbekannten Gast eines der Gläser entgegen.

„Erzählen Sie. Ich möchte verstehen, weshalb Sie hier sind und vor allem, warum Sie meinem verstorbenen Mann so ähnlich sehen."

Nach diesem Satz aus ihrem Mund schien der Unbekannte mit einem Mal zu verstehen, weshalb die Frau vorhin so seltsam auf sein Erscheinen reagiert hatte.

Ihm fiel eine Situation ein, in der ihn seine Mutter in einem ihrer Fieberträume mit dem Namen seines Vaters, nein, seines Erzeugers, ansprach.

„Mein Name ist Baako", begann er zu sprechen, während er nach dem Wasserglas griff und einen Schluck daraus trank.

In den folgenden fast eineinhalb Stunden erfuhr Christine Akebe alles, was für ihr Verständnis über das so plötzliche Auftauchen des Mannes wichtig war.

Sie schüttelte mehrmals ungläubig den Kopf darüber, dass Abedi ihr von seinem Verhältnis zu Baakos Mutter nichts erzählt hatte.

War sein Vertrauen in sie so gering, dass er ihr dies verschweigen musste?

Doch Baako konnte sie in dieser Beziehung beruhigen.

Er erklärte ihr, dass Abedi Akebe nichts von seiner Existenz geahnt haben konnte, da seine Mutter es bewusst verschwiegen hatte.

Am Ende seiner Erklärung herrschte für einige Augenblicke Stille im Wohnzimmer, die Christine schließlich mit einer weiteren Frage durchbrach.

„Warum sind Sie nun hierhergekommen? Wollen Sie Anspruch auf das Erbe ihres verstorbenen Vaters erheben?

Dann muss ich Sie leider enttäuschen.

Wir hatten zwar ein ganz gutes Auskommen mit dem, was Abedi als Arzt verdiente, Reichtümer konnten wir jedoch nicht ansammeln.

Ich habe lediglich eine Witwenrente. Das Geld aus der Versicherung ist längst aufgebraucht.

Also: was führt Sie hierher?"

Baako überlegte.

Wie sollte er seinen Anspruch, den es in seinen Augen nach Aussage seiner Mutter sehr wohl gab, nun dieser Frau gegenüber verständlich formulieren?

„Ich bin nicht gekommen um Geld von Ihnen zu verlangen", versuchte er Christine Akebe zu beruhigen.

„Aber ja: Es gibt ein Erbe meines Vaters, das ich beanspruche."

Christine überlegte eine Weile.

Ein Erbe Abedis?

Was könnte das sein?

Doch so sehr sie auch darüber nachdachte, es kam ihr nichts in den Sinn.

„Sie müssen mir schon weiterhelfen", meinte sie fast schon entschuldigend.

„Ich kann mir beim besten Willen nicht vorstellen, worum es bei Ihrem Erbanspruch gehen sollte."

Baako ließ einige Augenblicke verstreichen, schien nach den richtigen Worten zu suchen.

Schließlich sagte er:

„Das Schwert."

Christine sah ihn ungläubig an, ganz so, als hätte sie etwas nicht richtig verstanden.

„Das Schwert?", wiederholte sie fragend.

Baako nickte vielsagend.

„Ja", bekräftigte er seine Forderung.

„Das Schwert der Yoruba. Als Erstgeborener bin ich der rechtmäßige Erbe unseres Stammes-Schwertes."

Christine Akebe brauchte nur einige Sekunden des Nachdenkens, um zu erkennen, von welchem Schwert dieser Baako sprach.

Erst kürzlich hatte sie es in den Händen, gemeinsam mit all den anderen Dingen, die sich in Michaels Truhe auf dem Dachboden befunden haben.

Das Stammes-Schwert, das Abedi traditionsgemäß an seinen Erstgeborenen weiter vererbt hatte.

Dieses fast schon heilige Kleinod, das Michael stets wie seinen Augapfel gehütet und gepflegt hatte, im Bewusstsein darüber, seiner Pflicht als Erstgeborener nachzukommen.

*Erstgeborener* durchfuhr es Christine in diesem Moment.

Michael war also gar nicht Abedis Erstgeborener. Auch wenn ihm und ihr dies nicht bekannt gewesen war.

Und nun kam dieser Baako wie aus heiterem Himmel hier an, um Anspruch auf dieses Erbstück zu erheben?

Christines Gefühle drohten sich zu überschlagen. Das Erbe ihres geliebten Mannes bzw. ihres Sohnes einfach so aus den Händen zu geben?

Nein, das konnte sie nicht. Das wäre ja wie …

Christines Gedanken stoppten schlagartig, als sie mit einem Mal an Martina Karrer denken musste.

Dadurch wurde es ihr bewusst, dass sie dieses Schwert mit all den anderen Gegenständen ja längst aus ihren Händen gegeben hatte.

Sie wollte nach all den Jahren durch diese Sachen nicht mehr daran erinnert werden, mit welchem Leid sie in Zusammenhang standen.

Überhaupt: Was würde geschehen, wenn Baako diese Dinge in seinen Händen hielt?

Würde er sie im Zweifelsfall, wie Michael, zu seinem eigenen Vorteil missbrauchen?

Würde er anderen Menschen dadurch Schaden zufügen, sie sogar töten?

Die Gefühle der Vergangenheit drohten wieder Besitz von ihr zu ergreifen.

Christine schüttelte sich.

Nein! Es war in ihren Augen schon die richtige Entscheidung, diesen Lauf zu unterbrechen.

Allerdings würde sie ihrem Besucher gegenüber keine Andeutungen machen.

Er sollte nichts von den unsäglichen Taten seines Halbbruders erfahren.

Wobei Christine bezweifelte, ob er es nicht längst schon wusste.

Sie nannte ihm nur belanglose kulturelle Gründe dafür, weshalb sie Michaels Nachlass an das Museum abgegeben hatte.

Baako schienen diese Erklärungen weit weniger zu interessieren, als die Tatsache selbst, dass er scheinbar auf das Erbe seines Stammes verzichten sollte.

Zunächst reagierte er etwas ungläubig, dann ungehalten und letztendlich wütend darüber, was Christine Akebe ihm erzählte.

„Das war nicht richtig", wiederholte er immer wieder.

„Das war nicht richtig, dass meine Mutter durch Sie ihren Mann verlor.

Dass sie wohl deshalb so krank und so früh aus dem Leben gerissen wurde.

Dass Sie jetzt auch noch das Erbe meines Vaters entweiht haben.

Das war nicht richtig."

Fast körperlich konnte die Frau die persönliche Abneigung spüren, die ihr von Baako in den letzten Minuten entgegengebracht wurde.

Sollte sie ihn darüber aufklären, was in der vorletzten Nacht im Museum geschehen ist?

Von einer Sekunde auf die nächste durchfuhr sie ein grausamer Gedanke.

Was, wenn Baako bereits davon wusste?

Was, wenn er ...

Alles in Christine sträubte sich dagegen, diesen Gedanken zu Ende zu bringen.

Sie wollte nur noch eines: Ihren ungebetenen Gast schnellstmöglich wieder loswerden.

Auch wenn er ein Kind ihres geliebten Abedi war. Die beiden schienen nichts, aber auch gar nichts gemeinsam zu haben.

„Wo befindet sich das Schwert jetzt?", wurde Christine aus ihren inzwischen schon beinahe ängstlichen Gedanken gerissen.

Er fragte nach dem Verbleib des Schwertes? Wusste er es wirklich nicht, oder wollte er sie nur in Angst versetzen?

Christine Akebe entschloss sich zu einem Ausweg.

Sie nannte ihm den Namen Oliver Lauers und erklärte ihm die Zuständigkeit des Mannes in Nördlingen.

Nachdem Baako diese Information erhalten hatte, erhob er sich ohne ein weiteres Wort zu verlieren von seinem Platz und verließ mit einem kurzen Blick auf Christine deren Wohnung.

Diese saß noch lange auf ihrem Platz und dachte über das soeben Geschehene nach.

Sie wusste die ganze Geschichte dieses Baako nicht richtig einzuschätzen.

Was hatte er vor?

Minuten später hatte sich die Frau dazu entschlossen, ihre aufkommenden Befürchtungen wohl besser an die richtige Adresse weiter zu geben.

Sie suchte aus einem kleinen Kästchen in einer Kommode eine Visitenkarte hervor, ging zum Telefon und wählte die Nummer des Augsburger Kriminalkommissariats.

Nachdem man ihr mitgeteilt hatte, dass Robert Markowitsch momentan nicht in seinem Büro zu erreichen sei, bat sie die Dame am anderen Ende der Leitung dringend um dessen Rückruf.

Christine nagte nervös an ihrer Unterlippe, als sie plötzlich erneut das Läuten der Türglocke vernahm.

## 14. Kapitel

Kurz nach fünfzehn Uhr machte sich Alfred Zacher auf den Weg nach Augsburg.

Er hatte eigentlich während seiner kurzen Ruhepause damit gerechnet, dass ihn ein ungeduldiger Kriminalhauptkommissar aus seinem wohlverdienten Schlaf reißen würde.

Umso mehr war er darüber verwundert, dass sein Handy stumm geblieben war.

Er hatte den Kollegen der Augsburger Kripo in der vergangenen Nacht mit seinem Team zwar einige Informationen bereitstellen können, das Ergebnis des DNA-Tests stand jedoch noch aus.

Ein kurzer Anruf in der KTU brachte dem Polizeiarzt nun die Gewissheit, dass dieser genetische Fingerabdruck, wie man den DNA-Test auch bezeichnete, inzwischen vorlag und in die elektronische Kartei übertragen wurde.

Es galt nun, diese Daten mit den gespeicherten Informationen aus der Kartei des Bundeskriminalamts zu vergleichen.

Sollte die Person, der diese Hautpartikel zuzuordnen sind, jemals kriminaltechnisch erfasst worden sein, so würden in kürzester Zeit die entsprechenden Informationen vorliegen.

Alfred Zacher konnte sich bildlich vorstellen, wie Robert Markowitsch voller Ungeduld hinter seinem Kollegen Peter Neumann stehen würde, um diesem bei seiner Lieblingsbeschäftigung, der Arbeit am Polizeicomputer, über die Schulter zu schauen.

Eine gute Stunde Fahrtzeit später lenkte Zacher seinen Wagen auf den Hof des Augsburger Polizeikommissariats in der Gögginger Straße.

Nachdem er kurz darauf das Gebäude betreten hatte und sich auf den Weg zum Büro von Robert Markowitsch machte, klingelte sein Handy.

Ein Blick auf das Display zeigte ihm, dass der Anrufer scheinbar Gedanken lesen konnte.

Zacher drückte die grüne Taste, um das Gespräch anzunehmen.

„Markowitsch. Was für ein Zufall. Gerade habe ich an Sie gedacht.

Sie werden es mir nicht glauben, aber ich bin nur noch wenige Schritte von Ihrer Bürotür entfernt.

Den Anruf hätten Sie sich diesmal sparen können."

„Hätte ich nicht, Zacher", kam die etwas gehetzte Antwort des Kriminalhauptkommissars zurück.

„Wenn Sie gleich mein Büro betreten wollen, werden Sie feststellen, dass die Tür verschlossen ist, weil ich nämlich gar nicht drin bin."

Alfred Zacher konnte sich ein kleines Lästern nicht verkneifen.

„Der Uhrzeit nach finde ich Sie dann in der Innenstadt in Ihrem Lieblingscafé beim Cappuccino schlürfen?"

„Wofür halten Sie mich, Zacher? Ich nehme mal an, dass Sie inzwischen ausgeschlafen haben und gierig darauf warten, dass Sie was zu tun kriegen.

Also schnappen Sie sich jetzt ein paar Kollegen, setzen sich ins Auto und kommen auf dem schnellsten Weg nach Nördlingen."

„Was soll das, Markowitsch?", fragte Zacher.

„Da waren wir erst gestern, und dieser Einsatz war beileibe nicht der angenehmste."

„Kann ich mir vorstellen", antwortete Markowitsch, „und diesmal wird es nicht weniger unangenehm werden."

Alfred Zacher merkte, dass dem Hauptkommissar trotz versuchter Flachserei das Sprechen schwer zu fallen schien.

Irgendein Wahnsinniger scheint hier in Nördlingen den Henker zu spielen.

Also beeilen Sie sich, denn in Kürze wird hier die Hölle los sein."

# 15. Kapitel

Robert Markowitsch hatte es sich auf Grund seines Bauchgefühls nicht nehmen lassen, den gesamten Weg mit eingeschaltetem Blaulicht und Martinshorn zu fahren.
So wurde die Strecke nach Nördlingen in kürzester Zeit zurückgelegt.
Auch die Baustelle am gesperrten Reimlinger Tor bildete auf Grund des gestrigen Besuchs kein großes Hindernis.
So stiegen die beiden Beamten nach nur einer drei viertel Stunde vor der Wohnung von Christine Akebe aus dem Wagen.
Peter Neumann drückte mehrmals hintereinander auf die Türglocke, eine Reaktion darauf blieb jedoch aus.
„Keiner da", meinte Neumann schulterzuckend und erntete dafür einen strafenden Blick seines Vorgesetzten, der nun seinerseits mehrmals die Klingel betätigte.
Nachdem auch diesmal niemand in der Wohnung auf das Läuten reagierte, meinte Markowitsch mit einem entschlossenen Blick auf Peter Neumann:
„Mein Gefühl sagt mir, dass hier was nicht stimmt. Selbst auf die Gefahr hin, dass ich mich blamiere: wir gehen da jetzt rein, Neumann."
Er trat einen Schritt zur Seite und nickte dem Kollegen zu.
„Das wollte ich immer schon mal machen", meinte dieser, drehte sich seitlich und trat mit voller Wucht gegen das Türschloss.
Markowitsch vernahm das Krachen, sah jedoch, dass die Türe dem Tritt seines Kollegen nicht nachgab.
Peter Neumann sah den fragenden Blick in Markowitsch's Gesicht.
Er nahm drei, vier Schritte Anlauf, atmete einmal tief durch und warf seinen durchtrainierten Körper mit einem Schrei gegen die Tür.
Diese hatte dem Ansturm roher Gewalt nun nichts mehr entgegenzusetzen.
Das Schloss brach aus der Zarge und die Tür knallte mit einem lauten Krachen gegen die Wand.

Peter Neumann stürzte in den Flur bis fast gegen die nächste Türe, die zum Glück jedoch etwas offen stand.

Er konnte sich allerdings nicht mehr abfangen, stolperte einmal und fand sich Sekunden später auf dem Boden liegend wieder.

Einen Moment lang verhielt er in dieser Position, um zu verschnaufen, drehte seinen Kopf nach hinten und sah Markowitsch den Raum betreten.

Robert Markowitsch blieb mit einem Mal kurz vor Peter Neumanns ausgestreckten Beinen stehen, wobei dieser beobachten konnte, wie sich die Gesichtsfarbe seines Chefs zunehmend in ein aschfahles Grau verwandelte.

Als sich der am Boden liegende langsam aufrappelte, spürte er die Feuchtigkeit an seinen Händen.

Blut!

„Scheiße", rief er. „Das hat jetzt gerade noch gefehlt."

Intensiv betrachtete er sich seine Handflächen und suchte nach der Verletzung, konnte jedoch auf den ersten Blick nichts feststellen.

Auch verspürte er keinen besonderen Schmerz, der auf eine Wunde hindeuten würde.

„Scheint halb so schlimm zu sein", meinte er beruhigend zu Markowitsch, der noch immer unbeweglich und starr neben ihm stand und an ihm vorbei ins Wohnzimmer blickte.

„Das sagen Sie mal besser nicht, Neumann", würgte Markowitsch seine fast tonlose Antwort heraus.

Peter Neumann verstand im ersten Moment scheinbar nicht, was sein Chef damit sagen wollte.

Er drehte den Kopf und folgte so mit seinen Augen dem nun ausgestreckten Arm von Robert Markowitsch.

Das, was er dann zu sehen bekam, bescherte ihm das unangenehme Gefühl, sich augenblicklich übergeben zu müssen.

Ungläubig betrachtete er nochmals seine vermeintlich verletzte Hand.

Dann registrierte er mit einem Mal, dass das Blut, das sprichwörtlich an seinen Fingern klebte, nicht sein eigenes war, denn die weit aufgerissenen Augen Christine Akebes starrten ihn aus deren blutverschmiertem Schädel an.

Doch nicht der Tod allein war es, der die beiden Beamten in diesem Augenblick einen unsagbaren Schrecken lehrte.

Nein, es war die Tatsache, dass sich dieser Schädel nicht mehr auf dem Körper der Frau befand, sondern abgetrennt ein ganzes Stück daneben lag.

Peter Neumann sah sich nicht in der Lage, sich von diesem Anblick abzuwenden.

Er konnte im Nachhinein nicht mehr sagen, ob es Sekunden oder Minuten waren, die ihn in diesem bizarren Bild gefangen hielten.

Ein blutüberströmter Körper, der abgetrennte Kopf und unzählige Blutspritzer, die sich am Boden und an der Wand befanden.

Dies alles stellte sich ihm wie eine schreckliche Szene aus einem Horrorfilm dar.

Erst als Neumann wie durch einen Nebelschleier die Stimme seines Vorgesetzten vernahm, kehrten seine Sinne wieder zurück und er musste feststellen, dass es sich hier sehr wohl um grausame Realität handelte.

# 16. Kapitel

Nördlingens Oberbürgermeister Martin Steger war etwas ungehalten an diesem Vormittag.

Nicht nur darüber, weil ihn der zuständige Leiter für den Nördlinger Tourismus warten ließ.

Er horchte nun mit zunehmender Ungläubigkeit auf die Erklärungen, die ihm Oliver Lauer in seinem Büro darlegte.

„Und Sie glauben wirklich, dass der Stadtrat Ihrem Vorhaben zustimmen würde, Herr Lauer?

Nicht genug, dass uns dieser wahnsinnige Doktor Akebe damals mehr als unrühmliche Schlagzeilen beschert hat.

Jetzt wollen Sie diese makabre Geschichte auch noch dem Rest der Welt preisgeben, indem Sie das in unserem Museum ausstellen?

Entschuldigen Sie bitte meine derbe Ausdrucksweise, aber ich denke, dass Sie nicht alle Tassen im Schrank haben."

Martin Steger hatte sich bei seinem letzten Satz von seinem Platz erhoben, steckte die linke Hand in seine Hosentasche.

Er ging um seinen Schreibtisch herum auf Oliver Lauer zu und unterstrich dabei aufgeregt mit der rechten Hand seine Worte, indem er sich vor dem Gesicht auf und ab wischte.

Oliver Lauer, Nördlingens zuständiger Tourismusleiter, schluckte den verbalen Angriff kommentarlos.

Er war darauf bedacht, den OB zu besänftigen.

„Die Besucherzahlen der letzten drei Jahre stagnieren zusehends, Herr Steger", versuchte er ihn zu beruhigen.

„Als mich Martina Karrer dann darüber informierte, dass Frau Akebe den Nachlass ihres Sohnes aus den Händen geben wollte, sah ich dies als Chance, die Sensationslust der Touristen zu unseren Gunsten auszunutzen."

Lauer setzte sich an den Rand des Schreibtisches, bevor er mit seinen Ausführungen fortfuhr.

„Ich hatte mir bereits eine entsprechende Marketingstrategie zurechtgelegt.

Eine Erweiterung unserer Informationsbroschüre war bereits in

Vorbereitung.

Versuchen Sie doch einmal, das Ganze aus meiner Sicht zu betrachten, verehrter Herr Oberbürgermeister.

Welche Stadt in Deutschland kann schon mit Todesfällen aufwarten, die unter solch zweideutigen Umständen zustande gekommen sind?

Das Angebot von Frau Akebe spielte mir das Ganze doch geradezu in die Hände.

Ich sehe es als meine Aufgabe an, die Besucherzahlen unserer Stadt nicht nur zu halten, sondern möglichst noch zu steigern.

Wir haben Touristen aus aller Herren Länder zu Gast.

Nicht zu Unrecht, zugegeben. Aber das Rieskratermuseum, die Stadtmauer mit ihren Toren und der Alten Bastei oder auch St Georg mit dem Daniel sind doch langsam ausgelutscht.

Wir brauchen dringend frischen Wind in der Riesmetropole, wenn wir das noch länger sein wollen."

Erwartungsvoll schaute Oliver Lauer in das Gesicht des Oberbürgermeisters, das nach wie vor jede Menge an Zweifel ausstrahlte.

Martin Steger konnte sich mit diesen Gedanken einfach nicht anfreunden.

„Sie sind also der Meinung", fragte er mit sarkastischem Unterton nach, „dass wir Leid und Schicksal der Verstorbenen zu einer Touristenattraktion ausschlachten sollen?

Von den Gefühlen der Hinterbliebenen einmal ganz zu schweigen."

Martin Steger vollführte eine wegwerfende Handbewegung.

„Sind Sie noch recht bei Trost, Herr Lauer?

Wie sollte ich so etwas dem Stadtrat und in erster Linie wohl den Bürgern gegenüber rechtfertigen?"

Oliver Lauer zuckte jedoch nur mit den Schultern.

„Gegenwind werden wir bei vielen Projekten hinnehmen müssen, Herr Steger", meinte er etwas leidenschaftslos.

„Denken Sie nur an den neuen Brunnen, den wir vor dem Daniel gebaut haben.

Oder an das neue Pflaster, das gerade in einem Großteil der Altstadt verlegt wird.

Nicht jeder in Nördlingen und Umgebung ist mit diesen Maßnahmen einverstanden und schreit mit Begeisterung Hurra.

Aber es war letztendlich ein Mehrheitsbeschluss und wird sich früher oder später schon in den Köpfen der Bewohner einnisten."

Martin Steger schien sich durch die Ausführungen seines Mitarbeiters etwas zu beruhigen.

Dennoch konnten sie seine Zweifel noch nicht ganz ausräumen.

„Das sind zwei grundverschiedene Ansätze, Herr Lauer", gab er zu bedenken.

„Die durchgeführten Sanierungs- bzw. Modernisierungsmaßnahmen dienen in erster Linie dem Ansehen unserer Stadt und somit auch dem Wohl ihrer Bürger."

Oliver Lauer nahm diesen roten Faden mit Dankbarkeit auf.

„Für diese Maßnahmen braucht es aber auch das entsprechende Kleingeld aus dem Steuersäckel dieser Stadt, Herr Steger.

Soviel ich weiß, spielen dabei die Einnahmen aus dem Tourismus eine nicht ganz unerhebliche Rolle."

„Damit haben Sie leider nicht ganz unrecht", musste das Nördlinger Stadtoberhaupt nach einer kurzen Überlegungspause zustimmen.

„Allerdings sitzt mir der Schock von gestern noch in den Knochen.

Ich weiß gar nicht, wie ich das in der Öffentlichkeit vertreten soll.

Da marschiert so ganz einfach irgendein Wahnsinniger in unser Stadtmuseum und bringt auf eine unvorstellbar grausame Art und Weise unsere Frau Karrer um.

Wahnsinn. Wahnsinn."

Martin Steger schlug sich mit der Hand gegen seine Stirn.

Oliver Lauer indes sah mit betretener Mine auf die gegenüberliegende Wand.

„Zugegeben, Herr Steger, das ist eine schlimme Geschichte und sie sollte mit aller Härte von der Polizei verfolgt und aufgeklärt werden.

Vorausgesetzt natürlich, dass man den Täter findet.

Selbstverständlich werde ich in keiner Weise bis dahin auch nur den kleinsten Versuch unternehmen, die Gefühle irgendwelcher Betroffenen zu verletzen."

„Das will ich Ihnen aber auch geraten haben", bestätigte Martin Steger die Aussage des Tourismusleiters.

„Nichts könnte in dieser Situation unserem Ansehen mehr schaden, als eine dermaßen überzogene Taktlosigkeit.

Aber ich bin mir sicher, dass dieser Markowitsch von der Augsburger Kripo mit seinen Kollegen den Fall schon irgendwie lösen wird.

Was mir bei diesem Mann nur unheimlich auf die Nerven geht, ist die Tatsache, dass man mich als Oberbürgermeister dieser Stadt nicht ständig auf dem Laufenden hält.

Ich glaube, da muss ich mal wieder ein ernstes Wort mit dem zuständigen Staatsanwalt reden."

Martin Steger trat ans Fenster und blickte auf die Altstadt hinunter.

„Die Zunahme der Gewaltverbrechen in den letzten Jahren hier in Nördlingen machen mir Sorgen, Herr Lauer.

Langsam komme ich mir hier schon vor wie in einer der deutschen Großstädte.

Jetzt würde nur noch ein Terroranschlag fehlen, dann könnten wir wohl bald einpacken.

Ich mit meiner Politik und Sie mit ihrem Tourismusbüro."

Oliver Lauer kaute nun etwas nervös an seiner Unterlippe.

„Nun malen Sie mal nicht gleich den Teufel an die Wand, Herr Oberbürgermeister", meinte er.

„Den tragischen Tod von Frau Karrer sollte man in keinem Fall in Zusammenhang mit fehlender Sicherheit in Nördlingen bringen.

Bisher steht noch gar nicht fest, aus welchem Grund sie ermordet wurde.

Ich kann mir nur vorstellen, dass es sich dabei, wie Sie vorhin schon so treffend bemerkt haben, um irgendeinen Verrückten handelt.

Womöglich irgendein durchgeknallter Sammler von historischen Gegenständen."

„Kann gut sein", sinnierte Martin Steger, der nach wie vor aus dem Fenster sah.

„Hat man denn schon festgestellt, ob irgendetwas aus dem Museum fehlt?"

Oliver Lauer zuckte nur ahnungslos mit den Schultern.

„Ich habe nicht die geringste Ahnung, Herr Steger.

Gestern Nachmittag wollte ich zwar deswegen mit einer Kollegin ins Museum, aber da war kein Reinkommen.
Der Eingang ist verschlossen und mit einem Polizeisiegel versehen. Da war nichts zu machen.
Ich werde mich aber umgehend auf unserer Polizeidienststelle erkundigen, bis wann die Ermittlungen abgeschlossen sind.
Wie müssen schließlich die Vorbereitungen für die Ausstellung um Napoleon fertig kriegen."
Der Nördlinger OB drehte sich vom Fenster weg und überlegte kurz.
Oliver Lauer betrachtete die in Falten gelegte Stirn des Stadtoberhauptes und hatte dabei gar kein gutes Gefühl.
„Ich bin am Überlegen, ob es nicht besser wäre, die Eröffnung unter den gegebenen Umständen abzublasen bzw. zu verschieben."
„Vom ethischen Standpunkt aus gesehen muss ich Ihnen recht geben, Herr Steger", gab Oliver Lauer zurück.
„Aber verstehen kann ich es dennoch nicht.
Nach Absprache mit Frau Karrer wurden bereits vor Wochen die ersten Einladungen verschickt und entsprechende Zusagen liegen inzwischen vor.
Ich glaube nicht, dass es in ihrem Sinn wäre, wenn wir die ganzen Bemühungen, die sie in diese Angelegenheit reingesteckt hat, einfach über den Haufen werfen würden."
„*Einfach* mache ich mir in dieser Angelegenheit gar nichts, Herr Lauer", entgegnete der OB.
„Aber solange es keine Klarheit gibt, was die Hintergründe von Frau Karrers Tod betreffen, kann und will ich nicht so unbedacht zur Tagesordnung übergehen."
Oliver Lauer wusste langsam nicht mehr, mit welchen Argumenten er den Nördlinger Oberbürgermeister noch davon überzeugen sollte, die Saisoneröffnung des Stadtmuseums trotz der kritischen Situation durchzuziehen.
„Die letzten Jahre haben doch gezeigt, dass dieser Markowitsch mit seinen Leuten durchaus in der Lage ist, so einen Fall schnell aufzuklären und den oder die Schuldigen zur Rechenschaft zu ziehen.
Denken Sie doch beispielsweise nur mal an die Angelegenheit vor drei Jahren, als er Karl Kübler, unseren damaligen Stadtrat des Mor-

des überführt hat.

Das dauerte zwar auch einige Tage, aber zum Schluss war in der Alten Bastei Endstation für sein Treiben."

Man konnte sehen, wie es Martin Steger regelrecht schüttelte, als er der Erklärung Oliver Lauers zuhörte.

„Endstation Alte Bastei. Erinnern Sie mich bloß nicht daran, Herr Lauer. Mir läuft es heute noch kalt den Rücken hinunter, wenn ich daran denke, was da alles hätte passieren können.

Gott sei Dank ging die Geschichte damals recht glimpflich aus.

Nicht auszudenken, wie viele Tote es da hätte geben können, wenn Kübler durchgedreht wäre."

„Sehen Sie, das ist genau das, was ich meine", redete Oliver Lauer weiter auf Martin Steger ein.

„Es gab zwar großes Aufsehen, ging aber letztendlich doch einigermaßen glimpflich aus."

Martin Steger schien die Argumente von Oliver Lauer abzuwägen.

Dieser schickte noch ein weiteres hinterher.

„Zugegeben, wenn es sich beim Mord an Martina Karrer jetzt um einen Serienmörder handeln würde, hätte auch ich keinerlei Bedenken, die Eröffnung abzusagen.

Die Sicherheit der Bevölkerung hat schließlich Vorrang.

Aber solange wir nicht wissen, was wirklich dahinter steckt, würden wir dem Tourismus in unserer Region meiner Meinung nach eher Schaden zufügen."

Der OB hob wie schützend beide Hände.

„Serienmörder. Erfinden Sie mir jetzt bloß keine Schauermärchen, Herr Lauer.

Das hätte mir gerade noch gefehlt, dass dieser Wahnsinnige noch mehr Leute in unserer Stadt umbringt."

Man sah Martin Steger in diesem Augenblick an seiner Gesichtsfarbe an, dass ihn der Gedanke an eine solche Situation sowohl physisch als auch psychisch an seine Grenzen bringen würde.

Nachdem er Oliver Lauer verabschiedet hatte, griff er entschlossen zum Telefon, und ließ sich von seiner Sekretärin mit dem zuständigen Augsburger Oberstaatsanwalt Frank Berger verbinden.

Er wollte nun mit Nachdruck auf den aktuellen Stand der Erkenntnis gebracht werden.

Als kurz darauf das Telefon läutete, erhielt er die Auskunft seiner Mitarbeiterin, dass Frank Berger ihn um etwas Geduld bat, er würde ihn baldmöglichst zurückrufen.

Martin Steger bedankte sich, legte den Hörer zurück und begann, wie ein ruheloser Tiger in seinem Büro auf und ab zu marschieren.

Immer wieder blickte er dabei nervös auf das Ziffernblatt seiner Uhr.

Ein durchgeknallter Serienkiller in seiner Stadt? Das konnte, durfte nicht sein.

Doch nur Minuten später wurde er durch einen Telefonanruf eines Besseren belehrt.

## 17. Kapitel

Alfred Zacher hatte im Laufe seiner Arbeit als Polizeiarzt ja schon eine ganze Menge erlebt.

Was er in den letzten beiden Tagen jedoch mit ansehen musste, brachte selbst einen erfahrenen Pathologen wie ihn an die Grenzen des Erträglichen.

In solchen Situationen ließ sich der berufliche Alltag oftmals nur mit Sarkasmus und schwarzem Humor ertragen.

Nachdem er sich mit seinen beiden Kollegen durch die Polizeiabsperrung in das Wohnhaus begeben hatte, wurde er von Polizeiobermeister Peter Wagner nach oben begleitet.

„Mensch Markowitsch", meinte er, nachdem er die Wohnung von Christine Akebe betreten und sich einen ersten Überblick im Wohnzimmer verschafft hatte.

„Wollen Sie jetzt unbedingt in der großen Garde der Mordaufklärer mitspielen?

Oder können Sie mir einen anderen, vernünftigen Grund nennen, weshalb Sie mir innerhalb von zwei Tagen schon zum zweiten Mal so eine Schweinerei präsentieren?"

„Heben Sie sich ihre Witze für den nächsten Polizeiball auf, Doc", gab Markowitsch kurz zur Antwort.

„Als Aufschneider finden Sie dort sicherlich ein dankbareres Publikum als hier."

Auf Grund dieser Äußerung merkte Zacher sogleich, dass dem Augsburger Kriminalhauptkommissar dieser zweite barbarische Mord wohl ziemlich an die Nieren ging.

Robert Markowitsch stand mit fahlem Gesicht nur kopfschüttelnd am Türrahmen.

Alfred Zacher sah sich kurz um, erblickte Peter Neumann und winkte diesen zu sich heran.

„Ich weiß zwar, dass der alte Haudegen normalerweise alkoholabstinent ist, aber ich glaube, dass er jetzt einen kleinen Hochprozentigen vertragen könnte."

„Nicht nur er", kam Neumanns Antwort.

"Aber einer muss ja fahren. Ich werde mal mit den Nördlinger Kollegen sprechen."

Der Augsburger Kripobeamte ging in Richtung Wohnungstüre, als er eine ihm wohlbekannte Stimme in erheblicher Lautstärke vernahm.

"Sie werden mich jetzt augenblicklich da rein lassen, meine Herren", schallte es vom Treppenhaus herauf.

"Erstens habe ich als Oberbürgermeister ein Recht darauf zu erfahren, was hier passiert ist und zweitens hat man mich persönlich telefonisch verständigt."

Peter Neumann verdrehte in Erwartung auf die anstehende Debatte die Augen, nahm jeweils zwei Treppenstufen auf einmal nach unten und ging so dem Nördlinger OB Martin Steger entgegen.

"Schon in Ordnung, Kollegen", meinte er zu den beiden Nördlinger Polizisten, indem er Martin Steger über die Absperrung hinweg die Hand reichte.

"Guten Tag Herr Steger", begrüßte er den OB.

"Ich muss nur kurz mit den Kollegen sprechen, dann bringe ich Sie nach oben."

"Danke", entgegnete Martin Steger und vernahm sogleich die leise gesprochene Bitte von Peter Neumann an die Kollegen, irgendetwas Hochprozentiges zu besorgen.

Angesichts dieser Tatsache wurde dem OB etwas mulmig zumute.

Mit langsamen Schritten folgte er nun Peter Neumann in die Wohnung von Christine Akebe.

Martin Steger rümpfte die Nase, als er den unangenehmen Geruch im Inneren der Räume wahrnahm.

Ein Durchkommen zum vermeintlichen Tatort gestaltete sich auf Grund der umherstehenden Koffer der KTU - Mitarbeiter etwas schwierig.

Martin Steger kamen sofort die Aussagen in den Sinn, die er aus diversen Kriminalfilmen kannte.

*Zertrampeln Sie mir hier bloß keine wichtigen Spuren*, hieß es da immer.

Also blieb der Nördlinger OB im Flur stehen, als er die Frage Alfred Zachers an Markowitsch vernahm.

"Hat eigentlich irgendjemand die Staatsanwaltschaft verständigt, Markowitsch?"

"Ich nicht", brummte Markowitsch zurück.

„Aber ich gehe mal davon aus, dass dies bereits geschehen ist."

„Kann sein, dass ich Ihnen diese Arbeit abgenommen habe, Herr Markowitsch", vernahm er die Stimme Martin Stegers hinter sich.

Als er den Kopf drehte, sah der Hauptkommissar den Nördlinger Oberbürgermeister auf sich zukommen.

Fragend sah er dem Mann ins Gesicht.

Martin Steger stand nun, die linke Hand in der Hosentasche, vor ihm.

Die rechte Hand streckte er Markowitsch entgegen.

„Ich habe auf Grund der aktuellen Situation vor einigen Minuten bei der Staatsanwaltschaft angerufen, aber leider noch keinen Rückruf erhalten.

Da Sie es ja scheinbar nicht für notwendig erachten, Herr Markowitsch, mich auf einem aktuellen Stand zu halten, was Ihre Ermittlungen in unserer Stadt anbetrifft, so muss ich mir diese Informationen eben von anderer Stelle besorgen.

Es kann ja nicht angehen, dass ich als Oberbürgermeister von Nördlingen nur immer sporadisch irgendetwas mitgeteilt bekomme."

Wer den Leiter der Augsburger Mordkommission länger kannte, dem wurde aufgrund seines Gesichtsausdruckes schnell klar, dass bei ihm so langsam aber sicher die Grenze des Erträglichen erreicht war.

Peter Neumann konnte regelrecht fühlen, wie es hinter der Stirn von Robert Markowitsch fieberhaft arbeitete.

Plötzlich streckte sich der Hauptkommissar ein wenig und nahm dadurch eine kerzengerade Haltung ein.

Er drehte sich etwas zur Seite und machte dabei eine einladende Handbewegung in Martin Stegers Richtung.

„Natürlich, Sie haben wohl recht, Herr Steger.

Und da Sie nun mal schon vor Ort sind, darf ich Sie davon überzeugen, dass ich Ihnen gegenüber sehr wohl meiner Informationspflicht nachkomme.

Bitte sehr, treten Sie etwas näher. Sie können sich so direkt persönlich ein Bild von der aktuellen Situation machen."

Alfred Zacher, der den Dialog zwischen Markowitsch und dem Nördlinger OB mitbekommen hatte, schüttelte nur leicht seinen Kopf.

Er konnte sich schon ausmalen, was nun geschehen würde.

Als Martin Steger die Türe zum Wohnzimmer durchschritten hatte und den Leichnam Christine Akebes erblickte, blieb er wie angewurzelt stehen.

Mit weit aufgerissenen Augen starrte er auf den blutverschmierten, enthaupteten Körper der Frau.

Steger ließ die Hände sinken und schien wie ein kleines Häufchen Elend in sich zusammen zu sinken.

Jeder, der nicht auf einen solchen Anblick gefasst ist, der unvorbereitet auf ein regelrechtes Schlachtfeld geführt wird, würde wohl genauso reagieren.

Alfred Zachers Kollegen, die gerade dabei waren, einen Sichtschutz um den Leichnam aufzubauen, rührten sich nicht von der Stelle.

Martin Steger drehte dem Hauptkommissar sein mittlerweile aschfahles Gesicht entgegen.

Den Mund halb offen, deutete er mit ausgestreckter Hand ins Wohnzimmer, unfähig, sich auch nur einen Millimeter zu bewegen.

Robert Markowitsch stand mit starrer Mine da und beobachtete den Nördlinger OB.

Er war sich sehr wohl im Klaren darüber, was er diesem Mann da gerade zumutete, sah aber in diesem Moment der eigenen Betroffenheit keine andere Möglichkeit, Martin Steger die Grenzen aufzuzeigen.

Möglicherweise würde sein Vorgehen noch ein kleines Nachspiel haben, dies jedoch nahm er liebend gerne in Kauf.

Urplötzlich schien Martin Steger aus seiner Starre zu erwachen, legte sich die rechte Hand vor den Mund und rannte drei, vier Schritte an Markowitsch vorbei.

Fast wäre er noch über einen Koffer der KTU gestolpert, konnte sich jedoch gerade noch abfangen und Richtung Ausgangstür orientieren.

Diese erreichte er jedoch nicht mehr, denn die Reaktion seines Magens im Zusammenhang mit dem eben Geschehen erfolgte sofort.

Martin Steger erkannte zwar aus den Augenwinkeln gerade noch, wie der Augsburger Oberstaatsanwalt Frank Berger die Wohnung betrat, konnte jedoch nicht mehr reagieren und kehrte sein Innerstes nach außen.

Das Mittagessen landete in halb verdauter Form, begleitet von undefinierbaren Würgegeräuschen, auf dem Fußboden vor Frank Bergers Füßen.

Dieser sprang sofort einen Schritt zurück, betrachtete sich die unappetitlichen Spuren an seiner Hose und richtete seinen Blick in Richtung Robert Markowitsch.

Er sah, wie der Hauptkommissar, dessen Kollege Peter Neumann und die Mitarbeiter der Kriminaltechnik, mit teils mitleidigen, teils schadenfroh grinsenden Gesichtern die Szene beobachteten.

Ein bis zwei Minuten stand Martin Steger in leicht gebückter Haltung da, bis sich scheinbar nichts mehr in seinem Magen befand, das er hätte rauslassen können.

Ohne sich auch nur noch einmal in Richtung des Wohnungsinneren umzudrehen, verließ der OB das Haus.

Frank Berger stand im ersten Moment da wie ein begossener Pudel.

Er betrachtete seine versaute Hose, sah anschließend auf den Hauptkommissar.

„Eine Erklärung wäre wünschenswert, Markowitsch. Was können Sie mir hierzu sagen?", wies er mit einer Hand nach unten.

Robert Markowitsch zwang sich ein kurzes, gequältes Lächeln ab.

„Ich würde vorschlagen, das Teil in die Reinigung geben, werter Herr Oberstaatsanwalt. Die werden das schon wieder hinkriegen."

„Danke für den Tipp, Markowitsch", antwortete Frank Berger und deutete auf das Wohnzimmer, in dem Alfred Zacher inzwischen mit seinen Kollegen zum traurigen Alltag übergegangen war.

„Ich brauche hier mehr Licht", rief er einem der Männer zu.

„Mit dieser Funzel an der Decke kann ich ja kaum was sehen."

„Kommt sofort, Chef", kam umgehend die Antwort.

„Um zu erkennen, dass da drin ein kleines Massaker stattgefunden hat, brauche ich kein Licht, Markowitsch", sprach der Oberstaatsanwalt.

„Es reicht aus, einmal tief durchzuatmen", fügte er als Andeutung auf den typischen Geruch des Blutes hinzu.

„Ich will da gar nicht reinschauen", deutete er auf die Tür des Wohnzimmers.

„Kann es sein, dass dies dort drin im Zusammenhang mit der Geschichte von gestern steht?"

Robert Markowitsch nahm Frank Berger am Arm und zog ihn mit hinaus ins Treppenhaus.

„Kommen Sie mit nach unten, Berger. Ich brauche frische Luft."

Als die beiden Männer auf den Gehsteig hinaus traten, erkannten sie, dass die Kollegen der Nördlinger Polizeiinspektion alle Hände voll zu tun hatten, um die Schaulustigen, die sich mittlerweile vor dem Gebäude versammelt hatten, zurückzuhalten.

„Die Tatsache, dass Frau Akebe genauso wie auch Frau Karrer enthauptet worden ist, lässt darauf schließen, dass wir es hier mit ein und demselben Täter zu tun haben, Berger."

Markowitsch sah den Staatsanwalt einige Sekunden wortlos an.

„Leider muss ich zu meiner Schande gestehen, dass ich bis jetzt auch nicht nur den kleinsten konkreten Ansatz eines Motivs für die beiden Morde habe.

So langsam beginne ich, an mir zu zweifeln."

Frank Berger entnahm eine deutliche Resignation aus Markowitsch's Worten.

Zwei Tote innerhalb von zwei Tagen, auf eine bestialische Art und Weise umgebracht, das kann selbst einen erfahrenen Kriminalhauptkommissar wie Robert Markowitsch zermürben.

„Nun werfen Sie mir mal nicht so vorschnell die Flinte ins Korn, Markowitsch", antwortete er auf die Selbstzweifel des Ermittlers.

„Es ist ja schließlich keine Kleinigkeit, zwei derartige Fälle innerhalb dieses kurzen Zeitraums auseinander zu klauben. Geschweige denn, sie aufzuklären.

Was sagt denn die KTU? Gibt es inzwischen irgendwelche konkreten Hinweise auf die Tote von gestern?"

Markowitsch zuckte nur mit den Schultern.

„Wir haben den einen oder anderen Hinweis von Zacher erhalten, keine Frage.

Eine konkrete Spur erkenne ich darin allerdings bisher noch nicht."

Ich hatte jedoch auch noch keine richtige Gelegenheit, mit ihm darüber zu sprechen."

Der Hauptkommissar deutete mit dem Finger nach oben.

„Er war heute Nachmittag auf dem Weg zu mir, als uns das da oben dazwischen gekommen ist."

„Wer hat die Tote denn entdeckt, bzw. wer hat Sie verständigt?", wollte Frank Berger wissen.

„Verständigt hat uns niemand, Berger", sagte Markowitsch und erklärte dem Kollegen, wie es dazu kam, dass er und Peter Neumann nach Nördlingen gefahren sind.

„Na sehen Sie, Markowitsch", versuchte Frank Berger den Hauptkommissar zu beruhigen.

„Das zeigt doch, dass ihr Instinkt sehr wohl noch intakt ist."

„Ja", seufzte Markowitsch. „Allerdings kam er dieses Mal zu spät."

„Wer kann so etwas aber auch nur im Geringsten ahnen?", meinte Frank Berger.

„Wir sind schließlich keine Hellseher, dass wir eine Mordserie voraussehen können."

„Markowitsch erschrak etwas bei diesen Worten des Oberstaatsanwalts.

„Sinnieren Sie mir bitte hier keinen Serienmörder heraus, Berger", mahnte er.

„Vor allem nicht in der Öffentlichkeit. Die Presse hat ihre Ohren überall, das müssten Sie doch am besten wissen."

„Oh ja, Markowitsch", winkte der Angesprochene ab.

„Ich will mir gar nicht ausmalen, was da an Erklärungsbedarf wieder auf mich zukommt.

Aber ohne einen handfesten Hinweis werde ich einen Scheiß tun und überhaupt irgendetwas an die Presseleute weitergeben."

Ich würde meinerseits vorschlagen, dass wir jetzt erstmal die Ergebnisse der Kriminaltechnik abwarten."

„Ganz in meinem Sinne, Berger", bestätigte Robert Markowitsch das Vorhaben des Oberstaatsanwalts.

„Alles andere wäre im Moment auch nur reine Spekulation und würde uns die Ermittlungen wahrscheinlich nur unnötig erschweren."

Markowitsch reichte Frank Berger die Hand, da sich dieser anscheinend schon wieder unter Zeitdruck befand.

„Ich gehe dann mal wieder nach oben. Mal sehen, ob die Kollegen inzwischen irgendeinen Hinweis gefunden haben, der uns weiter bringt."

„Machen Sie das, mein lieber Markowitsch", antwortete Frank Berger. „Machen Sie das.

Apropos Hinweis: Gab es schon Gelegenheit, diese Pflegedienstleitung im Krankenhaus zu befragen?"

Robert Markowitsch drehte sich einmal langsam um die eigene Achse, deutete mit beiden Armen nach oben in Richtung Christine Akebes Wohnung und fragte energisch mit ansteigender Lautstärke:

„Wann denn, Berger? Wann denn?"

Dieser winkte nur kurz aber verständnisvoll ab.

„War auch nur eine Frage, Markowitsch."

„Die hätten Sie sich sparen können. Neumann war sowieso auf dem Weg dorthin", sagte der Hauptkommissar genervt, als er sich bereits wieder auf dem Weg nach oben machte.

Dort angekommen kam ihm der Leiter der KTU schon entgegen.

„Sagen Sie mir jetzt bitte, dass Sie etwas für mich haben, das mir in irgendeiner Weise weiterhilft, Zacher."

„Na, wenn Sie mich so freundlich darum bitten, Markowitsch, dann will ich mal nicht so sein", antwortete dieser.

„Leider kann ich zum jetzigen Zeitpunkt nur so viel mit Sicherheit sagen, dass es sich aller Wahrscheinlichkeit nach um den gleichen Täter wie beim ersten Opfer handeln dürfte.

Auch diese Frau dort, oder besser gesagt ihr Kopf, weißt eine Verletzung auf.

Diese entstand mit ziemlicher Sicherheit noch, bevor ihr der Schädel abgetrennt wurde.

Ich kann Ihnen aber erst nach der Obduktion sagen, ob dieser Schlag nicht vielleicht sogar schon tödlich war und das Opfer die eigentliche Enthauptung gar nicht mehr mitbekommen hat."

Markowitsch überlegte. Er sah Alfred Zacher fragend an.

„Wenn dem so war, Zacher, warum dann noch diese grausame Zeremonie? Das ergibt doch in meinen Augen überhaupt keinen Sinn."

„Zeremonie ist vielleicht gar kein so schlechter Ansatz, Markowitsch", bedachte der Arzt.

„Vielleicht sollten Sie diesen Gedanken nicht ganz außer Acht lassen.

Aber wie schon gesagt: Ob die Frau zu diesem Zeitpunkt wirklich schon tot war, lässt sich erst nach einer genaueren Untersuchung feststellen."

„Deren Ergebnis ich heute Nacht noch kriege?", schickte der Hauptkommissar seine Frage hinterher.

„Ach Markowitsch", seufzte Alfred Zacher fast schon wehmütig.

„Sie rauben mir nicht nur den Schlaf, sondern auch noch den letzten Nerv.

Aber gut. Ich werde ein Telefonat mit den Kollegen vom Augsburger Klinikum führen.

Sollten diese zusagen, werde ich den Leichnam von Frau Akebe dorthin bringen lassen.

Dann habe ich wenigstens einen triftigen Grund, Sie auch einmal nachts aus dem Bett zu klingeln."

Markowitsch reichte Zacher die Hand.

„Wenn Sie mir tatsächlich heute Nacht noch etwas Konkretes bringen, dürfen Sie sogar auf meinem Sofa schlafen, Doc."

„Danke, Markowitsch", winkte Alfred Zacher ab. „Aber da weiß ich mir bei Gott was Bequemeres."

„Auch gut", gab Markowitsch nun schon wieder etwas erleichtert zurück.

„Dann warte ich also auf Ihren Anruf."

Er drehte sich suchend um.

„Haben Sie Neumann gesehen, Zacher?"

„Ist nebenan" bekam Markowitsch zur Antwort.

„Übrigens: Bevor Sie sich aus dem Staub machen, hätte ich noch etwas Arbeit für Sie."

Alfred Zacher ging an seinen Koffer und entnahm diesem einen Umschlag.

„Ich habe es mir nicht nehmen lassen, Ihnen das hier höchstpersönlich in ausgedrucktem Zustand zu übergeben."

Markowitsch sah Zacher fragend an, bevor er den Umschlag öffnete.

Dieser enthielt mehrere Seiten Papier, auf denen sich diverse Tabellen, Grafiken und wissenschaftliche Erklärungen befanden.

Der Hauptkommissar zeigte mit dem Finger darauf.

„Bevor ich jetzt ein Studium der Rechtsmedizin beginnen muss,

Zacher, erklären Sie mir sicherlich mit verständlichen Worten, was das alles hier bedeutet, oder?"

Zacher lächelte etwas.

„Drei Buchstaben verrate ich Ihnen gerne, Markowitsch. D N A."

Robert Markowitsch atmete tief durch und verdrehte dabei etwas die Augen.

„Dachte ich mir fast schon, Doc. Ist ja auch kaum zu übersehen. Ich hätte es gerne nur etwas detaillierter."

Peter Neumann, der in diesem Augenblick an die Seite der beiden Ermittler trat, besah sich die Papiere.

„Das hilft mir in dieser Form aber nicht viel weiter, Herr Zacher. Wie soll ich damit in meinem Computersystem einen Vergleich abfragen?"

Alfred Zacher winkte beruhigend ab.

„Keine Sorge, Herr Neumann. Das Ergebnis liegt Ihnen selbstverständlich auch digital in der Ermittlungsakte vor."

Er deutete mit dem Finger auf Markowitsch.

„Aber da er ja nichts damit anfangen kann, hab ich es eben auch nochmal ausgedruckt mitgebracht."

„Zu gütig, Zacher, dass Sie mich auf meine Schwächen bezüglich der digitalen Arbeitsmittel hinweisen", meinte Markowitsch brummend.

Mit einem Blick auf die Uhr wandte er sich an Peter Neumann.

„Angesichts der fortgeschrittenen Zeit werden Sie ihr Rendezvous mit der jungen Dame im Krankenhaus auf Morgen verschieben, Neumann."

Er wedelte mit dem Umschlag durch die Luft.

„Wir fahren zurück ins Büro. Das hier ist im Moment wichtiger.

Außerdem können Sie so mal wieder ein paar Stunden mit Ihrem heißgeliebten Spielzeug verbringen."

Nach diesen Worten verabschiedeten sich Robert Markowitsch und Peter Neumann von den Kollegen der KTU, nicht ohne sich bei ihnen für den Einsatz bedankt zu haben.

„Hoffentlich bringt uns das hier endlich eine Spur, mit der wir etwas anfangen können, Neumann", sprach Markowitsch auf dem Weg zum Auto.

„Sollte es zu diesen DNA-Ergebnissen irgendetwas Passendes im

BKA-System geben, dann werde ich es finden, Chef. Darauf können Sie sich verlassen", antwortete Peter Neumann selbstsicher.

„Daran zweifle ich in keiner Weise, Neumann", gab Markowitsch seinem jungen Kollegen vertrauensvoll zur Antwort.

# 18. Kapitel

Nachdem die beiden Ermittler das Gebäude des Augsburger Polizeipräsidiums Schwaben-Nord betreten hatten, begab sich Peter Neumann direkt an seinen Computer, während Robert Markowitsch noch kurz in sein Büro ging, um zwei Tassen mit seinem heißgeliebten Cappuccino zu füllen.

Als er mit den beiden Getränken zurück ins Büro seines Kollegen kam, war dieser bereits in den digitalen Archivstrukturen unterwegs.

Der Hauptkommissar stellte eine der beiden Tassen neben der Tastatur auf Peter Neumanns Computerschreibtisch ab und setzte sich neben den Kollegen.

Währenddessen er die flinken Finger über die Tasten huschen sah, horchte er einen kurzen Moment in sich hinein, ob da so etwas wie Neid in ihm aufkam.

Er bewunderte diese Fähigkeiten Neumanns, musste sich aber auch zum wiederholten Male eingestehen, dass dies nicht seine Welt war.

Aber neidisch? Nein, das war er nicht.

Seine Fähigkeiten lagen auf einem anderen Gebiet, wobei er sich jedoch hervorragend mit Peter Neumann ergänzte.

Markowitsch nahm einen Schluck seines Lieblingsgetränkes und konzentrierte seinen Blick wieder auf dessen Tätigkeit.

Gespannt folgte er den Blicken Neumanns, die immer wieder zwischen dem linken und dem rechten Bildschirm hin und her gingen.

Auch wenn er nicht allzu viel von Computern verstand, so erkannte er, dass sich der Kollege momentan in der Archivdatenbank des Bundeskriminalamtes befand und einen DNA-Abgleich durchführte.

Die digitale Analyse-Datei wurde 1998 im Auftrag des damaligen Innenministers Kanther in Wiesbaden eingerichtet und umfasst mehr als eine Million Datensätze, wobei monatlich circa achttausend neue Einträge hinzukommen.

Dabei wird nach den im BKA-Gesetz vorgeschriebenen Fristen von zehn Jahren bei Erwachsenen und fünf Jahren bei Jugendlichen geprüft, ob die Daten zu berichtigen oder zu löschen sind.

Durch die DNA-Analyse konnten nicht nur innerhalb kürzester Zeit, sondern auch noch nach mehr als zwanzig Jahren Verbrechen aufgeklärt werden.

Im Zusammenspiel mit weit mehr als einer halben Million digitaler Kriminalakten kann so im Optimalfall innerhalb von Sekunden festgestellt werden, ob weitere Informationen zu einer betroffenen Person vorliegen.

Peter Neumann hatte die von Alfred Zacher angelegte Akte zum aktuellen Fall auf den einen Bildschirm geholt, wobei er nun auf der anderen Seite die Ergebnisse mit den vorhandenen Daten im Archiv abgleichen ließ.

In rasender Geschwindigkeit flogen die Zahlen- und Buchstabenreihen vor Markowitsch's Augen über das Display, doch blieb ein schnelles Ergebnis auch nach mehreren Minuten aus.

Robert Markowitsch machte die Warterei zusehends nervös, vor allem deshalb, da er während dieser Zeit nur zum tatenlosen Zusehen verdammt war.

Fast schon ein wenig resignierend leerte er seine Kaffeetasse, erhob sich von seinem Platz und legte seine linke Hand vorsichtig auf die Schulter von Peter Neumann.

„Nachdem ich Ihnen dabei sowieso nicht besonders behilflich sein kann, mache ich für heute Schluss Neumann", meinte er.

„Sollte irgendetwas Treffendes bei Ihrer Suche herauskommen, klingeln Sie sofort bei mir durch."

Ohne den Blick vom Bildschirm abzuwenden, hob der Angesprochene nur kurz seine Hand.

„Geht klar, Chef. Kann schon ziemlich bald sein, könnte aber auch etwas länger dauern.

Aber irgendetwas finde ich bestimmt."

Markowitsch rückte seinen Stuhl wieder an den anderen Schreibtisch und verließ das Büro mit dem Wissen, dass wohl wieder eine unruhige Nacht vor ihm lag.

# 19. Kapitel

Als Robert Markowitsch am nächsten Tag etwas später als gewohnt in seinem Büro eintraf, erwarteten ihn bereits Alfred Zacher und Peter Neumann.

„Sie sehen aus, als hätten Sie die letzte Nacht durchgezecht, Neumann", begrüßte der Augsburger Kripochef seinen Kollegen mit einem Blick auf dessen geröteten Augen.

„Na ja", antwortete dieser. „Zwei Stunden Schlaf auf der Liege im Bereitschaftsraum sind ja auch nicht gerade das Gelbe vom Ei."

Markowitsch reichte auch dem Polizeiarzt die Hand.

„Guten Morgen Zacher. Sie sehen auch nicht viel besser aus."

„Danke, Markowitsch", antwortete dieser.

„Das Kompliment kann ich Ihnen gerne zurückgeben."

Der Hauptkommissar winkte nur kurz ab.

„Sieht so aus, als wenn die Geschichte uns alle ziemlich mitnimmt. Es ist aber auch zum aus der Haut fahren.

Zwei Leichen innerhalb von nur achtundvierzig Stunden und noch keine heiße Spur."

Markowitsch wandte sich an Peter Neumann.

„Nachdem ich heute Nacht umsonst auf einen Anruf von Ihnen gewartet habe, gehe ich mal davon aus, dass Ihre Recherchen uns bis jetzt anscheinend auch nicht sehr viel weiter bringen, oder?"

Peter Neumann zuckte mit den Schultern.

„Tut mir leid, Chef", sagte er.

„Von den DNA-Spuren war leider keine Übereinstimmung zu finden.

Ich habe bis in die späte Nacht hinein gesucht bzw. mein Baby suchen lassen.

Es scheint wie verhext, aber wenn die gefundenen Hautpartikel unter den Fingernägeln der Toten vom Täter stammen, so ist dieser bisher nicht ernsthaft strafrechtlich relevant in Erscheinung getreten.

Auch die verschiedenen Fingerabdrücke, die von den Kollegen der KTU sichergestellt wurden, sind nicht im System erfasst."

Der Hauptkommissar hatte beide Hände tief in den Hosentaschen vergraben und starrte nachdenklich zu Boden.

„Das heißt nach wie vor, dass wir vor einem Rätsel stehen. Keine heiße Spur, kein Motiv und somit auch keinen wirklich Tatverdächtigen."

Der Leiter des Fachkommissariats K1 schien der Verzweiflung nahe zu sein.

„Wir fangen also nochmal bei null an. Was haben wir?

Martina Karrer, grausam ermordet im Nördlinger Stadtmuseum, indem man ihr den Kopf abgetrennt hat.

Es wurde keine Tatwaffe gefunden, DNA und Fingerabdrücke bringen uns bis dato auch nicht weiter.

Am Tag darauf wird Christine Akebe ebenso bestialisch getötet, wobei man bei beiden Taten schon eher von einer Hinrichtung sprechen muss.

Auch hier haben wir bisher kein Tatmotiv, wobei alles darauf hindeutet, dass es sich wohl um ein und denselben Täter handelt."

Markowitsch's Blick blieb am Leiter der KTU hängen.

„Ich gehe mal davon aus, Zacher, dass wir im Laufe des Tages die Spurenauswertung des zweiten Falles bekommen?"

„Meine Leute arbeiten mit Hochdruck daran", bestätigte Alfred Zacher die Frage des Hauptkommissars.

„Und weshalb sind Sie dann hier und nicht im Institut?", vernahmen die drei Männer in diesem Augenblick die Frage.

Scheinbar unbemerkt hatte Oberstaatsanwalt Frank Berger das Büro von Robert Markowitsch betreten.

Nacheinander begrüßte er die Kollegen per Handschlag, wobei er seinen fragenden Blick auf Alfred Zacher gerichtet ließ.

„Weil wir auch außerhalb der Sezierhalle unserer Arbeit nachgehen, Herr Berger", antwortete er etwas genervt.

„Das hoffen wir doch alle, nicht wahr, meine Herren?", sagte der Oberstaatsanwalt.

„Ich darf also davon ausgehen, dass Sie neue Informationen für uns haben?

Mir sitzt der Polizeipräsident im Nacken. Von der Presse mal ganz zu schweigen."

Frank Berger legte die aktuelle Ausgabe der Augsburger Allgemeinen auf dem Schreibtisch von Markowitsch ab.

Danach folgte ein Exemplar von Deutschlands größter Schlagzeilenzeitung.

## Der Henker von Nördlingen

Der Titel in überdimensionalen Buchstaben bescherte dem Verlag an diesem Tag wohl wieder eine Rekordauflage.

„Was glauben Sie wohl, wie es seit gestern in meinem Büro zugeht, meine Herren?

Die Telefonleitungen sind überlastet, der Mailserver befindet sich kurz vor dem Kollaps und meine Sekretärin hat heute früh schon mit Kündigung gedroht."

Frank Berger zeigte mit dem Finger in Richtung Fenster.

„Also geben Sie mir endlich was in die Hand, mit dem ich die Meute da draußen füttern und somit etwas auf Distanz halten kann."

Bei seinem letzten Satz erreichte die Stimme des Oberstaatsanwalts eine bedrohliche Lautstärke.

Betretene Stimmung herrschte für die nächsten Sekunden im Büro der Augsburger Mordkommission.

In diesem Augenblick hätte man die sprichwörtliche Nadel zu Boden fallen hören.

Alfred Zachers Stimme unterbrach das scheinbar endlos lange Schweigen.

„Vielleicht bringt uns das hier ja etwas weiter", meinte er, indem er an Markowitsch's Schreibtisch trat und dort eine Mappe mit verschiedenen Fotos ausbreitete.

Nur drei Sekunden später versammelten sich Markowitsch, Neumann und der Oberstaatsanwalt um den Schreibtisch des Hauptkommissars.

Mit einheitlichem Stirnrunzeln betrachteten sich die Männer die Bilder aus Alfred Zachers Mappe.

Eine der Aufnahmen zeigte das Büro von Martina Karrer aus dem Nördlinger Stadtmuseum.

Auf einem weiteren Bild war der Schreibtisch mit verschiedenen Gegenständen zu sehen, die Frau Karrer zu diesem Zeitpunkt wohl zum Zweck der Inventarisierung dort platziert hatte.

Es handelte sich dabei um die Gegenstände, die Frank Berger dazu veranlasst hatten, die Ermittlungen an die beiden Augsburger Kriminalbeamten zu übertragen.

Alfred Zacher bewegte seine rechte Hand schwebend über den Fotografien.

„All diese Teile sind, wie wir bei unseren Untersuchungen im Institut festgestellt haben, handgefertigt und mit ziemlicher Sicherheit afrikanischen Ursprungs."

„Wer hätte das gedacht", murmelte Frank Berger mit unüberhörbarem Sarkasmus in seiner Stimme, was ihm einen bösen Blick von Seiten Zachers einbrachte.

Als der Oberstaatsanwalt dies bemerkte, hob er entschuldigend seine Hand.

„Nehmen Sie es mir nicht übel, Zacher. Aber diese Dinger bereiten mir einen unangenehmen Würgereiz oberhalb meiner Magengegend."

Der Polizeiarzt warf einen fragenden Blick in Richtung Markowitsch.

„Hab ich da irgendetwas verpasst", wollte er wissen.

Markowitsch winkte ab.

„Das war unser erster großer Fall in Nördlingen vor sechs Jahren. Die Geschichte mit dem Türmer vom Daniel.

Sie waren damals nicht in die Ermittlungen involviert, Zacher."

„Nicht dass ich wüsste", antwortete dieser.

„Aber man kann ja nicht überall zur gleichen Zeit sein. Außerdem müssen die Kollegen ja auch irgendwie ihr Geld verdienen."

„Weiter im Text, bitte", drängte der Oberstaatsanwalt ungeduldig.

„Was haben Sie so Besonderes an den Dingern hier entdeckt, Zacher?"

„An denen eigentlich nichts. Außer, dass sich die Fingerabdrücke beider getöteten Frauen darauf befinden."

Frank Berger schnaufte hörbar aus, als er auf die beiden Kriminalbeamten sah.

„Also hatte ich recht mit meiner Vermutung, dass dies alles hier von diesem Doktor Akebe stammt."

„Sieht ganz danach aus", stimmte Markowitsch der Aussage Bergers zu.

„Allerdings bringt uns diese Erkenntnis in diesem Augenblick kein

Stück in unseren Ermittlungen weiter, Zacher", sprach der den KTU - Leiter an.

„Das noch nicht, Markowitsch", meinte dieser.

„Aber sehen Sie sich doch mal dieses Foto hier an."

Alfred Zacher reichte dem Hauptkommissar eines der Bilder vom Tisch.

Es zeigte die Holztruhe, in der sich laut Untersuchungsbericht die Gegenstände befunden hatten.

Die Aufnahme zeigte diese Truhe in Großaufnahme.

Markowitsch betrachtete sich das Bild einige Sekunden lang und schien dabei unmerklich zusammenzuzucken, bevor er es an Peter Neumann weiterreichte.

Auch er erkannte sofort das Detail der Aufnahme, um das es Alfred Zacher anscheinend ging.

Als Frank Berger die Reaktionen der beiden Ermittler bemerkte, griff er ungeduldig nach dem Foto und riss es Peter Neumann sogleich regelrecht aus der Hand.

Die Augen des Augsburger Oberstaatsanwalts wurden groß, als auch er erkannte, was ihnen Alfred Zacher da präsentierte.

Auf dem leergeräumten, schon etwas verstaubten Boden der Holztruhe waren unmissverständlich die Umrisse eines Schwertes zu erkennen.

Die drei Männer sahen sich für einige Sekunden lang an.

Frank Berger fand als Erster die Worte, um die entscheidende Frage zu formulieren.

„Kann es sein, dass es sich hierbei um die Tatwaffe handelt, Herr Zacher?"

„Ich kann zwar nicht hellsehen, Herr Berger, aber wenn Sie mir das Teil zur Untersuchung bringen, kann ich Ihnen kurze Zeit später die entsprechende Antwort darauf geben."

Robert Markowitsch mischte sich in das Gespräch ein.

„Das heißt, Sie haben dieses Schwert, das dort gelegen haben muss, nicht gefunden?"

„Richtig, Markowitsch", bestätigte Alfred Zacher. „Genau das heißt es."

Wieder herrschte Stille im Raum, bevor sich Frank Berger umdrehte und Richtung Bürotür ging.

Die Klinke in der Hand drehte er sich um und sah mit ernster Miene auf Robert Markowitsch und Peter Neumann.

„Sie wissen hoffentlich, was Sie nun zu tun haben, meine Herren", sagte er mit einem bestimmenden Tonfall, der keinen Widerspruch duldete.

„Sie drehen diese Stadt jetzt auf den Kopf und lassen keinen Stein auf dem anderen, bevor Sie mir nicht dieses verdammte Schwert gefunden haben."

Robert Markowitsch war erfahren genug, um selbst zu wissen, welche Schritte nun folgen mussten.

Deshalb gab er auch nicht allzu viel auf die Reaktion des Oberstaatsanwalts, sondern versuchte mit einer Bemerkung, die Anspannung etwas herauszunehmen.

„Da möchte ich aber nicht in Ihrer Haut stecken, Berger, wenn ich dem Nördlinger OB erzählen muss, dass ich in seinem Schmuckstück das Unterste nach oben drehen soll."

Frank Berger ließ die Klinke aus der Hand gleiten und trat dem Hauptkommissar einige Schritte entgegen, sodass er ihm Gesicht an Gesicht gegenüberstand.

Keine Handbreit hätte dazwischen gepasst.

„Es ist mir im Augenblick scheißegal, was dieser Steger dazu sagen könnte oder nicht, Markowitsch", sprach Frank Berger gefährlich leise.

„Dies ist eine Anordnung, die Sie meinetwegen auch schriftlich und vom Justizminister persönlich unterzeichnet mit nach Nördlingen nehmen können."

Er griff sich die große Tageszeitung vom Schreibtisch und hielt sie dem Hauptkommissar direkt unter die Nase.

Mit dem Zeigefinger tippte er mehrmals auf die Schlagzeile.

„Finden Sie mir das verfluchte Teil, Markowitsch, damit wir diesem Henker den Garaus machen können, bevor es vielleicht noch mehr Tote gibt."

Nach diesen ungewohnt scharfen Worten gegenüber den Kriminalbeamten knallte Frank Berger die Zeitung wieder auf den Schreibtisch, drehte sich um und verließ mit schnellen Schritten das Büro.

## 20. Kapitel

Es war kurz vor Mittag, als Robert Markowitsch seinen Dienstwagen auf dem Parkplatz vor dem Nördlinger Stiftungskrankenhaus abstellte.

Die beiden Beamten hatten beschlossen, auf ihrem Weg zunächst noch die Pflegedienstleitung des Bürgerheims, Frau Kahling, zu befragen, bevor sie Martin Steger über den aktuellen Stand der Ermittlungen in Kenntnis setzen wollten.

Dazu hatte Frank Berger noch durch einen Telefonanruf geraten, damit sich das Nördlinger Stadtoberhaupt nicht wieder übergangen fühle und anfinge, seine Beziehungen spielen zu lassen.

„Scheint sich ja zu einem richtigen Klinikkomplex zu entwickeln", meinte Peter Neumann beim Aussteigen mit einem Fingerzeig auf den neu errichteten Teil des Krankenhauses.

„Tja, wird wohl wie so Vieles in unserem Gesundheitswesen eine Entscheidung auf politischer Ebene sein, Neumann.

Große Gesundheitszentren mit spezialisierten Abteilungen auf wenige Standorte verteilt."

Als sich die beiden Beamten an der Rezeption nach Andrea Kahling erkundeten, mussten sie erfahren, dass diese bereits nach der Visite nach Hause entlassen worden war.

Robert Markowitsch zeigte seinen Dienstausweis und bat die Dame um den Namen und die Station des behandelnden Arztes.

Nachdem sie diesen in seinem Büro aufgesucht hatten, erfuhren sie, dass Andrea Kahling auf eigenen Wunsch die Klinik verlassen wollte, wobei sie sich schriftlich einverstanden erklärt hatte, die verordneten Medikamente noch weiter einzunehmen und einen Termin zur psychologischen Betreuung wahrzunehmen.

Markowitsch ließ sich die Adresse von Andrea Kahling aufschreiben, bedankte sich bei dem Arzt und reichte den Zettel an Peter Neumann weiter.

„Sie laden mich am Rathaus ab, Neumann und können anschließend Ihr Rendezvous wahrnehmen, während ich mich mit Herrn Steger auseinandersetze."

„Zu gütig, dass Sie mir die angenehmere Aufgabe überlassen, Chef", meinte Peter Neumann mit einem Lächeln.

„Kein Problem, Neumann", antwortete der Hauptkommissar.

„Nachdem Sie sich schon so darauf gefreut haben. Aber gehen Sie mir behutsam bei der Befragung vor. Das Erlebnis wird sicherlich traumatische Nachwirkungen haben."

„Selbstverständlich, Chef", antwortete Peter Neumann. „Sie können sich darauf verlassen."

„Gut", meinte Markowitsch. „Dann werde ich in der Zwischenzeit Martin Steger über das in meinen Augen Notwendigste in Kenntnis setzen.

Sobald Sie mit Ihrer Befragung fertig sind, können Sie mich in dem Café neben der Kirche abholen.

Ich habe vor, anschließend diesem Oliver Lauer noch einen Besuch abzustatten.

Schließlich war er ja wohl der Letzte, der Martina Karrer lebend gesehen hat.

Möglicherweise kann er uns ja den einen oder anderen Hinweis geben.

Ich kann mir immer noch nicht vorstellen, aus welchem Grund die Frau regelrecht hingerichtet wurde."

Wenige Minuten später verließ Robert Markowitsch vor dem Nördlinger Rathaus seinen Wagen und Peter Neumann machte sich auf den Weg zu Andrea Kahling.

\*

„Es tut mir leid, der Herr Oberbürgermeister hat momentan eine Besprechung mit unserem Tourismusleiter", erfuhr Markowitsch von der Sekretärin im Vorzimmer des OB.

Ein Blick auf seine Uhr bestätigte das aufkommende Hungergefühl in seiner Magengegend.

„Da ich etwas unter Zeitdruck bin, möchte ich Sie bitten, das Gespräch zu unterbrechen", bat er die Dame.

„Herr Steger erwartet mich."

Das war zwar nicht die Wahrheit, aber als gelogen sah es Markowitsch auch nicht an.

Schließlich war es ja Martin Steger, der immer wieder auf Information seinerseits drängte.

Der Hauptkommissar vernahm einige Wortfetzen durch die geschlossene Tür von Martin Stegers Amtszimmer, konnte jedoch nichts Genaues verstehen.

„Da hat wohl jemand Ärger mit Ihrem Chef?", fragte er die Sekretärin mit einem charmanten Lächeln.

Diese zuckte jedoch nur mit den Schultern.

„Ganz Nördlingen scheint Angst zu haben", meinte sie, „und diese Anspannung ist Herrn Steger ganz besonders anzumerken."

„Ist ja irgendwie auch verständlich", pflichtete Robert Markowitsch der Frau bei.

„Wir werden natürlich alles in unserer Macht stehende dafür tun, um diese beiden schrecklichen Morde schnellstmöglich aufzuklären."

Als die Sekretärin das Wort „Morde" aus dem Mund des Kriminalbeamten vernahm, zuckte sie zusammen.

Auch ihr stand die Angst ins Gesicht geschrieben.

„Man traut sich abends gar nicht mehr allein auf die Straße", sagte sie mit leicht stockender Stimme.

„Auch die Innenstadt ist nach Geschäftsschluss beinahe wie ausgestorben.

Hoffentlich hat das bald ein Ende, damit man hier wieder ruhig schlafen kann."

„Wie gesagt: Wir werden alles dafür tun, dass es bald vorbei ist.

Es gibt auch schon eine erste Spur. Mehr kann ich Ihnen aber leider nicht dazu sagen", versuchte Robert Markowitsch die offensichtlich verängstigte Frau zu beruhigen, die soeben am Büro des Oberbürgermeisters anklopfen wollte.

In diesem Moment wurde die Tür aufgerissen und der herausstürmende Mann wäre beinahe mit ihr zusammengestoßen.

„So können Sie mit mir nicht umgehen, Steger", rief der Mann noch, bevor er die Treppen hinunter eilte.

Martin Steger trat aus seinem Büro und entdeckte den Hauptkommissar zusammen mit seiner Angestellten im Vorzimmer.

„Ah, Herr Kommissar", sagte er etwas überrascht.

„Sie wollen sicherlich zu mir?

„Richtig, Herr Steger", antwortete Markowitsch.

„Hauptkommissar im Übrigen", meinte er noch und nickte der Sekretärin mit einem kurzen, aufmunternden Lächeln zu.

Martin Steger bat Robert Markowitsch in sein Büro.

„Kaffee?", fragte er kurz.

„Danke, nein", lehnte Markowitsch höflich ab.

„Ich habe noch zu tun. Ich wollte Sie nur kurz über den aktuellen Stand aus unserer Sicht informieren, damit es nicht wieder zu Missverständnissen kommt."

„Wenigstens mal eine positive Nachricht heute. Missverständnisse hab ich schon genug, Herr Markowitsch.

Wie weit sind Sie denn in Ihren Ermittlungen? Ich habe inzwischen weder hier im Rathaus, noch draußen auf der Straße auch nur eine ruhige Minute.

Selbst bei mir zu Hause klingelt ständig das Telefon.

Die Presseleute rennen mir das Haus ein und ich bin nicht in der Lage, eine vernünftige Antwort zu geben."

Robert Markowitsch hörte sich geduldig die Sorgen des Nördlinger Oberbürgermeister an.

„Ich kann Sie gut verstehen, Herr Steger. Die Lage ist sicherlich nicht besonders angenehm für Sie.

Es könnte allerdings sein, dass wir Ihre Nerven noch etwas weiter strapazieren müssen."

Martin Steger winkte nur mit scheinbarer Resignation ab.

„Noch weiter geht schon fast nicht mehr, Herr Hauptkommissar", seufzte er hörbar.

„Also: Womit haben Sie vor, mich noch weiter zu quälen?"

„Sie persönlich trifft es eher weniger", sprach der Augsburger Kripochef und versuchte dem OB verständlich darzustellen, was er vorhatte.

Martin Steger hörte sich die Erklärungen geduldig an, bevor er seine Bedenken äußerte.

„Sie glauben also, dass es sich bei diesem verschwundenen Teil um die Waffe handeln könnte, mit der die beiden Frauen getötet wurden?", fragte er.

„Das Ding kann doch weiß Gott wer gestohlen haben.

Aber vorausgesetzt, dass es jemand aus unserer Stadt gewesen ist: Sie können doch nicht jedes Haus und jedes Geschäft hier in Nördlingen auf den Kopf stellen."

Martin Stegers Blutdruck schien unaufhaltsam in die Höhe zu klettern.

Markowitsch versuchte, ihn zu beruhigen.

„Das habe ich auch nicht vor", antwortete er mit Bestimmtheit.

„Sobald die Kollegen der Kriminaltechnik alle vorliegenden Spuren ausgewertet haben, wird sich so ein Kreis von möglichen Verdächtigen ergeben.

Dafür spricht unsere langjährige Erfahrung, Herr Steger."

Der OB überlegte nur ganz kurz, ehe er meinte:

„Also gut, Herr Markowitsch. Dann machen Sie den Herrschaften mal etwas Dampf unter dem Hintern und stellen Sie fest, wer da die Finger im Spiel haben könnte.

Nehmen Sie die Leute fest und finden Sie heraus, wer dieses perverse Individuum ist, damit endlich wieder Ruhe und Sicherheit in Nördlingen hergestellt werden kann."

„Wir arbeiten mit Hochdruck daran, Herr Steger", versuchte Markowitsch den Mann zu beruhigen, der bei seinen letzten Sätzen aufgeregt mit den Händen herumhantierte.

„Aber ganz so einfach ist es nicht.

Wie schon gesagt, müssen wir zuerst die Ergebnisse der Spurensicherung haben.

Sollte dabei die eine oder andere Person in Verdacht geraten, gilt es dafür zu sorgen, dass sie nicht noch weiteren Schaden anrichten kann.

Es wäre fatal, wenn wegen einer vorschnellen oder unbedachten Handlung noch jemand ums Leben käme."

Robert Markowitsch betrachtete sich das nachdenkliche Gesicht des Oberbürgermeisters.

„Haben Sie eine Vorstellung, Herr Steger, wer in Nördlingen Interesse an einem solchen afrikanischen Schwert haben könnte?

Vielleicht irgendein Sammler, der so ein Teil um jeden Preis besitzen möchte?"

Martin Stegers Antwort ließ nicht lange auf sich warten.

„Ehrlich gesagt habe ich keine Ahnung, Herr Markowitsch."

Steger überlegte nochmals.

„Oder glauben Sie etwa an irgendeinen Waffennarr, so wie es unser ehemaliger Stadtrat Karl Kübler war?"

Martin Steger hob abwehrend beide Hände.

„Gott bewahre, Herr Markowitsch. Noch so eine Geschichte wie diese würde ein äußerst schlechtes Licht auf die Verantwortlichen Nördlingens werfen."

Robert Markowitsch sah kurz auf seine Uhr.

„Ich muss leider weiter, Herr Steger", sagte er.

„War auch nur so eine Idee. Sollte Ihnen aber trotzdem noch irgendjemand einfallen, der Interesse an so einer altertümlichen Waffe haben könnte, so lassen Sie es mich bitte umgehend wissen."

# 21. Kapitel

Als Peter Neumann den Wagen vor dem Haus mit der Adresse von Andrea Kahling abstellte, vernahm der einen Klingelton an der Mittelkonsole von Markowitsch's Dienstfahrzeug.

*Hat der Chef doch in der Eile sein Handy vergessen*, dachte er sich.

Als er auf dem Display den Namen Alfred Zachers erkannte, nahm er das Gespräch sofort an und meldete sich.

„Hallo Herr Neumann", hörte er die Stimme des KTU-Leiters.

„Machen Sie jetzt schon Telefondienst für den alten Haudegen?"

Peter Neumann lachte.

„Nein, das nicht gerade. Aber momentan bleibt mit nichts anderes übrig, da ich mit dem Wagen unterwegs bin, während Herr Markowitsch sein Handy darin liegen gelassen hat, und im Augenblick wohl dem Nördlinger OB Bericht erstattet."

„Auch gut", meinte Alfred Zacher, „Sage ich eben Ihnen, was ich Ihrem Chef mitteilen wollte."

„Nur immer raus mit der Sprache", forderte Peter Neumann seinen Gesprächspartner auf.

„Alles, was für ihn wichtig ist, interessiert mich ebenso brennend.

Haben Sie wichtige Neuigkeiten, die uns endlich auf eine heiße Spur bringen könnten?"

„Ob Sie wichtig sind, das überlasse ich Ihnen beiden, Neumann", antwortete Zacher.

„Auf jeden Fall haben wir etwas entdeckt, das Ihnen genauso seltsam vorkommen dürfte wie mir."

„Na, da bin ich aber mal gespannt", wurde der Kriminalbeamte neugierig.

„Dann mal raus mit der Sprache."

Alfred Zacher holte etwas Luft, bevor er zu seinem Kurzbericht ansetzte.

„Also", begann er. „Wir haben jetzt die Spuren aus der Wohnung des zweiten Opfers, dieser Christine Akebe, ausgewertet.

Es hat sich bei der Obduktion herausgestellt, wie ich schon am Tatort vermutet habe, dass Frau Akebe in der glücklichen Lage war, ihre Enthauptung nicht bei lebendigem Leib erlebt zu haben."

Peter Neumann musste schlucken, als er die ersten Sätze aus dem Munde Alfred Zachers vernommen hatte.

„Wie um alles in der Welt kann man das glücklich nennen, wenn man gewaltsam sein Leben verliert?", fragte er.

*Diese eigene Ausdrucksweise der Pathologen ist manchmal schon sehr gewöhnungsbedürftig, wenn nicht gar sarkastisch*, dachte er sich.

„In diesem Fall würde ich es trotz der tragischen Umstände sehr wohl als glücklich bezeichnen, Herr Neumann", kam die Antwort Alfred Zachers.

„Stellen Sie sich vor, Sie stehen wie ein Opferlamm vor Ihrem Henker, der Ihnen in wenigen Augenblicken unweigerlich mit einem Schwert den Kopf von den Schultern schlagen wird."

„Um Himmels willen", widersprach Peter Neumann der Aufforderung des Pathologen.

„Ersparen Sie mir derartige Vorstellungen, Herr Zacher."

„Sehen Sie, Neumann. Deshalb meine Bemerkung.

Frau Akebe wurde im Übrigen nicht niedergeschlagen.

Wir haben an der Kante des Wohnzimmertisches Blutspuren und Haarreste entdeckt.

Sie wurde also entweder dort hingestoßen, oder sie ist gestürzt und mit dem Kopf dort dagegen geknallt.

Bei der Autopsie konnten wir anhand des Schädelinneren feststellen, dass sie dadurch erhebliche Verletzungen erlitten haben muss.

Eventuell hat sie sich sogar dabei das Genick gebrochen, dies ließ sich jedoch auf Grund der anschließenden Enthauptung nicht mehr eindeutig nachweisen.

Auf alle Fälle dürfte sie durch diesen Aufprall unmittelbar gestorben sein, wodurch ihr, wie schon gesagt, das Weitere erspart blieb."

Es folgten einige Sekunden Pause, bevor Peter Neumann eine Frage an Alfred Zacher richtete.

„Nur mal so aus ganz persönlichem Interesse, Herr Zacher.

Wie lange dauert es Ihrer Meinung nach, bis man sich an diese detaillierten Schilderungen der Ärzte aus der Kriminaltechnik gewöhnt hat?"

Alfred Zacher konnte sich ein leises Lachen nicht verkneifen.

„Ach kommen Sie, Neumann. Ich versuche doch nun wirklich,

Ihnen die Ergebnisse meiner Autopsie so schonend als möglich zu erläutern.

Auch wenn ich dazu sagen muss, dass das, was ich in den letzten Tagen zu tun hatte, hoffentlich nicht zur Gewohnheit werden wird."

„Das kann ich durchaus nachfühlen", antwortete Peter Neumann.

„Was hat sich denn außer der vermeintlichen Todesursache von Frau Akebe noch bei der Spurenauswertung ergeben?"

„Tja, das ist der eigentliche Grund meines Anrufs, Herr Neumann.

Wir haben an einem Glas aus der Wohnung Frau Akebes eine DNA entdeckt, die Sie sicherlich brennend interessieren dürfte.

Zudem gab es noch Fingerabdrücke, die wir auch schon am Tatort des ersten Opfers sichergestellt hatten."

Peter Neumann überlegte einen Moment, bevor er fragte:

„Dann sehe ich das richtig, dass Sie die DNA gleich selbst ausgewertet haben, Herr Zacher?"

„Haben wir, Neumann, haben wir. Dabei hat sich herausgestellt, dass es Parallelen zu einem längst abgeschlossenen Fall zu geben scheint, oder besser gesagt, geben muss."

Der Augsburger Kriminalbeamte wurde neugierig. Er entschloss sich kurzerhand, den Befragungstermin bei Andrea Kahling zu verschieben.

„Wie kommen Sie denn darauf, Herr Zacher?", fragte er.

„Nun ja", meinte dieser. „Ich hatte zwar persönlich mit dieser Geschichte nichts zu tun, habe mich jedoch bei einem meiner Kollegen kundig gemacht, der damals mit den Untersuchungen betraut war.

Genaue Angaben konnte er aber auch nicht machen.

Die Polizeiakte selbst ist, na sagen wir mal, nicht sonderlich aufschlussreich.

In der kurzen Zeit, in der ich mir das Gröbste durchgelesen hatte, wurde ich nicht recht schlau aus den Ergebnissen.

Eines kann ich Ihnen allerdings mit Gewissheit sagen: Die DNA lügt nicht."

Peter Neumann wusste nach den letzten Sätzen nicht genau, was er nun mit der Aussage des Polizeiarztes anfangen sollte.

„Um welche DNA geht es denn nun eigentlich, Herr Zacher?", wollte er wissen.

Alfred Zacher legte eine kurze Pause ein. Ganz so, als wüsste er nicht genau, wie er das Untersuchungsergebnis verständlich erklären sollte.

„Herr Zacher?", fragte Peter Neumann nach.

„Sind Sie noch dran? Der Akku reicht nicht ewig."

Es war eindeutig zu hören, wie Alfred Zacher tief Luft holte, bevor seine Stimme wieder zu hören war.

„Kurz und gut gesagt, Neumann, dürfte es diese DNA eigentlich gar nicht geben."

Peter Neumann stutzte.

„Wie bitte? Hab ich das richtig verstanden? Sie haben eine eindeutige Spur gefunden, die es gar nicht gibt?

Das klingt jetzt aber schon ein wenig paradox, oder?"

„Das dachte ich zuerst auch", gab Alfred Zacher zu.

„Aber der Abgleich mit der Datenbank des BKA lässt keine Zweifel aufkommen.

Natürlich könnte ein Fehler in der EDV vorliegen, das wäre eine schlüssige Erklärung.

Aber mal ehrlich, Neumann. Wie oft ist das schon vorgekommen?"

„Bei meinen bisherigen Ermittlungen noch nie, Herr Zacher", kam Neumanns Antwort.

„Also: von wem stammt diese seltsame Spur denn nun?"

„Wenn ich dem Datenbankabgleich glauben darf, dann ist der Träger dieses Erbguts ein gewisser Doktor Michael Akebe."

Peter Neumann zögerte zuerst etwas mit seiner Antwort. Schließlich zwang er sich ein kurzes Lachen ab.

„Ich glaube, ich werde langsam alt, Herr Zacher. Ich habe doch glatt verstanden, Sie hätten gerade Doktor Michael Akebe gesagt."

„Neumann", erwiderte Alfred Zacher, „soweit ich weiß, haben Sie die Vierzig noch nicht erreicht.

Nein, Sie haben mich schon richtig verstanden. Ich habe tatsächlich Doktor Michael Akebe gesagt."

Das, was der Chef der kriminaltechnischen Abteilung in den nächsten Sekunden von seinem Gesprächspartner zu hören bekam, war ... Nichts!

„Ist der Akku jetzt alle, Neumann, oder weshalb reden Sie nicht mehr mit mir?", wollte er wissen.

„Hat es Ihnen die Sprache verschlagen?"

„Kann man wohl so sagen, Herr Zacher", kam Peter Neumanns Antwort nun etwas sorgenvoll zurück.

„Hört sich ja gerade so an, als würden Sie mir nicht glauben?" Alfred Zachers Stimme klang seltsam, als er Peter Neumann diese Frage stellte.

„Sie können das Ergebnis der Computeranalyse gerne selbst überprüfen. Fachmann dazu sind Sie ja genug."

„Wenn es nicht aus Ihrem Mund käme, so würde ich diese Möglichkeit sogar wahrnehmen, Herr Zacher", antwortete der Kriminalbeamte.

„Aber so? Sie bringen mich damit in Teufels Küche. Ich habe keine Ahnung, wie ich das meinem Chef beibringen soll."

„Dann würde ich vorschlagen, dass Sie beide jetzt auf dem schnellsten Weg ins Büro kommen und wir uns dort treffen.

Mich interessiert jetzt doch brennend, was es mit diesem Doktor Akebe auf sich hat", sprach der Pathologe.

\*

Eine gute Stunde später fuhr der Dienstwagen von Robert Markowitsch auf das Gelände des Polizeipräsidiums Schwaben Nord.

Keine fünf Minuten darauf betraten die beiden Männer Markowitsch's Büro.

Alfred Zacher saß am Schreibtisch des Hauptkommissars und schien in seine Unterlagen vertieft zu sein.

Ohne lange Umschweife legte Robert Markowitsch los.

„Eins gestehe Ihnen ja in allen Belangen zu, Doc: Sie sind ein hervorragender Arzt auf dem Gebiet der Kriminaltechnik und ich möchte Ihnen in keinem Fall zu nahe treten.

Aber selbst für einen Fachmann ihres Kalibers dürfte es unmöglich sein, Tote zum Leben zu erwecken. Da kann nur ein Irrtum vorliegen."

Mit einem Blick auf seinen Kollegen sprach er weiter:

„Los, wir gehen rüber in Ihr Allerheiligstes, Neumann. Streicheln Sie ihrem Lieblingsspielzeug mal die Wangen, oder treten Sie ihm gewaltig in den Hintern.

Irgendwo muss in dieser vermaledeiten Elektronik der Wurm drin sein.

Ich weiß schon, warum ich mich nicht damit anfreunden kann."

Alfred Zacher hatte sich inzwischen vom Stuhl des Hauptkommissars erhoben und den Wortschwall des Kripochefs über sich ergehen lassen.

„Markowitsch", versuchte er mit ruhiger Stimme zu erklären, indem er auf seine Unterlagen deutete.

„Das Ergebnis ist eindeutig. Auch wenn ich einen technischen Fehler nicht hundertprozentig ausschließen will.

Mir ist so einer in diesem Zusammenhang jedoch noch nie vorgekommen.

Wir haben das Ergebnis auch mit der DNA von Abedi Akebe verglichen. Dem Vater, der laut Eintragungen in der Akte bei einem zweifelhaften Autounfall ums Leben kam.

Da gibt es nichts dran zu rütteln. Ein Vaterschaftstest würde wohl eine neunundneunzig prozentige Übereinstimmung ergeben."

Markowitsch's Stimme wurde lauter.

„Ach was", winkte er ab.

„Ich habe es damals doch selbst mit eigenen Augen gesehen, wie dieser Akebe auf dem Dachboden sein Leben ausgehaucht hat, Zacher."

„Alfred Zacher sah den Hauptkommissar fragend an.

„Sie waren dabei?"

„Oh ja, Zacher und nicht nur dabei. Ich selbst habe dafür gesorgt, dass dieser Voodoo-Doktor kein Unheil mehr anrichten konnte.

Auch wenn dies nur mit Hilfe seiner eigenen Mutter möglich war."

Markowitsch's Blick traf Peter Neumann.

„Und dank Ihrer Recherchen selbstverständlich, Neumann. Wir beide saßen damals ganz schön in der Tinte, oder?"

Robert Markowitsch ging zu seinem Schreibtisch und setzte sich.

Er wurde seltsam ruhig in diesem Augenblick und seine Gedanken schweiften um einige Jahre zurück.

Er sah sich im Haus der Familie Akebe, glaubte zu erkennen, wie er mit Christine Akebe die Treppen zum Dachboden hinauf stieg und seine Waffe aus dem Halfter zog, die er aber Gott sei Dank nicht einsetzen musste.

Fast körperlich spürte er den Schlag gegen seine Schulter, als er die Tür zum Dachboden aufbrach.

In der Dunkelheit des Raumes saß Doktor Michael Akebe auf einem Teppich, scheinbar in tiefer Trance versunken.

Es hatte lange gedauert, bis er den fremdartigen Kräutergeruch wieder aus der Nase hatte.

Fast schien es dem Hauptkommissar so, als würde er sich inmitten dieser schaurigen Szene wiederfinden.

Bum, bum, bum …

Der einschläfernde Klang der Trommel, die Michael Akebe damals schlug, drang an Robert Markowitsch's Ohren, malträtierte sein Gehör.

Peter Neumann und Alfred Zacher, standen beide wie angewurzelt und beobachteten das seltsame Verhalten des Kriminalhauptkommissars.

Sie erkannten, wie Robert Markowitsch in diesem Moment beide Hände an die Ohren legte und seine Augen weit öffnete.

„Aufhören, verdammt", schrie er laut durch das Büro.

Wie zur Kontrolle nahm er die Hände von seinem Kopf, hörte jedoch wieder das Geräusch, bis er letztendlich wahrnahm, dass dies aus der Richtung seiner Bürotür kam.

Augenblicklich setzte er sich auf und wischte sich kurz über die Stirn, auf der sich einige Schweißtropfen gebildet hatten.

„Ja bitte", rief er in Richtung Tür, die sich unmittelbar darauf öffnete.

Die drei Männer erkannten Frank Berger, den Augsburger Oberstaatsanwalt, der das Büro betrat.

„Na endlich, Markowitsch", sagte er und sah sich etwas verwundert um.

„Ich dachte schon, Sie wollen mich heute überhaupt nicht rein bitten."

Dank seiner langjährigen Erfahrung hatte er sich relativ schnell wieder im Griff.

„Ach kommen Sie, Berger. Seit wann warten Sie denn darauf, dass ich Sie zum Eintreten auffordere.

Sie sind doch sonst nicht so schüchtern."

„Mag sein, Markowitsch", antwortete Frank Berger.

„Aber mir kam dort vor der Tür gerade irgendetwas seltsam vor, das ich mir nicht erklären konnte."

Er winkte kurz ab.

„Egal. Wie mir Ihr Kollege Neumann mitgeteilt hat, haben Sie endlich eine heiße Spur?"

„Die ich momentan allerdings noch als sehr vage betrachte, Berger."

Markowitsch sah Alfred Zacher etwas skeptisch an, bevor er sich an seinen Kollegen wandte.

„Also los, Neumann. Nachdem ja nun alle versammelt sind, gehen wir rüber und fühlen der Geschichte unseres verehrten Herrn Doktor mal auf den Zahn."

Der letzte Satz bescherte ihm einen leicht säuerlichen Blick von Alfred Zacher.

„Machen Sie mich bloß nicht dafür verantwortlich, wenn sich das als Falschmeldung herausstellt, Markowitsch.

Und eventuell können mich die Herren ja bei dieser Gelegenheit mal über den Sachverhalt dieser alten Geschichte aufklären, damit ich die Zusammenhänge etwas besser verstehe."

„Geduld, Zacher, Geduld", meinte Robert Markowitsch mit väterlicher Stimme.

„Ich habe Ihnen schon gesagt, dass ich nicht an Ihren Fähigkeiten zweifle.

Aber in diesem Fall will ich absolute Gewissheit haben.

Also lassen Sie uns erst durch Neumann das Ergebnis prüfen, anschließend klären wir Sie auf."

Frank Berger, der den drei Männern nach nebenan gefolgt war, meldete sich zu Wort.

„Dürfte ich darum bitten, dass Sie mich ebenfalls an ihrem Gedankengut teilhaben lassen, Markowitsch?"

Der Hauptkommissar hatte seine Ironie wiedergefunden.

„Selbstverständlich, Berger. Wegen mir ist noch keiner unwissend verstorben."

Peter Neumann saß inzwischen an seinem Computerarbeitsplatz und loggte sich in das zuständige System ein.

Während er die Ergebnisse des Polizeiarztes bis ins Detail überprüfte, war Robert Markowitsch noch einmal in sein Büro zurückgegangen, um für sich und die Kollegen Cappuccino zu holen.

Mit ihren Tassen in den Händen platzierten sich die drei Männer so, dass Sie Peter Neumann bei seiner Arbeit über die Schulter schauen konnten.

Als nach wenigen Minuten schließlich das Ergebnis auf dem Bildschirm war, sah sich Alfred Zacher in seiner Arbeit bestätigt.

Robert Markowitsch blieb der zufriedene, aber auch erleichterte Gesichtsausdruck des KTU-Leiters nicht verborgen.

Er klopfte ihm leicht auf die Schulter.

„Ich hoffe, dass Sie mir meine anfänglichen Zweifel nicht übel nehmen. Sie hatten recht, Zacher."

Mit leiser, fast resignierender Stimme fügte er noch hinzu:

„Leider."

„Wieso leider, Markowitsch?", fragte Zacher nach.

„Ich glaube, dass Sie mir langsam eine Erklärung schuldig sind."

Markowitsch stand da, eine Hand in der Hosentasche, den Blick scheinbar ausdruckslos an die Wand gerichtet.

„Die sollen Sie bekommen, Zacher", sagte er.

„Gehen wir rüber in mein Büro."

*

Eine gute Stunde später war auch Alfred Zacher im Groben über das damalige Geschehen in Nördlingen unterrichtet.

„Als Wissenschaftler erlauben Sie mir aber schon gewisse Zweifel an Ihrer Theorie, meine Herren", sagte er zu den beiden Kollegen, wobei er seinen Blick anschließend auf den Augsburger Oberstaatsanwalt richtete.

„Was halten Sie denn von der Sache, Herr Berger?"

Abwehrend hob Frank Berger beide Hände.

„Lassen Sie mich bloß da raus. Ich habe das Ganze damals auch nur mehr am Rande mitbekommen.

Voodoo-Zauber und magische Rituale fallen nicht in mein Resort.

Ich bin ein Mann der handfesten Beweise. Ohne diese sind mir meistens die Hände gebunden."

Alfred Zacher deutete mit der Hand in Richtung des Büros von

Peter Neumann.

„Da drüben haben Sie ja nun ihren handfesten Beweis. Aber so wie sich die Lage momentan darstellt, lässt sich ja wohl nicht allzu viel damit anfangen."

„Dumme Frage, Zacher", meldete sich nun Robert Markowitsch wieder zu Wort.

„Könnte es sein, dass die Spuren, die Sie an diesem Glas gefunden haben, schon älter sind?

Soweit ich weiß, lässt sich eine DNA doch auch nach Jahren noch feststellen."

„In dieser Hinsicht haben Sie zwar recht, Markowitsch, aber ich muss Sie leider enttäuschen.

Das, was wir am Glas als DNA von diesem Akebe identifiziert haben, waren Speichelreste, keine vierundzwanzig Stunden alt.

Das kann ich mit Gewissheit sagen."

Wer Robert Markowitsch in diesem Moment ansah, konnte erkennen, wie diesem erfahrenen Kriminalbeamten die Ratlosigkeit ins Gesicht geschrieben schien.

Beinahe schon resignierend ließ er die Schultern hängen, scheinbar am Ende seiner Weisheit angelangt.

Mit einem Mal richtete er sich auf und sah nacheinander seine Kollegen an.

„Ich muss gestehen, dass ich ratlos bin, meine Herren. Im Augenblick weiß ich nicht weiter.

Wir vertagen das Ganze auf morgen. Ich muss erst mal eine Nacht drüber schlafen, ehe ich hier entgegen meiner Gewohnheit noch eine Dummheit begehe und den Fall an einen anderen Kollegen abgebe."

Oberstaatsanwalt Frank Berger erkannte sofort den Ernst der Situation, in der sich der Hauptkommissar zu befinden schien.

„Wohl gar keine so schlechte Idee, Markowitsch. Ich denke, dass wir alle eine kleine Erholungspause gebrauchen könnten.

Sollte einem von Ihnen zwischenzeitlich noch etwas einfallen, lassen Sie es mich bitte umgehend wissen."

Mit diesen Worten verabschiedete sich Frank Berger und verließ das Büro.

Alfred Zacher folgte ihm kurz darauf, sodass sich Robert Markowitsch und Peter Neumann wieder alleine in ihrem Reich befanden.

„Was halten Sie denn von der ganzen Geschichte, Neumann?", wollte Markowitsch noch wissen, bevor er sich ebenfalls auf den Heimweg begab.

„Ich weiß nicht so recht", meinte dieser.

„Nach allem, was wir damals in Nördlingen mit diesem Doktor Akebe erlebt haben, bin ich mir fast sicher, dass es Dinge zwischen Himmel und Erde gibt, die sich nicht mit dem Begriff Normalität beschreiben lassen."

Markowitsch sah seinen Kollegen mit zusammengekniffenen Augen an.

„Sie wollen mir jetzt aber nicht allen Ernstes damit sagen, dass dieser Voodoo-Doktor von den Toten auferstanden ist, nur um sich an seiner Mutter dafür zu rächen, dass Sie ihn mehr oder weniger verraten hat?

Selbst wenn ich persönlich damals die Bekanntschaft mit, sagen wir mal, nicht alltäglichen Situationen machen musste, Neumann:

Eine solche Theorie würde ich nicht nur als weit hergeholt, sondern wohl eher schon als Hirngespinst bezeichnen."

Peter Neumann stand am Schreibtisch des Hauptkommissars, hatte die Arme verschränkt, und begann sich nun das Kinn zu massieren.

„Ich muss ja zugeben, Chef, dass dies sehr unrealistisch wäre.

Außerdem: Warum hätte er dann zuerst diese Frau Karrer umbringen sollen?

Nein! Es muss eine andere Erklärung für diese seltsame DNA-Spur geben.

Wenn ich nur wüsste, wo man dabei mit der Suche ansetzen kann."

Robert Markowitsch trat neben seinen Kollegen an den Schreibtisch und klopfte ihm kurz auf die Schulter.

„Sie sollten sich jetzt auch eine Pause gönnen, Neumann.

Machen Sie Feierabend und versuchen Sie sich mal mit etwas anderem abzulenken.

Vielleicht kommen Ihnen dann wieder klare Gedanken.

Wir sehen uns morgen."

## 22. Kapitel

Als Oberbürgermeister Martin Steger gegen acht Uhr am folgenden Tag in seinem Büro im Nördlinger Rathaus eintraf, legte er seine mitgebrachten Unterlagen auf dem Schreibtisch ab und öffnete die Tür zum Vorzimmer seiner Sekretärin.

„Guten Morgen, Frau Schwab", begrüßte er die Frau, in dem er ihr die Hand reichte.

„Guten Morgen, Herr Steger", erwiderte diese den Gruß mit etwas bedrückter Stimme.

Martin Steger schien sofort zu bemerken, dass seine Sekretärin etwas auf dem Herzen hatte.

„Schlecht geschlafen?", fragte er und fügte sofort hinzu:

„Na, ja. Kein Wunder, bei dem, was hier seit einigen Tagen wieder los ist."

„Da haben Sie wohl recht, Herr Steger", meinte die Frau, als sie dem OB seinen gewohnten Kaffee einschenkte.

„Man traut sich nach Feierabend ja kaum noch auf die Straße. Schon gar nicht als Frau."

Martin Steger nahm auf einem Stuhl am Schreibtisch von Frau Schwab Platz und trank einen Schluck aus seiner Tasse.

„Sie sind nicht die Einzige, die so denkt, Frau Schwab", sagte er, wobei die Anspannung in seinen Worten nicht zu überhören war.

„Überall wo ich mich seit vorgestern sehen lasse, höre ich die gleichen Sätze.

Tun Sie doch was, Herr Steger. Man ist ja als Frau nicht mehr sicher in Nördlingen. Wann kann man denn in unserer Stadt endlich wieder ruhig schlafen, Herr Steger usw. usw."

Der OB hatte den Kaffeelöffel zur Hand genommen und rührte bei seinen Worten gedankenverloren in der Tasse herum.

„Die täglichen Schlagzeilen in den Rieser Nachrichten verfolgen mich bis in den Schlaf.

Ich sehe nachts schon dunkle Gestalten mit Kapuze und Henkerbeil in meinem Schlafzimmer stehen."

Er schaute seine Angestellte an, die inzwischen mit erwartungsvollem Blick ihm gegenüber Platz genommen hatte.

Ganz so, als würde sie genau in diesem Moment eine Lösung aus dem Munde des Nördlinger Stadtoberhaupts erwarten.

„Das kann so nicht mehr lange weitergehen, Frau Schwab", meinte er.

„Deshalb habe ich einen Entschluss gefasst."

Der fragende Blick seiner Sekretärin ruhte auf Martin Steger.

„Ich hatte gestern Abend noch eine kurze Unterredung mit Hauptkommissar Schuhmann, bei der ich ihm deutlich zu verstehen gegeben habe, dass er die Polizeipräsenz in der Stadt erhöhen muss."

„Das wäre immerhin ein Schritt, um die Leute in Nördlingen etwas zu beruhigen", pflichtete Gabriele Schwab dem OB zu.

„Der Meinung bin ich auch", antwortete Martin Steger.

„Allerdings hat mir Schuhmann zu verstehen gegeben, dass er dafür nicht genügend Beamte zur Verfügung habe, ohne in diesem Fall die anderen Aufgaben der Polizei zu vernachlässigen."

Er leerte mit einem tiefen Schluck seine Tasse, stellte diese auf den Unterteller zurück und erhob sich von seinem Stuhl.

„Deshalb", so sagte er entschlossen, „werde ich bei der Augsburger Kriminalpolizei um Unterstützung für unsere Polizeidienststelle ersuchen."

Gabriele Schwab stand ebenfalls von ihrem Platz auf und griff nach dem Kaffeegeschirr ihres Chefs, um dieses aufzuräumen.

„Das wäre in meinen Augen aber doch die Aufgabe von Herrn Schuhmann, oder nicht?", fragte sie Martin Steger.

Dieser winkte nur kurz ab.

„Sicher, sicher", meinte er. „Aber nachdem ich Herrn Markowitsch inzwischen nun schon einige Zeit kenne und auch den Draht zur Staatsanwaltschaft habe, ist die Sache wohl besser auf dem kleinen Dienstweg zu regeln."

Martin Steger stand mittlerweile an der Tür zu seinem Büro, als er weitersprach.

„Rufen Sie doch am besten gleich in Augsburg an und stellen Sie mir das Gespräch rüber, Frau Schwab."

„Wie Sie wünschen, Herr Steger", antwortete die Sekretärin mit einem Blick auf den Kalender ihres Bildschirms.

„Sie haben allerdings jetzt gleich einen Termin mit Herrn Lauer.

Er hat mich gestern Abend noch darum gebeten. Soll ich den verschieben?"

Martin Steger, der gerade die Tür hinter sich schließen wollte, blieb kurz stehen.

„Lauer?", fragte er mit etwas gereiztem Unterton.

„Was will der denn schon wieder? Ich dachte, dass ich ihm letztes Mal deutlich zu verstehen gegeben habe, was ich zum jetzigen Zeitpunkt von seinen Ideen halte."

„Das war auch nicht zu überhören, Herr Steger", seufzte die Sekretärin.

„Aber was soll ich denn machen, wenn er …?"

„Schon gut", unterbrach sie der Oberbürgermeister und überlegte kurz.

„Rufen Sie in seinem Büro an und richten Sie ihm aus, dass mir etwas dazwischen gekommen ist.

Ich werde mich wegen seines Termins bei ihm melden.

Und dann stellen Sie mir das Gespräch mit Herrn Markowitsch durch."

Mit diesen Worten drehte sich Martin Steger um und zog die Tür hinter sich ins Schloss.

## 23. Kapitel

Hauptkommissar Gerd Schuhmann glaubte nicht richtig gehört zu haben, als er die Worte von Robert Markowitsch aus dem Telefonhörer vernommen hatte.

„Steger hat was?", fragte er seinen Gesprächspartner ungläubig.

„Ist der denn von allen guten Geistern verlassen, über meinen Kopf hinweg bei Ihnen anzurufen, Markowitsch?"

„Ich habe mich auch schon darüber gewundert, Herr Kollege, dass Sie seit Neuestem einen so hochrangigen Sekretär beschäftigen", versuchte der Augsburger Kripochef mit einem süffisanten Unterton in der Stimme den Kollegen zu beruhigen.

„So etwas ist mir in meiner Laufbahn noch nicht vorgekommen, Markowitsch", schimpfte Gerd Schuhmann.

„Der hat sie doch wohl nicht mehr alle. Das grenzt ja beinahe schon an Amtsanmaßung.

Noch sehe ich mich selbst in der Lage zu entscheiden, was hier in Nördlingen notwendig ist oder nicht.

Dem werde ich was erzählen, Markowitsch. Worauf Sie sich verlassen können."

Der Augsburger Kriminalhauptkommissar konnte die Ungehaltenheit von Gerd Schuhmann gut verstehen.

Trotzdem wollte er nicht, dass sich die Situation in Nördlingen durch das unbedachte Vorgehen Martin Stegers unnötig zuspitzt.

Was er jetzt am Allerwenigsten gebrauchen konnte, war ein gegenseitiges Misstrauen der Behörden.

Er wartete einige Sekunden ab, bis er das Gefühl hatte, dass sich Gerd Schuhmann in seiner ersten, natürlich absolut verständlichen Aufregung wieder etwas beruhigt hatte.

„Ich habe mich nicht darum gerissen, Schuhmann, die Ermittlungen in Nördlingen zu übernehmen.

Das ist allein eine Entscheidung der Staatsanwaltschaft gewesen.

Aber ich würde Ihnen gerne einen Vorschlag machen."

Nach einer kurzen Pause vernahm er wieder die Stimme seines Gesprächspartners.

„Also gut, Markowitsch. Lassen Sie hören."

Der Augsburger Kripochef holte einmal tief Luft, bevor er Schuhmann seinen Gedanken mitteilte.

„Es ist so, dass wir momentan scheinbar keinerlei konkreten Ansatz haben, in welche Richtung wir unsere Ermittlungen lenken sollen.

So wie es aussieht, könnte es Parallelen zu einer Geschichte geben, die vor sechs Jahren in Nördlingen vorgefallen ist."

Gerd Schuhmann wusste sofort, worauf Markowitsch anspielte.

„Sie sprechen von den Todesfällen um den Türmer Markus Stetter?"

„Richtig", bestätigte Robert Markowitsch die Vermutung seines Kollegen.

„Wie diese, ich will es mal so sagen, Todesfälle zustande gekommen sind, ließ sich nie eindeutig aufklären.

Der Hauptverdächtige, Doktor Michael Akebe, übrigens der Sohn unseres zweiten Opfers, kam dabei selbst ums Leben."

„Habe ich aus den Akten gelesen", antwortete Gerd Schuhmann.

„Aber ehrlich gesagt bin ich aus den Erklärungen nicht wirklich schlau geworden und weitere Details waren nicht zu bekommen."

„Die wollen Sie auch gar nicht wissen, Schuhmann", gab Markowitsch zurück und musste dabei schlucken.

„Es gibt gute Gründe dafür, weshalb die Einzelheiten von der Staatsanwaltschaft unter Verschluss gehalten wurden.

Nur so viel dazu: Gewisse Dinge lassen sich mit gesundem Menschenverstand einfach nicht erklären, wenn man sie nicht mit eigenen Augen gesehen hat."

Der Kriminalhauptkommissar legte eine kurze Pause ein, um nach den richtigen Worten zu suchen.

„Genau darin liegen momentan bei uns in Augsburg die größten Zweifel.

Entweder geht hier irgendetwas nicht mit rechten Dingen zu, oder wir sind alle miteinander vollkommen blind und sehen den Wald vor lauter Bäumen nicht.

Die ganze Stadt scheint vor Angst verunsichert zu sein.

Deshalb mein Vorschlag an Sie:

Wir sollten uns zusammensetzen, um alle bisherigen Erkenntnisse

noch einmal genau zu analysieren.
Irgendwo ist ein Knoten in der Geschichte, den wir lösen müssen. Jede Kette hat ein schwaches Glied, Schuhmann. Wir müssen es nur finden."

„Gut", meinte der Nördlinger Hauptkommissar.

„Setzen wir uns also zusammen. Wann sollen wir ins Augsburger Präsidium kommen?"

„Ich glaube, es wäre vorteilhafter, wenn wir uns irgendwo in Nördlingen treffen", widersprach Markowitsch dem Gedanken Gerd Schuhmanns.

„Sollte es kurzfristig notwendig sein, sich an einem der Tatorte noch einmal umzuschauen, ist es besser, wenn wir vor Ort sind."

„OK", kam Schuhmanns Antwort. „Welchen Treffpunkt schlagen Sie vor?"

„Nachdem wir wohl oder übel auch ihren Oberbürgermeister mit einbeziehen müssen, Sie haben ja eh noch ein Hühnchen mit ihm zu rupfen", lachte Markowitsch, „sollten wir uns vielleicht im Nördlinger Rathaus treffen."

„Meinetwegen", willigte Gerd Schuhmann in den Vorschlag von Robert Markowitsch ein.

„So kann ich diesem Wichtigtuer wenigstens gleich mal anständig die Meinung geigen."

„Machen Sie es gnädig, Kollege", sprach Markowitsch mit beruhigender Stimme.

„Der Mann scheint auch schon, wie wir alle, auf dem Zahnfleisch daher zu kommen.

Irgendwie kann ich ihn ja verstehen."

„Mag sein", konterte Schuhmann. „Aber es gibt gewisse Spielregeln und diese gelten auch für einen Martin Steger."

„Dann würde ich vorschlagen, dass wir uns gegen vierzehn Uhr im Büro vom OB treffen", schlug Robert Markowitsch vor.

„Ich werde ihn persönlich über unser geplantes Treffen unterrichten."

Er wollte das Gespräch schon beenden, als ihm noch etwas einfiel.

„Ach ja, Herr Schuhmann. Bringen Sie doch bitte auch den Kollegen mit, der die Befragungen vor Ort durchgeführt hat."

„Das war Polizeiobermeister Peter Wagner. Ich werde ihm Bescheid geben, dass er sich zur Verfügung hält."

„Gut", sprach Markowitsch zufrieden.

„Ich werde meinen Kollegen Neumann vorab noch nach Nördlingen schicken, um die Vernehmung dieser Andrea Kahling nachzuholen. Diese steht immer noch aus."

„Ich denke, das können Sie sich sparen, Herr Markowitsch", meinte Gerd Schuhmann.

„Ich habe die Frau gestern Abend aufgesucht, da ich mich nach ihrem Befinden erkundigen wollte.

Sie scheint auf Grund der Medikamente, die ihr der Arzt vorübergehend verschrieben hat, wohl nicht in der Lage zu sein, irgendetwas Konstruktives beizutragen.

Sie wiederholte mir gegenüber immer nur, dass sie Martina Karrer aufsuchen wollte, um sie über den Zustand ihrer Mutter zu informieren.

Nachdem sie dann erzählt hat, wie sie ins Museum kam und die Tote fand, brach sie sofort in Tränen aus.

Ich glaube, das hat momentan noch keinen Sinn, sie weiter mit unseren Fragen zu quälen."

„In Ordnung", antwortete Markowitsch nach kurzem Überlegen.

„Danke. Dann sehen wir uns also heute gegen vierzehn Uhr."

## 24. Kapitel

Martin Steger hatte den Anruf aus dem Augsburger Kriminalkommissariat erhalten und wies seine Sekretärin sofort an, alle anstehenden Termine für den Nachmittag abzusagen bzw. zu verlegen.

Er ließ auch Oliver Lauer darüber in Kenntnis setzen, dass er sich um vierzehn Uhr in seinem Büro einfinden sollte.

„Sehen Sie, Frau Schwab", meinte der OB sichtlich zufrieden.

„Man muss sich eben auch bei der Obrigkeit durchzusetzen wissen.

Die Tatsache, dass sich die zuständigen Beamten nun hier bei uns zu einer Lagebesprechung treffen wollen, gibt meiner Handlungsweise doch recht."

Gabriele Schwab blickte von ihrem PC-Bildschirm auf und sah Martin Steger an.

„Ich hoffe nur inständig, dass dabei auch irgendeine Lösung gefunden wird", meinte sie sorgenvoll.

„Da bin ich mir sogar ziemlich sicher", versuchte der OB, sie zu beruhigen.

„Ich werde die Herrschaften nicht eher wieder aus meinem Rathaus gehen lassen, bevor wir nicht konkret wissen, wie es weitergehen soll."

Martin Stegers Sekretärin erhob sich von ihrem Platz.

„Dann werde ich noch schnell zum Einkaufen gehen und eine Kleinigkeit zum Kaffee für den Nachmittag besorgen, Herr Steger", sagte sie.

„Eine gute Idee, Frau Schwab", meinte dieser.

„Eventuell auch noch ein paar Häppchen, falls das Treffen länger in den Abend hinein dauern sollte."

„Geht in Ordnung, Herr Steger. Ich werde mich darum kümmern", sprach Gabriele Schwab und machte sich sogleich auf den Weg.

## 25. Kapitel

Dort, wo auf der Höhe von Gersthofen die Geschwindigkeit von achtzig auf einhundertzwanzig Stundenkilometer freigegeben wurde, zog Robert Markowitsch seinen Dienstwagen auf die linke Spur.

„Weshalb wollte Berger eigentlich nicht mit uns fahren?", fragte Peter Neumann den Hauptkommissar.

Robert Markowitsch lächelte.

„Angeblich hat er am Spätnachmittag noch einen Termin.

Wobei ich eher glaube, dass er mit meiner Fahrweise nicht ganz einverstanden ist."

Peter Neumann rutschte etwas in seinem Beifahrersitz nach unten.

„Na, ganz so schlimm finde ich die ja nun auch wieder nicht, Chef", meinte er, was ihm einen kritischen Seitenblick von Markowitsch einbrachte.

Als die beiden Beamten durch den Harburger Tunnel ins Ries hinein fuhren, musste Markowitsch den Wagen abbremsen und mit einem Platz hinter einer Lkw-Kolonne vorlieb nehmen.

„Vor einigen Jahren wären wir jetzt wohl nur mit Blaulicht vorbeigekommen, Neumann", sagte Markowitsch.

„Der drei-streifige Ausbau hat schon sein Gutes. Auch wenn man den Doppelstreifen immer gerne auf der Seite hätte, auf der man gerade selber fährt."

„Wir können froh sein, dass wir einigermaßen gut durchkommen, Chef", meinte Peter Neumann.

„Ab dem Sommer soll ja der Harburger Tunnel für ein halbes Jahr gesperrt werden."

„Hab ich gelesen", sagte Markowitsch.

„Aber die Sicherungsmaßnahmen an solchen Stellen lassen nun mal eben nicht allzu viel Spielraum zu."

Als kurz darauf der Überholstreifen wieder wechselte, trat Markowitsch das Gaspedal durch, zog an der Lkw-Kolonne vorbei, um kurz darauf wieder nach rechts einzuscheren.

„Hätte man dem Anliegen des damaligen Wirtschafts- und Verkehrsministers Anton Jaumann stattgegeben, würden wir hier heute auf der Autobahn 91 fahren", sinnierte der Kriminalhauptkommissar.

„Dann hätte unser Oberstaatsanwalt aber einen Grund mehr, nicht mit Ihnen im Auto zu sitzen", grinste Peter Neumann und verschränkte die Arme hinter seinem Kopf.

„Außerdem könnte man wohl die Landschaft nicht so genießen."

Etwa zehn Minuten später passierte der Wagen das Ortsschild von Nördlingen und das Gespräch zwischen den beiden Männern wurde wieder dienstlich.

„Ich habe mir die halbe Nacht den Schädel zerbrochen, ohne auf eine plausible Erklärung zu kommen, was diese DNA-Geschichte angeht, Neumann", sprach Robert Markowitsch.

„Ich hoffe nur, dass wir heute Nachmittag gemeinsam irgendeinen Lichtblick in die Geschichte kriegen."

„Ich kann mir bisher auch noch keinen Reim drauf machen, Chef", gab Peter Neumann zu.

Ich will mir gar nicht vorstellen, dass wir noch einmal an diese mysteriöse Sache von damals anknüpfen müssen."

„Wecken Sie mir bloß keine schlafenden Hunde, Neumann", brummt Robert Markowitsch.

„Von den Toten auferstehen, das mag es wohl im christlichen Glauben an Ostern geben, aber nicht bei unseren polizeilichen Ermittlungen."

Die letzten Minuten bis zum Eintreffen der beiden Augsburger Kriminalbeamten verliefen schweigend.

Nachdem sie bereits die verkehrstechnischen Probleme auf Grund der vielen Baustellen in der Nördlinger Innenstadt kennengelernt hatten, nahm der Hauptkommissar das Angebot der Polizeiinspektion Nördlingen gerne an und stellte seinen Dienstwagen in deren Innenhof ab.

Gerd Schumann, der ihm diesen Vorschlag unterbreitet hatte, begrüßte die beiden Augsburger Kollegen und ließ anschließend Polizeiobermeister Wagner herbeirufen.

Die vier Männer überrissen noch einmal kurz die Gesamtsituation und machten sich dann gemeinsam zu Fuß auf den Weg ins Rathaus.

„Ihr saniert ja hier die Straßen auf Teufel komm raus, Herr Kollege", meinte Robert Markowitsch, als sie die Baustelle am Kriegerbrunnen hinter sich hatten.

„Die einen finden es gut, die anderen sind weniger davon begeistert. So wie es eben überall ist. Man kann nicht alle unter einen Hut kriegen.

Aber Sie sprechen unseren Oberbürgermeister besser nicht darauf an."

„Ich glaube auch kaum, dass Herr Steger heute Nachmittag ein Ohr dafür haben würde", sagte Markowitsch, als er kurz darauf hinter Hauptkommissar Schuhmann die Treppen des Nördlinger Rathauses hinauf stieg.

Als die vier Beamten schließlich vor der Tür des Sekretariats standen, waren keine Stimmen aus dem Inneren zu vernehmen.

So klopfte Gerd Schuhmann nur kurz an der Tür an und öffnete diese, ohne eine Aufforderung zum Eintreten abzuwarten.

Gabriele Schwab sah die hereinkommenden Männer etwas erstaunt an.

Nachdem sie erkannte, wer die ungeduldigen Besucher waren, verkniff sie sich jedoch eine Bemerkung.

Sie erhob sich von ihrem Arbeitsplatz und ging um den Schreibtisch herum in Richtung der Türe, die zum Büro Martin Stegers führte.

„Guten Tag, meine Herren", grüßte sie nur kurz. „Herr Steger erwartet Sie bereits."

Gerd Schuhmann und Peter Wagner erwiderten den Gruß ebenso, wie auch die beiden Augsburger Beamten.

Dem Anklopfen an der Tür des OB folgte unmittelbar dessen *Ja, Bitte*.

Gabriele Schwab öffnete und ließ die vier Männer mit einer einladenden Handbewegung an sich vorbei.

Der OB kam ihnen bereits entgegen und begrüßte seine Besucher nacheinander per Handschlag.

Robert Markowitsch war ein wenig erstaunt, als er erkannte, dass sich der Augsburger Oberstaatsanwalt bereits in Martin Stegers Büro befand.

„Nanu, Berger. Sind Sie geflogen?", fragte er mit hochgezogenen Augenbrauen.

„Wir haben Sie während der Fahrt weder vor uns noch hinter uns gesehen."

„Konnten Sie auch nicht, Markowitsch", antwortete Frank Berger.

„Ich habe mir die Mittagspause hier in Nördlingen gegönnt und im Gasthaus nebenan eine Kleinigkeit gegessen."

Martin Steger sah kurz auf seine Uhr.

„Bitte setzen Sie sich doch, meine Herren. Herr Lauer müsste auch jeden Augenblick hier sein."

Mit einem kurzen Blick auf die an der Tür stehende Gabriele Schwab fragte er noch:

„Kann ich Ihnen in der Zwischenzeit etwas zu trinken anbieten?"

„Vielen Dank, vielleicht später", kam die einstimmige Antwort der Männer, die nun am Tisch des Oberbürgermeisters Platz nahmen.

Wenige Minuten später erschien auch Oliver Lauer und begrüßte Martin Steger sowie die Anwesenden Beamten.

Martin Steger eröffnete das Treffen, indem er seine Gäste nochmals kurz gemeinsam begrüßte.

Er bedankte sich für deren Bereitschaft, sich hier in Nördlingen zusammenzufinden, um die aktuellen Geschehnisse sowie das weitere Vorgehen zu besprechen.

Nachdem er geendet hatte, bat er Robert Markowitsch um seine Erklärungen, wobei ihm allerdings Gerd Schuhmann zunächst ins Wort fiel.

Mit einer entschuldigenden Handbewegung in Richtung seines Augsburger Kollegen wandte er sich an Martin Steger.

„Bevor wir mit dem eigentlichen Sachverhalt beginnen, Herr Steger, muss ich Ihnen zunächst noch etwas sagen: Ich bin nicht nur verärgert, sondern stinksauer über Ihr Verhalten meiner Person gegenüber.

Mit Ihrer Forderung nach personeller Unterstützung für meine Dienststelle haben Sie mich wie einen unfähigen Idioten hingestellt.

So etwas besprechen Sie in Zukunft gefälligst vorher mit mir, sofern Sie auf eine weitere Zusammenarbeit mit meiner Person Wert legen."

Das Nördlinger Stadtoberhaupt nahm den verbalen Angriff von Hauptkommissar Schuhmann mit hochrotem Kopf entgegen.

Er stand zunächst da wie ein begossener Pudel und suchte nach entschuldigenden Worten.

„Sie haben sicherlich recht, Herr Schuhmann. Es war ein wenig voreilig von mir, Sie in dieser Situation zu übergehen.

Ich muss eingestehen, dass ich mich auf Grund der aktuellen Sicherheitslage in unserer Stadt wohl etwas überfordert fühlte.

Bitte entschuldigen Sie mein Vorgehen."

Martin Steger reichte Gerd Schuhmann über den Tisch hinweg seine Hand, die vom Nördlinger Hauptkommissar mit zufriedenem Blick entgegen genommen wurde.

Das erleichterte Aufatmen Martin Stegers war nicht zu überhören, als er nun nochmals Robert Markowitsch darum bat, den aktuellen Stand der Dinge zu erläutern.

Dieser begann, während er sprach, im Büro des Oberbürgermeisters auf und ab zu gehen.

„Wir haben innerhalb kürzester Zeit zwei bestialisch ausgeführte Morde, über die wir bislang keinerlei Hintergründe herausfinden konnten.

Wir können zwar behaupten, dass die beiden Opfer wohl von ein und demselben Täter getötet wurden, haben bislang jedoch noch immer keine heiße Spur, die auf seine Identität hinweist.

Die Kollegen der Kriminaltechnik schließen die Möglichkeit nicht aus, dass es sich bei der vom Täter verwendeten Waffe um ein altertümliches Schwert aus dem Nachlass von Doktor Michael Akebe, dem Sohn des zweiten Opfers, handelt.

Mit Sicherheit können wir dies jedoch erst dann bestätigen, wenn wir dieses gefunden haben, und es kriminaltechnisch auf Spuren untersucht wurde.

Nachdem wir bis jetzt allerdings keinen Anhaltspunkt über den Verbleib dieses Schwertes haben, stehen wir sozusagen mit sprichwörtlich fast leeren Händen da."

Die Stimme des Hauptkommissars klang mit den letzten Worten zunehmend resignierend.

Sein Blick richtete sich über die Köpfe der anwesenden Männer hinweg auf Martin Steger.

„Konnten Sie seit unserem letzten Gespräch irgendetwas darüber in Erfahrung bringen, Herr Steger?"

„Leider nein, Herr Markowitsch", antwortete dieser.

„Ich muss gestehen, dass ich in der kurzen Zeit keine Möglichkeit hatte, darüber nachzudenken."

Frank Berger meldete sich zu Wort.

„Da dieses verfluchte Schwert anscheinend unser einziger Ansatzpunkt ist, sollten wir vielleicht einen öffentlichen Aufruf über die Presse in Betracht ziehen."

Martin Steger schluckte bei diesem Vorschlag.

„Damit machen Sie mir die gesamte Bevölkerung verrückt", gab er zu bedenken.

„Außerdem wäre dies nicht besonders förderlich für den Tourismus", warf auch Oliver Lauer ein.

„Wir haben in den letzten beiden Tagen sowieso schon vermehrt Absagen von den Busunternehmen zu verzeichnen."

„Scheiß drauf", mischte sich nun der Leiter der Nördlinger Polizeiinspektion in den Dialog ein.

„Ich finde auch, dass es langsam an der Zeit ist, die Öffentlichkeit mit einzubeziehen.

Ein weiterer Mord würde die ohnehin schon prekäre Lage wahrscheinlich eskalieren lassen.

Irgendjemand hat vielleicht etwas über den Verbleib dieses Schwertes mitbekommen.

Außerdem wird der Täter dadurch möglicherweise unvorsichtig und begeht einen Fehler, der uns auf seine Spur bringt."

„Mit diesem Gedanken habe ich mich auch schon beschäftigt", übernahm Robert Markowitsch nun wieder das Wort und sah dabei Peter Neumann an.

„Wir sollten mal wieder das kleine Einmaleins der Kriminalistik anwenden, Neumann.

Weshalb tötet jemand auf diese unmenschliche Art und Weise?"

Peter Neumann überlegte nur kurz.

„Er will Aufmerksamkeit erregen, würde ich sagen, oder für irgendein begangenes Unrecht Wiedergutmachung erlangen."

Die Anwesenden dachten einige Augenblicke über die Argumente Peter Neumanns nach.

„Oder auch beides", meinte Polizeiobermeister Peter Wagner mit nachdenklichem Ton.

„Mir fällt da gerade etwas ein."

Hauptkommissar Gerd Schuhmann sah fragend in das Gesicht seines nachdenklich wirkenden Kollegen.

„Nun reden Sie schon, Wagner. Jede Kleinigkeit kann im Moment wichtig sein."

Wagner drehte sich so auf seinem Stuhl, dass er seinem Vorgesetzten direkt in die Augen sehen konnte.

„Sie erinnern sich noch an das Fax vom Landratsamt, das ich Ihnen gezeigt habe?"

„Klar", antwortete Schuhmann. „Was ist denn damit?"

„Muss jetzt nicht unbedingt etwas zu bedeuten haben", sagte Peter Wagner, „aber es ging darin doch um einen Antrag auf Ausfuhr einer historischen Waffe."

Die Männer im Raum wurden mit einem Mal hellhörig.

„Weshalb weiß ich nichts davon, Wagner?", zischte Gerd Schuhmann sichtlich nervös.

„Weil wir es zu diesem Zeitpunkt nicht als sonderlich wichtig erachtet haben, Chef.

Ich habe den Kollegen noch beauftragt, beim zuständigen Sachbearbeiter nachzufragen und im Zweifelsfall die Sache an Sie weiter zu leiten.

Angesichts der anschließenden Ereignisse ist das wohl irgendwie untergegangen."

Gerd Schuhmanns dienstlicher Ton war nun nicht mehr zu überhören.

„Dann machen Sie sich jetzt sofort auf den Weg und besorgen mir dieses Fax und die entsprechenden Informationen.

Wenn es sein muss, dann setzen Sie sich ins Auto und holen mir diese persönlich in Donauwörth ab."

Der Polizeiobermeister erhob sich umgehend von seinem Platz, um sich auf den Weg zu machen.

„Das würde jetzt nur unnötige Zeit kosten", gab Peter Neumann in diesem Moment zu bedenken.

Robert Markowitsch sah seinen Mitarbeiter an.

„Haben Sie einen besseren Vorschlag, Neumann? Telefonisch wird es wohl auch nicht schneller gehen."

„Ich dachte auch nicht an telefonieren, Chef", lächelte Peter Neumann vielsagend.

„Meine Spezialität liegt auf einem anderen Gebiet."

Der Augsburger Kripochef verstand nun sofort, was sein Kollege damit andeutete.

Ein fragender Blick auf den Oberstaatsanwalt wurde mit einem zustimmenden Nicken beantwortet.

„Also gut, Neumann", willigte er ein.

„Ausnahmsweise. Besondere Umstände erfordern besondere Maßnahmen."

Peter Neumann wandte sich an den Nördlinger Oberbürgermeister.

„Ich gehe mal davon aus, Herr Steger, dass Sie im Rathaus über eine entsprechend schnelle Internetleitung verfügen?"

„Sicher", antwortete Martin Steger selbstbewusst. „Weshalb fragen Sie?"

„Ich darf den Computer Ihrer Sekretärin benutzen?"

Martin Steger dachte einige Sekunden nach.

„Die Benutzung des internen Systems der Stadtverwaltung ist eigentlich nur den Mitarbeitern gestattet. Ich weiß nicht, ob ich Ihrem Wunsch entsprechen kann."

Auf Gerd Schuhmanns Stirn erschienen augenblicklich einige Zornesfalten.

„Wir sind hier aber nicht bei *wünsch Dir was,* sondern bei *so ist es halt,* Herr Steger", wurde er etwas laut.

Der OB zuckte bei diesem Satz Gerd Schuhmanns sichtlich zusammen.

„Also gut, selbstverständlich, Herr Neumann", gab er sein Einverständnis.

„Wenn es unserer Sache dienlich ist?"

Peter Neumann stand auf.

„Das ist es, Herr Steger. Seien Sie versichert. Ansonsten würde ich nicht fragen."

Martin Steger erhob sich nun ebenfalls von seinem Stuhl und ging dem Augsburger Kriminalbeamten voraus nach nebenan ins Büro seiner Sekretärin.

Oliver Lauer, der ebenso wie die anderen Anwesenden aufgestanden war, meinte:

„Hier kann ich wohl im Moment nicht behilflich sein. Ich könnte in der Zwischenzeit in meinem Büro eine Aufstellung der Archivunterlagen des Stadtmuseums besorgen.

Eventuell finden wir darin einen Zusammenhang."

„Machen Sie das, Herr Lauer", stimmte der Oberbürgermeister zu.

„Auf diesen Gedanken hätten Sie auch schon früher kommen können", fügte er noch mit einem kleinen verbalen Seitenhieb hinzu.

Nach dieser Anspielung von Martin Steger machte sich Oliver Lauer mit einem etwas grimmigen Gesichtsausdruck daran, das Büro des OB zu verlassen.

„Einen Moment noch, Herr Lauer", hielt ihn Robert Markowitsch zurück.

Der Angesprochene blieb stehen und sah dem Augsburger Hauptkommissar fragend ins Gesicht.

„Wir hatten bisher noch keine Gelegenheit, uns über Ihren Besuch am Abend vor dem Mord an Martina Karrer zu unterhalten.

Sie waren anscheinend ja der Letzte, der sie lebend gesehen hatte."

„Da gibt es eigentlich nicht sehr viel zu sagen", Herr Markowitsch", sagte Lauer nach einigen Sekunden des Überlegens.

„Wir hatten das Treffen ganz bewusst für den Abend vereinbart.

Die Vorbereitungen für die Ausstellung waren zeitlich sehr intensiv, nachdem wir das Angebot von Frau Akebe bekommen hatten, den Nachlass ihres Sohnes an uns übergeben zu wollen.

Mir kam dann der Gedanke, das Angebot für die Touristen unserer Stadt auf eine, sagen wir mal sicherlich nicht alltägliche Art und Weise, attraktiver zu gestalten."

Martin Steger, der die Erklärung Oliver Lauers mitverfolgt hatte, mischte sich nun ein.

„Vergessen Sie das Ganze doch endlich, Herr Lauer.

Ich habe Ihnen schon mehrmals zu verstehen gegeben, dass ich es, zu diesem Zeitpunkt jedenfalls, niemals zulassen werde, dass Sie das Leid anderer Menschen als Attraktion ausschlachten."

Oliver Lauer winkte den Einwand Martin Stegers nur kurzerhand ab.

„Ach kommen Sie, Herr Steger. Überall werden Schauermärchen und Horrorgeschichten als Zuschauermagnet eingesetzt."

„Das ist doch etwas völlig anderes", blaffte der OB zurück.

„Hier geht es um reale Schicksale von Nördlinger Mitbürgern. Das werde ich auf diese Art und Weise nicht dulden."

Mit einer harschen Handbewegung unterbrach Robert Markowitsch den Dialog der beiden Männer, bevor dieser in einen handfesten Streit ausarten konnte.

„Was genau haben Sie mit Frau Karrer an diesem Abend besprochen, Herr Lauer?", wollte er wissen.

„Nun", antwortete dieser, „wir haben vereinbart, dass sie die Gegenstände von diesem Doktor Akebe detailliert auflistet.

Da wir in den letzten Jahren hier in Nördlingen ja leider mehrfach mit Gewaltverbrechen zu tun hatten, wollte ich anschließend anhand der öffentlich bekannten Geschichten eine Dokumentation für eine Sonderausstellung dazu anfertigen.

Auch das Vergehen unseres ehemaligen Stadtrates Karl Kübler wollte ich mit einbeziehen.

Die dunklen Seiten der Riesmetropole mit den Folgen aus Habgier, Hass und Rache.

Natürlich etwas ausführlicher dargestellt mit entsprechenden Hintergrundinformationen, Wahrscheinlichkeiten und Eventualitäten.

Eben all das, was so eine Ausstellung für die Besucher Nördlingens zusätzlich interessant machen könnte."

Der Augsburger Kriminalhauptkommissar verzog bei der Erklärung Oliver Lauers etwas missmutig sein Gesicht.

„Zugegeben eine, sagen wir mal eigenwillige Idee, die mit Sicherheit nicht jedermanns Geschmack treffen würde", meinte er.

„Pah, eigenwillig", mischte sich Martin Steger nun wieder ein.

„In meinen Augen moralisch absolut daneben und unvertretbar. Jedenfalls zu diesem Zeitpunkt."

„Das will ich jetzt einmal dahingestellt lassen", unterbrach Markowitsch den Oberbürgermeister aufs Neue und wandte sich wieder an Oliver Lauer.

„In welcher Verfassung befand sich Frau Karrer, als Sie das Stadtmuseum verlassen haben?"

Oliver Lauer schien zu überlegen.

„Eigentlich war sie wie immer", meinte er.

„Sie wirkte auf mich vielleicht etwas gestresst, aber in Anbetracht des Zeitdrucks war dies wohl auch nicht weiter verwunderlich."

„Haben Sie sich denn diese Gegenstände aus dem Nachlass Akebes genauer angesehen, Herr Lauer?", fragte Peter Neumann nun dazwischen.

„Schon", gab der Gefragte zur Antwort.

„Frau Akebe hatte sie uns ja im Vorfeld gezeigt, um sich erst einmal über unser Interesse zu erkundigen.

Auf meine Frage, weshalb sie das alles weggeben will, meinte sie nur, dass sie endlich mit diesen Erinnerungen abschließen wollte."

„Und Sie haben Frau Akebe danach nicht mehr gesehen oder gesprochen?", fragte Peter Neumann nach.

Oliver Lauer zuckte nur mit den Schultern,

„Nein, weshalb auch?

Natürlich hatte ich vor, sie zu einem späteren Zeitpunkt noch einmal aufzusuchen, um einige persönliche Einzelheiten über die Hintergründe zu erfahren und diese in meine Dokumentation aufzunehmen.

Einen konkreten Zeitpunkt dafür hatte ich mit ihr jedoch noch nicht vereinbart."

Peter Neumann sah kurz in Richtung seines Vorgesetzten, der ihm nun leicht zunickte.

„Danke, Herr Lauer, das war es dann fürs Erste", meinte Peter Neumann.

„Wir werden ihre Aussage später noch zu Protokoll nehmen."

Sekunden später war der Nördlinger Tourismusleiter auch schon verschwunden.

Peter Neumann hatte derweil am Schreibtisch von Gabriele Schwab Platz genommen und machte sich am Computersystem zu schaffen.

Martin Steger, der schräg hinter ihm stand und ihm dabei über die Schulter sah, erkannte, wie sich der Beamte aus Augsburg durch die Oberfläche arbeitete.

Richtig schlau daraus wurde der Nördlinger OB nicht.

Lediglich Robert Markowitsch, der eigentlich nichts mit der Computertechnik am Hut hatte, den Umgang damit eher vermied, verstand das Handeln seines Mitarbeiters.

Auch dem Oberstaatsanwalt war es inzwischen geläufig, musste er doch schon des Öfteren dahinter bzw. gerade dafür stehen.

„Ich befinde mich momentan auf der Oberfläche meines Systems in Augsburg", erklärte Peter Neumann.

„Von dort aus habe ich die besseren Möglichkeiten, meine Recherchen im Landratsamt durchzuführen."

Frank Berger gab nun einen entsprechenden Hinweis.

„Das, was hier gerade geschieht, fällt unter die absolute Schweigepflicht, meine Herrschaften."

Er blickte einmal kurz in die Gesichter aller Anwesenden.

„Das gilt für alle Anwesenden hier im Raum."

Es dauerte nur wenige Minuten, bis Peter Neumann die gesuchten Informationen auf dem Bildschirm parat hatte.

Er winkte den Polizeiobermeister zu sich heran.

„Ging es bei dem erwähnten Fax um diesen Antrag hier?", fragte er und deutete mit dem Finger auf den Monitor.

Wagner las sich das dort Stehende kurz durch und bestätigte anschließend die Frage.

„Ja, das ist das Schreiben, das mir der Kollege gezeigt hatte."

Peter Neumann schickte einen Bildschirmausdruck auf den Drucker, der sich neben dem Schreibtisch befand und reichte ihn an Robert Markowitsch weiter.

„Da kommt einer extra aus Australien hierher nach Nördlingen, nur um so ein Ding abzuholen?", murmelte dieser.

„Seltsam", fügte er noch hinzu, bevor er das Papier an Frank Berger weiter gab.

„Kann sich ja durchaus um ein Sammlerstück handeln", meinte dieser.

„Außerdem ist hier nicht genau beschrieben, um welche Waffe es sich handelt. Das könnte alles Mögliche sein."

„Es geht mir hier auch nicht darum, was für eine Waffe es ist", gab Peter Neumann zu bedenken.

„Interessant finde ich eher den Namen des Antragstellers."

„Baako Keita", las Frank Berger laut vor, während Peter Neumann seine Finger bereits wieder über die Tastatur fliegen ließ.

„Kein typischer Name für einen Australier", meinte Gerd Schuhmann.

Vielleicht aus der Abstammung der Aborigines?"

„Falsch geraten, Herr Hauptkommissar", widersprach Peter

Neumann dem Gedanken Schuhmanns, wobei er abwechselnd auf die Gesichter von Robert Markowitsch und Frank Berger blickte.

„Dieser Name stammt aus dem Afrikanischen."

Die Miene des Oberstaatsanwalts verfinsterte sich, während der Hauptkommissar einen leisen Fluch ausstieß.

„Ich kann Ihnen auch gleich sagen, was dieser Name in der Übersetzung bedeutet."

Die Blicke der um Peter Neumann herumstehenden Personen waren allesamt auf den Bildschirm des Computers gerichtet, als dieser eine Seite mit afrikanischen Vornamen und deren Bedeutung anzeigte.

BAAKO „*Der Erstgeborene*" stand dort zu lesen.

„Und?", kam die Frage des Nördlinger Oberbürgermeisters.

„Was können wir mit dieser Erklärung nun anfangen?"

Peter Neumann, der soeben sah, wie sich Robert Markowitsch mit der flachen Hand an die Stirn schlug, meinte nur:

„Sie wohl nicht allzu viel, Herr Steger, da Ihnen die Zusammenhänge nicht geläufig sind."

Der Reaktion Robert Markowitsch's nach zu urteilen sagte er:

„Im Gegensatz zu uns. Sie haben anscheinend den gleichen Gedanken wie ich, Chef?"

Oberstaatsanwalt Frank Berger drängte sich nun an den Schreibtisch vor.

„Es wäre nett, wenn Sie mich an ihrem Gedankengut teilhaben lassen würden, meine Herren.

Ich verstehe im Moment nur Bahnhof."

„Das soll bedeuten: Wir haben unsere heiße Spur, Berger", erklärte Markowitsch.

Peter Neumann loggte sich aus dem System aus und erhob sich von seinem Platz.

„Jetzt müssten wir nur noch wissen, wie dieser Baako Keita aussieht.

Sollte er unser Mann sein, hat ihn vielleicht schon jemand gesehen."

Der Nördlinger Polizeichef wandte sich an seinen Kollegen.

„Das übernehmen Sie, Wagner. Sie kontaktieren sofort die australischen Behörden und ersuchen die dortigen Kollegen um ein Foto dieses Mannes.

Das Ganze aber bis gestern. Machen Sie hin."

Peter Wagner nahm sein Telefon zu Hand und führte ein Gespräch mit den Kollegen der Polizeiinspektion.

Er ließ sich eine entsprechende Verbindung nach Australien durchstellen.

„Aber Beeilung bitte", wies er seinen Gesprächspartner am anderen Ende der Leitung an.

„Ich warte."

Hauptkommissar Robert Markowitsch hatte zwischenzeitlich ebenfalls sein Handy zur Hand genommen.

Er suchte die Nummer Alfred Zachers aus den Kontakten hervor.

Es dauerte nur Sekunden, bis dieser sich auf der Gegenseite meldete.

Hören Sie mir jetzt genau zu, Zacher", sprach er.

„Mach ich doch immer, Markowitsch", kam dessen Antwort.

„Um was geht's denn?"

„Kann es sein, Zacher, dass diese DNA-Spur, die Sie an diesem Glas in der Wohnung von Christine Akebe gefunden haben, nicht von Michael Akebe stammt?"

Robert Markowitsch hielt sich das Handy nun etwas vom Ohr entfernt, denn man konnte die Stimme des KTU-Leiters nun auch ohne Lautsprecher vernehmen.

„Jetzt hören *Sie mir* mal zu, *Herr Hauptkommissar*", war Alfred Zacher zu hören.

„Ich habe es ihrem Kollegen Neumann damals schon gesagt: Die DNA lügt nicht!

Die Analyse hat eindeutig ergeben, dass mit neunundneunzigprozentiger Sicherheit dieser Abedi Akebe der Vater des Erbgutträgers ist.

Also kann nur Michael Akebe die Person sein, oder?"

Der Augsburger Kripochef wartete einige Sekunden mit seiner Antwort.

„Was aber, Zacher, wenn er noch einen weiteren Sohn hatte?"

„Bin ich Hellseher, Markowitsch?", kam die Gegenfrage des Polizeiarztes.

„Trage ich vielleicht eine Glaskugel in der Tasche?

Natürlich könnte es sich auch um einen weiteren direkten Nachkommen handeln.

Das kann ich aber erst dann mit Sicherheit sagen, wenn ich eine entsprechende Probe von dieser Person vorliegen habe."

Robert Markowitsch atmete auf.

„Danke, Zacher. Diese werden Sie eventuell noch kriegen.

Im Augenblick haben Sie uns mit Ihrer Bestätigung hier mächtig gut getan."

Markowitsch beendete das Gespräch, ohne Zachers Antwort abzuwarten.

Er sah auf Gerd Schuhmann und Peter Wagner.

„Nun brauchen wir also das Foto dieses Baako", sagte er.

„Die Australier wissen Bescheid", sprach Peter Wagner.

„Ich habe die E-Mail-Adresse von Frau Schwab angegeben."

„Gut, Wagner", antwortete Gerd Schuhmann.

„Dann sollten wir jetzt erst mal abwarten, bis wir das Dokument haben."

„Das gibt uns die Gelegenheit zu einer kleinen Stärkung, meine Herren", meldete sich Martin Steger zu Wort und bat seine Sekretärin darum, Kaffee zu zubereiten.

„Cappuccino, wenn's geht", bat Robert Markowitsch mit einem freundlichen Blick auf die Frau.

„Sie und Ihre Sonderwünsche", warf Frank Berger ein.

„Lassen Sie nur", lächelte Gabriele Schwab. „Lässt sich ja alles machen."

Minuten später waren alle Anwesenden mit Kaffee und etwas Gebäck versorgt.

Man konnte die Anspannung innerhalb des Büros fast körperlich spüren.

Immer wieder richteten sich die Blicke auf den PC der Sekretärin, als schließlich die erwartete Nachricht eintraf.

„Darf ich?", fragte Peter Neumann und öffnete nach Zustimmung die eingegangene Mail mit dem Betreff: *Baako Keita*.

Alle Augen waren auf den Bildschirm gerichtet, als Peter Neumann den Anhang öffnete und das Foto des Mannes erschien.

„Den kenne ich", hörten die Männer die Stimme von Gabriele Schwab.

Verwundert sahen sie die Frau an.

„Ja", meinte sie bestimmt. „Der stand plötzlich in meinem Büro und hat sich nach Oliver Lauer erkundigt."

„Wann war das?", fragte Robert Markowitsch.

„Vor zwei oder drei Tagen", antwortete die Frau schulterzuckend.

„Ich weiß es nicht mehr so genau. Man kann ja zurzeit keinen klaren Gedanken mehr fassen."

Markowitsch richtete sich an Martin Steger.

„Wohin ist Oliver Lauer vorhin gegangen?"

„Ich nehme an in sein Büro im Gebäude gegenüber", antwortete der OB.

„Dann lassen Sie ihn rufen", wies ihn Robert Markowitsch an.

„Selbstverständlich", antwortete Martin Steger und griff zum Telefon.

Nach mehrmaligem Läuten legte er den Hörer wieder zurück.

„Geht niemand ran", meinte er.

„Vielleicht ist er ja auch schon wieder auf dem Weg hierher. Er wollte doch irgendwelche Unterlagen besorgen."

„Wir gehen rüber", sagte Markowitsch mit entschlossener Stimme nach einigen Minuten des Wartens.

Im Gebäude der Touristikinformation angekommen, ließen sich die Männer den Weg in Oliver Lauers Büro zeigen.

„Dort werden Sie ihn aber nicht antreffen", meinte die Frau am Schalter.

„Herr Lauer hat sich nach einem Anruf kurzfristig nach Hause verabschiedet."

Markowitsch und Gerd Schuhmann sahen sich an.

„Die Adresse", forderte Schuhmann von der nun etwas erschrocken wirkenden Frau.

Nachdem sie diese mitgeteilt bekamen, wandte sich Markowitsch an Peter Neumann.

„Neumann, Sie gehen mit dem Kollegen und holen den Wagen."

Seufzend drehte sich Peter Neumann in Richtung Peter Wagner um.

„So ähnlich bekam das der Knecht vom Derrick auch immer zu hören", grinste er.

„Warten Sie, Neumann", rief nun Frank Berger.

„Das dauert zu lange. Wir nehmen meinen, der steht gleich hier um die Ecke."

„Das ist ein Wort, Berger", stimmte Robert Markowitsch zu.

„Passen wir da auch alle rein?"

„Klar", kam die Retourkutsche des Oberstaatsanwalts wie aus der Pistole geschossen.

„Zwei vorne, zwei hinten und Sie in den Kofferraum."

„Aber lassen Sie das Licht an", schloss Markowitsch den Dialog, als sich die Männer auf den Weg zu Frank Bergers Dienstfahrzeug machten.

Nachdem sie im inneren Platz genommen hatten, setzte Frank Berger das mobile Blaulicht aufs Dach, ließ den Motor an und fuhr in Richtung Baldinger Tor aus der Stadt.

\*

Zehn Minuten später standen die Beamten vor dem kleinen Einfamilienhaus von Oliver Lauer.

Einem mehrmaligen Klingeln erfolgte jedoch keinerlei Reaktion.

„Herr Lauer ist vor einer Viertelstunde weg", rief ein Nachbar.

„Wissen Sie zufällig wohin?", fragte Gerd Schuhmann zurück.

Doch der Mann zuckte nur mit den Schultern.

„Vielleicht ist er zurück ins Büro?", gab Martin Steger zu bedenken.

„Kann sein", antwortete Robert Markowitsch, „kann aber auch nicht sein."

„Vielleicht finden wir in seinem Haus einen Hinweis?", warf Peter Neumann ein.

„Wollen Sie schon wieder Türen zerdeppern, Neumann?", fragte Markowitsch.

„Das geht auch ohne", drängte sich Peter Wagner nun nach vorne und zog ein kleines Werkzeug aus der Tasche.

Mit fragendem Blick sah er seinen Vorgesetzten Gerd Schuhmann an.

„Soll ich?"

„Wir haben eigentlich keinen triftigen Grund, um in Lauers Haus einzudringen", gab Schuhmann zu bedenken.

„Wenn ich dabei bin", meldete sich Frank Berger, „dann ist immer Gefahr im Verzug."

„Na, das ist doch mal eine Aussage von Ihnen, die ich ohne Widerspruch bestätigen kann, Berger", meinte Robert Markowitsch lächelnd.

„Also gut", meinte der Nördlinger Hauptkommissar, deutete jedoch auf eine Türe, die in den Garten führte.

„Wir sollten aber zuerst einmal eine Runde ums Haus drehen. Vielleicht finden wir noch eine andere Möglichkeit rein zu kommen.

Sie warten hier, Wagner", wies er seinen Kollegen an.

Gefolgt von Frank Berger und den beiden Augsburger Kripobeamten ging Gerd Schuhmann voraus und betrat wenig später die Terrasse des Hauses.

Ein kurzer Blick durch die große Glastür gab den Männern jedoch keinen Aufschluss darüber, ob sich jemand im Inneren des Gebäudes befand.

Peter Neumann, der zwischenzeitlich um die nächste Hausecke verschwunden war, kehrte nun zurück und griff sich einen der Gartenstühle, die auf der Terrasse standen.

„Es gibt noch zwei Fenster auf der anderen Seite", erklärte er sein Handeln und machte sich wieder auf den Weg.

Oberstaatsanwalt Frank Berger wandte sich unterdessen an den Leiter der Nördlinger Polizeiinspektion.

„Ich glaube es hat keinen Sinn, hier noch lange zu suchen."

„Also gut", antwortete Gerd Schuhmann.

Die drei Männer machten sich auf den Weg zurück zum Hauseingang, als im gleichen Moment Peter Neumann im Laufschritt um die Ecke kam.

„Wir sollten uns beeilen", meinte er. „Auch wenn wir wohl zu spät kommen."

Drei fragende Augenpaare richteten sich auf Robert Markowitsch's Kollegen.

„Da liegt einer im Zimmer", erklärte Peter Neumann.

„Ich konnte vom Fenster aus allerdings nur die Beine erkennen."

„Dann aber los", meinte Gerd Schuhmann, indem er den Kollegen vorauseilte.

Wieder auf der Vorderseite angekommen rief er Peter Wagner zu:

„Machen Sie auf."

Der Polizeibeamte nickte nur kurz und setzte sein Werkzeug am Türschloss an.

Augenblicke später betraten die Männer das Haus von Oliver Lauer.

Ihre Rufe nach dem Mann blieben jedoch ungehört.

Nach einem kurzen Moment der Orientierung eilten die Männer in die Richtung, in der vermutlich das von Peter Neumann beschriebene Zimmer lag.

Hauptkommissar Gerd Schuhmann zog vorsichtshalber seine Dienstwaffe aus dem Halfter und entsicherte diese, bevor er langsam die Klinke nach unten drückte, und die Tür mit einem leichten Stoß öffnete.

Ein kurzer Blick in das Innere des Raumes zeigte, dass dieser wohl von Oliver Lauer als Büro genutzt wurde.

Mit gezogener Pistole betrat Gerd Schuhmann das Zimmer und drehte sich einmal halb um die eigene Achse.

Seine Kollegen erkannten im nächsten Augenblick, wie der Nördlinger Hauptkommissar seine Waffe zurück ins Halfter steckte.

Gerd Schuhmann winkte die Männer mit einer kurzen Handbewegung herein.

Sein Blick ging in Richtung des Schreibtisches, neben dem ein Mann, dessen Beine Peter Neumann kurz zuvor durch das Fenster gesehen hatte, offensichtlich tot an der Wand lehnte.

Das tiefbraune Gesicht schien noch vor Schmerz verzerrt.

Sein Oberkörper wies eine lange und scheinbar tiefe Wunde auf, deren Blut die Kleidung sowie den Boden um ihn herum rot gefärbt hatte.

Auf den ausgestreckten Fingern seiner linken Hand lag das vermeintlich gesuchte Schwert Michael Akebes.

„Das hier war mit Sicherheit kein Selbstmord", sprach Markowitsch.

„Auch wenn es vielleicht so aussehen soll", fügte er mit einem Blick auf die Kollegen hinzu, ging in die Hocke und berührte vorsichtig den Hals des Toten.

„Der liegt sicher noch nicht allzu lange hier", mutmaßte der Hauptkommissar, wobei er Peter Neumann ansah.

„Verständigen Sie Zacher."

Er wandte sich anschließend an seinen Kollegen Gerd Schuhmann.

„Rufen Sie ihre Leute und veranlassen Sie alles Entsprechende?"

„Klar", antwortete dieser und wies Peter Wagner an, die Bereitschaft zu verständigen.

Peter Neumann durchsuchte nach seinem Anruf bei der Spurensicherung die Kleidung des Toten.

Doch auch ohne Papiere war den Männern klar, dass es sich bei ihm wohl nur um Baako Keita handeln konnte.

„So wie es aussieht", stellte Robert Markowitsch fest, „ist nicht er hier unser Mann, sondern Oliver Lauer."

„Ich werde sofort die Fahndung nach ihm anordnen", sagte Gerd Schuhmann.

„Wo könnte er sich aufhalten, Herr Steger?", wollte Robert Markowitsch nun vom Oberbürgermeister wissen, der mit kalkweißem Gesicht in einer Ecke des Zimmers stand.

„Ich habe keine Ahnung, Herr Markowitsch", murmelte er tonlos.

„Ich kann das alles gar nicht begreifen. Weshalb sollte er so etwas tun?"

„Wenn wir ihn gefunden haben, werden wir dies vielleicht erfahren, Herr Steger.

Noch einmal: Denken Sie nach. Wo könnte Oliver Lauer jetzt sein?

Ich glaube kaum, dass er ins Büro zurück ist."

Martin Steger schienen die Nerven durchzugehen.

„Ich weiß es nicht, Mann", schrie er den Augsburger Hauptkommissar beinahe an.

Dieser merkte augenblicklich, dass der Nördlinger OB wohl kurz vor einem Nervenzusammenbruch stand.

Er ging auf den Mann zu und griff ihm beruhigend an den Arm.

„Schon in Ordnung, Herr Steger. Ich lasse Sie am besten ins Büro zurück fahren.

Vielleicht fällt Ihnen ja noch ein, wo sich Oliver Lauer aufhalten könnte.

Womit hat er sich denn in der letzten Zeit beschäftigt?"

Martin Steger schien nachzudenken. Falten bildeten sich auf seiner Stirn.

„Soviel ich weiß, hat er sich wegen der Ausstellung im Stadtmuseum mehrmals mit Frau Karrer getroffen.

Außerdem hat er in den vergangenen Tagen des Öfteren versucht, mich von seinem neuen Ausstellungskonzept zu überzeugen."

„Wie ich vorhin mitbekommen habe, sind Sie davon ja nicht sonderlich begeistert", sagte Markowitsch.

„Ach, hören Sie mir auf."

Martin Steger winkte ab. Er schien sich langsam wieder in der Gewalt zu haben.

„Sie haben es ja selbst gehört. Er will anscheinend unter allen Umständen die Zahl der Touristen hier in Nördlingen steigern.

Dazu, so scheint mir, ist ihm wohl jedes Mittel recht.

Aber sagen Sie selbst, Herr Kommissar: Jedem normalen Menschen mit etwas Anstand und Gewissen muss so ein Vorhaben doch widerstreben.

„Schon", kam Markowitsch's Antwort, der es aufgab, Martin Steger zum wiederholten Male seinen Dienstgrad zu vermitteln.

„Man kann doch nicht auf so eine Art und Weise die Schaulustigen und Neugierigen hierher locken", sinnierte Martin Steger vor sich hin.

„Das widerspricht meiner Überzeugung von Öffentlichkeitsarbeit."

„Tja, da scheint er wohl eine ganz andere Meinung zu vertreten", entgegnete Markowitsch nachdenklich.

Plötzlich drehte er sich um und rief:

„Berger, Neumann. Wir fahren ins Stadtmuseum."

„Was wollen Sie denn dort, Markowitsch?", wollte der Oberstaatsanwalt wissen.

„Nur so ein Gefühl, Berger. Also los, kommen Sie. Oder wollen Sie mir ihren Wagen leihen?"

„Gott bewahre, Markowitsch. Da spiele ich lieber ihren Chauffeur."

Als das Augsburger Trio einige Minuten darauf vor dem Stadtmuseum anhielt, fühlte Robert Markowitsch seinen Puls ansteigen.

„Mein Bauchgefühl sagt mir, dass wir hier richtig sind, Berger."

„Sie und ihr Bauchgefühl, Markowitsch", murmelte dieser.

„Meines sagt mir lediglich, dass ich langsam Hunger bekomme."

„Das verschieben Sie besser noch ein wenig", meinte der Kripochef.

Nicht, dass wir hier gleich etwas Unappetitliches zu sehen bekommen. Dann haben Sie zum Schluss noch umsonst gegessen."

„Sie können mir langsam gestohlen bleiben mit ihren makabren Geschichten, Markowitsch."

Gemeinsam betraten die drei Männer den Vorraum des Stadtmuseums.

In der großen Halle des Erdgeschosses war nichts Verdächtiges zu erkennen.

Dennoch war sich Robert Markowitsch sicher, dass sie am richtigen Ort waren.

Mit schnellen Schritten erreichten sie das erste Obergeschoss und eilten weiter, vorbei am Büro der Museumsleitung und schließlich die 18 Stufen der Holztreppe hinauf an den Ort, an dem Andrea Karrer ermordet wurde.

Als sich die Glastür mit der Aufschrift *Rundgang* wieder hinter ihnen geschlossen hatte, trennten sie nur noch wenige Schritte vom Ausstellungsraum.

Als Robert Markowitsch über die Schwelle auf den Parkettboden trat, nahm er aus den Augenwinkeln eine Bewegung war, die ihn kurz zusammenzucken ließ.

Peter Neumann, der sich unmittelbar hinter seinem Vorgesetzten befand, deutete dessen scheinbar überraschte Bewegung als unmittelbare Gefahrensituation.

Da er einen möglichen Angriff auf Markowitsch befürchtete, griff sich der Kriminalbeamte instinktiv an die linke Seite seines Oberkörpers und fühlte für einen Sekundenbruchteil beruhigt die sich im Schulterhalfter befindliche Pistole.

Im selben Atemzug machte er zwei rasche Schritte nach vorn und verpasste dem Hauptkommissar einen Stoß, sodass dieser ins Stolpern geriet, hinfiel und über das Parkett mitten in den Raum rutschte.

Peter Neumann hechtete hinterher.

Da er den vermeintlichen Angreifer neben dem Durchgang vermutete, drehte er sich auf dem Boden so, dass er direkt vor Robert Markowitsch zum Liegen kam, und zog seine Waffe hervor.

Alles, was er jedoch an der Wand erkennen konnte, war ein nachgestelltes Fresko der Justitia.

Peter Neumann drehte seinen Kopf, um sich vom Zustand des Hauptkommissars zu überzeugen.

Robert Markowitsch hatte sich inzwischen aus seiner unfreiwillig liegenden Position erhoben und starrte ungläubig auf die Szene, die sich ihm gegenüber darbot.

Auf der rechten Seite des Raumes waren mehrere Schautafeln nebeneinander aufgestellt.

Diese zeigten verschiedene Darstellungen bzw. Erklärungen des Nördlinger Strafvollzugs aus dem Mittelalter.

Ein sogenanntes Folterrad auf einem Pfosten angebracht gehörte ebenso dazu, wie ein Schwert oder einige Folterinstrumente aus der Zeit der Hexenverfolgung.

Markowitsch nahm dies innerhalb von nur wenigen Sekunden wahr, denn sein eigentliches Augenmerk war auf eine Szene gerichtet, die nichts mit dem Mittelalter zu tun hatte.

Mitten zwischen diesen Schautafeln war eine dünne Henkersschlinge an einem Deckenbalken befestigt.

Darunter stand, auf einem dreibeinigen Schemel, Oliver Lauer, scheinbar bereit, sich das Leben zu nehmen.

„Lauer, was machen Sie da? Sind Sie denn wahnsinnig geworden?", rief Markowitsch, während Peter Neumann nun seine Pistole auf den Mann richtete.

Für den Augsburger Kripobeamten schien diese Situation eher irrwitzig zu sein.

Da stand ein Angestellter der Stadt Nördlingen auf einem zerbrechlich wirkenden dreibeinigen Stuhl, beide Hände in einer Henkersschlinge.

Zugegeben: makaber.

Der Strick schien jedoch nur ein wenig stärker zu sein als ein Hanfseil, das man im Garten oder in der Werkstatt zur Befestigung irgendwelcher Gegenstände verwendet.

*Wohl nur als Demonstration als Erklärung dort angebracht* dachte sich Neumann.

Er hatte einerseits Zweifel, ob dieses Teil seinem angedachten Zweck standhalten würde.

Ein herbeigeführter Sturz aber könnte dem Mann vielleicht nicht sofort das Genick brechen, eventuell jedoch im Hals- oder Kehlkopfbereich eine Verletzung mit nicht absehbaren Folgen hervorrufen.

„Lassen Sie das, Lauer", versuchte Robert Markowitsch Oliver Lauer von seinem Vorhaben anzuhalten.

„Damit machen Sie nichts ungeschehen."

Mit weit aufgerissenen Augen stierte der Nördlinger Touristikleiter in sekundenschnellem Wechsel auf Peter Neumann und Robert Markowitsch sowie auf deren mit entsetztem Blick im Eingang stehenden Begleiter.

Als er Martin Steger entdeckte, schien urplötzlich Ruhe in seine gehetzten Augen zu kommen.

„Sie werden noch an mich denken, Steger", sprach er mit krächzender Stimme.

„Irgendjemand wird mein geplantes Vorhaben in die Tat umsetzen.

Wenn danach die Stadt von Touristen überschwemmt wird, werden Sie erkennen, dass ich recht hatte."

„Sie sind ja vollkommen verrückt, Lauer", wollte der Nördlinger OB gerade antworten, als die Männer allesamt mit ansehen mussten, wie Oliver Lauer seine Hände aus der um seinen Hals liegenden Schlinge nahm und sich selbst den Stuhl unter den Füßen wegstieß.

Genau auf diesen Moment hatte sich Peter Neumann in den letzten Sekunden konzentriert.

Als er die Fußbewegung Oliver Lauers wahrnahm, drückte er ab und hoffte dabei inständig, dass die Kugel ihr Ziel nicht verfehlen würde.

Die Männer im Eingangsbereich erschraken bei diesem nicht wirklich erwarteten Schuss von Peter Neumann ebenso wie Robert Markowitsch.

Ungläubig erkannten sie im nächsten Augenblick, wie Oliver Lauer mit der Schlinge um den Hals vom Stuhl fiel, das Seil seinen Fall jedoch nicht bremste.

Innerhalb von Sekundenbruchteilen war Oliver Lauer von Peter Wagner, Gerd Schuhmann und den beiden Augsburger Kriminalbeamten umringt.

Lediglich Martin Steger und Frank Berger standen regungslos, fast wie angewurzelt an ihrem Platz.

„Guter Schuss, gratuliere", sagte Markowitsch aufatmend zu Peter Neumann, während Oliver Lauer ein Kunststoffarmband um seine Handgelenke angelegt bekam.

Der Hauptkommissar betrachtete sich den schwer atmenden Mann, dessen Gesichtsausdruck wie verstört schien.

Er wollte zu einer Frage ansetzen, als plötzlich Martin Steger neben ihm stand.

„Warum, Herr Lauer? Ich verstehe Sie nicht. Warum mussten Sie für diese idiotische Idee drei Menschen umbringen?"

Es dauerte fast eine Minute, bis sich Oliver Lauer scheinbar etwas gefasst hatte.

„Können Sie sich das nicht denken, Steger?", fragte er mit ungewöhnlich ruhiger Stimme.

„Die Karrer war zunächst vollkommen auf meiner Seite, einmal etwas, wenn auch riskantes Neues, Außergewöhnliches zu versuchen. Ich konnte sie von meinem Vorschlag bis zu dem Moment überzeugen, als dieser Afrikaner bei uns auftauchte und ihr einredete, dass er einen rechtmäßigen Anspruch auf die Sachen Akebes hatte.

Es gab eine kleine Auseinandersetzung, wobei sich Frau Karrer letztendlich dazu entschloss, die Sache abzublasen und das ganze Zeug an Frau Akebe zurück zu geben.

Die beiden haben sich daraufhin gestritten, denn er wollte dieses komische Schwert einfach mitnehmen.

Als ich dazwischen ging, ist er abgehauen, hat uns beiden aber gedroht."

Oliver Lauer legte eine kurze Pause ein, schüttelte dabei immer wieder den Kopf.

„Als ich sie beruhigen wollte, schrie sie mir ins Gesicht, dass sie es durchaus ernst gemeint hätte, meinen Vorschlag fallen zu lassen, diese dumme Kuh", lachte er hämisch.

Er sah den Beamten nacheinander ins Gesicht.

„Den Rest können Sie sich ja denken."

„Den haben wir gesehen, Lauer", meinte Robert Markowitsch.

„Aber zwei Dinge würde ich gerne noch von Ihnen wissen. Zum einen: Weshalb musste auch noch Christine Akebe sterben, und zum anderen:

Warum diese bestialische Art und Weise?"

„Ganz einfach", sprach Oliver Lauer nun wieder etwas gehetzter weiter.

„Sie hat diesen Afrikaner zu mir geschickt, nachdem er bei ihr aufgetaucht war und ihr scheinbar Angst gemacht hatte.

Der hat sich im Rathaus nach meiner Adresse erkundigt und stand plötzlich vor meiner Haustür.

Ich habe noch versucht, ihm einen Vorschlag zu machen.

Jedoch war er überhaupt nicht bereit, mir irgendwie entgegen zu kommen.

Er drohte mir sogar damit, dass Christine Akebe von seinem Besuch bei mir wisse und möglicherweise die Gegenstände zurückfordern würde.

Da war es für mich doch ganz klar, dass ich dies nicht zulassen konnte.

Ein Glas mit seinen Spuren in ihrer Wohnung zu hinterlassen, war keine Kunst."

Wieder unterbrach Oliver Lauer seine Erklärung.

„Weiter", forderte Markowitsch. „Was passierte dann?"

Oliver Lauer lachte, schien nun wie von Sinnen.

„Dieser Idiot hat doch tatsächlich geglaubt, dass er mir dieses Schwert einfach abnehmen und damit verschwinden könnte.

Er hat mir sogar einen offiziellen Antrag über eine Ausfuhrgenehmigung vorgelegt.

Als ich ihm erklärte, dass dieser noch nicht genehmigt und damit nur ein wertloser Fetzen Papier sei, ist er ausgerastet und auf mich losgegangen.

Ich habe mich lediglich gewehrt. Seinen Tod können Sie mir nicht als Mord anhängen.

Und um eine Antwort auf Ihre zweite Frage zu bekommen, brauchen Sie sich doch nur einmal hier im Raum umzusehen."

Oliver Lauer drehte sich, noch immer am Boden sitzend um, und deutete mit seinem Kinn nach oben auf die Schautafeln mit den Erklärungen zum Strafvollzug aus der Nördlinger Vergangenheit.

Der Glanz in seinen Augen verlieh ihm in diesem Moment beinahe den Blick eines Besessenen.

„Lesen Sie doch selbst", lachte er mit seltsamem Unterton.

„Schon seit Urzeiten wurde in Nördlingen geköpft, gehängt, gerädert oder verbrannt.

Die Fortführung dieses historischen Strafvollzugs in die heutige Zeit wäre die perfekte Grundlage für eine Ausstellung gewesen."

Der Augsburger Oberstaatsanwalt Frank Berger, der die Sätze Oliver Lauers mit wachsender Gänsehaut verfolgt hatte, mischt sich nun ein.

„Es wird auch ohne eine dritte Mordanklage dafür reichen, Herr Lauer, dass Sie für lange Zeit, wenn nicht sogar für den Rest ihres Lebens hinter Gitter wandern."

Peter Neumann und der Nördlinger Polizeiobermeister Peter Wagner halfen Oliver Lauer beim Aufstehen.

„Abführen", hört er Frank Berger sagen.

Als er von den beiden Beamten aus dem Raum nach unten geführt wurde, stoppte ihn der Nördlinger Oberbürgermeister noch einmal am Ende der Treppe.

„Vielleicht wird ihr Traum von dieser Ausstellung eines Tages wirklich noch wahr werden, Lauer", sprach Martin Steger ruhig.

„Allerdings werden Sie dabei, anders als von Ihnen gedacht, die Rolle des abschreckenden Beispiels führen, wie tief ein Mensch in seinem Hass und in seiner Gier nach Anerkennung und Macht sinken kann.

Sie werden als Henker von Nördlingen in eines der traurigsten Kapitel dieser Stadt eingehen."

*ENDE*

Günter Schäfer

# Tod auf dem Daniel

208 Seiten 12,90 €
ISBN-13: 978-3837095012

208 Seiten   12,90 €
ISBN-13:   978-3837054163

Günter Schäfer

# Endstation Alte Bastei

204 Seiten     12,50 €
ISBN-13:     978-3848225644

Günter Schäfer

# Der Rain - Fall

Eine Kriminalgeschichte aus der Stadt am Lech

204 Seiten    12,50 €
ISBN-13:      978-3732285112

## Günter Schäfer

# Unser Lehrer hat 'nen Vogel!

*Eine Kriminalgeschichte aus Nördlingen*

136 Seiten     8,90 €
ISBN-13:     978-3842384118

Günter Schäfer

# Emmili ist da!

160 Seiten          9,90 €
ISBN-13:            978-3831149100

Günter Schäfer

# Der Henker
## von Nördlingen

Ein Krimi aus der Riesmetropole

228 Seiten     9,90 €
ISBN-13:     978-3738650006